Lena Mitternacht

Annas Vermächtnis

Roman

Impressum

Autorin: Lena Mitternacht
Lektorat: Silke Lemberger/Textelfe
Coverdesign: Acelya Soylu (unter Verwendung von Bildern von www.freepik.com)
Bildmaterial Kapitelanfänge: www.freepik.com
Autorinnenfoto: Unterrainer Foto-Digital-Studio

Lena Mitternacht
c/o AutorenServices.de
Birkenallee 24
36037 Fulda
Deutschland

www.lena-mitternacht.com
lena@lena-mitternacht.com

Herstellung und Verlag: Amazon KDP

Bibliografische Information der Deutschen Nationalbibliothek:
Die Deutsche Nationalbibliothek verzeichnet diese Publikation in der Deutschen Nationalbibliografie; detaillierte bibliografische Daten sind im Internet über http://dnb.dnb.de abrufbar.

ISBN: 978-3-200-07734-8

EINS

Im Sommer Wolle zu verkaufen, war eine ziemlich trostlose Angelegenheit.

Halb interessiert blickte sie durch das staubige kleine Schaufenster hinaus auf die heiße Straße.

Vor dem Fenster ging gerade ihre Nachbarin, beladen mit Badetasche und Kühlbox, vorbei und grüßte lächelnd durch die Scheibe.

Sie hob halbherzig die linke Hand zum Gruß und fächelte sich mit der rechten Luft zu.

Ich sollte mir vielleicht doch einmal einen Ventilator zulegen, dachte sie abwesend und konzentrierte sich dann gleich wieder auf ihre Lektüre, eine Fachzeitschrift über Fotografie.

Manchmal musste sie immer noch den Kopf über sich selbst schütteln, dass sie das Lesen der Fachzeitschrift einfach von ihrem Mann übernommen hatte, ohne selbst je eine Kamera in der Hand gehalten zu haben – außer zum Spaß. Aber so war die Liebe: Ging der andere weg, lebte man irgendwie selbst einen Teil von ihm weiter.

Außerdem brauchte sie eine Beschäftigung, angesichts der traurigen Tatsache, dass gerade jetzt kaum Kunden ins Geschäft kamen. Das Thermometer zeigte 30 Grad Celsius. Sie rechnete im Kopf um: Das waren 86 Grad Fahrenheit.

Kein Wunder, dass die Kundschaft ausblieb. Wer wollte schon bei diesen Temperaturen stricken?

In letzter Zeit trug sie sich manchmal mit dem Gedanken, das *Wollstübchen* aufzugeben und ihren wohlverdienten Ruhestand zu beginnen. Sie war 73, es wäre also nicht gerade früh. Nur – was sollte sie dann den ganzen Tag über anfangen?

Allerdings ist es ja nicht gerade so, als wäre das hier der Ausbund an Spannung, sagte der kleine Teufel in ihrem Kopf ironisch und ließ sie sarkastisch einen Mundwinkel hochziehen.

Auch das hatte Anna von David übernommen: die Ironie und – paradoxerweise – ein paar typische Gesichtsausdrücke.

Das Schrillen der Türglocke ließ sie hochschrecken, bevor sie sich trüben Gedanken hingeben konnte. Eine junge Frau stand in der Tür, Anfang dreißig, auffällig geschminkt und modisch gekleidet. Sie war klein und zierlich und sah aus wie jemand, der viel Energie hatte – zu viel für Anna an diesem Tag.

„Grüß Gott." Die Frau lächelte sie fröhlich an und kam geschwind auf sie zu.

Anna musterte sie stillschweigend, ohne auch nur ihre Lektüre wegzulegen. Die Fremde schien sich daran allerdings nicht zu stören, sondern atmete tief durch und sprudelte los: „Ich habe da was für Sie. Ich würde Ihnen gerne eine Anzeige verkaufen." Anna zeigte keinerlei Reaktion. „Wissen Sie, ich komme vom Magazin *Oberbayerin*, wir sitzen in Traunstein und es geht dabei um Ihre Gegend hier, also Rosenheim, Wasserburg, eigentlich fast bis hinauf nach München."

Anna wartete schweigend. Das Lächeln der jungen Frau wurde allmählich wackelig.

„Gerne lasse ich Ihnen ein paar Magazine zur Ansicht da … Wissen Sie, wir haben in der nächsten Ausgabe das

Sonderthema Basteln – und mit so einer Anzeige könnten Sie viele Kunden anlocken!"

Das war zu viel: Mit einem lauten Lachen brach Anna die Stille.

„Girly", sagte sie und schüttelte den Kopf über sich selbst, weil sie bemerkte, dass sie fast in ihrer Muttersprache geantwortet hätte, „was glauben Sie denn, wen ich in meinem Alter noch anlocken möchte?"

Die Frau schwieg und starrte Anna ungläubig an – nur einen Moment, dann hatte sie sich wieder gefangen. „Na, ziemlich viele Leute!", gab sie zurück. „Und es hört ja nicht bei Anzeigen auf! Sie könnten Strickkurse anbieten! Viele junge Leute wollen doch jetzt wieder Sachen selbst machen. Sie könnten viel verdienen ..."

Anna stand auf und legte den *Landscape Photographer Monthly* vor sich auf das Kassenpult. „Danke Ihnen", sagte sie in einem Ton, der deutlich machte, dass das Gespräch für sie beendet war, „ich habe wirklich kein Interesse. Aber viel Erfolg noch!"

Die junge Frau zuckte die Schultern. „Schade", sagte sie und drehte sich unsicher um, auf der Suche nach einer Ablagefläche, wo sie zumindest die Ansichtsexemplare ihrer Zeitschrift hinlegen konnte. In Ermangelung eines Tisches machte sie einen Schritt auf Anna zu und ließ drei Hochglanzmagazine auf den Verkaufstisch gleiten. Dann machte sie einige Schritte in Richtung Tür.

Anna setzte sich wieder und wollte gerade weiterlesen, da blieb die Frau plötzlich abrupt stehen, schoss herum und kam wieder auf sie zu.

„Wissen Sie was?", fragte sie und legte die Hand entschieden auf das Kassenpult. „Ich möchte stricken lernen! Können Sie mir Unterricht geben?"

Anna war einen Moment lang wirklich sprachlos – etwas, das, wie ihr selbstkritisch durch den Kopf ging, eher selten vorkam. „Jetzt?“, brachte sie schließlich fassungslos hervor. „Mitten im Juli?!“

Die junge Frau lächelte. „Klar! Es kommt doch nicht auf die Jahreszeit an – man kann immer etwas Neues anfangen.“

Anna zögerte. Noch nie hatte sie Unterricht gegeben – die wenige Kundschaft, die bei ihr einkaufte, kannte sich mit den Stricknadeln bereits gut genug aus. Aber irgendetwas sagte ihr, dass es Zeit war, einmal Ja statt Nein zu sagen.

Während sie noch mit sich kämpfte, redete die Frau ohne Punkt und Komma weiter: „Kommen Sie, Sie haben doch sicher nicht so viel zu tun, gerade jetzt im Sommer. Und ich würde so gerne für meinen kleinen Sohn einen Schal stricken – bei meinem mangelnden Talent brauche ich die fünf Monate bis Weihnachten wahrscheinlich sowieso!“

Sie holte ein kleines blaues Notizbuch aus ihrer Handtasche. „Wann haben Sie Zeit? Morgen?“

Anna zögerte. „Äh … ich weiß nicht … wann …“

„Sie würden mir wirklich einen großen Gefallen tun! Bitte!“

Anna atmete tief ein, und als sie ausatmete, hörte sie, zu ihrer eigenen Überraschung, das kleine Wörtchen „okay“ mitschwingen.

„Super!“ Die junge Frau schlug vor Freude mit der Handfläche auf das Kassenpult, was die alte Registrierkasse zum Vibrieren brachte, und zuckte vor Schreck zusammen. „Entschuldigung! Aber das ist echt super!“

„Wann morgen?“, fragte Anna, als sie ihre Stimme wiedergefunden hatte.

„Na ja, morgen ist Samstag, da ist mein Kleiner bei meinem Ex“, überlegte die Frau laut. „Vierzehn Uhr?“

Anna zögerte. „Am Nachmittag habe ich nicht geöffnet.“

„Ach so, entschuldigen Sie. Dann vielleicht früher?"

Eine kurze Stille entstand, in der Anna nachdachte. Was hatte sie schon vor am Feierabend? Noch dazu am Wochenende? Ihre Tochter wohnte auf der anderen Seite des Atlantiks, und die Haushaltshilfe konnte auch allein putzen.

„Vierzehn Uhr ist gut", sagte sie resolut und fügte ironisch hinzu: „Dann haben wir unsere Ruhe vor den Massen an Kundschaft."

Am nächsten Tag stand Anna bereits um dreizehn Uhr fünfundvierzig an der Glastür, vor der das Geschlossen-Schild baumelte, und wartete. Ungeduldig tappte sie mit der Spitze ihres Gabor-Pumps auf den Boden, schaute nach unten und entfernte abwesend eine Fluse von der Schuhspitze. Eine der wenigen „Unvernünftigkeiten", die sie sich über die Jahre bewahrt hatte: hohe, unbequeme, aber dafür schöne Schuhe.

Wobei „hoch" natürlich relativ war: Seit ihrer Jugend waren die Absätze um gut fünf Zentimeter niedriger geworden, aber immerhin. Als ehemalige Tänzerin konnte sie sich einfach nicht mit Gesundheitsschuhen abfinden, auch wenn die Füße arthritisch schmerzten.

Wann ihre „Schülerin" wohl käme? Sie hatte nicht einmal nach ihrem Namen gefragt. Vielleicht hatte sie es ja schon wieder vergessen. Oder es war überhaupt nicht ganz ernst gemeint gewesen.

Um kurz nach vierzehn Uhr hatte sie genug. Sie schloss die Türe, humpelte – langes Stehen war doch nicht mehr so leicht wie früher – zum Kassenpult und wollte gerade durch den Hintereingang hinaus auf die Straße, als ein dringliches Klopfen an der Vordertür sie zusammenzucken ließ.

Da stand die junge Frau, mit einem peinlich berührten Lächeln, und hob entschuldigend die Hände.

Anna machte sich wieder auf den Weg zur Vordertür und schloss auf.

Die andere kam hereingeschossen, und ehe Anna auch nur Hallo sagen konnte, sprudelte sie los: „Bitte entschuldigen Sie, dass ich zu spät komme, aber es ist wirklich die Hölle mit meinem Ex. Er hat den Kleinen nicht abgeholt, und als ich ihn dann angerufen habe, war er betrunken, und dann musste ich meine Mutter anrufen, dass sie den Kleinen nimmt, und bis sie da war, war es schon recht spät, und dann der Verkehr und ..." Ihre Stimme verebbte, als sie Anna direkt ansah und wohl ihren sonderbaren Gesichtsausdruck bemerkte. „Entschuldigen Sie, ich rede schon wieder zu viel, oder?"

Anna lächelte verkniffen. Sie konnte Unpünktlichkeit nicht ausstehen, wahrscheinlich eine Alterserscheinung. Früher hatte es sie nicht so sehr gestört. Es hatte ihr mehr ausgemacht, wenn Leute einfach unangekündigt vorbeigekommen waren. Wie David, als er noch nur ein Freund gewesen war. Beziehungsweise ein Mitglied ihrer zukünftigen Familie. Wie oft hatte sie sich geärgert, weil er plötzlich vor der Tür stand, wenn sie gerade keinen BH unter der Bluse anhatte oder im schlabberigen Home-Outfit herumlief? Und jetzt würde sie alles dafür geben, wenn er wieder hereinplatzen würde.

Benommen schüttelte sie den Kopf und stellte fest, dass die junge Frau noch immer abwartend vor ihr stand und offenbar auf eine Antwort hoffte. „Kein Problem", hörte sie sich sagen und schalt sich innerlich, dass sie „Problem" auch nach vierzig Jahren in Deutschland noch wie das englische Wort „problem" aussprach. „Kommen Sie mit!"

Sie setzte sich an den kleinen Tisch mit den beiden Stühlen, den ihr die Reinigungskraft heute Morgen freundlicherweise vom Lager in den Verkaufsraum gestellt hatte, und deutete auf die Karaffe mit Wasser, die neben den bereits hergerichteten Stricknadeln in verschiedener Stärke und diversen Wollknäueln stand.

„Wasser?", fragte sie.

„Gern." Die Frau lächelte und schob Anna eines der beiden Gläser hin. Anna bemerkte, dass ein Klecks ihres auffälligen pinkfarbenen Lippenstiftes neben dem linken Mundwinkel prangte, so als habe sie sich sehr schnell geschminkt.

Anna schenkte das Wasser ein und füllte dann für sich selbst das andere Glas. Wenn sie die Karaffe wieder auf den Tisch stellte, hätten sie eigentlich keinen Platz zum Stricken. Suchend sah sie sich um.

„Warten Sie!" Die andere sprang auf. „Ich stelle sie zur Kasse!"

Flink wie der Wind wirbelte sie samt Karaffe zum Verkaufstisch und wieder zurück. Die goldenen Reifen an ihren Armen klimperten. Schließlich blieb sie abrupt vor Anna stehen und sah sie mit großen Augen an. „Ich weiß gar nicht, wie Sie heißen!"

Anna, die das Tempo ihres Gegenübers seltsam an sich selbst vor vierzig Jahren erinnerte, lächelte. „Nennen Sie mich einfach Anna. Und Sie?"

„Emilia."

Eine kurze Stille entstand – allerdings nur einen Moment, dann sprudelte Emilia hervor: „Sind Sie Engländerin?"

Anna schüttelte den Kopf. „Amerikanerin." Aus dem Augenwinkel bekam sie mit, dass Emilia beeindruckt nickte.

„Aber ich bin schon fast vierzig Jahre hier. Mit Mitte dreißig ausgewandert." Und bevor Emilia noch weitere Fragen stellen konnte, schob sie hinterher: „Fangen wir an, oder?"

Bevor Anna auch nur Luft holen konnte, kam schon Emilias Wortschwall: „Also ein Schal soll es werden, für meinen Kleinen, der ist sechs Jahre alt, ungefähr – so groß", sie zeigte eine Höhe von circa einem Meter über dem Fußboden, „blond, niedlich …"

„Alles klar." Anna sah sie wohlwollend an, hatte aber das Gefühl, die junge Frau etwas einbremsen zu müssen. „Bevor Sie sich gleich an den Schal wagen, würde ich Ihnen aber zu einem Probestück raten, damit Sie erst einmal die Technik richtig lernen."

Emilia machte eine entschlossene Miene. „Okay. Wie fangen wir an?"

„Am besten suchen Sie sich erst mal eine Wolle aus, die in etwa die gleiche Stärke hat wie für einen Schal …" Anna beugte sich über den Tisch und befühlte prüfend die Knäuel, die darauf lagen. „Ein wenig dicker wäre nicht schlecht für den Anfang", murmelte sie und bückte sich mühsam, um an den Korb zu kommen, der unter dem Tisch stand und weitere Wollknäuel beinhaltete.

Als sie nach einem Knäuel greifen wollte, spürte sie einen reißenden Schmerz im Daumengelenk. Sie stöhnte.

„Alles in Ordnung?"

Als sie sich aufrichtete, blickte Anna in zwei weit aufgerissene graue Augen.

„Jaja", gab sie zurück. „Nur – getting older is not for sissies." Normalerweise sprach sie im Alltag kaum mehr Englisch. Musste wohl die Aufregung sein.

Emilia lachte. „Ja, das sagt meine Mama auch immer."

„Also …" Anna legte das blaue Wollknäuel auf den Tisch und begann. „Zunächst ist es wichtig, wie Sie die Maschen aufnehmen. Erst einmal formen Sie aus der Wolle eine Schlaufe, etwa so …"

Während sie erklärte und demonstrierte, heftete sich Emilias Blick fasziniert an ihre Hände.

„So", sagte Anna schließlich. „Jetzt sind Sie dran!" Sie schob Emilia das weiche Knäuel hin, stand auf und beugte sich von hinten über deren Schulter, um helfend einzugreifen, wenn sie nicht mehr weiterwusste.

Mit entschlossener Geste befühlte Emilia die Wolle und versuchte, die Zungenspitze konzentriert zwischen die Zähne geklemmt, die Wolle so um die Finger zu schlingen wie Anna. Diese fasste beherzt zu und schob ihren Zeigefinger durch die Wolle. „Und jetzt noch um den Daumen."

Zögerlich legte sich Emilia den weichen Wollstrang um den Daumen.

„Ein bisschen kleiner die Schlaufe", korrigierte Anna, „sonst wird es zu locker. – Ja, genau so."

Die ersten Maschen machte Emilia sehr konzentriert.

Abwartend setzte Anna sich wieder und beobachtet amüsiert, wie die junge Frau verbissen weiter Maschen aufnahm. Sie wusste nicht, wann sie zum letzten Mal etwas so lustig gefunden hatte.

„Was?" Emilia schrak auf, als Anna plötzlich laut auflachte.

„Nichts", gab sie zurück. „Nur – Ihr Gesichtsausdruck."

Emilia grinste und schien ausnahmsweise keinen Wortschwall parat zu haben. „Alles nicht so einfach", murmelte sie zwischen zusammengepressten Lippen und machte konzentriert weiter.

„Wenn Sie die Breite haben, die Sie haben wollen, können Sie aufhören", kündigte Anna an und schmunzelte, als Emilia die Nadel sofort auf den Tisch warf.

Während sie ihr erklärte, wie sie die zweite Nadel dazu nehmen, die Masche aufnehmen und abstreifen musste, spürte sie Emilias fragenden Blick auf ihrem Gesicht ruhen.

„Sehen Sie?", versuchte sie ihre Konzentration wieder auf die Strickarbeit zu lenken, aber Emilia fragte unverblümt:

„Wie sind Sie denn ausgerechnet hierher nach Wasserburg gekommen? Ist Ihr Mann von hier?"

Anna zögerte einen Moment, bevor sie antwortete. Sie hatte ihre Lebensgeschichte noch nie jemandem erzählt, und sie war sich nicht sicher, ob sie es jetzt tun wollte. Aber dieses Energiebündel einfach zu ignorieren, schien ihr nicht besonders erfolgversprechend zu sein.

„Nein", antwortete sie deshalb, „wir wollten einfach dahin, wo uns niemand kennt. Und in Rosenheim hatte mein Mann einen Bekannten, von daher …"

Sie zupfte auffordernd am Anfangsfaden des Strickstückes, um Emilia zum Weitermachen aufzufordern. Die reagierte aber nicht, sondern fragte weiter: „Ist Ihr Mann nie im Geschäft?"

Anna blickte vor sich auf den Tisch. „Er ist vor drei Jahren gestorben", sagte sie leise.

Eine Pause entstand.

„Das tut mir leid", sagte Emilia schließlich. „Ich hätte nicht …"

„Doch, schon okay", fiel Anna ihr ins Wort, „ich erinnere mich gern an ihn. – Jetzt die nächste Masche!"

Emilia gehorchte und die nächste halbe Stunde verging in arbeitsamem Schweigen.

Nach einer weiteren Stunde seufzte Emilia plötzlich auf und ließ ihre Nadeln auf den Tisch gleiten. „Ich kann nicht mehr", schnaubte sie.

„Tun die Augen weh?", fragte Anna mitfühlend.

„Die Finger." Emilia stöhnte und zeigte Anna ihre linke Hand, wo die Wolle rote Eindrücke auf ihrer Haut hinterlassen hatte.

„Gosh", erschrak Anna, „vielleicht nehmen Sie die Wolle nächstes Mal ein wenig lockerer!"

Emilias Gesicht leuchtete auf: „Dann darf ich noch einmal kommen?“

„Ich kann Sie doch nicht ohne Schal für Ihren Jungen nach Hause gehen lassen!“ Mit der Antwort kam ein Grinsen, das Annas Gesicht fast mädchenhaft wirken ließ.

„Das dauert aber sicher noch mehrere Samstage!“ Zögernd stand Emilia auf.

In ihrer sitzenden Position breitete Anna die Hände aus. „Ich hab nichts vor!“

„Na gut!“ Emilia lächelte glücklich und machte Anstalten, ihr Portemonnaie zu zücken. „Was bin ich schuldig?“

„Nichts natürlich“, stieß Anna entgeistert hervor.

Ein verwirrter Ausdruck machte sich auf Emilias Zügen breit. „Aber … Sie geben mir doch Unterricht, das kann ja nicht gratis sein.“

„Ich bitte Sie“, gab Anna zurück. „Das heute war eine Schnupperstunde. Und sobald Sie allein mit den Nadeln klarkommen, stricke ich selbst auch nebenbei, und dann ist es ein Treffen unter Bekannten.“ Sie fing Emilias zweifelnden Gesichtsausdruck auf und setzt hinzu: „Wenn ich das mache, dann nur ohne Bezahlung!“ Als Emilia ergeben lächelte, spürte Anna ein Gefühl der Zufriedenheit tief in sich. Endlich hatte sie wieder eine Aufgabe.

Und als die junge Frau mit federndem Schritt aus der Tür ging, die honigblonden Haare mit jedem Schritt frech wippend, stellte sie fest, dass sie sich plötzlich um einige Jahre jünger fühlte als noch vor zwei Stunden.

Als es am nächsten Samstag auf vierzehn Uhr zuging, freute sich Anna bereits auf den Besuch. Diesmal hatte sie sogar Eistee zubereitet – was sie schon seit Davids Tod nicht mehr getan hatte – und war gespannt, was der Wirbelwind, wie sie Emilia im Geiste nannte, heute wieder alles erzählen würde.

Punkt vierzehn Uhr klopfte es an der Tür, und Emilia stand stolz lächelnd davor. „Ich habe meinen Ex diesmal gestern schon erinnert, dass er nüchtern und pünktlich zu sein hat!"

Anna lachte. „Und, wie hat er reagiert?"

Mit einem Augenverdrehen antwortete Emilia: „Dass ich ihm nicht immer alles zweimal sagen muss." Dann grinste sie. „Aber er ist aufgetaucht, und nüchtern war er auch noch!"

„Trinkt er immer während des Tages?", fragte Anna besorgt, als sich die beiden langsam – es regnete, und Anna spürte das schlechte Wetter in ihren Gelenken – auf den Weg zum Tischchen machten.

„Quartalstrinker", antwortete Emilia einsilbig. „Nervt fürchterlich. Ist aber trotzdem Tobis Papa, was soll ich machen? – Hat Ihr Mann nicht getrunken?"

„Nicht während des Tages." Anna setzte sich. „Nur gerne Wein zum Abendessen und manchmal einen Whiskey am Abend. Das amerikanische Klischee lebt." Sie wedelte lustig mit den Händen, wurde dann still und sagte nachdenklich: „Manchmal kann ich kaum glauben, dass er weg ist."

Mitfühlend erkundigte sich Emilia: „Woran ist er denn gestorben?"

„Flugzeugabsturz." Es kam äußerst lapidar heraus.

Emilias Mund klappte auf. „Scheiße! Nicht im Ernst!"

Anna lächelte traurig. „Na ja, er war Pilot. Und Fotograf, aber im Gegensatz zu einem Flugzeug kann man die Kamera ja auch im Alter noch bedienen. Er wollte das Sportflugzeug ein letztes Mal ausführen, bevor wir es verkaufen, und ist in den Bergen abgestürzt."

Kopfschüttelnd erwiderte Emilia: „Das ist ja furchtbar!“

„Ja.“ Ein tiefes Seufzen entkam Anna. „Aber nicht für ihn, für ihn war es ein guter Tod, denke ich. Die Fliegerei war sein Kindheitstraum. Und sein Leben lang zu fünfzig Prozent seine Leidenschaft, neben dem Fotografieren.“

„Und neben Ihnen?“, fragte Emilia und schlug sich dann erschrocken die Hand vor den Mund. „Entschuldigen Sie, das war unpassend!“

„Nein, nein“, winkte Anna ab und fügte versonnen hinzu: „Ja, neben mir.“ Dann riss sie sich innerlich am Riemen und sagte resolut: „So, fangen wir an! – Ihr Stück vom letzten Mal liegt hier, und vergessen Sie nicht, den Faden lockerer zu nehmen. Und generell lieber die Maschen ein bisschen locker, sonst brauchen Sie so viel Kraft.“

Offensichtlich noch immer an der Geschichte von Annas Mann kauend, nahm Emilia ihr Strickzeug wieder auf. Die erste halbe Stunde verlief ungewohnt schweigsam.

Am nächsten Samstag kam Emilia wieder zur gewohnten Zeit. Anders als bisher war, dass sie, kaum hatte sie ihr Strickzeug aufgenommen, zu reden begann – offenbar hatte sie die Routine von Maschenaufnehmen, Anstricken und so weiter inzwischen so weit automatisiert, dass sie sich nebenbei unterhalten konnte.

„Heute habe ich Johannes – das ist mein Ex – gesagt, wenn er noch einmal betrunken ist, wenn er Tobi holen soll, dann suche ich um das alleinige Sorgerecht an. Er hatte das früher wirklich besser im Griff, da war es nicht so heftig … wobei, na ja, er war ja schon immer so ein Mensch, so … im Moment …“ Sie holte tief Luft. „Aber früher fand ich seine Macken irgendwie aufregend. Ändert sich, wenn man ein Kind hat.

Da will man dann auch Sicherheit." Sie blickte auf, ihre Hände standen plötzlich still. „Haben Sie keine Kinder?"

Anna seufzte. „Doch. Eine Tochter. Melissa. Lebt in den USA."

„Wo Sie herkommen?"

„Ja, fast", antwortete Anna. „Sie wohnt in Lacey. Das ist in Washington State. Ich habe ein paar Ortschaften weiter gewohnt, in Beachcrest."

„Wow!" Die Nadel bewegte sich wieder in die Maschen. „Wie ist es da?"

„Waldig", gab Anna zur Antwort. „Und am Meer, beziehungsweise am Fjord, wunderschön. – Halt, warten Sie mal!"

Emilia sah sie fragend an.

„Sie haben da einen kleinen Fehler gemacht, sehen Sie?" Sie deutete auf die betreffende Stelle. „Die Masche ist verdreht!"

Mit verwirrtem Ausdruck sah Emilia genauer hin. Schließlich glätteten sich die Falten auf ihrer Stirn. „Ah ja", sagte sie beeindruckt. „Das wäre mir jetzt im Traum nicht aufgefallen! – Was machen wir jetzt? Soll ich einfach weitermachen?"

Anna schüttelte den Kopf. „Nein, nein, wir trennen die letzte Reihe auf, schauen Sie."

Sie nahm Emilia das Strickzeug ab und ließ die letzten Maschen von der Nadel rutschen. Dann zog sie, ohne zu zögern, am Faden.

Schmerzerfüllt sah Emilia zu. „Das war jetzt eine Stunde Arbeit!"

„Unsinn", gab Anna zurück. „Sie sind jetzt schon viel schneller. Und Sie können plötzlich auch nebenbei reden, merken Sie das?"

Emilia lachte. „Ich wette, es war Ihnen vorher lieber, oder?"

„Nein, nein, girly. Reden Sie nur, es tut mir gut, mich mit jungen Leuten zu unterhalten. Man ist gefangen genug in der Welt der Alten."

Sie gab Emilia das Strickzeug zurück. „Faden locker", mahnte sie.

Mit einem Nicken fing Emilia wieder an, langsam und konzentriert zu stricken. Nach ein paar Maschen schien es ihr wieder leichter zu fallen.

„Und warum ist Ihre Tochter in den USA? Ist sie nicht hier geboren?"

„Doch, doch", antwortete Anna etwas ausweichend, beschloss dann aber, dass es keinen Sinn hatte, etwas vor Emilia zu verheimlichen – sie würde es ihr ja doch herauslocken. „Sie wollte immer ihre Wurzeln finden, und meine Familie ist ja da, und auch ..." – sie zögerte etwas – „Davids Familie ... Sie hat dort studiert und ist dann einfach geblieben, und inzwischen hat sie einen netten Mann und drei Kinder. Und ein großes Haus mit Garten." Sie lächelte liebevoll.

„Besucht sie Sie oft?"

„Manchmal. Zweimal im Jahr. Einmal sind wir auch hingefahren."

„Einmal nur?" Schockiert zog Emilia schockiert die Augenbrauen hoch. „In wie vielen Jahren?"

„Neunzehn", antwortete Anna abwesend und starrte vor sich auf den Tisch. „Es ist ein bisschen kompliziert mit der Familie meines Mannes."

Emilia wechselte gekonnt das Thema, als würde sie spüren, wie sich in Annas Inneren alles dagegen sträubte, weiterzureden. „Ja, das kenne ich auch. Johannes' Mutter ist auch eine furchtbare Schreckschraube. Ich habe sie immer nur das Schwiegermonster genannt, dabei waren wir gar nicht verheiratet …"

Anna lachte. „Ja, das ist oft ein schwieriges Verhältnis. – Und haben Sie denn jetzt einen Freund?"

Emilias Augen funkelten. „So etwas Ähnliches", gab sie zu. „Er ist Soldat. Ich fürchte mich immer davor, dass er wieder auf einen Auslandseinsatz muss. Und dazu kommt noch, dass er nicht gerade bindungsfähig ist. Er hat sich jetzt schon über einen Monat nicht gemeldet. Ich glaube allmählich, dass das nichts wird. Aber ich finde ihn so toll."

Sie wurde rot.

Anna sah sie forschend an. „Und findet er Sie auch toll?"

Zögernd kniff Emilia die Lippen zusammen. „Ja, schon. Wenn er mich anschaut, denke ich schon. Auch wenn er es nicht sagt und immer mal wieder verschwunden ist wie das weiße Zauberkaninchen in *Alice im Wunderland*." Pause, dann ein versonnenes Lächeln. „Er nennt mich immer Milly."

Anna schüttelte den Kopf und gab, ungewohnt impulsiv und ein bisschen wie ihr jüngeres Ich, zurück: „Er sollte Sie vergöttern!"

Emilias Hände standen ganz still. „Nein", sagte sie mit auf den Tisch gerichteten Blick. „Nein, das tut er nicht." Dann aber begannen ihre Augen wieder zu glänzen. Hoffnungsvoll sah sie Anna an. „Aber das kann ja vielleicht auch noch kommen, oder? Wenn es doch was wird?"

Eine weitere Woche später erlaubte Anna Emilia, endlich mit dem Schal für ihren Sohn Tobi zu beginnen. Sie suchten eine hübsche himmelblaue Wolle aus, und Anna machte den Vorschlag, nach der Fertigstellung kleine Figuren aus Filz auf die Enden des Schals zu nähen.

Sie fühlte sich mit jeder Stunde wohler in Emilias Gegenwart und freute sich schon beinahe auf ihre neugierigen Fragen und den Redeschwall, der immer wieder wie unaufhaltsam aus der jungen Frau hervorsprudelte.

Deshalb zögerte sie auch nicht lange, als Emilia nach ein paar Reihen Stricken fragte: „Wie war Ihr Mann so?"

„Perfekt", sagte Anna sofort, musste dann lächeln und fügte liebevoll hinzu: „Na ja, vielleicht nicht perfekt, aber perfekt für mich."

„Wie hat er ausgesehen?", wollte Emilia wissen.

„Ich erinnere mich immer so an ihn, wie er war, als er jung war. Fast noch in Ihrem Alter, als ich ihn kennengelernt habe." Sie fing an zu beschreiben: „Dunkelblond war er, und schlank, aber muskulös. Er war auch sehr sportlich, ich musste immer schauen, dass ich mithalten konnte. Wenn wir miteinander laufen waren, bin ich mir vorgekommen wie ein Chihuahua neben einem Schäferhund." Beide lachten. „Blaue Augen, wie das Meer. Unglaublich lange Wimpern. Richtige Sternenaugen."

Tränen bewölkten ihren Blick, und sie lachte und machte mit der rechten Hand eine Geste, als wolle sie die albernen Emotionen wegwischen.

Emilia sah sie mit einem undefinierbaren Ausdruck an. „Wie haben Sie ihn kennengelernt?"

Anna erstarrte und richtete ihren Blick auf das Probestück, das sie gerade auftrennte und wieder ordentlich zu einem Knäuel aufwickelte. In ihr arbeitete es. Sie hatte sich noch nie jemandem so anvertraut, sogar ihre Tochter wusste nur das Nötigste. Beziehungsweise wusste sie wahrscheinlich inzwischen mehr, seitdem sie in der Nähe der Familie in Lacey wohnte.

Emilia legte ihr Strickzeug weg und berührte sanft die Hand der älteren Frau. „Schon gut", sagte sie mit mehr

Einfühlungsvermögen, als Anna ihr eigentlich zugetraut hätte. „Sie müssen nicht darüber reden."

„Nein, nein", fuhr Anna auf, die sich plötzlich entschieden hatte, neue Wege zu gehen, „ich will ja. Also ... Er war der Cousin meines damaligen Verlobten."

Die Stille, die folgte, hätte man mit dem Messer in zwei Teile schneiden können. Schließlich machte Emilia ein Geräusch, das sich wie „oh-oh" anhörte.

Anna musste schmunzeln. „You can say that again", murmelte sie sarkastisch und trennte weitere Maschen am Probestück auf.

„Also, das klingt natürlich nach einer ganz schön ungewöhnlichen Geschichte. Sind Sie deswegen ausgewandert? Aber gleich nach Deutschland? Na ja, aber ich schätze mal, zu der damaligen Zeit war das alles noch heißer als heute, wenn man seinen Mann sitzen gelassen hat wegen einem anderen ..." Emilia schien ihren üblichen Redeschwall wiedergefunden zu haben. „Ich weiß ja nicht – ich würde diese Geschichte wirklich gern hören. Mögen Sie sie mir erzählen?"

Anna überlegte kurz, spielte einen Moment lang abwesend mit dem Wollstrang des aufgewickelten Knäuels und holte dann tief Luft. „Also gut. Aber es ist eine lange Geschichte, und wenn ich sie erzähle, dann erzähle ich sie ausführlich."

Emilia nickte begeistert. „Ich liebe wahre Geschichten", ermutigte sie Anna.

„Na gut", fuhr Anna fort. „Also ... Es war auf der ersten Familienfeier, zu der ich mit Matthew – das war mein damaliger Verlobter – gehen sollte. Wir hatten uns gesucht und gefunden, und ziemlich schnell verlobt. Unsere Familien waren beide eher konservativ. Seine Eltern kannte ich schon, aber Onkel, Tante, Cousin und Cousine noch nicht ..."

ZWEI

1981

Nervös klappte Anna auf dem Beifahrersitz den Spiegel der Sonnenblende herunter, um sich die Lippen nachzuziehen. Hatte sich da etwa ein Klecks rosafarbener Lippenstift auf ihre Zähne verirrt? Nein, es war nur ein Schatten.

Matthew lächelte ihr vom Fahrersitz des Lincoln Continental ermutigend zu. „Sie sind alle nett. Keiner wird dich beißen."

Anna lächelte zurück, sagte jedoch nichts.

„Wirklich", fuhr Matthew fort und strich sich das rabenschwarze Haar aus dem Gesicht, das ihm vorwitzig in die Stirn gefallen war. „Die Schlimmsten sind meine Eltern, und dieses Kennenlernen hast du ja schon hinter dir. Und sie lieben dich! Sie sagen, du bist gut für mich." Er zwinkerte Anna zu.

Sie lächelte erneut und strich sich nervös den Faltenrock glatt, der über ihre braunen hochhackigen Pumps fiel.

„Nein, im Ernst", fuhr Matthew fort. „Cynthia und Josh sind total nett, und David und seine Laura und Elaine erst recht. David hat mir ja schließlich immer gut zugeredet, als ich Mut fassen musste, dich damals endlich anzusprechen."

Anna seufzte. „Na gut." Sie klappte die Sonnenblende wieder zurück. „Dann lass uns nochmal überprüfen, ob ich mir alles gemerkt habe: Josh ist Cynthias zweiter Mann, vom ersten – Davids Vater – ist sie schon geschieden, seit David ein Kind war. Elaine ist Joshs und Cynthias gemeinsame Tochter, sie ist jetzt siebenundzwanzig und studiert Biologie an der UCLA, und David ist vierunddreißig und Pilot und schon ewig verheiratet mit Laura, die Köchin ist. Kinder haben sie keine, stimmt's?"

Matthew nickte anerkennend. „Stimmt. Gut gemerkt. Nur dass Laura nicht einfach nur Köchin ist, sie leitet ein Haubenlokal und kreiert wirklich wahre Kunstwerke. Und ist sehr stolz darauf. Also Vorsicht auf dem Gebiet!"

Anna lachte. „Also keine Witze über Köche?"

„Besser nicht." Matthew grinste und setzte den Blinker.

Sie bogen vom Highway ab in Richtung Olympia. Nach ein paar Minuten Fahrt durch ein Viertel mit großen, neu aussehenden Häusern fuhren sie eine leicht ansteigende Einfahrt entlang, bis Matthew schließlich vor einem stattlichen, weiß gestrichenen Haus den Motor abstellte. Es lag inmitten eines Gartens mit vielen Obstbäumen, die jetzt, im Frühling, gerade in voller Blüte standen und einen betörenden Duft verströmten.

„Na komm!" Matthew hielt ihr die Wagentür auf und streckte ihr chevaleresk die Hand entgegen. Seine Galanterie war einer der Gründe, warum sie sich in ihn verliebt hatte. Neben seiner herzlichen Art und seinem wirklich guten Aussehen: Während sie ausstieg, betrachtete sie bewundernd seine dichten schwarzen Haare, die ihm lässig in die Stirn fielen, und die ausdrucksvollen grünen Augen über der ebenmäßigen Nase.

„Alles wird gut", sagte er ermutigend, als sie vor ihm stand, und lockerte ihre schulterlangen nussbraunen Haare auf, die sie entgegen der Mode heute nur in einer leichten Welle trug. „Du wirst sie bezaubern." Seine vollen Lippen formten sich zu einem charmanten Lächeln.

Anna lächelte schüchtern zurück und ergriff zögernd Matthews Hand, als die beiden auf die imposante Eingangstür zuschritten. Als sie den Klingelknopf drückten, ertönte ein edler Dreifachton, und kurz darauf stand eine Frau in der Tür, die nach Matthews Beschreibung nur seine Tante Cynthia sein konnte.

„Meine Liebe!" Sie ging sofort auf Anna zu, breitete die Arme aus und drückte ihr ein Küsschen auf die Wange. „Endlich lernen wir uns kennen!"

Etwas überrumpelt durch die überschwängliche Begrüßung, erwiderte Anna die Geste und musste grinsen, als sich Cynthia schließlich Matthew zuwandte. „Und dich hätte ich jetzt fast vergessen, entschuldige!" Sie küsste ihn ebenfalls zur Begrüßung und zerstrubbelte ihm dann, als sei er noch ein Kind, das dunkle Haar. „Wie geht's dir, Großer?"

Matthew schob peinlich berührt seine Frisur wieder zurecht. „Gut, Tantchen. Und euch?"

„Gut, gut! Kommt nur rein. Anna – magst du Hausschuhe?"

„Danke." Anna schüttelte den Kopf. „Mir ist sowieso immer warm."

Sie durchquerten den großzügigen Flur und betraten ein stattliches Wohnzimmer, das trotz seiner Größe einen sehr gemütlichen Anblick bot. Die eine Hälfte des Zimmers wurde von dem großen Ledersofa dominiert, vor dem ein kleiner, aber teuer aussehender Tisch aus dunklem Holz stand. Fast alle Wände, mit der Ausnahme von einer, waren zum Bücherregal umfunktioniert worden: Anna schätzte, dass mindestens zweitausend Stück auf den eng gehängten Regalbrettern Platz gefunden hatten. Auf der anderen Seite des Raumes befand sich ein großer Esstisch, und darum herum stand der Rest der Familie, Champagnerflöten in der Hand. Bei Annas und Matthews Eintreten verstummte das Gespräch, und als Erster kam der Mann auf sie zu, der wohl David war. Anna fielen sofort seine unglaublich blauen Augen auf.

„Hallo ihr beiden", sagte er herzlich und wandte sich, wie zuvor auch schon seine Mutter, zuerst Anna zu. „Du musst Anna sein!"

Anna nickte und streckte die Hand aus, die David zwar ergriff, sie aber trotzdem auf beide Wangen küsste. Sein Aftershave war etwas Besonderes: zitronig und herb mit einer süßlichen, holzigen Note. Sie spürte, wie ihr Gesicht heiß wurde.

Als er sie losließ, konnte sie nicht umhin, ihn unauffällig aus der Nähe zu mustern: dunkelblondes Haar, schlank und muskulös, etwas größer als Matthew, markante Gesichtszüge. Und sternenblaue Augen, in die sie plötzlich – oh Schreck! – frontal blickte, während sie halbherzig Cynthias Mann Josh begrüßte. Sie wandte den Blick ab, bemerkte aber trotzdem, wie er mit seiner schieren Präsenz den Raum für sich einnahm, und konnte nicht verhindern, dass sich in ihr der Gedanke formte: „Was für ein Mann!"

Bevor sie genauer darüber nachdenken konnte, kamen auch Elaine und Laura auf sie zu – sie war sich nicht sicher, wer wer war, bis sie sich vorstellten. Elaine war Anna auf den ersten Blick sympathisch, obwohl sie offenbar etwas introvertiert war. Sie war bildschön mit ihren hellblonden Haaren und der elfenbeinweißen Haut, wirkte aber mit der unauffälligen Kleidung so durchscheinend, dass man ihre Anwesenheit zunächst kaum bemerkte. Ihre herzliche Art und das kluge Funkeln in ihren Augen zeigten jedoch, dass mehr hinter ihrer Fassade steckte, als man auf den ersten Blick sehen konnte.

Auch Laura war nett und stellte Anna angeregt Fragen über ihre Arbeit als Krankenschwester, die sie ehrlich zu interessieren schien.

Inzwischen waren auch Anna und Matthew mit Champagner versorgt worden, und es war David, der den Toast ausbrachte: „Auf den heutigen Abend! Auf unser – leider viel zu seltenes – Familientreffen", sein Blick streifte Anna auf eine Art und Weise, die zwar völlig unschuldig war, Annas Wangen aber trotzdem zum Brennen brachte, „und auf dich, liebe Anna. Wir freuen uns ganz besonders, dass du heute hier bist."

Bei seinem Tonfall wurden Annas Knie weich, auch wenn sie nicht genau hätte sagen können, was daran anders als familiär und freundlich gewesen war.

Außer ihr schien dieser Toast niemandem sonderbar vorzukommen. Die Gläser wurden leicht aneinandergestoßen, und in dem teuren Klirren des Kristalls atmete Anna tief durch und schalt sich innerlich, sich von einem – noch dazu vergebenen – Mann so unnötig aus dem Konzept bringen zu lassen.

„Nur weil er gut aussieht! Das hat jetzt ein Ende", schwor sie sich – und im Laufe des Abends fiel es ihr zunehmend leichter, David anders wahrzunehmen: Laura hing an seinen Lippen, sobald er auch nur ein Wort sagte, und die beiden erschienen so vertraut, dass man gar nicht anders konnte, als sie als verliebtes Paar wahrzunehmen.

Am Ende des Abends wurde Anna daher nicht mehr rot, als sich David von ihr verabschiedete.

Ein paar Wochen später saß Anna in ihrer Mittagspause in einem Café in Olympia und wartete darauf, dass sich die übliche mittägliche Entspannung einstellte.

Irgendwie war die Vormittagsschicht heute wie verhext gewesen: Ihre Station im Krankenhaus war nicht einmal ganz voll belegt gewesen, aber jeder der Patienten hatte mindestens einmal nach ihr geklingelt und dann mit einem kläglichen „Schwester ...!“ nach irgendetwas komplett Unwichtigem verlangt. Und zweimal hatte sie einen Arzt rufen müssen – einmal, weil eine scheinbar längst geschlossene OP-Wunde wieder aufgebrochen war, und einmal, weil eine Patientin nach dem Aufwachen aus der Narkose nach einer Hüftoperation so desorientiert gewesen war, dass Anna sich selbst nicht mehr zugetraut hatte, sie hinreichend zu behandeln.

Bei dem Gedanken an diese Situation seufzte Anna und nahm einen Schluck von der heißen Schokolade, die sie sich als „Seelentröster“ bestellt hatte. Sie hatte bereits gegessen, aber eine halbe Stunde Pause war noch übrig – keine Minute zu früh würde sie in dieses Irrenhaus zurückkehren!

Gedankenverloren ließ sie den Blick über die umliegenden Tische schweifen, als sie plötzlich ein bekanntes Gesicht entdeckte. Ein paar Tische entfernt saß David und las in einer Zeitung.

In ihrem Bauch entstand ein sonderbares kleines Flattern, das sie allerdings sofort wieder niederkämpfte. Sollte sie zu ihm gehen und Hallo sagen? Oder wäre das aufdringlich? Wäre es andererseits unhöflich, ihn einfach zu ignorieren?

Während sie noch überlegte, drehte er sich plötzlich um und erkannte sie, grinste jungenhaft und hob grüßend die Hand.

Sie lächelte erleichtert und winkte ebenfalls, und er stand auf und kam mitsamt seiner Zeitung zu ihr herüber.

„Hey!", sagte er freundlich und musterte sie mit seinen atemberaubend blauen Augen.

„Hey!", gab Anna zurück.

„Bist du schon lange hier?", fragte er. „Ich habe dich gar nicht gesehen."

„Ja", antwortete sie zögernd, „ich habe hier zu Mittag gegessen. Und du?"

Er winkte ab. „Ich bin gerade gekommen. Bin hier verabredet, aber viel zu früh da." Dann schien er nachzudenken. „Darf ich mich zu dir setzen?"

„Klar!" Anna deutete einladend auf den Stuhl ihr gegenüber, und er holte seine Tasse und gab der Kellnerin ein Zeichen.

„Und, wie geht es dir?", fragte er, als er sich setzte.

„Gut." Anna lächelte. „Ich habe gerade Pause. Ich arbeite im St. John's Hospital gegenüber."

„Oh!" Es klang überrascht. „Das wusste ich gar nicht! Welche Station?"

„Orthopädie", antwortete sie. Dann schwiegen beide. „Heute ist irgendwie ein sonderbarer Tag", setzte Anna schließlich hinzu und erzählte, was im ersten Teil ihrer Schicht passiert war. An einigen Stellen ließ sie ihre Geschichte tragisch-komisch klingen, und David lachte herzlich über ihre Pointen und sah sie aufmerksam an.

„Und dann muss ich heute Abend auch noch die Buchhaltung machen", beendete sie ihre Erzählung und legte scherzhaft einen Finger an ihre Nasenspitze. „Hm, vielleicht war mein Tag bisher doch vergleichsweise gut."

„Buchhaltung?" David runzelte die Stirn.

„Ja", erklärte sie, „ich mache für Matthew und für mich immer die Steuererklärung, und mit seiner halben Professoren-Stelle ist das immer recht aufwändig."

Beeindruckt zog er die Augenbrauen hoch. „Wow. Ich kann das gar nicht selbst."

Sie machte eine wegwerfende Geste mit der Hand. „Matthew auch nicht."

Er nickte. „Wie geht es Matthew? Bekommt er überhaupt mit, dass du mit ihm zusammenwohnst, oder sind seine Fachbücher seine Mitbewohner erster Ordnung?"

Überrascht von seiner ironischen Frage prustete sie laut heraus. „So halb und halb. Ich glaube, die Physik wird immer seine größte Liebe bleiben."

David spielte mit dem Untersetzer seiner Teetasse. „Und hast du dich in der Familie gut eingelebt?", fragte er mit plötzlichem Ernst.

Anna dachte einen Moment lang nach, bevor sie antwortete: „Ja, eigentlich schon. Mary ist etwas anstrengend." Das war ihr so herausgerutscht – eigentlich hatte sie nicht schlecht über Matthews Mutter reden wollen. Aber David nickte verständnisvoll und sah sie abwartend an, sodass sie vertrauensvoll fortfuhr: „Ich meine, sie ist nett und so, aber … Irgendwie mischt sie sich einfach gern in Dinge ein."

„Ja", gab David zurück. „Das hat sie wohl schon immer getan, meine Mutter hat mir einmal erzählt, dass sie früher auch ihre Probleme mit ihr hatte, als ihr Bruder – also Charles – und Mary frisch verheiratet waren."

Anna nickte. „Kann ich mir vorstellen. Deine Mutter ist da zurückhaltender, oder?"

„Ja", gab David zu, „eigentlich hat sie mich, seit ich erwachsen bin, immer machen lassen, was ich wollte, ohne es groß zu hinterfragen." Er überlegte. „Beziehungsweise durfte ich auch schon viel selbst entscheiden, als ich jünger war. – Dürfte ihr vermutlich nicht immer leichtgefallen sein, oft sind da Dinge so richtig schiefgegangen."

„Trotzdem“, sagte Anna nachdenklich, „ich glaube, es ist immer besser, ein Kind seine eigenen Erfahrungen machen zu lassen, auch wenn es dabei vielleicht manchmal auf die Nase fällt.“

„Ganz genau!“ David sah sie überrascht an. „Lustig, ich dachte immer, ich wäre allein dieser Meinung.“

„Nein, ich sehe das auch so“, bekräftigte Anna. „Ich zum Beispiel bin früher – beziehungsweise falle ich eigentlich immer noch ständig auf die Nase oder ecke irgendwo an, aber irgendwie lerne ich meistens daraus und ich brauche diese Erfahrungen auch irgendwie. Wenn sich jemand ständig einmischt und mir sagt, was ich wie zu tun habe ... Das halte ich gar nicht aus, dann muss ich nämlich erst recht ausprobieren, wie es gehen würde, wenn ich genau das Gegenteil tue. Da kommt dann irgendwie ein Rest von jugendlichem Trotz durch.“

„Exakt, genauso geht es mir auch!“, stimmte er ihr energisch zu und lächelte dann rätselhaft, während er sie mit undefinierbarem Blick aus blauen Augen ansah. „Wirklich lustig“, murmelte er.

Als es für Anna Zeit war, zu gehen, bestand David darauf, die Rechnung zu begleichen und ließ sich trotz ihrer Bemühungen nicht anderweitig überzeugen. Sie verabschiedeten sich mit vertrauten Wangenküsschen, und während Anna außen am Café entlangging und die Straße zum Krankenhaus überquerte, meinte sie, noch immer seinen Blick im Rücken zu spüren.

DREI

Heute

„Und was war dann?“, fragte Emilia mit Augen so rund wie zwei Unterteller. Das Strickzeug hatte sie schon lange sinken lassen. „Hat er Laura verlassen?“

„Nicht wirklich.“ Anna schüttelte den Kopf. „Es ist eine viel kompliziertere Geschichte als das. – Aber das erzähle ich Ihnen ein anderes Mal. Lassen Sie uns doch noch ein wenig stricken! Ich glaube, ich werde auch einen Schal anfangen, den kann ich dann einem meiner Enkel schicken.“

Mühsam stand sie auf und humpelte zu dem Regal, in dem sich verschiedene Wollknäuel mittlerer Stärke türmten. Nach kurzem Suchen nahm sie ein dunkelgrünes Knäuel aus dem Regal, setzte sich wieder und fing mühelos an, die Maschen aufzunehmen.

Anna bemerkte, wie Emilia ihr fasziniert zusah, da ihr das Stricken leicht von der Hand ging. „Ich bin so gespannt, wie es weitergeht. Sie waren ja beide in festen Bindungen, und da haben Sie es trotzdem irgendwie geschafft, sich zu verlieben? Na ja, man sagt ja immer, manche Dinge sind größer als alles andere, nicht wahr?“

Anna nickte versonnen und lächelte leicht. „Wie gesagt, es hat sich noch etwas komplizierter entwickelt, als es jetzt klingt.“

„Wollen Sie nicht doch weitererzählen?" Emilia wickelte etwas Faden ab und zog ihn sich so fest über den Finger, dass sie schmerzhaft zusammenzuckte und die Wolle etwas lockerte.

Anna spürte, wie sich ihre Mundwinkel zu einem schelmischen Lächeln hochzogen. „Schauen Sie, jetzt haben Sie es selbst gemerkt."

Emilia zuckte die Schultern.

„Wenn Sie nächste Woche wiederkommen, erzähle ich vielleicht noch ein bisschen", ergänzte Anna und musste noch mehr grinsen, als Emilia antwortete: „Darauf können Sie sich verlassen! Jetzt werden Sie mich nicht mehr los."

Als Emilia an diesem Nachmittag nach Hause kam und auf ihre Wohnungstür zuging, erschrak sie: Dort klebte ein Zettel.

„Oh je, hoffentlich nicht schon wieder die Nachbarn!"

Schon mehrmals hatten sich die Mieter unter ihr beschwert, wenn ihr Sohn Tobias zu laut durch die Wohnung gelaufen war. „Haben wohl selbst keine Kindheit gehabt", murmelte sie ärgerlich und kramte ihren Schlüssel aus der Handtasche. „Kann ihn ja nicht am Sessel festbinden." Weil es einige Zeit dauerte, bis sie ihren Schlüssel gefunden hatte, bemerkte sie erst, als sie direkt vor der Tür stand, dass der Zettel gar nicht von den Nachbarn war.

„Warst leider nicht da, war in der Gegend. Bin nur noch eine Woche im Lande. Kann ich morgen zu dir kommen? Tom", stand auf dem Zettel, und sofort fing ihr Herz an, schneller zu schlagen, bevor ein übermütiges Strahlen ihr Gesicht überzog. Dann allerdings bewölkte sich ihr Blick – wahrscheinlich war es jetzt so weit, er musste in einen

Einsatz. Speichel sammelte sich in ihrem Mund, und von einem Moment auf den anderen wurde ihr übel. Kaum in der Wohnung schrieb sie Tom mit zitternden Fingern eine Nachricht.

„Wo bist du denn in einer Woche?"

„Im Libanon", kam die Antwort in seiner typisch zackigen Art, die sie nun schon kannte, und sie atmete auf – zumindest nicht Afghanistan oder Irak. Eine zweite Nachricht blinkte: „Also morgen?"

Emilia überlegte. Am nächsten Tag würde Tobi noch bis zum Abend bei seinem Vater sein, aber vorsichtshalber wäre es wahrscheinlich geschickter, sich in Toms Wohnung zu treffen, die er sich – ganz der ewige Junggeselle – mit einem Kollegen teilte. Tobi kannte Tom noch nicht, und sollte Johannes den Kleinen wieder einmal früher als vereinbart zurückbringen wollen, wäre es wohl besser, wenn sich dieses Treffen erst einmal vermeiden ließ.

Sehen wollte sie Tom aber unbedingt – gerade, wenn er dann erst einmal im Ausland wäre …

„Ich komme zu dir", schrieb sie zurück. „Halb zwei?"

Am nächsten Tag kalkulierte Emilia volle zwei Stunden ein, um sich für Tom schön zu machen.

Als sie vor dem Spiegel stand und zum wiederholten Male ihre glatten Haare so in Form zupfte, dass sie locker um ihr Gesicht fielen, sah sie ihrem Spiegelbild in die Augen und bei dem Ausdruck darin, den sie eine Millisekunde lang darin entdeckte, erstarrte ihr Hand an der Strähne, die sie gerade bearbeitet hatte.

Du bist verliebt, ging es ihr durch den Kopf, und ihre Vernunft reagierte auf diesen Gedanken mit dem angespannten Zucken eines Mundwinkels. *Er war von Anfang an ehrlich darüber, dass es für ihn keine richtige Beziehung ist, und du hast dich trotzdem verliebt.*

Sie ließ die Strähne los und schüttelte den Kopf. Andererseits – was er sagte und was er tat, schienen bei Tom häufig zwei verschiedene Dinge zu sein. Er hatte ihr ja bereits erzählt, dass er in der Vergangenheit schlechte Erfahrungen gemacht hatte. Allerdings war er nie konkret geworden, was genau er eigentlich erlebt hatte – aber sie ahnte, dass ihn diese Erlebnisse irgendwie blockierten.

Trotzdem: Emilia hatte fest vor, ihn vor seinem Abflug noch zu fragen, ob sie nun doch ein Paar waren oder nicht, und setzte sich schließlich, perfekt gestylt, aber mit zittrigen Knien ins Auto. Kaum hatte sie den Motor angelassen, piepste ihr Handy. Tom.

„Hey Milly, kannst du auch erst um 14:00 kommen?"

Ärger wallte in ihr auf und stieg wie eine heiße Welle vom Bauch aus Richtung Hals, gefolgt von einer überwältigenden Traurigkeit. Sie griff in ihre Jackentasche und befühlte die kühlen Perlen des Geschenks, das sie als Glücksbringer für seinen Einsatz gedacht hatte. Nun hätte es sie am liebsten aus dem Autofenster geworfen – hätte es ihr nicht selbst viel bedeutet. Sie war ja schließlich keine Pizza, die man abbestellen konnte, wenn man dann doch keine Lust darauf hatte …

„Ich glaube, ich komme gar nicht", schrieb sie schließlich zurück und fügte mit zitternden Händen hinzu: „Bitte lass mich einfach mein Leben leben." Und anstandshalber: „Viel Glück im Libanon!"

Die Antwort folgte auf dem Fuße: „Wow, hart. Aber bitte, wie du willst!"

Emilia seufzte. Das hatte sie jetzt auch nicht gewollt. Wenn sie ehrlich war, hatte sie sich einfach ein wenig mehr

Engagement erhofft. Und genau das war das Problem: Sie fühlte sich von ihm konstant abserviert und tief drinnen wusste sie, dass er nicht gerade gut für sie war. Eben wegen solch mangelnden Werbens um sie. Aber sie hatte Glück: Tom schickte noch eine zweite Nachricht. „Übertreibst du jetzt nicht ein wenig?"

Emilia atmete tief ein und aus. Gott sei Dank!

„Mag sein", tippte sie und drückte auf „Senden", bevor sie es sich wieder anders überlegen konnte.

Keine zwei Minuten später kam Toms Antwort: „Ehrlich gesagt fühle ich mich verarscht. Ich hatte mich schon auf heute Nachmittag gefreut."

Emilia stöhnte und tippte ihre finale Antwort: „Ja, ich mich auch. Das ist ja das Problem. Aber bitte, ich mag dich jetzt auch nicht im Streit fahren lassen. Ich komme um 14:00 zu dir."

Als seine Antwort („Hä? Jetzt verstehe ich gar nichts mehr. Aber okay.") kam, war Emilia bereits auf dem Weg.

Als sie um Punkt vierzehn Uhr in Toms Hof stand, war sie wieder relativ wütend – die halbstündige Fahrt über die Grenze nach Österreich hatte sich als wahrer Wut-Trigger herausgestellt. Wie konnte er nur so unsensibel sein?

Sie atmete tief durch und drehte sich um, weil sie ein Motorengeräusch hinter sich hörte. Toms schwarzer Audi bog um die Ecke, Felgen glänzend, das Nummernschild mit dem Salzburger-Land-Kennzeichen funkelnd in der Sommersonne.

So lässig wie möglich ging Emilia auf ihn zu und schüttelte dabei unwillkürlich den Kopf. Die Fensterscheibe des Audi wurde heruntergelassen, und wie immer, wenn sie ihn sah, bewunderte sie still die braunen „Hundeaugen", die ebenmäßigen Züge, braunen Haare und nicht zuletzt die Muskelpakete ihres Liebhabers.

„Du kannst da rechts durchgehen", wies Tom sie lakonisch an, und sie tat wortlos, wie ihr geheißen. Während des Gehens schüttelte sie nochmals den Kopf – ungläubig darüber, dass sie tatsächlich hier war und dass dieser schöne Mann sie offenbar irgendwie vermisste, auch nach einem Monat der Funkstille – die allerdings er indiziert hatte. Ja, da war sie wieder, die Wut …

Als Tom schließlich die Stufen der Tiefgarage hochstapfte, lächelte er Emilia leicht an, und sie tappte prompt in die Falle und lächelte zurück. Eigentlich hatte sie ihn länger schmoren lassen wollen. Sie ertappte sich selbst und fuhr auf: „Du machst mich vollkommen wahnsinnig!"

Er schien sich nicht zu wundern und warf ihr nur ein leicht schiefes Lächeln zu, bevor er hinter ihr die Stufen zu seiner Wohnung hochstieg. „Ich hatte heute auch nicht gerade einen leichten Tag!"

„Wieso, was war denn los?" Wenn sie schon einmal da war, konnte sie genauso gut mit ihm reden.

„Ach, ich hatte einen schlimmen Streit mit meinem Mitbewohner", antwortete er, „weil ich doch jetzt beim Ausziehen bin, und das taugt ihm gar nicht."

Inzwischen waren die beiden an seiner Wohnungstür angekommen. Tom öffnete die Tür und ließ Emilia vorgehen.

Sie betrat den in hellem Holz getäfelten Flur, von dem aus, wie sie wusste, Küche, Wohnzimmer, Schlafzimmer und das Zimmer seines Mitbewohners abgingen.

Während sie in Richtung Wohnzimmer ging – ein gemütlich eingerichteter Raum mit einem butterweichen Ledersofa und einem großen Ecktisch –, fragte sie: „Soll ich die Schuhe ausziehen?"

Ernsthaft vor hatte sie es allerdings nicht: Die hochhackigen Pumps gehörten definitiv zu ihrem Outfit aus blauem Sommerrock und schwarzem Spitzentop.

„Ja", rief Tom aus der Küche, kurz angebunden.

Huch, durchfuhr es Emilia, Kasernenhof-Ton. Als wäre keine Zeit vergangen!

Widerwillig streifte sie sich die Schuhe von den Füßen ab und stellte sie ordentlich nebeneinander. Na super, jetzt konnte man sehen, dass ihr Nagellack definitiv nicht frisch aufgetragen war – das Einzige, was sie bei ihrer Beauty-Zeit heute nicht mehr geschafft hatte.

„Magst du was trinken?"

Sie schüttelte stumm den Kopf, ungewöhnlich wortkarg.

„Setz dich doch", sagte er.

Sie setzte sich.

Nach seinem Gesichtsausdruck zu urteilen, verzweifelte er langsam an ihrer Schweigsamkeit.

Seufzend kam er neben sie und setzte sich ans andere Ende der Couch, Füße hoch, halb liegend, in den Fernseher schauend.

Emilia stutzte. Seit wann war der Fernseher an?

Oh je. Sie war wirklich fertig mit den Nerven und sich ziemlich sicher, dass auch ihm das nicht verborgen bleiben konnte. Ihre Hände zitterten, bemerkte sie. Sie saß auf der äußersten Sofakante und ihr Herz schlug so kräftig, dass man es wahrscheinlich nicht nur hören, sondern sogar sehen konnte. Sie stützte ihr Gesicht in die Hände. Irgendwie ging jetzt alles schief!

Im Fernsehen lief eine Comedy-Serie, und Tom lachte bei einer Szene leicht auf.

Emilia sah ihn fragend an.

„Es ist einfach so lustig", rechtfertigte er sich.

Sie fasste sich ein Herz. Immerhin war sie nicht zu ihm gekommen, um mit ihm fernzusehen. Mit so ruhiger Stimme wie möglich fragte sie: „Was wird das denn jetzt hier?"

Er sah sie nur stumm an.

„Warum hast du dich wieder gemeldet?", fuhr sie fort. „Ich hatte dich schon fast losgelassen, und dann meldest du dich wieder!"

Er sah sie weiter an und lächelte kläglich.

„Du bist nicht gut für mich!" Ihre Stimme zitterte.

Er schluckte und fragte heiser: „Warum?"

Emilia atmete tief durch, bis sich der Kloß in ihrem Hals wieder verflüchtigt hatte. Ehrlich antwortete sie: „Du gehst mir einfach dermaßen unter die Haut, und ich will dich da nicht haben." Ihre Augen wurden feucht. „Aber ich kann mich nicht wehren, schon in dem Moment nicht mehr, als ich deinen Zettel gefunden habe!" Ihre Stimme bebte, und sie brachte mühsam heraus: „Du gehst mir einfach so unter die Haut!"

Er starrte sie nur an.

„Warum hast du dich wieder gemeldet?" Emilias Stimme klang verzweifelt.

Tom setzte sich auf, machte den Fernseher leiser und lehnte sich dann seufzend zurück. Den Blick auf seine Füße gerichtet, sagte er langsam: „Ich muss dir ehrlich sagen, ich weiß nicht, warum ich es getan habe." Pause. „Vielleicht war es ein Fehler."

Er sah sie intensiv an, als würde er einen Widerspruch erwarten. Weil Emilia das Gefühl hatte, seinen Blick keine Sekunde länger ertragen zu können, stand sie auf, ging hinaus und holte den kleinen Rosenkranz aus ihrer Jackentasche, den sie ihm geben wollte – unabhängig davon, was sich ergab oder nicht ergab. Das schmale Kettchen hatte sich verknotet, aber das konnte sie nun mit ihren zitternden Händen auch nicht ändern.

„Ich hab was für dich“, verkündete sie, als sie zurück ins Wohnzimmer kam.

Tom setzte sich auf. Behutsam nahm Emilia seine Hand und ließ den weißen Rosenkranz hineingleiten.

„Das ist jetzt sehr altmodisch“, sagte sie leise, „aber der soll dich beschützen. Ich habe ihn von meiner Oma geerbt.“

Er sah sie ungläubig an und entwirrte das Kettchen des Perlenkranzes vorsichtig mit seinen schlanken Fingern. Er hatte sehr kleine Hände für einen so kräftigen Mann, fiel Emilia zum ersten Mal auf.

„Milly – willst du mir den wirklich geben?“, fragte er. „Wenn der von deiner Oma ist und so?“

Emilia seufzte und antwortete langsam und bedeutungsvoll: „Bring ihn mir einfach unversehrt wieder, okay?“

Er nickte und lächelte, auch wenn es so aussah, als würde es ihm schwerfallen. Dann fasste er Emilia leicht am Arm und sagte einfach: „Danke.“

„Bitte.“ Bei seiner Berührung zuckte sie zusammen und spürte die Nervosität in sich hochkochen – und mit ihr einen nervösen Redeschwall. Sie biss sich auf die Zunge und fasste sich ein Herz: Zart legte sie ihrerseits ihre Hand auf seinen Arm.

Diese Geste war offensichtlich alles gewesen, was er gebraucht hatte, denn er setzte sich noch weiter auf, rückte näher an Emilia heran und sah sie eindringlich an.

Emilia versank in seinen Schildpattaugen, und einen Moment lang vergaß sie alles. Dann aber fuhr sie auf: „Wie stellst du dir das denn jetzt vor?!“

Ihr war klar, dass sie jetzt möglicherweise etwas zerstörte, aber sie hatte das Gefühl, für die komplette Zeit seines

Einsatzes – und der konnte, wie sie wusste, bis zu einem Jahr dauern – mit brennenden Fragen unter den Nägeln herumzulaufen, wenn sie sie jetzt nicht stellte.

Er lehnte sich zurück und fuhr sich mit beiden Händen über das Gesicht. „Ich weiß es doch nicht!"

Betreten sahen sie sich an.

„Ich bin keine Frau, die zu Hause sitzt und auf dich wartet", sagte Emilia langsam und atmete tief durch. „Ich habe einen Sohn, ich muss funktionieren, und ich halte das nicht durch."

„Ja, das macht keine Frau mit!" Frustriert fuhr er sich mit der Hand durch das militärisch kurze Haar.

Emilia nickte. Einen Moment lang schwiegen beide. Dann fragte Emilia nach den Details seines Einsatzes, und er weihte sie ein – sie wusste, er durfte ihr nicht allzu viel sagen, aber das bisschen, was er enthüllte, genügte ihr. Am kommenden Samstag – in nur sechs Tagen – würde er vom Militärflughafen in Oberösterreich ausgeflogen werden nach Beirut.

Bei dieser Information hatte Emilia auf einmal wieder einen Kloß im Hals. Ihr wurde schwindelig. Sie rutschte auf dem weichen Leder ein Stück nach vorne und stützte den Kopf in die Hände. Das honigfarbene Haar fiel ihr links und rechts ins Gesicht.

Tom musste bemerkt haben, wie es ihr ging – denn auf einmal spürte sie seine Hand zwischen den Schulterblättern ihren Rücken streicheln. Sie seufzte. Genau das machte es jetzt noch schlimmer.

Die Hand glitt höher und strich über Emilias Hals und Haar. Als er zu ihrer Wange kam, drehte sie den Kopf und gab ihm einen kleinen Kuss auf die Handfläche. Er fuhr mit den Fingern die Kontur ihrer Lippen nach. Dann streichelte er wieder ihr Haar, und Emilia fühlte sich zurückversetzt in ihre erste gemeinsame Nacht – damals hatte sie kaum schlafen können, weil er das ständig getan hatte.

Jetzt war es auch schon egal, beschloss sie. Nichts, was sie jetzt tat oder nicht tat, konnte es schlimmer machen – oder besser. Deshalb drehte sie sich zu ihm um und legte spontan die Arme um ihn, während sie ihn fest an sich drückte.

Er hielt sie ganz fest, ohne eine Bewegung zu machen, und sie konnte spüren, wie schnell sein Herz schlug. Dann löste sie sich von ihm und starrte ihn einen Augenblick lang an, und ohne sich Zeit zum Denken zu geben, drückte sie einfach ihre Lippen auf die seinen.

Nach einem kurzen Überraschungsmoment erwiderte er ihren Kuss, löste sich dann jedoch von ihr und sagte mit heiserer Stimme: „Tu jetzt nichts, was du später bereust!"

Emilia erstarrte, überlegte kurz und nickte dann. Noch einen Augenblick überlegen … Dann küsste sie ihn wieder – und diesmal ließ er sie nicht los – im Gegenteil.

VIER

Eine Stunde später lagen sie atemlos nebeneinander, ehe Tom aufstand und in seine Cargohose schlüpfte. Dann legte er sich wieder aufs Bett und zog Emilia an sich, bis ihr Kopf auf seiner breiten Brust lag.

Emilia schüttelte langsam und ungläubig den Kopf.

„Alles okay?“, fragte er, und sie nickte, den Blick ins Nichts gerichtet.

„Ich wusste, dass das passiert!“, verkündete sie impulsiv.

Auch ohne ihn anzusehen, wusste sie, dass er grinste. „Das kannst du mir jetzt nicht übel nehmen, oder?“

„Nein.“ Trotz der Tragik der Situation musste sie ebenfalls grinsen.

Eine Weile lang sagte keiner ein Wort – sehr ungewöhnlich für Emilia. Sie konnte es sich nur so erklären, dass er ihr wortwörtlich den Atem raubte

Vor dem Bett lag auf einem Stuhl unordentlich seine Uniform, und als Emilia das UNIFIL-Emblem sah, wurde ihr das Herz schwer.

Im Bücherregal entdeckte sie den roten Einband von Rosie Garthwaities „Handbuch für die gefährlichsten Orte der Welt“ und überlegte kurz, ob sie ihm gestehen sollte, dass sie es gewesen war, die ihm das Buch im Frühling anonym zugeschickt hatte, ließ den Gedanken aber schnell wieder fallen. Wahrscheinlich wusste er es ohnehin.

Jetzt musste sie bald gehen … Und in ihrem Kopf formte sich die Frage, die sie sich fest vorgenommen hatte, ihm zu stellen. „Sag mal …"

Er sah sie fragend an.

„Tut mir leid, dass ich heute so vorpresche, aber – was ist das hier?"

Er kniff die Augen zusammen.

„Nein wirklich, war das jetzt der Fick vorm Flug, oder was?"

Er sagte immer noch nichts, und Emilia wurde allmählich schwindelig. „Im Ernst", fing sie an, „das ist doch nicht nur Sex, es war doch nie nur Sex! – Du bist schon in unserer ersten Nacht die ganze Nacht bei mir geblieben, du hast mich bis morgens im Arm gehalten! Das war doch nicht nur Sex, oder?"

Er seufzte und sagte kaum hörbar: „Nein."

„Warum …?", fuhr sie fort. „Warum hast du dich so in mein Leben geschlichen und meldest dich dann plötzlich nicht mehr? Was ist passiert?"

Er atmete tief aus. „Für mich ist das auch nicht ganz so einfach." Er wandte den Blick ab. „Mit deinem Ex-Freund und dem Kind und … Ich kann doch nicht einfach so in ein anderes Leben hineinhüpfen! Das wäre nicht gut für dich!"

Sie schüttelte langsam den Kopf. „Und du glaubst, so war es gut für mich?"

Er sah noch weiter weg. „Na ja, bei dir, da hab ich … gleich von Anfang an … Weil es für mich eben auch nicht nur Sex war …"

Halleluja! Emilia verspürte den verrückten Impuls, aufzuspringen und auf seinem Bett auf und ab zu hüpfen vor Freude, dass er es endlich zugegeben hatte.

„Du weißt, dass ich in der Vergangenheit nicht gerade gute Erfahrungen mit Beziehungen gemacht habe. Und … Ich wusste ja auch nicht, was ich denken sollte", fuhr er fort, „nachdem dein Ex ..."

„Ja", schnitt sie ihm das Wort ab. In ihrer ersten gemeinsamen Nacht hatte Johannes sie zusammen nach Hause kommen sehen – offensichtlich hatte er Emilia um eine zweite Chance bitten wollen und sich zu diesem Zweck gründlich Mut angetrunken. Im Morgengrauen hatte er so lange Radau vor der Tür gemacht, bis die beiden schließlich geöffnet hatten – Emilia hätte es am liebsten allein mit ihrem Ex-Freund ausgemacht, aber Tom hatte sich nicht davon überzeugen lassen, was sie im Nachhinein als sehr galant und beschützend empfand. Jedenfalls war es zu einer etwas unerfreulichen Szene gekommen.

„Oh Mann." Tom schien die Erinnerung peinlich zu sein.

„Und warum hast du dich jetzt so lange nicht gemeldet?" Das musste Emilia noch wissen.

Er sah sie bedeutungsvoll an, öffnete den Mund, wie um etwas zu sagen, doch dann schloss er ihn wieder und schüttelte den Kopf. Er sah aus dem Fenster und antwortete hilflos: „Ich dränge mich niemandem auf."

Emilia schnaubte und strich ihm mit den Fingerknöcheln über die glattrasierte Wange. „Du drängst dich doch niemandem auf!"

Er zuckte die Schultern.

„So, jetzt sag ich dir mal was", fasste sich Emilia ein Herz und fand allmählich zu ihrer üblichen resoluten Art zurück. „Du weißt, ich bin da. Und du weißt auch, dass ich ziemlich sicher noch da sein werde, wenn du wiederkommst."

Er öffnete den Mund, aber sie war schneller und legte ihm den Finger auf die Lippen. „Und du weißt auch, dass Johannes kein Hindernis ist."

„Doch", schnaubte Tom, „wenn er die halbe Nacht vor der Tür steht und klopft und klingelt, ist er sehr wohl ein

Hindernis." Da kam der Sarkasmus durch, und Emilia musste lachen.

„Ja, stimmt!"

„Milly", Tom setzte sich auf, „nach diesem Einsatz mache ich wahrscheinlich noch einen. Und weißt du, was ich hinterher machen will?"

Sie schüttelte den Kopf. „Ich will die Sicherheitsdienstfirma von meinem Vater übernehmen. Glaubst du, dass das besser ist?"

Emilia nickte – und kam sich postwendend naiv vor, als er fragte: „Glaubst du, das lässt sich mit einer Familie vereinbaren?"

Sie stutzte. Jetzt zäumte er das Pferd etwas von hinten auf, aber angesichts der Tatsache, dass er wohl vor seinem Flug noch gewisse Dinge regeln wollte, beschloss sie, es ihm nicht übel zu nehmen.

„Sicher", sagte sie sanft und ignorierte sein Kopfschütteln, „wenn es das ist, was du willst. Woher soll man denn wissen, was man schaffen kann und was nicht, wenn man es nicht wenigstens versucht? Warum kannst du privat nicht so für deine Sache kämpfen wie im Job?"

Er seufzte.

„Wenn du wiederkommst", fuhr Emilia fort, „dann schauen wir mal und … dann … Vielleicht machen wir dann mal keine halben Sachen mehr, okay?"

Er lächelte sie an, erwiderte aber nichts, und ihr Herz flog zu ihm und beschloss, dort nicht mehr wegzugehen. Das gab den Ausschlag. Sie musste sich selbst schützen.

„Ich gehe jetzt", sagte sie brüsk, und er zuckte zusammen, antwortete aber nur: „Okay."

Langsam zog Emilia sich an und stand schließlich in Rock und Top vor ihm.

Er sah sie traurig an. Sie sah ihn traurig an.

„Schau mich nicht so an." Er lächelte schief.

„Wie denn?" Emilia musste tief atmen, um keine zitternde Stimme zu bekommen.

„So: Du hast mein Leben zerstört", antwortete er mit gefurchter Stirn.

Sie verdrehte die Augen. „Du zerstörst doch nicht mein Leben!"

„Aber besser mache ich es im Moment auch nicht", konterte er, und sie ging auf ihn zu und nahm ihn in den Arm.

„Aber wenn du in dem Jahr einen netten Mann kennenlernst ..." fing er an.

„Hallo?" Emilia löste sich aus seinem Griff. „Worüber haben wir gerade geredet?"

„Trotzdem." Tom nahm ihre Hände. „Also, wenn du in dem Jahr einen netten Mann kennenlernst, dann ... sag bitte nicht: Ich hab da irgendwo einen Soldaten, von dem ich nicht weiß, wann er wiederkommt."

Sie schüttelte den Kopf. „Tom, ich vergesse dich nicht."

Er nickte.

„Pass gut auf meinen Rosenkranz auf." Sie hob langsam die Hand und strich ihm über die Wange.

Dann zog sie ihre Jeansjacke an. Während sie sich zu ihren Pumps hinunterbückte, löste sich ihr Jackengürtel und Tom war – ganz Kavalier der alten Schule – sofort zu Stelle, ging um sie herum und fädelte ihn gekonnt wieder ein.

Dann war der Moment des Abschieds gekommen und sie ließ sich ein vorerst letztes Mal fest von ihm im Arm halten.

Das Gefühl von seinem Atem auf ihrem Haar wollte sie für immer bewahren.

„Mach's gut!" Sie gab ihm einen Kuss auf den Mund. „Ich gehe jetzt!"

Er ließ sie los, hielt ihr die Wohnungstür auf und blieb im Türrahmen stehen.

Auf der Treppe drehte Emilia sich noch einmal um. „Guten Flug!“ Ihre Stimme klang zittrig, wie die eines kleinen Mädchens.

Er antwortete nicht, und der Blick, mit dem er ihr hinterher sah, brannte sich in ihr Herz ein wie ein beständiger Schmerz.

Schnellen Schrittes verließ sie das Haus, stieg ins Auto und fuhr los – nur um dann auf einem Parkplatz in der Nähe zu halten, ganze anderthalb Stunden wie gelähmt hinter dem Steuer ihres Wagens zu sitzen und ins Leere zu starren.

Als Anna am nächsten Samstag die Tür für Emilia öffnete, bekam sie einen kleinen Schrecken: Die junge Frau sah aus wie ein Schatten ihrer selbst. Ungeschminkt, unordentlich angezogen und mit einem Gesichtsausdruck, als sei jemand gestorben, stand sie vor ihr.

„For God's sake“, fuhr Anna auf und sprach in der Aufregung Englisch, „was ist denn mit Ihnen passiert, girly?“

Mit aufgerissenen Augen starrte Emilia auf ihre Armbanduhr. „In einer Stunde fliegt mein Soldat zu einem langen Einsatz“, brach es aus ihr hervor. „Und ich glaube, er bedeutet mir viel mehr als ich ihm.“

In Anna wallte das Mitgefühl auf. Wie gut kannte sie dieses Gefühl der Enttäuschung?

„Kommen Sie erst einmal rein“, sagte sie resolut und trat einen Schritt zurück. „Und setzen Sie sich! Ich mache uns einen Tee und dann erzählen Sie mir alles der Reihe nach.“

„Tee im Sommer?“ Emilia brachte ein schiefes Lächeln zustande, während sie sich in ihren gewohnten Stuhl fallen ließ.

„Na und, warum nicht?“ Anna ging in die kleine Teeküche nebenan und befüllte den Wasserkocher. „Wir stricken doch auch im Sommer!“

Zwei Tassen Tee später kannte Anna die ganze Geschichte von Emilia und Tom.

„Ein paar Tage später habe ich ihn dann doch noch einmal angerufen“, setzte Emilia fort zu erzählen, was nach ihrem Besuch am letzten Wochenende passiert war. „Tobi war im Kindergarten, und irgendwie wollte ich sichergehen, dass wir auf derselben Wellenlänge waren.“

Offenbar nervös biss sie einen Fingernagel ab.

„Und?“ Anna beugte sich gespannt vor.

„Ich hab ihn gefragt, ob er etwas für mich empfindet. Und er hat gesagt, nicht genug für etwas Ernstes.“

Anna schwieg und sah die jüngere Frau mitfühlend an.

„Nach der ganzen Geschichte!“, fuhr Emilia auf und biss auf einem weiteren Nagel herum. „Nach allem, was war, wie er sich mir gegenüber benommen hat, sagt er zu mir, er empfindet nicht genug für etwas Ernstes!“

Anna spitzte die Lippen. „Und glauben Sie, hätte er das auch gesagt, wenn er Ihnen dabei in die Augen hätte sehen müssen?“

„Wie meinen Sie das?“ Emilia zupfte an dem widerspenstigen Nagel.

„Ich meine“, sagte Anna bedächtig, „manchmal sagt man das eine und meint das andere, weil man es am Telefon schafft, sich selbst und dem Gegenüber etwas vorzumachen, aber wenn man sich persönlich sieht, ist es anders.“

Emilia schwieg und schien angestrengt nachzudenken. „Huh."

„Das können Sie jetzt vielleicht schwer beurteilen", fügte Anna hinzu, „aber warten Sie einmal ab und werfen Sie nicht gleich die Flinte ins Korn! Ein Jahr ist in Retrospektive eigentlich gar nicht so lange."

Emilia nickte und biss in ihren Daumennagel.

Energisch beugte sich Anna nach vorne und schob Emilias Hand weg von ihrem Mund. „Schade um Ihre schönen Hände", bemerkte sie tadelnd. „Das ist kein Mann wert, girly!"

Emilia brachte ein kleines Lächeln zustande. Dann aber seufzte sie tief, schaute noch einmal auf ihre Armbanduhr und sagte traurig: „In dreißig Minuten ist er in der Luft."

Anna beugte sich noch einmal nach vorne und tätschelte Emilias Hand. „Nur Mut", sagte sie beruhigend. „Libanon ist nicht Irak. Er kommt wieder, und dann geht Ihre Geschichte weiter."

„Nur, was mache ich jetzt?" Emilia verzog das Gesicht. „Ich habe das Gefühl, ich kann kaum atmen – nur noch seufzen."

„Genau das sollten Sie aber tun", gab Anna der Jüngeren einen Rat. „Atmen hilft gegen fast alle schlimmen Zustände. Tiefes, reinigendes Atmen. Immer ein und aus."

Tief atmete Emilia ein. Und aus. „Danke", sagte sie und lächelte.

„Wollen wir?" Anna zeigte auf das Strickzeug. „Sie wissen ja, Ablenkung ist die beste Medizin!"

„Okay." Emilia nahm ihr Strickzeug zur Hand und schaffte es, den Faden diesmal nicht zu fest aufzuschlagen.

Ein paar Minuten strickten die Frauen in stummer Eintracht, dann fragte Emilia neugierig: „Wie ging es bei

Ihnen weiter? Nachdem Sie und David zusammen im Café waren?"

Anna lachte auf und antwortete schelmisch: „Nicht so herzzerreißend wie bei Ihnen!"

Emilia schob enttäuscht die Unterlippe vor und machte große Augen. „Ach kommen Sie – das würde mich wirklich ablenken, Ihre Geschichte zu hören!"

Anna schmunzelte amüsiert und ließ die weiche Wolle durch ihre Finger gleiten. Sie konnte sich vorstellen, dass Emilia meistens bekam, was auch immer sie wollte, wenn sie diesen Gesichtsausdruck aufsetzte. Allerdings musste sie überlegen, an welcher Stelle sie weitererzählen wollte …

„Im Ernst!" Emilia schien kein großer Fan von Pausen zu sein. „Erzählen Sie – wie ging es weiter nach der Familienfeier und nach dem zufälligen Treffen?"

Anna strich über die flauschige, bereits verstrickte Wolle und atmete tief durch. Sie hatte einen Einstieg gefunden. „Zunächst erst einmal eine Zeit lang gar nicht", erwiderte sie. „Wir waren wie eine normale Familie, wir trafen uns, wenn es etwas zu feiern gab, und zusätzlich kam David manchmal zu uns nach Hause – habe ich schon erwähnt, dass ich mit Matthew bereits zusammenwohnte? – Na ja, jedenfalls, er kam manchmal zu uns nach Hause, wenn er gerade auf dem Weg war. Matthew und er waren ständig in Kontakt."

Emilia nickte. Ihre Hände mit dem Strickzeug kamen untätig auf dem Tisch zum Liegen.

Auch Anna hielt einen Moment inne. Es tat gut, die junge Frau so beschäftigt zu halten. Irgendwie fühlte sie sich dadurch wieder gebraucht, ein Gefühl, das ihr seit Davids unerwartetem Tod verloren gegangen war.

„Stricken Sie ruhig weiter", ermahnte sie sanft. „Sonst wird Ihr Schal nie fertig!"

Gehorsam nahm Emilia das Strickzeug wieder auf, und Anna fuhr fort: „Ich war oft ärgerlich, wenn er einfach hereinschneite – als Krankenschwester hatte ich häufig tagsüber frei und wollte dann nicht unbedingt immer in Alarmbereitschaft sein, mir etwas Salonfähiges anzuziehen, nur weil jemand das Telefon nicht benutzen mochte, um sich anzukündigen."

Sie nahm ihr eigenes Strickzeug auf und fuhr fort, ebenmäßige Maschen zu formen. „Zudem war Matthew oft neidisch auf David und Laura. Die beiden schienen alles zu haben: ein eigenes Haus, das sie selbst umgebaut hatten, Geld, um zu reisen – sie waren sogar in Europa gewesen. Auch hier, in Wasserburg." Anna lächelte. „David hatte in Rosenheim einen ehemaligen Kollegen. Deshalb haben wir uns später auch hier niedergelassen. Na ja. Jedenfalls, das Einzige, das die beiden nicht hatten, waren Kinder. Und Matthew zielte immer darauf ab, zumindest dieses Rennen zu gewinnen.

Eines Abends im Frühherbst war ich allein zu Hause und Matthew hatte mir nicht Bescheid gesagt, dass er mit David verabredet war, um zum Haus ihrer verstorbenen Großmutter zu fahren. Die beiden wollten ihre Sachen noch einmal durchsehen, damit sie alles, was niemand haben wollte, bei der alljährlichen herbstlichen Sammelaktion der Kirche für wohltätige Zwecke spenden konnten. Als es schließlich an der Tür klingelte, war ich der Meinung, Matthew sei zurück, und ich öffnete" – sie lachte bei der Erinnerung – „mit Lockenwicklern im Haar und in meinem schlimmsten Jogginganzug. – Wissen Sie, damals waren diese bunten in Mode …"

FÜNF

1981

Es klingelte, und Anna schrak von der Couch hoch, auf der sie gerade gesessen hatte, eingekuschelt in ihren liebsten lila-pinkfarbenen Jogginganzug und versunken in einen Roman. Dann lächelte sie. Es war bereits achtzehn Uhr – das konnte nur Matthew sein, der heute Morgen wohl wieder einmal seinen Schlüssel vergessen hatte. Sie sprang auf, sauste zur Wohnungstür und riss sie auf, in der Erwartung, die Haustür öffnen zu müssen, die man nach dem Durchqueren des Treppenhauses erreichte.

Doch zu ihrem Schrecken stand David mit dem Rücken zu ihr vor der Wohnungstür und lehnte gerade seinen Rucksack an die Treppe zum ersten Stock.

Peinlich berührt schoss ihre Hand an ihren Kopf – ja, tatsächlich, sie hatte noch die Lockenwickler auf. Panisch überlegte sie eine Millisekunde lang, ob sie die Tür einfach wieder schließen und sich zumindest die Haare machen könnte, bevor sie ihm gegenübertrat, aber schon war es zu spät: Er hatte sich bereits zu ihr umgedreht und lächelte sie an.

„Hallo!" Weltmännisch beugte er sich vor und gab ihr einen Kuss auf beide Wangen. „Ich hoffe, ich habe dich nicht erschreckt!"

Falls ihm ihr wundersames Outfit aufgefallen war, so ließ er sich zumindest nichts anmerken. Anna trat einen Schritt zurück und kreuzte die Arme vor dem Oberkörper. Zu allem Übel trug sie ausgerechnet jetzt keinen Büstenhalter.

„Nein, nein“, antwortete sie so ungezwungen wie möglich und fügte hinzu: „Ich dachte nur, es wäre Matthew. Der ist übrigens nicht da, wenn du zu ihm willst ...“

„Ist er noch nicht da?“ David runzelte die Stirn und sah irritiert auf seine schwere silberne Armbanduhr. „Ich wollte euch eigentlich abholen, wir haben doch ausgemacht, heute Grannys Sachen durchzuschauen ...“

„Was?“, fragte Anna entsetzt und ertappte ihn bei einem Blick auf ihren grellfarbigen Jogginganzug. Sie spürte, wie sie rote Wangen bekam.

„Ja, nächste Woche kommt die Wohlfahrt wegen der Spenden, und ich hatte mit Matthew ausgemacht, dass wir heute noch zu ihrem Haus fahren und sehen, was wir für uns haben wollen. Meine Mutter und Charles waren gestern schon da.“

Anna runzelte die Stirn. Matthews und Davids Großmutter war vor gut einem halben Jahr als Letzte ihrer Generation verstorben, und es war schon oft darüber geredet worden, dass man ihre Habseligkeiten noch einmal sichten müsste, bevor sie gespendet würden. Dass das allerdings heute stattfinden sollte, war ihr nicht zugetragen worden.

„Okay“, sagte sie gedehnt. „Ich wusste zwar davon nichts, aber Matthew müsste jede Minute kommen und ich ...“ Sie sah etwas ratlos auf ihren lila-pinkfarbenen Jogginganzug herunter. „Ich kann mich umziehen.“

Sein Mundwinkel zuckte, als fände er die Situation heimlich extrem lustig, würde sich aber, ganz Gentleman, zusammennehmen. „Okay“, gab er leichthin zurück.

Sie drehte sich um und nahm an, dass er ihr in die Wohnung folgen würde. „Du kannst dich gerne so lange in die Küche setzen", forderte sie ihn auf. „Möchtest du etwas trinken?"

„Nein danke." Seine Augen funkelten noch immer heimlich amüsiert. „Ich warte einfach hier."

„Alles klar. Dann ziehe ich mich um." Mit brennenden Wangen, jedoch fest entschlossen, sich nicht anmerken zu lassen, wie peinlich ihr die Situation war, schlurfte sie aus der Küche.

„Ach, Anna?", rief er ihr noch nach, als sie schon um die Ecke verschwunden war.

„Ja?" Sie streckte ihren Kopf mit den Lockenwicklern wieder in die Küche.

„An deiner Stelle würde ich vielleicht noch irgendetwas mit den Haaren machen", sagte er schelmisch und grinste sie an, nun unverblümt amüsiert. Vorbei war es mit der chevaleresken Zurückhaltung.

Einen Moment lang erstarrte sie, dann spürte sie, wie ihr Gesicht noch heißer wurde – wahrscheinlich leuchtete es bereits karmesinrot –, und zwang sich zu einem ironischen: „Ach, meinst du?"

Als sie wiederum um die Ecke in Richtung Schlafzimmer ging, hörte sie ihn in der Küche laut lachen.

Ein paar Minuten später fühlte Anna sich besser: Sie hatte Jeans und einen weißen Pullover angezogen und die vermaledeiten Lockenwickler aus dem Haar genommen. Glücklicherweise waren sie schon lange genug darin gewesen, um ihr kleines Wunder zu vollbringen: Ihr braunes Haar war trocken geworden und fiel in leichten Wellen bis hinab auf die Schultern. Seufzend fuhr sie mit der Bürste noch einmal hindurch. Tapfer widerstand sie dem Impuls, Parfüm aufzulegen, und entschied sich als einzige Kosmetik nur für einen leichten Lippenpflegestift.

Dann kehrte sie in die Küche zurück und lächelte David unsicher an, während sie sich ihm gegenüber an den Tisch setzte.

Er grinste wie ein kleiner Junge, der seiner Mutter einen gelungenen Streich gespielt hat. „Besser", sagte er entschieden.

Sie konnte nicht anders: Sie musste lachen.

Wieder ernst werdend, fragte sie ihn: „Und, wie geht es dir so?"

Das Grinsen verflüchtigte sich, und seine Schultern sanken etwas nach vorne. „Nicht so gut", antwortete er ehrlich. „Deshalb, vielen Dank, dass du mich zum Lachen gebracht hast."

Sie sah ihn fragend an, und er schien um Worte zu ringen und fuhr fort: „Es kann sein, dass ich …"

Weiter kam er nicht, denn die Wohnungstür öffnete sich schwungvoll, und Matthew stürmte herein. „David! Du bist ja schon da!", rief er und marschierte, ohne sich die Schuhe auszuziehen, in die Küche, um seinen Cousin männlich-kurz zu umarmen. Dann gab er Anna einen Kuss auf den Mund und blieb unschlüssig stehen. „Sorry, ich bin nicht früher weggekommen", sagte er. „Heute waren zwei Studenten bei mir wegen einer Hausarbeit, und der eine war wirklich sehr begriffsstutzig. Und interessiert." Er grinste. „Schlechte Kombination. – Und dann musste ich noch eine Studentin heimfahren, deren Fahrrad einen Platten hatte."

Anna runzelte die Stirn und biss sich auf die Lippen, um nicht frech zu fragen, ob zu seinem Job neuerdings auch Fahrdienstleistungen gehörten, noch dazu bei seinen weiblichen Schützlingen. Sie seufzte. Es würde doch nichts bringen, jetzt einen Streit wegen nichts und wieder nichts anzufangen. Bestimmt hatte er einfach vergessen, es ihr zu sagen. Dass Matthew enorm viel arbeitete, konnte sie tolerieren, obwohl sie fast alle seiner Kollegen nebst „Vorzeigefrauchen" nicht ausstehen konnte. Aber seine Gedankenlosigkeit trieb sie fallweise an den Rand des Wahnsinns.

David stand auf. „Sollen wir dann gleich los?"

„Ja, von mir aus gerne", antwortete Matthew und wollte ihm aus dem Zimmer folgen. Anna griff geistesgegenwärtig nach seinem Arm und hielt ihn fest. „Du hast mir nicht gesagt, dass das für heute geplant ist!", zischte sie.

Matthews Augen weiteten sich entsetzt. „Wirklich?", fragte er.

„Wirklich!", bestätigte Anna bemüht leise. David stand inzwischen im Treppenhaus und gab vor, nichts zu hören.

„Oh Gott, Anna, das tut mir leid, dann habe ich das wohl vergessen!" Betreten fuhr er sich durch das dunkle Haar. „Und geht es bei dir, kannst du denn jetzt mitkommen?"

„Ja", gab sie zurück und verdrehte genervt die Augen. „Klar, aber ich hätte gerne eine Vorwarnung gehabt!"

„Sorry", flüsterte er noch einmal und sah sie entschuldigend an.

„Ja, okay, egal, gehen wir jetzt!" Anna war noch immer ärgerlich, als sie sich im Treppenhaus Schuhe und Mantel anzog.

Wenn er nur einmal mitdenken würde, ging es ihr durch den Kopf, hätte er mir die ganze Peinlichkeit ersparen können!

Die gemeinsame Fahrt zum Haus der Großmutter verlief ziemlich schweigsam: Matthew hatte offenbar ein schlechtes Gewissen, Anna wollte ihm selbiges nicht frühzeitig nehmen, und David hinter dem Steuer schien in Gedanken versunken.

Auch als sie ankamen und das fast schon leere Haus betraten, entstand kein richtiges Gespräch. Erst einmal nahm sich jeder ein Zimmer vor, in dem er die gestapelten Kisten mit Kleidung, Wohnaccessoires und Küchenutensilien vorsichtig durchsah. Nach etwa anderthalb Stunden trafen die drei sich in der Küche.

„Ich habe ein paar typische Granny-Kleidungsstücke beiseitegelegt", verriet David. „Ihre Küchenschürze und so … Die sollten wir nicht weggeben, finde ich."

Anna lächelte und fing einen undefinierbaren Blick aus Davids blauen Augen auf. Verstohlen strich sie sich die Haare glatt.

Matthew nickte und sah sich melancholisch um. „Kaum zu glauben, dass sie nicht mehr da ist", sagte er leise. Dann erst fiel es ihm auf: „Wo ist eigentlich Laura heute?"

David erstarrte und richtete den Blick auf seine Schuhspitzen. Stumm schüttelte er den Kopf.

„Wie?", fragte Matthew verständnislos. „Hatte sie keine Zeit? Aber Granny und sie mochten sich doch so gerne, da will sie doch sicher …"

„Matthew!" Davids Tonfall war schneidend. „Sie ist nicht da, okay?"

Matthew zuckte erschrocken zusammen – es kam nicht oft vor, dass David einen scharfen Tonfall anschlug. Er schien es auch sogleich zu bereuen, denn er fuhr deutlich sanfter fort: „Entschuldige. Ich bin heute etwas neben der Spur. Es kann sein, dass ich noch einmal ganz von vorn …" Er blickte Anna einen kurzen Augenblick lang an, wandte sich dann aber ab und machte eine kleine Handbewegung, als wolle er das mutmaßliche Unglück einfach wegwischen. „Aber ich will noch nicht vorgreifen.“

Anna starrte ihn fassungslos an, weil ihr plötzlich, als könne sie seine Gedanken lesen, klar wurde, was er sagen wollte. Er und Laura mussten in einer Krise stecken!

David blickte auf und sah ihr anscheinend am Gesicht an, dass sie verstanden hatte, und seine schönen blauen Augen, die normalerweise lebenslustig blitzten, füllten sich – offenbar zu seinem absoluten Horror – mit Tränen.

Annas Herz setzte einen Schlag aus. Sollte sie ihn in den Arm nehmen, wenn er tatsächlich anfangen sollte zu weinen? Tat man das? Wäre das eher Matthews Job? Was würde Matthew dazu sagen?

Doch diese Blöße schien David sich nicht geben zu wollen: Er riss sich sichtlich zusammen, ging zum Fenster und atmete mehrmals tief durch, bis sich der Kloß in seinem Hals offenbar wieder gelöst hatte.

Anna konnte sich nicht helfen: Sie trat neben ihn, legte impulsiv ihre Hand auf seinen Unterarm und streichelte ihn sanft. „Auch das geht vorbei“, sagte sie leise und sah ihm eindringlich in die blauen Augen. „Am Ende wird alles gut.“

Er atmete tief durch und grinste schief. „Wird es das?“

„Wird es doch immer“, gab Anna zur Antwort und nahm ihre Hand von seinem Arm. „Und meistens merkt man nachher, dass es sogar für irgendwas gut war.“

SECHS

Ein paar Wochen vergingen, und Anna und Matthew hörten nichts mehr von David. Anna ertappte sich manchmal dabei, wie sie an ihn dachte – ob sich sein Dilemma inzwischen gelöst hatte und ob er jemanden hatte, dem er sich besser anvertrauen konnte als ihnen beiden.

Bei ihrem letzten Treffen hatte sie das seltsame Gefühl gehabt, ihn auch ohne Worte zu verstehen, ihm vertraut zu sein. Vielleicht sollte sie ihm ihre moralische Unterstützung anbieten? Andererseits, nüchtern betrachtet – was war sie schon für ihn? Seine angeheiratete Cousine in spe. Trotzdem schlich sich der Gedanke an ihn immer wieder in ihren Kopf.

Eines Abends Anfang Oktober jedoch kam das Thema wieder auf: Matthew kam von der Arbeit nach Hause, und während er den Tisch für das Abendessen deckte und Anna vorsichtig den Ofen öffnete, um zu überprüfen, ob das Essen fertig war, hielt er plötzlich mitten in der Bewegung inne. „Ach – ich habe es dir ja noch gar nicht gesagt!"

Anna schaltete den Ofen aus und nahm die gläserne Form mit dem Käseauflauf mithilfe der Ofenhandschuhe vorsichtig heraus. „Was gesagt?", fragte sie abwesend und beäugte prüfend die oberste Schicht des Auflaufs. Ob der Käse schon gut genug gebraten war?

„David und Laura lassen sich scheiden", sagte Matthew.

Klirr! Die Auflaufschale schlug lautstark auf der Herdplatte auf, und Matthew kam Anna zu Hilfe, um nachzusehen, ob sie gebrochen war – was glücklicherweise nicht der Fall war.

„Wie?" Annas Augen waren weit aufgerissen. Die Auflaufschale war plötzlich Nebensache.

„Etwas Genaues weiß ich auch nicht", antwortete Matthew. „Cynthia hat mich heute angerufen und es mir erzählt. Offenbar haben sie sich getrennt, Laura ist wohl schon ausgezogen, und zwar ziemlich weit weg, nach Portland. Sie müssen das relativ lange geheim gehalten haben."

Anna starrte ihn ungläubig an.

Matthew fuhr fort: „Warum das Ganze, das wollte sie nicht sagen. Ich habe dann David angerufen, aber er war so verschwiegen wie immer und hat nur gemeint, das Leben geht weiter, es hilft ja nichts und so weiter." Er schüttelte den Kopf. „Gut hat er aber auch nicht gerade geklungen."

„Natürlich nicht", erwiderte Anna leise, in Gedanken ganz bei David. Wenn er sich Matthew nicht anvertraut hatte, waren die Chancen hoch, dass er sich niemandem anvertraut hatte. Ob sie ihn doch einmal anrufen sollte?

„Mach dir keine Sorgen!" Matthew legte Anna liebevoll die Hand um die Schultern und gab ihr einen Kuss auf den Scheitel. „Ich bin sicher, die Wogen glätten sich wieder – oder es hat ernsthafte Gründe, und es soll einfach nicht sein. – Aber sehr lieb, dass du so mitfühlst."

Es half nichts, beschloss Anna, sie konnte nicht anders. Sie musste David zumindest fragen, ob er darüber reden wollte. Sie atmete tief durch und brachte den Auflauf zum Tisch.

„Danke fürs Decken!" Sie lächelte Matthew freundlich zu, bestrebt, ihn nichts von ihrem inneren Aufruhr merken zu lassen. „Sag, wie lange waren die beiden zusammen?"

David nahm Annas Teller und legte ihr eine ordentliche Portion Auflauf auf, bis sie ihn mit einem energischen „Stopp!“ unterbrach.

„Danke fürs Kochen!“ Er lächelte zurück. „Vierzehn Jahre – drei zusammen und elf verheiratet. Bei der Hochzeit war er dreiundzwanzig.“

„Hm.“ Anna versank tief in Gedanken. „Und warum haben sie eigentlich keine Kinder?“

„Gute Frage.“ Matthew hatte inzwischen auch seinen eigenen Teller bedient und begann zu essen. „Lecker!“, kommentierte er den Auflauf, und Anna lächelte geschmeichelt. „Ich weiß nicht genau“, fuhr Matthew nach dem ersten Bissen fort. „Ich glaube, sie sind einfach beide zu sehr auf die Karriere fixiert. Er will natürlich arbeiten, nachdem seine Ausbildung so teuer und schwer war, und sie verwirklicht sich jetzt in ihrem Restaurant – wie sollte das dann gehen?“

Anna nickte und dachte unwillkürlich: *Schade. David würde einen guten Vater abgeben.*

In dieser Nacht schlief Anna schlecht. Träume von David, Laura und ungeborenen Kindern suchten sie heim. Um sechs Uhr morgens gab sie schließlich auf – Matthew musste sowieso in einer halben Stunde aufstehen. Zwar war es ihr freier Tag, aber wenn sie sowieso wach war, konnte sie ihm zumindest das Frühstück richten.

Nachdem sie gefrühstückt hatten – wie meistens in aller Stille, da Matthew nicht gerade ein Morgenmensch war –, verabschiedete sich Matthew mit einem Kuss und setzte sich ins Auto. Plötzlich hupte er kurz. Anna trat ans geöffnete Fenster.

„Hast du was vergessen?", fragte sie.

„Nein, ich wollte dich nur erinnern, dass es heute Abend spät wird – das weißt du doch noch, oder? Wegen dem britischen Forscherteam, das ich ausführen muss." Er lächelte gequält.

„Ach ja!" Anna fasste sich an den Kopf. „Das habe ich ganz vergessen. Soll ich mitkommen?"

„Brauchst du nicht", rief Matthew. „Sie haben selbst auch keine Frauen dabei und es wird sicher eher langweilig. – Aber warte nicht auf mich! Du weißt ja, so etwas zieht sich!"

„Alles klar!" Anna warf ihm eine Kusshand zu und winkte kurz dem dunkelroten Lincoln nach, der die Straße hinunter verschwand.

Während sie ihm nachsah, überlegte sie: Falls David heute nicht fliegen musste, wäre es eine gute Gelegenheit, ihn zu fragen, ob er über die Misere reden wollte. Sollte sie? Oder würde er es als aufdringlich empfinden?

Den halben Vormittag verbrachte sie damit, angestrengt nachzudenken. Gegen zehn jedoch riss sie sich am Riemen und schalt sich selbst laut für ihre Unentschlossenheit: „Mach es oder mach es nicht!" Beim Klang ihrer eigenen Stimme zuckte sie zusammen, so nervös war sie.

Na gut, wie sollte sie am besten entscheiden? Ein Los wäre gut … Eine Münze werfen? Ene-mene-muh spielen? Nein! Das war es: Wenn sie Davids Nummer in Matthews Adressbuch finden würde, würde sie anrufen. Wenn er sie anderswo notiert hatte – was bei Matthews Unordentlichkeit mindestens ebenso wahrscheinlich erschien –, würde sie nicht anrufen.

Mit zitternden Fingern kramte sie das kleine schwarze Adressbuch aus der Schublade des Telefontischchens hervor und blätterte fahrig durch zum Buchstaben B. Backer, Baelerd … Bailey, David – da war er.

Okay. Anna atmete tief durch, dann nahm sie den Hörer des Telefons ab und wählte Davids Nummer. Ihr Herz schlug so schnell, dass sie spüren konnte, wie die Haut an ihrem Hals zitterte.

Es läutete. Tuut. Tuut. Tuut. Anna überlegte gerade, wann sie wieder auflegen und ihren kläglichen Versuch in die Kategorie „Soll nicht sein“ verbuchen sollte, als er plötzlich abhob.

„Hallo?“

Eine Sekunde lang konnte sie nicht sprechen, dann aber meldete sich ihre Stimme zurück. „Hallo David“, sagte sie leise. „Ich bin's, Anna.“

Eine kurze Stille entstand. „Hey“, kam es dann von David, und Anna erschrak beim müden, fast mutlosen Klang seiner Stimme.

„Ich hab's von Matthew gehört“, gab sie zu, „und … Wie geht es dir?“

David räusperte sich. Dann seufzte er. „Ging schon mal besser.“

„Natürlich“, sagte Anna sanft. „Kann ich etwas für dich tun? Hast du jemanden, mit dem du reden kannst?“

„Nicht wirklich“, antwortete er, und sie war sich nicht sicher, auf welche der beiden Fragen er gerade antwortete.

„Ich wollte dir nur sagen“, fasste Anna Mut, „wenn du jemanden brauchst zum Reden, ein Glas Wein oder … eine Umarmung, ich bin gerne für dich da. Jederzeit!“

„Danke.“ Es war kaum mehr als ein Flüstern. „Ich weiß das wirklich sehr zu schätzen.“

„Gerne“, erwiderte Anna, „ich meine es ernst. Melde dich, okay?“

„Okay.“

„Dann …“ Anna wusste nicht, was sie sagen sollte. „Mach es gut. Und – jederzeit, okay?“

„Okay."

Sie legte auf und presste als erste Reaktion beide Handflächen auf ihren heißen Nacken. Ihre Nervosität war einer tiefen Traurigkeit gewichen – am liebsten hätte sie geweint.

Den ganzen Tag verbrachte Anna wie in Trance: Sie ging ihren Aufgaben im Haushalt nach, kaufte ein, goss den Garten und schnitt letzte Herbstblumen für die große Vase im Wohnzimmer – doch währenddessen fühlte sie sich, als habe man ihr die Haut abgezogen, sodass jede noch so kleine Emotion ihr die Fassung raubte.

Gegen Abend beschloss sie, sich abzulenken: Sie goss sich ein Glas Wein ein und schaltete den Fernseher an, musste jedoch nach ein paar Minuten feststellen, dass sie nichts von der Handlung des Films mitbekommen hatte.

Ein Blick auf die Armbanduhr sagte ihr, dass es erst achtzehn Uhr war. Sollte sie einfach bei David vorbeischauen? Wo er wohnte, stand auch im Adressbuch, und sie kannte die Gegend. Daran sollte es also nicht scheitern.

Zweifelnd blickte sie auf ihr Weinglas. Sie war kein Fan von Fahren unter Alkoholeinfluss – allerdings hatte sie erst ein paar Schlucke getrunken. Das würde doch sicherlich noch nichts ausmachen …?

Entschlossen stand sie vom Sofa auf und ging ins Schlafzimmer, um sich umzuziehen. Ja, das würde sie jetzt einfach tun. Ihr Bauchgefühl sagte ihr, dass es richtig war.

Zielstrebig kramte sie ein schwarzes Kleid im A-Linien-Schnitt heraus. Es war zeitlos, figurbetont, aber nicht so kurz, dass es aufdringlich wirkte. Dazu entschied sie sich für schwarze, mittelhohe Lackschuhe mit Schnalle.

Noch schnell ein Make-up-Check vor dem Spiegel – jawohl, Wimperntusche und Rouge saßen.

Als sie sich vor der Haustür eilig ihre Lederjacke überwarf, kamen ihr erste Zweifel. Was sollte sie sagen? Was für einen Grund hatte sie für ihren Besuch?

Aus einem Impuls heraus lief sie in den Keller und holte eine Flasche Rotwein aus dem Regal. Das war die Idee!

Bevor sie es sich anders überlegen konnte, verließ sie schnellen Schrittes das Haus, zog die Tür ins Schloss, sperrte sorgfältig ab und setzte sich in ihr Auto.

Als der Motor des kleinen roten Volkswagens – ein Geschenk ihrer Mutter zur abgeschlossenen Ausbildung vor drei Jahren – startete, spürte sie, wie schon am Vormittag am Telefon, ihr Herz in der Brust heftig schlagen.

Sie zwang sich, ruhig zu bleiben, und navigierte mit sicherer Hand die kleinen dämmerigen Waldstraßen bis nach Beachcrest. Als sie zu der Abzweigung kam, die zu Davids Haus führen musste, wurde sie langsamer. Tat sie das Richtige? Es fühlte sich so an. Aber was würde Matthew dazu sagen? Er durfte es einfach nicht erfahren, beschloss Anna resolut. Er war zwar nicht gerade der eifersüchtige Typ, aber das würde ihm wahrscheinlich doch komisch vorkommen. So wie ihr selbst …

Bevor sie zu viel grübeln und zu dem Schluss kommen konnte, dass es besser sei, umzudrehen, setzte sie den Blinker und bog ab.

Nach wenigen hundert Metern gelangte sie wiederum an eine Gabelung, an der ein Briefkasten auf einem Pfosten stand. Sie fuhr nahe genug an ihn heran, um den Namen lesen zu können, der auf die Seite geschrieben war. Bailey. Hier war sie richtig.

Anna fuhr die letzten Meter bis zum hölzernen Zaun, der den Wald von Garten und Haus trennte, im Schritttempo.

Dann stellte sie den Motor ab, zog Handtasche und Wein an sich, stieg aus und strich sich ein letztes Mal den Rock ihres Kleides glatt, bevor sie die Klingel betätigte.

Keine Reaktion.

Gerade überlegte sie, ob sie wieder gehen sollte, als sich die Haustür öffnete und Davids schlanke Gestalt im Schein des Lichtes auftauchte.

„Hi", rief sie ihm über den Zaun zu. „Ich bringe Wein mit. Darf ich reinkommen?"

Innerlich wand sie sich ob dieser idiotischen Begrüßung. Ich bringe Wein mit!

David zögerte einen Augenblick, dann antwortete er schlicht: „Das Gartentor ist offen!"

Anna nahm Wein und Tasche in die linke Hand und drückte mit der rechten das niedrige Tor auf. Während der wenigen Schritte zu David arbeitete sie fieberhaft an einem Gesprächseinstieg, der möglichst plausibel erklären sollte, was sie da tat.

„Grüß dich", sagte sie leise, als sie vor ihm stand, und küsste ihn, wie üblich, auf beide Wangen.

Er starrte sie nur an. Ihr fiel auf, dass er aussah, als hätte er nächtelang nicht geschlafen: Seine Haare waren zerzaust und unter den Augen zeichneten sich dunkle Schatten ab. Jeans und Pullover hatten bereits faltenfreiere Tage erlebt.

„Du hast dich am Telefon so traurig angehört", sagte sie schließlich ehrlich. „Da dachte ich, ich …" Sie kam ins Stocken. „Ich schaue persönlich nach dir."

David brachte ein kleines Lächeln zustande. „Danke. Das ist sehr nett."

Er trat zurück und bedeutete ihr, ins Haus zu kommen. Dann ließ er sie vorgehen. „Zum Wohnzimmer immer geradeaus, letzte Tür rechts", sagte er, nachdem sie sich die Schuhe abgestreift hatte. „Hausschuhe?"

Was ist das nur in dieser Familie, dachte Anna halb amüsiert und schüttelte den Kopf. „Danke."

Der terrakotta-geflieste Flur zweigte zur rechten Seite ab in einen gemütlichen Wohnraum. Ein Sofa sowie zwei Sessel waren um einen kleinen Tisch gruppiert, und an den Wänden standen Bücher – nicht unähnlich Cynthias und Joshs Wohnzimmer, trotzdem jedoch mit einer etwas schlichteren, zeitloseren Ausstrahlung. Auf dem Sofa lag eine Felldecke, ein fast leeres Glas Rotwein stand auf dem Tisch – offenbar hatte David hier gesessen, bevor Anna gekommen war.

„Ich habe quasi schon einmal angefangen." Er lächelte schief. „Die Flasche ist noch halbvoll – möchtest du?"

„Nur ein sehr kleines Glas", bat Anna und setzte sich auf einen der Sessel, „ich bin mit dem Auto da!"

Er ging in die Küche nebenan, um ein Glas und die Flasche zu holen, und Anna sah ihm neugierig hinterher. Auch dort weiße Fliesen, dazu helles Holz und eine cappucinofarbene Wand – eine Küche, die das Zeug zum Trendsetter hatte.

Sie nahm an, dass David nicht viel auf aktuelle Mode gab, sondern seinem Zuhause seinen Stempel aufgedrückt hatte. Genauso hatte sie sich sein Haus vorgestellt.

Er erschien wieder im Wohnzimmer.

„Ich dachte, ich bringe dir einen kleinen Seelentröster mit", wies sie auf ihren mitgebrachten Wein, den sie auf dem Tisch vor sich abgestellt hatte.

„Danke", sagte David. „Gestern war ich bereits beim Whiskey, also ist das jetzt schon eine große Verbesserung."

Sie lächelten sich traurig zu. Er setzte sich wieder auf die Couch und faltete nachdenklich die Decke zusammen.

„Willst du darüber reden?", fragte sie behutsam. „Was ist denn passiert?"

„Ach", er strich abwesend über die Decke. „Irgendwie haben wir uns in den letzten Jahren auseinandergelebt. Ich wollte gern Kinder, sie war der Meinung, in eine Welt wie die unsere sollte man keine setzen, und jetzt …" Seine Stimme versiegte. Er zuckte die Schultern.

„Trinken wir erst einmal", schlug Anna vor und zwang sich, einen fröhlichen Ton anzuschlagen. „Dann geht das Reden gleich leichter."

Wortlos prosteten sie sich zu und nahmen jeder einen kleinen Schluck. Anna wartete, bis David etwas sagte. Sie wollte ihn nicht drängen.

„Es ist einfach so gekommen, dass es jetzt nicht mehr weitergeht", sagte David leise und schauderte.

„Ist dir kalt?", fragte Anna.

„Mir ist zur Zeit ständig kalt", erwiderte er und machte eine wegwerfende Geste mit der Hand.

Anna schaute auf die Decke. „Warum deckst du dich dann nicht zu?", fragte sie und fügte bemüht scherzhaft hinzu: „Ist das nichts für echte Männer?"

David musste grinsen, und das alte Funkeln kehrte für einen Moment in seine blauen Augen zurück, während er die Decke wieder auseinanderfaltete und sie sich über die Beine legte. „Ich käme mir weniger dumm vor, wenn du mitmachen würdest", forderte er Anna auf und deutete auf ihre Sessellehne, wo ebenfalls eine teuer aussehende Felldecke lag.

„Na gut", gab sie sich geschlagen. „Wenn es sonst nichts ist."

Sie breitete die Decke über ihre Knie, und eine Stille entstand, in der Davids Lächeln sich wieder in einen traurigen Gesichtsausdruck verwandelte.

Anna fragte: „Gibt es denn … Gibt es einen konkreten Anlass?"

Er antwortete nicht, zuckte nur die Schultern und biss sich auf die Lippe. Anna erstarrte, als sie eine Träne über seine Wange laufen sah, und ihr Bauchgefühl übernahm das Steuer.

Sie stand von ihrem Sessel auf, setzte sich neben ihn auf das breite Sofa und rückte dicht an ihn heran. Sanft legte sie ihm die Hand um den Nacken und wollte ihn in den Arm nehmen, aber er machte sich los, atmete tief durch und wischte sich die Träne von der Wange. „Geht schon", sagte er heiser.

Anna nickte und hielt ihm sein Weinglas hin. „Trink!"

Ihr Herz schlug gefühlt doppelt so schnell wie sonst. Sie war gerade abgewiesen worden, aber sie verstand, dass es für ihn nicht einfach war, sich fallen zu lassen.

David nahm einen Schluck und behielt das Glas ein Weilchen in der Hand, während er vor sich ins Leere starrte.

Als er schließlich den Wein wieder abstellte und doch sprach, erkannte Anna seine Stimme kaum wieder, so zerbrechlich klang sie: „Ich weiß gar nicht, was ich ohne sie machen soll."

Mitfühlend sah sie ihn an – die richtigen Worte wollten ihr nicht einfallen.

„Ich weiß nicht mal, wer ich bin ohne sie." Seine schönen Augen liefen, diesmal scheinbar unaufhaltsam, über. Eine Träne löste sich aus seinem Auge und tropfte auf seine Wange.

Diesmal wehrte er sich nicht, als Anna die Arme um ihn legte: Er zögerte nur kurz, dann lehnte er den Kopf an ihre Schulter und drückte sie fest an sich. Anna spürte mehr als sie sah, dass er immer noch weinte und seine Tränen warm die Schulter ihres Kleides durchtränkten.

„Heyhey", flüsterte sie ganz leise, und dann begann sie, wie sie es bei einem Kind getan hätte, ein kleines Lied zu summen und ihm sanft Rücken und Nacken zu streicheln. Eine lange Zeit saßen sie so da, engumschlungen, bis seine Tränen endlich versiegten und er sich von ihr löste.

„Danke", sagte er, und Anna konnte ihm ansehen, wie dumm er sich gerade vorkam.

„Nichts zu danken." Anna stand auf und holte ein Taschentuch aus ihrer Handtasche, das sie ihm reichte. Ihr war selbst ganz schwindelig, als sie sich wieder zu ihm setzte. „Doch reden?", fragte sie mit einem kleinen Lächeln.

Ein etwas wackliges, aber immerhin echtes Grinsen erschien auf seinem Gesicht. „Erst trinken!", kommentierte er und putzte sich die Nase.

Anna lachte auf und übernahm kurzzeitig die Rolle der Hausfrau, indem sie beiden Wein nachschenkte – sich selbst nur einen kleinen Schluck, ihm wohlweislich beträchtlich mehr.

Während er ihr erzählte, was passiert war, kamen ihm erneut die Tränen, aber er ließ sich nicht ablenken, wischte sie mit einer sachlichen Geste ab und sprach weiter. Offenbar hatte sich Laura im Laufe der Zeit immer weiter von ihm entfernt: Sie ließ ihn nicht an ihrer Arbeit als Restaurantchefin teilhaben, verbrachte jedoch ihre Freizeit ständig auf der Suche nach neuen Kreationen und Ideen für den Job. Dazu kam noch die Diskussion bezüglich Kinder und seine zeitintensiven Schichtdienste als Frachtpilot, und vor drei Wochen – hier stockte er, als würde er ihr ein Detail verschweigen – hatte sie erstmals mit ihm gesprochen und zugegeben, sie dächte über Scheidung nach. Vor zwei Tagen schließlich war sie ausgezogen – das Haus hatte er von seinem Vater bekommen und zum großen Teil selbst ausgebaut, sodass es naheliegend war, dass sie sich eine Wohnung suchte.

Anna wusste nicht, was sie sagen sollte, und so schwieg sie einfach und ließ ihn sein Herz ausschütten. Erst als er fertig war, sagte sie leise: „Ganz schön heftig."

Eine bessere Umschreibung der Umstände fiel ihr gerade nicht ein.

Er nickte und putzte sich erneut die Nase. Dann zuckte er die Schultern. „So ist es – ich muss damit klarkommen, dass ich jetzt allein bin."

„Du kannst jederzeit zu uns kommen", erwiderte Anna. „Jederzeit." Sie lächelte ihn an. „Weißt du", sagte sie langsam, „auch das geht vorbei. Hat meine Oma immer gesagt."

Er lächelte traurig und zuckte noch einmal die Schultern. Dann schien ihm etwas einzufallen: „Das Lied, das du mir vorhin gesungen hast … Was war das?"

Anna schoss die Röte ins Gesicht. „Es heißt *The Kerry Lullaby.*"

Er nickte. „Das war sehr schön!"

Sie lächelte verlegen. „Unsere Familie ist vor zweihundert Jahren aus Irland gekommen, und das Lied hat sich irgendwie über die Generationen immer weitervererbt."

Später hätte Anna nicht sagen können, worüber sie sich noch unterhalten hatten – nur, dass sie irgendwann auf die Uhr blickte und es zweiundzwanzig Uhr war, woraufhin sie sich auf den Heimweg machte.

Als sie sich an der Haustür mit den üblichen zwei Küsschen verabschieden wollte, überraschte David sie, indem er sie stattdessen in seine Arme zog und sie fest an sich drückte. Sie atmete den zitronigen Duft seines Aftershaves tief ein und ließ sich eine ganze Weile lang von ihm halten.

Dann machte sie sich los und sagte leise: „Tschüss. Und melde dich, okay?“

David nickte und hob, beinahe wieder gewohnt lässig, die Hand.

Als sie ins Auto stieg, stand er noch im hell erleuchteten Türrahmen, und etwas später, als sie einen letzten Blick in den Rückspiegel warf, bemerkte sie, dass er ihr noch immer nachsah.

SIEBEN

Heute

„Wow!" Emilias Blick ruhte verträumt auf Anna. „Da haben Sie ihn wohl wirklich bezaubert!"

Anna lächelte. „Ja, vielleicht", sagte sie weich. Sie war so in ihren Erinnerungen versunken, dass sie selbst aufgehört hatte, zu stricken – genau wie Emilia, die mit ihrem Schal nur sehr langsam weiterkam. „Aber er mich auch."

„Und wie ging es dann weiter? Haben Sie Matthew erzählt, dass Sie bei David gewesen waren? Hat er eifersüchtig reagiert?" Emilia schien nicht genug zu bekommen von Annas Geschichte.

Anna seufzte. „Nein, ich habe es geheim gehalten. Ich dachte mir, ich würde keinen Weg finden, es harmlos und platonisch klingen zu lassen, auch wenn natürlich objektiv nichts passiert war, wofür ich mich hätte schämen müssen. Aber ich befürchtete …"

„… dass Ihr Blick Sie verraten würde!", unterbrach die jüngere Frau sie.

„Wie meinen Sie das?", fragte Anna verwirrt.

Emilia zuckte die Schultern und lächelte. „Na ja … Selbst jetzt – wenn Sie von ihm erzählen – kriegen Sie so einen bestimmten Blick … ganz weich … Dieser Blick war, denke ich, schon immer nur für ihn reserviert!"

Anna runzelte die faltige Stirn. „Wirklich? Ich habe einen anderen Blick, wenn ich von David rede?“

Emilia nickte bestimmt. „Ja, sogar sehr deutlich.“

„Hm.“ Anna dachte scharf nach. Das hatte ihr noch nie jemand gesagt. Wenn das schon immer so gewesen war – komisch, dass Matthew nichts bemerkt hatte, damals. Aber darüber wollte sie heute nicht nachdenken.

„Sie haben ja kaum etwas gestrickt, girly“, nickte sie in Richtung von Emilias angefangenem Schal. „Das wird lange dauern, wenn Sie so weiter machen.“

Emilia lachte auf. „Ich habe Ihnen ja gesagt, ich brauche die fünf Monate bis Weihnachten.“

„Lieber Tom“, schrieb Emilia, und ihr Füllfederhalter, den sie nur zu ganz besonderen Gelegenheiten benutzte, glitt langsamer über das Papier, als sie seinen Namen schrieb.

Lieber Tom,

Du bist noch nicht lange weg und doch zähle ich schon die Tage, in denen ich Dich nicht gesehen habe. Ich erinnere mich an Deine braunen Augen, die mich lächelnd ansehen, an Dein Haar, das am Hinterkopf so kurzgeschnitten ist, dass es sich ganz seidig anfühlt. An Deinen Mund, Deine Hände, Deinen warmen harten Körper. Ich vermisse Dich.

Wir haben uns unter so sonderbaren Umständen verabschiedet, und ich möchte das ungern so stehen lassen. Du sollst wissen, dass Du immer einen Platz in meinem Herzen haben wirst, und, auch wenn Du das jetzt vielleicht anstrengend findest, ich glaube Dir nicht, dass Du nicht genug für mich empfindest. Jedes Mal, wenn ich bei Dir bin, spüre ich es. Du doch auch, wenn du ganz ehrlich bist?

Ich möchte Dich nicht unter Druck setzen, aber ich kann Dir sagen – ich warte auf Dich. Und wenn es ein Jahr und länger dauert. Ich warte.

Pass gut auf Dich auf!

Deine Milly

Warum sie ihm per Brief ihr Herz ausschüttete, wusste sie nicht genau. Er hatte sich nicht bei ihr gemeldet, aber sie hatte auf Facebook gesehen, dass er ein neues Profilbild hatte. Es zeigte ihn, wie er in seiner Uniform auf einem Dach hoch über Beirut stand und ernst in die Kamera schaute. Sie konnte es aufgrund der Fotoqualität nicht sicher sagen, aber es sah aus, als hätte er ein blaues Auge. Wie dem auch sei, ein Internetanschluss musste ihm wohl zur Verfügung stehen, aber irgendwie fand sie die Idee, dass er in der Fremde echte Post von ihr erhalten würde, schöner.

Als sie den Brief beendet hatte, rief sie nach Tobias, der bisher auf dem Fußboden neben ihr mit seinen Legosteinen gespielt hatte.

„Komm“, sagte sie, „wir machen eine Radtour!“

„Jaaaaaaaa!“ Der Kleine hüpfte vor Freude auf und ab. „Wo fahren wir denn hin, Mama?“

„Hmmmm …“ Emilia hielt sich den Finger an die Nasenspitze und tat so, als müsste sie angestrengt nachdenken. „Tierpark?“, schlug sie schließlich vor und musste lachen, als der Kleine in Freudengeschrei ausbrach. „Aber vorher muss die Mama noch auf die Post …“

Der Mann in der Postdienststelle sah die Adressierung des schmalen, cremefarbenen Kuverts gründlich an. „Feldpost?“, fragte er.

„Ja“, bestätigte Emilia selbstbewusst.

„Okay!“ Der Beamte suchte stirnrunzelnd in seinem Computer nach der richtigen Frankierung. „Libanon … Na ja. In zwei Tagen hat er den Brief dann. – Achtzig Cent bitte!“

Emilia zahlte.

„Danke.“ Ein Blick, den sie zweifelsfrei als mitleidig identifizierte, streifte sie und ihren kleinen Jungen, der abgelenkt mit den Patschehändchen am Tresen entlangstrich.

Schockiert nahm sie Tobi an der Hand und verließ hocherhobenen Kopfes das Postamt.

„Bisher habe ich keine Antwort bekommen“, erzählte Emilia Anna am nächsten Samstag. „Aber es sind ja auch erst ein paar Tage.“ Sie sah versonnen durch das Fenster auf die Straße. „Ich hoffe so sehr, dass er zurückschreibt!“

Anna lachte. „So wie Channing Tatum in *Das Leuchten der Stille*?“

Emilia bekam große Augen. „Den Film kennen Sie?“

„Natürlich.“ Anna schmunzelte, und das Lächeln ließ Emilia ihre frühere Schönheit erahnen. „Auch eine alte Frau ist nicht völlig gefeit vor Romantik, wissen Sie.“

„Das weiß ich“, gab Emilia entschieden zurück, „das beweist schon Ihre Geschichte mit David. Wie war es denn dann, nachdem Sie ihn so einfühlsam getröstet hatten?“

Anna lachte. „Irgendwie kommt mir vor, Ihr Schal würde mehr davon profitieren, wenn ich die Geschichte nicht weitererzählen würde.“ Doch dann setzte sie hinzu: „Aber es ist ja Ihr Schal und Ihre Neugierde.“

Emilia grinste. „Ja, und meine Freude. – Wissen Sie, unser samstäglicher Plausch ist für mich schon zu so einem festen Ritual geworden, dass ich ihn gar nicht mehr missen möchte.“

„Das geht mir genauso“, sagte Anna und beugte sich vor, um freundlich Emilias Hand zu tätscheln. „Ich habe gar nicht gewusst, wie sehr mir gute Gespräche mit jungen Leuten abgegangen sind, bevor Sie mit Ihren Zeitschriften dahergekommen sind.“

Die beiden Frauen lächelten sich an.

„Also, um Ihre Neugier zu befriedigen“, fuhr Anna schließlich fort, „in der nächsten Zeit ist nicht wirklich viel passiert zwischen David und mir. Wir haben uns ein paar Mal gesehen, aber immer in Gesellschaft, deswegen konnten wir nicht über Persönliches reden. Trotzdem kam es mir so vor, dass er, auch wenn andere dabei waren, im Gespräch immer wieder meinen Blick suchte. Und dann, eines Tages …“

ACHT

1981

Als an einem trüben Spätoktobersamstag das Telefon läutete, war Anna gerade dabei, ihren Kleiderschrank zu sortieren – die Wintersachen mussten endlich mehr ins Blickfeld gerückt werden, sonst würde sie nur ihre halbe Garderobe finden und dazu verdammt sein, immer wieder das Gleiche zu tragen.

Matthew saß über der Korrektur einer studentischen These zum Thema Laserforschung – als Hilfsprofessor nahm er sich meistens auch übers Wochenende Arbeit mit nach Hause.

Als er nach dem dritten Klingeln immer noch nicht reagierte, obwohl er im Wohnzimmer viel näher am Telefon war als sie, sauste sie aus dem Schlafzimmer in den Flur und nahm ab. „Hallo?"

„Hi", drang Davids dunkle Stimme an ihr Ohr. „Ist Matthew da?"

„Moment", sagte Anna geistesgegenwärtig, da sie wusste, dass Matthew normalerweise von nichts und niemandem bei seiner Arbeit gestört werden wollte.

Sie deckte die Sprechmuschel mit der Hand ab und trat einen Schritt zurück, sodass man sie vom Wohnzimmer aus sehen konnte. Dann schnipste sie mit den Fingern, bis Matthew aufsah.

„David", formte sie lautlos mit den Lippen und deutete auf den Hörer.

Matthew runzelte die Stirn und schüttelte den Kopf, mit beiden Händen abwinkend.

„Tut mir leid, David", sagte Anna, „er muss wohl gerade rausgegangen sein. Magst du vielleicht später noch einmal anrufen?"

Eine kurze Pause entstand. Dann antwortete David: „Eigentlich wollte ich sowieso mit dir sprechen."

„Oh?", fragte Anna überrascht, und in ihrem Kopf formte sich der eigentümliche Gedanke, wie in Gottes Namen sie jetzt offen mit David sprechen sollte, wenn Matthew nebenan saß.

„Ja, ich ..." Er kam etwas ins Stocken. „Ich glaube, ich habe mich gar nie richtig bedankt dafür, dass du an dem Abend nach mir geschaut hast ... und ... für den Trost ... also ... Danke!"

Anna musste lächeln. „Gerne."

Sie lehnte sich mit dem Rücken gegen das Telefontischchen. „Wie geht es dir denn inzwischen?"

David seufzte. „Na ja, es geht so. Laura hat alle ihre Sachen geholt, also kommt mir das Haus jetzt sehr leer vor."

„Verstehe ich", erwiderte Anna. Matthew schaute auf und schüttelte fragend den Kopf. Anna zuckte die Schultern in seine Richtung, um anzudeuten, dass es um nichts Wichtiges ginge.

„Aber ich fotografiere sehr viel und das hilft irgendwie ... Magst du vielleicht mal mitgehen?"

Annas Herz setzte einen Schlag aus. „Ich wusste gar nicht, dass du fotografierst", sagte sie, um Zeit für eine möglichst gute Antwort zu gewinnen.

„Doch, schon seit Jahren, hauptsächlich Landschaften. Irgendwie ist das mein Ausgleich zum Fliegen. Kommst du mal mit?“

Anna schielte in Richtung Matthew, der inzwischen wieder in seine Arbeit vertieft war.

„Gern“, sagte sie leise.

„Super!“ Davids Stimme klang freudig. „Wann hast du denn mal Zeit?“

Sie zögerte. Sie konnte sich schlecht mit ihm verabreden, während Matthew zuhörte – auch wenn es eigentlich keinen Grund gab, es geheim zu halten. Irgendetwas musste sie sagen. Aber was?

David kam ihr zuvor: „Soll ich morgen noch einmal anrufen?“, fragte er verwirrt. „Kannst du gerade nicht reden?“ Und dann, halb scherzhaft: „Ist Matthew doch da und nur zu beschäftigt für mich?“

„Ja, genau“, erwiderte sie und wollte sich gar nicht ausmalen, was er jetzt von ihr denken mochte.

„Okay.“ Es klang irgendwie amüsiert. „Dann rufe ich morgen wieder an.“

„Bis dann.“ Anna legte bedächtig den Hörer auf die Gabel und blieb kurz neben dem Telefon stehen, um ihren rasend schnellen Herzschlag zu beruhigen, bevor sie Matthew gegenübertrat.

David wollte sie zum Fotografieren mitnehmen? Warum? Und wie konnte sie dazu ja sagen, wenn es etwas war, das sie ihrem Verlobten nicht erzählen konnte? Ging das nicht schon in Richtung Untreue?

Nachdenklich ging Anna ins Wohnzimmer und setzte sich Matthew gegenüber.

„Ich rufe ihn morgen zurück“, sagte Matthew, ohne aus der Welt der Laserforschung aufzutauchen oder auch nur von seinem Papier aufzuschauen. „Bin gerade echt tief drin.“

Anna nickte, was er nicht sehen konnte, da er sie nicht anschaute. Als keine Antwort kam, hob er schließlich doch den Kopf. „Alles in Ordnung mit dir?"

Anna öffnete den Mund. Jetzt wäre der richtige Moment, es ihm zu sagen – und gleichzeitig die Chance gehen zu lassen, David zu treffen. Oder sie müsste Matthew mitnehmen, ein Gedanke, der ihr aus nicht näher beleuchteten Gründen Unbehagen bereitete.

„Ich, äh …"

Matthew hob fragend die Augenbrauen.

„Ja, nur … Er tut mir nur so leid", brachte Anna hervor und schalt sich in Gedanken für diese Lüge selbst aus.

Matthew lächelte und legte liebevoll seine Hand auf ihre. „Lieb, dass du so mitfühlend bist. Aber ich glaube, er erholt sich schon wieder."

Am nächsten Tag konnte Anna sich kaum beruhigen, so nervös war sie. Es war Sonntag, und natürlich war Matthew zu Hause – wo sollte er auch sonst sein?

Innerlich wand sich Anna bei dem Gedanken, David könnte anrufen und die Szene vom Vortag sich nochmals wiederholen. Sie versuchte, sich abzulenken und still an einem Pullover für ihre Mutter zu stricken – ein allherbstliches Ritual, da Anna ihrer Mutter jedes Jahr etwas Selbstgestricktes zu Weihnachten schenkte, schon seit sie als kleines Mädchen stricken gelernt hatte. Inzwischen besaß ihre Mutter quasi eine ganze Kollektion, und man konnte vom ersten Topflappen bis hin den Kleidungsstücken mit aufwändigen Mustern deutlich ihre Entwicklung sehen.

Anna hatte schon als Kind eine Leidenschaft für Wolle entwickelt: Sie mochte die weiche Konsistenz eines locker zusammengerollten Wollknäuels genauso wie die feste Stärke des einzelnen Strangs, wenn man ihn zum Stricken um den Finger schlang. Das sich ständig wiederholende Muster von „Masche aufnehmen, einstechen, fallenlassen“ versetzte sie zuverlässig in eine kleine, übersichtliche Welt und brachte ihr eine kaum zu übertreffende innere Ruhe – fast wie Frieden.

Diesmal jedoch konnte Anna sich kaum konzentrieren: Mehrmals strickte sie linke statt rechte Maschen oder brach die Reihe zu früh ab, und ein paar Mal ertappte sie sich dabei, wie ihr Fuß nervös auf und ab wippte.

Am späten Nachmittag beendete Matthew unwissentlich ihr Leid, indem er plötzlich vom Sessel aufstand, in dem er lesend gesessen hatte, und verkündete: „Ich sollte wohl mal David zurückrufen!“

Anna konnte sich gerade noch einen Seufzer der Erleichterung verkneifen. Wenn er von zu Hause anrief, würde David wissen, dass er hier war – und vermutlich wäre ihm auch klar, dass es mindestens irgendwie sonderbar wäre, wenn sie beide sich in seinem Beisein ohne ihn verabredeten. Bei diesem Gedanken stockte sie und ihre Gedanken vom Vortag schoben sich wieder in den Vordergrund. Wenn es so sonderbar wäre – wäre es dann nicht wirklich eine gute Idee, es sein zu lassen? Hinterging sie anderenfalls Matthew?

Gerade hatte sie beschlossen, vorsichtig zu sein, da riss Matthews Stimme am Telefon sie aus ihren Gedanken.

„Was, jetzt?“, fragte er in den Hörer. Pause. Dann: „Ja, okay, na klar. Ich fahre gleich los.“

Als er auflegte, musste Anna ihre ganze Energie aufwenden, um mit ruhiger Stimme zu fragen: „Was ist denn los?“

Matthew verdrehte die Augen. „David hat, glaube ich, gerade seine verrückten fünf Minuten.“

Anna sah ihn fragend an.

„Er hat gesagt, er muss mir etwas zeigen, und das muss quasi sofort sein."

„Okay ..." Anna versuchte, ungerührt zu klingen: „Soll ich mitkommen?"

Matthew schüttelte den Kopf. „Bleib nur und strick weiter, das ist so niedlich", zwinkerte er ihr zu. „Ich bin mir sicher, ich bin bald wieder da."

Er gab ihr einen Kuss auf den Scheitel, schnappte sich seine Jacke und war auch schon aus der Tür.

Kaum war das unverkennbare Motorengeräusch des Lincoln verklungen, legte Anna fahrig ihr Strickzeug weg, sprang auf und fuhr sich nervös durch das Haar. Dann begann sie, im Wohnzimmer auf und ab zu gehen.

Warum wollte er Matthew unbedingt sehen? War es ein Vorwand, damit er sicher wusste, dass dieser außer Haus wäre? Würde er gleich anrufen? Oder spielte ihr ihre Fantasie einen Streich und seine Absichten waren so harmlos, dass ihm die Pikanterie der Situation gar nicht bewusst war?

Als nur wenige Minuten später das Telefon klingelte, zuckte sie zusammen und stürzte sich quasi auf den Hörer. „Hallo?"

„Hallo", drang Davids Stimme an ihr Ohr. „Anna?"

„Ja", antwortete sie. Ihr fiel selbst auf, dass ihre Stimme vor Nervosität viel höher klang als sonst. „Ist Matthew schon bei dir?" Rufst du an, weil du weißt, dass er nicht da ist? Hast du ihn extra zu diesem Zweck aus dem Haus gelockt?

„Noch nicht", sagte David, und sie meinte, sein Lächeln durch die Telefonleitung zu hören. „Kommst du denn nun einmal mit zum Fotografieren?"

Anna zögerte. Sollte sie? Nein, es war zu unvernünftig. Zu illoyal gegenüber Matthew. Schlichtweg falsch. Aber irgendeine Kraft, die stärker war als sie, brachte sie dazu, ohne Zögern zu antworten: „Gerne!"

„Super!“ Davids Stimme klang so lässig, dass sie sich schon fragte, ob die Situation nicht vielleicht nur für sie so brenzlig war. „Wann hast du denn nächste Woche Zeit?“

Anna überlegte. „Am Montag habe ich die Nachtschicht, dann schlafe ich am Dienstag – am Mittwoch habe ich frei.“

Und zufällig musste Matthew am Mittwoch nach seinem eigentlichen Dienstschluss noch spätabends bei einer Vorlesung assistieren – nur für den Fall, dass David vorhatte, sie beide zu fragen. Anna war einen Moment lang entsetzt über ihre eigene Verschlagenheit.

„Ich wollte nämlich gerne mal wieder zum Mount Rainier“, fuhr David fort, „und es wäre schön, wenn du mitkommst.“

Anna zählte innerlich bis drei, um nicht allzu übereifrig zu wirken. Dann antwortete sie so lässig wie möglich: „Klingt gut. Soll ich fahren oder fährst du?“

„Ich komme ja fast bei euch vorbei, dann hole ich dich ab“, antwortete David, und sie konnte den Ton seiner Stimme nicht ganz deuten. War er unsicher? Bekam er Gewissensbisse? „Ist acht Uhr morgens in Ordnung? Zu spät sollten wir nicht weg, sonst ist das Licht nicht mehr so gut.“

„Acht Uhr passt perfekt“, bestätigte Anna, und in ihrem Bauch kribbelte es.

Im Hintergrund erklang Davids Türglocke.

„Ich muss“, sagte er kurzbündig. „Dann bis Mittwoch!“

„Bis Mittwoch!“

„Ach, Anna?“, setzte er noch nach.

„Ja?“ Sie fragte sich abwesend, ob Matthew schon in Hörweite war.

„Zieh feste Schuhe an. – Nicht solche Puppenschuhe wie letztes Mal.“ Diesmal war sie sich sicher, dass er grinste.

„Geht klar.“ Sie lachte. Dann legte sie auf und musste sich erst einmal setzen. Sie war so durcheinander, dass sie dazu nicht einmal ins Wohnzimmer ging, sondern sich einfach vor dem Telefontischchen auf den Boden sinken ließ.

Was war gerade passiert? Hatte sie ein Date mit einem anderen Mann? War es ein Ausflug unter Familienmitgliedern? Aber warum hatte er dann sie als Einzige gefragt – und auch noch angerufen, wenn er wusste, dass sie allein war? Und warum um alles in der Welt waren ihm ihre Schuhe im Gedächtnis geblieben?

Eine Zeitlang saß sie regungslos auf dem Boden und starrte vor sich hin, während ihre Gedanken schier explodierten. Schließlich aber beruhigte sie sich: Sie würde den Mittwoch einfach auf sich zukommen lassen. Solange keiner von ihnen etwas tat oder sagte, das sich nicht gehörte, war es ein einfaches Treffen unter Familienmitgliedern. Und dabei würde sie es belassen.

Als Matthew schließlich nach Hause kam, saß Anna genauso da wie zuvor: strickend auf der Couch, die dicke, flauschige Wolle wie stets um den linken Zeigefinger gewickelt. Lediglich ihre Wangen waren etwas gerötet.

„Und, was war mit David?“, fragte sie und strickte konzentriert weiter.

„Ach, er hat das Wohnzimmer umgeräumt und eine Bastelei von mir aufgestellt“, antwortete Matthew leichthin.

„Bastelei?“ Sie löste den Faden um den Zeigefinger und strich mit der linken Hand prüfend über das Strickstück.

„Ja, als ich sechzehn war, habe ich gerne geschweißt und ihm eine Art Skulptur zu Weihnachten geschenkt“, erklärte Matthew. „Laura wollte sie wohl nicht aufstellen, aber jetzt steht sie da. David findet sie lustig. Und er wollte einfach mal wieder mit mir quatschen.“

Anna nickte. Masche aufnehmen, Faden holen und einstechen, fallenlassen. Aufnehmen, einstechen, fallenlassen.

„Er war wieder besser gelaunt, vielleicht ist der erste Schock allmählich vorbei. – Ich soll dich lieb grüßen", fuhr Matthew fort.

Masche aufnehmen – schon rutschte sie ihr von der Nadel. „Danke", sagte sie geistesgegenwärtig und ließ ihr Haar vors Gesicht fallen, damit er ihre heißen Wangen nicht sehen konnte. Den Fehler im Strickstück bemerkte sie gar nicht.

Während Matthew in die Küche ging, um sich ein Glas Wasser zu holen, erlaubte sich Anna, kurz die Augen zu schließen und tief durchzuatmen. Er hatte sie grüßen lassen! Obwohl sie gerade telefoniert hatten.

Sieh mal einer an …

Er wusste also durchaus, was er tat!

NEUN

Sobald Matthew am Mittwochmorgen aus dem Haus ging, raste Anna ins Schlafzimmer und begann hektisch, ein Outfit zusammenzustellen, das nicht so wirkte, als habe sie stundenlang, ja tagelang, darüber nachgedacht. Schließlich entschied sie sich für eine modern karottenförmige dunkle Jeans, die ihre schlanke Taille betonte, einen roten Pullover mit dazu passendem Schal und eine kurze schwarze Jacke – sowohl der Kamelhaarmantel als auch ihre Lederjacke erschienen ihr für eine Wanderung unpassend und wären wohl auch zu warm gewesen: Das Thermometer zeigte, ungewöhnlich für Ende Oktober, fast 52 Grad Fahrenheit und die Sonne schien bereits jetzt vom klaren blauen Herbsthimmel und vertrieb die Hochnebelfelder über den Bergen.

Innerlich wand sie sich bei dem Gedanken, David in ihren flachen Wanderschuhen gegenüberzustehen. Sie war mit einer Größe von einem Meter sechzig gut zwanzig Zentimeter kleiner als er und hätte sich in High Heels wohler gefühlt. Aber für eine Wanderung ging das wohl wirklich nicht.

Innerlich stöhnend schlüpfte sie also in ihre Wanderschuhe und wartete. Ein Blick auf ihre Armbanduhr verriet ihr, dass sie noch zehn Minuten Zeit hatte. Also kontrollierte sie noch einmal ihr Make-up im Spiegel – ja, mehr Schminke würde definitiv übertrieben wirken.

Sie setzte sich wieder und wartete weiter.

Um kurz vor acht trommelte sie bereits unruhig mit den Fingernägeln auf die Tischplatte. Hatte er es sich anders überlegt?

Kurz nach acht ging sie innerlich die Wände hoch. Als es plötzlich an der Tür klingelte, schreckte sie auf und sprang von ihrem Stuhl hoch, während ihr Herz begann, im Stakkato zu rasen. Er war da!

Schnell schnappte sie sich ihre kleine rote Tasche – für die nötigsten Utensilien wie Taschentuch, Lippenstift und Schlüssel – und sauste zur Tür.

„Hallo", strahlte sie David an, als sie ihm öffnete.

Auch wenn sich ihre Vernunft entschieden hatte, den heutigen Ausflug als bloßes Treffen unter Familienmitgliedern zu verbuchen, konnte sie nicht umhin zu bemerken, dass er fantastisch aussah: Die graue Jacke betonte seine strahlend blauen Augen und das dunkelblonde Haar wirkte in der Sonne fast golden. Sein Lächeln, als er sie sah, entblößte eine Reihe perfekter weißer Zähne.

„Hey", sagte er und begrüßte sie mit den üblichen zwei Küsschen. Dann musterte er sie einmal von Kopf bis Fuß. „Keine hohen Schuhe, das ist gut!" Er grinste.

Anna lachte auf, und ihre Blicke trafen sich. Die Atmosphäre schien von einem Moment auf den anderen umzuschwingen. Beide wurden ernst. Mit gemischten Gefühlen sah Anna David in die Augen. Er wirkte unsicher … Bevor sie jedoch den Gedanken zu Ende bringen konnte, kehrte sein Grinsen zurück. Sein Gesichtsausdruck schien zu sagen: „Na, so weit ist es mit uns gekommen!"

Laut fragte er allerdings harmlos: „Wollen wir?“, und ging voraus zur Beifahrerseite seines weißen Ford-Pick-ups, wo er ihr galant die Tür öffnete.

„Danke.“ Sie lächelte und stieg ein, sodass er die Tür hinter ihr wieder schließen konnte – ganz vorsichtig, um seine Kameraausrüstung, die in ihrem Fußraum lag, nicht zu beschädigen. Während er um den Wagen herumging, atmete sie genießerisch ein: Der Duft seines zitronig-herben Rasierwassers hing in der Luft.

David stieg auf der Fahrerseite ein und ließ den Motor an. Plötzlich fühlte sie sich verlegen.

Ihm schien es ähnlich zu gehen, denn nach den ersten Metern schaltete er den Kassettenrekorder ein. Beide zuckten zusammen, als die Instrumentalmusik mit einem lauten Paukenschlag begann.

Dann mussten beide lachen.

„Entschuldige“, sagte David schließlich und drehte die klassische Musik leiser. „Das ist Haydn. – Der Mann hatte einen Sinn für Dramatik.“

Anna kicherte. „Ja, die *94. Sinfonie* kann einem schon einen Schrecken einjagen.“

David warf ihr einen scharfen Blick zu. „Du kennst dich mit klassischer Musik aus?“

Anna schüttelte leicht den Kopf. „Nicht wirklich, nur mit den Lieblingskomponisten meiner Mutter. Haydn mag sie gern, auch Mozart und Beethoven. – Hörst du viel Klassik?“

„Fast nur“, bestätigte er, „ich nehme an, das ist ein Zeichen, dass ich langsam alt werde.“

„So ein Quatsch“, widersprach Anna. „Guter Geschmack hat nichts mit dem Alter zu tun. Überhaupt bist du doch mit deinen vierunddreißig gerade erst in den besten Jahren.“

Er schien einen Moment geschmeichelt, bevor jäh das Lächeln aus seinem Gesicht verschwand.

„Was ist?", fragte Anna erschrocken. Hatte sie etwas Falsches gesagt?

„Nichts", entgegnete David. „Ich dachte nur … Irgendwie habe ich immer gedacht, in dem Alter wäre ich familientechnisch schon woanders."

Anna sah ihn mitfühlend an und legte impulsiv ihre Hand auf seinen Arm, der das Lenkrad führte. „Es ist noch für nichts zu spät", sagte sie eindringlich. „Ob du nun mit dreißig Daddy wirst oder mit vierzig, ist doch rückblickend eigentlich egal."

Er zuckte die Schultern und fuhr schweigend weiter. Anna nahm verlegen die Hand von seinem Arm. „Redest du denn noch mit ihr?"

Es brauchte kein Genie, um zu wissen, dass sie von Laura sprach.

„Ja, schon", gab David zu, „wir haben uns noch einmal ausgesprochen. Ich vermisse sie." Er lachte freudlos. „Ich nehme an, das geht vorbei."

Anna nickte. „Ich verstehe. – Und dass da noch ein Weg zurückführt?"

Langsam schüttelte David den Kopf. „Ich glaube, der Zug ist abgefahren."

Still sah Anna aus dem Fenster. Sie konnte nicht bestreiten, dass diese Bemerkung sie auf irgendeiner Ebene froh machte.

Die nächste Zeit über fuhren sie schweigend, bis der Highway schließlich eine Kurve machte und David den Blinker setzte und am Straßenrand hielt. Zunächst sah Anna noch gedankenverloren aus dem Fenster. In ihrem Kopf war auf den letzten Meilen eine gemeine kleine Stimme aufgetaucht, die ihr vorwarf, eine Betrügerin und Matthew gar nicht wert zu sein. Daher bemerkte sie erst einmal gar nicht, dass sich ihnen ein spektakulärer Anblick bot. Erst

David, der leise ihren Namen sagte, holte sie aus ihrer Grübelei.

„Wow!“, entfuhr es ihr, als sie geradeaus blickte und das Panorama in sich aufnahm. Vor ihnen erstreckte sich der National Park Highway, dahinter die dichten Wälder – und noch weiter dahinter ragte der weiße Gipfel des Mount Rainier auf wie ein Gebilde aus einem Traum.

„Ist das nicht wahnsinnig schön?“, fragte David leise.

Anna nickte.

„Ich glaube, ich mache schon einmal ein Foto von hier aus!“ Begeistert stieg er aus dem Wagen, und Anna tat es ihm gleich, um ihn nicht beim Herrichten seiner Fotoausrüstung zu behindern. Fasziniert sah sie zu, wie er ein Objektiv auf seine Kamera schraubte und sich dann ein paar Schritte vom Auto entfernte, um den perfekten Winkel zu finden.

„Ist das eine besondere Kamera?“, fragte sie neugierig, als er ein paar Bilder gemacht hatte.

„Eine Leica R4“, antwortete David, nahm die Kamera herunter und hielt sie in ihre Richtung.

Vorsichtig nahm Anna die Kamera entgegen. „Oh, ganz schön schwer!“

David lächelte. „Gar nicht so wirklich, im Vergleich zu den Vorgängern. – Mit der hier kann man auslösen, ohne stark zu erschüttern, und das merkt man der Bildqualität natürlich schon sehr stark an.“

Anna sah verwirrt drein. „Ich habe keine Ahnung, wovon du redest.“

David lachte und nahm die Kamera, die sie ihm entgegenhielt, wieder an sich. „Beim nächsten Bild erkläre ich es dir!“

Sie stiegen wieder ein und bogen nach ein paar Meilen in den Nationalpark ein. „Jetzt sind wir auf der Straße ins

Paradies", sagte David mit einer Kopfbewegung in Richtung Straßenschild, auf dem „Paradise Road" stand.

„Nur dass wir nicht Adam und Eva sind", scherzte Anna unbekümmert zurück und biss sich eine Millisekunde später auf die Zunge, bis sie meinte, Blut zu schmecken.

Aber David lachte nur und deutete auf ihre beiden Jacken. „Nein, nicht leichtbekleidet genug!"

Anna lächelte erleichtert – zumindest hatte er ihrem Scherz keinerlei Bedeutung beigemessen.

Etwas später hielten sie erneut an.

„Jetzt sind wir in Longmire, hier brechen wohl neunzig Prozent aller Touristen zu ihrer Wanderung auf", erklärte David und zeigte auf das Informations-Center, das zwischen den Bäumen lag, aber geschlossen aussah. „Inzwischen haben sie allerdings schon für den Winter geschlossen, trotz des schönen Wetters. Ich will aber sowieso nur schnell sehen, wie das Licht ist – je nachdem fahren wir dann Richtung Christine Falls oder gleich zu den Reflection Lakes."

Anna, die nur einen kleinen Teil im Norden des Nationalparks kannte – sie war erst vor drei Jahren aus Seattle hergezogen und hatte nur einmal, als junges Mädchen, mit ihren Eltern eine Tagestour unternommen –, fühlte eine kindliche Neugier in sich aufwallen. Die Namen der Plätze, die er genannt hatte, klangen wie aus einem Märchen.

David stieg aus und nahm seine Kamera mit. Diesmal machte er kein Foto, sondern sah nur konzentriert durch die Linse, die er in verschiedene Richtungen zeigen ließ. Dann stieg er wieder ein.

„Okay, Christine Falls müsste gehen!“, verkündete er und ließ den Motor an. „Ich denke, das wird dir gefallen, da können wir dann eine Pause machen. Und dann würde ich sagen, fahren wir nach Paradise und wandern von dort aus zu den Seen.“

Anna blickte gespannt aus dem Fenster. Sie fuhren durch dichten Wald, und Anna kurbelte ihr Fenster herunter und atmete genießerisch die frische würzige Luft ein, bevor ihr zu kalt wurde und sie das Fenster wieder schloss. Schließlich sah sie auf der rechten Seite einen Bach.

„Nisqually River“, warf David ein, „im Frühjahr nach der Schneeschmelze ein breiter Fluss, aber momentan recht ausgetrocknet.“

Tatsächlich war auf beiden Seiten des Bachs ein weites, steiniges Flussbett zu sehen. An manchen Stellen lagen entwurzelte Bäume.

„Wunderschön“, begeisterte sich Anna.

„Warte erst einmal ab, bis wir am ersten Wasserfall angekommen sind!“ David lächelte vielversprechend.

„Am ersten Wasserfall?“, fragte Anna gedehnt. „Wie viele gibt es denn?“

„Comet, Christine, Narada, Martha – vier größere“, zählte David an den Fingern ab. „Aber Comet und Martha und eventuell Narada werden wir heute nicht sehen, die liegen abseits der Strecke. Das ist dann ein Ziel für einen anderen Tag.“

Anna starrte ihn an, ohne etwas zu sagen. War das jetzt nur so dahingesagt gewesen? Oder wollte er ihr zu verstehen geben, dass sie künftig öfters etwas zusammen unternehmen könnten?

Bevor sie lange darüber nachdenken konnte, nahm die Schönheit der Landschaft sie gefangen: Der Weg führte wieder weg vom Fluss, tiefer hinein in den Wald, und das

Sonnenlicht fiel durch die Bäume und schien an manchen Stellen eine fast magische Atmosphäre zu schaffen.

„Wäre das kein Motiv?“, fragte Anna und deutete auf eine kleine Lichtung, die durch die einfallenden Sonnenstrahlen wirkte wie ein Heiligtum.

David bremste und fuhr im Schritttempo weiter, um sich den Platz, auf den sie zeigte, genauer ansehen zu können.

„Schwierig“, antwortete er schließlich, „mit dem Licht hat man in der Linse oft eine Störung, die dann aussieht wie ein Heiligenschein oder so.“ Er schien zu überlegen. „Aber warum probieren wir es nicht aus, dann siehst du, was ich meine.“

Er stellte den Pick-up am Straßenrand ab, stieg aus und holte seine Kamera. Anna blieb unschlüssig neben dem Auto stehen, bis David ihr schließlich kurzerhand die Kamera in die Hand drückte. „Du fotografierst.“

Es war eine simple Feststellung, keine Frage.

Anna klappte den Mund auf, um zu widersprechen, aber David kam ihr zuvor. „Komm, ich zeig's dir!“

Die beiden überquerten den Weg und standen schließlich in direkter Linie zur Lichtung.

„Schau“, begann David und trat hinter sie, um über ihre Schulter zu deuten, „du musst aufpassen, dass du nicht zu frontal ins Licht fotografierst, sondern lieber ein bisschen seitlich. – Schau es dir am besten durch die Linse an, nicht nur mit bloßem Auge.“

Anna hob die Kamera an ihr Gesicht. Sogar sie duftete schwach nach David, sodass sie sich enorm konzentrieren musste, um fokussiert zu bleiben.

„Vorne stellst du mit der linken Hand ein, wie nah du das Motiv sehen willst.“

„Wo?“ Anna war verwirrt und schaute konzentriert durch die Linse, während ihre linke Hand nach der richtigen Einstellung suchte.

Plötzlich spürte sie Davids warme Hand auf ihrer. „Da“, sagte er, schob ihre Finger auf dem Objektiv in Position und drehte sie leicht. „Spürst du es?“

Anna machte ein Geräusch, von dem sie hoffte, dass er es als Zustimmung interpretieren würde. Obwohl er die Hand wieder weggenommen hatte, stand er immer noch nah hinter ihr, und sie konnte seinen warmen Körper dicht an ihrem Rücken spüren. Seine Wange berührte seitlich fast ihre Schläfe, so nah war sein Gesicht dem ihren. Ihr wurde heiß.

„Stell die Brennweite ein, wie es dir gefällt, dann halte das Objektiv ruhig und drück ab“, klang seine Stimme an ihr Ohr – ganz leise, um sie nicht zu stören.

Anna fragte sich gerade, ob er bemerkte, wie nahe er ihr kam, als er abrupt einen Schritt rückwärts machte. Sie erschrak und verriss das Objektiv, und genau in dem Moment verkrampfte sich ihr Zeigefinger und sie drückte versehentlich ab.

„Mist!“, schimpfte sie und drehte sich enttäuscht zu David um. „Entschuldige!“

„Nein, es war meine Schuld!“ Er lächelte und zog den Jackenkragen höher – Anna fiel auf, dass sein Hals ganz rot geworden war. „Nochmal – jetzt störe ich dich nicht mehr!“

Halbherzig fokussierte sie erneut die Kamera, als sie von einer Bewegung im linken Bildrand abgelenkt wurde. So leise wie möglich und ohne die Kamera wegzudrehen, sagte sie: „David.“

Sie wagte sich nicht zu bewegen. Am Rande der Lichtung grasten zwei Rehe.

„Das perfekte Motiv“, flüsterte David, und sie konnte das Lächeln in seiner Stimme hören. „Probier's trotz der Sonne.“

Anna biss sich vor Konzentration auf die Zunge, stellte den Zoom ein und drückte ab. Klick! Schon waren die Rehe aufgeschreckt und schnell wie der Wind im Wald verschwunden.

Anna schnaufte aus – sie hatte gar nicht bemerkt, dass sie den Atem angehalten hatte. „Glaubst du, sie sind noch im Bild?“, fragte sie David gespannt.

Er zuckte die Schultern und lächelte. „Das kann man erst beim Entwickeln sagen“, erwiderte er. „Vielleicht hast du Glück. Auf jeden Fall hast du ein gutes Auge!“

Weil sie sich nicht sicher war, ob er es ernst meinte, suchte sie fragend seinen Blick. Seine Augen glitzerten eigentümlich, als er auf sie herunter schaute, und einen Moment lang schien um sie herum alles still zu stehen.

Dann wandte sich David ab und marschierte zurück zum Auto.

Anna saugte scharf die Luft durch die Zähne ein und folgte ihm, die Kamera noch immer fest in der Hand. Ihre Wangen waren so heiß, dass sie sich sicher war, dass sie mindestens so rot waren wie sein Hals gerade eben.

Nach einigen Minuten stummer Fahrt gelangten sie zu einem kleinen Parkplatz.

„Hier sind wir“, verkündete David, „jetzt gehen wir die Stufen dort drüben hinunter“ – er deutete auf eine kleine steinerne Treppe –, „und dann zeige ich dir die Christine Falls.“

Er stieg aus, schloss die Fahrertür und ging los.

„Nimmst du die Kamera gar nicht mit?“, rief Anna ihm verwirrt nach.

David drehte sich um. „Für ein gutes Foto dort ist es heute zu sonnig“, rief er zurück. „Das ist mehr etwas für bewölkte Tage!“

Anna runzelte die Stirn. „Aber was ist, wenn du ein anderes Motiv findest?“

David überlegte kurz, bevor er noch einmal umdrehte und zum Auto zurückging. „Hast Recht“, gab er zu und nahm die Kameratasche an sich.

Dann machten sie sich auf den Weg die kleine Treppe hinunter.

Unten angekommen, wurden Annas Augen groß: Einer der schönsten Wasserfälle, die sie je gesehen hatten, strömte von oben ungefähr 40 Fuß zu ihnen in die Tiefe. Sein oberes Ende wurde von einer steinernen Brücke gerahmt wie von einem Bilderrahmen. In der Tiefe staute sich das Wasser türkisblau in einem kleinen Becken und floss dann ruhig weiter den Bach entlang. Auf der rechten Uferseite wuchs ein Baum, aber links waren nur einzelne Felsen zu sehen. Es wirkte wie eine Szenerie aus einem Märchen – oder einem Traum.

Atemlos drehte sie sich zu David um, der in ein paar Schrittlängen Entfernung hinter ihr stand. „Ich glaube, ich bin im Feenland!“

Davids Augen funkelten. Er antwortete mit leiser Stimme etwas, aber das Rauschen des Wasserfalls übertönte seine Worte.

„Was?“, fragte Anna laut.

„Nichts“, winkte er ab und holte seine Kamera aus der Tasche.

Anna spitzte die Lippen. Sie mochte sich verhört haben, aber sie hatte verstanden: „Und du bist die schönste Elfe weit und breit.“

Während David Fotos machte – trotz der Sonne, die das Wasser mit kleinen Regenbögen überzog, konnte er dem Anblick der Christine Falls offenbar nicht widerstehen und war sogar auf einen kleinen Felsen im niedrigen Wasser gesprungen, um eine bessere Perspektive zu haben –, zog Anna Jacke und Schal aus und setzte sich auf die Treppe, um den Frieden der Natur zu genießen. Die Sonnenstrahlen wärmten ihr Gesicht. Genießerisch stützte sie sich auf die Unterarme, hob das Gesicht gen Himmel und lehnte den Kopf zurück.

Plötzlich nahm Anna aus dem Augenwinkel eine Bewegung wahr und sah schnell zu David hinüber. Er schien gerade das Motiv zu verändern, denn er schwenkte seine Kamera schnell von irgendetwas hinter ihr zu einem Stück weiter nach rechts.

„Und, wird es was?", rief sie ihm zu.

„Ja", schmunzelte er durch die Linse, „ich glaube, gerade habe ich das perfekte Foto geschossen!"

„Super", freute sie sich unschuldig.

Er kam zu ihr herüber. „Weißt du, eigentlich bestehen die Christine Falls aus zwei Teilen. Den oberen sieht man von hier aus nicht, da müsste man ein Stück hinaufsteigen. Aber der hier ist sowieso der schönere."

Anna nickte. „Woher kommt der Name, weißt du das?"

Er setzte sich neben sie und packte die Kamera sorgfältig wieder in die lederne Tasche. „Philemon Beecher Van Trump, der erste Pionier, der den Mount Rainier bestiegen hat, hat ihn benannt", erzählte er, stellte die Tasche auf die Stufe über ihnen und legte die Unterarme auf die Oberschenkel. „Christine war seine Tochter."

Anna war beeindruckt. „Woher weißt du so viel über die Gegend?"

Sein Blick schweifte zum Wasserfall. „Meine Mutter hat mich schon als kleinen Jungen immer mitgenommen, wenn sie wandern ging", gab er preis. „Vor allem nach ihrer Trennung von meinem Vater sind wir viel hier entlanggelaufen." Er lachte, aber es klang nicht unbedingt fröhlich. „Eigentlich hätten sie einen Pfad nach uns benennen müssen."

Anna sah ihn halb lächelnd, halb mitfühlend an. „War es schwer für dich als Kind?"

David wiegte den Kopf hin und her. „Es geht", sagte er. „Meine Mutter war ziemlich traumatisiert durch die Scheidung, und natürlich geht das nicht spurlos an einem Kind vorbei … Aber dann ist Josh aufgetaucht, und auf einmal hatte ich einen wahnsinnig tollen Stiefvater."

Anna nickte und stellte sich den kleinen Jungen mit dem dunkelblonden Haarschopf vor, wie er dem Handwerker Josh bei all seinen Tätigkeiten über die Schulter schaute. Dann fragte sie: „Hast du zu deinem Vater keinen Kontakt mehr?"

„Doch", antwortete David, „jetzt, wo ich erwachsen bin, geht es leichter. Als Kind war er überfordert mit mir, aber jetzt sehen wir uns relativ regelmäßig. Er wohnt in Oregon."

Anna wusste nicht, was sie darauf sagen sollte, und so saßen sie eine Weile lang schweigend nebeneinander. Schließlich brach David die Stille: „Allerdings könnte man wohl sagen: Scheidungskind und bald selbst geschieden – vielleicht war es doch schwerer für mich, als ich bewusst bemerkt habe."

„Ich glaube nicht, dass das damit zusammenhängt", widersprach Anna ernst. „Laura war vielleicht einfach noch nicht die Richtige für dich."

David schnaubte. „Aber es hat sich über viele Jahre verdammt richtig angefühlt – meistens."

Anna schwieg einen Moment, dann ließ sie ihren Blick in Richtung Wasserfall schweifen. „Dann war sie vielleicht einfach die fast Richtige."

„Möglich." David wechselte das Thema. „Gab es bei dir einen fast Richtigen?"

Ja, Matthew, hätte Anna beinahe gesagt und hielt sich gerade noch zurück. Seitdem sie David kannte, hatte sie diesen Gedanken leider mehrmals gehabt. Aber sie antwortete nur: „Natürlich. Ich glaube, den gibt es bei jedem."

Eine Zeitlang schauten sie schweigend dem Wasser zu, wie es in die Tiefe floss. Jeder war in seine Gedanken versunken. Schließlich klatschte David mit den Handflächen auf seine Oberschenkel und stand auf. „Na komm, gehen wir."

Galant reichte er Anna die Hand und half ihr hoch. „Jetzt fahren wir nämlich direkt ins Paradies."

Tatsächlich hatte Paradise etwas Himmlisches an sich: Die weitläufigen Wiesen strahlten sattgrün in der Herbstsonne, und einige Wildblumen blühten noch immer

David hielt auf dem Parkplatz. „Ein paar Meter den Weg entlang ist eine kleine Bank, von der aus man einen ganz netten Blick in die Berge und über die Wiesen hat. Ich dachte, dort wir machen vielleicht ein Picknick, es ist ja schon fast Mittag. Und danach wandern wir zu den Reflection Lakes. Da kann man heute bestimmt gute Fotos machen!"

Anna stutzte. War es tatsächlich schon Mittag? Ein Blick auf ihre Armbanduhr bestätigte es.

„Hast du wirklich ein Picknick vorbereitet?", fragte sie ungläubig.

„Na ja." Er lächelte verschmitzt. „Picknick ist vielleicht übertrieben. Aber es gibt Sandwiches und Cola, und vielleicht sogar für jeden ein Stück Kuchen aus meiner Lieblingsbäckerei."

Während sie aßen, schaffte Anna es, sich in Davids Gegenwart mehr und mehr zu entspannen. Er erzählte ihr von seinem Alltag als Frachtpilot und dass der Schichtdienst und die damit verbundene Freizeit der ideale Nährboden für seine zweite Leidenschaft, die Fotografie, war. Sie gestand, dass Krankenschwester nicht ihr Traumjob war, sondern sie die Ausbildung in erster Linie deshalb gemacht hatte, weil sie ihr genug Spielraum für das Balletttanzen gelassen hatte, was damals für sie absolute Priorität gehabt hatte. Seit fünf Jahren tanzte sie nun nicht mehr regelmäßig und war im Job oft unterfordert. Sie erzählte ihm, dass sie nicht mit Sicherheit sagen konnte, was sie sonst mit ihrem Leben anfangen sollte. Er hatte die Idee eines kleinen Geschäftes mit etwas, das sie gut fände – vielleicht nicht gerade Tanzaccessoires, lieber etwas Neues, das sie nicht an vergangene Zeiten erinnerte. Wolle, grinste sie. Wolle in jeder Form und Farbe. Strickkurse mitten im Sommer. Er musste lachen.

Nach dem Essen machten sie sich zu Fuß auf den Weg zu den Reflection Lakes.

„Eine gute halbe Stunde wird es ungefähr dauern", kündigte David an, während sie nebeneinander den Weg auf dem kleinen Pfad durch den Wald gingen, „dann sind wir da und können nur hoffen, dass die Sonne so spät im Jahr schon mittags tief genug steht, dass sich der Berg im Wasser spiegelt."

Anna nickte beeindruckt. „Das ist sicher ein schwieriger Schuss, oder?"

„Aber der beste“, ergänzte David und korrigierte die Position des Taschenriemens auf seiner Schulter. „Ich habe das Motiv schon so oft fotografiert, und ich habe es immer noch nicht satt. Immer, wenn ich herkomme, sieht die Landschaft im Wasser anders aus – je nach Tages- und Jahreszeit, natürlich ... aber auch je nach Winkel und je nach meiner Laune, irgendwie.“

„Und mittags ist eigentlich nicht ideal, oder wie?“, fragte Anna neugierig. Nach den letzten Stunden begann sie selbst, sich für Fotografie zu interessieren.

„Nein, eigentlich nicht“, gab David zu, „frühmorgens oder bei Sonnenuntergang gibt es normalerweise die besten Bilder. Eigentlich immer, wenn der Lichteinfall circa dreißig Grad beträgt. – Aber wenn wir so früh hätten dort sein wollen, hätte ich dir die vielen schönen Plätze auf dem Weg dorthin nicht zeigen können.“

Und wenn wir zu Sonnenuntergang erst hingefahren wären, wäre Matthew uns womöglich auf die Schliche gekommen, ergänzte Anna in Gedanken und fühlte sich sofort schlecht. Sie wusste nach wie vor nicht, was sie hier tat. Vielleicht wäre es gut gewesen, dieses Thema bei David anzusprechen – aber irgendwie wollte sie Matthew keinen Raum zwischen ihnen geben und auch den Tag nicht verderben, indem sie ein so schwieriges Thema auf den Tisch brachte. David schien es ähnlich zu gehen. Jedenfalls hatten sie sich bereits seit dem Aufbruch sehr geschickt um das Thema Matthew herum laviert.

Falls wir noch einmal etwas Ähnliches unternehmen, kläre ich die Fronten, schwor sich Anna und fühlte sich wieder besser. Heute war eine einmalige Ausnahme. Sie war keine Betrügerin – zumindest keine serielle.

Nach etwa fünfzehn Minuten wurde der Weg schmäler und steiniger und David mahnte sie, vorsichtig zu sein: „Pass auf, wo du hintrittst! Hier sind manchmal Steine und Wurzeln, mit denen man nicht rechnet."

Sie fand es herzerwärmend, dass er sie vor dem Stolpern bewahren wollte, und in ihrem Bauch machte sich ein kleines, aufgeregtes Flattern bemerkbar.

Wie war das noch einmal mit den Fronten, schalt sie sich in Gedanken aus. Aber irgendwie schien das Wissen, dass es eine schlechte Idee war, sich in den Cousin ihres Verlobten zu verlieben, nichts zu ändern: Sie fühlte sich machtlos gegen die kleine, abenteuerliche Stimme in ihr, die ihr Herz vehement in seine Richtung schob.

Schließlich traf der Waldweg wieder auf die reguläre Straße, und gleichzeitig tauchte das Ufer des ersten Sees vor ihnen auf. Zahlreiche Touristen standen rund um das Ufer, die meisten von ihnen mit dem Fotoapparat.

Anna sah David enttäuscht an.

„Keine Sorge", raunte er und legte ihr die Hand auf den Rücken, um sie entlang des Weges weiterzudirigieren, „ich habe einen Geheimtipp."

Sie wanderten entlang des südlichen Ufers – überall Menschen.

„Was ist denn dein Geheimtipp?", wollte sie neugierig wissen.

Er grinste wie ein kleiner Junge. „Es gibt noch einen zweiten See, an dem normalerweise kaum etwas los ist. – Meiner Meinung nach kann man dort die besseren Fotos machen."

Anna lachte. „Und das weiß außer dir niemand?"

„Niemand", antwortete er schelmisch. Beide kicherten wie Kinder.

Tatsächlich standen sie bald vor dem zweiten See, der zwar wesentlich kleiner war als der erste – dafür befand sich aber tatsächlich niemand am Ufer. Auf der glatten, dunkelblauen Fläche spiegelte sich die bunte Herbstnatur: Das Gras leuchtete fast gelb in der Sonne und das Orange der Blätter an den umliegenden Büschen schien fast zu kräftig, um echt zu sein. Tatsächlich konnte man mittendrin das Spiegelbild des schneebedeckten Mount Rainier sehen.

„Super!" David freute sich sichtlich. „Das gibt ein tolles Foto!"

„Wirklich atemberaubend!" Anna trat näher ans Wasser, während David seine Kamera auspackte und das Objektiv befestigte. Dann ging sie zurück zum Weg, um ihm nicht im Bild zu stehen.

„Ich muss nur sehen", murmelte David, den Blick konzentriert durch die Linse gerichtet, „dass ich genau den Punkt erwische, an dem der Berg nicht zu stark reflektiert ..."

Langsam bahnte er sich, Schritt für Schritt, einen Weg zwischen den Büschen. Anna ging langsam hinterher.

„Jetzt!", sagte er plötzlich und blieb stehen. Er fixierte das Motiv, schien ein bisschen mit dem Zoom zu spielen und drückte schließlich ab. Klick!

Dann richtete er ruckartig das Objektiv auf sie, und bevor sie etwas sagen oder tun konnte, hatte er auch von ihr ein Foto gemacht.

„Huch!" Anna fuhr sich erschrocken mit der Hand durch das Haar. „Warne mich doch wenigstens vor!"

„Spontan ist schöner." David schmunzelte und ging in die Knie, um diesmal See und Berg auf ein Bild zu bringen. Diese Position war ihm wohl immer noch zu hoch – schließlich stellte er die Kameratasche ab und legte sich bäuchlings auf den Boden.

Anna sah fasziniert zu.

„So", sagte er nach ein paar Minuten und mehreren Klicks, „ich glaube, ich versuche es noch mit dem anderen Objektiv. Kannst du das kurz halten?"

Er stand auf und drückte ihr das kleinere der beiden Objektive in die Hand.

„Wirklich toll, so eine Assistentin." Er zwinkerte ihr zu. „Da könnte ich mich dran gewöhnen."

„Tu's lieber nicht", scherzte Anna und wog das Objektiv in ihrer Hand, während sie dicht ans Ufer trat, um die Spiegelung aus nächster Nähe zu bewundern. „Sonst fehle ich dir noch, wenn ich das nächste Mal nicht dabei bin."

David hatte das größere Objektiv festgemacht und kam einen Schritt auf sie zu, die Kamera in der linken Hand. Schweigend lächelte er auf sie herunter und in seinen Augen entdeckte sie etwas, das sie verlegen den Blick senken ließ. Er ließ sich jedoch nicht davon beirren, streckte die rechte Hand aus und ringelte eine Strähne ihres haselnussbraunen Haares um seinen Zeigefinger.

„Ob du mir fehlst oder nicht, hat nichts mit Gewohnheit zu tun", sagte er rau, und als sie ihn immer noch nicht ansah, strich er sanft mit der Fingerspitze über ihre Wange.

Sie sah auf und ihre Blicke trafen sich. Dann zuckte Anna zurück, und ihr Fuß rutschte am schlammigen Ufer ab und platschte ins Wasser. Sie schaffte es gerade noch, sich abzustützen, um nicht ganz hineinzufallen, aber dabei glitt ihr das kleine Objektiv aus der Hand und landete mit einem hässlichen klatschenden Geräusch im See.

Sie keuchte erschrocken auf und schlug sich die Hände vor den Mund.

David war mit einem Schritt bei ihr und warf die Kamera neben ihr ins Gras. „Hast du dich verletzt?", fragte er entsetzt und ging neben ihr in die Hocke.

„N-n-n-ein", stotterte Anna, „aber – dein Objektiv …!"

David folgte ihrem Blick zu dem kleinen schwarzen Objektiv, das knapp außerhalb ihrer Reichweite im Wasser schwamm und zu sinken drohte.

„Nicht so schlimm", sagte David gefasst, zog eilig Schuhe und Socken aus, watete dann ins Wasser und erreichte gerade noch mit der Hand das Objektiv, das er schnell herauszog. Mit einer Hand schüttelte er es kräftig aus – Wasser spritzte durch die Luft.

Er schloss kurz die Augen, öffnete sie wieder und sah mit einem eigentümlichen Gesichtsausdruck Anna an, die starr vor Schreck dasaß, die Hände noch immer über dem Mund zusammengeschlagen.

Schließlich überwältigte ihn die Komik der Situation, und er zog die Augenbrauen hoch und grinste, bevor er – anscheinend noch mehr erheitert durch ihren Blick stummfilmreifen Entsetzens – erst zu glucksen und dann aus vollem Hals zu lachen begann.

Anna sah ihn einen Moment lang an, als sei er verrückt geworden, dann ließ sie die Hände sinken und fiel in sein Lachen mit ein.

Mehrere Minuten saßen sie im Gras und gaben sich ihrer Heiterkeit hin, wie zwei Teenager nach dem ersten Alkoholgenuss.

Schließlich ließ sich David auf den Rücken fallen und stöhnte. „Ich kann nicht mehr!"

Anna setzte sich auf und hörte abrupt auf zu lachen. „Es tut mir so leid!", schnaufte sie, von ihrem Lachanfall noch immer außer Atem.

David machte eine wegwerfende Geste mit der Hand, ohne seine liegende Position zu verändern. „Immerhin hat es nicht die ganze Kamera erwischt", stellte er resolut fest und griff, immer noch im Liegen, nach dem nassen Objektiv. Als er es hochhob, tropfte noch mehr Wasser heraus. „Überhaupt – vielleicht gibt das Verschwommene meinen Bildern in Zukunft einen eigenen Stil." Er gluckste.

Anna blieb ernst. „Nein wirklich, es tut mir total leid“, sagte sie und sah ihn fest an. „Ich ersetze es dir natürlich!“

David setzte sich auf. „Blödsinn“, widersprach er fest. „Es war meine Schuld.“

Dann stand er auf, zog sich Socken und Schuhe an und verpackte die Kamera in ihre Tasche. Das nasse Objektiv nahm er in die Hand. „Sollen wir zurückgehen?“

Anna nickte stumm. Nach dem unerwarteten Heiterkeitsausbruch erreichte sie jetzt erst die Tragweite der Situation: Erstens hatte sie gerade einen beträchtlichen Teil seiner Kameraausrüstung kaputt gemacht. Und zweitens hatte er ihr Haar und ihre Wange berührt. Hätte er sie geküsst, wenn sie nicht weggezuckt wäre?

Der Gedanke ließ sie auf dem ganzen Heimweg nicht los und führte dazu, dass sie ihren tropfnassen Fuß kaum spürte.

ZEHN

Heute

Verträumt sah Emilia Anna an, als sie den letzten Satz beendete und dabei versonnen lächelte, in Erinnerungen versunken.

„Schauen Sie, das will ich auch", sagte sie sehnsuchtsvoll.

„Was, jemandem die Kameraausrüstung ruinieren?", fragte Anna ironisch.

Emilia lachte. „Nein. Jemanden, der mich alles um mich herum vergessen lässt und dem ich so wichtig bin, dass seine teure Kamera ihn gar nicht interessiert."

Anna nahm ihr Strickzeug wieder auf. Jedes Mal nahm sie sich vor, beim Erzählen weiter zu stricken, und jedes Mal hörte sie doch irgendwann damit auf, ohne es überhaupt wirklich zu merken.

„Das kommt schon noch", sagte sie bestimmt. „Warten Sie mal ab, girly, lassen Sie Ihrem Soldaten noch ein wenig Zeit, seine Bindungsangst zu überwinden. – Und wenn er das nicht kann, gibt es ja schließlich noch mehr Karpfen im Teich."

Emilia nahm ebenfalls ihre Arbeit wieder auf. „Ja … Karpfen. Aber ich hätte eben immer gerne den Haifisch."

Sie musste lachen, und Anna stimmte ein. Kichernd saßen sie sich gegenüber.

Schließlich hörte Anna auf zu lachen und sah Emilia ernst an. „Wissen Sie, dass Sie mein Leben viel schöner machen?"

Emilia wurde rot bis unter die Haarwurzeln. „Danke! Sie meines auch. Der Samstag ist immer mein Highlight der Woche."

„Meins auch", gab Anna zu. „Durch Sie werden meine alten Tage viel bunter. Danke dafür!"

Emilia lächelte und wechselte schnell das Thema, bevor die Stimmung zu sentimental wurde: „Und hat David Sie denn dann geküsst an dem Tag? Beim Verabschieden vielleicht?"

„Nein." Anna winkte ab. „Ich war so schnell im Haus, dass er nicht einmal die Möglichkeit dazu hatte. Ich habe so Angst vor mir selbst bekommen, dass ich, kaum dass das Auto stand, mit einem ‚Bye und danke' auf den Lippen herausgesprungen und ins Haus gelaufen bin. Er kam nicht einmal dazu, mir zu antworten." Sie lachte auf. „Aber als ich drinnen war, habe ich durch die Gardine im Wohnzimmer heimlich herausgeschaut. Er stand noch da, und ich sah ihn hinter dem Steuer den Kopf schütteln und sich dann mit einem jungenhaften Grinsen den Nacken reiben. – Damals wusste ich nicht, wie ich das deuten sollte, aber später hat er mir erzählt, dass er sich in dem Moment gedacht hat – und ich zitiere: ‚Man, she's a piece of work'."

Emilia schnaubte amüsiert. „Haben Sie es Matthew erzählt?"

„Nein. Ich habe es für mich behalten und ein sehr schlechtes Gewissen gehabt." Anna sah auf die Wanduhr, die hinter Emilia hing. „Oh, es ist schon fast achtzehn Uhr! Haben Sie heute noch etwas vor?"

„Nein, nein." Emilia seufzte. „Mann habe ich ja keinen und Tobi ist noch bis morgen bei seinem Vater."

„Möchten Sie dann vielleicht …", fing Anna unsicher an. „Ich würde etwas kochen, vielleicht … Haben Sie Lust, noch mit mir zu Abend zu essen?"

Etwas später standen die beiden Frauen zusammen in Annas geräumiger Küche. Ihre Wohnung befand sich auf der anderen Seite des Gebäudes hinter dem Geschäft, und Emilia schien ganz begeistert von der Raumaufteilung, der Einrichtung, der Gemütlichkeit, die Annas Wohnung ausmachte.

„Noch vor zehn Jahren haben wir komplett renoviert und fast alles selbst gemacht", erzählte Anna. „David ist – David *war* handwerklich sehr geschickt, und er hatte auch einen Blick für Einrichtung. Wir haben die Wohnung wirklich ganz nach unseren Wünschen gestaltet." Fast liebevoll maß sie die helle Küche mit den Augen: die großen Arbeitsflächen, die gemütliche Essecke und die etwas futuristisch anmutende Deckenlampe über dem Massivholztisch.

„Sie müssen ihn vermissen", sagte Emilia leise.

„Jede Sekunde", bestätigte Anna mit plötzlich belegter Stimme, „von jeder Minute von jeder Stunde von jedem Tag."

Eine kleine Pause trat ein.

„So …" Sie räusperte sich und wischte kurzentschlossen sämtliche Emotionen vom Tisch. „Was halten Sie von Lachs-Fajitas? Ja? Sie sind doch keine Veganerin oder so?"

„Das nicht. Nur Fleisch esse ich nicht. Sonst aber alles."

„Genau wie ich!" Anna war begeistert. „Na dann, lassen Sie uns loslegen."

Routiniert band sie sich ihre Kochschürze um und bot Emilia ebenfalls eine an, die jedoch vehement den Kopf schüttelte, und holte routiniert Zwiebeln, Paprika, Gurken,

Karotten sowie Räucherlachs, eine Dose Bohnen, Sauerrahm und Streukäse aus dem Kühlschrank.

„Mögen Sie mir beim Schnipseln helfen?“, fragte sie und reichte ihr, als Emilia nickte, Zwiebeln und Paprika hinüber. „Wissen Sie, ich habe schon so lange nicht mehr für irgendjemanden außer mir selbst gekocht, dass ich gar nicht abschätzen kann, wie viel wir brauchen. – Aber im Zweifel nehmen Sie sich einfach noch für morgen etwas mit nach Hause.“

Sie holte zwei Messer aus der Schublade und reichte Emilia eines. „Ach ja, mögen Sie ein Glas Wein?“, fragte sie.

Emilia überlegte. „Na ja, ich bin mit dem Auto da … Aber vielleicht einen kleinen Schluck?“

„Super!“ Anna freute sich. „Es geht ja gar nicht um den Alkohol, aber ich finde, kochen mit Wein hat so etwas Elegantes, finden Sie nicht?“

Sie ging ein paar Schritte in Richtung Weinregal und ließ den Blick über die verschiedenen Flaschen schweifen.

„Den nehmen wir!“ Sie zeigte auf einen Rotwein mit einem auffällig verspielten Etikett. „Columbia Crest Shiraz – der ist aus der Gegend, von der ich Ihnen erzählt habe.“

Sie entkorkte die Flasche und goss die samtige Flüssigkeit in zwei bauchige Rotweingläser, von denen sie eines Emilia reichte.

„Cheers!“, sagte sie mit funkelnden Augen.

Die beiden Frauen stießen miteinander an, und nach einem kleinen, genießerischen Schluck wandten sie sich wieder dem Gemüse zu. Es wurde still in der Küche.

Sie redet gar nicht mehr so viel wie am Anfang, ging es ihr durch den Kopf, und sie musterte die junge Frau mit schiefgelegtem Kopf.

Emilia fuhr zu ihr herum. „Was ist denn?“, fragte sie unsicher und wischte sich mit dem Handrücken über den Mund. „Habe ich Wein an der Lippe?“

„Nein, nein“, winkte Anna ab, „es ist nur …“

„Ja?“

„Verstehen Sie das bitte nicht falsch, aber – Sie reden gar nicht mehr so viel wie am Anfang.“

Emilia lachte auf. „Ja, das stimmt. – Ich glaube, das mache ich hauptsächlich, wenn ich nervös bin. Beziehungsweise na ja, kann man so auch nicht sagen … Ich rede manchmal auch nur so … Wenn es mich auf einmal überkommt, dann plappere ich einfach drauflos wie ein Schulmädchen, ohne wirklich zu wissen, was ich sage.“

Anna schüttelte amüsiert den Kopf. „Ich glaube, Sie wissen sehr genau, was Sie sagen“, widersprach sie. „Machen Sie sich nicht selbst klein, girly. Das bekommt uns Frauen nicht gut.“

„Da sagen Sie etwas Wahres.“ Emilia verdrehte die Augen.

Nachdem sie gekocht hatten, setzten sie sich an Annas Esstisch und genossen ihr Werk.

„Zu zweit schmeckt es einfach besser“, stellte Anna zufrieden fest und spülte den letzten Bissen mit einem Schluck Wein hinunter.

„Oh ja, ich bin sowieso immer so einsam ohne Tobi“, stimmte Emilia zu. „Ich freue mich zwar jedes Mal darauf, mal Zeit für mich zu haben, aber wenn dann das Wochenende kommt, vermisse ich den kleinen Racker.“

Anna nickte und fragte dann, da sie den Abend noch nicht enden lassen wollte: „Mögen Sie noch ein bisschen bleiben? Hören, wie es mit mir und David weitergegangen ist? – Oder wird Ihnen meine Geschichte schon langweilig?“

„Im Gegenteil!“, rief Emilia. „Ich wollte schon fast fragen, nur … Ich will Sie ja nicht drängen! Aber wenn Sie es schon anbieten: Wie ist es weitergegangen?“

ELF

1981

Als Anna ein paar Tage nach dem Ausflug mit David ihre Wanderschuhe aus dem Treppenhaus holte, wo sie sie zum Trocknen diskret auf die Treppe zum ersten Stock gestellt hatte, bekam sie gleich in doppelter Hinsicht ein schlechtes Gewissen. Erstens hatte sie Matthew noch immer nichts von ihrem Trip mit seinem Cousin erzählt – und das würde nun wohl auch so bleiben. Zweitens hatte David selbst in den letzten Tagen mehrmals angerufen, zumindest nahm sie das an.

Wenn sie allein zu Hause gewesen war, hatte sie nicht abgehoben, und einmal hatte er Matthew erreicht und offenbar gefragt, ob alles in Ordnung sei mit Ihnen, da tagsüber schon zum zweiten Mal niemand ans Telefon ging.

Ausrichten lassen hatte er ihr nichts, und sie fragte sich allmählich, ob er ihr vielleicht zuvorkommen und selbst die Situation klären wollte.

Als sie daher während Matthews Arbeitszeit die Wanderschuhe wieder im Schuhschrank verstaute, beschloss sie, dass jetzt oder nie der richtige Moment war, David anzurufen. Immerhin konnte sie ihn nicht bis in alle Ewigkeit ignorieren.

Und du sehnst dich auch nach ihm, rügte das kleine Teufelchen in ihrem Kopf, dem sie einfach nie völlig widersprechen konnte.

Sie trat ans Telefontischchen und wählte mit zitternden Fingern seine Nummer. Es läutete.

Nach nur zweimaligem Klingeln war er am Apparat. „Hallo?" Er klang außer Atem.

Anna kämpfte plötzlich mit sich, da sie keine Ahnung hatte, was sie eigentlich genau sagen wollte. Soll ich wieder auflegen?

Doch auf einmal fand sie ihre Stimme wieder. „Hey David", sagte sie leise, räusperte sich dann und fuhr etwas lauter und eher geschäftsmäßig fort: „Wolltest du mich sprechen?"

„Äh, ja", kam es etwas durcheinander durch die Telefonleitung. „Tut mir leid, ich bin in dem Moment erst vom Flughafen gekommen und war gerade beim Aufsperren, als du angerufen hast." Pause. „Ja, ich habe mir schon Sorgen gemacht, weil ich dich nicht erreicht habe."

„Ich habe gearbeitet", verkündete sie würdevoll und dachte bei sich: *Allerdings nicht immer. Manchmal habe ich auch „abwesend" gespielt.*

„Ist dein Schuh wieder trocken?", fragte David schelmisch, und sie musste lachen.

„Ja", gab sie zurück. „Aber ich will gar nicht fragen, wie es deinem Objektiv geht."

„Dann frag lieber nicht", antwortete David scherzhaft. „Ich habe mir heute in Seattle ein neues bestellt."

„Sehr gut, dann kannst du mir gleich sagen, was es kostet", erwiderte Anna geschäftsmäßig, „und ich gebe dir das Geld, wenn wir uns das nächste Mal sehen."

„Das tue ich ganz sicher nicht", weigerte er sich und setzte hinzu: „Es war meine eigene Schuld, dass es ins Wasser gefallen ist. Ich … ich weiß selbst nicht, was da in mich gefahren ist."

Eine Pause entstand, in der es sich für Anna anfühlte, als würde ihr Herz aus luftigen Höhen fallen und mit einem Knall auf dem Boden aufschlagen.

„Ja, apropos", fing sie an, um die Gunst der Stunde zu ergreifen. Egal was sie fühlte, sie war nicht frei, und das, was immer es auch war, musste ein Ende haben. „David, wir müssen klären, wo die Grenzen sind." Sie hatte von einem Augenblick auf den nächsten tatsächlich richtige Schmerzen in der Brust. „Ich bin verlobt, und noch dazu mit deinem Cousin, und …"

„Stopp", fiel er ihr ins Wort, und man konnte deutlich hören, wie unangenehm ihm das Thema war, „wir müssen gar nichts klären, ich weiß das alles. Es tut mir leid. Nur – irgendwie hat sich das so ergeben und …"

Sie hielt den Atem an.

„Ich muss dir ehrlich sagen, ich kenne keinen Menschen, mit dem ich mich so wohlfühle wie mit dir. Ich meine, ich habe schon seit Kindertagen nicht mehr vor jemand anderem geweint, geschweige denn in jemandes Arm …" Jetzt klang er ein bisschen hilflos. „Mir kommt einfach vor, wir sind uns sehr nahe."

Anna lächelte und atmete konzentriert und langsam aus. Sie hatte das Gefühl, demnächst zu hyperventilieren. „Das geht mir genauso", hauchte sie in den Hörer.

„Mit dir im Nationalpark, das hat mir richtig gutgetan", fuhr er fort. „Deswegen wollte ich fragen, ob du Lust hast, dabei zu sein, wenn ich die Fotos entwickle?"

Sie kniff die Augen zu und zählte innerlich bis zehn. „David, ich glaube, das geht nicht", sagte sie schließlich, noch immer mit zugekniffenen Augen.

„Oh", kam es scheinbar ratlos aus der Leitung.

„Es führt in eine Richtung, die ich nicht … Ich glaube, das geht nicht!"

Er zögerte. „Auch nicht nach dem, was wir gerade besprochen haben?"

Sie blieb still.

„Und wenn ich dir verspreche, dass ich nichts tue, was du Matthew nicht guten Gewissens erzählen kannst?"

„Oh bitte", stöhnte sie. „Ich habe ihm nicht einmal erzählt, dass wir miteinander im Nationalpark waren!"

„Ja, na ja, stimmt, ich ihm auch nicht." Er klang zerknirscht. „Okay, ich verstehe, worauf du hinauswillst. Falls du es dir anders überlegst … Ich werde am Dienstag die Bilder entwickeln, also …"

„Danke, David", sagte sie mit fester Stimme, öffnete die Augen wieder und presste die linke Hand mit dem diamant- und rubinbesetzten Verlobungsring auf das Telefontischchen, bis ihre Knöchel weiß anliefen. „Ich muss jetzt gehen."

Am Montagabend kam Matthew spät nach Hause, obwohl er nichts davon gesagt hatte, dass er nach seinem regulären Arbeitstag noch etwas zu tun hatte.

Als er endlich kam, war Anna gereizt – sie hatte sich nach der Arbeit sehr beeilt, um noch in den kleinen Supermarkt zu kommen, wo es sein liebstes Fleisch gab, und ihm sein Steak zuzubereiten. Irgendwie hatte sie trotz ihrer klaren Linie mit David ein schlechtes Gewissen gehabt, deshalb bereitete sie nun schon zum zweiten Mal in Folge völlig ohne Anlass solche Spezialitäten zu.

Das Fleisch war mittlerweile totgebraten, und sie war wütend – aber auch bestrebt, mit ihm klar und sachlich zu bleiben.

„Wo warst du denn?“, empfing sie ihn an der Tür und zwang sich, ihm trotz Ärger einen Kuss zu geben. „Ich habe schon vor einer Stunde mit dir gerechnet!“

„Oh Gott!“ Er schaute sie schockiert an. „Habe ich vergessen, dir zu sagen, dass ich heute später komme?“

Sie zwang sich zu einem schmallippigen Lächeln.

„Das tut mir leid!“ Er stellte seine Aktentasche ab, hob sie schwungvoll hoch wie eine kleine Puppe, setzte sie auf seine Hüfte und trug sie in die Küche, während er ihr Gesicht mit Küssen überhäufte. Sie kicherte.

Aufmerksam blickte er sie an. „Was kann ich tun, um es wiedergutzumachen?“

„Den Rest der Woche pünktlich sein“, sagte sie mit schmollend hervorgeschobener Unterlippe.

Seine hübschen Gesichtszüge verfinsterten sich.

„Oh nein“, seufzte sie und sprang förmlich aus seinen Armen. „Du hast den Rest der Woche am Abend etwas vor, oder?“

Hilflos breitete Matthew die Arme aus. „Es geht nicht anders, ich muss für Doktor Pepperton in der Astrophysik einspringen, er ist im Krankenhaus!“, rechtfertigte er sich. „Tut mir leid, Anna, aber du weißt, wie wichtig es für mich, für uns beide ist, dass ich mich an der Uni hocharbeite!“

Entnervt setzte sie sich an den Küchentisch und verschränkte die Arme vor dem Oberkörper. Sie hatte keine Ahnung, wer Doktor Pepperton war, und ihr Mitgefühl mit ihm hielt sich aktuell in Grenzen. „Von wie viel Zeit reden wir hier?“

Er setzte sich ihr gegenüber und strich sich eine vorwitzige Strähne seines pechschwarzen Haares aus der Stirn. „Dienstag, Donnerstag und Freitag schaffe ich es nicht vor neun nach Hause“, gestand er. „Mittwoch komme ich ganz normal.“

„Freitag?“, fuhr sie auf. „Da ist doch unser Hochzeitstanzkurs!“

Er seufzte und machte eine frustrierte Geste mit den Händen, die besagte, dass er nichts machen könne.

„Schon gut.“ Sie nahm sich zusammen und beschloss, dass streiten in diesem Fall wenig Sinn machte. „Dann tu das Wichtige. – Es gibt übrigens Steak, aber ich weiß nicht, wie gut es jetzt noch schmeckt.“

„Bestimmt herrlich“, freute sich Matthew und man konnte ihm die Erleichterung, dass die Auseinandersetzung vorbei war, deutlich am Gesicht ablesen. Er stand auf. „Bleib sitzen. Ich mache es warm!“

Anna stützte das Kinn in die Hände und schaute finster vor sich hin. „Kartoffelspalten sind im Ofen“, merkte sie kurzbündig an.

Dann schweiften ihre Gedanken zu David. Sollte sie doch mit ihm zusammen die Fotos entwickeln? Es interessierte sie wirklich, wie so etwas ablief und wie die Bilder geworden waren. Und ohne Matthew würde sie sich nach ihrer Kurzschicht, die am frühen Nachmittag endete, sowieso nur langweilen. Ihre Freundinnen hatten ausnahmslos alle Jobs, bei denen sie nur den Abend frei hatten, sodass sie sich auch mit keiner von ihnen am Nachmittag treffen konnte. Und wenn sie von Olympia schon einmal nach Hause gefahren war, dann lohnte es sich nicht mehr, abends noch einmal in dieselbe Richtung zu fahren.

Außerdem, sagte sie sich, konnte sie David ja sowieso nicht dauerhaft aus dem Weg gehen – schließlich würde er bald ihr angeheirateter Cousin sein.

Diesmal allerdings würde sie es nicht heimlich tun, falls sie sich trafen, beschloss sie. Sie würde aufrichtig sein. Es gab ja auch nichts, das man verheimlichen musste.

Als sie zu Ende gegessen hatten, brachte sie das Thema aufs Tapet. „Wenn du Dienstagabend sowieso lange arbeitest", begann sie und drehte nachdenklich ihr Weinglas zwischen den Fingern, „würde es dir dann etwas ausmachen, wenn ich auch auswärts bin?"

Matthew zuckte die Schultern, schüttelte den Kopf und nahm einen Schluck aus seiner Bierflasche. Er mochte Wein nicht besonders. „Natürlich nicht, du musst doch nicht fragen. Wo willst du denn hin?", fragte er arglos.

Sie zwang sich, ruhig zu atmen, um nicht rot zu werden. „David hat heute angerufen und mir von Fotos erzählt, die er vor Kurzem gemacht hat, und ich ... Ich würde ihm gerne beim Entwickeln über die Schulter schauen, wenn es für dich okay ist."

Matthew zog zwar überrascht die Augenbrauen hoch, als sie David erwähnte, schien aber nichts Auffälliges an ihrer Frage zu finden. „Na klar, wenn es dich interessiert!"

„Sehr." Sie lächelte. „Ich finde es wirklich faszinierend, wenn er so erzählt."

„Sehr gut." Matthew nickte, tupfte sich mit der Serviette den Mund ab und wirkte äußerst zufrieden. „Vielleicht wäre das auch für dich ein gutes Hobby? Dann müsste ich mich nicht ganz so schuldig fühlen, wenn ich mal länger arbeite."

In dem Moment überkam Anna der übermächtige Drang, ihm ihren Teller an den Kopf zu werfen. Als hätte sie kein eigenes Leben! Beziehungsweise: Als gäbe ihm ein Hobby für sie die Rechtfertigung, noch weniger Zeit mit ihr zu verbringen!

Sie beschloss jedoch, nicht schon wieder einen Streit vom Zaun zu brechen, biss sich auf die Zunge und stand in beredtem Schweigen auf, um das Geschirr abzuräumen.

Früh am Dienstagmorgen, gleich nachdem Matthew in Richtung Universität aufgebrochen war, überlegte sie sich, was sie David sagen würde. Nach einigen Minuten, in der sie im Kopf verschiedene Varianten durchgegangen war, entschied sie sich schließlich todesmutig für die Wahrheit.

Sie wählte und bemerkte, dass ihre Finger schon wieder zitterten. Irgendwie musste sie das mit dem Ruhigbleiben noch üben.

„Hallo?“ Seine Stimme klang tief und etwas heiser, ganz so, als sei er gerade erst aufgewacht.

„David, hey!“ Anna bemerkte, wie ihre Wangen heiß wurden. „Habe ich dich geweckt?“

„Mhm, ja“, kam es müde zurück, „ich musste gestern zwei Autos nach New York liefern und war erst um drei Uhr morgens im Bett.“

„Oh je, das tut mir leid!“ Sie legte die kühle Handfläche an die Stirn. Das war ja wirklich sehr peinlich! Ihre Wangen schienen in der vergangenen Minute Fiebertemperatur erreicht zu haben.

„Nein, nein, ich freue mich, dass du anrufst“, schaffte er es, gleichzeitig verschlafen und charmant zu klingen.

„Ich, äh …“ Anna kam sich richtig dumm vor. „Du hast ja gesagt, ich kann es mir noch überlegen mit dem Foto-Entwickeln, und ich … Na ja, ich glaube, ich würde doch gerne kommen, wenn es dir passt.“

„Oh.“ Sie konnte quasi hören, wie er vollständig aufwachte und absolut überrascht war.

„Weil, ich, also“ – *oh Gott, Anna, reiß dich mal zusammen* – „ich hab dich sehr gern, und wie du schon sagst, wir sind uns sehr nahe, und Matthew weiß, dass ich komme, es ist also völlig okay, und … es wäre traurig für mich, wenn wir uns nicht mehr sehen, nur weil … du weißt schon …“

„Ja.“ Er lächelte hörbar. „Ich weiß schon. – Super! Wann magst du denn kommen?“

Anna konnte sich gerade noch einen Seufzer der Erleichterung verkneifen. „Na ja, ich habe jetzt die kurze Schicht bis halb zwei, und dann habe ich frei. Wann passt es dir denn?“

David schien zu überlegen. „Kannst du gleich auf dem Heimweg kommen?“, fragte er schließlich.

„Na klar“, stimmte Anna zu und biss sich angesichts ihrer unbedachten Äußerung reuevoll auf die Lippen. Zu eifrig wollte sie eigentlich auch nicht wirken. Na ja, jetzt war es auch schon egal.

„Super, dann bis später!“, drang Davids Stimme an ihr Ohr.

„Bis später“, schwangen die Worte bei ihrem tiefen Atemzug mit. „Byebye!“

„Bye“, antwortete er. „Ach, und Anna?“

„Ja?“

„Ich freue mich auf dich. Schön, dass du kommst.“

Ihr Mund zog sich in ein so breites Lächeln, dass sie das Gefühl hatte, ihr Gesicht müsste auseinanderfallen. „Ich freue mich auch“, sagte sie leise.

Dann legte sie auf.

ZWÖLF

Während ihrer Schicht im Krankenhaus konnte Anna sich kaum auf ihre alltägliche Arbeit konzentrieren, weil ihr David im Kopf herumgeisterte.

Ob seine Ohren schon klingelten, weil sie so fest an ihn dachte?

Um Punkt dreizehn Uhr dreißig schnappte sie sich ihre Sachen aus dem Schwesternzimmer, zog sich um, schminkte sich nach und trug noch einen Spritzer Parfüm auf. Schon war sie schnell wie der Wind verschwunden. In der Bäckerei um die Ecke kaufte sie sich eine Cola und ein Sandwich, das sie im Auto aß. Wenn sie hungrig war, wurde sie ungeduldig – Matthew behauptete immer, sie sei dann unausstehlich –, und das wollte sie nicht riskieren.

Während der zwanzigminütigen Fahrt von Olympia nach Beachcrest drehte sie das Radio laut auf, um ihren Gedanken nicht zu viel Raum zu geben. Sie fühlte sich schon wieder wie ein Teenager vor seinem ersten Date, und das war ein Gefühl, das gar nicht zu ihrer „klaren Linie" David gegenüber passte.

Bei Davids Zuhause blieb sie stehen, stieg aus – und stutzte. Sie konnte deutlich das Salzwasser des nahegelegenen Meeres riechen. Ihr war gar nicht klar gewesen, dass sich das Haus offenbar so nahe an der Bucht befand.

Sie strich sich noch einmal durch die Haare, nahm dann ihre Handtasche vom Beifahrersitz und klingelte.

Es dauerte keine Minute, bis David in der Tür stand.

„Hallo“, rief er ihr zu und sprang athletisch die Stufen hinunter, um ihr das Gartentor zu öffnen.

Bei den beiden Begrüßungsküsschen berührte seine Wange die ihre, und ihr Herzschlag setzte einen Moment aus, nur um dann mit gefühlt doppelter Intensität loszuhämmern.

„Hallo“, erwiderte sie und musste alle Konzentration aufwenden, um unter seinem Blick nicht rot zu werden.

Er musterte sie von oben bis unten, dann lächelte er ihr jungenhaft ins Gesicht, sagte jedoch nichts, sondern ließ sie chevaleresk vorgehen ins Haus.

„Heute muss ich dir Hausschuhe andrehen“, sagte er, „in der Dunkelkammer habe ich einen Steinboden, und der ist wirklich sehr kalt. Außerdem darf kein Licht an die Fotos kommen, das heißt, es ist schwierig, zwischendurch mal schnell rauszugehen.“

Er hielt ihr entschieden ein Paar Gästepantoffel hin.

Gespielt ergeben nahm Anna sie entgegen und zog sie an. Sie passten perfekt. „Wusstest du meine Schuhgröße?“, fragte sie überrascht.

David schüttelte den Kopf. „Ich habe nur gut geraten. – Wie geht's dir?“

„Super. Ich bin schon sehr gespannt auf die Fotos. Und dir?“

„Auch gut“, antwortete er, dann schien er kurz nachzudenken und sah sie ernst an. „Anna, ich bin froh, dass du trotz allem gekommen bist. Du bist mir sehr wichtig!“

Sie lächelte warm. „Du mir auch. Wir sind Freunde, oder?“, erwiderte sie und drückte sanft seinen Arm, nahm ihre Hand aber nervös gleich wieder weg. Sie wusste wirklich nicht, warum sie ihn ständig anfassen wollte – normalerweise tat sie das bei niemandem, nicht einmal bei Matthew.

„Ja, das sind wir. – Sollen wir gleich loslegen?“, fragte David, dem die Situation wohl ebenso Kopfzerbrechen bereitete wie ihr.

„Unbedingt!“, stimmte sie zu, und er ging ihr voraus über die Treppe in das obere Stockwerk.

„Das ist der leere Teil des Hauses“, kommentierte er, als sie zwei Zimmer passierten, durch deren offene Türen man die spärliche Einrichtung sehen konnte. „Die Zimmer haben zu Lauras Reich gehört.“

Anna wusste nicht, was sie sagen sollte, und schwieg deshalb.

„So, da rechts ist die Dunkelkammer“, sagte David, aber als sie die Hand auf die Türklinke legen wollte, stoppte er sie: „Warte, lass mich dir erst erklären, was wir tun!“

Geduldig nahm Anna die Hand wieder von der Klinke.

„Also“, fing David an, „ich habe gestern schon Negative vom Film erstellt, was immer etwas langwierig ist. Das heißt, wir können uns heute auf den schöneren Teil konzentrieren und die Negative auf Fotopapier abziehen.“

Anna schaute verwirrt drein.

„Also, das eigentliche Foto erstellen“, formulierte David um. Anna nickte.

„In der Dunkelkammer sind die Negative aufgehängt, weil sie trocknen mussten. Es läuft dann normalerweise so, dass ich mir meine Lieblingsnegative heraussuche, anschließend auf der Kleinbildbühne einen Ausschnitt mache, Gradation, Blende und Zeit auswähle und dann das Bild belichte. – Keine Sorge, du siehst, was ich meine, wenn wir dabei sind“, fügte er hinzu, als er Annas irritierten Gesichtsausdruck bemerkte. „Dann kommt das Bild in die Flüssigkeiten –

Entwickler, Stoppbad, Fixierer und Wasser – und dann kann es trocknen."

„Klingt recht kompliziert."

„Am Anfang schon, aber die Übung macht es leichter. – Übrigens, da drinnen ist es jetzt noch normal hell, aber nachher müssen wir ganz abdunkeln bis auf eine kleine Rotlichtlampe, nur dass du dich nicht erschreckst. Und du brauchst den hier." Er griff hinter sie und reichte ihr einen grauen Kittel. „Am besten mit der geschlossenen Seite nach vorne anziehen, nicht dass dein schönes Kleid schmutzig wird."

Sie sah ihn scharf an, konnte aber an seiner Miene nichts Ungewöhnliches erkennen. Wortlos zog sie sich den Kittel über und drehte sich dann mit dem Rücken zu ihm, während sie ihr Haar hochhob, um die Knopfleiste frei zu machen. „Kann man ihn hinten schließen?"

„Ich tue das zwar nie, aber ja, kann man", antwortete David und trat hinter sie. „Vielleicht nur den Knopf in der Taille", murmelte er und griff an die angekündigte Stelle, um den Kittel zu schließen. Während der wenigen Sekunden, die er nah hinter ihr stand, war Anna sich seines kräftigen Körpers an ihrem Rücken überdeutlich bewusst. Sie spürte wie im Fieber seinen Atem in ihrem Nacken, während seine Hände in einer leichten Bewegung ihre Taille streiften, als er den Knopf durch die Lasche zog.

„Danke", sagte sie und brauchte all ihre Willenskraft, um ihre Stimme normal klingen zu lassen.

„Okay", sagte David, der selbst etwas verwirrt schien, nahm seinen eigenen Kittel vom Treppengeländer und zog ihn an. „Wollen wir?"

Anna nickte wortlos und legte, als er vor ihr die Dunkelkammer betrat, wieder einmal beide kühlen Hände an ihre heißen Wangen. Als sie allerdings den Raum betrat, vergaß sie alles andere. Die Dunkelkammer war beeindruckend, mindestens fünfzehn Quadratmeter groß, ausgestattet mit einem Pult, das rund um die Wände verlief, und zwei geräumigen Waschbecken. Die Fenster waren verdunkelt, kein Tageslicht fiel herein – noch brannte die Deckenlampe und hüllte das Zimmer in warmes Licht. Auf dem Pult standen verschiedene Lösungen in Flaschen und Dosen sowie mehrere Apparate, die Anna nicht identifizieren konnte. In einer Ecke lagerte Davids Kameraausrüstung und quer durch den Raum war eine Wäscheleine gespannt, an der eine beeindruckende Anzahl Negative hing.

„Wahnsinn", hauchte Anna. „Ich habe so etwas noch nie gesehen, aber das ist wirklich toll!"

David grinste und schloss die Tür hinter ihr. „Ja, das ist mein Rückzugsort und manchmal auch mein Sanatorium – egal, was gerade los ist, die Fotografie hält mich am Leben."

Anna nickte. „Kann ich mir vorstellen. – Und das Fliegen?"

„Hält mich beschäftigt", erwiderte er blinzelnd. „Nein, natürlich, mit dem Gefühl, wenn man durch die Wolken aufsteigt und die Welt von oben sieht, kann kaum etwas mithalten. Aber die Zeit vergessen kann ich normalerweise nur mit der Fotografie und, wie soll ich sagen, sie erdet mich. – Und lass dich nicht täuschen: Um ein Foto vom Negativ zu entwickeln, braucht man eine gute halbe Stunde, also ist das auch durchaus ein zeitintensives Hobby."

Anna lächelte. „Dann sind deine Fotos richtige Kunstwerke", stellte sie fest.

David wirkte geschmeichelt und fast ein bisschen verlegen. „Wenn das Motiv schön ist und die Aufnahme gut, dann vielleicht …" Er nahm ein paar Handschuhe aus weißem Stoff vom Pult und reichte sie ihr. Dann schaltete er eine Lampe hinter der Wäscheleine an, sodass die Negative beleuchtet wurden. „Sobald du bereit bist, können wir anfangen: Zieh die Handschuhe an und schau dir mal die Negative an – welche wollen wir entwickeln?“

Anna gehorchte und begann, die Negative an der Wäscheleine eingehend zu betrachten. Sie wollte jedes einzelne auf sich wirken lassen und nahm sich deshalb viel Zeit für ihre Aufgabe.

„Das ist toll!“, begeisterte sie sich für ein Bild von der Spiegelung des Mount Rainier im Wasser. „Das müssen wir unbedingt nehmen!“

„Ja, das gefällt mir auch“, bestätigte David und trat neben sie. „Wobei ich finde, dass das …“ Er griff nach oben und drehte mit seinen behandschuhten Fingern vorsichtig das Negativ, um ihr das Bild daneben zu zeigen. „Das ist etwas klarer, oder?“

Anna betrachtete kritisch die beiden Bilder. Beim ersten war ein Zweig eines Busches im Vordergrund, was zwar etwas vom eigentlichen Motiv ablenkte, aber der Szenerie auch etwas Einzigartiges verlieh. Das zweite strahlte Geradlinigkeit und Perfektion aus: Genau in der Mitte des Wassers sah man den Mount Rainier, jede Linie schien eben zu sein, wie das Gemälde eines perfektionistischen Malers.

„Ich weiß nicht“, sagte Anna langsam, „irgendwie mag ich das erste lieber.“

David lächelte. „Ganz wie du möchtest. Dann mach eine Klammer dran!“ Er reichte ihr mehrere winzige Büroklammern und hielt dann das Negativ fest, damit sie die Klammer am Rand befestigen konnte, ohne das Foto zu beschädigen.

Vertieft ging Anna weiter, und David hielt sich diskret hinter ihr. Als sie das Negativ entdeckte, das sie selbst am Reflection Lake zeigte, musste sie laut lachen: Ihr Gesichtsausdruck zeigte, bereits deutlich zu erkennen am

Negativ, irgendetwas zwischen Schock und Überraschung – die Lippen waren leicht geöffnet, während sich ihre Augenwinkel schon zu einem Lachen hochkräuselten.

David griff über ihre Schulter und befestigte eine Klammer. „Das ist auf jeden Fall dabei!“ Sein Ton war neckend und deutete nichts an, was über eine freundschaftliche Scherzhaftigkeit hinausging. In ihrem Inneren gab es einen kleinen Stich, und weil sie darüber nicht näher nachdenken wollte, schenkte sie den Negativen ihre ganze Aufmerksamkeit.

Die Christine Falls hatten es ihr angetan – drei Bilder kamen in die engere Auswahl. Als sie gerade eine Klammer an einem befestigen wollte, stutzte sie. „Da fehlt eines!“

David kam neben sie. „Woher weißt du das?“, fragte er mit einem schiefen Lächeln.

„Na ja“, fing sie an, „bisher waren immer drei zusammengehängt, also nehme ich an, dass das Teil deines Systems ist. Aber hier sind es nur noch zwei. Hast du schon eines entwickelt?“

David räusperte sich. „Ja genau, ähm, zur Probe.“

„Und, wie ist es geworden?“

„Gut“, kam es einsilbig.

Anna runzelte die Stirn. Irgendwie benahm er sich gerade seltsam, und sie verstand nicht, woran das liegen könnte. „Darf ich es sehen?“

„Ähm … Ich habe es nicht da“, wich David aus. „Aber ich denke, die drei, die du markiert hast, zeigen sowieso mehr vom Wasserfall.“

„Okay.“ Anna beschloss, das Thema fallenzulassen, und sah sich konzentriert weitere Negative an. Da es im Raum ganz still war, nahm sie wahr, dass er hinter ihr tief ausatmete – ganz so, als habe er die Luft angehalten. Aber als sie sich zu ihm umdrehte, lächelte er sie harmlos an.

Etwas später stand ihre Auswahl fest. Mit den Fotos von Christine Falls und dem, das sie im Wald gemacht hatte, waren es insgesamt acht Bilder – laut David etwas zu viele für eine Session.

Sie entschieden sich dafür, chronologisch vorzugehen und als Erstes Annas Bild von den Rehen im Wald zu entwickeln. David nahm die drei zusammenhängenden Negative von der Leine und setzte vorsichtig die Schere an, um das gewünschte Bild abzutrennen. Dann legte er das Negativ auf eine Unterlage, die er „Kleinformatbühne" nannte, und schob es in den Vergrößerer an der Wand.

„Hier ist es wichtig, dass das Negativ zu hundert Prozent staubfrei ist", erklärte er. „Sonst hat man gleich Patzer auf dem Foto."

Fasziniert beobachtete Anna, was er tat.

„Jetzt verstelle ich den Kopf des Vergrößerers", sprach David mit, „bis ich den Ausschnitt habe, den ich möchte, und dann öffne ich die Blende", er betätigte einen Hebel, „und stelle scharf." Er hob den Kopf und sah sie auffordernd an. „Willst du sehen?"

„Absolut." Anna trat an den Vergrößerer. „Wahnsinn!", sagte sie nur, als sie das Foto erstmals als richtiges Bild statt als Negativ sah. „Und jetzt?"

„Jetzt muss das Licht aus sein", sagte David knapp, zog sich den Handschuh aus und betätigte den Schalter neben der Tür. In der absoluten Dunkelheit tastete er nach dem Schalter für das Rotlicht, das sofort ansprang und den Raum in ein schwaches orangerotes Licht tauchte.

Anna trat vom Vergrößerer zurück und sah David zu, wie er aus einer Schachtel ein Blatt teuer aussehendes Fotopapier holte und es auf die Platte des Apparates legte.

„Jetzt decken wir einen Teil des Bildes ab und machen eine Probebelichtung mit verschiedenen Zeiten", kündigte er an.

Gespannt beobachtet Anna, wie er das Bild belichtete, von seiner Stoppuhr die exakte Zeit nahm, den Karton verschob und wieder belichtete.

„Acht Sekunden", sagte er schließlich und lächelte ihr über die Schulter zu. „Jetzt muss das Papier ins Entwicklerbad." Er zeigte auf eine gelbe Schale mit einer durchsichtigen Flüssigkeit darin und winkte sie zu sich.

Anna stellte sich neben ihn, während er sich die Handschuhe auszog, das Papier vorsichtig mit einer Art Zange am Rand packte und mit der belichteten Seite nach oben in die Schale legte, sodass es von der Flüssigkeit bedeckt wurde.

„Pass auf, jetzt beginnt das Wunder", sagte er halblaut, legte die Zange weg und kippte die Schale etwas, damit frischer Entwickler über das Bild laufen konnte.

Anna blickte an seiner Schulter vorbei gespannt auf das Foto. Zuerst sah sie gar nichts, doch dann zeichneten sich langsam helle Konturen ab, und schließlich erkannte sie schon schwach das Bild, das sie vom Negativ kannte.

„Wahnsinn", flüsterte sie, auf seltsame Art und Weise berührt.

Das Bild wurde dunkler, die Konturen schärfer. David kippte wiederum die Schale, und nach einiger Zeit sah man deutlich die Aufnahme mit perfekten Kontrasten.

„Jetzt hole ich es heraus und lege es ins Stoppbad." Er deutete auf eine rote Schale. Fasziniert sah Anna zu, wie er mit der Zange das Bild aus der Flüssigkeit nahm, dann eine zweite Zange ansetzte und es in die rote Schale gleiten ließ. „Die Flüssigkeiten dürfen nicht miteinander in Kontakt kommen", bemerkte er.

Nach ein paar Sekunden transferierte er das Bild in das Fixierbad – wiederum mit einer separaten Zange.

„Hundertzwanzig Sekunden", murmelte er und stellte seine Stoppuhr ein.

„Kannst du das Licht anmachen?", bat David sie nach Ablauf der Zeit. „Jetzt können wir uns schon anschauen, wie das Foto geworden ist."

Er holte das Bild aus der Flüssigkeit und hielt es Anna entgegen. Um nicht in Versuchung zu kommen, das Foto anzufassen und es womöglich zu zerstören, verschränkte sie die Hände hinter dem Rücken. „Nimm es ruhig", ermutigte David sie. „Pass einfach auf, dass du nur die Kanten mit den Fingerkuppen berührst, dann passiert nichts."

Vorsichtig nahm sie das Bild entgegen. David legte die Zange weg und trat neben sie. Beide betrachteten einen Moment lang die Aufnahme: Das Licht schien durch die Bäume und brach sich – wie David vorhergesagt hatte – an der Linse, was allerdings kaum störte, weil der Fokus des Betrachters ohnehin auf den Rehen lag, die am linken Bildrand gerade aufschreckten. Ihrer Meinung nach ergaben die Strahlen sogar einen sehr speziellen Effekt.

„Gute Arbeit!", lobte David sie leise. Sie grinste ihn glücklich an. Nie hätte sie gedacht, dass ein gelungenes Foto sie so fröhlich machen könnte.

„Jetzt legen wir es ins Wasserbad", wies sie David an und deutete auf eines der Waschbecken, das mit Wasser gefüllt war. „Da kann es dann eine Zeit lang bleiben."

Vorsichtig bahnte sich Anna ihren Weg zum Becken und legte das Bild hinein.

Dann drehte sie sich um und schüttelte voller Staunen den Kopf. „Kaum zu glauben, wie faszinierend das ist!"

David lächelte zufrieden. „Freut mich, dass es dir gefällt. Sollen wir gleich mit dem nächsten anfangen?"

Nach weiteren drei Fotos begann Anna, vor Anstrengung verschwommen zu sehen. Sie rieb sich die Augen. Auch David wirkte allmählich müde.

„Wärst du für eine Pause zu haben?“, fragte er und streckte sich gemächlich.

„Gerne!“ Sie hoffte, nicht zu übereifrig zu wirken, aber ihre Augen schmerzten.

„Holen wir noch die Fotos aus dem Wasserbad und hängen sie auf“, schlug David vor und machte sich gleich an die Arbeit. Als die vier Bilder am noch freien Teil der Wäscheleine baumelten, ließ er sie vorgehen auf den Flur.

Im Gehen öffnete Anna den Kittel und streifte ihn lässig ab. „Mir macht es total Spaß, aber meine Augen sind da anderer Meinung“, sagte sie halb scherzhaft.

„Mit der Zeit wird es leichter, der Muskel gewöhnt sich“, antwortete David. „Und irgendwann muss man auch nicht mehr ganz so sehr starren.“

Sie grinste.

„Was sagst du, hast du Lust, eine Kleinigkeit zu essen?“, erkundigte sich David mit einem Blick auf die Wanduhr, die im Treppenhaus hing und siebzehn Uhr vierzig zeigte.

„Warum nicht?“ Sie hatte zwar noch nicht wirklich Hunger, aber eine gemütliche Pause würde auf jeden Fall nicht schaden. In stummer Eintracht stiegen sie die Treppe hinunter.

„Setz dich“, sagte David, als sie in der Küche ankamen, und deutete auf die Bar, die zwischen Küchenzeile und Essecke stand. „Seitdem ich allein wohne, esse ich meistens hier, irgendwie kommt man sich dann nicht so verloren vor.“

Sie rutschte auf einen der hochbeinigen Barsessel und lehnte sich zurück. „Verstehe ich.“

„Worauf hast du denn Lust? Ich könnte Käsetoast machen oder einen Salat …“ Er schien bestrebt, das Thema Alleinsein nicht zu vertiefen.

„Salat wäre …“, setzte sie gerade an, als seine Augen plötzlich aufleuchteten und er den Zeigefinger hob, als habe er einen Geistesblitz.

„Was?“, unterbrach sie sich lächelnd – seine jungenhafte Begeisterung für was auch immer ihm gerade in den Sinn gekommen war, fand sie einfach herzerwärmend.

„Ich dachte gerade, ich habe heute nämlich nicht gefrühstückt, und – ich könnte uns Arme Ritter machen!“ Er zog die Nase kraus. „Oder ist dir das zu verrückt?“

Sie lachte und machte eine wegwerfende Bewegung mit der Hand. „Verrückt ist gut“, gab sie zurück. „Also warum nicht Frühstück am Abend?“

Fasziniert sah sie zu, wie er Brot, Eier, Milch, Zucker und Butter bereitstellte.

„Ich bin sicher kein Haubenkoch“, sagte er bescheiden, „aber Arme Ritter habe ich von meiner Mutter gelernt. Als Jugendlicher habe ich dann immer das Sonntagsfrühstück für uns vier gemacht.“

Beeindruckt nickte Anna und fragte: „Kann ich dir helfen?“

„Nein, nein“, lehnte er ab. „Bleib ruhig sitzen und unterhalte mich. – Magst du etwas trinken? Wein, Tee, Cola, Wasser?“

Sie musste erneut lächeln. „Wein zum abendlichen Frühstück? Wirklich?“

Mit den unschuldigsten blauen Kinderaugen, die sie je gesehen hatte, sah er sie an. „Ich kann dir auch einen Kakao machen.“

Anna lachte auf. „Danke, ich bin mit Wasser völlig zufrieden. Oder warte – vielleicht doch ein Schluck Wein?“

Zufrieden brachte er ihr Wasser und goss dann Rotwein in ein bauchiges Kristallglas, bis sie energisch rief: „Stopp!“

„Hast recht, sonst siehst du die Fotos nachher nur noch verschwommen.“ Er zwinkerte. Dann goss er sich selbst Wein ein und stieß mit ihr an. „Auf unsere Kunstwerke“, sagte er schlicht und sah ihr tief in die Augen – ein bisschen tiefer, als Anna angenehm war. Schnell brach sie den Blickkontakt ab, trank einen Schluck und nickte anerkennend. „Toller Wein!“

David nickte. „Vom Weingut um die Ecke – nur ein paar Meilen landeinwärts.“ Er ging wieder zurück zur Küchenzeile, schlug Eier, Milch und Zucker in eine Schüssel und verrührte alles kräftig. Dann gab er ein Stück Butter in die Pfanne.

Anna sah zufrieden zu, bis ihre Augen wieder zu brennen begannen und sie sich mit Daumen und Zeigefinger darüber rieb.

„Tun die Augen noch weh?“, erkundigte sich David.

„Ein bisschen.“

Er überlegte einen Moment lang. „Kannst du kurz auf die Pfanne aufpassen?“, fragte er, und als sie aufstand und zum Herd ging, verließ er kommentarlos den Raum. Wenig später kam er mit einem rosafarbenen Edelstein in der Hand zurück, der ungefähr drei auf fünf Zentimeter maß und flach war wie eine kleine Scheibe. „Rosenquarz“, erklärte er und reichte ihr den Stein. „Hilft gegen überanstrengte Augen!“

Anna drehte den Quarz ratlos in ihrer Hand. „Was mache ich damit?“

David grinste ihr zu. „Bitte nicht essen“, scherzte er, und Anna lächelte gutgelaunt zurück. „Nein, du musst ihn auf die Augen legen.“

Neugierig hielt sie sich den Stein an ihr rechtes Auge, ohne wirklich Hautkontakt herzustellen, während er die ersten beiden Scheiben Brot in den Teig tauchte und in die Pfanne legte. Er warf ihr aus dem Augenwinkel einen Blick zu. „Nein, warte mal“, stoppte er sie, „setz dich hin, ich zeig dir, wie es am besten geht.“

Sie gehorchte und setzte sich wieder auf ihren Barhocker.

„Kopf zurück“, kommandierte er. „So, und jetzt streich mit dem Stein über die Augen, aber er sollte schon die Haut berühren. – Du kannst ihn auch eine Weile liegen lassen, schau.“ Er nahm ihr den Stein aus der Hand und legte ihn so auf ihr Auge, dass er Nasenwurzel und äußeren Augenwinkel bedeckte. „Genau so“, murmelte er und drückte den Zeigefinger sanft auf den Stein.

Anna schaute aus dem freien linken Auge zu ihm auf, und plötzlich war sie wieder da, die Spannung zwischen ihnen. Sein Gesicht war nur wenige Zentimeter über ihrem, und während er sie mit seltsam brennendem Blick ansah, bewegte er sich ganz langsam weiter in ihre Richtung. Irgendwo in ihrem Kopf machte sich der Gedanke breit, dass er sie jetzt küssen würde, und sie fühlte sich machtlos gegenüber dem Prickeln, das ihren ganzen Körper ergriff. Sie spürte bereits seinen heißen, schnell gehenden Atem auf ihrer Haut und ihr Herzschlag verdoppelte seine Frequenz, während in ihrem Bauch ein Schwarm Schmetterlinge zu erwachen schien – als plötzlich der Stein auf ihrem Auge ins Rutschen kam und mit einem scheppernden Klirren zu Boden fiel.

Beide fuhren auseinander, und Anna bückte sich geistesgegenwärtig hinunter, um den Rosenquarz aufzuheben. Als sie mit puterrotem Gesicht wieder auftauchte, lehnte David an der Bar neben ihr und hatte die Handflächen hinter sich auf die Tischplatte gestützt. Seine Pupillen waren geweitet, und er schaute sie ernst an. Ein Moment, der sich wie eine Ewigkeit in die Länge zog, verging, während keiner von beiden etwas sagte. Dann öffnete David den Mund, wurde aber von einem verbrannten Geruch abgelenkt und drehte sich um.

„Verdammt!" In wenigen Schritten war er am Herd und zog die Pfanne, aus der es gefährlich rauchte, von der heißen Platte.

Anna stützte beide Ellenbogen auf den Tisch und schlug die Hände vors Gesicht. Als sie das Geräusch von fließendem Wasser hörte, linste sie durch die Finger.

David nahm gerade die Pfanne aus dem Waschbecken und warf die beiden verkohlten Brotscheiben in den Müll. „Da fange ich wohl noch einmal von vorne an", sagte er mit gefasster Stimme, stellte die Pfanne wieder ab und tunkte ernüchtert zwei weitere Brotscheiben in den Teig, ohne Anna anzusehen.

Anna nahm die Hände vom Gesicht und trank schnell noch einen Schluck Wein. Sie entschied, dass es keinen Sinn hatte, darüber zu sprechen, was beinahe geschehen wäre – noch dazu, da sich nun schon zum zweiten Mal eine Situation in diese Richtung entwickelt hatte. Sie brauchte Zeit, um in Ruhe darüber nachzudenken, was zu tun sei.

Als die Armen Ritter fertig und mit Zimt und Ahornsirup garniert waren, hatten sich beide wieder halbwegs gefangen: Zwar verlief das Essen relativ schweigsam und keiner schien dem anderen richtig in die Augen sehen zu können, aber der erste Schock war abgeklungen.

Nach dem Essen half Anna schweigend beim Abspülen, und dann machten sie sich, immer noch schweigend, wieder auf den Weg zur Dunkelkammer.

Während sie sich vor der Dunkelkammer ihre Kittel anzogen, stellte David mit gewollt heiterer Stimme fest: „So, noch zwei Fotos. Endspurt!"

„Ja." Anna zwang sich zu einem Lächeln. „Jetzt kommt endlich mein Favorit mit der Spiegelung dran!"

„Und mein Favorit mit dir“, gab er unverblümt zurück und streifte sich den Kittel über die Arme. Beide erstarrten. „Also, ich meine …“

Sie blieb regungslos, während sich ihre Wangen spürbar mit einer leichten Röte überzogen.

„Ich meine …“, wiederholte er.

„Schon gut!“, unterbrach sie ihn brüsk und drückte die Tür zur Dunkelkammer auf. „Fangen wir an, oder?“

Bemüht sachlich holte er das Negativ von der Leine, das Annas überraschtes Gesicht zeigte, schnitt es aus und legte es auf der Kleinformatbühne in den Vergrößerer. Während er die Belichtung machte, lehnte Anna am gegenüberliegenden Teil des Pultes und beobachtete ihn halb besorgt, halb sehnsüchtig. Seine schlanken Hände schienen das Gerät wie von selbst zu bedienen. Er hatte den Kittel nicht geschlossen, sodass sie die Rückenansicht seines sportlichen Körpers bewundern konnte. Lange Beine in einer dunkelblauen Stoffhose gingen über in einen festen Hintern, und darüber betonte der graue Mohair-Pullover den muskulösen Oberkörper. Sie wusste von Matthew, der ähnlich sportbegeistert war, dass er in seiner Freizeit sowohl laufen ging als auch Ski fuhr und auf Krafttraining mit dem eigenen Körpergewicht setzte.

Während sie David beobachtete, baute sich vor ihrem inneren Auge eine Szene auf, die sie beide zusammen im Bett zeigte – wie sein großer Körper über ihr kniete und sein Mund ihre Brüste mit zarten Küssen bedeckte.

„Belichtung ist fertig“, unterbrach seine Stimme sachlich ihre erotischen Tagträume.

Energisch schüttelte sie den Kopf und stieß sich vom Pult ab. „Super“, sagte sie leichthin und räusperte sich, während sie zu ihm kam und ihm zusah, wie er das Foto in den Entwickler gleiten ließ. Ihr ganzer Körper war unnatürlich heiß, und ihre Pupillen schienen vor Lust geweitet zu sein: Trotz der Dunkelheit fühlte sie sich vom Weiß des Fotopapiers fast geblendet.

Langsam erschienen die Konturen ihres Gesichtes auf dem Papier, und die anhaltende Faszination über dieses kleine Wunder ließ sie ihre unpassenden Träumereien vergessen.

David sah sie an, als wolle er ihre Reaktion genau beobachten, wenn das Foto zum Vorschein kam. Sie fühlte seinen Blick auf ihrem Gesicht ruhen und musste sich zwingen, sich auf das Bild zu konzentrieren. Eine zweite Szene wie vor dem Essen würde ihre Selbstbeherrschung nicht überstehen. Schließlich tauchten erste Schwärzen auf dem Bild auf, und sie musste trotz ihrer chaotischen Gefühlswelt grinsen: Der Ausdruck auf ihrem Gesicht war einfach filmreif. David neben ihr gab ein glucksendes Geräusch von sich.

„Da habe ich dich kalt erwischt, oder?“

Sie kicherte. „Dem kann ich wohl schlecht widersprechen!“

Während diesmal sie das Foto ins Stoppbad tauchte und anschließend wässerte, holte David bereits das zweite und letzte Negativ von der Leine. Es hatte den Anschein, dass er endlich fertig werden und mit seinen Gedanken allein sein wollte.

Als das letzte Foto im Entwicklerbad schwamm und langsam sichtbar wurde, konnte Anna sich ein ehrfürchtiges „Wow!“ nicht verkneifen: Die Szenerie sah aus wie auf einer Postkarte.

„Du bist ein Genie!“, hauchte sie und sah David mit großen Augen an.

Er trat einen Schritt zur Seite, bevor er sich ein geschmeicheltes Schmunzeln erlaubte. „Wie gesagt", zuckte er die Schultern, „wenn das Motiv gut ist …"

„Ja, aber die Farben!", fuhr Anna fort. „Der Winkel, den du gewählt hast, der Zweig als Silhouette davor … Die Perspektive ist einfach perfekt!"

David lächelte, sagte jedoch nichts. Aber als sie nach dem Wasserbad das Foto an die Leine hängen wollte, schob er ihre Hand sanft zurück. „Deins!"

Bei seiner Berührung war Anna zusammengezuckt, aber nun verzog sich ihr Mund zu einem breiten Grinsen. „Wirklich?", fragte sie freudig.

„Na klar", antwortete er. „Sei nur vorsichtig, wenn du es transportierst, es muss ja noch trocknen."

„Danke, das werde ich", bestätigte Anna. Sie waren fertig, wurde ihr klar. Ihr Treffen neigte sich dem Ende zu. Vorsichtig legte sie das Bild auf das Pult und streifte sich den Kittel ab, bevor sie ihn ebenfalls über das Pult legte.

„Dein neues Objektiv!", fiel ihr plötzlich ein. „Hast du es schon? Wie viel hat es gekostet?"

„Ja … Und sage ich dir nicht", gab er zurück.

„Ich will es dir unbedingt bezahlen!", beharrte sie.

„Nein", sagte er fest. Sein Tonfall zeigte, dass das Thema für ihn beendet war. „Es war meine Schuld, und ich bezahle den Schaden."

Anna verzog den Mund und lehnte sich gegen das Pult hinter ihr. „David", sagte sie leise.

„Ja?" Sein Blick traf den ihren, und einen Moment lang sagte niemand etwas, während sie sich traurig ansahen.

„Das, was heute passiert ist …", fing sie an.

Er schloss die Augen, als wolle er verhindern, zu hören, was sie zu sagen hatte.

„Ich weiß nicht, was da ist zwischen uns … Aber … Das darf sich nicht wiederholen." Ihr war klar, dass ihre Stimme zitterte. Sie fühlte sich, als würde sie jeden Augenblick anfangen zu weinen.

„Ich weiß", antwortete er und vermied ihren Blick. „Ich weiß."

„Mir ist nicht ganz klar, ob wir uns weiterhin sehen können", fuhr Anna mit leiser Stimme fort und fühlte den Kloß in ihrem Hals größer werden. „Aber ich möchte nicht der Grund sein, der dich und Matthew weiter auseinander bringt …"

David sah ihr fest in die Augen, trat einen Schritt auf sie zu und berührte sanft mit der Handfläche ihren Oberarm. „Nein, Anna, ich kann mich zusammennehmen", sagte er fest und fügte hinzu: „Du musst mir nicht erzählen, wie beschissen die Situation ist."

Sie lächelte kläglich.

„Ich weiß das, auch weil … Anna, ich …" Er unterbrach sich. „Vergiss es."

Sie sah ihn stirnrunzelnd an, aber als er nicht weitersprach, beschloss sie, dass es besser war, zu gehen, bevor sie es sich noch einmal anders überlegte und ihm einfach in die Arme sprang.

Sie nahm ihre Tasche aus der Ecke, in der sie sie abgestellt hatte, und das Foto mit der Spiegelung des Mount Rainier. Dann machte sie sich auf den Weg die Treppe hinunter zur Haustür. David folgte ihr.

„Danke für den schönen Nachmittag", sagte sie leise und gab ihm, wie gewohnt, links und rechts ein keusches Küsschen auf die Wange. „Und danke für das Foto."

Anna schaffte es um die nächste Kurve, bevor sie in den Rückspiegel schaute und erleichtert feststellte, dass sie außer Sichtweite war. Dann ließ sie das Auto am rechten Straßenrand ausrollen. Es war bereits dunkel, und der Wald umfing sie wie eine tröstliche Macht aus einer anderen Welt.

Zitternd stellte sie den Motor ab und lehnte sich an die Kopfstütze, bevor sie sich erlaubte, die Spannung in ihrem Kiefer zu lösen. Sie atmete tief und zittrig ein – und als sie ausatmete, bahnten sich die Tränen, die ihr schon vorhin im Hals gebrannt hatten, einen Weg nach oben und erreichten ihre Augen, nur um dann wie Sturzbäche ihre Wangen hinunterzulaufen.

Sie schluchzte, bis sie das Gefühl hatte, keine Luft mehr zu bekommen. Mehrere lange Minuten saß sie bitterlich weinend hinter dem Steuer, während der Schmerz über ihr zusammenschwappte wie eine Welle im Ozean.

Dann hatte sie sich wieder unter Kontrolle, wischte sich die Tränen ab, putzte sich die Nase und fuhr nach Hause.

DREIZEHN

Heute

Emilias Gesicht zeigte eine Mischung aus verschiedensten Emotionen, stellte Anna fest, als sie zu Ende erzählt hatte. Einerseits sah sie traurig aus, auf der anderen Seite glänzten ihre Augen begeistert, und zu all dem sah sie Anna bewundernd an.

„Sie haben ja ganz schön Selbstbeherrschung", stellte sie beeindruckt fest. „Ich glaube, spätestens beim Abschiedsküsschen hätte ich meinen Kopf zur Seite gedreht und ‚zufällig' seine Lippen erwischt!"

Anna lächelte. „Nicht, dass ich nicht daran gedacht hätte", gab sie zu. „Aber Matthew war in meinen Gedanken zu präsent, und wir hatten ja gerade vereinbart, dass zwischen uns nichts mehr passieren dürfte ..."

Emilia trank mit nachdenklichem Blick einen Schluck aus ihrem Wasserglas. Vom Rotwein hatte sie nur einen Schluck genommen. „Und, wie lange hat es gehalten?", fragte sie schließlich neckisch.

„Was meinen Sie?" Anna war verwirrt.

„Na ja, wie lange ist dann wirklich nichts zwischen Ihnen passiert?"

Anna winkte ab. „Noch eine ganze Weile nicht. Ich habe Ihnen ja gesagt, es war eine komplizierte Geschichte, und zu dem Zeitpunkt kannte ich noch nicht einmal selbst alle Faktoren. Aber das erzähle ich Ihnen ein anderes Mal, meine Stimme ist schon ganz belegt." Tatsächlich klang sie etwas heiser, und Emilia sah auf die Uhr und schreckte hoch.

„Schon nach neun!", rief sie. „Jetzt sollte ich aber wirklich fahren!"

Anna stand mit ihr auf. „Habe ich Sie zu lange aufgehalten?"

Emilia schüttelte so heftig den Kopf, dass ihre honigblonden Haare um ihr Gesicht flogen. „Überhaupt nicht! Danke für das Essen, und für die Geschichte … Nächsten Samstag komme ich wieder, oder?"

„Natürlich", antwortete Anna, und als sie sich verabschiedet hatten und sie der Jüngeren aus dem Türrahmen noch einmal zuwinkte, rief sie ihr übermütig und in einer nicht allzu überzeugenden Parodie des Darstellers aus „Dinner for one" nach: „Nächste Woche, girly – same procedure as every … well, week!"

Ihr Lachen war das Letzte, was sie an diesem Abend von Emilia hörte, als diese davonfuhr und durch das offene Autofenster noch einmal zurückwinkte.

Anna blieb noch eine Weile in der offenen Tür stehen. Es war eine laue Sommernacht, und aus einer Nebenstraße drang leise Musik. Sie trat auf die oberste der kleinen Stufen, die von ihrem Geschäftseingang auf die Straße hinausführten, und legte den Kopf in den Nacken, um hinauf zum wolkenlosen Himmel zu blicken. Eine Weile suchte sie das Firmament ab, bis sie den hellsten Stern der Nacht entdeckte.

„Ach, David", sagte sie leise. „Du fehlst mir."

Nach ein paar Minuten drehte sie sich um, trat in ihr Geschäft und schloss die Tür ab, bevor sie das Licht löschte und sich in ihre Wohnung zurückzog.

Am darauffolgenden Donnerstag saß Emilia rastlos in ihrem Büro, wippte mit dem Fuß und kaute nervös an den Fingernägeln. Inzwischen musste Tom ihren Brief erhalten haben, aber sie hatte noch immer keine Antwort von ihm. Da ihr heutiger Arbeitstag sehr ruhig gewesen war, hatte sie sich getraut, auf Facebook zu gehen und sein Profil zu öffnen – und da war er, online.

Vor Schreck hatte sie sofort wieder auf „Schließen" geklickt, nur um kurze Zeit später erneut online zu gehen und zu warten, ob er ihr vielleicht schreiben würde.

Bisher war das nicht der Fall.

Ihr Magen brannte vor Nervosität und fühlte sich an, als würde er sich langsam, aber sicher selbst aufessen. Wenn sie emotionalen Stress erlebte, reagierte sie meistens mit Magenschmerzen, was im Laufe ihres Lebens schon mehrmals zu äußerst unliebsamen Zwieback- und Kamillentee-Diäten geführt hatte. Unbefriedigt biss sie den Nagel ihres kleinen Fingers ab. Tom war nicht gut für sie – das wusste sie, und sogar er selbst hatte zugegeben, ihr Leben „im Moment nicht gerade besser" zu machen. Aber trotz dieses Wissens konnte sie sich nicht dazu durchringen, ihn aufzugeben: Eine kleine Stimme in ihrem Bauch wehrte sich vehement dagegen.

Zum wiederholten Male schweiften ihre Gedanken zu Anna. Wie lange hatte sie wohl gebraucht, bis sie sich entschlossen hatte, Matthew den Laufpass zu geben und in Davids weit geöffnete Arme zu laufen? Gab es mehr als einen Richtigen für eine Frau?

Sie hatte das seltsame Gefühl, dass Annas Geschichte ihr Antworten auf diese Fragen geben würde.

Am Samstag hatte Emilia quasi keine Fingernägel mehr, und Anna sah sie nach einem flüchtigen Blick auf ihre Hände tadelnd an. Ihren alten Augen schien wirklich nichts zu entgehen.

Als sie allerdings fragte, was los sei, zuckte Emilia nur die Schultern, wortlos und traurig.

„Ihr Soldat?", riet Anna.

Ein Seufzen entwich Emilia, als sie abwesend ihr Strickzeug sortierte und den Faden aufnahm.

„Immer noch keine Antwort auf Ihren Brief?"

Emilia schüttelte den Kopf. Anna ebenfalls.

„Es ist ihm aber nichts passiert, oder?", fragte Anna nach einer kurzen Pause.

„Nein!" Emilias Antwort klang heftig. „Offenbar hat er großen Spaß und sogar noch Zeit dazu, im Internet zu surfen. Nur mir will er nicht schreiben!"

Anna verzog missbilligend den Mund. Sie beugte sich nach vorn und tätschelte sanft Emilias Hand, die die Nadel fest umklammert hielt. „Ablenkung hilft", sagte sie beruhigend. „Und atmen. Nicht vergessen: immer tief und reinigend atmen."

Eine Weile strickten sie in stiller Eintracht, jede mit ihren Gedanken beschäftigt. Schließlich blickte Emilia auf und sah Anna schelmisch an. „Wie geht's denn Ihrer Stimme?"

Anna lachte. „Alles fein", sagte sie. „Wollen Sie die Geschichte weiter hören?"

„Ich glaube, darauf muss ich nicht antworten", sagte Emilia mit einem scherzhaften Augenverdrehen. „Ich warte schon seit einer ganzen Woche darauf!"

VIERZEHN

1981

Jeder Tag, an dem sie nichts von David hörte, war für Anna ein verlorener Tag – was, wie sie selbst zugeben musste, etwas Lächerliches hatte, da sie ihn ja schließlich selbst in die Schranken gewiesen hatte. Inzwischen zählte sie bereits neunundzwanzig verlorene Tage: Der Oktober war in einen trüben und grauen November übergegangen, und an manchen Tagen, an denen sie die Sonne nicht sah, kam ihr vor, dass ihr ganzes restliches Leben aus solch grauen Tagen ohne Freude, ohne nennenswerten Höhen und Tiefen bestehen würde.

Das Bild, das David ihr geschenkt hatte, stand gerahmt auf dem Sims des offenen Kamins. Immer, wenn Anna daran vorbeiging, spürte sie ein unbestimmtes Sehnen in ihrem Inneren.

Matthew arbeitete viel, aber in der Zeit, die er mit ihr verbrachte, hatte sie Mühe, den Anschein einer normalen Beziehung aufrechtzuerhalten. Viel zu oft schlich sich David in ihre Gedanken, und zu ihrer Scham musste sie gestehen, dass sie auch an ihn dachte, wenn Matthew und sie Sex hatten; dass sie sich vorstellte, er sei es, der sie mit aller Kraft liebte und hingebungsvoll mit ihr verschmolz. Nachts träumte sie manchmal von David, was dazu führte, dass sie sich oft schon morgens aufs Zubettgehen freute und gleichzeitig eine Heidenangst davor hatte, eines Nachts im Schlaf zu sprechen und seinen Namen zu nennen.

Matthew schien allerdings nichts Ungewöhnliches an ihr aufzufallen.

Als eines grauen Novemberabends die Türglocke klingelte, schreckte Anna auf. Matthew sollte erst in einer halben Stunde kommen, und sie rechnete eigentlich nicht mit Besuch.

Das kann nur meine Mutter sein, sagte sie sich, oder ein Vertreter.

„Komme!“, rief sie aus der Wohnungstür, fuhr sich vorsichtshalber mit der Bürste durchs Haar – ihre Mutter pflegte sie stets zu ermahnen wie ein kleines Mädchen, wenn ihr Haar nicht in Form war. Dann sauste zur Haustür.

Als sie sie öffnete, erstarrte sie: David stand davor und lächelte sie an, als sei nichts gewesen.

„Hey du“, sagte er.

„Hey“, antwortete sie, als sie sich von ihrem ersten Schrecken erholt hatte. „Bist du mit Matthew verabredet?“

„Äh, nein …“ Er sah sich gehetzt um. „Ist er zu Hause?“

„Müsste in ein paar Minuten kommen“, erwiderte sie, plötzlich gestresst. „Was ist denn los?“

Er rückte etwas näher an sie heran. „Kann ich dich unter vier Augen sprechen?“, fragte er.

„Aber …“ Anna zögerte. „Wenn er kommt und du bist da … Ich weiß nicht, ob ich …“

… meine Emotionen gut genug kaschieren kann, war das, was sie sagen wollte. David schien sie auch zu verstehen, ohne dass sie es aussprach.

„Dann fahr bitte mit mir ein Stück", schlug er vor und deutete auf seinen Pick-up, der an der Straße geparkt war. „Ich muss wirklich mit dir reden."

Anna nickte kurzentschlossen, die Tatsache ignorierend, dass sie erneut, wie meistens zu Hause, nicht einmal einen BH unter ihrem Pullover trug. Sie schlüpfte in die nächstbesten Stiefel, löschte das Licht und sperrte die Haustür von außen ab. Wenn Matthew vor ihr nach Hause kommen sollte, könnte sie immer noch sagen, sie sei spazieren gegangen.

David öffnete ihr die Beifahrertür, und sie stieg ein.

Er ließ den Motor an und fuhr ein Stück. „Ich muss noch tanken", bemerkte er, „ich nehme dich einfach mit, okay?"

Willenlos nickte sie. Ohne dass sie sich innerlich darauf hatte vorbereiten können, wieder in seinem Wagen zu sitzen, der nach seinem Parfüm duftete, brachte sie ziemlich durcheinander.

Als sie ein paar Minuten gefahren waren, brach Anna die Stille. „Was ist denn los?", fragte sie besorgt. „Ist alles in Ordnung?"

Die Tankstelle war inzwischen in Sicht. Kurzerhand setzte er den Blinker und hielt am rechten Straßenrand, bevor er sich ihr zuwandte.

„Ich weiß gar nicht, wie ich anfangen soll", begann er, „deshalb sage ich es einfach ohne Einleitung: Matthew hat mich gefragt, ob ich Weihnachten mit euch verbringen will."

Ihre Augen wurden groß. „Wie?"

David legte den Kopf schief. „Na ja, wir haben telefoniert, und ich habe erzählt, wie es mir geht und dass es eigenartig ist ohne Laura …" Anna sah betreten drein, und David unterbrach sich. „Was hätte ich denn sonst sagen sollen?", fragte er mit einem freudlosen Lächeln. „Außerdem ist es wirklich eigenartig, ich bin einfach nicht daran gewöhnt, allein zu wohnen."

Sie nickte ungeduldig. Es gab Themen, die sie – zumindest in der gegenwärtigen Situation – nicht näher erläutern wollte.

„Ich habe auch so etwas gesagt wie, dass ich ein bisschen Bedenken habe, wie Weihnachten wird, allein. Und da höre ich plötzlich richtig durch die Telefonleitung, wie er überlegt, und bevor ich das Thema wechseln kann, fragt er mich, ob ich von Christmas Eve auf Christmas Day bei euch im Gästezimmer übernachten möchte." Er seufzte gestresst.

Anna stöhnte und rieb sich frustriert über die Stirn. „Was sollen wir machen?" Sie war sich bewusst, dass sie leicht hysterisch klang.

David schüttelte den Kopf. „Ich habe noch versucht, mich herauszureden von wegen, ich bin da sicher keine gute Gesellschaft und wir haben ja sowieso schon das große Familienessen an Christmas Eve, aber du kennst ihn ja. Wenn er sich etwas in den Kopf gesetzt hat, kann man machen, was man will."

Anna verdrehte die Augen. „Ja, da hast du Recht."

„Also, um eine lange Geschichte abzukürzen, es sieht wohl so aus, als würde ich nach dem Familienessen bei Matthews Eltern mit zu euch fahren und dann bis zum nächsten Tag bleiben. – Ich denke, er wird dir das bald mal erzählen, und ich dachte, ich warne dich vor, damit du nicht gleich vom Stuhl kippst."

Sie schloss die Augen. Einerseits freute sie sich darauf, David an Weihnachten zu sehen – genau wie sie sich auch irgendwie freute, jetzt bei ihm im Auto zu sitzen, auch wenn das verrückt sein mochte –, aber andererseits: was für eine verfahrene Situation!

Schließlich öffnete sie die Augen wieder und zuckte gefasst die Schultern. „Wir schaffen das schon", sagte sie entschlossen und fügte scherzend hinzu: „Komm, wir werden uns in den nächsten … sechzig Jahren … sicher noch öfters über den Weg laufen!“

David sah sie zweifelnd an. „Bist du sicher?“

Anna nickte vehement.

„Ich könnte sonst noch auf die letzte Minute eine Grippe vortäuschen oder so.“

„Tu das besser nicht“, sagte Anna langsam. „Wenn Matthew beschlossen hat, dass du Weihnachten nicht allein feiern sollst, werden wir sonst noch an deinem vorgetäuschten Krankenbett den Weihnachtsmorgen verbringen.“

Er musste lachen, und sie stimmte ein. Dann sah er sie an, von einem Moment auf den anderen ernst werdend. Ihre Blicke trafen sich. „Bist du in Ordnung?“, fragte er besorgt.

Sie nickte, gerührt von dem beschützenden Ton seiner Frage. „Ja“, antwortete sie kaum hörbar.

„Ich habe mich nicht gemeldet, weil ich dachte, wir brauchen vielleicht beide Abstand“, fuhr er fort und seine Stimme klang beinahe hilflos.

„Ja“, wiederholte sie, sagte aber nicht mehr, weil sie ihm nicht ins Gesicht lügen wollte. „Und du?“

Er nickte und wandte den Blick ab. „Ja, mir geht's gut. Gut.“ Er nickte, als wolle er sich selbst überzeugen. „Gut.“

Anna grinste schief. „Nochmal ein ‚gut‘, und ich glaube dir kein Wort.“ Sie fröstelte.

„Ist dir kalt?“, fragte er und drehte mit einem Griff die Heizung nach oben. Zusätzlich machte er Anstalten, sich aus seiner Jacke zu schälen.

„Nein, nein“, versuchte Anna, ihn aufzuhalten. Aber er hatte die Jacke schon ausgezogen und legte sie ihr über die Schultern. Als er ihren Oberarm streifte, wurden ihre Brustwarzen hart, und sein Blick auf ihren Oberkörper zeigte, dass ihm das nicht verborgen geblieben war. Als er ihr wieder ins Gesicht schaute, konnte sie deutlich das Verlangen in seinen Augen sehen. Sie wandte sich ab und verschränkte die Arme vor der Brust. „Danke."

„Bitte." Seine Stimme klang heiser.

„Du solltest jetzt vielleicht tanken, bevor Matthew eine Vermisstenanzeige für mich aufgibt", sagte sie sachlich. Eigentlich war es unwahrscheinlich, dass Matthew überhaupt schon zu Hause angekommen war, aber sie musste sich in geradezu übermenschlicher Selbstbeherrschung üben und wollte die Situation nicht überreizen.

„Ja", sagte er und schien wieder zu sich zu finden, „klar."

Schweigend ließ er den Motor an und fuhr in die Tankstelle. Als er aus dem Auto gestiegen war, stieß Anna den Atem aus. Sie war verloren, das war ihr jetzt klar. Ihre Sehnsucht nach ihm war zu stark, um auf Dauer widerstehen zu können – und nach seinem Blick zu urteilen, als er ihr die Jacke umgelegt hatte, ging es ihm wohl genauso. Äußerlich gefasst, falls er sie von draußen beobachten sollte, zog sie das warme Kleidungsstück enger um sich und ließ sich im Sitz etwas tiefer gleiten. Dabei stieß sie mit dem Knie gegen das Handschuhfach, das mit einem lauten „Klack" aufsprang. Eine Landkarte und ein Buch fielen heraus, und Anna bückte sich schnell, um sie aufzuheben. Während sie die Karte wieder ins Fach zurücklegte, fiel ihr der Buchtitel ins Auge: *Burning Daylight* von Jack London.

Sie warf einen Blick aus dem Fenster und stellte fest, dass sich David mit dem Tankwart unterhielt. Den Oberkörper so gedreht, dass er das Buch in ihrem Schoß von seinen Blicken abschirmte, begann sie neugierig zu blättern – und traute ihren Augen nicht: Zwischen den Seiten lag, offenbar als Lesezeichen, eine Fotografie von ihr! Sie sah genauer hin: Das Bild musste im Nationalpark entstanden sein, denn sie konnte eindeutig die Christine Falls im Hintergrund erkennen. Es zeigte sie, wie sie in ihrem roten Pullover und Jeans auf der Treppe zum Flussbett saß. Sie hatte sich auf die Unterarme gestützt und den Kopf zurückgelehnt, sodass ihr Haar, das in der Sonne rötlich glänzte, nach hinten fiel und man gerade noch ihr Gesicht mit den genießerisch geschlossenen Augen sehen konnte. David musste sie heimlich fotografiert haben – und schlagartig fiel es ihr wie Schuppen von den Augen: Das war das fehlende Negativ gewesen!

Bevor er sie ertappen konnte, schloss sie das Buch wieder und legte es still und leise ins Handschuhfach zurück. In ihrem Kopf tanzten die Gedanken, und als David wieder einstieg und den Motor anließ, musste ihr Gesichtsausdruck irgendetwas preisgeben, dessen sie sich nicht bewusst war – denn er sah sie fragend an und erkundigte sich: „Alles okay?"

„Absolut", bestätigte sie und spürte zu ihrer Überraschung, wie sich paradoxerweise die Anspannung und Traurigkeit der letzten Wochen verflüchtigten und sich eine tiefe Ruhe über sie senkte. Mit einem kleinen Lächeln betrachtete sie Davids Seitenansicht, wie er den Pick-up in Richtung ihres Zuhauses steuerte, und voller Staunen darüber, dass es so etwas wie ihre Gefühle füreinander überhaupt geben konnte, schüttelte sie den Kopf. In diesem Moment wusste sie einfach entgegen aller Vernunft, dass alles gut werden würde – Gott, ihr Schicksal oder was auch immer in diesem großen Spiel des Lebens die Figuren setzte, würde schon dafür sorgen.

Als David sie, wohlweislich eine Ecke vor ihrer Straße, um Matthew nicht in die Arme zu laufen, aussteigen ließ und ihr galant die Tür öffnete, griff er plötzlich nach ihrer Hand. Sie blickte ihn mit ihrer neu gefundenen Ruhe im Blick an. Ihre Augen waren voller Liebe, als er ihre Hand an seine Lippen hob und sanft einen Kuss auf ihre Finger drückte. „Danke", sagte er leise. Mehr nicht. Nur „danke".

Sie senkte den Kopf in einem halben Nicken und erwiderte, fast flüsternd: „Bitte." Als er ihre Hand losließ, fühlte sie sich sonderbar kalt an ohne seine Berührung.

Sie zog seine Jacke aus und reichte sie ihm. Dann sagte sie „Bye" und ging mit schnellen Schritten weg, um möglichst bald zu Hause zu sein. An der Ecke drehte sie sich noch einmal um und hob grüßend die Hand. David, der noch immer an der Beifahrertür stand, erwiderte die Geste.

FÜNFZEHN

Heute

„Und, hat Matthew Sie schon erwartet?“, fragte Emilia gespannt. Tatsächlich hatte sie es heute geschafft, zumindest ein paar Reihen zu stricken. Anna dagegen hatte ihr eigenes Strickzeug nicht einmal aufgenommen.

„Nein, er war noch nicht zu Hause“, erwiderte Anna. „Mir ist dann auch eingefallen, dass ich mich wohl schwergetan hätte, ihm zu erklären, warum ich bei fünfunddreißig Grad Fahrenheit – das ist knapp über dem Gefrierpunkt – ohne Jacke spazieren gegangen bin.“ Pause. „Wenn es ihm überhaupt aufgefallen wäre. Das war manchmal schwer einzuschätzen bei Matthew.“

Emilia nickte. „Haben Sie denn für ihn am Anfang auch solche Gefühle empfunden wie für David?“, wollte sie wissen. Als Anna schwieg, fügte sie hinzu: „Entschuldigen Sie, wenn ich Sie so etwas Intimes frage, es ist nur, dass mir mein Gefühl eigentlich sagt, dass Tom mein Seelenverwandter ist, und es stellt sich für mich einfach die Frage, ob ich auch mit jemand anderem glücklich werden könnte, wenn …“ Ihre Stimme verklang.

„Nein, nein, ich habe nur nachgedacht“, beruhigte sie Anna. „Ich glaube eigentlich schon, dass es mehr als einen Weg für jeden gibt, ein erfülltes Leben zu führen. Aber um

Ihre Frage zu beantworten, nein – mit Matthew war alles anders. Das Zusammenkommen mit ihm war so leicht gewesen, quasi wie von selbst, ohne jeden Widerstand und so als ob es einfach hätte sein sollen … Aber viel Adrenalin stellt sich in so einer Situation natürlich auch nicht ein, nicht wahr?"

Emilia sah sie zustimmend an und nickte.

„Trotzdem", fuhr Anna fort, „wenn David nicht gekommen wäre, hätten Matthew und ich wahrscheinlich geheiratet und eine ruhige Ehe geführt." Sie lachte auf. „Vielleicht eine etwas langweilige."

Emilia lachte mit ihr.

„Aber wenn einem so etwas passiert wie mir mit David, dann hat man irgendwie keine Wahl, verstehen Sie, was ich meine? Es ist einfach … größer als man selbst, man ist machtlos. Und man spürt es, jede Sekunde, wenn man mit dieser Person zusammen ist. Man kann sich wehren und es nicht wahrhaben wollen, aber letztendlich kann man nur den Dingen ihren Lauf lassen, dann fügt sich alles."

Schweigend sah Emilia auf ihr Strickzeug und schien eine Weile nachzudenken.

„Ich weiß nicht … Irgendwie habe ich einfach immer bei Tom das Gefühl, ich komme nicht ganz an ihn ran. Verstehen Sie?" Sie runzelte die Stirn und rang mit den Worten. „Ich meine, wenn ich mit ihm zusammen bin … Da ist definitiv etwas, und wenn Sie mich fragen, auch ‚genug für etwas Ernstes' …" Sie verdrehte die Augen. „Aber irgendetwas hat er an sich … Eine Art Distanz, vor allem in emotionalen Momenten."

Anna verzog nachdenklich den Mund. „Vielleicht hat er eine Art Trauma", mutmaßte sie. „Irgendetwas, das ihn zurückhält, wenn es darum geht, Nähe zuzulassen." Dann lächelte sie. „Aber lassen Sie ihn mal machen, lassen Sie den Dingen ihren Lauf – nur so sehen Sie, wo sie hinführen."

Emilia schien einen Moment lang zu überlegen und nickte dann, bevor sie schließlich mit einem lustigen Funkeln in den Augen aufblickte und fragte: „Und, wie war dann Weihnachten?"

Anna legte den Kopf schief. „Voller Plätzchenbäckerei und Aufregung", antwortete sie. „Man muss dazu sagen, dass ich Weihnachten immer geliebt habe. Ich habe das ganze Haus geschmückt, zehn verschiedene Sorten Gebäck gemacht, das ich mit farbigem Zuckerguss verziert habe, und die Weihnachtsgeschenke mit einer Hingabe ausgesucht, die ich das restliche Jahr nicht für viele Dinge aufbringen konnte. Aber in diesem Jahr war natürlich einiges anders …"

1981

Müde nahm Anna ihre Kochschürze ab und betrachtete zufrieden ihr Werk. Die Glasur der Ginger Bread Cookies glänzte mit den Weihnachtsornamenten um die Wette, die sie bereits vor einigen Wochen in der Wohnung verteilt hatte. Nun würde sie nur noch eine Sorte backen, und dann wäre alles bereit für Weihnachten – ein Fest, das ihr dieses Jahr sicher im Gedächtnis bleiben würde.

Matthew hatte sie bald nach der Fahrt mit David gefragt, ob es für sie in Ordnung wäre, wenn sein Cousin nach dem großen Festessen an Christmas Eve mit zu ihnen kommen würde. Dank seiner Vorwarnung war es ihr gelungen, sehr entspannt zu reagieren. Sie hatte so etwas gesagt wie „Was für eine liebe Idee!" und ihm die Hand gestreichelt, während sie sich innerlich vorgekommen war wie die schlimmste

Heuchlerin. Immerhin hatte ihre harmlose Reaktion ihn offenbar zufriedengestellt.

Inzwischen war es nur noch eine Woche bis zu dem großen Ereignis, und während der Adventszeit waren David und sie in Kontakt geblieben. Meist hatte er sie besucht, wenn auch Matthew dabei war, quasi getarnt als „Verwandtenbesuch" – obwohl sie nicht darüber sprachen, war beiden klar, dass das die einfachste und damit harmloseste Art war, sich zu sehen. Aber sie hatten mehrmals telefoniert und einmal hatten sie es auch geschafft, einen Spaziergang durch die verschneiten Wälder und den Strand von Beachcrest zu unternehmen, während Matthew arbeitete.

Bei diesen Gelegenheiten hatten sie sich über alles unterhalten, außer über ihre Gefühle – es schien, als seien sich beide einig, dass es nichts bringen würde, jetzt vor Weihnachten etwas durcheinanderzubringen. Ebenso vermieden sie in stiller Eintracht Situationen, die zu körperlicher Nähe führen könnten – mit einer Ausnahme: Beim Spaziergang hatten sie sich auf eine Bank am Strand gesetzt, um die Stille zu genießen, und irgendwie war es beiden selbstverständlich vorgekommen, dass er seinen Arm um sie legte. Bei der Erinnerung seufzte Anna sehnsüchtig. Sie hatte sich an ihn gelehnt, ihr Oberkörper an seinem, und ihr Herzschlag war in ihren Ohren widergehallt. Wie gerne hätte sie in diesem Moment den Kopf gedreht und David geküsst, aber es war, als hielte die Aussicht auf das gemeinsame Weihnachtsfest beide gleichermaßen zurück. Noch mehr zu verkomplizieren, wäre sicher nicht gerade hilfreich. Schließlich hatte er ihr einen keuschen Kuss auf den Scheitel gegeben, und dann waren sie weiterspaziert, während er ihr von einem Strandhaus in einer der nahe gelegenen Buchten am Fjord erzählte, das er entdeckt hatte und das zum Verkauf stand. Obwohl er sich in seinem eigenen Haus sehr wohlfühlte, liebäugelte er mit dem Gedanken, es zu verkaufen und in das Strandhaus zu ziehen – sie nahm an, dass er quasi „Tabula rasa“ mit den schmerzhaften Erinnerungen an Laura machen wollte.

Während Anna nun ihre Plätzchen zum Trocknen auf ein Abtropfgitter schob, überlegte sie, ob er wohl bezüglich des Hauses schon eine Entscheidung getroffen hatte. Sie musste zugeben, dass sie, seitdem er das Strandhaus zum ersten Mal angesprochen hatte, schon ein Bild vor dem geistigen Auge hatte, wie sie mit ihm auf der breiten Veranda zu Abend aß, ganz und gar romantisch auf schmiedeeiseren Gartenmöbeln, während vor ihnen die Sonne im Meer unterging.

„Anna!“, hörte sie Matthews Stimme aus dem Schlafzimmer, die sie jäh aus ihren Tagträumereien riss.

„Komme!“, rief sie zurück, stellte das Abtropfgitter auf den Herd und machte sich auf den Weg ins Schlafzimmer. Als sie über die Schwelle trat, bekam sie große Augen: Auf ihrer Seite des Bettes stand ein Karton aus durchlöcherten Pappendeckel mit einer überdimensionalen roten Schleife darum. Matthew stand daneben und grinste wie der Weihnachtsmann persönlich, die grünen Augen geheimnisvoll glitzernd.

„Ich dachte, ich gebe dir dein Geschenk schon heute“, sagte er fröhlich. „Nachdem wir nicht allein sein werden am Weihnachtsmorgen ... Und außerdem kann ich es, fürchte ich, sowieso nicht mehr so lange unter Verschluss halten!“

Vorsichtig ging sie auf das Bett zu. Irgendwas an dem Paket kam ihr komisch vor – aber trotzdem war sie nicht im Mindesten darauf vorbereitet, dass es sich plötzlich bewegte und auf die Seite kippte. Sie stieß einen kleinen Quietscher aus. Matthew gluckste.

Aufgeregt wie ein kleines Mädchen setzte sie sich, öffnete die Schleife und hob den Deckel des Kartons. Die junge rote

Katze, die darin saß, zuckte zusammen und starrte sie aus bernsteinfarbenen Augen erstaunt an.

„Oh mein Gott!", rief Anna und streckte beide Hände aus, um das Kätzchen aus seiner Verpackung zu heben – nun wusste sie auch, was es mit den Löchern im Karton auf sich gehabt hatte. „Ernsthaft? Du schenkst mir eine Katze?" Sie vergrub ihre Nase in dem weichen Fellknäuel.

Matthew nickte übermütig.

„Aber ... Du wolltest doch nie eine Katze!", erinnerte sich Anna an zahlreiche Diskussionen zu Beginn ihres Zusammenwohnens, bei denen sie stets den Kürzeren gezogen hatte.

„Jetzt will ich!", widersprach Matthew. „Und außerdem habe ich ja strenggenommen gar keine, es ist schließlich deine."

Voller Begeisterung schaute Anna herunter auf das kleine flauschige Wesen, das mit spitzen Pfötchen auf ihrem Schoß herumstieg. Sie war sprachlos.

„Es ist ein Weibchen", erklärte Matthew, „und zwar eine Maine Coon. Pass auf, die werden richtig groß! Aber bei uns kann sie sich ja austoben."

Anna schüttelte, immer noch ungläubig, den Kopf. Staunend sah sie zu Matthew auf, der immer noch grinste wie Santa Claus. Sie setzte die kleine Katze aufs Bett, trat zu ihm und fiel ihm spontan um den Hals. „Danke!", flüsterte sie gerührt. „Das ist so lieb von dir!"

Matthew lachte zufrieden. „Ihre Ausrüstung ist im Keller versteckt", erklärte er. „Man würde ja gar nicht glauben, was so ein kleines Wesen alles braucht!"

Und so wuchs der Haushalt um ein felliges Mitglied an. Anna nannte die Katze Ginger und liebte sie abgöttisch, obwohl sie sich in beängstigender Geschwindigkeit zu einer verwöhnten und eher launischen kleinen Diva entwickelte.

Immer, wenn sie in jenen ersten Tagen die Katze sah, überkam sie das schlechte Gewissen, weil Matthew so ein guter Mann war, während sie ihn Tag für Tag zumindest in ihrer Gefühlswelt hinterging – was dann wiederum für mehr Leckerlis und Streicheleinheiten für die Katze sorgte.

Und dann kam der Weihnachtsabend.

Obwohl es strenggenommen gegen die amerikanische Tradition war, fand das Familienessen in Matthews Familie seit jeher schon an Christmas Eve statt – so hatte an Christmas Day jeder die Gelegenheit, ganz entspannt im eigenen Haushalt zu feiern. Neben Anna und Matthew waren Cynthia und Josh, Elaine und David, in diesem Jahr aber auch Annas Eltern eingeladen, gemeinsam den Truthahn zu verspeisen und zur Mitternachtsmesse zu gehen. Danach würden alle nach Hause fahren – und David würde Anna und Matthew begleiten.

Pünktlich um neunzehn Uhr standen die beiden bei Mary und Charles, Matthews Eltern, vor der Tür, beladen mit einem wahren Berg von Geschenken, die zwar heute Abend noch niemand öffnen durfte, die aber trotzdem verteilt werden wollten, um am Morgen des Christmas Day bereitzustehen.

„Ihr Lieben!" Mary schlug lachend die Hände über dem Kopf zusammen, als sie die beiden sah. „Ihr seht ja aus wie der Weihnachtsmann und sein Engel!" Sie ließ die beiden eintreten. „Kommt erst einmal rein und legt die Geschenke ab, ja, hier auf die Treppe, kommt."

Die beiden gehorchten und zogen sich die Schuhe aus. Dann schlüpfte Anna in die wie üblich angebotenen

Gastpantoffeln – jetzt im Winter war es doch ganz nett, keine kalten Füße zu bekommen.

„Sind die anderen schon da?", erkundigte sich Matthew, nachdem er seine Mutter umarmt hatte.

„Alle bis auf David", antwortete Mary und küsste Anna zur Begrüßung auf die Wange, bevor sie neckend sagte: „Hast du dich über die Katze gefreut?"

Anna strahlte. „Und wie! – Hat er euch vorher Bescheid gegeben?"

Mary lachte, als habe Anna etwas besonders Dummes gesagt. „Aber Kindchen, ich habe sie mit ausgesucht!"

Anna verdrehte innerlich die Augen. Es gab keine Angelegenheit, in die Mary sich nicht mit Genuss einmischte – und, was es schlimmer machte, Matthew schien für diese Art „mütterlicher Unterstützung" häufig sogar dankbar zu sein. Mit zusammengebissenen Zähnen folgte sie Mutter und Sohn ins geräumige Wohnzimmer und fragte sich dabei abwesend, wie Mary es anstellte, dass sich in ihrem perfekt gestylten dunklen Bob kein einziges Haar bewegte, wenn sie lief.

„Hallo, ihr Turteltäubchen!", rief Charles, Matthews Vater, kaum dass Anna und Matthew die Tür geöffnet hatten, und kam auf sie zu. Sein Atem verriet, dass er schon mehr als einen Glühwein probiert hatte.

Anna ließ sich von ihm die Wange küssen und zog neckend an dem Bart, den er sich alljährlich speziell für Weihnachten wachsen ließ. Charles war ein polternder, lauter Mann, dem man anmerkte, dass er in seinem Job als Baukoordinator den ganzen Tag mit gestandenen Männern zu tun hatte. Davon abgesehen war er jedoch herzensgut, und sie mochte ihn entschieden lieber als seine Frau.

Annas Eltern standen am Kamin und unterhielten sich mit Elaine. Als Anna zu ihnen herüberkam, zogen sie beide gleichzeitig in eine Umarmung, was für Außenstehende etwas gewöhnungsbedürftig aussehen mochte, tatsächlich aber bereits seit Annas Kindertagen so praktiziert wurde. „Hallo Mom, hallo Dad", brachte sie hervor, während sie in der vertrauten Dreier-Umarmung versank. „Geht's euch gut?"

„Herrlich", antwortete ihre Mutter und strich ihr übers Haar. „Mein Mädchen wird immer schöner", sagte sie sentimental.

„Daisy", tadelte ihr Ehemann sanft. „Bring sie doch nicht in Verlegenheit vor ihrer Schwiegerfamilie!"

Annas Mutter lächelte entschuldigend.

Während Anna Elaine, Cynthia und Josh begrüßte – Matthew war bereits durch mit der Begrüßungsrunde und stand mit seinem Vater vor dem großen Weihnachtsbaum, der das halbe Zimmer einzunehmen schien – wurde ihr von irgendwoher ein Sektglas gereicht.

„Sollten wir nicht warten, bis David hier ist?", fragte sie, ohne groß nachzudenken.

„Der kommt sicher bald", beruhigte sie Cynthia, allerdings nicht, ohne ihr einen verwunderten Blick zuzuwerfen.

Anna biss sich auf die Zunge. Sie musste wirklich aufpassen. Das Letzte, was sie gebrauchen konnte, war, dass jemand erriet, wie es in ihr aussah.

Kurz darauf klingelte es an der Tür, und Mary führte ihren Neffen ins Zimmer. In der Menge der Familie sah David als Erste Anna, und sein Gesicht schien bei ihrem Anblick aufzuleuchten. Sie trug ihr „Weihnachtskleid", ein enganliegendes, rotes Strickkleid mit U-Boot-Ausschnitt und aufgesetzten weihnachtlichen Motiven, das sie zwar nicht selbst gestrickt, dafür aber selbst verziert hatte. Ihr Haar hatte sie in einem eleganten Knoten in den Nacken gesteckt, aber einzelne zarte Strähnchen hingen lose um ihr Gesicht. Er musterte sie über den Raum hinweg mit unverhohlener Bewunderung, von der Anna hoffte, dass sie niemand außer ihr bemerkte. Dann zwang er sich sichtlich, den Blick abzuwenden und auch die anderen Personen im Raum zu adressieren. „Hallo, liebe Familie! Santa Claus ist schon heute gekommen“, rief er scherzend in die Runde, während er mehrere Tüten, die offensichtlich Geschenke beinhalteten, unter den Weihnachtsbaum stellte. Anschließend drehte er eine Runde durch den Raum, um jeden einzeln zu begrüßen. Als er als Letztes zu Anna kam, sah er ihr einen Moment lang tief in die Augen und drückte bei den üblichen Begrüßungsküsschen sanft ihren Oberarm. Atemlos erwiderte sie die Geste.

Dann lächelte er sie an, sah sich diskret um und stellte offenbar fest, dass sie gerade niemand beobachtete. Kurzerhand nahm er sie in die Arme, um ihre schlanke Gestalt fest an sich zu drücken. „Hey, du“, sagte er noch einmal.

Annas Herz raste, als sie sich voneinander lösten, und sie brauchte mehrere tiefe Atemzüge, um ihren Puls wieder auf Normalniveau zu senken.

„Wollen wir anstoßen?“, regte Mary an, ging zu Charles und tippte ihm ungeduldig auf die Schulter. Ganz eindeutig lief heute alles nach ihrem Zeitplan.

Bald hatte jeder ein Glas Sekt in der Hand, und Charles klopfte mit dem Dessertlöffel, der ihm von seiner Frau gereicht worden war, gegen seines.

„Meine Lieben“, setzte er an, und es wurde still. Einige kicherten – Charles' Reden waren in der Familie Bailey gleichermaßen berühmt und berüchtigt, wenn auch nicht so gefürchtet wie die von Josh, der bei seinen Ansprachen gerne überaus deutliche Worte ausbrachte, wenn er es gerade für nötig hielt. „Meine Lieben, wir freuen uns, dass ihr heute hier seid, um mit uns diesen Weihnachtsabend zu verbringen! Besonders willkommen heißen möchte ich Annas Eltern Daisy und Frank. Ihr wart letztes Jahr noch nicht beim gemeinsamen Weihnachtsessen dabei, und wir freuen uns, dass ihr jetzt fester Bestandteil unserer Familie seid." Daisy und Frank wirkten verlegen, als Charles weitersprach. „Apropos: Ich freue mich immer noch unbändig, dass ihr, Anna und Matthew, euch gefunden habt. Nächstes Jahr zu Weihnachten wirst du, Anna, schon Mrs. Bailey sein, und ich kann es kaum erwarten, endlich darauf einen Toast auszubringen!"

Annas Wangen färbten sich rot. Es stimmte, die Hochzeit war für Juli angesetzt. In nur sieben Monaten sollte sie mit Matthew vor den Altar treten. Ein kleines Stimmchen in ihr sagte ihr jedoch, dass das nicht geschehen würde – auch wenn sie noch nicht genau wusste, wie und ob sie tatsächlich den Mut fassen würde, sich von Matthew zu trennen – und wie es dann weitergehen sollte. Sie suchte Davids Blick und hielt ihn und hoffte, dass er verstand, was sie ihm sagen wollte, während Charles ungewöhnlich schnell zum Ende seiner Rede kam: „Ich wünsche euch allen Merry Christmas! Und möge das neue Jahr euch all das bringen, was gut ist für euch!"

Die zehn Gläser wurden in der Mitte zusammengeführt und machten ein fein klingendes Geräusch, als Kristall an Kristall stieß.

Nach dem Sekt setzte sich die Familie zum Essen, und Mary lief gefühlte hundert Mal zwischen Küche und Esszimmer hin und her, um alle Speisen aufzutragen – weigerte sich jedoch vehement, Elaines und Annas Hilfsangebote anzunehmen.

„Ihre Küche ist ihr Heiligtum", wisperte Matthew Anna belustigt zu und drückte ihre Hand unter dem Tisch.

„Ich weiß", flüsterte Anna zurück und versuchte sich nicht anmerken zu lassen, wie sehr Marys Verhalten bereits an ihren Nerven zerrte. Irgendwie schien sie mit jedem Treffen weniger Toleranz aufzubringen und wünschte sich zum wiederholten Male Cynthia als Schwiegermutter, die entspannt und gutgelaunt gegenüber Daisy am Tisch saß und sich angeregt mit ihr unterhielt, die blonden Locken wie meistens sorgfältig hochgesteckt und mit einer so fröhlichen Ausstrahlung wie ein junges Mädchen.

Traditionell war Charles derjenige, der den Truthahn tranchierte, und Anna musste sich zwingen, beeindruckt zu wirken. In Wirklichkeit mochte sie kein Fleisch und vermied es, wann immer möglich. Ihr war allerdings klar, dass sie es lange zu hören bekommen würde, wenn sie nicht zumindest von dem Truthahn probierte, und so ließ sie sich ein kleines Stück auftun und garnierte es mit einem Berg an Beilagen, damit erst gar niemand auf die Idee kam, sie würde zu wenig essen.

Während sie aß, spürte sie immer wieder Davids Blick auf ihr ruhen und musste sich zwingen, nicht allzu offensichtlich zurückzuschauen.

„Und?", fragte Mary, als sie sich endlich setzte, über Matthews Kopf hinweg und richtete die Frage eindeutig an Anna. „Bist du schon aufgeregt wegen der Hochzeit?"

Anna schaffte es mit knapper Not, nicht so schockiert dreinzuschauen, wie sie sich fühlte. Das Letzte, worüber sie im Moment nachdenken geschweige denn sprechen wollte, war ihre Hochzeit, die zunehmend über ihr zu schweben schien wie ein Damoklesschwert.

„Äh, na ja, es ist ja noch Zeit", wich sie aus.

„Aber nicht mehr viel", ließ Mary ihre Ausrede nicht gelten. „Ich bin so froh, dass ihr zumindest Kirche und Restaurant gleich nach der Verlobung gebucht habt! Ich finde, sieben Monate sind gerade einmal genug, um ein Brautkleid zu finden!"

Anna schwieg und konzentrierte sich darauf, eine gedünstete Karotte mit der Gabel aufzustechen. Wenn sie sich intensiv Essen in den Mund steckte, käme sie vielleicht um eine Reaktion herum. Aber sie hatte nicht mit Mary gerechnet.

„Wann gehen wir?", fragte sie verschwörerisch. Anna verschluckte sich und musste husten, bis sie kaum noch Luft bekam.

Wie kam diese Frau darauf, dass sie ausgerechnet sie zum Kleiderkauf mitnehmen würde?

„Äh, Mary", sprang Daisy von der Tischmitte aus ein, die Not ihrer Tochter offenbar spürend, „Anna und ich haben vereinbart, dass wir zu zweit zum Aussuchen gehen. Ich lege schon Geld für ihr Hochzeitskleid zur Seite, seit sie ein kleines Mädchen war, und wir werden das einfach als Mutter-Tochter-Gespann machen." Trotz ihres freundlichen Tons war zu hören, dass das Thema für sie nicht zur Diskussion stand.

Tatsächlich hatten Anna und Daisy nichts Derartiges vereinbart, im Gegenteil: Zwei von Annas Freundinnen waren mehr oder weniger fest eingeplant. Aber es wirkte: Mary verzog enttäuscht den Mund und murmelte etwas Unverständliches, bevor sie es, sehr freundlich und wohl etwas umformuliert, laut wiederholte: „Wenn ihr eine dritte Meinung braucht, ruft mich jederzeit an."

Anna nickte und kaute konzentriert an einem Bissen Truthahn. Über den Tisch hinweg erreichte ihr Blick Davids Augen, die in einer Art stummer Frage auf sie gerichtet waren. Sie lächelte leicht zu ihm hinüber, in der Hoffnung, dass er ihre schweigende Antwort richtig interpretieren würde. In Ihrem Bauch machte sich eine Unruhe breit, wie immer, wenn sie merkte, dass sie eine unliebsame Aufgabe nicht länger vor sich herschieben konnte. Nach Weihnachten musste sie endlich eine Entscheidung treffen!

Und die Konsequenzen tragen …

SECHZEHN

Nach dem Essen servierte Mary Glühwein und Lebkuchen im Wohnzimmer, wo sich die Familie auf den verschiedenen Sofas und Sesseln platzierte. Bis man zur Mitternachtsmesse losmusste, war noch eine gute Stunde Zeit, und so blieb etwas Spielraum, um schon einmal die Geschenke zu verteilen und gemütlich zu plaudern.

Während Anna und Matthew ihren Geschenkeberg von der Treppe ins Wohnzimmer schafften, fing Mary bereits an, ihre Präsente zu verteilen – und zwar streng der Reihe nach und mit so viel Furore, dass es garantiert jeder mitbekam. Anna brachte sie ein rechteckiges Päckchen, das in grünes Papier eingeschlagen und mit Stechpalmen verziert war.

Wie passend, dachte Anna, als sie sich mit dem spitzen Blatt in den Finger pikste.

Ihr Geschenk für David war etwas Besonderes, und weil sie vorhatte, es ihm fernab von allen anderen zu geben, würde sie ihm am nächsten Morgen noch etwas schenken, das er aufmachen konnte, wenn Matthew dabei war.

Im Trubel der Geschenkübergabe, als alle durcheinanderredeten und auf dem Weg zum einen oder anderen Familienmitglied waren, stand David auf einmal vor ihr und sah sie mit funkelnden blauen Augen an. „Wir sehen uns ja morgen“, sagte er halblaut, „deswegen gebe ich dir dein Geschenk erst dann.“

Sich unter seinem intensiven Blick plötzlich scheu fühlend, sah sie durch gesenkte Wimpern zu ihm auf. „Ich gebe dir auch morgen noch eines, wenn Matthew dabei ist", raunte sie, „aber dieses hier musst du heute Nacht aufmachen, wenn du allein bist."

Verstohlen steckte sie ihm das geheime Päckchen zu – und er ließ es fast fallen, weil es für seine Größe von circa sechs auf sechs Inch überraschend schwer war.

„Vorsicht!", mahnte sie ihn. „Zerbrechlich ist es zwar nicht, aber …"

Er lächelte sie verschwörerisch an und ließ das Päckchen in die Tüte rutschen, in der sich noch einige Geschenke befanden, die verteilt werden mussten. „Danke", sagte er leise. Sein Blick hatte genügend Hitze, um einen Waldbrand anzufachen.

Bevor jemandem auffiel, dass sie offenbar intim miteinander flüsterten, wandte sie sich ab und gab auch ihren Eltern ihre Geschenke. Der Pullover für ihre Mutter war rechtzeitig fertig geworden, wenn auch längst nicht so perfekt gleichmäßig, wie sie es normalerweise gewöhnt war – das Gefühlschaos der letzten Monate hatte auch in ihrer Handarbeit Spuren hinterlassen.

Während des gemütlichen Beisammenseins, das auf die Geschenkübergabe folgte, sprach Anna nur wenig. Das Thema Hochzeit hatte ihre Probleme wieder in den Vordergrund gerückt und sie fühlte sich zunehmend rastlos.

Als die Familie zusammen in die Mitternachtsmesse fuhr, in mehreren Autos mit den Kofferräumen voller Geschenke, ertappte sie sich dabei, dass sie beide möglichen Szenarien in Bezug auf Matthew durchspielte – gehen oder bleiben – und für jedes mindestens so viele Argumente dagegen wie dafür fand.

Während sie in der Kirchenbank saß und der Priester die Geschichte von der Geburt Jesu verlas, schickte sie still ein Stoßgebet zum Himmel. Sie betete um Kraft für ihre bevorstehende Entscheidung und dafür, dass sie das Richtige und das Beste für alle Beteiligten tun würde.

Nach der Messe verabschiedeten sich alle und fuhren zurück in ihre jeweiligen Häuser. Annas Eltern begleiteten sie und Matthew noch zu ihrem Wagen und wiederholten ihre Einladung für den nächsten Abend – dann würden sie auch zu viert noch ein bisschen Weihnachten feiern. Zum Schluss drückten sie ihre Tochter noch einmal fest an sich und gingen.

Anna sah ihnen nach, wie sie über den verschneiten Parkplatz zu ihrem Auto schlenderten, auch nach so vielen Jahren noch Händchen haltend und ganz offenbar in tiefem Frieden mit ihrer Partnerschaft, und dachte: *Das will ich auch.*

Und irgendwie bezweifelte sie, dass es mit Matthew jemals so sein würde.

Sie seufzte leise, stieg auf den Beifahrersitz des Lincoln und schaute in den Seitenspiegel, um David hinter ihnen seinen Pick-up starten zu sehen. Im Konvoi fuhren sie nach Hause.

„Komm erst mal rein", rief Matthew jovial, als David geparkt hatte und Anstalten machte, sich auf der Türschwelle zum Haus die Winterstiefel von den Füßen zu ziehen. „Oben haben wir eine Matte für die Stiefel!"

… die du allerdings kaum jemals benutzt, dachte Anna moralinsauer und schalt sich sogleich selbst für diesen Gedanken. Normalerweise beteiligte sich Matthew wirklich ausreichend am Haushalt und es war nicht fair, ihn für ein paar wenige Unaufmerksamkeiten zu tadeln. Ihre widerstreitenden Emotionen fanden zurzeit die seltsamsten Kanäle.

„Passt auf die Katze auf", warnte sie beide Männer gleichermaßen, als sie die Tür zur Wohnung öffnete und sich suchend umblickte. „Die ist noch zu klein, um allein rauszugehen!"

David lachte und deutete auf das winzige rote Fellbündel, das sich auf dem Telefontischchen neben der Tür zusammengerollt hatte und selig zu schlafen schien. Eines der kleinen Pfötchen lag besitzergreifend auf der Wählscheibe. „Sieht nicht so aus, als hätte sie heute noch Lust auf einen Spaziergang."

Anna lachte mit, trat zu Ginger und streichelte mit dem Zeigefinger sanft das kleine Näschen. Die Katze zuckte, öffnete halb ein Auge und ringelte sich postwendend enger zusammen, um möglichst ungestört weiterzuschlafen.

„Ich stelle sie dir später vor", sagte Anna entschuldigend grinsend zu David. „Magst du Katzen überhaupt?"

David zuckte die Schultern. „Lieber mag ich Hunde, aber Katzen sind auch nett", erwiderte er.

Anna lächelte.

Matthew streckte seinen Kopf in den Flur. „Kommt in die Küche, ihr beiden! Nehmen wir doch noch einen Drink vor dem Schlafengehen."

„Vielleicht sollte ich David erst einmal das Gästezimmer zeigen", widersprach Anna. „Dann kann er sich schon einmal häuslich einrichten und braucht nachher nur noch ins Bett zu gehen."

„Alles klar! Bis gleich“, kam es aus der Küche, und am Klappern der Gläser konnte Anna hören, dass Matthew bereits damit beschäftigt war, die Drinks herzurichten.

„Komm mit“, sagte sie zu David und ging ihm voraus. Das Gästezimmer lag angrenzend an ihr Schlafzimmer – nur ein schmaler Gang trennte die beiden Räume. „Du kennst dich ja eigentlich aus“, sagte sie und erklärte es ihm trotzdem: „Hier ist das Gästezimmer, und da hinten ist dein Bad. Und…“ Sie zögerte. „Da geht's in unser Schlafzimmer.“ Irgendwie war es ihr plötzlich unangenehm, dass sie mit Matthew in einem Bett schlief. Davids angespannter Kiefermuskulatur nach schien es ihm genauso zu gehen. Allerdings nahm er sich nur einen Moment später zusammen und legte seinen Rucksack auf dem Gästebett ab.

„Weißt du, dass ich als kleiner Junge oft hier geschlafen habe?“, fragte er freundlich. Anna schüttelte den Kopf und blieb vor ihm stehen, während er sich aufs Bett setzte und den Blick durch das Zimmer schweifen ließ. „Übers Wochenende, gerade nach der Scheidung meiner Mutter, war ich oft bei Mary und Charles, und dann war das mein Zimmer.“

Anna lächelte und setzte sich neben ihn, ohne sich der Intimität dieser Geste bewusst zu sein. „Und hat es dir gefallen?“

Er lachte auf. „Ehrlich gesagt hatte ich immer Angst, dass sich unter meinem Bett ein Monster verstecken könnte“, gab er zu, bückte sich, um gespielt besorgt unters Bett zu spähen, und fügte scherzhaft hinzu: „Aber jetzt sieht es beruhigend monsterfrei aus.“

Anna lachte auf. „Die einzigen Monster sind die Staubflocken, die ich wahrscheinlich beim Saugen übersehen habe!“ Plötzlich ernst werdend sah sie ihn prüfend an und legte, ohne darüber nachzudenken, ihre Hand auf die seine, die auf seinem Oberschenkel ruhte. „Wie geht es dir heute?“, fragte sie leise. „Ich kann mir vorstellen, dass Weihnachten nicht leicht ist ohne … ohne Laura.“

Von ihrer Frage offensichtlich überrascht, runzelte er die Stirn. „Ich bin mir nicht sicher, ob ich mit dir über so etwas reden sollte …“

Anna schüttelte den Kopf. „Wenn nicht mit mir, mit wem dann?“

Er zögerte.

„Schau“, fing sie an und drückte leicht seine Hand, „was auch immer passiert, nicht passiert oder beinahe passiert, ändert doch nichts daran, dass du von Laura erst ein paar Monate getrennt bist und dass das neu für dich ist … Also, wie geht es dir damit jetzt, an Weihnachten?“

David sah sie versonnen an, während sich ein kleines amüsiertes Lächeln in sein Gesicht stahl. „Anna Miller, es gibt wohl nichts auf der ganzen Welt, das du nicht bewältigen kannst. Ehrlich, ich habe noch nie eine Frau wie dich getroffen.“

Verlegen senkte sie den Blick. *Hast du eine Ahnung*, dachte sie.

„Also“, sprach er weiter und seine Stimme klang relativ geschäftlich, „es geht mir den Umständen entsprechend gut und ich bin sicher, es war am besten so – wie gesagt, ich will gerne Kinder, und … Na ja. Trotzdem bin ich froh, dass ich Weihnachten nicht allein verbringen muss.“

Sie nickte und nahm ihre Hand von seiner, sich plötzlich überdeutlich bewusst werdend, dass die Situation etwas sehr Intimes hatte.

„Und wie geht es dir? Mit allem?“ Sein Blick bohrte sich forschend in ihre Augen und sorgte dafür, dass ihr am ganzen Körper heiß wurde.

„Ich …“, fing sie an, aber bevor sie noch etwas sagen konnte, hörte sie Matthews Stimme aus der Küche: „Wo bleibt ihr denn? Der Whiskey wird warm!“

Sie zuckte zusammen und sprang auf, bevor Matthew noch auf die Idee kommen könnte, nach ihnen zu sehen. „Kommen schon!“, rief sie aus der Tür und machte Anstalten, zu gehen. David stand ebenfalls auf, aber dann streckte er seine Hand aus und hielt Anna zurück.

„Warte!“

Sie drehte sich zu ihm um und sah ihn fragend an.

„Wenn du mein Geschenk aufmachst, morgen, dann … Wenn du allein bist, schau mal innen hinein“, sagte er rätselhaft.

Anna runzelte die Stirn und nickte gehorsam, plötzlich wie ein kleines Kind auf den Weihnachtsmorgen gespannt. Was mochte er ihr nur schenken, das Matthew nicht sehen durfte?

Als sie in die Küche kamen, hatte Matthew sich bereits an den Tisch gesetzt – ein Glas Whiskey auf Eis vor sich, gegenüber dasselbe für David.

„Und für dich einen Wein“, sagte er zu Anna. In Davids Richtung ergänzte er: „Sie mag keinen harten Alkohol. Sagt, ihr wird davon schwindelig.“ Er grinste mit männlicher Überlegenheit.

Anna schüttelte, halb amüsiert, den Kopf. „Das ist nur die halbe Wahrheit“, widersprach sie. „Was ich nicht mag, ist dein Whiskey.“

„Wie auch immer.“ Matthew zwinkerte. „Cheers – auf Weihnachten!“ Er hob sein Glas, und die anderen beiden taten es ihm gleich.

„Anna hat für uns drei Strümpfe aufgehängt", verriet Matthew, nachdem sie den ersten Schluck getrunken hatten, und fügte scherzhaft hinzu: „Also, falls Santa Claus etwas mitgebracht haben sollte – sie hängen am Kamin im Wohnzimmer."

David lächelte und blickte Anna vielsagend an, während er die Arme vor der Brust verschränkte, als wollte er sich warmhalten. „Eine schöne Idee", sagte er leise. „Santa Claus wird dann vor dem Schlafengehen noch im Wohnzimmer vorbeischauen."

Anna schwieg. Sie musste den Blick senken, um nicht zu verraten, dass sie gerade von einer akuten Welle der Sehnsucht überrollt wurde: Am liebsten hätte sie sich einfach in Davids Arme gestürzt, ohne an die Konsequenzen zu denken. Wie um sich vor ihrem eigenen Mut zu schützen, schob sie ihren Stuhl zurück, was ein hässliches Geräusch auf dem Fliesenboden verursachte, und stand auf. Die Blicke beider Männer richteten sich fragend auf sie.

„Santa Claus Nummer eins fängt mal an, die Strümpfe zu füllen", erklärte sie, ohne einen der beiden wirklich anzusehen, und marschierte aus dem Raum.

Am Kamin hingen, wie von Matthew angekündigt, drei überdimensionale rote Strümpfe. Anna hatte sie selbst aus rotem Samt ausgeschnitten, zusammengenäht und mit einem flauschigen Bund aus Watte beklebt. Während sie Matthews Päckchen – ein Paar Manschettenknöpfe mit seinen Initialen als Gravur – in den rechten Strumpf gleiten ließ, schüttelte sie impulsiv den Kopf. Es wurde wirklich Zeit, dass sie eine Entscheidung traf!

Die Frage war nur, ob sie diese Entscheidung von David abhängig machen sollte oder nicht … Vielleicht fehlte ihr mit Matthew überhaupt etwas? Und sie hatte nur deshalb so starke Gefühle für David entwickelt? Wie auch immer, nun waren sie jedenfalls da. Trotzdem sollte David sich nicht gedrängt fühlen durch die Tatsache, dass sie auf einmal allein und „zu haben“ wäre … Sie geriet ins Grübeln und musste sich zwingen, damit aufzuhören: Jetzt an Weihnachten würde sie jedenfalls nichts überstürzen. Sie seufzte und öffnete den linken Strumpf, den sie für David vorgesehen hatte. Dann ließ sie das weiche, etwas größere Päckchen hineingleiten. Sie sehnte sich zurück nach dem Gefühl, das sie nach der gemeinsamen Fahrt zur Tankstelle noch ein paar sorgenfreie Tage lang begleitet hatte – nach der irrationalen Sicherheit und der Überzeugung, dass alles gut werden würde. Momentan ließ ihr Gottvertrauen sie in dieser Hinsicht leider im Stich …

Als sie wieder zurück in die Küche kam, waren die beiden Männer gerade dabei, die Gläser wegzuräumen.

„Magst du noch austrinken?“, fragte Matthew sie fürsorglich und deutete auf ihr Weinglas.

Sie schüttelte den Kopf und murmelte „danke“, während sie sich wieder an den Tisch setzte. Matthew schien den Gläser-Abwasch unter Kontrolle zu haben. David setzte sich ihr gegenüber und betrachtete stumm und mit einem undefinierbaren Ausdruck ihr Gesicht, während Matthew die Gläser unter fließendes Wasser hielt und unbekümmert ein Weihnachtslied vor sich hin pfiff. Sie sah ihn ebenfalls an und verlor sich einen Moment in seinen blauen Sternenaugen, bevor ihr Blick an seinen Lippen hängen blieb. Wie sehr sie sich wünschte, endlich von ihm geküsst zu werden!

Wie eine stumme Bestätigung, dass ihm dasselbe durch den Kopf ging, spürte sie plötzlich unter dem Tisch seinen Unterschenkel an ihrem. Seine Wärme sprang auf ihr Bein über, und sie fühlte sich mit einem Mal unglaublich aufgehoben und geborgen. Sie legte den Kopf schief, während sie ihn weiter ansah, und ihr Mundwinkel zuckte in der leichten Andeutung eines liebevollen Lächelns. Er erwiderte ihren Blick und schloss für eine Sekunde die Augen, als wolle er ihr schweigend mitteilen, dass ihre Berührung auch in ihm etwas auslöste. Für kurze Zeit gab sich Anna still dem Zauber des Augenblicks hin, bevor sie sich zwang, die Situation aufzulösen. Sie zog abrupt ihr Bein zurück und verkündete, während sie aufstand: „Ich gehe ins Bett."

Matthew nickte und stellte das Wasser ab. „Ich komme gleich nach", sagte er, ohne sie anzusehen, und nahm das Geschirrtuch vom Haken, um die gespülten Gläser abzutrocknen.

David stand ebenfalls auf und lächelte sie mit einem schwer zu deutenden Ausdruck im Blick an. „Gute Nacht", sagte er und breitete die Arme aus, als wolle er sie umarmen.

Anna warf einen Seitenblick auf Matthew, der noch immer mit Abtrocknen beschäftigt war. Vorsichtig ging sie auf David zu und gab ihm links und rechts ein Küsschen auf die Wange. In der Mitte streiften sich versehentlich ihre Nasen, und beide zuckten zurück.

„Schlaf gut", sagte Anna leise und hoffte, dass man ihrer Stimme den inneren Aufruhr nicht anhörte.

„Du auch", erwiderte David mit ungewöhnlich tiefer Stimme. Sein Blick in ihrem Rücken war das Letzte, das sie spürte, als sie um die Ecke in Richtung Badezimmer verschwand.

SIEBZEHN

Am nächsten Morgen wurde Anna von einem klappernden Geräusch geweckt, das aus der Küche zu kommen schien.

Matthew neben ihr schlief noch tief und fest, und sie drehte sich auf den Rücken und ließ für ein paar Augenblicke die Gedanken schweifen. Ob David ihr geheimes Geschenk schon geöffnet hatte? Und ob es ihm gefiel? Sie hatte ihm ein echtes, schmiedeeisernes Hufeisen geschenkt, das er über die Haustür hängen konnte – natürlich hatte sie dabei hoffnungsvoll an die Tür des Strandhauses gedacht – und eine Karte, auf die sie die Geschichte von Niels Bohr und dem Hufeisen geschrieben hatte:

Der Physiker Wolfgang Pauli besuchte einmal sein großes Vorbild, den dänischen Physik-Nobelpreisträger Niels Bohr. Pauli sah, dass Bohr ein Hufeisen über der Tür hängen hatte. „Professor!", rief er entsetzt. „Ausgerechnet Sie hängen ein Hufeisen über Ihre Tür? Glauben Sie denn daran?" Daraufhin schmunzelte Niels Bohr und antwortete trocken: „Natürlich nicht. Aber wissen Sie, Herr Pauli, ich bin von einer zuverlässigen Quelle informiert worden, dass es einem auch hilft, wenn man nicht daran glaubt."

Auf die andere Seite der Karte hatte sie geschrieben:

Lieber David,

von ganzem Herzen wünsche ich Dir ein frohes Weihnachtsfest 1981 und, falls wir uns nicht mehr sehen sollten, auch gleich einen guten Rutsch in ein gesegnetes, neues Jahr.

Wenn Du das Hufeisen über die Tür hängst, denk Dir einen Wunsch – und hänge es mit der Öffnung nach oben auf, damit die Erfüllung dieses Wunsches darin landen kann.

Ich stelle mir vor, wie die Wellen rauschen und Du auf der Veranda deines Strandhauses sitzt und glücklich bist, weil alles so gekommen ist, wie du es dir gewünscht hast … Auch, falls Du (wie Niels Bohr) nicht daran glaubst.

Deine Anna

Drei Versuche hatte sie für die Karte gebraucht, und sie war sich immer noch nicht sicher, ob sie nun passend war oder eher albern und seltsam. Aber jetzt ließ sich daran sowieso nichts mehr ändern. Entschlossen stand sie auf, nahm leise ihren Morgenmantel vom Haken und schlich auf bloßen Füßen aus dem Zimmer, um Matthew nicht zu wecken.

Als sie in die Küche kam, traf sie beinahe der Schlag: David stand, bereits elegant gekleidet in eine dunkle Stoffhose und einen blauen Pullover, am Herd und hatte offensichtlich schon Frühstück gemacht – wobei dieses Wort beinahe untertrieben war für das, was er veranstaltet hatte: Der Esstisch bog sich fast unter dem Gewicht der zahlreichen Aufstriche, Gebäckstücke, Tee- und Kaffeekannen, Saftkaraffen und Teller. Aktuell schien er in einer Pfanne Arme Ritter zuzubereiten.

Anna musste irgendein überraschtes Geräusch gemacht haben, denn er drehte sich ruckartig um und lächelte sie an.

„Guten Morgen! Ich habe mir gedacht, wenn ich schon bei euch eindringe an Weihnachten, dann kann ich mich ein bisschen nützlich machen", erklärte er schmunzelnd. „Matthew hat mir gestern noch gezeigt, wo die Zutaten stehen. – Es ist dir doch recht, oder?"

Anna hatte die Hände gehoben und an die Wangen gelegt. Sie sah ihn an wie ein Wesen von einem anderen Stern. „Recht", stieß sie hervor, „ja, natürlich, aber … Wahnsinn!" Ein immer noch ungläubiges Lächeln überzog ihr Gesicht. „Du bist ja wohl Santa Claus persönlich!"

David lachte und kraulte zwinkernd seinen imaginären Rauschebart. „Hm, nein, dafür bin ich noch nicht weißhaarig genug."

Er nahm die Pfanne mit den Armen Rittern vorsorglich vom Herd und kam zu ihr herüber. Fragend blickte er über ihre Schulter in Richtung Flur. „Schläft Matthew noch?"

Anna nickte stumm. Plötzlich wurde sie sich überdeutlich bewusst, dass sie außer ihrem Nachthemd und einem leichten rosa Morgenmantel nichts anhatte, und sie fuhr sich verlegen durch die noch ungekämmten Haare.

David schien erleichtert und nahm ihre Hände. „Anna, danke für das Hufeisen", sagte er mit mehr Emotion in der Stimme, als sie es seit Langem bei jemandem gehört hatte. „Du weißt gar nicht, was es mir bedeutet."

Sie lächelte scheu. Seine Hände waren warm, und am liebsten hätte sie sich von ihm in die Arme nehmen lassen, um herauszufinden, ob es der Rest seines Körpers auch war.

„Tatsächlich hast du dir auch das Richtige vorgestellt", fuhr er geheimnisvoll fort und fügte hinzu: „Aber das verrate ich dir nicht, das siehst du dann, wenn du ins Innere deines Geschenks schaust."

Sie wusste immer noch nicht, was sie sagen sollte.

„Und – Anna?“ Er bückte sich ein wenig und sah ihr von unten ins Gesicht, um ihren gesenkten Blick zu erhaschen. Gezwungenermaßen schaute sie ihm in die Augen, ängstlich, dass der Ausdruck in den ihren zu viel von ihren Gefühlen preisgeben würde.

„Ich glaube sehr wohl daran“, sagte er, und sein ernster Ton verlieh seinen Worten Gewicht. „Mehr als Niels Bohr.“

Annas Augen wurden plötzlich feucht, und sie drückte stumm Davids Hände. In ihrem Hals formte sich ein Kloß, der das Sprechen unmöglich machte.

„Hey“, sagte er erschrocken und sah sie besorgt an. „Habe ich etwas Falsches gesagt?“

Sie schüttelte nur den Kopf, machte sich von ihm los und drehte sich um. Hektisch drückte sie Daumen und Zeigefinger auf ihre Nasenwurzel, um die aufsteigenden Tränen unter Kontrolle zu bringen, als sie plötzlich Davids warmen Körper hinter dem ihren spürte. Fest fasste er sie bei den Oberarmen und drehte sie sanft, aber bestimmt zu sich herum.

Langsam hob er eine Hand und wischte ihr mit dem Daumen zärtlich die kleine Träne von der Wange, die sich trotz ihrer Bemühungen selbstständig gemacht hatte.

Anna widerstand heldenhaft der Versuchung, sich einfach in seine Arme zu werfen und die überkochenden Emotionen herauszulassen. Stattdessen wandte sie sich ab, während sie die Lippen zusammenpresste und tief durchatmete.

„Ich sollte mich anziehen“, sagte sie mit erstickter Stimme und verließ fluchtartig die Küche.

Kurze Zeit später erschien sie frisch geduscht in einem türkisblauen, taillierten Wollkleid, einem ihrer selbstgestrickten schwarzen Schals mit silberfarbenem Glitzer wieder in der Küche, das Haar zu einem ordentlichen französischen Zopf geflochten. Etwas Rouge übertünchte ihre Blässe, die Augen wurden durch einen Hauch Wimperntusche akzentuiert.

Matthew in seinem Morgenmantel saß bereits zusammen mit David am Küchentisch, als sie hereinkam.

„Hey, da ist ja mein Weihnachtsengel", rief er und stand auf, um sie in eine Bärenumarmung zu ziehen. „Fröhliche Weihnachten!" Während er sie an sich drückte, schielte sie zu David, der mit schmalen Lippen die Szene beobachtete. Am liebsten hätte sie sich umgedreht, das Haus verlassen und wäre einfach geradeaus drauflos gegangen, bis sie weit genug weg war, um ihre Emotionen nicht mehr zu spüren.

„Hast du gesehen, dass David uns Frühstück gemacht hat?", fragte Matthew begeistert, nachdem er sie losgelassen hatte.

„Ja", erwiderte sie und zwang sich zu einem Lächeln, „das wäre ja schwer zu übersehen."

Matthew lachte, offenbar absolut nichtsahnend gegenüber der deutlichen Tatsache, dass sie emotional aufgewühlt war. „Und, was sagst du: zuerst Frühstück oder zuerst Geschenke?"

Anna zuckte die Schultern und bemühte sich um Fassung. *Contenance, Mädchen, contenance.* „Wie ihr mögt", gab sie zurück.

Die beiden Männer sahen sich an. „Sollen wir erst einmal frühstücken?", schlug David vor und schickte Anna aus den Augenwinkeln einen Blick. Sie hatte den Eindruck, dass er ihr die Chance geben wollte, sich ein wenig zu beruhigen, bevor sie sein Geschenk öffnete, und bei dem Gedanken wurde sie ganz kribbelig. Es musste etwas von Bedeutung sein, sonst hätte er sie nicht vorgewarnt, erst ohne Matthew „ins Innere“ zu schauen – was auch immer das heißen mochte.

Sie setzte sich und goss sich eine halbe Tasse Kaffee ein. Erst an Matthews überraschtem Blick merkte sie, dass sie sich nicht ganz normal verhielt.

„Seit wann trinkst du denn Kaffee?“, fragte er regelrecht entsetzt.

Anna fühlte, wie ihre Wangen heiß wurden. „Eigentlich gar nicht“, erwiderte sie peinlich berührt. Sie hatte einfach, ohne nachzudenken, zu der ersten Kanne gegriffen, die in Reichweite gestanden hatte.

In einem Versuch, den Kaffeegeschmack erträglicher zu machen, füllte sie die Tasse bis knapp unter den Rand mit Milch an und machte die Sache damit noch verdächtiger.

David schnalzte mit der Zunge und schien Mitleid mit ihr zu haben. Er griff ebenfalls zur Kaffeekanne. „Ich trinke normalerweise auch keinen“, sagte er, wie um abzulenken, „aber an einem Weihnachtsmorgen gibt es einfach nichts Besseres. Oder, Anna?“

Anna spürte eine Welle von Zärtlichkeit in ihr aufwallen. Sie lächelte, diesmal authentisch. „Hört, hört“, erwiderte sie und hob die Tasse, um David zuzuprosten.

Beim ersten Schluck hätte sie fast das Gesicht verzogen und erinnerte sich spontan daran, warum sie normalerweise keinen Kaffee trank: Das bittere Gebräu schmeckte ihr einfach nicht.

David, dem es ähnlich zu gehen schien, nahm tapfer einen großen Schluck, bevor er sich ein Toastbrot aus dem geflochtenen Körbchen nahm und es großzügig mit Aufstrich garnierte.

„Ich habe noch gar nicht danke gesagt für dieses tolle Frühstück“, fiel Anna ein. „Du hast uns heute mindestens eine Stunde Arbeit erspart und es noch dazu viel schöner gemacht, als wir es getan hätten."

David lächelte mit vollem Mund, schluckte und sagte schlicht: „Hab ich gerne gemacht." Sein Blick, der warm auf ihr ruhte, erschien Anna auf einmal so offensichtlich, dass sie beschloss, ihn nicht mehr anzusehen. Und sie hielt sich während des gesamten restlichen Frühstücks daran.

Als die drei etwas später ins Wohnzimmer gingen, um die Geschenke aufzumachen, war Anna entschieden nervös.

Bereits beim Spülen des Geschirrs (bei dem ihr beide Männer mit dem Abtrocknen geholfen hatten!), war sie so zappelig gewesen, dass zwei Gläser und einen Teller beinahe hätten daran glauben müssen. Glücklicherweise hatte sich das Malheur im jeweils letzten Augenblick verhindern lassen.

Während nun Matthew in dem alten Kamin ein Feuer entfachte und sich der behagliche Duft von brennenden Holzscheiten langsam im Zimmer ausbreitete, stand sie unbehaglich in der Mitte des Raumes und wusste nicht, wohin mit ihren Händen. David stand neben ihr, und erstaunlicherweise schien er – wie meistens – die Ruhe selbst zu sein.

Er hat es leicht, dachte Anna missmutig, *er hat ja sein geheimes Geschenk schon bekommen.*

„Sollen wir uns auf den Boden setzen wie früher als Kinder?", schlug David schließlich vor und deutete auf das Schaffell, das als Läufer vor dem Kamin lag. „Die Lady kann sich aufs Fell setzen und wir nehmen einfach den Holzboden."

Matthew lachte. „Ja, stimmt, ich kann mich noch erinnern, wie abenteuerlich ich es als Kind immer gefunden habe, dass Mom und Dad so leger auf dem Boden gesessen sind."

David lächelte. „Oh ja, und sogar Granny und Gramps. Weißt du noch?" Sein Blick hatte etwas entschieden Sentimentales.

Matthew ließ sich vor dem Feuer nieder. „Ja, und dann haben wir immer gesungen." Er stand wieder auf. „Kommt, lasst uns wenigstens Weihnachtsmusik hören, wenn wir schon nicht selbst singen!"

Er ging zur Stereoanlage in der Ecke und legte eine Kassette ein. Bing Crosbys warme Stimme füllte mit *Mele Kalikimaka* den Raum.

Anna setzte sich auf das Schaffell und winkelte die Beine möglichst elegant ab. Sie fühlte sich immer noch kribbelig, aber mittlerweile überwog die Neugier auf ihr Geschenk.

Matthew klatschte in die Hände. „Wer fängt an?"

„Natürlich der Gast", gab Anna pikiert zurück und wies auf David.

„Das lasse ich mir nicht zweimal sagen", erwiderte der und stand auf, um die Hand neugierig in seinen Weihnachtsstrumpf zu stecken.

Annas Herz setzte einen Schlag aus, als er mit ihrem Päckchen in der Hand wieder Platz nahm. „Das ist von mir", sagte sie überflüssigerweise. Immerhin kannte er ihr rotes Papier schon von seinem ersten Geschenk.

Langsam und geschickt wickelte er das Papier ab. Anna beobachtete still seine Reaktion, als er den dunkelblauen Schal mit den hellen Kanten enthüllte: Seine Augen wurden groß, und er sah sie mit einer Art totalen Überraschung an. „Ist der … selbstgemacht?"

Sie lächelte schüchtern und nickte. „An einem Ende habe ich deine Initialen eingestickt", fügte sie verlegen hinzu.

Er schien nicht zu wissen, wie er reagieren sollte, und wickelte den Schal ab, bis er die hellblauen Buchstaben „DB" erkennen konnte. Sanft strich er über die Stickerei, bevor er sich wieder Anna zuwandte. In seinen Augen stand etwas, das Anna nicht genau deuten konnte – in jedem Fall aber war es etwas Positives.

Er räusperte sich. „Vielen Dank, Anna", sagte er einfach und legte sich den Schal um den Hals, bevor er in ihre Richtung rutschte und ihr einen Kuss auf die Wange gab. Nur sie merkte, während ein Schauer über ihren ganzen Körper lief, dass seine weichen Lippen etwas länger auf ihrer Haut verweilten als üblich. „Ich werde ihn in Ehren halten."

Von Matthew bekam David eine Flasche Whiskey – Laphroaig, der Beste, wie er betonte – und von seinen Eltern ein auf Leinwand gezogenes Bild der Küste, das er selbst fotografiert hatte. Während er die Geschenke der anderen aufmachte, die ihm gestern mitgegeben worden waren, schweifte Anna ab und versank in Grübelei. Ginger tapste um die Ecke, endlich fertig mit ihrem eigenen ausladenden Weihnachtsfrühstück und sich zufrieden das rosa Mäulchen leckend. Anna schnappte sich die Katze und zog sie auf ihren Schoß, während sie sie abwesend streichelte. So bekam sie gar nicht mit, dass David mit dem Auspacken fertig war und sie auffordernd ansah.

„Die Lady ist die Nächste, oder?" Er zog auffordernd die Augenbrauen hoch.

„Oh, äh, ja, okay", stammelte Anna, schob die unwillige Ginger von ihrem Schoß und rappelte sich auf, um zu ihrem Strumpf zu kommen.

„Mein Geschenk hast du ja schon", grinste Matthew und deutete auf die Katze, die ihre Enttäuschung über das Ende der Streichelpartie schnell überwunden hatte und sich nun vor dem Kamin ostentativ putzte.

Anna nickte und fuhr mit der Hand in ihren Strumpf, bis sie das Geschenk darin ertasten konnte. Es war rund und weich und ungefähr so groß wie zwei geballte Fäuste. Sie zog es heraus und lächelte David an. „Von dir?“

Er nickte wortlos.

Sie setzte sich und begann mit nervösen Fingern, zuerst das Kuvert zu lösen, das mit einem Klebestreifen am Geschenk befestigt war. Sie klappte es auf und zog die kleine Karte heraus. Es war allerdings keine Weihnachtskarte, fiel ihr auf – auf der Vorderseite stand in verschnörkelter Schrift „Träume sind zum Jagen da“. Sie musste lächeln. Als sie die Karte umdrehte, stach ihr sofort Davids schwungvolle Schrift ins Auge – schwer leserlich, aber optisch sehr ansprechend.

Liebe Anna,

Träume sind zum Jagen da – und das Leben ist zu kurz, um nicht auf die Jagd nach ihnen zu gehen. Mein Geschenk an Dich soll den Grundstock bilden für Deinen Traum. Ich bin mir sicher, er lässt sich von Dir fangen.

Frohe Weihnachten – und danke für alles.

David

Sie musste den Text zweimal lesen, um den Sinn zu erfassen, und stellte mit gemischten Gefühlen fest, dass auf der Karte nichts stand, was sie Matthew hätte verheimlichen müssen. Statt Erleichterung fühlte sie jedoch Enttäuschung in sich aufsteigen. „Danke für alles“ – sollte das heißen, das war es jetzt mit ihnen? Hatte er sich gegen sie entschieden und es war das, was sie „im Inneren“ ihres Geschenkes erwarten würde?

Verwirrt öffnete sie die Schleife und zerriss das Papier – sie hatte nicht die Ruhe, es ordentlich auseinanderzufalten. Ein Knäuel aus roter, flauschiger Wolle fiel ihr in den Schoß.

Fragend sah sie David an und begegnete seinem ruhigen, blauen Blick.

„Der erste Posten für deine Geschäftsidee“, sagte er.

Sie lächelte gerührt.

„Geschäftsidee?“, fragte Matthew. Verlegen stellte Anna fest, dass sie Matthew noch gar nichts erzählt hatte, obwohl ihr das kleine Wollgeschäft, das sie David halb scherzhaft beschrieben hatte, immer wieder im Kopf herumgespukt war.

„Ich habe David gesagt, dass ich vielleicht später einmal ein Wollgeschäft aufmachen möchte“, gab sie zu. Matthew sah sie stirnrunzelnd an und überlegte offenbar, ob er davon etwas wissen sollte.

Das brachte Anna die rettende Idee. „Sag nicht, du erinnerst dich nicht mehr“, sagte sie vorwurfsvoll. „Schon bei unserem ersten Date habe ich dir davon erzählt, weißt du nicht mehr?“

Matthew schien scharf nachzudenken und dann seinerseits zu beschließen, lieber eine Notlüge zu erzählen, als den Zorn seiner Verlobten zu erregen. „Natürlich“, beteuerte er. „Natürlich weiß ich das noch.“

Innerlich vor Erleichterung aufseufzend wandte sie sich an David, während sie das angenehm glatte, weiche Wollknäuel prüfend mit den Fingern knetete, um unauffällig zu ertasten, was sich darin befand. „Danke“, sagte sie und war sich sicher, dass ihre Augen mehr sagten als ihr Mund, „das bedeutet mir viel.“

„Jetzt bin ich dran!“ Matthew sprang auf und genoss offenbar die Gelegenheit, der delikaten Situation zu entfliehen. Er war mit einem Schritt am Kamin und zog als Erstes Annas Geschenk für ihn heraus.

Etwas Hartes befand sich mitten im Knäuel, stellte Anna fest, eine Art kleine Schachtel. In einer stummen Frage zog sie die Augenbrauen in Richtung David hoch und drückte auffällig auf das Knäuel.

David nickte kaum merklich. In Annas Bauch startete ein ganzer Schwarm Schmetterlinge seinen Flug.

Währenddessen öffnete Matthew sein Päckchen und fand die Manschettenknöpfe, über die er sich unbändig freute. Dass Anna noch nicht annähernd alle Geschenke aufgemacht hatte – rund um den Kamin vor ihr lagen noch sechs Päckchen von verschiedenen Verwandten – schien ihn dabei nicht zu stören.

Weil sich die Feier mit David in die Länge zog bis nach dem – aufgrund des opulenten Frühstücks bescheidenen – Mittagessen und weil Matthew sie, nachdem David sich verabschiedet hatte, aus irgendeinem Grund keine Sekunde aus den Augen lassen wollte, kam Anna erst spät nachts dazu, das Wollknäuel aufzumachen, um ins Innere zu schauen. Bereits während des Dinners mit ihren Eltern am Abend hatte sie Mühe gehabt, sich auf das Tischgespräch zu konzentrieren und stillzuhalten.

Jetzt war Matthew endlich eingeschlafen, und Anna hatte sich klammheimlich wieder in die Küche geschlichen, wo sie nun am Tisch saß – auf demselben Stuhl, den David am Morgen benutzt hatte – und die flauschig-weichen Wollstränge des Knäuels auseinanderschob. Gespannt zog sie schließlich die kleine, rosafarbene Schachtel heraus, die sich darin verbarg. Sie schüttelte sie leicht. Etwas klapperte.

Als sie sie vorsichtig öffnete, fiel ihr ein mehrmals gefalteter Zettel entgegen – und ein offenbar neu fabrizierter Schlüssel aus glänzendem, noch unbeschlagenem Messing. In einer fieberhaften Vorahnung behielt sie den Schlüssel in der Hand, während sie den Zettel entfaltete.

Meine liebe Anna, hatte David geschrieben,

dies ist der Schlüssel zum Strandhaus. Ich habe es vor einer Woche gekauft und möchte, dass Du dazu Zugang hast. Du sollst kommen und gehen können, wann immer Du möchtest. Du hast dort einen festen Platz.

Ich freue mich, Dich dort zu sehen.

Feste Umarmung,

David

Atemlos starrte sie auf das Papier. Dann wanderte ihr Blick zum Schlüssel. Ungläubig drehte sie das kühle Metall zwischen ihren Fingern. Er hatte das Haus gekauft! Und so wie es sich anhörte, wollte er dort mit ihr Zeit verbringen.

Die Schmetterlinge in ihrem Bauch wurden übermütig und sie verspürte den kindischen Impuls, aufzuspringen und durch die Küche zu tanzen. Sollte sie ihn anrufen?

Sie schaute auf die antike Wanduhr. Fast Mitternacht. Ob er wohl noch auf war? Was, wenn er schon schlief? Was, wenn er gar nicht zu Hause, sondern vielleicht schon im Strandhaus war?

Egal, entschied sie und schlich auf leisen Sohlen in den Flur zum Telefontischchen. Sie konnte ihre Aufregung auf keinen Fall für sich behalten. Bemüht, kein Geräusch zu machen, schloss sie die Tür zum Wohnzimmer. Normalerweise hatte Matthew einen äußerst tiefen Schlaf, aber man konnte nicht wissen …

Mit fliegenden Fingern wählte sie Davids Nummer, die sie inzwischen auswendig wusste. Es läutete. Und läutete. Nach den zehnten Tuten war er endlich am Telefon.

„Hallo?" Es klang alarmiert – was wohl nachvollziehbar war, wenn mitten in der Nacht das Telefon klingelte.

„Hey, ich bin's nur", beeilte sich Anna, ihn zu beruhigen. „Hast du schon geschlafen?"

„Hey – nein, nein." Sofort klang seine Stimme sanfter, und sie hörte das Leder des Sofas quietschen, als er sich offenbar setzte. „Hast du es schon gesehen?"

„Ja", antwortete Anna atemlos und musste sich zwingen, trotz ihrer Aufregung leise zu sprechen. „Du hast das Haus gekauft, gratuliere!" Pause. „Und … danke!"

Sie hatte tausend Fragen, wusste aber nicht, wie sie anfangen sollte.

„Hör mal", schien David ihre Gedanken zu lesen, „ich wollte dich damit nicht unter Druck setzen oder so … Nur …" Er stockte. „Wenn ich mir das Strandhaus vorstelle, dann irgendwie immer mit dir darin."

Auf Annas Gesicht stahl sich ein kleines Lächeln, aber sie schwieg.

„Ich möchte einfach, dass du jederzeit hinkommen kannst. Das Strandhaus soll ein Ort zum Krafttanken sein, auch für dich … War das zu viel?" Seine Stimme klang plötzlich unsicher.

„Nein!", fuhr Anna auf und vergaß vor Aufregung, leise zu sprechen. „Ich freue mich so, dass ich gar nicht weiß, was ich sagen soll!"

Sein erleichtertes Aufatmen war deutlich durch die Telefonleitung zu hören.

„Und wirst du denn jetzt dein Haus verkaufen?", wollte sie wissen.

„Nein, ich glaube nicht", erwiderte David. „Ich denke, ich vermiete es erst einmal. In den nächsten Tagen werde ich mir mal Gedanken über Möbel et cetera fürs Strandhaus machen, und sobald ich Land sehe, schalte ich eine Annonce in der Zeitung."

„Wenn ich dir etwas helfen kann …?", bot Anna an.

„Danke", sagte er warm. „Ich würde mich freuen, wenn du es dir einfach mal anschaust und mir vielleicht deine Meinung sagst bezüglich Einrichtung …"

„Gerne!" Ein Teil von ihr konnte es noch gar nicht glauben.

„Aber Anna?" Seine Stimme war plötzlich ernst. „Kannst du diese Woche einmal kommen? Weil… Wir müssen über etwas reden, bevor …" Er kam ins Stocken. „Bevor … das mit uns …"

„Weitergeht?", vollendete sie seinen Satz und schüttelte schmerzerfüllt ihre linke Hand. Vor Aufregung hatte sie die Fingernägel in die Handfläche gebohrt.

„Ja", bestätigte David. „Wann kannst du kommen?"

Anna zögerte. Die kommenden Tage hatten sowohl Matthew als auch sie frei, und über New Year's Eve wollten sie spontan wegfahren. „Es kann sein, dass ich es erst nach Neujahr schaffe", gab sie widerwillig zu. „Aber ich freue mich sehr!"

„Ich mich auch." Der schwere Ton seiner Stimme passte nicht zum Inhalt des Satzes. „Gib mir Bescheid, okay?"

„Okay", sagte sie und fügte, bevor sie auflegte, noch sanft hinzu: „Schlaf gut."

Worüber er wohl mit ihr reden wollte? Ob es allgemein um sie beide ging? Vielleicht wollte er, dass sie endlich eine Entscheidung traf? Matthew verließ? Was würde sie tun?

Nachdenklich ging sie zurück in die Küche und setzte sich an den Tisch, wo sie grübelnd den Schlüssel in der Hand drehte, bevor sie ihn nach ein paar Minuten zusammen mit dem Zettel wieder in die Schachtel schob und diese wiederum im Wollknäuel verschwinden ließ. Ein besseres Versteck würde es nicht geben.

ACHTZEHN

Die Tage zwischen den Jahren schienen bezeichnend für Matthews und Annas gemeinsames Leben zu sein.

Es fing damit an, dass Anna wegen ihrer Zwiespältigkeit und der Unzufriedenheit mit der Situation dauerhaft schlecht gelaunt war und Matthew ihre Frustration des Öfteren spüren ließ – was dieser naturgemäß nicht nachvollziehen konnte. Weiter ging es damit, dass der geplante Kurzurlaub ausfiel: Am frühen Nachmittag des 28. Dezember bekam Matthew einen Anruf von seinem Chef, der ihn dazu brachte, seine in der Küche sitzende Verlobte bereits während des Telefonats mehrmals sorgenvoll zu betrachten.

Als er schließlich auflegte, setzte er sich zu Anna an den Tisch, wo sie gerade Gingers langes, rostrotes Fell mit einer Bürste bearbeitete. Sein Gesichtsausdruck verhieß nichts Gutes.

„Oh Gott, was ist los?“, fragte Anna in einer düsteren Vorahnung. Sie ließ Ginger los, die sich dankbar aus dem Staub machte, und lehnte sich alarmiert nach vorne.

„Anna, es gibt eine Änderung bezüglich New Year's Eve“, begann er vorsichtig.

Sie lehnte sich ruckartig zurück und stöhnte. „Sag mir jetzt nicht, dass du arbeiten musst!“

„Ich …“ Bereits an seinem Gesichtsausdruck konnte sie sehen, dass genau das der Fall war.

„Das ist jetzt nicht wahr!", explodierte sie und ließ die Katze los, die sich geistesgegenwärtig flugs aus dem Staub machte. „Das kannst du nicht machen! Überhaupt, was bitte ist denn an New Year's Eve an der Uni zu tun?"

Matthew breitete beschwichtigend die Hände aus. „Nein, nein, du verstehst mich falsch, ich muss nicht arbeiten. Zumindest nicht richtig!"

Anna schwieg und hörte ihm zu.

„Die diensthöheren Professoren verbringen New Year's Eve immer zusammen in einem Wellnesshotel in Kalifornien, auf Kosten des Hauses, mit ihren Partnern, quasi als eine Art Belohnung für das Dienstjahr. Jetzt fällt einer aus, und mein Chef hat dich und mich auf die Liste gesetzt!" Halb begeistert, halb reuevoll riskierte er einen Blick in ihr Gesicht. Dann gewann die Begeisterung: „Anna, das ist ein riesiger Vertrauensbeweis! Das zeigt, dass sie mich ernst nehmen – vielleicht bekomme ich schon bald eine volle Stelle ohne Assistenztätigkeiten!"

Annas Gesichtsausdruck war steinern. „Matthew", sagte sie entschieden, „es kommt nicht in Frage, dass ich New Year's Eve mit deinen Kollegen und ihren nasehohen Frauen verbringe. Vergiss es!"

Genauso gut hätte sie ihm eine Ohrfeige verpassen können. Er zuckte zurück. „Aber ich muss! Verstehst du, wenn ich das ablehne, sieht es aus, als hätte ich kein Interesse!"

Anna zuckte eisig die Schultern. „Dann fahr", sagte sie, „ich bleibe hier und feiere allein."

Der Gedanke an das Strandhaus schlich sich still und heimlich in ihr Herz.

„Ich kann dich doch nicht allein lassen an New Year's Eve!", widersprach Matthew entsetzt. „Das geht doch nicht!"

„Das geht", blieb Anna fest. „Du kannst es dir aussuchen, entweder du fährst oder du fährst nicht, aber ich fahre auf keinen Fall."

Matthews Gesichtsausdruck wurde hart. „Ich fahre", sagte er drohend. „Ich warte noch bis heute Abend, dann sage ich zu. Letzte Chance – sag mir bis dahin Bescheid." Er schob lautstark seinen Stuhl zurück, nahm seinen Wintermantel vom Haken und verließ kommentarlos die Wohnung.

Anna blieb wie versteinert am Küchentisch sitzen. War das gerade wirklich passiert?

Am Abend rief Matthew seinen Chef an und sagte zu, und Anna enthielt sich jedweder Äußerung. Zumindest wusste sie jetzt, wo seine Prioritäten lagen.

Sie hatten seit dem frühen Nachmittag nicht mehr miteinander gesprochen, und auch jetzt herrschte eisiges Stillschweigen, bis auf ihre Frage: „Wann fährst du?" und seine kurzbündige Antwort: „Übermorgen Mittag."

Als sich Matthew am 30. Dezember auf den Weg zum Flughafen machte, hüllte sich Anna noch immer in Stillschweigen. Dass er tatsächlich New Year's Eve lieber mit seinen Vorgesetzten verbrachte als mit ihr, war für sie ein klares Zeichen.

Wenigstens wird mir die Entscheidung leichter gemacht, dachte sie, während sie ihm durchs Fenster zusah, wie er seinen Koffer und den schwarzen Anzug für besondere Gelegenheiten – stilecht verpackt in eine Kleiderhülle – ins Auto lud. Sie überlegte ernsthaft, auszuziehen, bis er am Neujahrstag abends wiederkäme. Aber nein, so etwas brauchte mehr Zeit. Dass sie allerdings ausziehen würde, stand für sie in ihrer Wut inzwischen felsenfest.

Kaum hatte er sich mit einem Kuss auf die Wange von ihr verabschiedet – den Mund hatte sie ihm verweigert –, schweiften ihre Gedanken zu David.

Sollte sie ihn anrufen und ihm sagen, dass sie New Year's Eve gerne mit ihm verbringen würde? Sollte sie einfach im Strandhaus vorbeischauen? Oder sollte sie sich mit ihm verabreden, um ihm zu sagen, dass sie New Year's Eve gerne mit ihm verbringen würde?

Schließlich schnappte sie sich Ginger als flauschige Nervenberuhigungsmaßnahme und setzte sich vor dem Telefontischchen auf den Boden. Sie hatte das Gefühl, dass sie bei diesem Gespräch lieber sitzen wollte. Während sie das Telefon vorsichtig zu sich herunterhob und sich während des Wählens an die Wand hinter sich lehnte, formulierte sie gedanklich bereits an ihrem Sprüchlein herum, aber als David schließlich abhob, hatte sie alles wieder vergessen.

„Hallo", sagte sie verwirrt. In ihrem Hirn herrschte gähnende Leere.

„Anna", begrüßte er sie freudig. „Ich habe gar nicht mit dir gerechnet vor Neujahr!"

„Äh, ja, äh, eben", stammelte sie, „das ist ja die Sache. Ich, äh, bin über New Year's Eve allein."

In der Leitung herrschte Schweigen, und gerade, als sie fragen wollte, ob er sie überhaupt verstanden hatte, sprach er doch, und seine Stimme klang völlig entgeistert: „Wie?!"

Während Anna ihm die ganze traurige Geschichte erzählte, schwieg er, und sie konnte sich vorstellen, wie er kopfschüttelnd auf seinem Ledersofa saß. Als sie geendet hatte, sagte er mit mehr Mitgefühl, als sie erwartet hatte: „Oh Anna, das tut mir leid."

Sie räusperte sich. „Mir auch. Beziehungsweise macht es auch vieles einfacher." Pause. „Was machst du an New Year's Eve?"

„Oh je", seufzte er, „ich muss arbeiten, ich habe am Nachmittag einen Transport von Seattle nach Salt Lake City, und dann wieder zurück."

„Oh", machte Anna geistreich. Etwas Anderes fiel ihr nicht ein – gerade wurde ihr zum ersten Mal klar, dass sie New Year's Eve wohl tatsächlich allein mit der Katze verbringen würde. „Schade", setzte sie hinzu.

„Ja", stimmte David zu und klang traurig. „Ich nehme nicht an, dass …" Er brach mitten im Satz ab.

„Was?", fragte Anna düster. Womit hatte sie das nur verdient? Natürlich könnte sie mit ihren Eltern feiern, aber dann müsste sie zugeben, dass zwischen ihr und Matthew nicht alles zum Besten stand, und darauf hatte sie eigentlich keine Lust, bevor sie nicht für sich alles geregelt hatte.

„Du würdest nicht zufällig mitfliegen wollen?", fragte David vorsichtig. „Ich meine, es sind gute zwei Stunden Flug jeweils, aber wir könnten einen Aufenthalt in Salt Lake City einplanen und … Danach könnten wir im Strandhaus zumindest noch ein bisschen feiern!"

Annas Herz machte einen Satz. „Ja!", rief sie begeistert und schlug sich sofort die Hand vor den Mund, weil ihr auffiel, wie übereifrig sie geklungen hatte. „Ja, gerne", wiederholte sie etwas gesetzter und fragte zweifelnd: „Aber geht das denn so einfach?"

„Klar", gab David zurück, „ich muss dich nur anmelden. Dann kannst du hinter mir im Cockpit sitzen."

Es kostete Anna jedes Quäntchen Willenskraft, das sie besaß, nicht wie ein alberner Teenager loszukreischen. „Ich freue mich!", schaffte sie einigermaßen würdevoll zu sagen.

„Ich mich auch. Dann komme ich dich um zwölf Uhr abholen." Seine Stimme war plötzlich minimal höher als gewohnt, wie immer, wenn er grinste. Wieder ernster fügte er hinzu: „Und danach?"

„Wie meinst du?" Anna runzelte die Stirn.

„Na ja", sagte er langsam, „ich weiß, dass es auf Außenstehende einen komischen Eindruck machen würde, aber es gibt ja genug Zimmer … Wollen wir von New Year's Eve auf den Neujahrstag im Strandhaus übernachten?"

Anna zögerte. Es gehörte sich absolut nicht, keine vernünftige Frau, die (noch) anderweitig vergeben war, würde jemals einwilligen.

„Ja", hörte sie ihre eigene Stimme sagen, bevor sich zu viele Bedenken breitmachen konnten. „Ja, das machen wir."

NEUNZEHN

Heute

Kopfschüttelnd nahm Emilia ihr Strickzeug wieder auf. „Das war sicher der New Year's Eve Ihres Lebens", mutmaßte sie, während ein bedeutsames Grinsen ihre perlweißen Zähne zum Vorschein brachte. Sie sah Anna prüfend an. „Stimmt's?"

Anna nickte, ohne auf die unverhohlene Anspielung einzugehen. „Es kamen noch viele schöne, aber ja, der erste mit David war etwas Besonderes."

Eine Weile strickten die beiden Frauen in stiller Eintracht, dann hielt Emilia es nicht mehr aus. „Glauben Sie, ich werde jemals so etwas erleben? So eine Liebe wie Sie mit David? Die dann auch noch erwidert wird?"

„Bestimmt." Anna lächelte. „Ich kann Ihnen nur raten, legen Sie sich die richtige Mischung aus Beharrlichkeit und Realitätssinn zu."

Emilia runzelte die Stirn und warf Anna einen verwirrten Blick zu, während sie sich an die nächste Reihe Maschen machte. Inzwischen ging es ganz gut, nebenbei zu stricken – eigentlich schon fast wie von selbst. „Wie meinen Sie das?", fragte sie.

„Ich meine, heutzutage geben die Leute ihre Partner viel zu schnell auf", erwiderte Anna. „Es kommt ein Problem in der Beziehung, und zoom, schon sucht man sich jemand Neuen." Pause. „Und ja, ich weiß, ich habe mir auch jemand Neuen gesucht, aber ich bin der festen Überzeugung, dass das Schicksal war."

Emilia nickte.

„Jedenfalls", fuhr Anna fort, „man sollte nicht so schnell aufgeben, aber irgendwie muss man – gerade als Frau – auch ein Gespür dafür entwickeln, wann es sich einfach nicht mehr lohnt. Und wenn dieses Gefühl kommt, dann sollte man den Partner loslassen. Ihm Licht und Liebe schicken und ihn freigeben, wie es im Buddhismus so schön heißt."

Gedankenverloren spitzte Emilia die Lippen, während sie über das Gesagte nachdachte.

Auch als sie sich verabschiedet hatte und nach Hause fuhr, wo jetzt, am Wochenende, niemand auf sie warten würde, war sie sich nicht sicher, ob sie Anna richtig verstanden hatte.

Gesetzt den Fall, das ist richtig, wo stehe ich dann mit Tom?

Er hatte ihr noch immer nicht geantwortet, und inzwischen fragte sie sich, ob er ihren Brief überhaupt bekommen hatte. Das war besser, als sich zu fragen, ob er ihn überhaupt gelesen hatte. Ob er ihm überhaupt irgendetwas bedeutete. Ob sie ihm überhaupt irgendetwas bedeutete …

An diesem Abend setzte sie sich mit einem Glas Wein ans Fenster. Ihr Wohnzimmer besaß einen Erker, in dem man bequem am Fensterbrett sitzen und aus der luftigen Höhe des dritten Stocks in den Himmel schauen konnte. Ihr fiel auf, dass sie dort noch nie gesessen hatte.

Nach der Hälfte des Weins überkam sie der übermächtige Wunsch nach einer Zigarette. Eigentlich hatte sie schon mit dem Rauchen aufgehört, als sie schwanger geworden war, und seit Tobis Geburt nicht mehr angefangen. Aber in brenzligen Lebenssituationen brauchte sie manchmal einfach eine Zigarette – so wie jetzt.

Hektisch holte sie ihren geheimen Vorrat aus seinem Versteck, ihren wärmsten Winterstiefeln, und stellte sich zufrieden ans offene Fenster, um das verbotene Vergnügen auszukosten. Während sie rauchte, beschloss sie, dass sie Tom noch einen Brief schreiben musste. Für den Fall, dass er ihn nicht bekommen hatte. Wenn er auch auf diesen nicht antworten würde, beschloss sie, dann wäre immer noch Zeit genug, sich über das Problem Gedanken zu machen. Sie rauchte zu Ende und schnippte den Stummel achtlos in den menschenleeren Hof unter ihr. Dann machte sie sich auf die Suche nach ihren Schreibutensilien.

Mit Stift, Papier und ihrem großen Atlas als Schreibunterlage setzte sie sich wieder in den Erker. Am Tisch zu schreiben, wäre leichter gewesen, aber irgendetwas in ihr sträubte sich dagegen, ihren Panoramaplatz am Fenster aufzugeben.

Lieber Tom,

Sie brach abrupt ab und überlegte. War es richtig, noch einmal „nachzuschießen"? Was, wenn er ihren Brief sehr wohl erhalten hatte und nur keine Lust verspürte, zu antworten? Weil sie für ihn nur einen bequemen „More-Night-Stand" bedeutete? Jemand, zu dem er gehen konnte, wenn gerade niemand Besseres da war? Zweifelnd saugte sie am oberen Ende ihres Füllfederhalters.

Nein, beschloss sie. Sie musste das tun, und wenn es nur für sie selbst war. Für Gewissheit. Zügig fuhr sie fort:

ich habe auf meinen Brief keine Antwort erhalten. Hast Du ihn bekommen?

Falls ja, bitte melde Dich bei mir, damit ich zumindest weiß, dass Du ihn erhalten hast. Ich denke viel an Dich und hoffe, es geht Dir gut. Hast du meinen Rosenkranz bei Dir? Ich wünsche es mir.

Wenn Du wieder zu Hause bist, hätte ich gerne, dass wir unbeschwert fortfahren. Machen wir uns keine Gedanken, ob es funktionieren kann, versuchen wir es einfach! Ich weiß, dass wir es beide wollen, und in Deinem Herzen weißt Du es auch.

Pass gut auf Dich auf!

Deine Milly

Na ja, den Alkohol merkte man dem Brief deutlich an. Aber immerhin war sie ehrlich. Sie steckte das Blatt Papier in einen Umschlag, klebte ihn zu und beschriftete ihn mit der inzwischen bereits bekannten Feldpost-Adresse. Diesmal würde sie einfach Briefmarken kaufen und ihn selbst einwerfen – so könnte sie sich den mitleidigen Blick des Postbeamten ersparen.

Als sie in der kommenden Woche bei Anna saß, war das Wetter draußen schon beinahe herbstlich, obwohl es erst Ende August war: Es regnete in Strömen, und dazu ging ein böiger kalter Wind, der die ersten Blätter von den Bäumen riss und vor sich durch die Straßen trieb, als hätten sie seinen Hass erregt und er wolle sie dafür bestrafen.

„Heute ist aber definitiv Tee-Wetter“, empfing Anna sie an der Tür und deutete auf eine Kanne frisch gebrühten

Darjeeling, die auf dem Tischchen stand. „Außerdem habe ich mir die Freiheit genommen, noch ein paar Maschen an Ihrem Schal zu stricken und ein neues Knäuel anzufangen. Ihnen wäre demnächst der Faden ausgegangen."

Kaum hatten sich die beiden Frauen gesetzt, sah Emilia Anna auffordernd an. „Entschuldigen Sie, dass ich so mit der Tür ins Haus falle, aber ich kann es kaum erwarten, zu hören – wie war der New Year's Eve 1981?"

Anna lachte auf.

„Na, dann will ich Sie mal nicht länger auf die Folter spannen." Anna goss Tee in zwei Porzellantassen und begann zu erzählen, während sie eine Tasse in Emilias Richtung schob.

1981

Als der Morgen des New Year's Eve anbrach, war Anna bereits ein Nervenbündel. Sie lag schon seit sechs Uhr wach und dachte darüber nach, wie sie sich verhalten sollte.

Matthew hatte am Abend zuvor angerufen und sich entschuldigt – er war gut angekommen und gab zu, dass es ein Fehler gewesen war, sie allein zu lassen.

Nichts leichter als das, nun, da er schon einmal weg ist und sein Retourticket erst am 1. Januar gültig wird.

Sie hatte nicht die Kraft gehabt, sich mit ihm zu beschäftigen, hatte gesagt, sie verzeihe ihm, und war trotzdem ziemlich kühl geblieben. Was sollte es. Damit er sich keine Sorgen machte, wenn er sie zum Jahreswechsel nicht telefonisch erreichte, hatte sie die Notlüge erzählt, New Year's Eve mit einer Freundin auswärts zu verbringen.

Ihr Outfit für heute lag auf dem stummen Diener bereit, und sie betrachtete im kühlen Morgenlicht ihre Wahl. Sie hatte sich für alle Eventualitäten gerüstet und sich für ihr kurzes schwarzes Samtkleid entschieden, dessen Rücken tief ausgeschnitten und mit Spitze besetzt war. Für den Tag hatte sie ine dunkelrote Strickjacke und eine Wollstrumpfhose bereitgelegt. Sollte es am Abend im Strandhaus warm sein, könnte sie beides ausziehen.

Um halb zwölf war sie fertig und wartete. Die Nachbarin war verständigt und würde heute Abend und morgen früh nach Ginger sehen und sie füttern – und, wie sie sie kannte, noch lange mit ihr spielen: Sie war der größte Katzenfan, den Anna kannte. Die Reisetasche war gepackt und beinhaltete neben festen Schuhen und ihrem Kulturbeutel auch ihr spitzenbesetztes Nachtkleid und ihren rosa Morgenmantel sowie eine Flasche Sekt zum Anstoßen um Mitternacht. Die Handtasche – passend zum Kleid aus schwarzem Samt – stand bereit, ebenso ihre hochhackigen schwarzen Stiefel.

Als es um Punkt zwölf Uhr an der Tür klingelte, sprang sie von ihrem Sessel auf und schlug sich das Knie schmerzhaft am Wohnzimmertischchen an. Sie gab einen höchst undamenhaften Fluch von sich, humpelte in den Flur und streichelte Ginger zum Abschied übers Fell.

„Bis morgen, kleine Katze“, sagte sie. „Erfahrungsgemäß übertreiben es die Nachbarn nicht mit dem Feuerwerk, aber ich habe Carrie gesagt, sie soll kommen, wenn es knallt. Musst also keine Angst haben.“ Zärtlich strich sie über die rosa Katzenschnauze, zog sich Stiefel und Mantel sowie einen Schal an und verließ mit ihren beiden Taschen das Haus.

David wartete geduldig vor der Haustür, lässig wie ein Cowboy an den Türrahmen gelehnt. „Hey“, sagte er gedehnt und musterte sie von oben bis unten. Dann schien ihm aufzufallen, dass sein Verhalten etwas ungehobelt war, und sein Hals lief rot an. Anna grinste.

„Hey“, wiederholte sie im gleichen Ton und musterte ihn ebenfalls von Kopf bis Fuß. Er lachte verblüfft, trat auf sie zu und gab ihr einen Kuss auf die Wange – heute nur einen, fiel ihr auf, dafür aber einen recht zärtlichen mit viel Lippenberührung. Sofort begann es in ihrem Bauch zu kribbeln.

„Ich nehme deine Tasche“, bot er an und streckte die Hand danach aus. Während sie sie ihm überreichte, streiften ihre Finger die seinen und beide zogen die Hand zurück, als hätten sie sich verbrannt. Fast wäre die Tasche auf dem Boden gelandet – David hielt sie im letzten Moment fest.

„Gott sei Dank“, stöhnte Anna, „da ist nämlich Sekt drin.“

Er lachte verlegen, versuchte seine Unsicherheit aber mit einem weltmännischen „Okay, super“ zu überspielen.

Dann hielt er Anna die Beifahrertür auf, stellte die Tasche zu ihren Füßen und stieg auf der Fahrerseite ein. Bevor er losfuhr, sah er sie von der Seite noch einmal wohlwollend an.

„Hübsch siehst du aus“, sagte er bewundernd.

Annas Wangen wurden heiß. „Wirklich?“, fragte sie, plötzlich scheu wie ein junges Mädchen.

„Hallo?“, sagte er und dehnte beide Silben wie einen Kaugummi. „Ich habe mich vor lauter Schauen gerade benommen wie ein lebendes Wildwest-Klischee“, scherzte er, startete den Motor und fuhr zum Klang ihres Lachens los in Richtung Flughafen.

Als sie am Lastenflughafen in Seattle ankamen, zog David mit einem Ratsch den Reißverschluss seiner Jacke zu. Erst jetzt fiel Anna auf, dass er bereits seine Pilotenuniform trug:

dunkle Hose, dunkles Hemd, braune Lederjacke mit grauem Fellkragen und dem Emblem der U.S. Cargo. Aus der Brusttasche der Jacke ragte eine Sonnenbrille. Obwohl sie sich gegen das Klischee wehrte, musste sie zugeben, dass er in seiner Dienstkleidung sehr sexy aussah.

David ging um das Auto herum, hielt ihr die Tür auf und nahm ihr die Reisetasche ab, bevor sie zusammen den Parkplatz überquerten und das Gebäude betraten.

„Commandante!", kam ihnen nach den ersten Metern ein Mann in Jeans und gelber Warnweste entgegen.

„Mike, hallo!" David hob grüßend die Hand.

„Italiener?", fragte Anna neugierig.

David schüttelte den Kopf. „Scherzbold."

Sie erreichten den Team-Raum der U.S. Cargo, wo David dem Kopf zur Tür hereinsteckte und dem Mann am Schalter kurzbündig, aber nicht unfreundlich, zurief: „Bin da! Kann ich schon?"

„Kannst schon rein", lautete die Antwort und David schloss die Tür wieder.

„Wir können schon ins Flugzeug gehen", erklärte er Anna. „Hier durch", er zeigte auf einen breiten Gang mit gefliestem Boden, „dann kommen wir aufs Rollfeld."

Anna spürte, wie die Nervosität sie überkam. Sie war in ihrem ganzen Leben bisher nur einmal geflogen – natürlich mit einer Passagiermaschine – und auch das war schon fast zehn Jahre her. Außerdem konnte sie sich vorstellen, dass es einen großen Unterschied bedeutete, ob man im Passagierraum eines Linienflugzeuges saß oder im Cockpit eines Frachtfliegers, wo man durch die Frontscheibe hinausschauen konnte.

Am Rollfeld standen mehrere Frachtflugzeuge, und David ging zielstrebig auf eine der größeren weißen Maschinen mit dem schwarzen U.S.-Cargo-Logo am Heck zu.

„Das ist unsere", erklärte er. „Eine Boeing 727."

Anna lächelte hilflos. „Ich habe keine Ahnung von Flugzeugen", sagte sie entschuldigend.

David schmunzelte. „Das wird sich ja heute ändern", erwiderte er vielversprechend. Er betrat die kleine Treppe, die zur Tür im Frontteil führte. „Komm nur mit", ermutigte er Anna, die etwas zögerlich vor den Stufen stehen geblieben war.

Sie fasste sich ein Herz und betrat erst die Treppe, dann hinter ihm das Flugzeug. Beim ersten Schritt in das Cockpit sah sie sich so vielen Hebeln und Knöpfen gegenüber, dass ihr richtiggehend schwindelig wurde. Links und rechts befanden sich zwei Sessel, die Autositzen glichen, und hinter dem linken noch ein etwas kleinerer.

„Das ist dein Logenplatz", erklärte David lächelnd und stellte ihre Tasche neben dem kleineren Sessel auf den Boden. „Ich sitze hier auf der linken Seite, das bedeutet, wenn du hinausschauen willst, kannst du links an mir vorbeischauen – dann siehst du nach unten. Für die Sicht vorne musst du dich vielleicht etwas strecken." Seine blauen Augen funkelten herausfordernd. „Rechts sitzt mein Co-Pilot, wir fliegen aus Sicherheitsgründen immer zu zweit."

Anna beschloss, sich ihre Nervosität nicht anmerken zu lassen, und ließ sich nonchalant auf den Sessel gleiten. „Super", kommentierte sie.

David setzte sich ebenfalls. Während er ihr im Plauderton verschiedene Funktionen des Flugzeugs erklärte, traf der Co-Pilot ein – ein bulliger Mann, der ihr als „Baker" vorgestellt wurde und seine Uniform fast zu sprengen schien.

Während sie die zehn Minuten bis zum Start überbrückten, hörte Anna von ihrem Sessel aus halb interessiert zu, wie Baker David von seinen Plänen für die heutige Nacht erzählte. Es klang, als sei er ein passionierter Schürzenjäger.

Weil sie nur mit halbem Ohr zuhörte, bekam sie nicht alles mit, und so kam es, dass sie vor Schreck fast vom Sessel gefallen wäre, als Baker David verschwörerisch – und nicht so leise, wie er offenbar glaubte – fragte: „Ist das deine neue Freundin?"

David und Anna antworteten unisono: „Nein!" Und David fügte hinzu: „Wir sind nur Freunde."

Baker grinste süffisant und setzte sich seine Kopfhörer auf. „Na, was nicht ist, kann ja noch werden."

David drehte sich auf seinem Sessel halb um und schickte Anna einen vielsagenden Blick, während er ebenfalls seine Kopfhörer vom Haken nahm und sie sich erst einmal entspannt um den Hals legte.

„Jetzt starte ich die Triebwerke", erklärte er mit einem lässigen Schulterblick und schob das kleine Fenster zu seiner Linken auf. „Hör mal!" Begeistert wie ein kleiner Junge sah er Anna erwartungsvoll an, als das Dröhnen der Triebwerke zunahm. „Gut, oder?"

Sie lachte amüsiert und bestätigte: „Ja, gut."

Ein paar Minuten später schob David das Fenster zu, setzte die Kopfhörer auf und funkte zum Tower, um das Abflugkommando zu erhalten und zu bestätigen.

„Gleich geht's los", erklärte er Anna nach einem Blick auf seine Uhr. „Schnallst du dich bitte an?"

Sie zog ihren Gurt fest und ließ ihn einrasten. David stellte einen der Hebel nach oben.

„Jetzt kommt der Pushback", erklärte er. „Das heißt, wir werden aus der Parkposition gezogen. Und dann kann es losgehen. – Schau!" Er deutete aus dem Fenster, wo das Zugfahrzeug sich gerade in Bewegung setzte – was Anna nur sehen konnte, wenn sie sich sehr nah zu David beugte. Aus nächster Nähe lächelten sie sich an, bevor sie sich mit klopfendem Herz wieder in ihren Sitz gleiten ließ und das Flugzeug auf der Startbahn zum Stehen kam.

„So“, kommentierte David sachlich und schien in den konzentrierten Piloten-Modus umzuschalten.

Sie fuhren im Schritttempo das Flughafengelände entlang, vorbei an den großen Passagiermaschinen verschiedenster Airlines in Richtung Startbahn. Nach circa fünf Minuten blieben sie stehen.

David befreite ein Ohr vom Kopfhörer. „Wir warten auf das endgültige Signal vom Tower“, erklärte er. Dann schien ihm etwas einzufallen und er holte vom Raum unter seinem Sitz ein drittes Paar Kopfhörer hervor, dessen Anschluss er einsteckte, bevor er sie Anna reichte. „Dann kannst du mithören, wenn wir zum Tower funken und so“, sagte er. „Das Mikrofon lasse ich ausgeschaltet, das heißt, wenn du redest, kann man dich nicht durch die Kopfhörer hören.“

„Na Gott sei Dank“, scherzte Anna.

„U.S. Cargo 514, ready for take off“, schnarrte eine Stimme durch die Kopfhörer.

„Ready for take off“, bestätigte David und zwinkerte Anna lässig zu, bevor er einige Knöpfe und Hebel betätigte, die Anna von ihrer Position aus nicht genau erkennen konnte.

Das Flugzeug beschleunigte und nahm auf seinem Weg über die Startbahn immer mehr an Geschwindigkeit auf, sodass Anna durch die Fliehkraft in ihren Sitz gedrückt wurde. Dann waren sie plötzlich in der Luft, und der Boden unter ihren Füßen wurde schräg und zeigte steil nach oben, während sie die Wolken erklommen. Sie beugte sich gespannt nach vorne und schaute über Davids Schulter aus der Windschutzscheibe, sah jedoch nur eine graue Wolkenmasse.

Es war ein eher trüber Tag, aber sobald sie die Wolkendecke durchbrochen hatten, lag vor ihnen nur noch der blaue Himmel. Das Flugzeug schob sich wieder in eine gerade Position, und David nahm einen Kopfhörer ab und drehte sich zu ihr um. „Na?"

„Herrlich", sagte Anna atemlos. Ihre Augen glänzten und sie fühlte sich plötzlich unglaublich leicht und sorgenfrei.

David sah amüsiert drein. „In ein paar Minuten frage ich beim Tower an, was die Mindestflughöhe ist – dann gehe ich ein paar Meilen vor der Landung schon ein bisschen runter und du kannst dir die Landschaft anschauen", versprach er ihr.

Kurze Zeit später ließ er seinen Co-Piloten den Tower anfunken.

„9.000 Fuß", kam die Antwort, und David nickte. „Das Wetter wird weiter im Süden besser, dann gehen wir ein Stück runter."

Nach etwa einer Stunde Flugzeit war es so weit.

„So", kündigte David über die Schulter an, „gehen wir runter. Bist du bereit?"

Anna nickte. Sie hatte sich inzwischen an das Gefühl gewöhnt, weit über dem Erdboden unterwegs zu sein. Mit David als Pilot fühlte sie sich sicher und gut aufgehoben.

Er wandte seine volle Aufmerksamkeit wieder nach vorne und brachte das Flugzeug in den Sinkflug, bis die Wolkendecke verschwand und die Berglandschaft Idahos sichtbar wurde. Der Großteil der Gipfel war mit Schnee bedeckt, und dazwischen zeigten sich die tieferen Lagen als braune Flecken. Sie flogen so tief, dass man auf den Bergen die einzelnen Bäume erkennen konnte. Anna hielt den Atem an und starrte mit großen Augen durch die Scheibe.

„Wahnsinn", flüsterte sie.

Nach einigen Minuten kam der Große Salzsee in Sichtweite, und Anna quietschte auf wie ein kleines Mädchen, bevor sie sich damenhaft zurückhalten konnte. Der See sah so majestätisch aus, teilweise weiß wie Schnee, teilweise in der mittlerweile hervorgekommenen Sonne blau funkelnd.

David drehte den Kopf in ihre Richtung und sah sie fasziniert an. Erst durch seine Bewegung merkte sie, dass sie in ihrer Ergriffenheit die Hand in seinen Oberarm gekrallt hatte.

„Sorry!" Obwohl es ihr peinlich war, gar so sehr begeistert zu sein, konnte sie nicht aufhören zu grinsen. Es war einfach unglaublich!

Annas gute Laune blieb, als sie sich dem Salt Lake International Airport näherten und vom Tower die Landeerlaubnis erhielten, und als das Flugzeug sanft auf dem Boden aufgesetzt hatte, lächelte sie immer noch. Eine Welle des Stolzes auf David wallte in ihr auf.

Nachdem er das Flugzeug in Parkposition gebracht hatte, strahlte er sie an: „So, dann lass uns mal auf Sightseeingtour gehen!"

Er schnallte sich ab und stand auf, und sie tat es ihm gleich. Als sie ihre Tasche aufheben wollte, hielt er sie auf: „Wir fliegen mit der gleichen Maschine zurück, du kannst also ruhig hierlassen, was du nicht brauchst. Sie wird jetzt noch aufgetankt und mit Waren aufgeladen, die wir dann zurücktransportieren. Nimm dir nur mit, was du hier in der Stadt brauchst!"

Sie tat, wie ihr geheißen, und zog Jacke und Schal an, während sich David von Baker verabschiedete. Der Co-Pilot wohnte offenbar in Salt Lake City und würde jetzt seinen wohlverdienten Feierabend genießen.

Dann stiegen sie aus und überquerten das Rollfeld, um ins Gebäude zu gelangen. David zog im Gehen seine Jacke an. Im Gebäude grüßten ihn fast alle Angestellten schon von Weitem, und ihr fiel auf, dass viele ihn mit einem respektvollen Blick bedachten.

Gespielt heimlich beugte sie sich zu ihm hinüber. „Verrat mir dein Geheimnis", sagte sie, „bist du ein Star-Pilot?"

Er lachte auf. „Nein, nein", widersprach er, und man merkte ihm an, dass ihn ihre Frage verlegen machte.

„Aber?", bohrte Anna neugierig weiter.

„Aber ich bin einer der wenigen hier, die auch Rettungsflüge mit dem Hubschrauber machen dürfen, und ein paar Details aus früheren Einsätzen haben sich herumgesprochen."

Anna hätte gerne noch mehr gefragt, aber seine bescheidene Art hielt sie davon ab. In ihrer Achtung stieg er immer mehr, und sie musste zugeben, dass sie es beeindruckend fand, dass er offenbar auch noch Menschen retten konnte.

Als sie das Flughafengebäude verließen, nahm David seine Kapitänsmütze ab und steckte sie in die Innentasche seiner Jacke.

Es war klirrend kalt, und Anna schloss fröstelnd die Knöpfe ihres Kamelhaarmantels.

„Frierst du?", fragte David fürsorglich. „Sollen wir als Erstes einmal irgendwo etwas Warmes trinken?"

Anna überlegte. Eigentlich wollte sie gerne die Stadt sehen – sie war noch nie in Salt Lake City gewesen –, aber aktuell war ihr trotz ihrer dicken Kleidung kalt.

„Ich weiß nicht", sagte sie unsicher. „Vielleicht wenn wir schnell irgendwo was trinken, und dann die Stadt anschauen?"

David nickte. „Ich habe eine gute Idee“, sagte er. „Beim Farmers Market im Rio Grande Depot ist heute ein New-Year's-Eve-Markt, da gibt es sicher auch ein paar Kaffee- und Glühweinstände. Und von dort aus können wir dann auf Erkundungstour gehen und vor dem Rückflug noch zu Abend essen, okay?“

„Perfekt!“ Anna grinste.

Lächelnd zeigte David auf eine Reihe Taxis. „Am besten fahren wir damit.“

ZWANZIG

Während der kurzen Fahrt war sich Anna Davids Nähe auf dem Rücksitz des Taxis überdeutlich bewusst. Obwohl noch ein Platz zwischen ihnen frei war, konnte sie kaum stillsitzen. Erst jetzt sank die Realität richtig ein: Sie würde New Year's Eve – und die New-Year's-Eve-Nacht, nicht zu vergessen – mit David verbringen! David, dessen blaue Augen sie an funkelnde Sterne am Himmel erinnerten. David, der so fürsorglich war, dass man sich als Frau ganz beschützt und geborgen neben ihm fühlte. Der den ganzen Raum mit seiner Präsenz ausfüllte, sobald er ihn betrat. David, der sie schon zweimal beinahe geküsst hätte, der ein Foto von ihr als Lesezeichen benutzte und der ihr so sehr vertraute, dass er ihr einen Schlüssel zu seinem Strandhaus gegeben hatte.

Als sie am Farmers Market ankamen, fühlten sich ihre Knie an wie Wackelpudding. Der Taxifahrer öffnete David die Tür, und er reichte ihr wiederum – ganz Gentleman – die Hand, um ihr von dem tiefen Polstersitz aufzuhelfen. Dann standen sie vor der Markthalle, die noch in buntem Weihnachtsglanz erstrahlte und mit der Sonne um die Wette glänzte.

„Da haben wir die Qual der Wahl", grinste David und zeigte auf die mindestens fünf Punschstände, die außen an der Halle aufgebaut waren.

Galant hielt er ihr den Arm hin, damit sie sich bei ihm unterhaken konnte. „Damit du nicht ausrutschst auf deinen hohen Absätzen", blinzelte er.

Im Gehen genoss Anna das Gefühl, Davids starken Körper so nah neben sich zu haben. Ihr Arm lag zwischen seinem Oberkörper und seiner Ellenbeuge, und seine Wärme strahlte auf sie ab, sodass an Frieren nicht mehr zu denken war.

Schließlich entschieden sie sich für einen der Punschstände und David bestellte für sie einen Glühwein und für sich einen heißen Apfelsaft – er durfte keinen Alkohol trinken, wenn er flog, erklärte er.

Während sie sich an einem der Stehtischchen platzierten und sich beim Zuprosten kurz, aber intensiv in die Augen sahen, setzte sich in Annas Kopf der Gedanke fest, dass sie heute ausnahmsweise einmal nicht an morgen denken wollte. Heute wollte sie nur mit David diesen magischen Tag genießen – und was immer auch passieren würde, würde passieren.

Nachdem sie ausgetrunken hatten, schlenderten sie durch die Reihen mit verschiedenen Verkaufsständen, und Anna ließ es sich nicht nehmen, David ein albernes pinkfarbenes Glücksschwein aus Porzellan mit einer Centmünze im Maul zu kaufen. Im Gegenzug schenkte er ihr ein vierblättriges Marzipankleeblatt, das sie so vorsichtig in ihre Handtasche schob, als bestünde es aus purem Gold.

Anschließend zeigte David ihr die Stadt: State Capitol Hill mit seinem vom Schnee angezuckerten Regierungsgebäude, die Mormonenkirchen und das Bee Hive House.

Dann machten sie sich auf dem Weg zu dem Lokal, in dem David einen Tisch für das Dinner reserviert hatte – um dessen Details er allerdings ein Geheimnis machte.

Als die beiden schließlich vor dem Joseph Memorial Building stehenblieben, konnte Anna es kaum erwarten. Sie betraten erst das Gebäude, dann den Lift und David drückte mit einem verschmitzten Lächeln den Knopf für den zehnten Stock. Anna machte große Augen.

„*The Roof*", verriet er schmunzelnd. „Da ist die Küche fast so gut wie die Aussicht. Aber nur fast. Lass dich überraschen."

Tatsächlich war das Restaurant eine Liga für sich. Dass hier die Oberschicht speiste und die Qualität entsprechend hoch war, sah man bereits an der makellosen Uniform der Angestellten. Wirklich atemberaubend war jedoch der Blick über die Stadt. Ein Kellner in schwarzem Jackett und blütenweißem Hemd führte sie an ihren Tisch direkt an der bodentiefen Fensterfront, und als Anna sich setzte, war sie so mit Staunen beschäftigt, dass sie beinahe die Menükarte übersehen hätte, die ihr gereicht wurde.

Die Türme der Mormonenkirche nebenan befanden sich in scheinbar greifbarer Nähe, und wenn man den Blick weiter schweifen ließ, konnte man über die gesamte Stadt blicken. Es war fast achtzehn Uhr und damit bereits dunkel. Zahllose Lichter glänzten an den Häusern und reflektierten in der Fensterscheibe. Anna kam sich vor wie in einem Märchen.

Während des Essens unterhielten David und sie sich wie alte Freunde, und die Tatsache, dass sie Schmetterlinge im Bauch bekam, sobald sich ihre Blicke trafen, trug nur noch zur Magie des Abends bei. Er bestand darauf, sie einzuladen, und als sie sich zum Gehen wandten, ließ er es sich nicht nehmen, ihr persönlich in den Mantel zu helfen. Als seine Hände ihre Schultern streiften, überlief sie ein Schauer, der sich vom Bauch bis hinauf in ihre Kopfhaut ausbreitete.

Auf dem Rückflug begleitete sie ein Co-Pilot, der – anders als Baker – kein unnötiges Wort sprach, dabei aber nicht unfreundlich, sondern eher schüchtern wirkte. Anna fühlte sich in seiner Gegenwart viel entspannter als auf dem Hinflug.

Wieder raubte ihr der Start den Atem, und sie genoss den Adrenalinschub und den Blick auf David, wie er konzentriert den Flug der großen Maschine überwachte. Erneut gingen sie nach etwa einer Stunde hinunter auf die Mindestflughöhe, und David nahm den Kopfhörer ab und sagte leise zu Anna: „Von hier vorne sieht man noch besser. Wir fliegen momentan sehr ruhig, du darfst dich gerne abschnallen und dich neben mich stellen."

Anna blickte zweifelnd drein. „Was ist, wenn ich stolpere und durch die Windschutzscheibe falle?"

David widersprach amüsiert: „Du stolperst nicht, außerdem ist die Scheibe bruchsicher und ich halte dich. Komm her!" In Richtung seines Co-Piloten sagte er: „Bitte übernehmen."

„Geht klar", kam lapidar die Antwort.

Zögernd löste sie den Gurt und stieg über ihre Reisetasche hinweg neben ihn. Er drehte sich in seinem Sitz und legte beide Hände fest um ihre Taille, um sie zu stabilisieren. Ihr wurde heiß, und sie konnte deutlich spüren, wie ihre Wangen rot wurden.

Prüfend sah er aus seiner sitzenden Position zu ihr auf. „Okay?"

Sie nickte stumm und konzentrierte sich auf die Aussicht. Tatsächlich sah man in der Dunkelheit deutlich die Lichter der Städte – wo allerdings Waldflächen waren, konnte man gar nichts erkennen. Trotzdem hätte sie nichts auf der Welt dazu bringen können, sich wieder zu setzen, denn David hatte angefangen, mit den Daumen sanft ihre Taille durch den Stoff des Samtkleides zu liebkosen. Es fühlte sich geradezu gefährlich gut an, und sie wagte es gar nicht, ihn anzusehen, aus Angst, das preiszugeben. Es kostete sie ihre ganze Kraft, stabil stehenzubleiben und sich nicht gegen ihn sinken zu lassen, doch sie wagte es immerhin, ihre Hand auf seine Schulter zu legen, was er sichtlich genoss.

Vor dem Landeanflug setzte sich Anna wieder, immer noch erhitzt und mit klopfendem Herzen. Definitiv: Wenn David heute irgendetwas versuchen sollte – sie würde nicht widerstehen können!

Vielleicht aufgrund der Spannung, die sich seit seiner Berührung zwischen ihnen aufgebaut hatte, verlief die Fahrt vom Flughafen zum Strandhaus relativ schweigsam.

Inzwischen war es zweiundzwanzig Uhr, und die Ersten zündeten bereits ihre Feuerwerkskörper. Das Strandhaus stand jedoch relativ allein zwischen Wald und Fjord, und die kühle Stille umfing sie friedlich, als sie auf dem Parkplatz vor dem Grundstück aus dem Auto stiegen.

Wieder öffnete David ihr die Tür und nahm ihre Tasche, und als er ihr vorausging zu dem weißen Gartenzaun, drehte er sich lächelnd zu ihr um. „Hast du deinen Schlüssel mit?"

Annas Gesicht leuchtete auf. „Natürlich", antwortete sie und zog den Schlüssel aus ihrer Handtasche. An ihm hatte sie das Geschenkband befestigt, das David zu Weihnachten um ihr Wollknäuel gewickelt hatte.

„Dann bitte sehr." David öffnete das Gartentürchen und blieb stehen, um sie auf dem gepflasterten Weg zur Haustür vorgehen zu lassen.

Anna sah sich in dem kleinen Vorgarten um: Einige Büsche wucherten relativ unkontrolliert, und das Gras war offenbar im Sommer sehr hoch gewesen – jetzt lag es unordentlich darnieder, angezuckert von leichtem Schnee und Rauhreif. Ganz offensichtlich war der letzte Besitzer des Hauses kein guter Gärtner gewesen. Das Haus selbst aber sah perfekt gepflegt aus, war frisch mit weißer Farbe gestrichen und lockte einen an die ebenfalls weiße Haustür mit dem Glas im oberen Teil.

Zögernd blieb sie vor der Tür stehen, den Schlüssel in der Hand.

David trat neben sie. „Fertig?"

Sie nickte und brachte den Schlüssel ans Schloss. Er hob ebenfalls die Hand und legte seine warmen Finger um die ihren. Ihr Blick schnellte über ihre Schulter zu ihm, aber er blieb, wo er war, und sah sie ruhig an. Ihre Hand begann unversehens zu zittern, sodass sie zwei Versuche brauchte, den Schlüssel ins Schloss zu stecken. Gemeinsam drehten sie ihn, bis die Haustür aufsprang.

Mit weichen Knien machte Anna den ersten Schritt ins Strandhaus, und als David hinter ihr auf den Lichtschalter drückte, saugte sie tief die Luft ein, wie betroffen von so viel Schönheit. Vor ihr lag der lange Flur, und dahinter offensichtlich der Wohnraum, dessen gläserne Front über einen kleinen Hügel hinab direkt auf das glatte dunkle Meer zeigte.

„Unglaublich", murmelte sie.

„Komm", sagte er, stellte ihre Reisetasche neben seine auf den Boden – offensichtlich hatte er schon am Vormittag sein Gepäck hier abgeliefert – und nahm ohne viel Federlesen ihre Hand, um sie durch den Flur ins Wohnzimmer zu führen. Ihre hohen Absätze klapperten auf dem Holzboden, und wie aus weiter Ferne kam ihr die Idee, dass sie die Stiefeletten vielleicht im Haus hätte ausziehen sollen. Sie vergaß diesen

Gedanken allerdings sofort, als sie im Wohnzimmer ankamen.

„Schau dir das an", begeisterte sich David, und Anna machte sich los und sah sich beeindruckt um.

In dem großen Raum standen noch keine Möbel, was ihn imposanter wirken ließ. Ein heller Holzfußboden akzentuierte den offenen Kamin mit der Bank rundherum – aber das Beeindruckendste war eindeutig die Glasfront zur Bucht. Der Fjord befand sich so weit im Inland, dass sich keine Wellen bildeten, solange kein Wind blies – das wusste sie bereits. Ebbe und Flut dagegen merkte man laut David deutlich.

Anna konnte kaum glauben, wie nah am Strand sich das Haus befand. Direkt vor dem Fenster lag eine Picknickdecke ausgebreitet, auf der zwei Sektgläser parat standen.

„Für Mitternacht", erklärte David augenzwinkernd, als sie ihn fragend ansah. „Komm, ich zeige dir die anderen Zimmer."

Sehr zu ihrer Enttäuschung nahm er bei der folgenden Tour durch das Haus nicht mehr ihre Hand – vielleicht hatte sie sich zu schnell losgemacht. Lange konnte Anna allerdings nicht darüber nachdenken, denn das Haus zog sie völlig in seinen Bann.

Das Wohnzimmer zweigte ab in eine geräumige Küche mit weißer Küchenzeile und überdimensionalem braunem Kühlschrank – David: „Da ist schon der Sekt eingekühlt" – und von dort aus gelangte man auf die breite Veranda, die ebenfalls in Richtung Meer wies. Verträumt stellte Anna sich vor, wie sie im Sommer beim ersten Morgenlicht dort frühstückte.

Von der Küche aus trat man wieder in den Flur, und nach einem kurzen Blick in das elegant grau geflieste Gäste-WC machten sie sich über die Treppe auf den Weg in den ersten

Stock. Hier war das erste Zimmer ein großes Bad mit Eckbadewanne und Dusche, das ganz in einem hellen Türkis gehalten war. „Tiffany-blau", kommentierte Anna zwinkernd und ergänzte dann: „Darf ich kurz …? Ich glaube, mir wird auch zu warm hier drin." Sie wedelte mit den Enden ihrer Strickjacke.

„Na klar." David verließ den Raum. „Ich warte auf dich."

Sie benutzte die Toilette und zog dann Strickjacke und Wollstrumpfhose aus, nach kurzer Überlegung aber die Stiefeletten wieder an. Ohne Absätze fühlte sie sich zu klein. Als sie sich bückte, um den Reißverschluss an den Schuhen wieder zu schließen, spürte sie zu ihrem Schrecken, wie der Klebe-BH, den sie unter dem Kleid mit dem transparenten Rücken trug, sich von ihren Brüsten ablöste – mehr als zehn Stunden Tragezeit am Stück konnte man dem neumodischen Teil offenbar nicht zumuten.

Sie überlegte kurz – sollte sie ihn einfach ausziehen? Was, wenn ihre Brustwarzen sich durch den Stoff des Kleides abzeichneten? Ach was, kam sie zu dem Schluss, der Samt war zu dick, das würde niemand sehen.

Mit einem Gefühl höchster Befriedigung fasste sie von unten in ihr Kleid und zog mit einem Ratsch den BH ab. *Viel besser!*

Sie wusch sich die Hände, warf einen prüfenden Blick in den Spiegel – alles bestens – und versteckte den BH in ihrer Strickjacke, in der auch schon die Wollstrumpfhose steckte.

Zwar fühlte sie sich seltsam scheu, als sie das Bad verließ und die Jacke auf das Sims der Treppe legte, aber Davids bewundernder Blick, als er den spitzenbesetzten Rücken ihres Kleides bemerkte, führte dazu, dass sie sich sofort begehrenswert und sexy vorkam.

Er sagte nichts über ihr Outfit und fuhr mit der Besichtigungstour fort, aber immer, wenn sie ihm den

Rücken zudrehte, spürte sie seinen Blick auf ihrer – bis auf die zarte Spitze – unbedeckten Haut.

Das zweite Zimmer stand leer, und da es recht groß war, nahm sie an, dass David es vielleicht als Dunkelkammer nutzen wollte. Danach folgte ein etwas kleinerer Raum, in dem bereits ein französisches Bett aus weiß lackiertem Schmiedeeisen stand.

„War das schon da, als du das Haus gekauft hast?“, fragte Anna und runzelte verwirrt die Stirn. Eine flauschige Decke nebst Kissen lag auf dem Bett, und es schien frisch bezogen zu sein.

„Nein“, antwortete David, „ich war gestern noch im Möbelgeschäft.“

Sie starrte ihn ungläubig an.

„Ja, nachdem wir ausgemacht hatten, hier zu übernachten, musste ich ja irgendwoher Betten beschaffen.“

Ihr Mund stand vor Überraschung offen. „Aber … Ich habe dich doch erst mittags angerufen, das muss ja wahnsinnig stressig gewesen sein … Und warum hast du nicht einfach das aus dem Gästezimmer bei dir geholt? Und ich hätte auch noch ein Klappbett mitbringen können …“

David schüttelte entschieden den Kopf. „Nein, ich möchte hier nur Dinge haben, die keine Erinnerungen tragen“, sagte er und zuckte die Schultern. „Das mag albern sein, aber …“

„Nein“, unterbrach sie ihn. „Das ist gar nicht albern.“

Unter ihrem immer noch staunenden Blick ging er zu dem großen Fenster, das in Richtung Wald wies. „Schau, es zeigt zwar nicht in Richtung Strand, aber … Ich dachte, fürs Erste könntest du dich hier wohlfühlen – bis klar ist, wie es …“ Er zögerte. „… weitergeht.“

Sie stutzte. „Dann ist das …?“ Sie unterbrach sich und deutete mit dem Zeigefinger auf den hellen, rustikalen Holzboden des Zimmers. „Hast du das Bett für mich …?“

„Ja“, sagte er einfach. „Ich habe dir ja versprochen, dass du hier deinen festen Platz hast, was auch immer passiert. – Natürlich kommen hier noch mehr Möbel hinein, aber ich dachte, die möchtest du vielleicht selbst aussuchen.“

Diese Enthüllung bewirkte, dass Anna alle Vernunft ausschaltete. Gerührt von der Mühe, die er sich gemacht hatte, trat sie auf ihn zu und fiel ihm um den Hals. Nach einer Art Schrecksekunde legte er die Arme um sie und hielt sie fest – sehr fest, wie ihr auffiel.

„Danke“, flüsterte sie und ließ ihn los.

„Gerne“, antwortete er, und weil sie immer noch so gerührt war, sprang sie ihm gleich noch einmal in die Arme.

Wieder hielt er sie, und sie spürte seinen Atem auf ihrem Haar. „Komm hierher, wann immer du willst“, murmelte er und wiegte sie sanft, „und egal, ob du mich brauchst oder einfach Abstand von allem anderen.“

Sie nickte und schloss die Augen. Ein paar lange Momente standen sie so da, engumschlungen, bis er sie langsam losließ. „Komm, ich zeige dir noch den Rest des Hauses.“

„Okay.“ Ihre Stimme klang höher als normal, stellte sie fest und räusperte sich, als sie aus dem Zimmer gingen.

Im nächsten Raum stand ein Doppelbett aus dunklem Holz mit vier mannshohen Bettpfosten und einem Rahmen oben – quasi ein Himmelbett ohne Himmel.

„Ich gebe zu, dass ich das schon vor längerer Zeit bestellt habe“, erklärte David. „Es ist Walnussholz, extra angefertigt. Ich dachte, man könnte vielleicht einen Betthimmel darüber hängen.“

Sie konnte nicht anders: Sie musste lachen.

„Was?“, fragte David mit hochgezogenen Augenbrauen.

„Entschuldige“, gluckste Anna, „aber das habe ich einfach noch nie von einem Mann gehört. Einen Betthimmel!“ Sie schüttelte belustigt den Kopf.

Er grinste ebenfalls, und wieder einmal sah sie eine verräterische Röte seinen Hals hinaufsteigen. „Was meinst du? Ist doch eine schöne Idee, oder nicht?"

Sie lachte noch mehr.

David verzog gespielt empört den Mund. „Soll das etwa heißen, ich bin unmännlich?"

Sie biss sich auf die Zunge. Ihre Mundwinkel zuckten immer noch, als sie scherzhaft sagte: „Metrosexuell."

Sein Kiefer klappte nach unten. „Na warte!", rief er, als er sich wieder gefangen hatte, und lachte. Er machte einen Schritt in ihre Richtung und versuchte sie zu schnappen, aber sie war schneller und lief kichernd davon. Kurz vor dem Fenster, das auf den Strand hinauszeigte, holte er sie schließlich ein und hielt sie an der Taille fest, bevor er mit beiden Händen ihre Handgelenke umfasste und sie mit seinem Körper an die Wand neben dem Fenster drückte.

„Na, wer ist unmännlich?", fragte er scherzend und fixierte ihre Arme über ihrem Kopf.

Plötzlich änderte sich die Stimmung, und beide wurden ernst, während sie sich in die Augen sahen. Dann wanderte sein Blick zu ihren Lippen. Sie hielt den Atem an.

Als er schließlich sprach, klang seine Stimme leise und heiser: „Ich schwöre dir, ich kann mich kein drittes Mal zurückhalten."

„Dann tu's nicht", flüsterte sie bedeutungsvoll und drängte sich ihm willig entgegen. Sein Gesicht näherte sich dem ihren, aber kurz bevor sich ihre Lippen berührten, stoppte er und sah sie intensiv an. Seine Pupillen waren geweitet, das Blau seiner Iris verschleiert von Leidenschaft. Schließlich war sie es, die ihm über die letzten Millimeter entgegenkam und ihre Lippen auf seine legte.

Sein Kuss war langsam, genießerisch, und sein Griff an ihren Handgelenken wurde weich. Er ließ sie los und schlang eine Hand um ihre Taille, während er mit der anderen ihren Nacken umfasste. Genussvoll seufzte sie auf und fuhr mit beiden Händen unter sein Hemd fast bis hinauf zu seiner muskulösen Brust. Er sog scharf die Luft ein, als ihre harten Brustwarzen seinen Oberkörper streiften, und sein Kuss wurde fordernder. Seine Lippen wanderten von ihrem Mund zu ihrem Ohrläppchen und über ihren Hals weiter nach unten. Er hob sie hoch wie eine Puppe und trug sie mühelos zu dem himmellosen Bett, wo er sie sanft ablegte und sich über sie kniete, während er sie voller Leidenschaft küsste. Mutig ertastete ihre Hand den ersten Knopf seines schwarzen Uniformhemdes, den sie mit zitternden Fingern öffnete. Dann noch einen und noch einen, bis sein Hemd offen stand und seine trainierte Brust entblößte. Mit den Fingernägeln fuhr sie über seine Haut vom Bauchnabel bis zu den Schultern, bis er ein kehliges Stöhnen von sich gab. Sie streifte ihm das Hemd ab und keuchte atemlos auf, als sich seine Hand ihrerseits unter ihr Kleid stahl und es hochschob, sodass sie es sich mühelos über den Kopf ziehen konnte.

Einen Moment hielt er inne und betrachtete voller Bewunderung ihre milchweißen Brüste, dann kam er ihr zu Hilfe und öffnete seinen Gürtel und die Knöpfe seiner Hose. Sie schob den festen Stoff hinab über seine Hüften und er küsste sie erneut. Deutlich konnte sie seine Härte spüren, die sich durch den dünnen Stoff seiner Boxershorts an ihr heißes Zentrum presste. Sein Mund wanderte zu ihren Brüsten, und ihr entkam ein hohes Stöhnen, als er ihre linke Brustwarze mit der Zungenspitze berührte. Sie griff nach unten und streifte seine Shorts und ihren Slip ab. Langsam und sinnlich, ohne den Blick von ihren Augen zu nehmen, drang er samtig in sie ein und sie begannen, sich miteinander zu bewegen.

Schließlich lagen beide völlig außer Atem auf dem Rücken nebeneinander.

David drehte den Kopf und sah sie mit funkelnden Augen an. „Ich glaube, ich war noch nie so kurz vorm Herzinfarkt", kommentierte er, ließ spielerisch eine Hand durch ihr weiches Haar gleiten und zog sie in seine Armbeuge.

Annas eigener Herzschlag war ebenfalls noch nicht wieder im Normbereich angekommen, und sie legte den Kopf an seine Schulter und schmiegte sich an ihn. „Willkommen im Club", erwiderte sie leise.

Eine Weile lagen sie schweigend zusammen da und genossen die Nähe des jeweils anderen, dann sagte Anna ernst: „Eigentlich wollte ich einen klaren Schnitt, bevor das passiert."

David rückte ein Stück von ihr ab und setzte sich auf. „Ich auch", gab er zu und sah sorgenvoll auf sie herunter. „Aber ich schätze, die Chemie war stärker als die Vernunft."

Sie nahm seine Hand und begann, auf einen Ellenbogen gestützt, mit dem Zeigefinger Kreise auf seine Handfläche zu malen. „Können wir einen Deal machen?", fragte sie mit nach unten gerichtetem Blick.

„Alles, was du willst", gab er zurück, fasste mit der anderen Hand sanft unter ihr Kinn und hauchte einen zärtlichen Kuss auf ihre Lippen.

„Können wir heute Nacht einfach so tun, als gäbe es nichts außer uns beide?", fragte sie, und ihr fiel selbst auf, dass in ihrer Stimme etwas Hilfloses mitschwang. „Morgen können wir entscheiden, was wir tun, aber heute würde ich einfach gerne den New Year's Eve genießen … wie in einem Märchen."

Leicht berührte er mit den Fingerspitzen ihre Wange und lächelte. „Cinderella oder Rotkäppchen?", fragte er leise.

„Wohl eher Dornröschen", raunte sie und streckte sich nach oben, um ihn mit einer Intensität zu küssen, die sie selbst überraschte. Dann fuhr sie zurück. „Ist es eigentlich schon 1982?", fragte sie erschrocken.

David tastete die Matratze nach seiner schweren silbernen Armbanduhr ab. Schließlich entdeckte er sie neben dem Kissen.

„Nein", gab er Entwarnung. „Erst in einer halben Stunde." Er sah sie schelmisch an. „Wollen wir nach unten gehen und den Jahreswechsel vor dem Kamin feiern?"

Sie kniff gespielt misstrauisch die Augen zusammen. „Muss ich mich dafür anziehen?"

David nahm ihre Hände und hielt sie von ihrem Körper weg, während er sie gespielt prüfend musterte. „Niemals", sagte er.

Sie schürzte amüsiert die Lippen.

Schließlich zogen sie sich doch ihre Morgenmäntel an und David entfachte im Kamin ein Feuer, während Anna es sich auf der Picknickdecke vor der Fensterfront gemütlich machte.

Er hatte wirklich an alles gedacht, fiel ihr auf, sogar Holz und Kohlen hatte er mitgebracht. Als er zusammen mit dem gekühlten Sekt eine Platte mit italienischen Antipasti aus der Küche holte, war sie deshalb nur gelinde überrascht.

„Du planst gerne, oder?" Das Lächeln wollte einfach nicht von ihrem Gesicht weichen.

Er zuckte mit den Augenbrauen und machte mit dem Kinn eine Bewegung in Richtung Zimmerdecke. „Nicht alles", erwiderte er vielsagend.

Sie lachte auf.

„Leider nicht selbstgemacht“, kommentierte er, als er die Antipasti vor ihr auf der Picknickdecke abstellte. „Aber dafür war dann keine Zeit mehr vor dem Abflug.“

„Überhaupt kein Problem“, beruhigte Anna ihn. „Ich habe gar nicht daran gedacht, dass ich etwas mitbringen könnte. Außer Sekt. Aber den hast du ja selbst schon.“

David setzte sich neben sie. „Du hast dich selbst mitgebracht“, sagte er und verflocht seine Finger mit ihren. „Etwas Besseres hättest du gar nicht machen können.“

Gerührt lächelte sie ihn an. Es erschien ihr immer noch so unwirklich, was geschehen war.

Als es auf Mitternacht zuging, öffnete David den Sekt und goss beide Gläser voll. Wie Teenager zählten sie – gemessen an seiner Armbanduhr – die Sekunden bis zum neuen Jahr herunter, und um Punkt null Uhr stießen sie miteinander an und riefen unisono: „Frohes neues Jahr!“ Dann sahen sie sich in die Augen, und es schien, als läge eine Art elektrische Spannung in der Luft. Langsam und sinnlich bewegten sich ihre Lippen zueinander und fanden sich in einem Kuss, der Anna alles um sie herum vergessen ließ.

Sie tastete nach dem Gürtel seines Morgenmantels und öffnete ihn, und während er ihr sanft ihr Glas abnahm und es zusammen mit seinen in einem gewissen Sicherheitsabstand zur Decke abstellte, beobachtete sie jede seiner Bewegungen. Als er sich wieder zu ihr setzte und ihren Hals unter dem Ohrläppchen küsste, war ihr, als bestehe ihr Körper aus flüssiger Lava. Er öffnete ihren Morgenmantel und streifte ihn ab, bevor er ihn hinter ihr auf den Boden drapierte und sie sanft darauflegte, als sei sie nicht schwerer als eine Feder.

Während sie sich ein zweites Mal an diesem Abend liebten, explodierte auf der anderen Seite der Bucht auf Anderson Island das Feuerwerk – und vor Annas geschlossenen Augen geschah das Gleiche. Kurz bevor er sich mit einem kehligen Stöhnen in sie ergoss, öffnete sie die Augen und hielt seinen intensiven Blick mit ihrem. Sie meinte zu bemerken, dass seine Augen verdächtig feucht geworden waren – aber der Moment verging, und sie war sich nicht sicher, ob sie sich nicht getäuscht hatte. Eine gefühlte Ewigkeit blieben sie so liegen, wie sie ihr Liebesspiel beendet hatten, bevor David sich schließlich von ihr herunterschob und sich hinter sie legte.

Fürsorglich deckte er sie mit seinem weichen Morgenmantel zu und wies – noch immer atemlos – auf das Feuerwerk, das scheinbar mitten über dem Meer explodierte.

Anna lehnte sich an Davids breite Brust. Sie hielt seine rechte Hand, die er um ihre Taille gelegt hatte, und wünschte sich, diese Nacht würde niemals enden.

Als sie beschlossen, schlafen zu gehen, benutzte Anna das Bad zuerst und war sich dann seltsam unschlüssig, wo sie schlafen sollte. Immerhin hatte er ihr extra ein Bett besorgt … Aber andererseits – war jetzt nicht alles anders?

Während sie noch mit sich kämpfte, erschien David aus dem Bad und lächelte sie harmlos an. „Was stehst du denn hier auf dem Flur?"

Sie zögerte. „Ich wusste nicht, ob … Möchtest du allein schlafen?"

Er gab ein ersticktes Geräusch von sich und schüttelte lachend den Kopf, als habe sie etwas besonders Komisches gesagt. Dann hob er sie, scheinbar ohne die geringste Anstrengung, auf seine Arme und trug sie wie eine Braut in sein Schlafzimmer. Sanft legte er sie auf dem Himmelbett ab.

„Ich hole dein Bettzeug", kommentierte er entschieden.

Anna kuschelte sich in die Kissen und sah David müde, aber glücklich zu, wie er ihr Bettzeug hereinbrachte und die Decken arrangierte.

Dann ging er auf seine Seite des Bettes und legte sich hin, mit dem Gesicht zu ihr. Sie drehte sich ebenfalls zu ihm, und ihre Hände und Beine umschlangen sich.

Eine Weile sahen sie sich in der Dunkelheit schweigend an – dann fielen Anna die Augen zu.

Sie erwachte frisch wie selten um neun Uhr morgens. Im ersten Moment wusste sie nicht, wo sie war und was passiert war – aber dann setzte die Erinnerung ein und ein Lächeln stahl sich auf ihr Gesicht.

Aus der Küche hörte sie bereits das Klappern von Geschirr, und sie schwang sich aus dem Bett und ging ins Bad, duschte in der herrlichen Regenwalddusche und zog sich für den Tag an.

Als Anna die Treppe hinunterkam, saß David bereits auf der Picknickdecke im Wohnzimmer, vor ihm ein Tablett mit Pancakes und zwei Teller, zwei Tassen sowie eine Schale Obst.

Sie lachte. „Kein Tisch, aber ein Frühstück wie im Luxushotel."

Amüsiert stand er auf und kam zu ihr herüber. „Ja, man muss eben Prioritäten setzen." Zärtlich strich er ihr eine Haarsträhne aus dem Gesicht und gab ihr einen kleinen Kuss auf die Lippen. „Wenn du schläfst, siehst du aus wie ein Engel", murmelte er.

Anna spürte, wie ihre Wangen heiß wurden. Plötzlich war sie verlegen.

„Setz dich!" David deutete auf die Decke. „Ich habe mir gedacht, heute mal Pancakes statt Arme Ritter."

Anna setzte sich und ließ sich von ihm Tee einschenken, während sie einen Pfannkuchen auf ihren Teller zog. Eine

Weile aßen sie in friedlichem Schweigen, dann tupfte Anna sich den Mund mit ihrer Serviette ab und fragte: „Werde ich eigentlich jemals früh genug auf sein, um Frühstück für dich zu machen?“

Er sah sie ernst an, und plötzlich wurde auch sie ernst. Sie mussten dringend besprechen, wie es weitergehen sollte, und Annas Frage schien der Anstoß dazu gewesen zu sein.

„Hör mal, lass uns spazieren gehen“, schlug David vor. „Wir müssen wirklich reden und ich finde, das geht nirgendwo so gut wie am Strand.“

Sie nickte.

„Ich spüle noch schnell das Geschirr.“ Er erhob sich und begann, die Frühstücksteller einzusammeln.

„Kann ich dir helfen?“, fragte Anna.

Er schüttelte den Kopf. „Alles unter Kontrolle.“ Mit den Händen voller Geschirr kam er auf sie zu und gab ihr einen Kuss auf den Scheitel.

„Dann packe ich mal meine Sachen“, entschied sie und verließ die Küche in Richtung Obergeschoss. Als sie ihre Kleidung von letzter Nacht vom Boden aufsammelte, hatte sie einzelne Szenen ihres Liebesspiels bildlich vor Augen, und das führte dazu, dass sie recht erhitzt war, als sie mitsamt ihrer Reisetasche wieder unten eintraf.

David hatte das Geschirr gespült und getrocknet und in den Küchenschrank gestellt, der noch angenehm leer war, nachdem er nur das Nötigste hier gelagert hatte.

„Ich bin so weit“, verkündete er.

Anna nickte beklommen. Ihr graute vor dem Gespräch. Sie ahnte, dass es alles andere als leicht werden würde, auch wenn für sie spätestens seit letzter Nacht feststand, dass sie Matthew verlassen würde, ohne auch nur einmal zurückzuschauen.

Beide holten ihre Jacken aus dem Flur und schlüpften in ihre Schuhe – Anna entschied sich vernünftig für die flachen Stiefel.

Dann verließen sie das Haus und umrundeten es außerhalb des Gartenzaunes.

Anna vergaß ihre Sorgen für ein paar Augenblicke, als sie – zum ersten Mal bei Tageslicht – den Strand ohne Glasscheibe davor sah. Vor dem Haus befand sich eine kleine Fläche, die offenbar noch zum Garten zählte, wenn sie auch nicht eingezäunt war. Dann ging es einen kleinen Hügel hinab zum Strand.

„Hier stellen wir vielleicht zwei Holzsessel auf, dann können wir aufs Meer schauen", sagte David und zeigte auf einen Platz oberhalb der Böschung.

Sie sah ihn angespannt an.

„Mit diesem Satz als Einstieg …", fing er an, nahm ihre Hand und geleitete sie die Böschung hinunter, wobei er zuerst ging und aufpasste, dass sie nicht stolperte.

„Ja", nickte sie und beschloss, mutig zu sein: „Wie geht es jetzt weiter mit uns?"

Inzwischen standen sie auf dem feuchten Sand. Schnee lag hier nicht – wahrscheinlich blieb er wegen der Flut nicht liegen.

Er zögerte. „Anna, bevor wir weiterreden, muss ich dir etwas sagen." Sein Blick wurde düster, und in ihrem Magen breitete sich ein kleines, ungutes Gefühl aus.

„Oh Mann." Er blieb stehen und fuhr sich frustriert durch die Haare. „Wie fange ich bloß an?"

Das ungute Gefühl wurde größer. Er schien sich für einen Anfang entschieden zu haben und nahm ihre beiden Hände in seine. „Weißt du, warum Laura und ich uns getrennt haben?"

„Ja“, antwortete sie mit gerunzelter Stirn, „du hast gesagt, ihr habt euch auseinandergelebt und sie wollte keine Kinder.“

„Ja“, bestätigte David und ging langsam ein paar Schritte. Anna begleitete ihn. „Das war auf jeden Fall ein Faktor, aber diese Probleme hatten wir schon jahrelang. – Anna … Ich weiß gar nicht, wie ich es dir sagen soll, aber wirklich getrennt haben wir uns, weil mich meine Vergangenheit eingeholt hat.“

Er brach ab und schwieg. Anna fühlte sich wie eine zu straff gespannte Geigenseite – kurz vor dem Zerreißen. „Okay …?“

Er schien nach Worten zu ringen. „Eines Tages stand eine Frau vor unserer Haustür, mit der ich ein Verhältnis gehabt hatte vor ein paar Jahren. Schon während meiner Ehe.“

Anna spitzte die Lippen. Das war zwar nicht gerade die feine englische Art, aber wer war sie, ihn dafür zu verurteilen? Es gab Schlimmeres. „Okay. Ich verstehe, dass Laura sich deswegen getrennt hat. Aber was hat das mit uns zu tun?“, sprudelte sie heraus.

„Na ja …“ Er sah hilflos aus. „Das kommt quasi noch … Die Frau, Katie heißt sie … sie … sie hat ein Kind.“

Anna erstarrte. Sie öffnete den Mund, um etwas zu sagen, aber kein Laut kam heraus. Konnte es denn wahr sein …? David beantwortete leise die Frage, die sie nicht gestellt hatte: „Mein Kind. Ich habe einen Sohn.“

In Annas Kopf drehte sich alles. Sie blickte aufs Meer hinaus, während sich ihre Gedanken überschlugen. David war ein Vater?

Nach einer gefühlten Ewigkeit drehte sie sich zu ihm um. „Okay“, sagte sie gefasst, „jetzt verstehe ich ein bisschen mehr. Das macht es natürlich nicht gerade leichter … Aber … Ich meine, du möchtest doch sowieso Kinder, und ich auch.

Ich bin wirklich gut mit Kindern, also … Wenn er zum Beispiel an den Wochenenden bei uns wäre, ich könnte mich wirklich damit anfreunden …"

„Warte!" David streckte die Hand aus, wie um sie zu bremsen. „Das ist noch nicht alles."

Um Gottes willen, was kommt jetzt noch?! Ihre Kehle wurde trocken, und sie fühlte sich, als würde ihr Hals zuschwellen.

„Wie du schon sagst, ich wollte immer Kinder", fuhr David fort, „und als ich den Kleinen kennengelernt habe – was ich unbedingt wollte –, da hat sich zwischen Katie und mir irgendwie wieder etwas entwickelt, und …"

„Stopp!" Anna hob die Hand und ihre Stimme überschlug sich fast, als sie ungläubig fragte: „Versuchst du mir gerade zu sagen, dass du mit einer anderen Frau zusammen bist?"

Eine vielsagende Stille entstand. Anna hatte das Gefühl, der Boden schwankte unter ihren Füßen. Sie taumelte und musste sich an seinem Arm festhalten.

„Anna?" David sah sie besorgt an. „Du bist ganz blass … Ist dir schwindelig?"

Sie schüttelte wild den Kopf, nahm sich mit aller Kraft zusammen und fragte ruhig: „David – bist du mit ihr zusammen?"

Er schloss die Augen, bevor er reuevoll antwortete: „Irgendwie ja."

„Oh mein Gott!" Obwohl sie ja auch selbst nicht frei war, stürzte gerade ihre Welt zusammen: Er hatte schließlich gewusst, dass sie in festen Händen war, sie dagegen hatte keine Ahnung gehabt, dass er … Sie ging ein paar Schritte in Richtung Wasser. Eine Weile starrte sie auf das heute graue Meer hinaus, ohne wirklich etwas zu sehen. Sie spürte, wie zwei heiße Tränen aus ihren Augen schossen und in beängstigender Geschwindigkeit die Wangen hinunterliefen, gefolgt von wahren Sturzbächen.

Salzwasser zum Meer.

„Was war mit Weihnachten?" Ihr wirrer Blick raste zu ihm. „Warum warst du nicht bei ihr, wenn ihr ..." Sie schluckte hart. „... zusammen seid?"

David schlug den Blick zu Boden. „Sie war mit dem Kleinen bei ihren Eltern an der Ostküste", murmelte er voll Scham. „Wir fanden es zu früh, um ..." Er brach ab.

Bei dem vertrauten Wort „Wir" keuchte Anna auf und wandte sich wieder dem Meer zu.

„Anna!", hörte sie Davids Stimme nahe an ihrem Ohr und drehte sich um. Er stand dicht hinter ihr und umfasste sie von hinten, bückte sich etwas und legte seinen Kopf auf ihre Schulter. „Ich wusste doch nicht, dass sich das mit uns so entwickeln würde! Katie und ich waren schon zusammen, als Laura und ich bekannt gegeben haben, dass wir uns trennen, und dann bist du gekommen und hast alles verändert."

Sie fühlte, wie sich ein Schluchzen von ihrer Brust aus nach oben arbeitete, und presste die Zähne so fest zusammen, dass sie das Gefühl hatte, sie würden gleich bersten.

„Anna", wiederholte er, diesmal sanfter, „Katie bedeutet mir nicht das Gleiche wie du, niemals, das musst du mir glauben – aber ... Sie ist die Mutter meines Sohnes."

Sie gab auf und ließ das Schluchzen heraus. Es klang so gequält, dass er zusammenzuckte und unwillkürlich seinen Griff verstärkte.

„Also bin ich *die andere Frau*?", fragte sie mit einer Stimme, die sie kaum als ihre eigene erkannte.

„Anna, ich werde das regeln", beschwor er sie. „Ich möchte, dass wir eine Zukunft haben. Ich habe noch nie für jemanden so etwas empfunden wie für dich."

Ihre Stirn kräuselte sich, und sie spürte, wie eine neue Tränenflut im Anmarsch war.

„Ja?“, fragte David und drehte sie zu sich herum, um sie beschwörend ansehen zu können. „Klär du die Situation mit Matthew, und ich kläre das mit Katie, und dann …“

Sie schluckte hart, atmete tief durch und hob voller Würde das Kinn. Sie hatte das Gefühl, dass ihre Seele gerade starb, aber das würde sie ihn niemals wissen lassen. „Bemüh dich nicht, David“, sagte sie mit vor Tränen tiefer Stimme, „lass uns einfach Freunde sein.“

Sein Blick war voller Schrecken. „Aber Anna, das ist doch nicht, was ich will!“, rief er. „Was wir wollen!“

„Manchmal kann man nicht alles haben, was man will.“ Sie blieb fest. „Bleib bei deiner kleinen Familie, wenn du glaubst, dass das Zukunft hat. Nun hast du ein Kind, genieß es, sieh, wie er aufwächst, und sei ihm ein guter Vater. – Und jetzt fahr mich bitte nach Hause.“

Er zuckte zurück, als habe sie ihn geschlagen, und in seinen blauen Sternenaugen machte sich ein verletzter Ausdruck breit. „Okay“, sagte er, sah sie traurig an und ging mit hängendem Kopf zurück Richtung Strandhaus.

Anna folgte ihm und wischte sich mit der bloßen Hand die Tränen ab. Das Einzige, was sie nicht eingepackt hatte, waren Taschentücher.

Die Heimfahrt verlief in eisigem Schweigen, aber als David vor ihrer Wohnung anhielt, beugte er sich zu ihr hinüber und nahm ihre Hand.

„Bitte, Anna“, flehte er, und Tränen schimmerten in seinen Augen. „Denk noch einmal darüber nach!“

Annas Herz schmerzte plötzlich, als würde es auseinanderbrechen. Sie wandte den Blick ab und entzog ihm ihre Hand. „Ich kann nichts versprechen, David."

Damit stieg sie aus dem Auto, nahm Reise- und Handtasche und ging ins Haus, ohne sich noch einmal umzudrehen.

Drinnen angekommen, schloss sie die Wohnungstür hinter sich, drehte den Schlüssel mehrmals im Schloss. Ihre Knie gaben unter ihr nach und sie sank herab auf den Boden und begann unkontrolliert zu schluchzen. Erst nach mehreren Stunden rappelte sie sich mit letzter Kraft auf, fütterte Ginger und ging zu Bett, obwohl es erst früher Abend war.

EINUNDZWANZIG

Heute

„Jahre später hat mir David erzählt, dass er das Gleiche getan hat“, fügte Anna hinzu. „Er sagte, er habe fast eine halbe Stunde lang draußen hinter dem Steuer gesessen und geschluchzt wie ein kleines Kind. Wenn ich nur einmal aus dem Fenster gesehen hätte, wäre ich vielleicht weich geworden und hätte uns beiden viel Schmerz erspart.“

Emilia schniefte und wischte sich eine Träne ab. „Das ist so unglaublich traurig“, murmelte sie. „Und was haben Sie dann wegen Matthew gemacht?“

„Als er nach Hause kam, war ich wie in Trance“, antwortete Anna. „Ich habe funktioniert und der Alltag war fast normal. Aber innerlich war ich wie tot. – Dass ihm das offenbar nicht auffiel, zeigte mir schon allein, dass wir keine Zukunft hatten.“

Emilia schnäuzte sich. „Haben Sie die Hochzeit abgesagt?“

„Erst viel später“, gab sie zu. „Bis dahin ist noch vieles passiert.“

„Wie alt war eigentlich Davids Sohn damals?“, fragte Emilia neugierig.

„Sechs“, erwiderte Anna. „Aber es ist einiges passiert, wie gesagt … Ich erzähle Ihnen das alles, wenn sie mögen, aber jetzt brauche ich eine Pause.“

Emilia setzte sich in ihrem Sessel auf. „Geht es Ihnen nicht gut?“

Anna räusperte sich. „Doch, doch“, beruhigte sie sie. „Nur, wissen Sie, ich habe das alles noch nie jemandem so im Detail erzählt. Das ist anstrengend.“ Sie lächelte entschuldigend. „Ich kann gar nicht glauben, dass ich Ihnen sogar intime Details verraten habe!“ Ihre faltigen Wangen färbten sich rosa. Dann wechselte sie gekonnt das Thema: „Was ist eigentlich mit Ihrem Soldaten? Gibt es Neuigkeiten?“

Emilias Stimmung verschlechterte sich spontan. „Nein.“ Sie seufzte. „Es ist, als wäre er vom Erdboden verschluckt. Aber ich kann ihn einfach nicht loslassen, wissen Sie, was ich meine?“

Anna nickte. „Ja, natürlich, girly.“

„Ich schätze“, fuhr Emilia langsam fort, „ich bin dazu verdammt, auf ihn zu warten und einfach alles davon abhängig zu machen, wie er sich entscheidet!“

Anna spitzte die Lippen. „Keine schöne Position“, kommentierte sie.

„Nein“, gab Emilia zu, „es gibt wirklich Schöneres. Aber ich weiß nicht, was ich sonst machen soll. Ich finde, man bereut immer am ehesten die Dinge im Leben, die man nicht getan hat!“

Anna lachte. Sie schien ihre Fröhlichkeit wiedergefunden zu haben. „Da haben Sie Recht!“, sagte sie. [redacted] Und wissen Sie, was wir auch bereuen werden? Wenn wir jetzt nichts essen!“

Emilia kicherte.

„Na kommen Sie!“ Anna stand auf. „Ich habe einen Kuchen gebacken, etwas typisch Amerikanisches – Brownies mit Erdnussbutter! Das müssen Sie probieren!“

Kurz darauf saßen die beiden in Annas Küche und ließen sich die viereckigen kleinen Küchlein schmecken.

„Wegen Ihnen werde ich noch dick!“, scherzte Emilia.

„Genau!“ Die Ironie triefte Anna aus der Stimme. „Sie mit ihrer Kleidergröße vierunddreißig!“

„Ach ja“, fiel Emilia etwas ein. „Was ich Sie schon lange fragen wollte: Sie haben so am Rande erwähnt, dass sie früher getanzt haben. Wie war das?“

„Ja“, antwortete Anna, „im Modern Ballett war ich. Es war mein Leben. Ich habe nur damit aufgehört, weil ich mir die Hüfte verdorben hatte und mein Arzt mich vehement davor gewarnt hat, auf meinem gewohnt hohen Niveau weiterzumachen.“

„Wie lange haben Sie getanzt?“, erkundigte sich Emilia.

„Fast vierzehn Jahre“, gab Anna zurück.

„Vierzehn Jahre!“ Emilia war beeindruckt und nahm sich noch ein zweites Stück Kuchen. „Haben Sie Fotos?“

Anna sah sie verblüfft an und schlug mit der flachen Hand auf den Tisch. „Natürlich!“, rief sie. „Kaum zu glauben, dass ich Ihnen nicht schon längst Bilder gezeigt habe!“

Sie stand auf und ging in den nächsten Raum. Emilia hörte sie herumräumen und reckte den Hals, um sie sehen zu können, konnte sie aber nicht entdecken.

Ein paar Minuten später erschien Anna wieder, mit zwei in rotes Leder gebundenen Fotoalben.

„Das hier“, sagte sie, während sie sich setzte, „ist von meiner Zeit als Tänzerin. Und das andere sind Fotos von David und mir.“

Gespannt beugte Emilia sich nach vorne und schob den Kuchen weg. Anna rutschte neben ihr auf die Bank und schlug das erste Album auf.

Ein Foto von einer jungen Frau mit welligen, schulterlangen Haaren in einem schwarzen Langarmbody strahlte ihnen entgegen. Sie hatte ihr linkes Bein in einem Standspagat nach oben genommen, der Unterschenkel mitsamt Stulpe und Ballettschuh befand sich über ihrem Kopf.

„Krass!" Emilias Mund klappte auf. „Ich hatte ja keine Ahnung, dass Sie so gut waren!"

Anna lachte. „Ja, ich war nicht schlecht. Ich habe mit zwei anderen Mädels Wettbewerbe getanzt."

„Und gewonnen?", fragte Emilia mit hochgezogenen Augenbrauen.

Wortlos blätterte Anna um. Das nächste Bild zeigte drei junge Frauen, die einen überdimensionalen Pokal in die Höhe streckten.

„Ah ja!" Emilia nickte zuerst und schüttelte dann ungläubig den Kopf. „Sie waren bildschön!"

Annas Mund verzog sich zu einem Schmunzeln.

„Also, Sie sind natürlich immer noch schön", beeilte sich Emilia, ihren Fauxpas auszugleichen, „ist ja klar, aber ich meine, sie waren auch eine wunderschöne junge Frau …"

„Schon gut." Anna grinste mit zusammengekniffenen Augen. „Wie gesagt, alt werden ist nichts für Sissies."

Sie schwieg einen Augenblick und setzte dann hinzu: „Wissen Sie, es ist richtig schön, jemandem zeigen zu können, was ich früher gemacht habe … Einmal nicht nur als hilflose alte Frau gesehen zu werden."

Bald waren sie am Ende des Albums, und Emilia schob Anna impulsiv das andere Album hin. „Auf das bin ich noch gespannter!"

Wieder musste Anna lachen. Sie schlug den Deckel auf. Das erste Foto war ihr Hochzeitsfoto – Anna trug ein weißes Spitzenkleid mit zarten durchbrochenen Ärmeln, einem kecken weißen Hütchen und einem langen Schleier. Neben ihr stand David im schwarzen Anzug und mit unverkennbarem Stolz im Blick.

„Sind Sie ein schönes Paar!", rief Emilia überschwänglich aus. „Er war aber auch ein Bild von einem Mann!" Sie beugte den Kopf näher zum Foto. „Um diese Wimpern beneide ich ihn wirklich!"

„Ja", stimmte Anna zu, „habe ich auch immer. – Unsere Tochter hat seine Augen, und auch die langen Wimpern." Sie blätterte um. Auf dem nächsten Foto sah man von Weitem einen See, in dem sich ein Berg spiegelte, und als Silhouette im Vordergrund einen Mann vor einer Frau knien. „Das greift der Geschichte jetzt etwas vor", erklärte Anna. „Das war der Heiratsantrag. Er hat extra einen Freund organisiert, der das Ganze fotografiert hat – ich habe das allerdings gar nicht bemerkt in all meiner Aufregung."

Emilia lächelte. „So etwas Romantisches würde ich auch gerne erleben!"

Das nächste Foto zeigte David auf einem Holzsessel im Freien, Zeitung lesend. Schräg hinter ihm sah man das Meer. „Das war beim Strandhaus", kommentierte Anna. „Und dieses Foto kennen Sie." Sie blätterte um. „Davon habe ich Ihnen ja schon erzählt."

Die Fotografie war abgegriffen und zeigte Anna, wie sie in Jeans und rotem Pullover auf der Treppe zu den Christine Falls saß und sich mit nach oben gelehntem Gesicht die Sonne ins Gesicht scheinen ließ. Zärtlich strich die alte Frau über das Bild.

„Er hat es sein Leben lang als Lesezeichen benutzt", sagte sie leise. „Es war für ihn das Symbol unserer Liebe."

„Ehrlich, so etwas macht mir Gänsehaut." Emilia schauderte. „Sie müssen sich wahnsinnig geliebt haben."

„Bis zum Mond und zurück, hat er einmal gesagt", gab sie preis. Dann blätterte sie weiter.

Als Emilia an diesem Abend nach Hause fuhr, war es bereits dunkel. Sie fühlte sich immer noch ganz beschwingt von Annas Geschichte – der heutige Teil hatte sie zwar in ein Auf und Ab der Gefühle gestürzt, aber sie wusste ja, dass Anna und David sich letztendlich gefunden hatten. Am liebsten hätte sie alles auf einmal gehört.

Mehr aus Gewohnheit als aus Hoffnung öffnete sie die Messenger-App auf ihrem Handy – und machte fast einen Luftsprung, als sie Toms Namen auf dem Bildschirm sah.

Mit zitternden Fingern öffnete sie seine Nachricht.

„Liebe Milly", hatte Tom geschrieben. „Danke für deine Briefe. Ich habe beide bekommen. Du kannst dir nicht vorstellen, wie meine Welt hier ist: Ich kann mich momentan auf nichts konzentrieren außer auf meinen Einsatz, und ich bitte dich, das zu respektieren. Außerdem bin ich nie zu Hause, da lässt sich nichts aufbauen. Such dir einen netten Mann und warte nicht auf mich. Ich wünsche dir das Beste! Tom."

Emilia schluckte. Dieser geschäftsmäßige Ton war ihr komplett fremd. Sie spürte eine heiße Flut an Tränen in sich aufsteigen und sank wie eine Marionette auf ihre Couch.

Such dir einen netten Mann. Warte nicht auf mich.

Sie schlug die Hände vors Gesicht und gab sich einige Minuten lang ihrem Schmerz hin. Dann packte sie aus heiterem Himmel die Wut, und sie sah rot. Was dachte er sich eigentlich dabei? Sie sprang auf, stürmte ins Schlafzimmer und warf sich in ihre Laufkleidung. Ohne zu denken, rannte sie aus der Tür und lief eine volle Stunde lang durch die Nacht.

Am nächsten Tag stand sie mittags vor Annas Wollgeschäft.

Sie hatte kaum geschlafen, nur am Vormittag ein paar unruhige Stunden, und weil sie sich niemanden vorstellen konnte außer Anna, dem sie sich in dieser Situation anvertrauen mochte, war sie kurzerhand nach Wasserburg gefahren. Jetzt, da sie auf den Klingelknopf gedrückt hatte, war sie sich allerdings nicht mehr so sicher, ob das eine gute Idee war.

Es dauerte eine gefühlte Ewigkeit, bis im Laden endlich das Licht anging und eine ungläubig dreinblickende Anna im Türrahmen erschien.

„Girly!", rief sie und öffnete die Tür. „Was machen Sie denn hier?"

Plötzlich fingen Emilias Lippen an zu zittern. „Kann ich reinkommen?", fragte sie kläglich.

Anna machte große Augen, als sie wohl bemerkte, in was für einem Zustand sich Emilia befand. „Natürlich, worauf warten Sie!" Sie nahm Emilia beim Arm und zog sie ins Geschäft.

„Entschuldigen Sie, dass ich einfach so hereinplatze, noch dazu an einem Sonntag", sagte Emilia kläglich. „Ich hätte angerufen, aber ich hatte Ihre Telefonnummer nicht, und ich wusste nicht, wo ich sonst hin sollte …" Ihre Stimme verklang.

„Nun kommen Sie erst mal mit!" Anna, resolut wie stets, dirigierte Emilia ins Wohnzimmer und bedeutete ihr, sich aufs Sofa zu setzen. „Ich hole Ihnen einen Tee!"

Während Emilia wartete, fiel ihr ein, dass sie gar nicht wusste, was sie überhaupt sagen sollte. Aber dieses Problem schien es mit Anna nicht zu geben.

„Ist etwas passiert?", fragte sie, als sie die beiden Tassen Tee auf dem kleinen Tischchen vor der Couch abstellte, und erstarrte dann plötzlich. „Etwas mit ihrem Soldaten?"

„Nein", winkte Emilia ab. „Das heißt, ja … Also, ihm ist nichts passiert, aber …" Sie kramte ihr Handy aus der Handtasche, öffnete Toms Nachricht und schob sie Anna hin.

„Moment", murmelte diese, „da brauche ich die hier …" Sie setzte sich ihre Brille auf, die an einer goldenen Kette um ihren Hals baumelte. Dann las sie die Nachricht.

„Alter Fuchs", murmelte sie, als sie fertig war, und sah Emilia entsetzt an. „Da klingt ja jemand hart wie Stein."

Diese Bemerkung reichte, um Emilia an den Abgrund zu bringen: Ihre Unterlippe begann gefährlich zu zittern, und heiße Tränen schossen ihr in die Augen.

„Wie konnte ich mich nur so in ihm täuschen?", schluchzte sie und stützte das Gesicht in die Hände. „Ich war mir so sicher, dass er etwas für mich empfindet!"

Anna rückte etwas von ihr ab und klopfte auf ihren Oberschenkel. Als keine Reaktion kam, fasste sie sie sanft bei den Schultern und zog sie zu sich herunter, bis sie seitlich mit dem Kopf auf ihrem Schoß lag.

„So ist's besser", murmelte sie, strich Emilia sanft übers Haar und wechselte zum vertrauten „Du": „Das ist eine gute Ausheul-Position, na komm, lass es raus, girly … Ssssh, ich weiß, das tut weh … Aber weinen hilft!" Tröstend streichelte sie die schlanke Schulter der jungen Frau. „Jetzt weine dich mal richtig aus … So ist es gut …"

Emilia konnte später nicht sagen, wie lange sie so gesessen hatten, aber irgendwann waren ihre Tränen versiegt. Erschöpft blieb sie noch ein wenig liegen, holte ihr

Taschentuch aus der Jeanstasche und putzte sich die Nase. Abwesend bemerkte sie, dass Anna nach einer Art Apfelparfüm duftete – ein Geruch, den sie sofort als heimelig empfand.

Dann setzte sie sich auf. „Danke", sagte sie. „Das hat wirklich gutgetan!" Dann schniefte sie. „Darf ich Sie auch duzen?"

Anna lachte auf. „Ja bitte!", sagte sie und fügte hinzu: „Ich wollte nicht unhöflich sein, aber ‚lassen Sie es raus' kommt mir irgendwie nicht so gut über die Lippen."

Emilia nickte. „Du bist wirklich eine fantastische Trösterin", sagte sie.

„Das hat David auch einmal gesagt", lächelte Anna versonnen und fuhr dann energisch fort: „Und jetzt lass uns die Situation mal vom Verstand her betrachten." Sie deutete auf das Handy, das unbeachtet auf dem Tisch lag. „Darf ich nochmal?"

Emilia nahm das Handy und drückte mit ihrem Daumen auf den Home-Button, um die Tastensperre zu lösen. Wortlos reichte sie es Anna weiter.

Ein zweites Mal las Anna die Nachricht. Dann legte sie das Handy weg und schüttelte den Kopf. „Das ist nicht das Ende der Welt, girly", sagte sie entschieden. „Aber ich glaube, im Moment bist du wirklich besser aufgehoben ohne ihn."

Emilia biss sich auf die Lippen, um nicht wieder die Fassung zu verlieren. „Wie meinen Sie … meinst du das?"

„Na ja", zuckte Anna die Schultern. „Er hat schon bei eurem letzten Treffen sinngemäß gesagt, er verpatzt dir dein Leben und du sollst dich besser nicht an ihn binden."

Emilia nickte.

„Und du bist auch selbst der Meinung, dass er eigentlich nicht gut für dich ist, und hast das Gefühl, irgendetwas ist mit ihm, oder?"

Noch ein Nicken.

„Weißt du", fuhr Anna fort, „meiner Erfahrung nach haben Männer immer das Bedürfnis, der starke Beschützer für ihre Frau zu sein. Und wenn das aus irgendeinem Grund gerade nicht geht, tut ihnen das weh, und dann stoßen sie einen weg. – Was nicht diesen eiskalten Ton entschuldigt", fügte sie kopfschüttelnd hinzu.

„Soll heißen, er will momentan einfach keine Beziehung, meinst du?" Emilia sah verwirrt drein.

Anna sah sie eindringlich an. „Ich will damit sagen, er kann vielleicht wirklich keine Beziehung haben. Vielleicht wegen irgendeinem Trauma, vielleicht auch einfach jetzt nicht, während er im Libanon ist. Lass ihn nicht so mit dir umspringen, aber ... Versuch es mal von seiner Warte aus zu sehen: Er ist gestresst, das ist vermutlich normal, wenn er gerade in einem Einsatz ist, er hat von Haus aus ein Problem mit festen Bindungen. Und er kann nicht für dich da sein und sieht an deinen Briefen, dass es dir schlecht geht. Für ihn liegt es vielleicht nahe, dich gehen zu lassen, damit du glücklicher sein kannst. Und vielleicht solltest du es akzeptieren – erst einmal, um zu sehen, wie es sich für dich anfühlt. Du bist doch auch ohne ihn noch eine Person! Eine selbstständige Person!"

Emilia schniefte erneut und nickte. Dann überlegte sie jedoch und sagte: „Am liebsten würde ich in den Libanon fahren, um ihm in die Augen zu sehen und mir sicher zu sein, dass er nicht meint, was er schreibt", sagte sie traurig.

„Das lässt du schön bleiben!", fuhr Anna auf. „Das wäre so ziemlich das Kontraproduktivste, was du tun könntest. Im Gegenteil – ich weiß, es tut weh, aber ich glaube, das Beste, was du jetzt machen kannst, ist ein Schritt zurück."

Emilia zog die Nase kraus und zuckte die Schultern. „Ich weiß nicht, ob ich das kann", antwortete sie hilflos.

„Natürlich kannst du", betonte Anna. „Du kannst viel mehr, als du glaubst. Und wenn er zurück ist vom Einsatz, dann kann es immer noch sein, dass er plötzlich ganz anders denkt."

Emilia nickte langsam. „Wird wohl so sein", sagte sie leise.

Anna tätschelte ihr liebevoll die Hand. „Ich kann dir aus Erfahrung sagen, dass du nichts Besseres tun kannst, als dich erst einmal zurückzuziehen!", wiederholte Anna. „Und jetzt eine andere Frage: Magst du mit mir essen? Ich habe Spaghetti al Vongole gemacht, und jetzt dürften sie gerade richtig durchgezogen sein!"

„Nichts lieber als das", gab Emilia ohne Zögern zu. „Tobi ist noch bis fünfzehn Uhr bei Johannes, und ich habe Zeit. Und heute noch nichts gegessen. – Aber jetzt wird es dann mal höchste Eisenbahn, dass ich dich zum Essen einlade statt immer nur umgekehrt."

Anna erhob sich und lächelte. „Weißt du, ich glaube, das ist wie bei David und mir und dem Frühstück: Wenn er immer schon dabei war, es zuzubereiten – wie sollte ich dann noch eines für ihn machen?"

Während des Essens unterhielten sich die beiden Frauen über Gott und die Welt. Es war, als ob Anna spürte, dass Emilia Ablenkung brauchte, schien ihr aber mit ihrer eigenen tragischen Liebesgeschichte nicht noch mehr Kummer bereiten zu wollen.

Als Emilia am Nachmittag nach Hause aufbrach – nicht ohne Annas Spülmaschine eingeräumt und eingeschaltet zu haben – schien sie in wesentlich besserer Laune zu sein als bei ihrer Ankunft.

Anna winkte ihrem kleinen schnittigen Auto hinterher und schüttelte noch einmal den Kopf, als sie an die ganze Geschichte zwischen Emilia und ihrem Soldaten dachte. Männer …!

Am nächsten Samstag war Emilia in geradezu blendender Laune.

Sie hatte Anna eine große Schachtel Pralinen mitgebracht, als Dank fürs Trösten, wie sie sagte. Auf die Frage, ob sie Tom schon geantwortet hätte, erwiderte sie mit funkelnden Augen: „Nein. Ich muss zwar zugeben …" Sie zögerte und sah peinlich berührt drein. „… dass ich es nicht schaffe, ihn nicht zumindest online zu stalken."

Anna sah sie mit einer Mischung aus Mitleid und Warnung an.

„Aber ich bin mir sicher, er wartet auf meine Nachricht", fuhr Emilia fort. Dann grinste sie plötzlich. „Und ich fange langsam an, es zu genießen, zu beobachten, wie er online geht und dann enttäuscht wieder offline."

Anna prustete und erstickte beinahe an dem Tee, von dem sie gerade einen kräftigen Schluck genommen hatte. Als sie wieder sprechen konnte, schwang ein Lachen in ihrer Stimme mit. „Du bist ja ein ganz schön böses Mädchen! Nicht schlecht, girly!" Dann wurde sie ernst. „Aber vergiss nicht, es wäre besser für dich, wenn du den Schritt zurück auch wirklich machst und nicht nur so tust als ob."

„Jawohl", gab Emilia würdevoll zurück, „ich versuche es." Sie seufzte. „Ich kann auch gar nicht anders, ich bin schließlich nicht sein Spielzeug. Hirnlose Schlampen kann er genug haben."

„Da wette ich", stimmte Anna zu. „Ich verstehe das schon … So ein Beruf gibt einem Mann etwas Heldenhaftes, nicht wahr? Wie ein Aphrodisiakum."

Emilia nickte schmunzelnd.

„Aber deshalb darfst du dich nicht aufgeben für ihn." Sie sah Emilia wohlwollend an. „Außerdem, ich wette, keine seiner ‚Schlampen', wie du es so schön formulierst, kommt in irgendeiner Hinsicht an dich heran, girly."

Emilia sah geschmeichelt drein und bekam rote Ohren.

„Wirklich", beharrte Anna. „Du bist schön, intelligent, unabhängig, eine gute Mutter – er könnte sich glücklich schätzen, dich in seinem Leben zu haben." Sie richtete den Blick auf Emilias Strickzeug. „Und handarbeiten kannst du auch noch. – Pass auf, du verdrehst den Faden!"

Emilia drehte die Wolle um die Nadel und nahm die Masche erneut ab, diesmal richtig herum. „Weißt du, was ich mir gedacht habe?", fing sie an. „Am Freitag hat Tobi frei, sein Kindergarten macht Betriebsausflug, und ich habe mir auch Urlaub genommen. Beziehungsweise hatte ich noch einige Überstunden. Was meinst du, möchtest du Donnerstagabend mit uns ins Kino gehen? Natürlich nur in einen Kinderfilm, aber ich hätte so gerne, dass du ihn kennenlernst."

Annas Gesicht leuchtete auf. „Das wäre wunderbar!", sagte sie impulsiv. Dann jedoch fiel ihr etwas ein: „Aber wie soll ich zu euch nach Traunstein kommen? Ich habe gar kein Auto mehr und der Zug geht abends nicht …"

„Kein Problem", winkte Emilia ab, „wir holen dich ab und machen vor dem Kino noch einen Spaziergang, okay? Beziehungsweise könnten wir ja vielleicht sogar sehen, was hier in Wasserburg läuft."

„Das würde mich wirklich freuen! Danke", sagte Anna, legte ihr Strickzeug weg und tätschelte Emilias Hand. „Du bist schon wie eine zweite Tochter für mich."

Gerührt erwiderte Emilia ihren Blick, sagte aber nichts. Sie nahmen die Nadeln wieder auf. Emilia schmunzelte. „Dann lernst du ja am Donnerstag deinen Enkel kennen."

Eine Weile strickten die beiden Frauen in stummer Eintracht, dann fragte Emilia: „Willst du mir erzählen, wie es weitergegangen ist mit dir und David?"

Anna seufzte. „Jetzt kommt der erste weniger romantische Teil der Geschichte", kündigte sie ominös an. „Aber der gehört eben auch dazu, nicht wahr?"

Emilia nickte erwartungsvoll.

„Also gut", begann Anna. „Die ersten Wochen des Jahres 1982 waren, denke ich, die schlimmsten meines Lebens." Sie runzelte die Stirn und korrigierte sich: „Na ja, wenn man von der Zeit nach Davids Tod absieht und noch … von einer anderen Situation. – Jedenfalls kam ich mir vor wie ein Roboter: Ich aß, schlief und arbeitete, ich funktionierte und meisterte mehr oder minder erfolgreich meinen Alltag. Wenn ich Matthew gegenüber kühl war, meinte er sicher, es sei wegen seiner New-Year's-Eve-Reise … Die Sache war die, weißt du, ich brauchte meine ganze Kraft, um nicht zusammenzubrechen, und mich von ihm zu trennen, wäre zu viel gewesen in dieser Situation …"

ZWEIUNDZWANZIG

1982

Es war Anfang Februar, als Annas Mutter anrief und sich eindringlich nach einem Anprobetermin für Annas Brautkleid erkundigte.

Anna wich ihr aus, und obwohl sie ihr Bestes tat, um ihre Mutter keinen Verdacht schöpfen zu lassen, merkte sie, dass sie nicht erfolgreich gewesen war, als diese vorschlug, sich am nächsten Tag nach Annas Schicht zum Essen in Olympia zu treffen. Da sie ahnte, dass sie um ein Gespräch sowieso nicht herumkommen würde, sagte sie zu.

Als sie am nächsten Tag, es war der neunte Februar, in dem kleinen italienischen Restaurant ankam, saß ihre Mutter bereits an einem Tisch am Fenster und nippte an einer Grapefruitschorle.

„Hey!" Anna gab sich betont fröhlich, als sie auf sie zuging. Die Antwort war ein „Hallo", gefolgt von einem schiefen Lächeln. Anna war nicht klar gewesen, dass es tatsächlich jemanden gab, der es schaffte, bereits bei der Begrüßung so besorgt zu wirken. Innerlich verdrehte sie die Augen.

„Hast du schon bestellt?", fragte sie, als sie sich setzte und ihre Handtasche hinter sich an die Stuhllehne hängte.

„Nein", gab Daisy zurück, „aber ich weiß schon, was ich möchte." Sie schob Anna die in Leder gebundene Speisekarte entgegen.

„Ich glaube, ich nehme eine Pizza Funghi", murmelte Anna nach kurzer Zeit. „Und vielleicht eine Weinschorle …"

„Bist du nicht mit dem Auto da?", fragte Daisy scharf.

Anna sah auf. „Ich bitte dich, wegen *einer* Weinschorle kann ich ja wohl noch fahren!" Ihr Ton war noch energischer als der ihrer Mutter.

„Wenn du meinst", kam die kritische Antwort, und Anna entschied sich, als der Kellner herbeieilte, spontan um und bestellte eine Cola light.

Gehorsam wie ein kleines Mädchen, ging es ihr durch den Kopf. *Was für eine Erziehung!*

Nachdem der Kellner wieder verschwunden war, verlor Daisy keine Zeit. „Anna", sagte sie eindringlich und legte ihre Hand auf die ihrer Tochter, „was ist eigentlich los?"

Anna stellte sich unwissend. „Wie meinst du das?"

Daisy verdrehte die Augen, was sie nur tat, wenn sie sehr ungehalten war. „Halt mich doch nicht zum Narren!", schalt sie. „Mit dir und Matthew, was ist da los? Warum willst du kein Brautkleid kaufen? Will er dich nicht mehr heiraten?"

Anna schnaubte. „Interessant, dass es in deinen Augen *er* sein muss, der *mich* nicht mehr will!"

Der Keller erschien mit ihrer Cola light, und sie nahm sie ihm brüsk aus der Hand und trank einen kräftigen Schluck.

Daisy bekam große Augen. „Willst du mir sagen, du hast deine Meinung geändert? Willst du ihn nicht mehr?"

Anna schluckte die Cola herunter. „Bitte, Mama", sagte sie gequält. „Können wir vielleicht einfach nicht darüber reden?"

„Wie sollen wir nicht darüber reden", fuhr Daisy auf. „Meine Tochter soll in fünf Monaten heiraten und weigert sich, auch nur ein Kleid zu probieren!"

Anna seufzte. „Dann reden wir bitte zumindest nach dem Essen darüber, okay? Damit mir niemand zuhört."

Und damit ich mir überlegen kann, was ich dir erzählen soll – und was nicht.

„In Ordnung." Daisys Zustimmung kam zögernd, und der besorgte Ausdruck wich während des ganzen Essens nicht von ihrem Gesicht.

Es wurde ein ziemlich trostloser Lunch.

Nachdem sie die Rechnung beglichen hatte, bestand Daisy auf einem gemeinsamen Spaziergang. Als die beiden am Capitol Lake entlang spazierten, jenem künstlich angelegten See nahe dem Regierungsgebäude, begann sie mit dem Kreuzverhör.

„Also!" Sie sah Anna eindringlich an. „Erzähl!"

Anna seufzte schwer. „Was willst du hören?", fragte sie etwas hilflos.

„Alles", rief Daisy und rang ratlos die Hände. „Was ist los?"

Anna versuchte vergebens, einen Anfang zu finden. „Ich bin nicht glücklich", subsummierte sie dann die ganze traurige Situation. „Matthew arbeitet viel, und ich bin keine Priorität für ihn. Manchmal habe ich das Gefühl, er kennt mich gar nicht richtig."

Daisy nickte und lächelte ihre Tochter an. „Aber das lässt sich doch in den Griff kriegen", sagte sie sanft. „Sobald er eine richtige Professorenstelle hat, wird es weniger. Und man kann sich doch immer wieder neu kennenlernen! Das macht es spannend."

Annas Blick schweifte zum Boden. Der Schnee schmolz bereits, und das erste Gras kam wieder zum Vorschein. Sie schüttelte den Kopf. „So einfach ist das nicht."

„Wieso nicht?" Daisy blieb stehen. „Du liebst ihn doch?"

Anna sah weg. *Nein,* schrie ihr Herz mit jeder Faser, *ich liebe David. Dumm nur, dass ich ihn nicht haben kann.*

Sie hatte seit Neujahr nichts mehr von ihm gehört, und sooft sie sich auch vorgenommen hatte, ihn endlich loszulassen, sooft schweiften ihre Gedanken zu ihm zurück. Sie träumte fast jede Nacht von ihm, und wenn sie morgens aufwachte, kostete es sie manchmal einige Sekunden, zu erkennen, dass sie neben Matthew lag und nicht neben ihm.

Daisy fasste ihre Tochter an beiden Oberarmen und wiederholte energisch: „Du liebst ihn doch, oder?"

Anna konnte ihr nicht ins Gesicht sehen. Deshalb hielt sie den Blick auf ihre Schuhspitzen gerichtet, als sie stumm und leidvoll den Kopf schüttelte.

Entsetzt ließ Daisy sie los. Die Fragen schienen ihr ausgegangen zu sein.

„Ach Mama!" Die vielen Tränen, die sie bisher nicht geweint hatte, stiegen Anna in die Augen. „Es ist alles so furchtbar!"

Daisy machte kurzerhand einen Schritt nach vorne und nahm ihre Tochter in die Arme. Anna schluchzte, bis sie meinte, keine Luft mehr zu kriegen, und bevor sie sich stoppen konnte, hörte sie sich, unterbrochen vom Weinen, sagen: „Ich liebe … jemand anders!"

„Aber Kindchen!" Daisy streichelte durch den Kamelhaarmantel Annas Rücken. „Was redest du denn da? Wen denn?"

Anna biss sich auf die Lippen. Nein, das konnte sie nicht zugeben. Diese Schmach war zu viel. „Das kann ich nicht sagen", murmelte sie in die Daunen von Daisys Jacke.

„Wieso kannst du das nicht sagen?“ Daisy versuchte, ihr Entsetzen zu verbergen. Dann stockte ihr der Atem und sie hielt Anna an den Oberarmen ein Stück von sich weg, um ihr streng ins Gesicht zu sehen. „Kenne ich ihn?“

Annas Augen flossen erneut über, was für Daisy Antwort genug war. „Also ja“, sagte sie fassungslos und fragte, kaum hörbar: „Wer?!“

Anna schwieg und presste wie ein widerspenstiges kleines Mädchen die Lippen aufeinander.

„Wer?!“, wiederholte Daisy, diesmal lauter. „Komm schon, sag es mir!“

Anna schloss die Augen. „David“, murmelte sie tonlos.

„Welcher … Oooooh!“ Das Gesicht ihrer Mutter glich dem eines Stummfilmdarstellers, der „Schock“ mimen soll. „Um Gottes willen!“

Anna holte ein Taschentuch aus ihrer Manteltasche, um gegen die erneute Tränenflut anzukommen. Zurzeit verließ sie das Haus nie ohne Taschentücher.

„Komm, wir setzen uns!“ Daisy zog sie am Arm zu einer nahe gelegenen Bank. „Also, David“, sagte sie gefasst, als sie beide saßen, und man konnte ihr anhören, dass sie Mühe hatte, ruhig zu atmen. „Aber wie …?“

Anna versuchte, tief durchzuatmen, aber neue Tränen erstickten ihre Stimme und brachten sie dazu, hysterisch zu fiepen: „Das spielt keine Rolle.“ Sie schaffte einen ganzen Atemzug und fügte etwas ruhiger hinzu: „Er hat Frau und Kind, deswegen ist auch seine Ehe auseinandergegangen. Ich werde ihn nie für mich haben, und ich werde ihn nicht der Mutter seines Sohnes wegnehmen.“

Daisy sah verwirrt drein. „Aber … hat er … erwidert er denn deine Gefühle?“

Anna zuckte die Schultern und nahm ein frisches Taschentuch aus der Packung. Ihr kam es vor, als wolle ihr

Körper alle Flüssigkeit durch die Augen absetzen – sicherlich wäre sie bald dehydriert.

„Habt ihr …?“ Daisys Gesicht deutete eine Mischung aus Scham und Neugier an, gepaart mit dem noch immer präsenten Entsetzen.

„Ja“, sagte Anna erstickt und fühlte sich verpflichtet, zu erklären: „Einmal. Und es wird nicht wieder vorkommen. Aber ich kann ihn nicht loslassen, ich kann einfach nicht!“

Daisys Entsetzen schien sich noch zu steigern. „Aber Anna …“ flüsterte sie. „Wie konntest du …?!“

„Wie konnte ich was, Mama?“, fuhr Anna auf. „Mich in einen Mann verlieben, dem ich etwas bedeute? Der sich interessiert für mich? Der mich ernst nimmt? Der selbst etwas mehr Träume hat, als sein unglaubliches Wissen weiterzugeben?“ Sie sprang auf. „Wenn du mir jetzt mit Vorwürfen kommst, ich schwöre dir, ich erzähle dir nichts mehr!“

Daisy stand ebenfalls auf und legte begütigend ihre Hand an Annas Wange. „Mäuschen“, sagte sie beruhigend, „ich habe es doch nicht als Vorwurf gemeint. David habe ich auch als sehr angenehmen jungen Mann kennengelernt … Aber du und Matthew … Ihr habt schon so viel zusammen durchgestanden, ihr wollt euer Leben miteinander verbringen …“

Anna setzte sich wieder. Ihr wurde schwindelig.

„Ich will dir nicht dreinreden, du bist ja schließlich erwachsen, aber … Alles, was ich sage, ist: Überleg es dir gut, okay?“ Daisy streichelte Anna über das Haar.

„Okay“, hörte sich Anna sagen. „Aber – Mama?“

„Ja?“

„Ich kann keinen Mann heiraten, den ich nicht liebe.“

Daisy brachte ein Lächeln zustande. „Das sollst du auch nicht, du Verrückte“, sagte sie zärtlich und kniff Anna in die

Wange, wie sie es getan hatte, als diese noch ein kleines Mädchen war. „Aber von Zeit zu Zeit kommt man in einer Beziehung an einen Punkt, wo die Dinge schwierig werden, und wenn dann jemand anders da ist … Gib euch noch eine Chance, ja?"

Anna gab sich geschlagen. Sie nickte.

In dieser Nacht schlief sie nicht, sondern wälzte sich ruhelos von Seite zu Seite. Was sollte sie nur tun? Vielleicht hatte ihre Mutter Recht und sie sollte die Flinte nicht so schnell ins Korn werfen, was Matthew betraf … Andererseits fühlte sie sich ihm zunehmend fremd, und es stellte sich die Frage, wie viel davon mit David zusammenhing. Möglicherweise sollte es sowieso einfach nicht sein? Er schien noch nicht einmal bemerkt zu haben, dass es ihr nicht gut ging …

Und was David anging … Wie sollte sie die Dinge bloß wieder ins Lot bringen? Falls er mit Katie und seinem Sohn leben wollte, würde sie niemals dazwischenstehen, das war ihr ganz klar. Sie war sich sicher: Selbst, wenn er sie jetzt als Partnerin haben wollte – irgendwann würde er es bereuen, nicht so für sein Kind dagewesen zu sein, wie er es hätte sein können. Nein, das ging nicht. Die einzige Chance, die sie sah, war, dass David und sie tatsächlich Freunde wurden – so konnten sie sich gegenseitig in ihrem Leben haben, ohne etwas Verwerfliches zu tun, und vielleicht wäre es das Beste für alle Beteiligten.

Als sie morgens müde und wie gerädert aufstand, hatte sie einen Plan: Sie würde im Strandhaus vorbeischauen – wenn sie Glück hatte, war David gerade da, und wenn nicht, würde sie ihm einen Zettel hinterlassen, auf dem sie vorschlug, dass sie noch einmal ein Gespräch führen sollten. So ließe sich vielleicht allmählich eine Art Freundschaft aufbauen … Auch wenn es ihr bei dem Gedanken, dass er sie nie mehr küssen würde, schier das Herz zerriss.

Manchmal, dachte sie traurig, *muss man vielleicht das Richtige tun. Auch wenn es sich falsch anfühlt.*

Als Matthew zur Arbeit fuhr, wartete sie die obligatorischen zehn Minuten – in diesem Zeitraum konnte es immer noch sein, dass er zurückkam, weil er etwas vergessen hatte. Dann setzte sie sich selbst ins Auto und fuhr los in Richtung Strandhaus.

Der Schlüssel mit dem Band daran lag in ihrer Jackentasche und wurde ihr vom Gurt in die Taille gedrückt. Ob sie einen Fehler machte? Was, wenn David mit seinem Sohn dort war? Und – ihr Magen verkrampfte sich schmerzhaft – mit Katie?

Sie biss sich auf die Lippen und überlegte. Sollte sie ihn lieber lediglich anrufen? Er hatte vor ein paar Tagen bei Matthew seine neue Telefonnummer bekannt gegeben, das bedeutete, er war wohl schon umgezogen. Sollte sie umdrehen? Unschlüssig sah sie in den Rückspiegel.

Dann aber beschloss sie, alles auf diese eine Karte zu setzen. Ein Anruf wäre ihr nach dem herzzerreißenden letzten Gespräch zu schwach vorgekommen – umgekehrt hätte sie sich auch gewünscht, David würde persönlich vorbeikommen.

Sie drehte das Radio auf und fuhr zu den Klängen von Bucks Fizz' *Making your Mind up* zügig weiter. Zum ersten Mal seit Neujahr fühlte sie sich lebendig, und das allein machte sie glücklich. Als Nächstes wurde *A Woman needs Love* gespielt, und sie musste lächeln. Wenn das kein Zeichen war …!

Als Anna beim Strandhaus ankam, sah sie sofort, dass niemand zu Hause war: Auf dem Parkplatz stand kein Auto, und die Fenster waren dunkel.

Sie stellte den Motor ab, öffnete die Autotür und stieg aus. Als sie gerade das Gartentor öffnen wollte, hörte sie hinter sich eine Stimme: „Miss! Hallo! Warten Sie!"

Erschrocken drehte sie sich um und sah einen eigenartig gekleideten alten Mann auf sie zulaufen – wobei „laufen" vielleicht etwas übertrieben ausgedrückt war: Er humpelte und benutzte einen Gehstock, aber er bewegte sich dabei äußerst schnell, sodass es wirkte, als würde er Sport machen.

Sie kniff die Augen zusammen und musste glatt zweimal hinsehen: Der Alte trug eine Kappe mit Ohrenklappen, die aussah, als stamme sie noch aus der russischen Zarenzeit, dazu einen langen Mantel, der innen mit Pelz besetzt war, und Armeestiefel. Vor einem Auge klemmte ein Monokel, das ihm beim Laufen mehrmals aus dem Gesicht zu rutschen drohte.

„Bitte?", erwiderte Anna höflich und versuchte, den alten Mann nicht anzustarren. Trotz – oder gerade wegen – seiner eigenartigen Kleidung strahlte er etwas Würdevolles aus, aber es bestand nicht der geringste Zweifel daran, dass er ein bisschen sonderbar war.

„Sind Sie Mrs. Bailey?", fragte er mit undefinierbarem Akzent, und Anna zuckte beim Klang dieses Namens zusammen.

„Nein", antwortete sie, nach außen hin gefasst. Kompetent zu wirken, obwohl sie sich alles andere als ruhig fühlte, hatte sie in ihrem Beruf hinreichend gelernt. „Nein, ich bin Miss

Miller, ich bin Mr. Baileys … Cousine.“ Immerhin entsprach es fast der Wahrheit.

„Oh“, schnaufte der alte Mann enttäuscht. „Ich warte nämlich schon seit einer halben Ewigkeit auf ihn. Wissen Sie, wann er zurückkommt?“

„Leider nicht“, antwortete Anna. Sie überlegte, ob sie den Alten ins Haus bitten sollte, aber dazu kam er ihr zu sonderbar vor. „Kann ich ihm etwas ausrichten?“

Der Alte seufzte. „Ich habe gelesen, dass sein Haus auf der anderen Seite des Waldes zu vermieten ist“, erklärte er. „Ich würde es gerne nehmen, aber irgendwie scheine ich ihn immer zu verpassen!“ Er klopfte frustriert mit dem Gehstock auf den Boden.

„Wahrscheinlich wäre es am einfachsten, Sie würden ihn anrufen“, mutmaßte Anna. „Mr. Bailey ist Pilot und oft unterwegs. Soll ich Ihnen seine Nummer aufschreiben?“ Beschämt gestand sie sich ein, dass sie auch seine neue Nummer bereits auswendig konnte. Sie hatte sie mindestens dreißig Mal gelesen und sich gefragt, ob er wohl wüsste, dass sie es war, wenn sie einfach anrufen und auflegen würde – nur um seine Stimme zu hören …

„Ich telefoniere nicht“, gab der Alte brüsk zurück. „Man weiß nie, wer mithört.“ Anna sah schockiert drein. „Richten Sie ihm einfach aus, dass ich dagewesen bin und Interesse an dem Haus habe.“

Anna nickte und lächelte freundlich. „In Ordnung!“

Der alte Mann drehte sich um und ging so schnell wieder, wie er gekommen war.

„Warten Sie!“, fiel es Anna ein. „Was soll ich ihm sagen, wer da war?“

„Wie?“ Der Alte sah sie misstrauisch an.

„Na, wie heißen Sie, Mister?“ Anna musste sich ein Grinsen verbeißen.

„Mr. Pipow", gab der Alte würdevoll zurück und fasste sich wie ein Soldat an die Mütze. „Zu Ihren Diensten."

Dann drehte er sich um und verschwand in seiner sonderbaren Gangart.

Anna sah ihm noch eine Weile hinterher und begann sich zu fragen, ob sie sich die eigenartige Gestalt nur eingebildet hatte. Dann zuckte sie die Schultern und ging den Weg entlang in Richtung Haus. Wie das wohl auf ihren Zettel für David passen würde …?

Als sie den Schlüssel ins Schloss steckte, wurde sie von der Erinnerung überwältigt, wie David damals an New Year's Eve seine Hand auf ihre gelegt hatte und wie sie zusammen die Tür geöffnet hatten. Ihre Finger wurden unruhig. Sie machte auf, zog den Schlüssel ab und betrat vorsichtig den Gang.

Man sah sofort, dass hier inzwischen jemand wohnte: An der Wandgarderobe hingen Jacken, und zwei Paar Schuhe – einmal Hausschuhe, einmal Sportschuhe – standen neben dem Schuhschrank. Anna musterte die Jacken: Nein, keine Damenkleidung. Auch keine Kinderkleidung.

Irgendwie kam sie sich komisch vor, hier einzudringen. Aber David hatte ja gesagt, sie könne jederzeit kommen, und er hatte auch seinen Schlüssel bisher nicht zurückgefordert.

Sie streifte die Stiefel ab und ging neugierig weiter: Küche und Wohnzimmer waren inzwischen vollständig eingerichtet, mit hellen – teils weiß gestrichenen – Möbeln. Wieder zog sie die Glasfront in Richtung Meer magisch an. Mittlerweile standen zwei schmiedeeiserne Sessel nebst Tisch auf der Veranda, und dahinter sah man die Bucht mit dem klaren blauen Wasser. Heute war es windstill und somit wellenlos.

Auf leisen Sohlen machte sie sich auf ins Obergeschoss. Auch wenn ihr Zimmer sicher noch leer stand – oder inzwischen einem ganz anderen Zweck diente, wer wusste das schon –, wollte sie es unbedingt sehen. Und wenn sie ganz ehrlich zu sich selbst war, wollte sie auch das Schlafzimmer noch einmal betreten.

Sie ging die Marmortreppe hinauf und am Badezimmer vorbei. Dann überlegte sie es sich anders – hier würde sie am sichersten feststellen können, ob er allein im Haus wohnte oder nicht. Verstohlen warf sie einen Blick auf das Waschbecken. Ein Becher mit einer Zahnbürste. Kein zweites Ensemble. Sie war beruhigt. Das bedeutete zumindest, dass Katie nicht oft hier war.

Anna wandte sich wieder um und näherte sich dem Raum, der als ihr Zimmer vorgesehen gewesen war. Sie legte die Hand auf die Klinke und atmete tief und zittrig durch. Sie musste sich auf das Schlimmste gefasst machen – vielleicht hatte er sie bereits komplett losgelassen und nutzte das Zimmer inzwischen anderweitig. Vorsichtig öffnete sie die Tür. Ihre Augen wurden groß.

Das Bett stand noch im Zimmer, so wie an New Year's Eve, aber es war nicht mehr das einzige Möbelstück: Ein Schrank stand an der gegenüberliegenden Wand, und vor dem Bett lag ein flauschiger Läufer aus Schaffell. An der Wand hing, aufgezogen auf eine große Leinwand, das Foto, das David von der Spiegelung des Mount Rainier gemacht hatte – und zwar die Variante mit dem Zweig, die ihr am besten gefallen hatte. Gerührt betrat sie den Raum. Es gab keinen Zweifel, dass das Zimmer nach wie vor ihr gehörte. Für jemand anderen hätte er nicht ausgerechnet dieses Foto an die Wand gehängt. Plötzlich stiegen ihr Tränen in die Augen. Glaubte er trotz ihrer Abfuhr so fest an eine gemeinsame Zukunft? Obwohl er mit Katie zusammen war? Trotz seines Sohnes? Nein, wahrscheinlich dachte er das

Gleiche wie sie – dass sie zumindest versuchen konnten, Freunde zu werden.

Bevor ihre Gefühle sie überwältigen konnten, verließ sie den Raum wieder und ging ins Schlafzimmer. Bereits beim ersten Schritt hinein umfing sie Davids typischer Duft – eine Mischung aus teurem, zitronigem Rasierwasser und dem Geruch seiner Haut. Sie atmete tief ein und ging auf das Bett zu, setzte sich vorsichtig auf die Kante und sah sich um. Auf der Seitenwand des Zimmers befand sich der Schrank – ein großes Modell aus verschiedenen Holzarten. Die Wand gegenüber dem Bett jedoch war noch kahl, kein Bild zierte das Weiß. Sie drehte sich um und blickte auf Davids Seite des Bettes. Die Decke war ordentlich zusammengelegt, aber auf dem Kissen konnte man noch einen Abdruck erkennen, wo sein Kopf letzte Nacht gelegen hatte.

Sie beugte sich hinüber und schmiegte ihr Gesicht in das Kissen, atmete tief seinen Geruch ein. Wie er sie auf diesem Bett geliebt hatte …! Und wenn sie hundert Jahre alt würde, das würde sie niemals vergessen.

Auch wenn es wahrscheinlich die einzige gemeinsame Nacht gewesen ist.

Ernüchtert von diesem letzten Gedanken erhob sie sich und verließ das Zimmer. Leise ging sie die Treppe wieder hinunter, betrat die Küche und setzte sich an den weiß gebeizten Tisch.

Sie nahm die Handtasche von ihrer Schulter und holte Stift und Zettel heraus, die sie in weiser Voraussicht von zu Hause mitgebracht hatte.

Lieber David, begann sie zu schreiben. Dann wusste sie nicht mehr weiter.

Oh je. Beim Autofahren hatte sie noch alle Worte klar vor Augen gehabt, aber jetzt, da sie das Haus gesehen hatte, war alles verschwunden.

Frustriert riss sie den Zettel vom Block ab und schrieb stattdessen auf eine Seite:

Mr. Pipow – will Haus mieten, telefoniert nicht (!) – alter, etwas sonderbarer Mann

Dann legte die den Stift auf den Tisch und stützte das Kinn in die Hände. Ein paar Minuten saß sie so da, dann wurde sie vom Geräusch des Schlüssels in der Haustür aufgeschreckt.

„Anna?", hörte sie gleich darauf Davids Stimme aus dem Flur. Sie sprang auf.

„Anna!" Er kam um die Ecke und entdeckte sie, und sein Gesicht leuchtete auf. „Du bist da!"

In einer einzigen Bewegung trat er zu ihr und nahm sie in den Arm. „Ich konnte es kaum glauben, als ich dein Auto draußen gesehen habe!", murmelte er in ihr Haar. „Du bist wirklich da!"

Anna schloss die Augen und ließ sich einen Moment lang von ihm halten. Ihr war, als erwachten plötzlich alle ihre Lebensgeister wieder, die über einen Monat lang geschlafen hatten. Dann rief sie sich zur Vernunft und machte sich von ihm los.

„David, ich möchte mit dir reden", begann sie, und sein Lächeln kam ins Stocken.

„Setz dich", sagte er ernst.

Sie setzte sich auf den Platz, an dem sie auch vorhin gesessen hatte, und er wählte den Stuhl ihr gegenüber.

„Ich weiß gar nicht, wie ich anfangen soll", murmelte sie. „Ich … Wie … Wie geht es dir?"

Verlegen zuckte er die Schultern. „Es geht so", antwortete er ausweichend. „Und dir?"

„Es geht auch so." Sie lächelte kläglich. „Und wie geht es Katie? Und … Wie heißt der Kleine?"

„Marcus", antwortete er zerstreut. „Gut."

Eine Pause entstand. Also ist er noch mit ihr zusammen. Dann tue ich das Richtige.

Sie fasste neuen Mut und sprudelte hervor: „David, ich habe darüber nachgedacht und es macht für mich keinen Sinn, wenn wir keinen Kontakt mehr zueinander haben. In der Familie … Das wird nicht gehen."

Er runzelte die Stirn und erwiderte nichts.

„Ich will dich auch nicht verlieren, ich … Schau mal …" Sie kam ins Stottern. „Wenn wir Freunde wären, dann könnten wir uns weiterhin sehen und … du … du bedeutest mir zu viel, um nicht mehr miteinander zu sprechen!"

Er sah sie gequält an. „Freunde?", fragte er mit so viel Schmerz in der Stimme, dass sie zusammenzuckte.

„Ja", antwortete sie und sah vor sich auf die Tischplatte. „Ich kann mir ein Leben ohne dich nicht vorstellen, und das ist die einzige Möglichkeit, dass …" Sie schwieg.

„Dann bist du nach wie vor mit Matthew …?" Er ließ den Satz unbeendet.

„Ja." Ihre Stimme war kaum hörbar. „Aber unabhängig davon … Ich will nur, dass du glücklich wirst. Ich kann dich aber nicht vollständig loslassen." Kaum hatte sie es ausgesprochen, hörte sie selbst, wie unlogisch es klang.

„Okay." Als sie aufsah, begegnete sie seinem verkrampften Lächeln. „Wenn es der einzige Weg ist, dich in meinem Leben zu haben, dann sind wir eben Freunde."

Er nahm die Hände, die er bisher auf der Tischplatte liegen gehabt hatte, herunter, als wolle er sich daran hindern, sie erneut zu berühren.

„Warst du schon oben?", fragte er.

Anna wurde rot. „Ja", antwortete sie ehrlich, „entschuldige … Ich wollte nicht spionieren, aber …"

„Unsinn!“ Er klang plötzlich sehr sachlich, was sie verwirrte. „Dein Zimmer ist dein Zimmer, und du bist nach wie vor immer willkommen.“

Sie lächelte. „Danke für das Bild“, sagte sie leise. „Und für den Schrank. Und den Teppich. Ich kann kaum glauben, dass du das alles für mich gekauft hast.“

David öffnete den Mund, um etwas zu sagen, überlegte es sich dann jedoch sichtlich anders und schluckte. Dann setzte er erneut an: „Wie gesagt – komm und geh, wann immer du magst.“

„Auch als Freundin?“, fragte sie mit einem schiefen Lächeln.

Er wandte den Blick ab. „Auch als Freundin“, sagte er ernst. Dann wechselte er das Thema: „Hast du die Dunkelkammer auch gesehen?“

„Nein!“, fiel Anna ein, dass sie zwei Zimmer im Obergeschoss ausgelassen hatte. Auch den Raum neben seinem Schlafzimmer, den sie bereits an New Year's Eve ignoriert hatten, hatte sie nicht betreten. „Ist sie schon fertig?“

„Ja“, antwortete er, „ich habe gerade gestern die ersten Bilder dort entwickelt.“

Sie nickte beeindruckt und überlegte gerade, ob sie fragen beziehungsweise ob sie überhaupt wissen wollte, was mit dem leerstehenden Raum neben dem Schlafzimmer geplant war, da fiel es ihr ein: „Ach ja! Ein alter Mann war hier, wegen dem anderen Haus. Er war wirklich schräg, er sah aus wie ein Russe, und er sagte, er würde es gerne mieten – obwohl er es wohl noch nicht von innen gesehen hat, denke ich zumindest … Er kann dich aber nicht anrufen, denn, ich zitiere, ‚er telefoniert nicht‘.“ Anna hob vielsagend eine Augenbraue.

„Klingt komisch“, urteilte David. „Wie hat er denn geheißen?“

„Mistarr Pipoffff", imitierte Anna den Akzent des Alten. David lachte, und zum ersten Mal an diesem Tag wirkte er etwas fröhlicher.

DREIUNDZWANZIG

Heute

„Hier willst du stoppen?“, fragte Emilia entsetzt und sah Anna ungläubig an. „Nein, das geht nicht, das ist jetzt eine wirklich unbefriedigende Stelle für eine Pause!“

Anna lachte. „Aber hier ist für heute Schluss“, sagte sie wie eine strenge Mutter, die ihrem quengelnden Kind erklärt, es gäbe keine zweite Gute-Nacht-Geschichte.

„Hach.“ Emilia seufzte enttäuscht. „Dann sag mir wenigstens im Schnelldurchlauf, wie es weitergegangen ist. Habt ihr das mit der Freundschaft wirklich durchgezogen?“

Anna nickte. „Ja, sogar eine ganze Weile lang. – Wir sind tatsächlich so etwas wie Freunde geworden. So konnte ich ihn sehen und im Strandhaus sein, und wir konnten offen miteinander reden … Na ja“, korrigierte sie sich, „nicht ganz offen. Aber ich glaube, es war für uns beide besser, als wenn wir gar keinen Kontakt gehabt hätten, und ich wollte ihm seine kleine Familie nicht nehmen.“

Emilia schüttelte den Kopf. „Aber es muss doch trotzdem Momente der Spannung gegeben haben!“, rief sie aus. „Man kann Liebe doch nicht einfach so in Freundschaft verwandeln!“

„Natürlich“, gab Anna zu. „Aber wir haben uns einfach immer sehr unter Kontrolle gehabt. Wir wussten ja, dass wir uns nicht mehr sehen könnten, wenn das schiefgehen würde."

Immer noch schien Emilia skeptisch. Aber sie ließ das Thema fallen und widmete sich wieder ihrem Schal.

Bevor sie nach Hause fuhr, reservierte sie via Handy drei Kinokarten für den Donnerstag und versprach Anna, sie um siebzehn Uhr abzuholen. Dann würden sie etwas essen gehen und sich anschließend das neu erschienene Remake von Astrid Lindgrens *Kinder von Bullerbü* im Kino ansehen.

Der Donnerstagabend wurde fantastisch: Tobi, anfangs etwas schüchtern, fasste bald Vertrauen zu Anna und erzählte ihr beim Essen sein ganzes Leben.

Als er gerade mitten in einer Anekdote aus dem Kindergarten steckte und nur schnell innehielt, um einen Bissen Spaghetti zu essen und einen riesigen Schluck Apfelsaft zu trinken, schmunzelte Emilia Anna über den Tisch hinweg an. „Da weißt du, von wem er die Anlage zum Dauerreden hat, oder?"

Anna musste lachen, konzentrierte sich aber gleich wieder auf Tobi und hörte ihm ernst zu.

Der Film war sehr kurzweilig und nicht nur für Kinder amüsant, und als Anna spät abends aus Emilias Auto ausstieg und sich leise von ihr verabschiedete – Tobi schlief auf der Rückbank und sie wollten ihn nicht wecken – fühlte sie sich auf einmal gar nicht mehr wie eine alte Frau. Sie fühlte sich viel jünger.

Zu Hause angekommen, brachte Emilia Tobi ins Bett und machte es sich auf dem Sofa gemütlich, als es plötzlich an der Tür klingelte. Sie fuhr auf. Es war bereits dreiundzwanzig Uhr – wer kam schon um diese Zeit zu ihr?

Einbrecher, schoss es ihr durch den Kopf, *ein Überfall.* Gut, dass sie zumindest einen Baseballschläger besaß!

Na warte! Mit besagtem Schläger fest in der Hand schlich sie zur Tür und spähte durch den Spion ins Treppenhaus. Sie sah nichts.

Vorsichtig öffnete sie die Tür einen Spalt – und erstarrte. Der Baseballschläger glitt ihr aus den Fingern und schlug krachend auf dem Boden auf, als sie die UNIFIL-Uniform erkannte. Im nächsten Augenblick fand sie sich juchzend in Toms Armen wieder, der sie schwungvoll hochhob und einmal im Kreis wirbelte, sodass der Armeerucksack auf seinem Rücken gefährlich ins Schleudern kam. Dann stellte er sie, scheinbar verlegen, wieder auf dem Boden ab.

„Hey“, sagte er leise.

„Hallo.“ Sie lächelte. Dann wurde ihr Grinsen breiter. „Was machst du hier?“ Sie wollte am liebsten laut schreien vor Freude und Überraschung, nahm sich aber zusammen, weil sie Tobi nicht wecken wollte – falls es nicht sowieso schon zu spät war.

„Es nennt sich Heimaturlaub“, antwortete er und klang auf seine ganz typische Art ironisch. „Und ja, ich bin sofort zu dir gekommen, weil ich dich sehen wollte.“

„Aber …“ Sie wurde ernst. „Deine Nachricht …“

„Sssshhh!“ Er legte ihr den Zeigefinger auf die Lippen und sah sie mit seinen warmen braunen Augen betörend an, sodass die dunklen Sprenkel darin zu funkeln begannen. „Lass uns morgen darüber reden, okay? Heute will ich nur genießen, dass ich endlich bei dir bin.“

Als sie am nächsten Morgen aufwachte, meinte Emilia im ersten Moment, die Ereignisse der letzten Nacht nur geträumt zu haben.

Dann aber registrierte sie, dass sie keinen Schlafanzug trug wie sonst, und riskierte vorsichtig einen Blick auf die andere Seite des Bettes. Tatsächlich, da lag er nackt und entspannt auf dem Rücken, einen friedlichen Ausdruck auf dem Gesicht, und schlief.

Ihr Gesichtsausdruck wurde weich. Sie beugte sich zu ihm hinüber und berührte mit den Fingerspitzen sanft seine Wange – und fuhr erschrocken zurück, als er zusammenzuckte, hochschoss und ihren Arm nach unten drückte.

„Sorry!", rief sie. „Ich wollte dich nicht erschrecken!"

Er ließ ihren Arm los und entspannte sich wieder. „Entschuldige. Gelernt ist gelernt. – Guten Morgen!" Er lächelte, als er sich wieder zu ihr legte.

„Hast du gut geschlafen?" Innerlich hätte sie sich am liebsten selbst getreten, weil sie ihn aufgeweckt hatte. Sie hätte wissen müssen, dass er auch aus dem Schlaf heraus in Alarmbereitschaft war!

Er zog sarkastisch eine Augenbraue hoch. „Ein Soldat schläft nicht, er *ruht*", betonte er und grinste sie an, um seine Worte abzumildern. „Aber ja, danke."

Sie lächelte. Er war einfach wunderbar. „Kann ich dir Frühstück machen?"

Er nickte und sie setzte sich auf und griff nach ihrem Morgenmantel, der neben ihrem Bett auf dem Fußboden lag – die Ordentlichste war sie nicht gerade. Als sie ihn schon anhatte und Anstalten machte, aus der Tür zu gehen, sprach er sie noch einmal an: „Milly?"

Sie drehte sich um. „Ja?" Kaum sah sie ihn an, musste sie schon wieder lächeln.

„Was soll ich machen, wenn ich deinem Sohn begegne?" Er wirkte erstaunlich hilflos.

Amüsiert spitzte sie die Lippen und schaute vielsagend auf seine nackte Brust und das Tattoo auf seinem Oberarm. „Ich würde zuerst einmal vorschlagen, dass du etwas anhast, wenn du ihm begegnest. Vielleicht nicht gerade deine Uniform."

Gehorsam nickte er.

„Ansonsten denke ich, sei einfach nett zu ihm", fuhr sie fort. „Er ist ja kein bissiger Hund, sondern nur ein kleiner Junge."

Mit einer Mischung aus Amüsement und Überlegenheit ging sie aus dem Zimmer und in die Küche. Als sie die Zutaten für ein angemessen ausladendes Frühstück zusammenstellte, musste sie grinsen und schüttelte den Kopf. Wie sollte er sich schon verhalten?

Sie mischte für drei Personen Müsli mit Joghurt und schnitt einen Apfel in kleine Stücke, um ihn unterzurühren. Dann setzte sie die Kaffeemaschine in Gang.

Es dauerte nicht lange, bis Tobi in der Tür erschien – seine Schmusedecke in der Hand und noch im Schlafanzug.

„Guten Morgen, Pandabär!", rief Emilia ihm fröhlich zu und lief zu ihm, um ihn hochzuheben und auf ihre Hüfte zu setzen. Normalerweise sträubte er sich inzwischen gegen solche Liebesbekundungen, aber morgens war er noch verschmust und verschlafen.

„Wir haben heute Besuch", kündigte sie an.

Seine Augen wurden groß. „Ist Anna da?", rief er begeistert, und sie musste schmunzeln. Da hatte aber jemand einen gewaltigen Eindruck hinterlassen!

„Nein, Kleiner", sagte sie, und er machte ein enttäuschtes Gesicht. „Ein Freund von Mami ist gestern noch ganz spät gekommen. Er heißt Tom und Mami hat ihn sehr gern."

Tobi runzelte die Stirn. „So gern wie Papa?", fragte er misstrauisch.

„Anders gern", kommentierte Emilia und gab ihm einen Kuss auf die Stirn. Dann setzte sie ihn auf dem Boden ab.

Im Bad hörte sie Tom die Dusche anstellen und wappnete sich für das große Kennenlernen.

Als nach einigen Minuten die Badezimmertür mit einem Quietschen aufging, lugten Mutter und Sohn gleichermaßen gespannt auf den Gang. Tom stand in Jeans und einem schwarzen Pullover auf dem Gang, barfuß, das kurze Haar noch nass vom Duschen. Sein Gesicht zeigte einen verunsicherten Ausdruck.

„Hallo!", sagte er holperig und ging in Richtung Küche, wo er im Türrahmen stehenblieb.

Emilia beschloss, ihm zu Hilfe zu eilen.

„Das ist Tobi", sagte sie und kam zu ihrem Sohn, um ihm das Haar zu zerstrubbeln. „Und das ist Tom, ein Freund von Mami."

„Grüß Gott", sagte Tobi artig und streckte die Hand aus wie ein kleiner Erwachsener. Das brach das Eis: Tom musste lachen.

„Hallo Tobi!", sagte er und schüttelte dem kleinen Jungen die Hand. „Schön, dich kennenzulernen!"

Auf Tobis Gesicht machte sich ein schelmisches Grinsen breit. „Mami hat gesagt, sie hat dich sehr gern!", verriet er.

Toms Augen schossen von Tobi zu Emilia. Sie spürte, wie sie rot wurde.

„Frühstück!", verkündete sie und deutete energisch auf den Esstisch.

Tom würde bis Montagfrüh bleiben, verriet er beim Frühstück, und dann noch bei seinen Eltern vorbeischauen, bevor er am Abend wieder ausgeflogen würde.

Dass er übers Wochenende bei ihr sein wollte, brachte Emilia in einen Gewissenskonflikt – schließlich gehörten ihre Samstage stets Anna. Aber wie oft würde sie schon die Gelegenheit haben, Tom zu sehen, während er auf seinem Einsatz war?

Schließlich entschied sie sich dafür, Anna abzusagen, und bevor sie es sich noch einmal anders überlegen konnte, schnappte sie sich ihr Handy und rief an – inzwischen hatte sie ja ihre Nummer. Bereits beim zweiten Klingeln hob die alte Frau ab. „Hallo?“

„Hi Anna, hier ist Emilia!“

„Girly!“, freute sich Anna. „Ich wollte dich gerade anrufen und mich für den tollen gestrigen Abend bedanken. Dein Sohn ist ein Schatz! Es war mir ein Fest.“

Emilia lächelte und fühlte, wie eine Woge mütterlichen Stolzes in ihr aufwallte. „Danke“, erwiderte sie. Dann sah sie über ihre Schulter, um sicherzugehen, dass Tom nicht zuhörte. Nein, stellte sie fest, die beiden saßen auf der Couch und machten eines von Tobis Lieblingspuzzles.

„Anna, du glaubst nicht, wer gestern hier aufgekreuzt ist“, sagte sie leise. „Stell dir vor, Tom ist da!“

Es dauerte eine Sekunde, bis Anna antwortete: „Oh mein Gott! Wie kommt das?“

Emilias Gesicht schien vor Grinsen auseinanderfallen zu wollen. „Er sagt, er hat Heimaturlaub und er wollte mich sehen.“

„Okay …“ Anna klang skeptisch. „Aber …“

Weiter kam sie nicht, denn Emilia unterbrach sie: „Ich weiß, ich weiß, Schritt zurück, aber es heißt doch etwas, dass er jetzt da ist. – Ach Anna … Er ist einfach so wunderbar!“

Anna lachte wohlwollend. „Da hast du auch wieder Recht. Ja, ich freue mich ja auch für dich, girly! Aber habt ihr denn schon besprochen, wie es weitergeht?"

Emilias Gesicht bewölkte sich. „Nein", gab sie zu, „aber das werden wir. Hör mal, Anna … Wäre es schlimm, wenn ich morgen ausnahmsweise nicht käme? Tom bleibt bis Montag und er ist ja fast nie da und …"

„Absolut nicht schlimm", unterbrach Anna sie. „Ich wünsche euch viel Spaß! Aber, Emilia?"

„Ja?"

„Versprich mir, dass du dich nicht zu billig verkaufst!"

Emilia schwieg und spürte, wie ihr die Hitze ins Gesicht stieg. Dass sie sich bereits letzte Nacht ‚verkauft' hatte, verschwieg sie Anna wohl lieber.

Anna schien zu ahnen, was ihr durch den Kopf ging. Sie lachte. „Nein, nicht so, girly", korrigierte sie sich. „Ich kann mir die Wiedersehensfreude schon vorstellen. – Aber versprich mir, dass ihr miteinander redet und dass du dich nicht wieder von ihm in die Warteschleife setzen lässt, okay?"

„Okay", antwortete Emilia erleichtert. „Danke!"

„Mach es gut und bis Samstag in einer Woche!", antwortete Anna resolut.

„Bis dann", sagte Emilia leise. „Beziehungsweise: Ich rufe dich an, wenn er weg ist, okay?"

„Ich freue mich", erwiderte Anna. „Bye!"

Emilia legte auf und ging wieder zu Tom und Tobi, die immer noch mit Tobis Superman-Puzzle beschäftigt waren. „Na?", fragte sie freundlich und setzte sich zu Tobis Füßen auf den Boden, um einen guten Blick auf das Puzzle zu haben.

„Alles gut", antwortete Tom, und die beiden lächelten sich über Tobis Kopf hinweg an. Trotz seiner anfänglichen

Unsicherheit schien Tom über die Maßen gut mit ihrem Sohn auszukommen, und das machte sie wirklich glücklich.

Am selben Tag gingen sie in den Bergen wandern, und Tobi bestand darauf, dass Tom beim „Barfuß-Pfad“ oben auf dem Berg mit ihm ging. Stolz saß Emilia am Rand des Pfades und hütete die Schuhe der beiden, während sie sie liebevoll beobachtete. Es kam ihr vor, als sei sie aus der Realität hinaus in einen wunderschönen Traum gesprungen.

Freitagmittag lieferten sie Tobi pünktlich bei seinem Vater ab, und während die beiden Männer sich – ziemlich kühl, wie Emilia auffiel – bekannt machten, spürte sie, wie meistens, wenn sie den Kleinen übers Wochenende hergeben musste, einen winzigen scharfen Schmerz in der Brust.

Deshalb war sie auch ziemlich wortkarg, als Tom und sie in ihre Wohnung zurückfuhren. Ihre Traurigkeit hielt allerdings nicht lange an – Toms bloße Gegenwart war einfach überwältigend. Der Freitag verging wie ihm Flug, während sie Wohnung und Bett kaum verließen, und am Samstag machten sie einen Ausflug in die Innenstadt, bevor sie am Abend tanzen gingen.

Erst am Sonntag, als sie zusammen beim Frühstück saßen, wurde die Stimmung plötzlich ernst.

Tom legte Messer und Gabel weg und griff über den Tisch hinweg nach ihrer Hand. „Und, was denkst du?“

Emilia zwang sich, sich zu konzentrieren. Nur nicht zu billig verkaufen, kamen ihr Annas mahnende Worte wieder in den Sinn. „Was meinst du?“, fragte sie gespielt harmlos. Wenn er über die Zukunft reden wollte, sollte er sich gefälligst klar ausdrücken.

„Über uns", antwortete Tom mit einer Art widerwilligem Unterton in der Stimme. „Was denkst du, wie es weitergehen soll?"

Emilia seufzte auf. Immerhin hatte er es von sich aus angesprochen.

„Na ja", zwang sie sich, ruhig zu bleiben. „Deine Nachricht hat mich eigentlich davon überzeugt, dass es gar nicht mit uns weitergeht – zumindest nicht, solange du weg bist." Sie zögerte. „Vielleicht auch danach nicht."

Er wandte den Blick ab und sah aus dem Fenster. „Ja, was soll ich sagen …"

Emilia wartete, ob da noch etwas kam.

Offenbar nicht.

„Was denkst du denn?", fragte sie ungeduldig und fügte etwas schnippisch hinzu: „Sag doch einfach das!"

Tom seufzte. „Schau, Milly: Wenn ich wieder im Libanon bin, kann ich keine erfolgreiche Beziehung führen. – Es ist wirklich krass da, der Alltag verschlingt einen ganz und man ist eigentlich nur froh, wenn man einmal schlafen kann, weil man zufällig gerade keinen Wachdienst hat."

Emilia schloss schmerzerfüllt die Augen. „Aber … Was ist denn mit deinen Kollegen, haben die alle keine Frauen?"

„Schon", gab er zu, „aber es ist etwas Anderes, wenn man schon jahrelang mit jemandem zusammen ist." Er wandte den Blick ab, und plötzlich kam ihr wieder einmal ganz deutlich vor, dass es da etwas gab, das er nicht sagte.

Sie stand auf und zog ihren Stuhl neben ihn.

„Tom?", fragte sie und legte ihm sanft die Hand auf den Arm. „Warum habe ich das Gefühl, dass du Angst hast?"

Sein Blick schoss zu ihr. „Angst?", gab er scharf zurück. „Blödsinn!"

Sie schnaubte. Männer …!

„Weißt du ...“ Abwesend malte sie kleine Kreise auf seinen Unterarm. „Du hast mir einmal gesagt, du hast in der Vergangenheit schlechte Erfahrungen mit Beziehungen gemacht. Was genau waren das für Erfahrungen?“

Tom seufzte und wandte den Blick ab. „Schlechte eben“, antwortete er stur und starrte aus dem Fenster in die Ferne.

Emilias Hand wanderte von seinem Unterarm zu seinem Rücken. „Erzähl schon“, flüsterte sie, während ihre Hand ihn sanft zwischen den Schulterblättern streichelte.

Er erwiderte nichts, und als sie schon befürchtete, er würde sie einfach ignorieren, begann er zu sprechen.

„Eigentlich ... Kurz gesagt, bin ich betrogen worden.“ Er lachte auf, aber es lag keine Freude darin. „Mehrmals, von verschiedenen Seiten.“

Emilia stockte der Atem. Ihre Hand erstarrte mitten in der Bewegung.

Tom stand auf, trat ans Fenster und sprach weiter: „Kurzfassung: Meine Ex-Freundin hat mich mit meinem besten Freund betrogen. Da war ich zwanzig. Danach war ich schon etwas ... vorsichtig. – Aber das eigentliche Problem ... das kam erst später. Ich war gerade fünfundzwanzig und wahnsinnig verliebt.“ Emilia konnte sein Gesicht nicht sehen, aber an seiner Stimme hörte sie, dass er lächelte. „Meine damalige Freundin war sehr tough, ein bisschen wie du. Ich dachte, mit dieser Frau an meiner Seite wird alles gut. Und es hat eine Zeitlang tatsächlich danach ausgesehen. Eines Tages dann sagt sie mir, dass sie schwanger ist ... Ich habe mich total gefreut, es war zwar nicht geplant, aber es hat ja trotzdem irgendwie gepasst ... Aber ich habe schon gemerkt, dass sie sich irgendwie nicht so freut wie ich.“ Er schluckte, das Lächeln in seiner Stimme hatte sich ins Gegenteil verkehrt. „Und dann komme ich eines Tages nach Hause, und sie sitzt völlig verweint am Esstisch.“ Seine Stimme wurde so leise, dass Emilia die Ohren spitzen musste, um ihn zu verstehen. „Und sie sagt mir, sie hat abgetrieben. Ohne mich zu fragen, ohne jede Vorwarnung.“ Er räusperte sich. „Natürlich war ich völlig fassungslos – und da eröffnet sie mir, zwar beschämt, aber irgendwie auch ohne übermäßig viel Skrupel, dass es so das Beste war, weil …“ Er brach ab und fuhr sich mit der Hand durch das kurze Haar, eine auf sonderbare Art hilflose Geste, die Emilia tief im Inneren rührte.

„Weil …?“, fragte sie leise.

„Weil es nicht mein Kind war. Sondern das von einem Typen, mit dem sie schon über Monate eine Affäre hatte, der sie aber nicht ernsthaft wollte, nicht für mehr als fürs Bett.“

Sie keuchte entsetzt auf, und er verstummte und drehte sich zu ihr um. „Kannst du dir das vorstellen, Milly? Wie sich das anfühlt?“

Emilia saß wie versteinert da, die Hand entsetzt über den Mund geschlagen, die Augen aufgerissen. Zum ersten Mal hatte sie das Gefühl, keine Worte zu haben – deshalb schüttelte sie nur stumm den Kopf, unfähig, sich zu rühren.

Seine Hände hoben sich und umklammerten seinen Nacken in einer Geste der stillen Verzweiflung. Er hob den Kopf und sah zur Decke. „Und jetzt kommst du und fragst mich, ob ich Angst habe? Ja, klar! Höllische.“

Erstmals, seitdem er angefangen hatte zu sprechen, richtete sich sein Blick auf sie, und der völlig blanke, verletzliche Ausdruck in seinen tiefbraunen Augen verursachte ihr einen Kloß im Hals. Unbewusst schnalzte sie mit der Zunge, schob quietschend ihren Stuhl zurück und trat zu ihm, und ohne darauf zu achten, dass er stocksteif dastand, legte sie die Arme um ihn und presste sich an seinen stahlharten Körper.

„Das wusste ich doch nicht", flüsterte sie an seiner Schulter.

Als würde er gegen einen immensen Widerstand arbeiten, nahm er die Hände herunter und legte sie um ihren Rücken. Und als er in einer vertrauten Geste seine Nase in ihr Haar drückte, hatte sie das altbekannte Gefühl, dass er sie hielt – und nicht andersherum, so wie es in der Situation wohl angemessen gewesen wäre.

„Ich kann das einfach nicht so, wie es vielleicht normal wäre", murmelte er in ihr Haar. „Es tut mir leid."

Sie löste sich von ihm, und weil sie merkte, wie Tränen des Mitleids – mit ihm und egoistischer Weise auch ein bisschen mit sich selbst – in ihr aufstiegen, ging sie schnellen Schrittes Richtung Tür. „Komme gleich wieder", warf sie ihm mit gequetschter Stimme hin. Sie hörte, wie er tief durchatmete, dann war sie aus dem Zimmer.

Im Bad angekommen, stützte Emilia sich mit beiden Händen auf das Waschbecken und drückte Daumen und Zeigefinger auf ihre Nasenwurzel, um die aufsteigenden Tränen zu unterdrücken. Dann sah sich im Spiegel intensiv in die nassen Augen und schüttelte den Kopf.

Wie hatte sie nur nicht bemerken können, dass er nicht kalt, sondern innerlich zerbrochen war? Sie konnte sich plötzlich ganz deutlich vorstellen, wie es ihm in der jetzigen Situation ging – und was es in ihm ausgelöst haben musste, als Johannes ihnen damals vor ihrer Haustür eine Eifersuchtsszene gemacht hatte. Er musste das Gefühl gehabt haben, plötzlich wieder in einer ähnlichen Situation gelandet zu sein – nur auf der anderen Seite. Auf einmal war Emilia ganz klar, warum er zögerte, warum er sich distanzierte, warum er um nichts bitten konnte und warum sie bisweilen das Gefühl hatte, sein Innerstes nicht erreichen zu können. Ihr war zumute, als würde das fehlende Puzzleteil mit einem

Mal an seinen Platz fallen und ihr die Realität überdeutlich zeigen. Ihr Herz krampfte sich zusammen, und am liebsten wäre sie zu ihm gelaufen, um in seinen Armen zu weinen – aber dann kam ihr in den Sinn, dass er mit Mitgefühl vielleicht genauso wenig umgehen konnte wie mit Liebe.

„Und damit musst du jetzt umgehen lernen", flüsterte sie sich selbst zu, nickte energisch und wischte mit beiden Zeigefingern unter ihren Augen entlang.

Zögernd ging sie zurück ins Esszimmer. Tom saß inzwischen wieder am Tisch, und so stellte sie sich ans Fenster und stützte sich auf das Brett, den Blick traurig auf ihn gerichtet. Plötzlich war sie sich nicht sicher, was sie sagen sollte – wenn sowohl Mitleid als auch zu viel Emotion fehl am Platz waren. Vielleicht wäre es am besten, einfach die „Hard Facts" zu klären.

„Also willst du es nicht einmal versuchen?", fragte sie leise. „Du kennst mich doch inzwischen – ich würde dir nie, nie, niemals so etwas antun. Das weißt du."

Er schwieg und starrte konzentriert auf die Tischkante, die Augen noch immer weit aufgerissen.

Sie drehte sich um und blickte durch die Fensterscheibe in die Ferne. Sie konnte ihn nicht ansehen. Verdammt …! Sie war nicht so stark, wie sie es sich wünschte… Wie es für ihn richtig wäre.

Mehrere Minuten vergingen, dann hörte sie am Quietschen seines Stuhls, dass er zu ihr kam – ansonsten bewegte er sich, wie stets, völlig lautlos.

„Ich will sagen, ich kann im Moment gar nichts versuchen, außer den Einsatz gut zu beenden und dann wiederzukommen." Seine Arme schlangen sich von hinten um ihre Taille. „Verstehst du?"

Sie bewegte sich nicht.

„Lassen wir es doch einfach erst einmal so weiterlaufen, und dann sehen wir, wo es hinführt … Was für mich möglich ist und was nicht.“ Er drehte sie zu sich herum und gab ihr einen Kuss auf die traurig zusammengepressten Lippen. „Milly … glaub mir … Ich habe dich wahnsinnig gern, aber es ist für mich wirklich alles andere als einfach. Vertrauen zu fassen, meine ich. Deswegen ist das jetzt für mich das Maximum des Möglichen, verstehst du?“

Sie nickte.

„Geht das? Ist das für dich halbwegs okay?“, fragte er weiter, und sein besorgter Gesichtsausdruck machte sie noch emotionaler. „Zumindest für den Moment?“

Emilia starrte links neben seinem Gesicht vorbei – was er möglicherweise als frustriert deutete, was aber in Wirklichkeit der halbherzige Versuch eines Pokerface war. Wie konnte ein Mensch so etwas aushalten, ohne durchzudrehen …? Und auch noch einem so verantwortungsvollen Job nachgehen?

„Okay?“, fragte Tom noch einmal und rückte mit seinem Gesicht in ihren Fokus, was so hinreißend komisch aussah, dass sie trotz aller Tragik lachen musste.

„Okay“, willigte sie gedehnt ein und formulierte dann vorsichtig: „Danke, dass du mir das anvertraut hast … Ich verstehe dich jetzt ein Stückchen besser.“ Sie zwang sich zu einem Lächeln, obwohl sich ihr Inneres immer noch eiskalt anfühlte. „Aber, Tom?“ Emilia hob die Hand an seine Wange und strich sanft mit dem Daumen darüber. „Auch das funktioniert nur, wenn du mir auf meine Nachrichten zumindest antwortest!“

Er sah sie an und schien etwas sagen zu wollen, aber sie stoppte ihn mit einer Handbewegung. „Ich meine nicht, dass du immer sofort zurückschreiben sollst“, erklärte sie bestimmt, „mir ist völlig klar, dass das nicht geht. Und du musst auch nicht Dinge schreiben, die dir zu viel sind … Aber du kannst mir einfach zu verstehen geben, wenn es sich gerade nicht richtig anfühlt oder wenn du an deine Grenzen kommst. Ich muss dir jetzt trotz allem sagen: Wenn du mich noch einmal wochenlang ignorierst oder mit mir Schluss machst, dann kannst du mir anvertrauen, was du willst – dann geht es mit uns nicht weiter."

Er starrte sie an wie vom Donner gerührt; kein Wunder, so energisch hatte sie noch nie mit ihm gesprochen. „Deal", willigte er schließlich ein.

Und mit einem Herzen, das vor krampfhaft verborgenem Mitgefühl so schwer war, dass sie sich fühlte, als würde es sie auf den Fußboden ziehen, hob sie ihr Gesicht zu ihm und ließ sich von ihm küssen. Denn so, erschien ihr, war er wieder der Starke. Und sie fühlte, dass er das sein musste.

Am Sonntagnachmittag holten sie Tobi von seinem Vater ab, und der Kleine überraschte sie beide, indem er die ganze Heimfahrt über Tom erzählte, was er erlebt hatte – ganz so, als würde er ihn schon ewig kennen. Emilia schwankte zwischen Zufriedenheit darüber, dass die beiden sich so gut verstanden, und einer kleinen Prise Eifersucht: Normalerweise hatte Tobi auf dem Heimweg immer ihr alles erzählt, während er dieses Mal offenbar kaum bemerkte, dass sie überhaupt anwesend war. Schließlich aber überwog die Zufriedenheit – immerhin, wenn sie es geschickt genug anstellte, könnte dies eines Tages ihre glückliche kleine Familie werden.

Sie wusste nicht, ob Tom nach allem, was gewesen war, überhaupt eigene Kinder wollte, aber er war jedenfalls ein begeisterter Onkel: Sein Neffe und seine Nichte schienen ihn zu vergöttern. Insofern hoffte sie das Beste, beschloss aber, besser noch nicht so weit in die Zukunft zu denken. Vielleicht hatte er ja Recht und es wäre am klügsten, ihn erst einmal seinen Einsatz beenden zu lassen, bevor sie auf solche Themen zu sprechen kämen.

Sooft sie sich auch vorgenommen hatte, den Abschied am Montag nicht allzu dramatisch werden zu lassen – am Ende wurde er es doch.

Emilia brachte Tobi in den Kindergarten und fuhr dann noch einmal nach Hause zu Tom. In der Arbeit hatte sie bereits angerufen und erklärt, sie würde etwas später kommen. Glücklicherweise war das Arbeitsklima in ihrem Büro sehr gut und die Chefetage recht entgegenkommend, wenn es um das Thema Arbeitszeiten und persönliche Hinderungsgründe ging.

Als sie die Wohnungstür öffnete und feststellte, dass Tom bereits gepackt hatte, wurde ihr Herz so schwer, dass sie das Gefühl hatte, es würde in ihrem Brustkorb ein Stockwerk tiefer rutschen. Während sie noch im Flur stand und versuchte, sich für das Kommende zu wappnen, kam er ihr entgegen – bereits in Uniform, da er noch am selben Abend zurück in den Libanon fliegen würde.

Obwohl er lächelte, entdeckte sie in seinen braunen Augen die Traurigkeit, als er auf sie herunterschaute und sagte: „So, schon wieder vorbei."

Beklommen sah sie ihn an, mit einem Lächeln, das ihre Augen nicht erreichte. „Tom, danke. Danke für deine Offenheit."

Er nickte knapp, ein Musterbild militärischer Fassung.

Sie sah ihn ernst an. „Versprich mir, dass du auf dich aufpasst!“

Er machte einen Schritt auf sie zu und zog sie in seine Arme. „Natürlich!“, beruhigte er sie, während er sanft ihren Rücken streichelte.

„Ich habe gelesen, dass dort bald Wahlen sind und dass mit Aufständen gerechnet wird“, fuhr sie fort, durch den Stoff seiner Uniformjacke, an die sie gedrückt war, kaum zu verstehen. „Weißt du … Falls ihr in gefährliche Situationen geratet und …“

Er gluckste. „Sagst du mir jetzt gleich, ich soll kein Held sein?“, fragte er ironisch.

„Ja“, gab sie ohne jeden Funken Humor zurück. „Du bist wichtiger als die politische Situation dort. Pass einfach auf!“

Tom streichelte ihr beruhigend über das Haar. „Dafür bin ich da“, sagte er leise, und sie wusste in diesem Moment mit Sicherheit, dass er in gefährlichen Situationen nicht seine eigene Sicherheit in den Vordergrund stellen würde.

Da schoss es ihr durch den Kopf: *Ich bin die Frau, die zu Hause sitzt und auf ihn wartet. Genau das, was ich nicht wollte.*

Ihm schienen ähnliche Gedanken durch den Kopf zu gehen, denn er ließ sie widerwillig los und sah ihr noch einmal tief in die Augen, bevor er sie mit einer Intensität küsste, die ihre Knie weich werden ließ wie Wackelpudding.

„Ich melde mich!“, versprach er, drückte ihre Oberarme in einer Art ermutigenden Geste und setzte sich sein Barrett auf den Kopf. Dann hob er seinen Rucksack vom Boden auf und öffnete in einer zackigen Bewegung die Tür. Als sie ihm folgen wollte, hielt er sie zurück: „Bleib lieber hier oben und wink mir vom Fenster aus nach.“

Sie runzelte die Stirn, ahnte aber, dass es Tom vielleicht schwerer fallen würde, wegzufahren, wenn sie ihm hinterherschaute. Zumindest hoffte sie, dass sie seine Bitte richtig interpretierte. Deshalb blieb sie im Türrahmen stehen und sah ihm nach, bis er außer Sichtweite und der Hall der Schritte seiner schweren Stiefel fast verklungen war.

Als Emilia am Samstag zu Anna kam, nahm sie einen Strauß aus pinkfarbenen Rosen und Gerbera mit – sie hatte ein schlechtes Gewissen, weil sie die letzte Strick-Session abgesagt hatte.

Tom war Montagnacht gut in Beirut angekommen, und er hatte tatsächlich sogar am Dienstagmorgen angerufen, um ihr das mitzuteilen. Seitdem hatte sie wieder nichts mehr von ihm gehört, aber zu seinen Gunsten nahm sie an, dass er quasi im Dauerdienst war. Zudem hatten sie ja vereinbart, nicht fest zusammen zu sein, sodass sie versuchte, sich nicht allzu viele Gedanken zu machen. Ziemlich vergebens, wie sie zugeben musste.

Anna erwartete sie bereits und erschien in der Tür, sobald sie ihren Wagen geparkt hatte. Als sie die Blumen entdeckte, wurden ihre Augen groß, und sie schlug die Hände über dem Kopf zusammen. „Aber girly! Was machst du denn?"

Emilia lachte, sprang die Stufen zum Wollgeschäft hinauf und zog Anna impulsiv in eine Umarmung. „Weil ich dich letztes Wochenende versetzt habe", antwortete sie und hielt der Älteren den pinkfarbenen Strauß entgegen.

„Aber bitte, das ist doch selbstverständlich." Anna tauchte ihr Gesicht in die Blumen und schnupperte, obwohl sie vermutlich nach nichts rochen. „Zauberhaft! Vielen Dank!"

Sie winkte Emilia herein, und während diese sich setzte – das Strickzeug war wie immer säuberlich hergerichtet, die Nadeln perfekt arrangiert auf dem kleinen Tisch – ging Anna in die kleine Teeküche, um eine Vase zu suchen.

Nach ein paar Minuten erschien sie wieder und stellte mit einem schweren Atemzug den Strauß in seiner blau emaillierten Vase auf den Verkaufstresen. Sie arrangierte die Blumen mit geschickten Fingern, bevor sie einen Schritt zurücktrat und ihr Werk bewunderte.

„Das macht den Raum gleich viel freundlicher, oder?", ergänzte sie in Richtung Emilia.

„Absolut. – Anna?" Emilia hatte die alte Frau beobachtet und sah nun sorgenvoll drein. „Geht es dir gut?"

Anna sah sie überrascht an. „Ja, natürlich. Warum?"

Emilia runzelte die Stirn. „Du bist etwas blass, blasser als die letzten Male. Und du wirkst fast außer Atem, nachdem du die Vase geholt hast."

„Ach was!" Anna wischte ihre Bedenken mit einer abfälligen Geste beiseite. „Ich habe vielleicht ein bisschen schlecht geschlafen. Und, wie ich dir schon oft gesagt habe, alt werden ist kein Spaß." Emilia wirkte nur halb überzeugt, doch Anna wechselte flugs das Thema: „Und, wie war es mit deinem Soldaten?"

Emilia nahm eine der Stricknadeln in die Hand und drehte sie abwesend um den Finger. „Herrlich", antwortete sie, aber ihr nachdenklicher Gesichtsausdruck passte nicht zu diesem Wort.

„Aber?", fragte Anna dann auch prompt.

„Sagen wir so …" Emilia lächelte melancholisch. „Ich habe das fehlende Puzzleteil gefunden."

Überrascht hob Anna die Augenbrauen, aber bevor sie fragen konnte, sprudelte Emilia schon los und erzählte ihr alles, was sie wusste.

Als sie geendet hatte, schwiegen beide Frauen. Dann fragte Emilia in die Stille: „Arg, oder?"

Anna senkte den Blick. „Ja", bestätigte sie. Dann sah sie Emilia wieder an und fügte hinzu: „Aber schau mal … Das erklärt doch sehr viel. Das bedeutet, er hat einfach eine ganz tiefsitzende Angst, dass es zu eng werden und du ihn verletzen könntest. Verständlich, nach dieser Horrorgeschichte, oder?"

Emilia nickte und biss sich auf die Lippe.

Anna fuhr fort: „Und ich glaube, du hast es gut gemacht mit ihm – dass du ihn seine momentane Schwäche in dieser Situation nicht spüren hast lassen. Er hat Glück mit dir."

Sie atmete tief ein und aus, und Emilia runzelte die Stirn und setzte an, noch einmal nachzufragen, ob wirklich alles in Ordnung war mit ihr.

Anna schien ihre Gedanken zu lesen und kam ihr ungeduldig zuvor: „Emilia, es ist wirklich alles bestens." Sie seufzte, dann grinste sie. „Und jetzt auf geht's, dein Schal strickt sich nicht von selbst!"

Emilia lachte und beendete ihre Inquisition. „Bis Weihnachten ist aber noch Zeit!"

Anna schüttelte den Kopf und deutete mit ihrer Stricknadel nach draußen, wo die Blätter der Kastanie auf der anderen Straßenseite sich bereits gelb färbten. „Der Herbst ist da – und Weihnachten kommt schneller, als man denkt!"

Gehorsam nahm Emilia ihr Strickzeug auf und wickelte sich ein Stück Wolle um den Finger. „Und bekomme ich denn heute einen weiteren Teil deiner Geschichte zu hören, wenn ich brav stricke?" Sie blinzelte mit den Augen.

„Meinetwegen." Anna lächelte. „Obwohl ich das Gefühl habe, du hättest schon zwei Schals fertig, wenn ich dich nicht immer ablenken würde."

VIERUNDZWANZIG

1982

Der März-Nachmittag, an dem sie Mr. Pipow offiziell kennenlernte, sollte Anna ihr Leben lang im Gedächtnis bleiben.

David hatte angerufen und sie gefragt, was ihr erster Eindruck von dem Alten war, wenn man einmal von dem Wort „sonderbar" absah.

„Er ist gestern aufgetaucht, und ich habe ihm ehrlich gesagt, dass er mir etwas zu alt erscheint, um ein so großes Haus mit zugehörigem Garten zu bewirtschaften", erklärte David am Telefon, „woraufhin er mich mit einem Ausdruck angesehen hat, dass mir das Blut in den Adern gefroren ist. Dann hat er gesagt" – er imitierte den russischen Akzent des alten Mannes – „'ihrrr Jungään habt einfach keinen Rrrrespäääkkt mehr! Aaalles, was aalt ist, kommt wäg, ob es nun beim Geheimdienst warrrr odäääarr nicht.'"

Anna gluckste. „Geheimdienst?", fragte sie amüsiert. „Das hat er sich doch sicher ausgedacht, oder?"

„Jedenfalls war es vermutlich nicht *unser* Geheimdienst", gab David kryptisch zurück und ergänzte dann: „Was sollte ich machen, ich habe ein schlechtes Gewissen bekommen und ihn für morgen zum Kaffee eingeladen, damit wir alles Weitere besprechen können."

Anna keuchte überrascht auf. „Was – du lässt ihn das Haus mieten?!"

„Es sei denn, du hältst ihn für komplett übergeschnappt", antwortete er und sie konnte bildlich vor sich sehen, wie er die Schultern zuckte. „Kannst du morgen Nachmittag dazukommen? Oder musst du arbeiten?"

Anna hatte sich wieder von ihrer Überraschung erholt. „Nein, nein, ich habe frei", sagte sie nachdenklich. „Aber bist du dir sicher, dass da nicht noch ein potenzieller Mieter kommt, mit dem du es … na ja … einfacher hast?"

An Davids Stimme hörte sie, dass er grinste. „Ganz bestimmt sogar", antwortete er. „Aber irgendwie lässt mir der komische alte Vogel keine Ruhe mehr."

Erst als Anna aufgelegt und vom Flur ins Wohnzimmer gegangen war, fiel ihr auf, dass es schon ein wenig sonderbar war, dass er ausgerechnet sie um Rat fragte und nicht Katie.

Also machte sich Anna an jenem Nachmittag auf den Weg zum Strandhaus.

Jedes Mal, wenn sie in die kleine Straße durch den Wald abbog, befiel sie ein sonderbares Gefühl: einerseits Aufregung, weil sie gleich David wiedersehen würde (das würde sich wohl nie ändern, egal wie lange sie „Freunde" waren), und andererseits ein tiefes Glücksgefühl, das das Haus und seine einzigartige Umgebung immer in ihr auslösten. Auch diesmal spürte sie diesen Mix aus Emotionen und schloss für einen Moment die Augen, um tief und genießerisch durchzuatmen, sobald sie das Auto vor dem weißen Gartenzaun geparkt hatte.

David empfing sie bereits in der Tür – offenbar kam er gerade von einem Flug, denn er trug noch seine U.S.-Cargo-Uniform.

Es war nicht abzustreiten, dass er darin sehr stattlich aussah, und für einen Augenblick schossen Anna Bilder aus der New-Year's-Eve-Nacht durch den Kopf, die sie um der Vernunft willen wohl besser verdrängen sollte.

„Hi", begrüßte sie ihn einen Tick zu locker, um sich ihre Emotionen nicht anmerken zu lassen, und gab ihm links und rechts ein Küsschen auf die Wange, während ihr Herz – dieser verräterische kleine Muskel – sehnsuchtsvoll nach mehr schrie. „Kommst du von der Arbeit?"

Er schüttelte den Kopf und wirkte verlegen. „Äh, nein."

Sie runzelte die Stirn. „Aber du hast deine Uniform an!"

Er sah an sich herunter, als habe er diese Tatsache noch gar nicht bemerkt. „Äh, ja."

Sie zog verwirrt lächelnd die Augenbrauen zusammen.

Davids Nacken färbte sich rosa. „Wäre es sehr schlimm, wenn ich die Uniform angezogen hätte, um dem alten Revoluzzer zu zeigen, dass er mit mir nicht alles machen kann?"

Anna lachte laut auf. Dann schüttelte sie amüsiert den Kopf, trat in den Flur und entledigte sich ihrer hochhackigen Schuhe. „In diesem Fall würde ich dir vielleicht raten, dir für solche Fälle besser eine Uniform der Special Operations Forces zu besorgen", machte sie sich lustig.

Zu seinem halb belustigten, halb trotzigen „Jaja, du wirst schon sehen, was ich meine" gingen sie ins Wohnzimmer.

Mr. Pipow erschien nicht einfach, er zelebrierte seine Ankunft, was sie vom Fenster aus beobachten konnten. Das begann bereits damit, dass er nicht – wie jeder andere Besucher – klingelte, sondern mit seinem Stock gegen die Haustür klopfte. Als David vorsichtig die Tür öffnete, fasste sich der Alte an die Mütze – es war immer noch die gleiche Pelzmütze wie im Februar, obwohl es inzwischen bereits um einiges wärmer war.

„Guten Tag!“, sagte er zackig und Anna erwartete fast, dass er wie ein Offizier die Hacken zusammenschlagen würde. Stattdessen entschied er sich schließlich doch dazu, David kräftig die Hand zu schütteln. „Danke, dass Sie mich empfangen! – Mylady!“ Er hatte Anna hinter David entdeckt und hielt ihr nun ebenfalls die Hand hin, die diese argwöhnisch ergriff. Ganz Gentleman, beugte Mr. Pipow sich darüber und deutete formvollendet einen Handkuss an. Verwirrt blinzelte Anna aus den Augenwinkeln David an, der sein Amüsement über diese außergewöhnliche Begrüßung kaum verbergen konnte.

Ohne jeden Kommentar trat er zur Seite und wies auf die Küche.

Kaum saßen alle, sprang David wieder auf. Er schien ungewöhnlich nervös. „Tee?“, fragte er in die Runde, ganz guter Gastgeber.

Anna nickte und wollte gerade ihre Hilfe anbieten, als Mr. Pipow in einem tiefen Grollen antwortete: „Ich trinke nicht in fremden Haushalten. Man weiß nie, was man zu sich nimmt.“

David starrte ihn ungläubig an und wollte gerade etwas erwidern, da sprach er weiter: „Nicht, dass ich sage, Sie sind verdächtig, nichts für ungut, aber Sie wissen auch nicht, was in Ihrem Trinkwasser ist oder nicht ist.“

In einer Art resignierten Geste wandte sich David zum Herd und machte Wasser für Annas Tee heiß. Auch Anna beschloss, dass es darauf wohl nichts zu erwidern gab, und saß ungemütlich auf der Kante ihres Stuhls, bis David sich mit zwei Tassen heißem Wasser und zwei Teebeuteln endlich wieder zu ihnen setzte.

„Also", fing er an und schien seine Contenance wiedergefunden zu haben, „Sie wollen das Haus auf der anderen Waldseite mieten?"

„Jawohl", kam die Antwort zackig.

„Aber Sie haben es noch nie von innen gesehen?" Es war eine Frage, keine Feststellung – so als sei sich David nicht sicher, dass der Alte nicht ohne sein Wissen irgendwie ins Haus gelangt war. Soweit Anna es beurteilen konnte, war es durchaus im Bereich des Möglichen, dass er bereits dort wohnte, nach allem, was sie sagen konnten.

„Das macht nichts", erwiderte Mr. Pipow mit einem Unterton, den man nur als trotzig bezeichnen konnte. „Ist nicht so wichtig, wie es innen aussieht, ist wichtig, dass es viel Platz hat und abgelegen ist. Mag ich keine Nachbarn."

Das kann ich mir vorstellen, dachte Anna und verbarg diesen Gedanken hinter einem freundlichen Lächeln – ganz so, als säße vor ihr nicht der sonderbarste alte Russe, den sie je getroffen hatte. Nicht dass sie viele Russen kannte.

David sah Anna an, als würde er stumm ihre Einschätzung erfragen wollen. Sie zuckte kaum merklich die Schultern und hob die Augenbrauen. Der Alte erschien verrückt, aber er hatte etwas Interessantes an sich, und außerdem hatte sie so eine Ahnung, dass nichts Gutes dabei herauskommen könnte, wenn er das Haus nicht bekommen würde.

„Oookay", kam es von David, und Anna merkte ihm deutlich an, dass er ziemlich verwirrt war. „Was würden Sie denn pro Monat zahlen können?"

Eigentlich hätte der Interessent die Frage nach der Höhe des Mietzinses stellen müssen, fand Anna. Wahrscheinlich empfand auch David es als sonderbar, dass Mr. Pipow genau das nicht tat – ein Blick auf ihn zeigte, dass er sich trotz Pilotenuniform gerade nicht sehr autoritär fühlte.

„Vierhundert amerikanische Dollar", kam es wie aus der Pistole geschossen von Mr. Pipow, und Anna hätte beinahe lauthals aufgelacht. Das war kaum die Summe, die eine Wohnung in der Stadt kostete – geschweige denn, ein ganzes Haus in der wunderschönen Waldlage.

„Sir, dafür würden Sie nicht einmal eine Wohnung bekommen", sprach David ihren Gedanken aus. „Unter neunhundert Dollar kann ich leider nicht annehmen."

Eine Stille entstand, in der sich die beiden Männer musterten wie zwei Löwenmännchen, die den jeweiligen Gegner einzuschätzen versuchen.

„Sechshundert", kam es dann grollend von dem Russen.

Irgendwie schien in dem Anstarren ein männlicher Geheimcode enthalten gewesen sein, denn David antwortete: „In Ordnung!"

Anna klappte die Kinnlade herunter, aber David ließ sich nicht aus der Fassung bringen. Scheinbar zufrieden streckte er die Hand über den Tisch, die der Alte ergriff. „Das Haus ist teilweise möbliert, die Möbel stehen Ihnen zur freien Verfügung und die Zahlung ist jeweils am ersten des Monats fällig. Ich bringe Ihnen gleich den Schlüssel, Vertrag und Ersatzschlüssel liefere ich in ein paar Tagen nach. Kaution sind zwei Monatsmieten", erklärte David weiter und fragte dann: „Wann wollen Sie einziehen?"

Der Alte sah ihn an, als habe er eine besonders dumme Frage gestellt. „Ich kann heute noch meine Sachen holen", erwiderte er. Und dann, so als sei das selbstverständlich: „Für diesen Monat zahle ich aber nur die Hälfte, es ist ja schon der vierzehnte."

David nickte, und es folgte ein weiterer Handschlag. Dann stand er auf, um Mr. Pipow den Schlüssel zu holen.

„Rufen Sie mich an, wenn Sie etwas benötigen“, ergänzte er, als sie sich an der Haustür verabschiedeten. Dann fiel es ihm ein: „Ach so, Sie telefonieren ja nicht!“

„Werde ich kommen, wenn etwas ist“, brummelte der Alte und verschwand aus der Tür. Sie sahen sein Auto nirgends, aber kurz, nachdem er gegangen war, hörten sie einen schweren Motor hinter den Bäumen aufheulen.

David schloss die Haustür und begegnete Annas fragendem Blick.

„Warum hast du das gemacht?“, wollte sie wissen. „Das Haus ist mindestens neunhundert Dollar wert, warum gibst du es ihm so billig?“

David breitete in einer Art hilflosen Geste die Arme aus. „Ich habe bei ihm ein gutes Gefühl. Weiß auch nicht warum. – Außerdem zahle ich Laura sechshundert Dollar pro Monat an Unterhalt, es ist also alles, was ich brauche.“

Anna kniff die Augen zusammen. „So viel zahlst du Laura?“

„Ich müsste nicht, sie verdient ja ganz gut als Restaurantchefin“, betonte David. „Und als Scheidungsgrund haben wir die zerrüttete Ehe angegeben, nicht … meinen … Fehler … Aber gerade deswegen will ich, dass sie es leicht hat. Ich würde auch noch mehr zahlen, wenn es etwas helfen würde.“

An seinem Tonfall konnte man hören, dass er nicht weiter auf dieses Thema eingehen wollte, insofern ließ Anna es ruhen, auch wenn sie weiter darüber nachdachte. Es hatte ganz eindeutig einen netten Touch, dass er freiwillig tiefer in die Tasche griff, um es seiner Ex-Frau leichter zu machen.

„Na ja – gratuliere zum neuen Mieter“, wechselte Anna das Thema und grinste. „Ich habe so das Gefühl, dass wir mit ihm noch einiges erleben werden!“

David lachte auf. „Ja, das kann gut sein", gab er zu. „Aber irgendwie … ich weiß auch nicht, irgendwie hat er was."

Die beiden gingen wieder in die Küche und setzten sich an den Tisch, um ihren Tee weiterzutrinken.

Anna stützte die Ellenbogen auf den Tisch und wärmte sich die Hände an ihrer Tasse, während sie neugierig aus dem Fenster sah. An sich war es heute trüb, aber genau in diesem Moment schaffte es ein Sonnenstrahl durch die Wolken und tauchte den Strand in ein warmes Licht.

David folgte ihrem Blick. „Wollen wir ins Wohnzimmer gehen und die Glasfront nutzen?", fragte er, aber bevor sie antworten konnte, korrigierte er sich: „Beziehungsweise: Hast du eine warme Jacke dabei?"

Anna nickte.

„Ich habe nämlich ein paar Sitzmöbel für draußen gekauft und schon aufgestellt, also könnten wir auch das Meer aus der ersten Reihe sehen, falls dir nicht kalt wird."

Verwirrt starrte Anna auf die Terrasse. Sie sah keine Möbel außer dem schmiedeeisernen Ensemble, das auch schon beim letzten Mal dort gestanden hatte.

„Nicht für die Veranda", erklärte David. „Für den Garten hinten beim Meer!"

Annas Augen leuchteten auf. „Da bin ich aber gespannt!"

Schnell schwang sie sich in ihren Mantel und zog die Schuhe an – auf dem Weg über das matschige Gras musste sie allerdings feststellen, dass ihre hochhackigen Schuhe nicht gerade die beste Wahl für eine Wanderung querfeldein gewesen waren. Als ihr schmaler Absatz zum dritten Mal mehrere Zentimeter weit einsank, hielt David sie am Arm fest.

„Ich kann da gar nicht zusehen", sagte er, und bevor sie protestieren konnte, hatte er sie schon unter den Knien und hinter dem Rücken gepackt und sie kurzerhand auf seine

Arme genommen. Über ihren erschrockenen Gesichtsausdruck lächelnd, trug er sie ein Stück über den Rasen.

Während der wenigen Schritte musste Anna an das letzte Mal denken, als er sie so getragen hatte – an New Year's Eve, kurz vor dem Schlafengehen – und die feinen Härchen in ihrem Nacken richteten sich auf. Auch David schien diese Situation durch den Kopf zu gehen, denn als sie die Hollywoodschaukel und die beiden hölzernen Sessel erreichten, die direkt an der Hügelkante standen, blieb er stehen und behielt sie noch einen Moment lang auf dem Arm, während er ihr nachdenklich ins Gesicht sah.

Sie erwiderte seinen Blick, und plötzlich fragte sie sich, was sie tun sollte, wenn er einfach seine Lippen auf ihre legen würde. Aber er tat nichts dergleichen.

„So", sagte er, und nur eine winzige heisere Nuance in seiner Stimme verriet, dass er nicht so ruhig war, wie er sich nach außen hin gab. Dann stellte er sie ab, aber nicht, ohne sie eng an seinem Körper heruntergleiten zu lassen. Anna spürte, wie ihre Brustwarzen hart wurden, und zog ihre Jacke enger um sich.

„Danke", sagte sie leise. Dann riss sie sich von seinem gefährlichen blauen Blick los und sah sich die Sitzmöbel genauer an.

„Himmel", kommentierte sie. „Mit wie vielen Leuten hast du denn vor, hier zu wohnen?" Sofort biss sie sich auf die Zunge, als ihr einfiel, dass es mit Katie und Marcus bereits drei wären – also bliebe nur ein Platz frei, den der kleine Junge bestimmt mit Kuscheltieren und sonstigem Spielzeug besetzen würde.

David ging nicht darauf ein, sondern ließ sich in einen der Sessel sinken. Das weiche Leder seiner Uniformjacke schmiegte sich an seinen Oberkörper. „Ich konnte mich einfach nicht entscheiden zwischen Schaukel und Stühlen, und dann dachte ich, was soll's." In einer Geste männlicher Zufriedenheit verschränkte er die Hände hinter dem Kopf und lehnte sich zurück, sinnierend auf das dunkelblaue Meer blickend. Die Sonne hatte sich nicht lange bitten lassen und schien jetzt durchaus intensiv durch eine Wolkenlücke. Das Meer strebte, leise schwappend, unbekümmert dem Strand zu.

Anna setzte sich auf die Hollywoodschaukel, die aus einer hölzernen Bank und einem Paar Ketten bestand. Sanft setzte sie die Füße einen Schritt nach vorne und brachte den Sitz leicht zum Schaukeln. Dann hob sie das Gesicht gen Himmel und ließ sich die Sonne direkt auf die Haut scheinen, während sie das Gefühl der Schwerelosigkeit genoss. Genießerisch seufzte sie.

Etwas später zuckte sie zusammen, weil sie spürte, dass sie jemand anschaute, und öffnete die Augen gerade schnell genug, um David dabei zu ertappen, wie er den Blick abwandte.

„Ist das nicht eine Wahnsinnsaussicht?", lenkte er ab und deutete vage aufs Meer, wo die Flut gerade mit einer ruhigen blauen Wassermasse den Strand zu verdrängen begann.

„Absolut", stimme Anna zu und ihr Herzschlag beruhigte sich wieder ein wenig. Sie musste damit aufhören, immer zu hoffen, dass er um sie kämpfen würde! Immerhin hatte sie ihm schließlich selbst klipp und klar gemacht, dass genau das nicht erwünscht war.

„Und?", fragte sie daher, wie eine gute Freundin es tun sollte. „Wie geht es dir? Mit allem?"

David drehte sich mitsamt seinem Sessel ein paar Zentimeter in ihre Richtung und sah sie ernst an. „Na ja", erwiderte er vage.

Anna beschloss, dass das keine richtige Antwort war. „Was heißt das?", fragte sie und zog einen Mundwinkel zu einem schiefen Lächeln hoch. „Bist du denn nicht glücklich?"

David schien ihre Frage einen Augenblick lang zu überdenken und seufzte dann. „Bin ich glücklich?" Er sah vor sich auf den Boden und trat mit dem Fuß ein Stück lose Erde zurecht. Dann sah er wieder auf und seine Augen richteten sich intensiv auf ihre. „Nein, Anna, ich bin nicht glücklich."

Sie schluckte. Irgendwie hatte sie damit gerechnet, dass er – auch wenn er sie vielleicht rein körperlich noch begehrte – durchaus zufrieden mit dem Leben in seiner kleinen Familie wäre. „Warum nicht?", fragte sie kaum hörbar und gab seinen Blick irritiert zurück. „Bereust du die Trennung von Laura? Oder … etwas anderes?" Ihre Stimme verklang beim letzten Wort. Sie wollte nicht das sein, was er bereute – das war einfach zu viel!

David schüttelte den Kopf und stand auf, um zu ihr herüberzukommen. Automatisch rutschte sie zur Seite, und er setzte sich neben Anna auf die Bank der Hollywoodschaukel, während er den Fuß fest auf den Boden stellte, damit sie nicht zu stark schwankte. „Es macht mich wirklich verrückt", begann er und ließ den Blick über das klare, blaue Wasser schweifen, das sich in der Bucht sammelte. „Ich weiß einfach nicht, wie ich mir mein restliches Leben vorstelle."

„Wie meinst du das?" Sie war sich nicht sicher, ob sie die Antwort hören wollte, aber ebenso sicher, dass sie es musste.

„Marcus ist wahnsinnig lieb", erklärte er, „er ist der bravste und gleichzeitig frechste kleine Junge, den du dir vorstellen kannst, und zu sehen, wie er mich als festen Bestandteil seiner Welt akzeptiert hat, macht mich immer wieder stolz." Er sah sie mit einem sonderbaren Lächeln an.

„Weißt du, dass er vorgestern zum ersten Mal Daddy zu mir gesagt hat?"

Anna lächelte, auch wenn sie das Gefühl hatte, dass ihr das Atmen zunehmend schwerer fiel. Wie perfekt seine Welt war, hatte sie nicht wissen wollen.

„Aber trotzdem ..." Wiederum schüttelte er den Kopf. „Ich meine, Katie liebt mich heiß und innig." Er brach ab, weil ihm wohl selbst auffiel, wie unpassend es war, sich mit Anna über seine Beziehung zu einer anderen zu unterhalten. „Aber ich kann einfach nicht ..." Er rang nach Worten. „...mit dem ganzen Herzen dabei sein. Ich kann mich nicht fallen lassen."

Anna schwieg.

„Du weißt, warum", ergänzte David leise, und seine Hand, die auf seinem Oberschenkel lag, zuckte, und berührte nur mit der Kante leicht Annas Finger. Bereits dieser minimale Hautkontakt schickte Stromstöße durch ihren Körper.

„Aber ich will dein Leben nicht durcheinanderbringen", fuhr David fort. „Und meines auch nicht, nicht noch mehr, ich ... Du hast völlig recht, dass es so das Vernünftigste ist."

Anna stockte der Atem, und Tränen schossen ihr in die Augen. Auch wenn es sinngemäß das war, was sie ihm kommuniziert hatte: Am anderen Ende dieser Mitteilung zu sitzen, tat mehr weh, als sie es sich hätte vorstellen können.

Sie spürte, dass sie nichts sagen konnte, ohne dass die Dämme ihrer Tränen brechen würden, und stand schnell auf, um zu gehen – doch David fasste sie beinahe grob am Arm und zog sie wieder neben sich. Überraschend sanft drehte er sie an den Oberarmen zu sich und sah ihr beschwörend in die nassen Augen, während er den Mund öffnete, um etwas zu sagen. Dann überlegte er es sich jedoch anders und sein eigenes Gesicht verzog sich, bevor sich eine heiße Träne aus seinem Augenwinkel löste und auf seinen Kragen tropfte.

Ehe einer von ihnen etwas sagen konnte, lagen sie sich plötzlich in den Armen, und Anna konnte die Tränen nicht länger zurückhalten. Sie klammerte sich an Davids Rücken, der sich so fest und stark unter ihren Fingern anfühlte, schluchzte auf und hatte plötzlich das Gefühl, nie mehr zu weinen aufhören zu können. Wie im Traum merkte sie, dass er ebenfalls heftig weinte, sogar schluchzte, und das machte ihren eigenen Schmerz noch schlimmer.

Später hatte sie keine Ahnung, wie lange sie sich so umschlungen gehalten hatten, bevor sie sich schließlich voneinander lösten und Anna David, wie schon damals in seinem alten Haus, verlegen ein Taschentuch reichte.

Er putzte sich die Nase, und sie tat es ihm gleich. Dann sahen sie sich traurig an. Er seufzte. „Oh mein Gott."

„Du sagst es", murmelte sie.

Dann stand sie auf, gab ihm einen Kuss auf die Stirn und wandte sich ab. Ohne sich noch einmal umzudrehen oder sich um ihre einsinkenden Absätze zu kümmern, ging sie zu ihrem Auto, ließ den Motor an und fuhr nach Hause.

FÜNFUNDZWANZIG

Was auch immer David für sich entschieden hatte, entscheiden würde oder eben nicht – auf lange Sicht konnte sie so nicht weitermachen. Während sie zu Hause in ihrer Wohnung am Küchentisch saß, auf Matthew wartete und überlegte, was sie tun sollte, blätterte sie in einer Zeitschrift, die ihnen gratis zugesandt worden war, und las halbherzig ein Interview mit einer angesagten Schauspielerin. Plötzlich fiel ihr ein Zitat ins Auge: „Man sollte viel öfter einen Mutausbruch haben."

Sie musste zweimal hinsehen, um den Sinn zu erfassen, aber dann stand ihr das Wort plötzlich glasklar vor Augen: „Mutausbruch". Ja, den brauchte auch sie. Endlich. Sie konnte nicht den einen Mann lieben und mit dem anderen zusammen sein. Es ging einfach nicht, so wollte sie ihr Leben nicht verbringen. Sie musste Matthew verlassen.

Langsam ging sie ins Schlafzimmer, zog ihre beiden Koffer – einen kleinen, einen großen – sowie ihre Reisetasche unter dem Bett hervor und öffnete die Schranktür, um ihre Sachen zu packen.

Während sie noch überlegte, wie sie möglichst viel Kleidung unterbringen konnte, schlurfte sie zum Telefon und wählte die Nummer ihrer Eltern. Bereits nach dem zweiten Klingeln war ihr Vater am Telefon.

„Hallo Dad", sagte sie leise, und dann beschloss sie, dass sie nicht lange darüber reden konnte, was los war, sondern am besten einfach zum Punkt kam: „Ich erkläre euch nachher alles genau, aber kann ich für ein paar Tage bei euch wohnen?"

Stille. Als sie sich schon fragte, ob er überhaupt noch am Telefon war, sagte er gefasst: „Natürlich. Wann kommst du?"

Sie hatte mit einer Menge Fragen gerechnet und war jetzt überrascht über deren Fehlen. Wahrscheinlich hatte ihre Mutter ihm bereits erzählt, dass die geplante und schon in Teilen bezahlte Hochzeit nicht so sicher war, wie sie alle geglaubt hatten.

„Kommst du heute noch?", fuhr Frank sachlich fort.

„Ja, heute noch", bestätigte Anna. Sie fühlte sich, als würde sie sich selbst von oben zusehen, wie eine andere Person. „Ich warte, bis Matthew kommt, rede mit ihm … Und dann fahre ich gleich los."

„Fahr vorsichtig", war alles, was ihr Vater sagte. „Und wenn es ein Problem gibt, ruf uns an, ja?"

„Danke", antwortete Anna leise. Dann legte sie auf und fuhr mit dem Packen fort.

Als sie gegen achtzehn Uhr den Schlüssel im Schloss der Haustüre hörte, hatte sie ihr Gepäck bereits ins Auto geladen – Kleidung für circa zwei Wochen, dazu ihr Bettzeug und einige andere wichtige Dinge. Ginger saß fertig zur Abreise in ihrem Transportkorb und hatte sich nach ihrem anfänglichen Protest-Maunzen gemütlich zusammengerollt. Anna fühlte eine tiefe Ruhe über sich kommen. Es war richtig, was sie tat.

Matthew kam in die Wohnung, und als er die Katze in ihrer Box und Anna untätig am Küchentisch sitzen sah, runzelte er verwirrt die Stirn. „Hallo, ist alles in Ordnung?"

Anna schüttelte den Kopf und deutete auf den Stuhl ihr gegenüber. Er kam allerdings erst zu ihr und wollte ihr einen Kuss geben, aber sie drehte den Kopf weg. Dieses Kapitel war für sie abgeschlossen. Stattdessen deutete sie noch einmal, diesmal energischer, auf den anderen Stuhl. Matthew setzte sich mit einem halb verwirrten, halb verletzten Gesichtsausdruck. „Was ist los, Anna?"

Anna atmete einmal tief durch und fing dann gleich mit dem Kern der kleinen Rede an, die sie vorbereitet hatte. „Matthew, ich will dich nicht heiraten."

Er erstarrte und sah sie verständnislos an. Bevor er etwas sagen konnte, hob Anna bestimmt die Hand und fuhr fort: „Ich will nicht einmal mehr mit dir zusammen sein. Es ist nicht deine Schuld. Es tut mir leid. Ich habe schon gepackt und fahre gleich zu meinen Eltern, und dann suche ich mir eine eigene Wohnung. – Es tut mir wirklich leid. Kann ich Ginger mitnehmen?"

Matthew hatte den Mund geöffnet und starrte sie fassungslos an. Dann fing er sich wieder und stammelte: „Ich verstehe das nicht … Ich … Ist es wegen New Year's Eve? Oder weil ich generell so viel arbeite?"

Sie schüttelte den Kopf und starrte vor sich auf die Tischplatte, während sie die Arme vor dem Körper verschränkte, als wollte sie sich vor seinen Gefühlen schützen. „Nein", fing sie an. „Daran liegt es nicht. Nicht nur. Nicht einmal hauptsächlich. Ich …"

Weiter kam sie nicht, denn Matthew rutschte von seinem Stuhl herunter und kam zu ihr herüber, wo er sich vor ihr auf den Boden hockte und seine Hände auf ihre Knie legte. „Anna, ich kann das alles ändern!", sagte er beschwörend.

Seine Augen hatten einen wilden Ausdruck, den sie an ihm nicht kannte, und sie wandte den Blick ab.

„Matthew, das bringt nichts", antwortete sie bestimmt. „Das hätte vielleicht vor einem halben Jahr noch geholfen, aber jetzt ist es zu spät. Es ist auch nicht der Grund …"

„Was ist dann der Grund?", rief er und sprang auf, um hektisch in der Küche auf und ab zu gehen. „Verdammt, ich … Liebst du mich nicht mehr?"

Sie schwieg. Er blieb vor ihr stehen und starrte wild auf sie herunter. „Wirklich, du liebst mich nicht mehr?"

Sie schüttelte den Kopf.

„Sprich es wenigstens aus!" Seine Stimme war laut und grob.

Sie sah auf, ihm direkt in die Augen. „Ich liebe dich nicht mehr!", sagte sie fest.

Bei diesem Satz sackte er ohne Vorwarnung in sich zusammen wie eine Marionette. Er stolperte um den Tisch herum und ließ sich wieder auf seinen Stuhl sinken. „Aber – warum?" Totales Unverständnis spiegelte sich in seinen Augen. Seine Hände zitterten.

Anna schloss für einen Moment die Augen. Als sie sie wieder öffnete, hatte sie Mut gefasst. „Ich liebe jemand anders." Es war ein sonderbares Gefühl, es ihm gegenüber auszusprechen – aber es stimmte, und sie hatte das Gefühl, der Fairness halber müsste sie ehrlich sein.

Eine lange Sekunde starrte Matthew sie entgeistert an, dann schlug er die Hände vor das Gesicht. „Wen?" Seine Stimme klang gedämpft durch die Finger.

„David", sagte sie einfach. Nur seinen Namen. David. Allein beim Klang dieses Wortes fühlte sie, wie sie innerlich erstarkte.

Ruckartig nahm Matthew die Hände vom Gesicht und starrte sie ungläubig an. „David?! Meinen Cousin?“ Sein Mund stand offen.

Sie nickte und wollte ihm erklären, dass sie allerdings nicht mit ihm zusammen war, da kam schon seine Stimme, kalt und schneidend: „Der hat Frau und Kind. Und eine Ex-Frau. Wo genau passt du da hinein?“

Es tat weh, es zu hören – weil es stimmte. „Gar nicht.“ Sie klang gequält. „Aber ich kann nicht ihn lieben und dich heiraten.“

Er seufzte zittrig und verzog den Mund zu einer höhnischen Grimasse. „Ich nehme mal an, er hat dir seine Vorzüge ganz gründlich präsentiert, wenn du ihn gleich liebst.“

Sie erwiderte nichts, was ihm offenbar Antwort genug war.

„Ich bringe ihn um!“ Matthew sprang auf und schlug mit der Faust gegen den Türrahmen hinter ihm. „Ich schwöre dir, ich bringe ihn um!“

Anna fühlte, wie sich Panik in ihr breitmachte, und zwang sich, ruhig zu bleiben. „Er kann nichts dafür. Es ist allein meine Schuld. Er hat nichts getan“, sagte sie würdevoll, stand auf und nahm ihren goldenen Verlobungsring mit dem funkelnden, in Diamanten eingefassten Rubin ab, den sie Matthew in die Hand drückte.

Das änderte die Stimmung schlagartig. Matthew nahm den Ring mit zitternden Fingern, und sie drehte sich um, um die Wohnung zu verlassen – die Schuhe hatte sie bereits an, und ihre Jacke lag im Auto. Im letzten Moment schnappte sie sich den Katzenkorb und drehte sich noch einmal um, um wenigstens auf Wiedersehen zu sagen, und fand ihn kniend im Türrahmen zur Küche.

„Bitte geh nicht!“, bettelte er mit zittriger Stimme, und in seinen Augen standen Tränen. „Bitte lass es mich noch einmal versuchen!“

Sie sah ihn gequält an. „Matthew, mach es mir nicht so schwer! Es ist zu spät, man kann das nicht mehr zurechtbiegen.“

„Bitte“, hauchte er, und zu ihrem Entsetzen griff er nach ihrer Hand und begann sie zu streicheln.

Sie wappnete sich innerlich. Sie musste jetzt hart bleiben.

„Nein!“ Mit einem Ruck entriss sie ihm ihre Hand, drehte sich mitsamt Katze auf dem Absatz um und verließ die Wohnung, die sie so lange Zeit als die ihre angesehen hatte. Im Hausflur wandte sie sich noch einmal um.

Das Bild, wie er weinend im Türrahmen zur Küche kniete, sollte sich – auch wenn sie ihren Abschied nie bereuen würde – für immer in ihr Herz einprägen.

Auf dem Weg zu ihren Eltern kamen ihr plötzlich die Tränen, und sie hielt am rechten Fahrbahnrand, um sich kurz ihrem Schmerz hinzugeben. Nach einigen Minuten aber war es vorüber – sie hatte das Gefühl, als hätten die Tränen sie von innen gereinigt. Sie war frei.

Bei ihren Eltern angekommen, wartete Daisy schon am Fenster und schloss Anna wortlos in die Arme, als sie in der Tür erschien. Frank ging währenddessen zu ihrem Auto und lud kommentarlos ihre Koffer sowie Ginger aus – und auch die Kiste mit Schuhen, die sie in der letzten Minute noch auf den Rücksitz geladen hatte.

Während er mit übervollen Armen ihre Habseligkeiten an ihr vorbeitransportierte, fragte er trocken: „Ich nehme mal an, du bleibst länger?“

Anna löste sich aus der Umarmung ihrer Mutter und wandte sich verlegen ihm zu. „Ich nehme mir eine Wohnung, aber ich wusste nicht … wie lange es dauert." Aufgrund seiner Wortkargheit hatte sie einen Moment lang Angst, sie käme ihm ungelegen. Aber sie irrte sich: Frank stellte ihr Gepäck im Hausflur ab, dann kam er zu ihr und hob sie in eine Umarmung, als sei sie noch ein kleines Kind.

„Ach Mädchen", sagte er und wiegte sie leicht hin und her, während ihre Fußspitzen über dem Boden schwebten. „Das war bestimmt nicht leicht." Er stellte sie sachte wieder auf den Boden und kniff ihr mit väterlicher Geste in die Wange. „Aber soll ich dir mal was sagen?"

Sie sah ihn fragend an.

„Ich habe ihn nie besonders gemocht", fuhr Frank augenzwinkernd fort. „Bleib, solange du willst, und wenn du möchtest, holen deine Mom und ich deine restlichen Sachen, dann musst du nicht mehr hin."

Vor Dankbarkeit gingen Anna die Augen über und sie stürzte sich ein weiteres Mal in die Arme ihres Vaters. „Danke, Dad", murmelte sie in seinen kratzigen Wollpulli.

Drinnen im Wohnzimmer stand bereits eine Kanne mit Tee auf dem Tisch, daneben ein Kännchen mit Rum – eindeutig ein Werk ihres Vaters. Als sie Ginger in die relative Freiheit ihres alten Kinderzimmers entlassen hatte und sich müde auf die Couch fallen ließ, erschien er mit drei Tassen.

„Einen Schuss Rum in den Tee? Oder möchtest du etwas Stärkeres?", fragte er.

Anna musste lachen. „Dad, ich werde jetzt nicht zur Trinkerin, nur weil ich meine Verlobung gelöst habe. Tee ohne Rum ist völlig ausreichend."

Das war das Stichwort, und während Frank die Getränke und einige Knabbereien servierte, begann Anna zu erzählen. Sie schenkte ihren Eltern reinen Wein ein, ließ es allerdings so wirken, als sei sie mit ihren Gefühlen für David allein – dass in dieser Richtung durchaus etwas passiert war, musste zumindest ihr Vater nicht wissen, und sie setzte ihre Hoffnung darauf, dass ihre Mutter ihm vermutlich nur das Gröbste erzählt hatte.

Als sie fertig war, sah sie ihre Eltern prüfend an. Beide schienen sprachlos. Schließlich sagte ihre Mutter: „Wenn es das Richtige für dich ist, stehen wir hinter dir. Gut, dass du noch vor der Hochzeit den Schlussstrich gezogen hast."

Nach ihrer Konversation im Februar erleichterte sie dieser Satz ganz besonders. Sie lächelte traurig. „Irgendwie konnte ich nicht mehr anders."

Nach einer langen Pause, in der alle drei nachdenklich am Tee nippten, sagte schließlich Frank: „Angenehmer Bursche, dieser David. Sehr tüchtig. Bist du sicher, dass er nicht genauso empfindet wie du?"

Anna hatte sich noch nicht von ihrer Überraschung erholt, da fuhr er schon fort: „Ich meine, wir Männer sind ja nicht unbedingt immer die großen Redner."

„Danke, Dad", lächelte Anna. „Mal sehen."

„Ich will nur sagen, warte mal ab, bevor du ihn gleich abschreibst."

Heute

„Und so war ich dann plötzlich allein", schloss Anna und sah Emilia sinnend an. „Gleich am nächsten Tag bin ich auf Wohnungssuche gegangen. Der Markt war damals noch nicht so verrückt wie heute, und schließlich hat es meine Mutter über Kontakte geschafft, nach nur einer Woche eine kleine Wohnung in Olympia für mich aufzutun – nahe an meiner

Arbeit und recht schön für eine Person. So bin ich dann umgezogen, mitsamt Katze und all meinen Sachen."

Emilia sah beeindruckt aus. „Hast du dich mit Matthew noch einmal ausgesprochen?", fragte sie neugierig.

„Nicht gleich. Erst einmal haben meine Eltern meine Sachen geholt und mit seinen Eltern gesprochen, was mir allerdings recht peinlich war ... Ich habe mich einfach zurückgezogen. So viel Kraft hatte ich dann doch nicht." Anna zog die Nadel aus dem Strickzeug und verknotete die Fäden. Dann hielt sie den vollendeten grünen Schal in die Höhe. „Fertig!"

Emilias Augen wurden groß. „Wie ist das denn so schnell gegangen?"

Sie selbst hatte bereits wieder mit dem Stricken aufgehört, kurz nachdem Anna zu erzählen begonnen hatte. Anna zuckte die Schultern. „Lebenslange Übung."

Emilia blickte seufzend auf ihre halbfertige Arbeit und dann auf ihre Armbanduhr, die Anna immer als zu klobig für ihr schmales Handgelenk empfand. Sie stand zögernd auf. „Ich muss leider sowieso heute schon weg", sagte sie bedauernd. „Ich muss noch zu einer Vernissage, deren Künstler wir oft im Magazin abdrucken."

Anna erhob sich ebenfalls und fragte mit funkelnden Augen: „Und, wirst du dem auch Anzeigen und PR-Texte andrehen?"

„Nein, der ist ja schon ...", fing Emilia an und bemerkte dann den Humor in den Augen der Älteren. „Ach, verstehe." Sie lachte. „Guter Witz. Nein, der kann mir ja schließlich keinen Strickunterricht geben."

Anna gluckste. „Und dir wahrscheinlich auch nicht von seinem chaotischen Leben erzählen", fügte sie hinzu.

An diesem Nachmittag saß sie noch eine Weile im Geschäft, als Emilia schon gegangen war, und schwelgte in

Erinnerungen. Wie jung sie damals gewesen war – und wie energisch …!

Am nächsten Samstag kam Emilia, kaum dass sie das Auto abgestellt hatte, überschwänglich auf sie zugesprungen und schwenkte ein weißes Kuvert in der Hand. „Liebe Anna", rief sie und gab der älteren Frau ohne viel Federlesens einen dicken Schmatzer auf die Wange. Dann hüpfte sie auf der Stelle wie ein kleines Kind. „Schau mal, schau mal, was ich bekommen habe!"

Anna kniff die Augen zusammen.

„Einen Brief von Tom!" Emilia sang die Worte buchstäblich.

Anna musste lachen und scheuchte Emilia mit einer übertrieben-komischen Geste ins Gebäude. „Komm erst einmal rein."

Sie schloss die Tür hinter ihr und setzte sich. „So, und jetzt – was schreibt er?", fragte sie gespannt.

Emilia schüttelte den Kopf in absoluter Verzückung. „Das musst du selbst lesen!"

Mit großer Geste überreichte sie ihr dem Umschlag, der an der Kante offenbar in großer Eile aufgerissen worden war.

Typisch Emilia, dachte Anna und schmunzelte, keine zwei Minuten Zeit, um einen Brieföffner zu suchen, wenn der Mann des Herzens schreibt.

Dann setzte sie sich ihre Brille auf und begann zu lesen.

Liebe Milly,

hier erhältst Du meinen ersten und wahrscheinlich einzigen Brief. Du weißt ja, ich bin nicht so der Schreiberling, aber ich wollte mir nicht nachsagen lassen, dass ich Dich brieftechnisch im Regen stehen lasse.

Zurzeit bin ich für die Nachtwache eingeteilt und das bedeutet, dass ich tagsüber ruhe – allerdings nur ein paar Stunden, weil die Wache nicht meine einzige Aufgabe ist – und nachts vor unserem Camp stehe. Es ist die langweiligste Sache, die ich mir vorstellen kann. Aber am Sonntag hat das ein Ende, wir haben einen riskanten Einsatz.

Das Wochenende mit Dir hat mir viel bedeutet, und ich danke Dir, dass Du mir zugehört hast. Ich erzähle das nicht sehr oft jemandem. Wenn ich jetzt Wache schiebe, denke ich daran, wie Du Dich in meinen Armen anfühlst. Auch Dein kleiner Sohn ist sehr lieb, bitte grüße ihn von mir. Ich habe beschlossen, meine Pläne nach dem Einsatz vielleicht zu ändern. Dann hätte ich mehr Optionen und wahrscheinlich auch andere Arbeitszeiten. Aber darüber können wir noch genug reden, wenn wir uns wiedersehen.

Ich hoffe, Du erhältst diesen Brief vor Sonntag, denn bevor ich am Nachmittag in den Einsatz gehe, melde ich mich noch bei Dir. Ich wünsche mir, dass es Dir gut geht und Du sorgenfrei Dein Leben lebst. Deswegen bin ich mir nicht sicher, ob ich das Richtige tue, aber wie ich Dich und Deine Starrköpfigkeit kenne, wirst Du sowieso nicht lockerlassen – da kann ich es genauso gut genießen, Dich zu haben.

Ich küsse Dich am ganzen Körper.

Tom

Mit umwölkten Augen sah Anna auf. „Er schreibt schön", sagte sie einfach. „Nur …"

Emilia, die bisher ein breites Grinsen im Gesicht getragen hatte, runzelte die Stirn. „Was?"

„Dich zu haben", zitierte Anna und malte mit beiden Händen Anführungszeichen in die Luft. „Komische Wortwahl. ‚Mit dir zusammen zu sein', ‚dich in meinem

Leben zu haben', ja, aber – ,dich zu haben'? Als würde er dich besitzen." Sie pausierte und las den Satz ein weiteres Mal. „Aber wahrscheinlich bin ich zu kritisch. – Ansonsten sehr poetisch: ,Ich küsse dich am ganzen Körper.'" Belustigt zog sie eine Augenbraue hoch.

Emilia bekam rote Wangen. „Ja ..." sagte sie zögernd. „Auch das kann er sehr, sehr gut." Das Rot wurde karmesinfarben.

Anna faltete den Brief wieder und schob ihn Emilia über den Tisch zu. „Das kann ich mir vorstellen." Sie lächelte. „Und, wie geht's dir, wenn du das mit dem Einsatz hörst?"

Emilia wurde schlagartig ernst. „Furchtbar", sagte sie schlicht. „Aber ich bin inzwischen ganz gut im Recherchieren. Morgen sind im Libanon Wahlen, und weil Krawalle erwartet werden, schicken sie die UNO-Soldaten mit zum Begleiten der Urnen."

Anna nickte. „Gefährlicher Job", sagte sie. „Wenn du magst, ruf mich morgen an, wenn er unterwegs ist, dann reden wir ein bisschen und ich lenke dich ab."

„Danke." Emilia nickte. „Du bist meine Rettung!" Sie nahm den Brief in die Hand und strich fast zärtlich über die handschriftliche Adressierung. „Ich lasse ihn noch ein bisschen da liegen, damit ich weiß, dass ich ihn mir nicht nur einbilde, okay?"

„Na klar." Anna blinzelte und wies auffordernd auf Emilias Strickzeug. Sie selbst nahm sich ein pinkfarbenes Knäuel Wolle.

„Okay. – Was wird das?" Emilia wies mit dem Kopf auf die neue Wolle.

„Das sage ich dir nicht. Aber du wirst es schon sehen."

„Erzählst du weiter?", fragte Emilia bittend. „Jetzt, wo ich meine Story losgeworden bin?"

„Natürlich!", antwortete Anna. „Aber deine Story ist auf jeden Fall die heutige Titelstory."

SECHSUNDZWANZIG

1982

Der Umzug ging schneller als erwartet: Die neuen Möbel hatte Anna zusammen mit ihrer Mutter bereits ein paar Tage zuvor ausgesucht, und am Morgen des großen Tages holte ihr Vater die einzelnen Stücke mit seinem Transporter beim Möbelhaus ab, transportierte sie in die neue Wohnung und baute sie – soweit sie in mehrere Teile zerlegt waren – zusammen.

Daisy und Anna luden währenddessen die Kisten mit Annas Habseligkeiten in das große Auto, dann fuhren sie nach Olympia, wo Frank bereits eifrig arbeitete. Sie luden aus und räumten ein – und am späten Abend konnte Anna bereits in einer komplett eingerichteten Wohnung schlafen gehen. Zwar war es ein sonderbares Gefühl, allein in einem fremden Bett zu liegen, aber sie war so müde von dem langen Tag, dass sie schnell einschlief und am Morgen erfrischt aufwachte.

Der nächste Tag war ein Samstag, und Anna hatte frei. Ginger hatte sich gleich nach dem Betreten der Wohnung unter der Küchenzeile versteckt und war bisher nicht hervorgekommen, solange Anna wach gewesen war – sämtliche Leckerlis und Spielaufforderungen hatten nichts geholfen. Sie kannte sich gut genug mit Katzen aus, um zu wissen, dass es nach einem Ortswechsel ein paar Tage dauern konnte, bis sie sich wieder normal verhielt, aber Gingers Versteckspiel schlug ihr auf die Stimmung. Sie hoffte, dass die junge Katze wenigstens nachts herauskam, um zu fressen und zu trinken – viel schien in ihren Schüsselchen nicht zu fehlen.

An diesem Vormittag lag Anna stundenlang bäuchlings auf dem Küchenboden und versuchte, Ginger mit ihrer quietschenden Stoffmaus, mit ihrem liebsten Federspielzeug und einer ganzen Schale Brekkies mit Sahne hervorzulocken – bislang erfolglos.

Als gegen elf Uhr dreißig schließlich die Türglocke läutete, fuhr sie erschrocken hoch und schlug sich den Kopf am Griff des Küchenschranks an.

Mit einem höchst undamenhaften Fluch auf den Lippen schlurfte sie zur Wohnungstür, sich schmerzhaft den Hinterkopf haltend.

Das war das erste Mal, dass ich hier die Klingel gehört habe, dachte sie. Sie nahm – ebenfalls zum ersten Mal – den Hörer der hochmodernen Gegensprechanlage ab und fragte: „Ja bitte?"

„Ich bin's, David", drang eine wohlbekannte dunkle Stimme an ihr Ohr und sie zuckte zusammen. „Darf ich raufkommen?"

„Äh, ja, natürlich", stotterte sie und drückte den Knopf mit dem Schlüsselsymbol darauf. Dann legte sie den Hörer auf und lief hektisch vor den Spiegel, um sich noch schnell die Haare zurechtzustreichen und einen Hauch getönter Lippenpflege aufzulegen. Während sie überlegte, ob sie sich auch noch die Augenbrauen nachzeichnen sollte, den

Gedanken aber verwarf und sich postwendend für ihre Albernheit ausschalt, klopfte es schon an der Tür.

Geräuschlos, aber tief atmete sie einmal ein und aus, um ihr klopfendes Herz zu beruhigen, dann öffnete sie vorsichtig – und keuchte erschrocken auf. Davor stand David, und um sein linkes Auge strahlte ein riesiges Veilchen, dunkelblau und rot und geschwollen.

„Um Gottes willen!" Ihre Hand fuhr an ihre Lippen. „Was ist denn mit dir passiert?"

Er lächelte in einer Mischung aus Verlegenheit und Süffisanz. „Hallo erst einmal", sagte er. „Dein Ex-Verlobter lässt grüßen."

„Das war Matthew?" Anna hatte immer noch die Finger vor dem Mund. Ihre Augen waren so weit aufgerissen, dass sie begannen, sich richtig trocken anzufühlen.

David trat ungeduldig von einem Fuß auf den anderen. Ihr fiel auf, dass er eine Hand hinter dem Rücken verborgen hatte. „Willst du mich nicht erst einmal hineinlassen, bevor wir das besprechen?", fragte er.

„Klar!" Anna fasste sich und ging aus dem Weg, damit er ihre Wohnung betreten konnte. Dann schloss sie die Tür und ging ihm voraus ins Wohnzimmer. „Tee?", fragte sie.

Er schüttelte mit einem höflichen Dank auf den Lippen den Kopf, sah sich gründlich um und nickte dann anerkennend. „Schön hast du es hier!"

„Danke", antwortete sie automatisch, bevor sie sich setzte und ihn eindringlich ansah. „Was ist denn passiert?"

Er lächelte ironisch und setzte sich neben sie auf die Couch. „Ich bin vorgestern zu Matthew gefahren – beziehungsweise ich bin eigentlich zu dir gefahren, aber Matthew war da und statt einer Begrüßung habe ich dann eine überraschend harte Faust ins Gesicht bekommen." Das Lächeln ging in ein schiefes Grinsen über. „Verdient hatte ich es ja. Aber hättest du mir nicht vielleicht sagen können, dass du ihn verlassen und ihm auch noch die Wahrheit gesagt hast über uns?"

Anna schloss entsetzt die Augen. Verdammt. Daran hatte sie überhaupt nicht gedacht.

David fuhr fort: „Dann hätte ich zumindest eine Chance gehabt, auszuweichen oder … Ich weiß auch nicht, ihm die Arme zu verdrehen?" Der letzte Teil des Satzes klang etwas hilflos.

Anna schüttelte entsetzt den Kopf. „Oh Gott, David, das tut mir so leid!" Ihre Stimme klang ganz betroffen. „In dem ganzen Chaos habe ich überhaupt nicht daran gedacht, dass so etwas passieren könnte!"

Er wischte ihre Entschuldigung mit einer Handbewegung weg. „Ist nicht so schlimm", sagte er tapfer. Dann zog er die Hand hinter seinem Rücken hervor und reichte ihr eine Tüte mit dem Logo von Salt Lake City darauf. Als sie sie öffnete, entdeckte sie eine Salzmühle, die mit groben Salzkörnern gefüllt war, und einen Laib Brot vom Bäcker in Beachcrest. „Als kleines Einweihungsgeschenk für deine Wohnung", fügte er hinzu. „Damit du immer genug Würze in deinem Leben hast. Das Salz ist vom Great Salt Lake … Ich dachte … als Erinnerung."

Sie lächelte ihn an, mit einer Mischung aus Dankbarkeit und Trauer. „Vielen Dank", sagte sie. „Das bedeutet mir viel. Und noch einmal, es tut mir so leid wegen Matthew! Hast du große Schmerzen?"

David biss sich auf die Unterlippe, bevor er heldenhaft sagte: „Nein, nein."

„Warst du beim Arzt?", fuhr sie fort zu bohren.

„Nein, so schlimm ist es ja nicht", antwortete er wegwerfend. Dann schwieg er einen Moment. „Warum hast du mir nicht gesagt, dass du ihn verlassen hast? Dass du umziehst? Ich hätte dir doch geholfen!"

Sie lächelte hilflos.

„Wäre das zu viel gewesen?", fragte er, scheinbar ihre Gedanken lesend.

Anna wiegte zögernd den Kopf hin und her. „Na ja … Nach dem letzten Mal … Du hast ja recht deutlich gemacht, dass es besser ist, wenn wir nur Freunde sind … Aber …" Sie kam ins Stottern. „Ich konnte ihm nicht länger etwas vorspielen, und dann habe ich einfach beschlossen, dass ich es jetzt durchziehe. Aber ich will dich nicht … Du sollst dich nicht verpflichtet fühlen … Dein Leben soll nicht in mein Chaos mit hineingezogen werden, gerade jetzt, wo du es wieder irgendwie geordnet hast." Sie war sich nicht sicher, ob sie das verständlich formuliert hatte. Eigentlich wusste sie nicht einmal selbst genau, was sie meinte.

Im Grunde hätte sie sich nichts mehr gewünscht, als David beim Umzug – und auch schon bei ihrem Gespräch mit Matthew – an ihrer Seite zu haben. Aber so wie die Dinge lagen … Nein, sie musste allein durch diese Situation kommen.

Er nickte und wirkte, als sei er ganz in Gedanken versunken. Nach einer langen Weile sah er sie nachdenklich an. „Ich verstehe. – Ich finde, du warst sehr mutig. Aber ich muss sagen, dass du Matthew die ganze Wahrheit erzählst, damit hätte ich nicht gerechnet."

Anna runzelte die Stirn. „Die ganze Wahrheit habe ich ihm gar nicht erzählt", sagte sie langsam. „Ich habe nur gestanden, dass …" Sie spürte, wie ihr Gesicht heiß wurde. „Dass ich Gefühle für dich habe."

David erstarrte. „Oh!"

Sie blickte ihn ungläubig an. „Wie …?"

„Na ja, jetzt weiß er es“, sagte David trocken. „Nach dem Faustschlag war ich mir sicher, dass er von New Year's Eve wusste, und während er sich wohl noch überlegt hat, ob er sich auf mich stürzen sollte, habe ich so etwas gesagt wie ‚Es war nur die eine Nacht‘.“

Anna war perplex. „Ups.“ Sie fing an, auf ihrer Unterlippe zu kauen, und dachte einen Augenblick nach. Dann ergänzte sie: „Aber ich würde annehmen, dass er sich das sowieso schon gedacht hat. Wie ist es dann weitergegangen?“

David lehnte sich nach vorne und berührte instinktiv sein blaues Auge, zuckte dann schmerzvoll zusammen und erzählte: „Na ja, ich habe mich von der Überraschung erholt und aus seiner Aktion geschlossen, dass du eure Verlobung gelöst hast. Ich bin wieder aufgestanden – sein Hieb hatte mich so unvermutet getroffen, dass ich tatsächlich nach hinten umgefallen war – und habe versucht, mich zu entschuldigen … Ich wollte ihm sagen, dass es nicht beabsichtigt war, ihm seine Verlobte auszuspannen, aber dass wir … dass ich … dass du mir viel bedeutest …“

Anna schluckte.

„Aber er hat mich gar nicht ausreden lassen, mich aus der Tür geschoben und gesagt, er will mich nie wiedersehen. Ich schätze, das war es dann wohl mit dem Familienzusammenhalt. – Nicht, dass ich das nicht verstehe, ich würde es genauso sehen, wenn …“ Er brach ab.

Entsetzt schüttelte Anna den Kopf. „Eigentlich dachte ich immer, wenn das Ganze aufkäme, würde ich diejenige sein, mit der niemand mehr etwas zu tun haben will.“

Einen Moment lang schwiegen beide. Dann sprach Anna weiter: „David, es tut mir unglaublich leid. Ich wollte nicht eure Familie zerstören.“

David sah sie wehmütig an und schüttelte den Kopf. „Anna“, sagte er fest und nahm ihre kühle Hand in seine, „du kannst mir das jetzt glauben oder nicht, aber ich kann dir nur sagen, ich würde nichts anders machen, wenn ich die Zeit zurückdrehen könnte. Beziehungsweise doch, aber nur, um dich nicht so zu verletzen."

Schon wieder stiegen Anna Tränen in die Augen, aber sie biss tapfer die Zähne zusammen und atmete konzentriert durch. Die Szene von ihrem letzten Treffen durfte sich auf keinen Fall wiederholen.

„Danke", wisperte sie und schaute ihn scheu durch die gesenkten Wimpern an. „Danke, dass du mich so gernhast." Ihre Stimme war nicht mehr als ein Hauch.

„Hey", sagte er sanft und hob die Hand, um mit den Fingerspitzen ihre Wange zu berühren, wie er es schon oft getan hatte – es erschien ihr jedes Mal wie Magie, was er mit einer solch kleinen Berührung in ihr auslösen konnte. Sobald sie seine Fingerkuppen auf ihrer Haut fühlte, spürte Anna eine riesige Welle Sehnsucht herbei schwappen und sie in ihren Sog ziehen.

„Oh bitte", sagte sie mit all der Ironie, die sie aufbringen konnte, legte ihre Hand zart auf seine und führte sie sanft, aber bestimmt zurück auf seinen Oberschenkel. „Bloß kein Mitleid, sonst muss ich wieder weinen und bin irgendwann ganz dehydriert. Und davon kriegt man Falten." Sie versuchte ein Lächeln, das allerdings recht kläglich herauskam.

„Okay." David seufzte und ihr fielen seine geweiteten Pupillen auf, was sie zu dem Gedanken brachte, ob es ihm ähnlich ging wie ihr. Sehnte auch er sich so sehr nach mehr, dass es ihm schwerfiel, die Beherrschung zu bewahren?

Bevor sie diesen Gedanken weiterverfolgen konnte, zwang sie sich, etwas Unverfängliches zu sagen. „Was meinst du", fragte sie, „wollen wir dieses Brot anschneiden? Von dem Duft bekomme ich richtig Hunger – und es bringt sicher

Unglück, den ersten Laib Brot im neuen Zuhause verkommen zu lassen."

„Ganz sicher." David lächelte und schien seine Contenance wiedergefunden zu haben.

Auf dem Weg in die Küche fiel Anna ein, dass er die Wohnung ja noch gar nicht kannte, und sie fragte: „Oder möchtest du erst eine Tour durch das *Casa di Anna* haben?"

Er zog scherzhaft eine Augenbraue hoch. „Gibt es viel zu sehen?", fragte er.

„Noch circa fünfundzwanzig Quadratmeter", gab sie gespielt würdevoll zurück, und er musste lachen.

„Na dann, das kann ich mir wohl nicht entgehen lassen."

Sie drehte um und ging ihm voraus durch das Wohnzimmer. „Das kennst du ja jetzt schon", wies sie auf die Umgebung, „und dahinter ist das Schlafzimmer."

Sie öffnete die weiße Holztür und ließ ihn eintreten, ganz Hausherrin. David nahm sich Zeit, das frauliche Zimmer zu bewundern: die türkisfarbenen Vorhänge, die weiße Schrankwand mit dem großen Spiegel, ihren Schminktisch mit dem altmodischen Hocker, das schmiedeeiserne Bett mit dem Nachtkästchen aus weißem Holz, darauf die Sammlung von Muscheln und die kleine Stehlampe mit dem ebenfalls türkisfarbenen Schirm.

„Schön", lobte er.

„Ja", stimmte sie zu. „Ich habe mich ein bisschen inspirieren lassen von …"

… von deinem Strandhaus, hatte sie sagen wollen, aber im letzten Moment brach sie ab.

Beide starrten eine Weile auf das Bett, versunken in Gedanken. Dann brach David das Schweigen und fragte schelmisch: „Kein Betthimmel?"

Überrascht von seinem plötzlichen Anflug von Humor, lachte sie auf. „Nein!“, sagte sie bestimmt. „Bloß kein Betthimmel. Hast du denn inzwischen einen?“

David schüttelte den Kopf, plötzlich wieder ernst. „Nein, ich ... Den auszusuchen, hätte nur dir gebührt. Jetzt will ich keinen mehr.“

Für eine lange Sekunde sahen sie sich in die Augen. Dann fasste sich Anna, wandte sich ab und ging durch das Wohnzimmer in Richtung Bad, in der sicheren Annahme, dass er ihr folgen würde. „Das ist das Bad“, sagte sie überflüssigerweise und er warf einen schnellen Blick in das hellgrau geflieste Zimmer mit der großen Wanne und dem modern gestalteten Waschbecken.

Dann ging Anna in die Küche, David folgte ihr. „Die Küche“, bemerkte sie.

„Auch schön“, kommentierte David. „Eine schöne kleine Wohnung! Ich freue mich für dich, Anna.“

Unausgesprochen hing der Fakt in der Luft, dass sie jetzt genauso gut in seinem Haus am Strand wohnen könnte, wenn ... ja, wenn die Dinge anders lägen.

„Ach“, fiel es ihm plötzlich ein. „Hast du eigentlich die Katze mitgenommen?“

Anna stieß sanft mit dem Fuß gegen den Futternapf, der vor der Küchenzeile stand. „Prinzipiell ja“, antwortete sie, froh über den Themenwechsel. Sie wies mit dem Kopf auf die Küchenzeile, unter der zwei ängstliche grüne Katzenaugen hervorleuchteten. „Aber ihr scheint die Wohnung bisher nicht ganz so gut zu gefallen wie mir.“

Sie stellte die Tüte mit Brot und Salz auf den Tisch, nahm den Laib heraus und suchte in der Schublade neben der Spüle nach einem Messer.

Während sie zwei Scheiben Brot abschnitt, wies David auf die Ecke der Küchenzeile, unter der sich Ginger versteckt hatte. „Darf ich es mal versuchen?"

Sie seufzte. „Probier es ruhig", ermutigte sie ihn. „Aber mach dir nicht zu viele Hoffnungen!"

Sie ging zum Kühlschrank, um Butter, Frischkäse und einige Antipasti vom Vortag herauszuholen, und David ließ sich vor der Küchenzeile auf die Knie nieder. Weil er immer noch nicht tief genug saß, legte er sich schließlich auf den Bauch, wie sie es zuvor auch getan hatte. „Miez miez miez!" Lockend schob er die Hand unter die Küchenzeile.

Amüsiert sah Anna ihm kurz zu, bevor sie das Essen auf dem Tisch arrangierte und zwei Teller hinstellte.

„Na komm, Ginger, komm!" Er machte ein schnalzendes Geräusch mit der Zunge – und als Anna das nächste Mal zu ihm hinsah, schob sich ein rotfelliger Katzenkopf unter der Küchenzeile hervor und rieb sich begeistert an Davids ausgestreckter Hand. Anna traute ihren Augen nicht.

„Wie hast du das gemacht?", entfuhr es ihr.

„Ich habe keine Ahnung." David grinste, stand auf und hob Ginger in seine Arme. „So ist es fein", sagte er in jenem beruhigenden Tonfall, der eindeutig für Kinder und Tiere reserviert war, und kraulte die Katze hinter den spitz aufgerichteten Ohren, die prompt zu schnurren begann wie eine kleine Nähmaschine.

Bevor er sich an den Küchentisch setzte, setzte er Ginger auf dem Boden ab, die sich sofort voll Eifer über die in Sahne eingeweichten Brekkies hermachte, ganz so, als habe sie wochenlang gehungert.

„Wahnsinn!" Anna war beeindruckt. „Du hast ja keine Ahnung, wie lange ich das schon versucht habe!"

Sie setzte sich und bedeutete ihm, dasselbe zu tun. Dann stand sie noch einmal auf, weil sie bemerkte, dass sie das Brot auf der Anrichte liegen hatte lassen. Als sie damit zurück an den Tisch kam, fiel ihr etwas an seinen Haaren auf. „Du hast da eine Staubflocke."

Ohne nachzudenken, griff sie in sein dunkelblondes Haar und entfernte den Staub. Erst, als er sie aus seiner sitzenden Position mit großen Augen ansah, wurde sie sich der Intimität dieser Geste bewusst. Verlegen setzte sie sich wieder.

Sie bestrich ihr Brot mit Butter und streute etwas Salz aus der neuen Salzmühle darüber. „Lecker", kommentierte sie.

Er grinste. „Besonders salziges Salz?"

„Absolut salziges Salz", bestätigte sie kichernd, froh, dass die Stimmung wieder aufgelockert war. Sie aßen eine Weile in friedlichem Schweigen, dann fiel es Anna ein: „Woher wusstest du eigentlich, wohin ich gezogen bin? Matthew weiß es nämlich nicht."

David griff nach seinem Wasserglas und nahm einen großen Schluck. „Nein, er hätte es mir wohl auch kaum verraten. Ich habe deine Eltern angerufen und gefragt. Dein Vater hat mir zwar auch deine neue Telefonnummer gegeben, aber ..." Er zuckte die Schultern.

Sie wartete.

„... ich wollte dich lieber gleich persönlich sehen. Ehrlich gesagt wusste ich nicht, was ich nach unserem letzten Treffen hätte sagen sollen."

Sie schlug den Blick nieder, um nichts von ihren Gefühlen preiszugeben. „Ja", sagte sie unbestimmt, „das war ziemlich intensiv."

David nickte, und während des restlichen Essens sagte niemand mehr ein Wort.

Dann verabschiedete sich David, nicht ohne Ginger, die inzwischen auf der Couch im Wohnzimmer lag und –

offenbar vollauf zufrieden – vor sich hin döste, den Kopf zu streicheln.

In der Tür drehte er sich noch einmal um, und Anna rechnete fast mit den beiden üblichen Wangenküsschen. Stattdessen aber zog David sie impulsiv in seine Arme und vergrub seine Nase in ihrem welligen Haar, während sie seinen typischen Duft genießerisch einsog. „Ach Anna“, seufzte er.

„David, nicht …“ Gequält machte sie sich los.

„Doch!“ Er nahm ihre Hände, die sie eigentlich gerade schützend vor der Brust hatte verschränken wollen. „Anna, ich weiß noch nicht, wohin meine Reise gehen wird, aber ich verspreche dir, ich werde nochmal noch einmal gründlich über alles nachdenken, okay?“

Sie nickte. Sie konnte ihn nicht einmal ansehen. Doch dann fasste sie Mut. Schließlich hatte sie nichts zu verlieren. „Weißt du“, sagte sie leise, „es gibt viele schöne Sterne am Himmel, und ich bin nicht so naiv zu glauben, dass es für jeden nur den einen gibt. Aber manche strahlen einfach mehr als andere, und …“ Wehmütig lächelte sie ihn an. „Du machst mein Leben ziemlich hell.“

Er schien berührt zu sein von ihren poetischen Worten, legte vorsichtig beide Hände auf ihre Wangen und beugte sich über ihre Stirn, um ihr einen sanften Kuss darauf zu geben. „Du Wunderbare …“ murmelte er zärtlich. „Vielleicht solltest du dir das mit dem Wollgeschäft noch einmal überlegen. Zur Dichterin würdest du dich wahrscheinlich auch ganz gut eignen.“

Sie musste trotz der aufgeladenen Stimmung grinsen, und das bewirkte, dass sich ihr Verstand wieder einklinkte. Sie trat einen Schritt zurück. „Mach's gut“, sagte sie.

„Du auch.“ Er schien noch wie in Trance, als er langsam die Treppe ins Erdgeschoss des Drei-Parteien-Hauses hinunterging.

Sie schloss die Tür hinter ihm, und als wolle sie ihre Gefühle für ihn gleich mit aussperren, drehte sie den Schlüssel im Schloss, bis es nicht mehr weiter ging.

SIEBENUNDZWANZIG

Heute

„Oh, da warst du ja auch ganz schön in der Warteschleife", kommentierte Emilia, als Anna geendet hatte.

„Ja", stimmte Anna zu. „Aber irgendwie konnte und wollte ich mich noch nicht von ihm losreißen. Ich hatte so ein Gefühl, dass unsere Geschichte noch nicht vorüber war."

Emilia drehte nachdenklich ihre Wolle in der Hand. „Das kenne ich", sinnierte sie, „das gleiche Gefühl hatte ich auch nach meiner ersten Nacht mit Tom, und wie man sieht …" Sie deutete auf den Brief, der immer noch auf dem Tisch lag, und ein warmes Gefühl überkam sie.

„Ich glaube, wir Frauen haben dafür einen siebten Sinn", bestätigte Anna. „Von daher gebe ich dir Recht, ich glaube auch, dass deine Geschichte mit deinem Soldaten gerade erst anfängt. Nur, lass dich trotz allem nicht zu lange hinhalten. Dafür bist du zu schade."

Emilia lachte auf. „Oh, danke!" Dann fiel ihr Blick auf Annas Strickerei. „Sag mal, was wird das denn nun eigentlich?"

Es sah klein aus, und erst hatte Emilia an einen Baby- oder Kinderschal gedacht. Dafür war allerdings die Maschenführung verkehrt herum.

„Na gut", gab sich Anna geschlagen. „Es wird ein Stirnband. Ich dachte, vorne schlage ich es einmal um und setze eine Glitzerapplikation auf, und dann werde ich es vielleicht noch mit Fleece füttern."

„Cool! Für dich selbst?", fragte Emilia.

Anna lächelte geheimnisvoll. „Mal sehen", war alles, was sie sagte.

Am nächsten Tag war Emilia bereits um sechs Uhr hellwach und kaute am Frühstückstisch an ihren Nägeln.

Sie hatte schlecht geschlafen und geträumt, dass Tom bei seinem Einsatz angeschossen wurde und langsam verblutete, und die Tatsache, dass Tobi bei seinem Vater war, machte den Start in den Tag auch nicht gerade besser. Sie trank ihren Kaffee in kleinen, lustlosen Schlucken und wartete darauf, dass die Zeit verging.

Um zwölf Uhr klingelte endlich Emilias Handy – inzwischen hatte sie so gut wie keine Nägel mehr und lief nervös in der Wohnung auf und ab.

Hektisch rannte sie zu ihrem Smartphone, las den vertrauten Namen – wie immer rief er via Internet an – und hob atemlos ab. „Hallo?"

„Hi", hörte sie ihn sagen, und allein beim Klang seiner Stimme wurden ihre Knie ganz zittrig. Sie ertappte sich selbst dabei, wie ihre Gesichtszüge weich wurden, und konnte sich vorstellen, dass sie ungefähr so dreinschaute wie Anna, wenn sie von ihrer großen Liebe David sprach. „Wie steht's mit dem Einsatz?"

„Ich warte nur noch auf den Marschbefehl", antwortete er. „Hast du also meinen Brief bekommen?"

„Ja", hauchte sie in den Hörer, „und ich würde ihn mir am liebsten einrahmen. Danke, danke, danke!"

Sein leises Lachen war wie eine Umarmung durch die Telefonleitung. „Ich dachte mir, so ganz unbeantwortet kann ich deine Schreibereien auch nicht lassen. War gar nicht so leicht, ich finde oft keine Worte. – Wie geht's dir? Und Tobi?"

Sie setzte sich in ihrem Erker auf das Fensterbrett und zog die Knie an – dieser Platz hatte sich inzwischen zum Favoriten unter den Sitz-Optionen in ihrer Wohnung entwickelt. „Gut", antwortete sie. „Tobi hat mehrmals nach dir gefragt, da hast du ziemlich Eindruck gemacht."

Eine kleine Pause entstand, und als Tom endlich wieder sprach, konnte sie hören, dass er lächelte. „Dann hoffe ich mal, dass er nicht der Einzige ist, bei dem ich ein bisschen Eindruck gemacht habe."

„Durchaus nicht." Sie lächelte wie verrückt. „Und mehr als nur ein bisschen. Wie geht es dir?"

„Gut", antwortete er und fügte pragmatisch hinzu: „Wäre auch schlecht, wenn es mir so kurz vor dem Ausrücken nicht gut gehen würde, oder?"

Sie schwieg.

„Ich habe dann auch mein Handy nicht dabei, aber ich melde mich danach, okay?"

„Okay." Das Lächeln war ihr aus dem Gesicht gerutscht. Wenn sie nur daran dachte, dass er gleich in eine so gefährliche Situation gehen musste, wurde ihr ganz kalt. Sie zog die Knie näher an ihren Oberkörper heran. „Wie lange dauert der Spaß denn?"

„Nur ein paar Stunden", beruhigte er sie. Dann hörte sie im Hintergrund Geräusche: männliche Stimmen, das Klappern von Ausrüstung, Schritte. Tom bestätigte: „Es geht los, ich muss."

„Okay, dann … Viel Erfolg!"

„Danke!“ Sie konnte hören, dass er in Gedanken schon woanders war.

„Hey, Tom?“, hielt sie ihn noch einmal auf. „Pass auf dich auf, ja?“

Das Lächeln kam wieder in seine Stimme. „Du kennst mich doch“, sagte er sanft.

„Ein bisschen“, erwiderte sie und musste die Zähne zusammenbeißen, um sie am Klappern zu hindern. Plötzlich hatte sie Schüttelfrost.

„Besser als die meisten“, hörte sie ihn noch murmeln, bevor er laut sagte: „Mach's gut! Tschüss!“

„Tschüss“, wiederholte Emilia, dann hörte sie, wie die Leitung unterbrochen wurde, und legte das Handy neben sich auf die Fensterbank.

Sie wusste, wenn sie jetzt sitzen blieb, würde sie wieder in eine Art Schockstarre versinken – so wie damals, nachdem sie Tom vor seinem Einsatz besucht hatte. Das durfte aber nicht passieren, sie musste in wenigen Stunden Tobi bei seinem Vater abholen und dann einigermaßen gefasst sein.

Also stand sie auf, fing an, erst die Finger, dann die Arme zu bewegen, erinnerte sich daran, dass sie ja Yoga beherrschte, und machte ein paar Sonnengrüße. Danach hatten ihre Zähne aufgehört zu klappern und sie fühlte sich aktiv genug, um Anna anzurufen.

Als es läutete, installierte Emilia ihr Headset an Handy und Ohr – so konnte sie während des Telefonates in Bewegung bleiben, und irgendwie war ihr das gerade wichtig.

„Hallo“, kam Annas Stimme aus der Leitung.

„Hi“, antwortete Emilia, und ohne viel darum herumzureden, fügte sie hinzu: „Er hat gerade angerufen, sie gehen jetzt in den Einsatz.“

Annas Stimme war tröstend. „Mach dir keine zu großen Sorgen. Er ist für so etwas ausgebildet worden, weißt du. Das ist sein Job, so wie es deiner ist, Anzeigen zu verkaufen."

„Ich weiß." Emilia seufzte und fing an, ihre Beine zu dehnen, indem sie einen Fuß auf den Tisch legte und sich darüber beugte. Wenn sie im Yogakurs etwas gelernt hatte, dann, dass körperliche Anstrengung die Seele balancieren konnte. „Kannst du ein bisschen mit mir reden, damit ich abgelenkt bin?"

„Natürlich", stimmte Anna zu, „immer gerne, girly. Wann musst du denn deinen kleinen Schatz abholen?"

„Um drei", erwiderte Emilia und wechselte das Bein. Bewegung tat tatsächlich gut. „Kannst du ein bisschen weitererzählen? Von dir und David?"

Anna lachte. „Wenn ich ein Buch wäre, könntest du mich gar nicht mehr weglegen, stimmt's?"

Emilia grinste. Sie fühlte sich schon viel ruhiger. „Dann hätte ich dich längst ausgelesen", sagte sie.

„Na gut", begann Anna, und ein Knarren im Hintergrund ließ Emilia annehmen, dass sie es sich in ihrem Wohnzimmersessel bequem gemacht hatte. „Ich glaube, du brauchst heute etwas Lustiges, deshalb erzähle ich dir, wie Mr. Pipow ganz besessen von dem Gedanken war, die CIA würde ihn ausspionieren."

1982

„Das müsstest du mit eigenen Augen sehen!" Davids Stimme durch die Telefonleitung hatte einen beinahe ungläubigen Unterton. „Er hat das ganze Haus ‚wanzensicher' gemacht – es sieht aus wie in einem Bunker."

Pause. „Oder wie in einer Irrenanstalt, ich nehme an, das kommt auf die Sichtweise an."

Anna lachte. „Ich habe dir ja gesagt, wir werden mit ihm noch so einiges erleben!" Seit dem Moment, in dem David sie angerufen hatte, um ihr entsetzt von seiner Stippvisite bei Mr. Pipow zu erzählen, amüsierte sie sich still und heimlich. Sie musste sogar die Lippen zusammenpressen, um nicht laut heraus zu lachen.

„Ja, aber das!" David konnte sich gar nicht beruhigen. „Das ist so heftig, dass ich ihm nur den Mietvertrag überreicht und den zweiten und dritten Hausschlüssel vergessen habe. Ich muss also nochmal hin."

Sie gluckste.

„Kannst du vielleicht mitkommen und dich davon überzeugen, dass ich nicht fantasiere?", bat er skeptisch. „Meine Vernunft will mir einreden, dass ich das nur geträumt habe."

Anna schwieg verbissen. Ein hysterisches Kichern steckte ihr hartnäckig im Hals.

„Ich meine, er hat Alufolie vor die Fenster geklebt, Anna! Alufolie!"

Jetzt war alles zu spät: Mit aller Macht bahnte sich das Glucksen einen Weg, und sie musste so heftig lachen, dass ihr die Tränen über die Wangen rollten und ihre Bauchmuskeln schmerzten. Mitten in ihrem Lachanfall hörte sie, wie David einstimmte.

„Ich glaub das nicht", stöhnte sie schließlich. „Alufolie! Gegen die CIA!" Sie brach erneut in Lachen aus, und die nächsten Minuten verbrachten beide hilflos ihrer Heiterkeit ausgeliefert, den Telefonhörer am Ohr.

„Oh Gott ..." Davids Stimme klang ganz erledigt, als er endlich wieder ruhiger wurde, und sie hörte ihn schniefen.

Auch sie hatte inzwischen Schmerzen an Muskeln, von denen sie gar nicht gewusst hatte, dass sie sie besaß. „Jetzt brauche ich ein Taschentuch", sagte sie. „Moment mal."

Bevor sie den Hörer weglegte, hörte sie, wie er sich ebenfalls die Nase putzte und sich vermutlich die Lachtränen abwischte.

„Oh mein Gott." Sie nahm den Hörer wieder auf. „Ich glaube, heute muss ich keinen Sport mehr machen, das war jetzt ein echtes Bauchmuskeltraining."

„Dito", stimmte David zu. „Aber mal im Ernst, kommst du das nächste Mal mit?"

Anna spürte, wie ihr ein neuer Lachanfall im Hals kitzelte, und bemühte sich um einen seriösen Ton, als sie antwortete: „Ja, ehrlich gesagt habe ich das Gefühl, ich werde es mein Leben lang bereuen, wenn ich es nicht tue. Wann fährst du denn?"

„Ich dachte, wir könnten zu Fuß gehen", korrigierte sie David. „Es ist ja schon April, der Schnee ist weg, und heute war es hier schon richtig warm. Falls du morgen nicht gerade Spätschicht hast, könntest du am späten Nachmittag zu mir kommen? Dann könnten wir danach auch zusammen kochen. Und Wein trinken. Viel Wein vermutlich, nach dem Besuch bei dem alten Paranoiden." Pause. „Eigentlich – hättest du Lust, zu übernachten?"

Sie erstarrte. Alle Heiterkeit war wie weggeblasen. „David, ich weiß nicht …" Sie zögerte.

„Anna." Seine Stimme klang beschwörend und ernst. „Ich verspreche dir, ich fasse dich nicht an, und du schläfst in deinem eigenen Zimmer. Herrgott, du kannst sogar die Tür absperren!"

Sie lachte auf.

„Aber ich würde mich sehr freuen, ein bisschen Zeit mit dir zu verbringen und …" Er schien nach Worten zu ringen. „… dich einfach um mich zu haben!"

Sie kaute auf ihrer Unterlippe – eine neue, schlechte Angewohnheit. „Was sagst du Katie?"

„Wenn sie fragt", betonte David selbstsicher, „sage ich ihr ganz offen, dass ich mit dir koche. Sie weiß, dass du hier ein Zimmer hast, sie weiß, dass wir eng befreundet sind, es ist kein Problem."

Nur dass es eines ist, dachte Anna. Aber nachdem er bei ihrem letzten Treffen gesagt hatte, er würde alles noch einmal überdenken, behielt sie das für sich und sagte stattdessen: „Okay, dann … Warum nicht."

Ich könnte dir hundert Gründe nennen, warum nicht, meldete sich das kleine Teufelchen in ihrem Kopf, aber sie beschloss, es zu ignorieren.

„Passt sechzehn Uhr dreißig?", fragte sie in den Hörer.

„Klingt perfekt", bestätigte David. „Irgendwelche Wünsche fürs Abendessen, Allergien, Abneigungen?"

„Lieber Fisch als Fleisch", sagte Anna schmunzelnd, „sonst alles unkompliziert."

„Ihr Wunsch ist mir Befehl, Mylady", scherzte David. „Ich freue mich! Bis morgen!"

„Bis morgen." Sie hörte, dass es fast liebevoll klang, und biss sich auf die Zunge, bis sie Blut schmeckte. Dann legte sie auf.

Am nächsten Tag hatte sie es eilig: Nach der Arbeit legte sie einen kurzen Zwischenstopp zu Hause ein, fütterte Ginger – am Abend würde dies ihre Mutter übernehmen, der sie die klitzekleine Lüge erzählt hatte, sie würde mit einer Freundin ausgehen – und zog sich um. Mehrmals. Kein Outfit schien zu genügen.

Als Anna schließlich reichlich spät die Wohnungstür hinter sich ins Schloss zog, trug sie ihren schwarzen Jeansrock über einer safrangelben Wollstrumpfhose mit flachen schwarzen Stiefeletten und dazu einen petrolblauen, weiten Strickpullover mit U-Boot-Ausschnitt. Perfekt für einen Spaziergang durch den Wald und doch schick – und immerhin das dritte Outfit, das sie heute anprobiert hatte.

Sie setzte sich ins Auto und fuhr los.

Als sie bei David ankam, spürte sie wieder die altbekannte Mischung aus Glücksgefühl und Nervosität in sich aufbrodeln. Sie stieg aus dem Auto und ging durch das kleine Gartentor zur Tür, aber als sie gerade den Schlüssel ins Schloss stecken wollte, zögerte sie. Sollte sie besser klingeln? Strenggenommen war sie ja hier nicht zu Hause …

Unentschlossen zog sie den Schlüssel wieder zurück. Ihre Hand hob sich gerade zum Klingelknopf, als die Tür schwungvoll von innen geöffnet wurde und sie fast das Gleichgewicht verlor vor Schreck.

„Hallo." David lächelte sie an.

„Hey!" Sie atmete schwer und hielt sich die Hand ans Herz. „Mein Gott, hast du mich erschreckt!"

„Sorry!" Er grinste jungenhaft und küsste sie auf die Wange – nur auf eine, dafür aber nicht nur angedeutet, sondern mit echter Lippenberührung. Innerlich ohrfeigte sie sich dafür, dass ihr das auffiel.

„Wollen wir gleich los?", fragte sie forsch, bevor er noch auf die Idee kommen könnte, dass sie sein Küsschen als angenehm empfunden hatte. Ihr fiel auf, dass er den Schal trug, den sie ihm zu Weihnachten gestrickt hatte.

„Ich hole nur schnell meine Sachen."

Während er Jacke und Schuhe anzog, lehnte sich Anna in den Türrahmen und sah sich neugierig um. Im Garten kamen inzwischen die ersten Blumen zum Vorschein – Krokusse und einzelne Maiglöckchen blühten mitten zwischen dem frischen, grünen Gras, das David wohl vor nicht allzu langer Zeit gemäht hatte, denn es sah sehr gepflegt aus.

Hier wäre ein schöner Platz für ein Rosenbeet, dachte Anna und schaute nachdenklich auf den Streifen neben dem Zaun, und da drüben könnte man für ein Kind einen Baum pflanzen, Apfel für einen Jungen und Kirsche für ein kleines Mädchen.

Gerade, als sie sich ausmalte, dass man an diesen Baum später auch eine Schaukel für selbiges Kind hängen könnte, erschien David.

„Schön, oder?", kommentierte er mit einem Nicken in Richtung Krokusse.

„Mhm", machte Anna unverbindlich und zog es vor, ihn nicht anzusehen. Wenn sie für einen Moment nicht aufpasste, gingen ihre Gedanken derart mit ihr durch, dass sie sie kaum zurückholen konnte.

So stapften sie die ersten Meter wortlos über die kleine Straße bis zum Waldweg, auf den sie schließlich einbogen.

„Die Schlüssel, die du ihm bringen willst, hast du dabei, oder?", versicherte sich Anna und setzte grinsend hinzu: „Zweimal vergessen wäre dann doch irgendwie blöd."

David klopfte auf seine rechte Jackentasche. „Ja, habe ich. – Wie geht es dir so, in der eigenen Wohnung?"

Anna nickte. „Gut", erwiderte sie. „Ich bin froh, dass ich es getan habe."

„Hast du noch einmal mit Matthew gesprochen?", wollte er wissen, und sie schüttelte den Kopf und fragte zurück: „Du?"

„Nein", antwortete David. „Mein Auge ist gerade erst wieder vollständig verheilt – ich glaube, ich warte noch ein bisschen."

Sein Ton war so kläglich, dass sie wider Willen lachen musste. „Recht hast du!", sagte sie jovial.

Nach ein paar Minuten fing Anna an, den Waldspaziergang zu genießen: Ihre Nervosität hatte sich gelegt, sie hatte ihre Gedanken wieder im Griff und die Sonne glitzerte durch die Bäume und wärmte ihr Gesicht. Sie liebte den Frühling. Fast so sehr wie den Herbst.

Nach viel zu kurzer Zeit waren sie bei Davids altem Haus angekommen, und als sie auf das Gartentor zugingen, wurde sie plötzlich von der Erinnerung überwältigt, wie sie letzten Oktober zu ihm gefahren war und ihn getröstet hatte. Ihm schien es ähnlich zu gehen, denn er sah sie vorsichtig von der Seite an und räusperte sich verlegen. „Lange her, dass wir zusammen hier waren, oder?"

„Sehr lange." Sie lächelte und bemerkte, als er ihr das Gartentor aufhielt, die verräterische Röte auf seinem Hals. Ob es ihm wohl noch immer peinlich war, vor ihr geweint zu haben – inzwischen mehrmals?

„Bist du bereit für ein bisschen Verrücktheit?", wechselte er das Thema und deutete auf die Haustür, und sie blinzelte amüsiert.

„Bereit wie eh und je", bestätigte sie und er drückte auf die Klingel. Nichts tat sich. Mit gerunzelter Stirn drückte er noch einmal. Wieder nichts.

„Letztes Mal war sie noch okay", wunderte sich David. „Na ja, darum muss ich mich als Vermieter dann wohl kümmern." Er hob die Hand und klopfte an der Tür.

Eine lange Weile kam keine Reaktion, und als sie schon fast wieder gehen wollten, hörten sie drinnen ein Klacken.

„Wer da?“, fragte die unverkennbare Stimme von Mr. Pipow von drinnen.

„Mr. Bailey“, antwortete David in einer Art Singsang, der implizierte, dass es etwas Harmloseres gar nicht geben konnte. Anna musste sich ein Grinsen verkneifen.

Die Tür öffnete sich einen Spalt, und ein Auge mit Monokel erschien, misstrauisch zusammengekniffen. Erst, als er sich ganz sicher war, dass wirklich niemand anders vor der Tür stand, öffnete der alte Russe ihnen vollständig.

Anna traute ihren Augen kaum: Tatsächlich hing, soweit sie sehen konnte, vor allen Fenstern Alufolie, und um die Türrahmen war eine Art Kupferpapier geklebt. Mr. Pipow folgte ihrem Blick und erklärte, als sei es das Selbstverständlichste auf der Welt: „Sie hörrren mich ab, wissen Sie.“ Durch seinen Akzent klang es, als würde er knurren.

„Wer?“ Annas Augen wurden groß.

„Die CIA“, brummte Mr. Pipow. „Sie haben Angst, dass ich Informationen an den russischen Geheimdienst weiterrrrgebe. Dabei bin ich längst pensioniert. *Slawolny*. Chaotische Idioten-Agentur.“

David machte ein Geräusch, das sich wie eine Mischung aus Glucksen und Verschlucken anhörte. Anna vermied es, ihn anzusehen.

„Ist die Klingel kaputt?“, wechselte David das Thema. Seine Stimme klang eigenartig – vermutlich musste er sich hartnäckig das Lachen verkneifen.

„Ist nicht kaputt!“, widersprach Mr. Pipow entschieden. „Habe ich abgeklemmt. Selber.“

Jetzt wurden Davids Augen groß. „Aber warum?“

Der Alte sah ihn an, als sei er ein besonders begriffsstutziger Kandidat. „Na, will ich nicht, dass jeder klingelt“, sagte er, als sei das selbstverständlich.

„Ah ja", war alles, was David herausbrachte. Dann besann er sich auf den eigentlichen Grund ihres Besuches. „Ich habe Ihre Ersatzschlüssel für Sie."

Er holte die beiden säuberlich an einem Ring aufgehängten Schlüssel hervor und hielt sie Mr. Pipow hin, der sie allerdings nicht nahm, sondern hinter sich griff und sich einen Handschuh anzog. Dann erst streckte er die Hand aus. „Jetzt", kommandierte er.

Perplex ließ David die Schlüssel in die aufgehaltene Hand fallen. Sein fragender Blick begegnete dem seines Mieters.

„Sage ich ja nicht, dass Absicht ist", rechtfertigte der sich. „Aber weiß man ja nicht, kann Gift sein auf Schlüssel."

David öffnete den Mund, vermutlich, um zu erwähnen, dass er das Corpus Delicti ja schließlich selbst gerade in der Hand gehabt hatte, besann sich dann aber eines Besseren und schwieg.

Anna sah, dass er mit seinem Latein am Ende war, und sprang helfend ein: „Ist sonst alles in Ordnung, Mr. Pipow? Benötigen Sie irgendetwas?"

„Ein Schloss für Gartentor", kam die Antwort wie aus der Pistole geschossen. „Aber kann ich selbst machen."

David schien seine Sprache wiedergefunden zu haben und nickte: „Natürlich, kein Problem. Wie Sie möchten. – Also dann …"

„Auf Wiedersehen", kam es noch von Mr. Pipow, dann wurde Anna und David die Tür vor der Nase zugeschlagen.

„Auf Wiedersehen", echote David sinnlos. Die beiden sahen sich an.

Anna schlug die Hand vor den Mund, um nicht laut herauszuplatzen, und David begann heftig zu grinsen.

„Komm", sagte er entschieden und führte sie am Ellenbogen aus dem Grundstück und ein paar Schritte in den Wald.

Als sie sich außer Hörweite erneut ansahen, gab es kein Halten mehr: Beide brachen in hysterisches Lachen aus.

„Gift", prustete Anna zwischen zwei Lachattacken, „Gift am Schlüssel ...!" Sie wischte sich eine Träne aus dem Augenwinkel. Sicher war ihre Mascara schon ganz verschmiert, aber sie konnte sich einfach nicht stoppen. Mit Muskelschmerzen in der Bauchgegend kicherte sie weiter.

„Mein Favorit ist das mit der Klingel", stöhnte David und erholte sich langsam wieder. „Gott, ich hoffe nur, das lässt sich wieder reparieren, wenn er irgendwann mal auszieht!"

„Ich glaube nicht, dass er so bald auszieht." Anna gluckste und musste sich mit aller Kraft daran hindern, erneut zu lachen – sie würde noch Schluckauf bekommen. „Glaubst du ihm das mit dem Geheimdienst?"

David wiegte den Kopf hin und her. „Ich weiß nicht", sagte er unsicher. „Möglich wäre es natürlich ... Aber dafür geht er mir ein bisschen zu sehr hausieren mit der Tatsache."

Anna schüttelte amüsiert den Kopf. Sie fühlte sich wie in einem Film ...!

„Jedenfalls habe ich dir nicht zu viel versprochen, oder?" Ohne viel Federlesens hielt er ihr den abgewinkelten Arm hin, und sie hakte sich, ohne nachzudenken, bei ihm unter.

„Nein, definitiv nicht", stimmte sie zu. „Ich glaube, wenn ich öfter so lachen würde, bekäme ich ein richtiges Sixpack."

„Ja", begann er und kam dann ins Stottern, „ich, also ..."

„Ja, ich weiß", schnitt sie ihm das Wort ab und grinste ihn frech an. „Du hast schon eins."

Er lachte, offenbar überrascht von so viel Keckheit, widersprach aber nicht oder versuchte es bescheiden abzustreiten, was sie sehr sympathisch fand.

Eine Weile schlenderten sie schweigend nebeneinander her, und die Tatsache, dass sie eingehakt gingen, fing plötzlich an, Anna Herzrasen zu verursachen.

Schnell machte sie sich los und zog ein Taschentuch aus ihrer Jacke, um ihm mehr oder weniger überzeugend vorzuspielen, dass sie sich die Nase putzen musste. Dann schob sie beide Hände in die Jackentaschen.

„Und, was gibt es denn heute Abend Gutes?", fragte sie unverfänglich.

„Lass dich überraschen", antwortete David geheimnisvoll. „Aber wenn wir uns nicht ganz blöd anstellen, wird es sicher ein Festessen."

„Ich kann durchaus kochen." Gespielt entrüstet runzelte sie die Stirn. „Und wie sieht es mit Ihnen aus, Commandante?"

David streckte die Hand aus und drehte sie skeptisch hin und her. „Sag du es mir nach heute Abend."

Sie lachte. „Na ja, Frühstück machen kannst du jedenfalls. Das gibt schon einmal Anlass zur Hoffnung."

ACHTUNDZWANZIG

Als sie gegen siebzehn Uhr dreißig wieder beim Strandhaus ankamen, schien die Sonne noch immer, und sie beschlossen spontan, vor dem Kochen noch kurz an den Strand zu gehen.

Mit den wärmenden Sonnenstrahlen im Gesicht bahnten sie sich ihren Weg vorbei an Hollywoodschaukel und Holzsesseln hinunter zum Meer. Anna blieb stehen, schloss die Augen und breitete die Arme aus, während sie tief die salzige Luft inhalierte.

„Herrlich", sagte sie. Sie spürte, dass David sie intensiv ansah, und ihr Puls beschleunigte sich, aber sie öffnete die Augen nicht und weigerte sich, sich von ihm aus dem Konzept bringen zu lassen. „Kann man hier im Sommer schwimmen?"

„Theoretisch", antwortete David, und sie öffnete die Augen doch wieder, weil seine Stimme sich so nah anhörte. Tatsächlich stand er direkt neben ihr. „Wenn einem das eisige Wasser nicht zu kalt ist."

Sie lächelte. „Sag bloß, so ein harter Kerl wie du ist recht kälteempfindlich?"

Er spitzte die Lippen und schüttelte vehement den Kopf. „Ich doch nicht."

„Ist es sehr kalt?", fragte sie spitzbübisch. „Ich hätte wirklich Lust, schon die Füße hineinzuhalten."

Er ging zum Wasser, bückte sich und hielt prüfend die Hand hinein. „Versuch es“, forderte er sie schulterzuckend auf.

„Yay!“ Anna quietschte auf wie ein kleines Mädchen und bückte sich, um ihre Stiefel auszuziehen. Dann fiel ihr ein, dass sie außerdem noch eine Strumpfhose trug. „Umdrehen!“, verlangte sie mit einer hochgezogenen Augenbraue und drehte den ausgestreckten Zeigefinger in der Luft.

Leise lachend tat er, wie ihm geheißen.

Als Anna die safrangelbe Wollstrumpfhose über ihre Knie nach unten schob, schauderte sie. Es war genau genommen wirklich noch zu kalt dafür, barfuß herumzulaufen, aber jetzt hatte sie schon einmal damit angefangen, dann würde sie es auch beenden.

Mit einem übermütigen Quietscher sprang sie auf, warf die Strumpfhose auf ihre abgestreiften Stiefel und rannte ins Wasser. Es war eisig und die Kälte durchzog ihre Beine und ihren ganzen Körper, aber sie fand es trotzdem herrlich – allein die Tatsache, mit den Füßen im Meer zu stehen, rief Euphorie in ihr hervor und weckte all ihre Sinne auf.

„Komm rein!“, rief sie David zu, der lächelnd am Strand stand und ihr wie verzaubert zusah.

Er schüttelte nur den Kopf und lächelte ihr zu, und nach wenigen Minuten Herumplantschen hatte sie genug und beeilte sich, wieder ins Trockene zu kommen.

„Feigling“, neckte sie ihn und hob Strumpfhose und Stiefel vom weichen Sand auf.

„Hey“, wehrte er sich mit lustig funkelnden Augen, „im Gegenteil! Ich gehe nur nicht ins Wasser, bevor ich nicht mit dem ganzen Körper hinein kann!“

„Genau!“ Gutmütig verdrehte sie die Augen. Ihre Ironie schien bei ihm nicht verloren zu sein, denn er lachte auf, erwiderte aber nichts.

Plötzlich fröstelte sie. „Können wir ins Haus gehen?“, fragte sie, plötzlich bibbernd. „Ich glaube, jetzt wird mir doch kalt.“

Er grinste breit. „Na los.“ Er nickte auffordernd und ließ sie galant vorgehen.

Während sie barfuß den kleinen Hügel erklomm und am Gartenzaun entlangging, meinte sie seinen Blick auf ihren bloßen, nassen Beinen zu spüren. Um des gemeinsamen Abends willen drehte sie sich jedoch nicht nach ihm um, um sich zu überzeugen, dass sie Recht hatte.

„Wenn du hier wartest, hole ich dir ein Handtuch“, bot David an, als sie schließlich im Hausflur standen.

Sie nickte dankbar und stieg auf dem kalten Marmorboden von einem Fuß auf den anderen. David trat ins Gäste-WC. „Moment!“

Eine Sekunde später kam er mitsamt einer flauschigen Badematte wieder heraus, mit der er sich vor sie hinhockte, um sie vor ihren Füßen auszubreiten. „Das ist wärmer“, sagte er fürsorglich, noch immer in der Hocke.

Ein kleines heißes Gefühl machte sich in ihrer Brust breit, und sie sah ihn mit großen Augen an. „Danke“, sagte sie und stieg auf den Teppich.

Ihre Blicke begegneten sich und hielten sich einen Moment lang fest. Dann wandte David unsicher den Blick ab, stand schnell auf und drehte sich auf dem Absatz um. Undeutlich etwas mit dem Wort „Handtuch“ murmelnd, stieg er die Treppe in den ersten Stock hinauf.

Anna schnaufte geräuschvoll aus. Sie hatte gar nicht gemerkt, dass sie den Atem angehalten hatte. Oh je. Wie sollten sie es nur schaffen, platonisch befreundet zu bleiben, wenn die Anziehungskraft zwischen ihnen auf beiden Seiten so stark war? Ob sie wohl lieber gehen sollte?

Ja, entschied sie, das wäre vielleicht besser. Erst einmal brauchte er Raum zum Nachdenken, sonst könnte es ewig so weitergehen, und irgendwann würde doch noch eine Affäre dabei herauskommen – etwas, auf das sie sich schon aus Prinzip nicht einlassen wollte.

Sie würde sich nur noch die Beine trocknen und ihm dann sagen, sie müsste gehen.

Gerade, als sie diesen Gedanken finalisiert hatte, erschien David wieder am Fuß der Treppe – mit einem kuschelig aussehenden Handtuch, das er praktisch über die Schulter gelegt hatte. Als er sah, dass sie immer noch auf der Bedematte stand, kräuselten sich seine Augenwinkel und ein strahlendes Lächeln überzog sein Gesicht, als sei ihr Anblick das Herrlichste, was er jemals gesehen hatte.

Sofort vergaß sie, was sie hatte tun wollen, und sah ihm wie in Trance zu, wie er das Handtuch von der Schulter nahm und es ihr reichte.

„Danke“, sagte sie automatisch und beugte sich zu ihren Füßen hinunter. So könnte sie die verräterische Röte auf ihren Wangen wenigstens damit erklären, dass in dieser Position mehr Blut in ihren Kopf fließen konnte.

David bückte sich neben ihr über die Garderobe und zog aus der untersten Schublade ein Paar rosafarbene, warm gefütterte Pantoffel hervor, die er vor ihr abstellte, ohne etwas zu sagen.

„Wem gehören die denn?“, fragte Anna neugierig und richtete sich auf, weil ihr auffiel, dass diese Hausschuhe keine von seinen üblichen Gästepantoffeln waren.

Aus seiner tiefen Position am Boden lächelte er sie wortlos an, fasste mit der rechten Hand nach ihrem Knöchel und stellte ihren Fuß in den passenden Pantoffel, so wie es

Aschenputtels Prinz im Märchen mit dem gläsernen Schuh getan hatte.

Anna nahm an, dass er etwas Lustiges hatte sagen wollen – seine sternenblauen Augen blitzten humorvoll –, aber als seine Finger ihr Fußgelenk streiften, schien es ihm, was immer es auch gewesen war, im Hals stecken zu bleiben. Auch sie spürte, wie immer, wenn er sie berührte, die Spannung zwischen ihnen ganz deutlich. Ihre Haut fing an zu kribbeln, und dieses Gefühl verstärkte sich noch, als seine Hand verharrte, wo sie war, anstatt ihren Fuß wieder loszulassen.

Sie suchte seinen Blick und hielt ihn, und seine Finger um ihren Knöchel lockerten sich etwas, nur um mit den Kuppen an der Innenseite ihres Beins hinaufzustreichen bis zum Knie, ohne den Blick von ihren Augen abzuwenden.

Anna war sich nicht sicher, ob sie imstande sein würde, ihn aufzuhalten, wenn er seine Hand noch weiter aufwärts bewegte, und so fasste sie impulsiv nach unten und fixierte seine Finger mit ihren. „Stopp", sagte sie leise. Wie aus weiter Ferne kam ihr der Gedanke, dass ihre Stimme ganz heiser klang vor Erregung.

David schien zu sich zu kommen, wandte den Blick ab und zog ruckartig seine Hand zurück. „Entschuldigung", sagte er rau, stand auf und marschierte schnellen Schrittes in die Küche, während er im Gehen seinen Gürtel zurechtrückte.

Anna presste die Hand, die gerade noch seine Finger gehalten hatte, auf ihr rasant pochendes Herz und schloss die Augen, um ihre Atmung wieder auf ein normales Niveau zu senken. Es dauerte mehrere Minuten, bis sie imstande war, den anderen Pantoffel anzuziehen und David in die Küche zu folgen.

Als sie die Tür öffnete, stand er bereits am Herd und schälte Süßkartoffeln. Er musste sie gehört haben, denn er drehte sich um und sah sie mit einem reuevollen Lächeln an.

„So schnell habe ich mein Versprechen gebrochen", sagte er verlegen, während er sich mit den Händen auf der Arbeitsfläche hinter ihm abstützte. „Ich habe gesagt, ich fasse dich nicht an, und jetzt …" Er zuckte die Schultern. „Es war aber keine Absicht." Pause. „Also … Es war natürlich Absicht, aber … Bitte entschuldige."

„Ist schon okay", erwiderte sie leise und stellte fest, dass die Stimmung zwischen ihnen noch immer – vielleicht sogar noch mehr, jetzt, da es ausgesprochen war – wie elektrisch aufgeladen war. Am liebsten wäre sie auf ihn zugelaufen und hätte ihn einfach geküsst, nur um seine Lippen wieder auf ihren zu spüren, seine Zunge, seinen harten Körper …

Mit Gänsehaut am ganzen Körper wandte sie sich den Süßkartoffeln zu. „Was wird das denn nun?" Ihre Stimme klang sehr sachlich, und sie musste zugeben, dass sie von sich selbst beeindruckt war.

„Lachsfilet mit gebratenen Süßkartoffelwürfeln." Er schaute auf die Arbeitsfläche, wo außerdem ein Kopf Salat, Karotten und Tomaten lagen. „Und Salat", fügte er hinzu.

„Nicht schlecht", kommentierte Anna beeindruckt und stellte sich mit einem gewissen Sicherheitsabstand neben ihn an die Arbeitsfläche. „Was kann ich tun?"

David überlegte und wies auf die erste, bereits halb geschälte Süßkartoffel. „Wenn ich sie fertig habe, kannst du sie würfeln", sagte er. „Und den Salat kannst du waschen."

Dankbar für die Aufgabe, begann Anna sofort, Blätter vom Salatkopf abzureißen und sie unter den laufenden Wasserhahn zu halten. Ihre Finger und ihr Gehirn brauchten dringend etwas zu tun.

Als sie damit fertig war und der Salat ausgebreitet auf einem sauberen Geschirrtuch lag, war David mit dem Kartoffelschälen fertig und räumte gerade die Schalen in den Müll.

Kommentarlos ging sie zum Schneidebrett und würfelte die Süßkartoffeln, während er den Ofen vorheizte und den Lachs aus seiner Aluschale nahm, ihn kurz unters Wasser hielt und dann in eine Auflaufform legte.

Aus dem Augenwinkel sah Anna zu, wie er Pfeffer aus der Mühle rieb und mit einer Gewürzmischung aus einem kleinen Einweckglas mischte.

„Von meiner Mutter", erklärte er, als er Annas Blick bemerkte. „Mit Kräutern aus dem eigenen Garten."

„Sieht sehr gut aus", bestätigte sie.

Die Kartoffeln waren fertig gewürfelt, und sie schnappte sich, ohne zu fragen, Karotten und Tomaten zum Waschen und Schneiden.

David ließ die Süßkartoffeln vom Schneidbrett auf das zweite Blech gleiten und machte sich daran, das Dressing vorzubereiten. Nach getaner Arbeit lehnte er sich an die Küchenzeile. „So, jetzt müssen wir nur noch warten, bis der Ofen heiß ist. – Beziehungsweise könnte ich eigentlich schon einmal aufdecken." Es hatte den Anschein, als hielte er es ebenfalls nicht aus, nach gerade eben untätig mit ihr in einem Raum zu sein.

Als die Teller mit Besteck und Salatschalen auf dem Tisch standen, fiel es ihm ein: „Möchtest du schon einmal ein Glas Wein?"

Fast hätte Anna erleichtert aufgeseufzt. „Ja bitte!", gab sie eifrig zurück. Sie benötigte dringend Alkohol, um ihre Nerven zu beruhigen.

David öffnete den Kühlschrank und holte eine Flasche teuer aussehenden Weißweins heraus, den er in zwei Gläser goss. Während er ihr eines reichte, achteten beide penibel darauf, dass sich ihre Finger keinesfalls berührten. Als Anna allerdings Anstalten machte, mit ihm anzustoßen, ohne ihm in die Augen zu sehen, beschwerte er sich: „Hey!"

Sie biss sich auf die Lippen und sah ihn vorsichtig an, was ihn plötzlich zum Grinsen brachte.

„Du weißt doch, was es heißt, wenn man sich nicht in die Augen sieht beim Anstoßen, oder?", fragte er scherzhaft.

Sieben Jahre schlechter Sex, dachte Anna, aber sie sprach es nicht aus.

„Ich meine", witzelte er weiter, „das wollen wir doch bei allen Komplikationen nicht riskieren, oder?"

Jetzt hatte er sie so weit. Sie musste lachen.

Die beiden Gläser klirrten aneinander, und gerade, als beide einen kräftigen Schluck nahmen, zeigte der Ofen mit einem lauten „Klick" an, dass er vollständig aufgeheizt war.

David stellte sein Weinglas ab und schob den Fisch auf die mittlere und die Kartoffeln auf die untere Schiene, dann rückte er Anna den Stuhl am Tisch zurecht und setzte sich ihr gegenüber.

Während sie das erste Glas Wein leerten, begannen sie sich wieder etwas unbeschwerter zu unterhalten – über Annas neue Wohnung, Mr. Pipow und Katze Ginger.

Schließlich war der Lachs fertig, und David servierte ihn stolz mitsamt Beilage und Salat. Anna fand zahlreiche lobende Worte, und das schien ihm sehr zu schmeicheln. Auch das zweite Glas Wein ging schnell zur Neige, und nach dem Essen beschloss Anna, auszusprechen, was ihr bereits auf der Zunge brannte.

„Darf ich dich etwas fragen?", erkundigte sie sich und sah ihn prüfend an.

„Klar!“ Er nickte und lächelte harmlos, aber man sah ihm deutlich an, dass er befürchtete, sie könnte ein Thema anschneiden, das zu Schwierigkeiten führen würde.

Sie rang einen Moment lang mit Worten und fing dann an: „Ist es … mit Katie … ist es für dich wie mit mir, wenn du sie anfasst?“

Er sah sie starr an, erholte sich aber schnell von seinem Schrecken und runzelte die Stirn, während er sich, wie um Zeit zu gewinnen, den Mund mit seiner Serviette abtupfte. „Wie meinst du das?“, fragte er, während er die Serviette fein säuberlich neben seinem Teller platzierte.

„Na ja …“ Anna fühlte, wie ihr Gesicht heiß wurde. „Wenn du mich berührst, wie vorher am Fuß, oder … an der Wange … Na ja, irgendwo … Ich habe immer das Gefühl, das ist für uns beide als … wie kleine Stromstöße …“

Er senkte den Blick auf die Serviette und faltete sorgfältig die Enden nach oben.

„Geht dir das mit Katie auch so?“, fragte sie mutig weiter.

Er antwortete nicht und starrte eine Weile weiter auf seine Serviette, bevor er schließlich den Blick hob und sie ruhig ansah. Schweigend schüttelte er den Kopf. „Nein“, sagte er und seine Stimme klang ehrlich und sachlich, „so geht es mir nicht mit Katie.“

Sie nickte ausdruckslos.

„Ehrlich gesagt kannte ich das bisher nur aus Hollywood“, sprach er weiter, und sein rechter Mundwinkel hob sich zu einem schiefen Grinsen, bevor er seinerseits die Augenbrauen hob und sie neugierig ansah.

„Ich auch“, antwortete sie auf seine stumme Frage. Dann lächelten beide verlegen.

Nun hing Annas Gedanke im Raum, warum er dann mit Katie zusammen war statt mit ihr, und auch wenn ihn keiner von beiden aussprach, fühlte sich David offenbar verpflichtet, etwas dazu zu sagen: „Ich habe nur Angst, dass dieser helle Stern, wie du es so poetisch ausgedrückt hast, wahnsinnig schnell verglühen könnte." Seine Stimme klang hilflos. „Mit Katie dagegen ist es rationaler, schon wegen dem Kleinen ..."

Anna presste die Lippen aufeinander. Genau aus diesem Grund hatte sie ihm an Neujahr so deutlich den Laufpass gegeben – damit er sich ein glückliches, einfaches Leben aufbauen konnte. Nur dass es nicht so einfach war. Das Leben war wohl niemals einfach.

„Wir werden sehen", sagte sie deshalb schlicht und griff unbedacht nach seiner Hand, die auf dem Tisch neben seinem Weinglas lag, um sie sanft zu drücken. Als sich ihre Finger trafen, spürte Anna das bekannte Kribbeln und sah ihn aufmerksam an. Er war bei ihrer Berührung leicht zusammengezuckt. Als sich ihre Blicke trafen, mussten beide spontan lächeln, weil sich wieder genau das ereignet hatte, was Anna gerade angesprochen hatte.

David drehte seine Hand, sodass ihre Finger in seinen lagen, und drückte sie ebenfalls leicht. „Danke, dass du mich nicht drängst", sagte er leise und machte keine Anstalten, die Berührung aufzulösen.

Sie zuckte nur die Schultern. Was sollte sie darauf schon sagen?

Nach ein paar Minuten seufzte David, stand auf und begann wortlos, das Geschirr abzuspülen. Anna gesellte sich mit einem Geschirrtuch zu ihm. Sie musste sich beim Abtrocknen konzentrieren, um nichts zu zerbrechen, aber es gelang ihr – und als sie fertig waren, stellte sie fest, dass sie sich wieder etwas gefasst hatte.

„Es ist erst halb neun", stellte David mit einem Blick auf die Uhr fest. „Wollen wir noch ein bisschen zusammensitzen? Ich könnte den Kamin anheizen."

Sie lächelte. „Klingt gut. Aber wir müssen uns beide zusammenreißen, dass nicht … Du weißt ja …“

Er zog gespielt fragend mit einem jungenhaften Grinsen eine Augenbraue hoch. Offenbar wartete er darauf, dass sie es aussprach, aber sie tat ihm nicht den Gefallen.

„Es würde die Sache nur noch mehr verkomplizieren.“

Ernst werdend nickte er. „Ich weiß.“

Dann füllte er noch einmal die beiden Weingläser auf und hielt Anna die Tür ins Wohnzimmer auf.

Wie immer traf sie die Schönheit des Ausblicks bis ins Innerste, und sie trat an die Glasfront und bestaunte das nächtliche Meer. Das Wasser schien rabenschwarz und funkelte im fernen Schein der Lichter von Anderson Island. Kaum eine Bewegung war zu sehen. Nachdenklich nippte Anna an ihrem Wein. Viel sollte sie nicht mehr trinken, das war ihr bewusst – sonst würde sie nicht mehr klar denken können. Und sie musste einen klaren Kopf bewahren, sollte es ihm auch diesmal schwerfallen, sein Versprechen zu halten.

In der Scheibe spiegelte sich das Wohnzimmer, und so sah sie, auch ohne direkt hinzusehen, dass David das Feuer entfacht hatte. Bereitwillig drehte sie sich um und ging auf den gemütlichen Sessel zu, der auf der anderen Seite des kleinen Massivholztisches stand.

„Nein, nein, setz du dich auf den hier, da ist es wärmer!“, winkte David sie zu dem anderen Sessel, der näher am Feuer stand, und blickte vielsagend auf ihre noch immer nackten Beine.

Anna gehorchte und setzte sich, leicht verwirrt, auf diesen Platz. Ihr war gar nicht aufgefallen, dass sie die Strumpfhose immer noch nicht wieder angezogen hatte. Nun, jetzt brauchte sie sie wohl auch nicht mehr zu holen.

David ließ sich in den anderen Sessel gleiten, und eine Weile beobachteten beide die orangegelb tanzenden Flammen und sagten kein Wort. Dann brach Anna die Stille: „Warst du wieder einmal zum Fotografieren unterwegs?“

Er lächelte überrascht ob ihres Interesses, legte bequem den rechten Fußknöchel auf dem linken Knie ab und nickte: „Ja, gerade letzte Woche war ich am Cape Disappointment ganz im Westen von Washington. – Warst du dort schon einmal?“

Anna trank einen Schluck Wein. „Nein“, erwiderte sie. Ihr war nicht einmal bewusst, dass es einen Ort gab, der so hieß. „Ehrlich gesagt gehöre ich zu den Banausen, die noch nicht einmal wissen, woher der denkwürdige Name kommt.“

David stieß ein warmes Lachen aus und balancierte spielerisch das Weinglas auf der Handfläche, während er zu erzählen begann: „Das ist eigentlich auch nicht der Originalname. In alten Zeiten hieß der Platz Fort Canby – er wurde erst nach einer Episode im April 1788 umbenannt, als der Fellhändler John Meares mit seinem Schiff unmittelbar davor umdrehte und so die Entdeckung des Columbia River verpasste, der dort entspringt.“

Anna sah beeindruckt drein. „Du weißt so viel über die ganze Gegend! Wie kommt das? Warst du dort auch mit deiner Mutter wandern?“

Bescheiden zuckte er die Schultern. „Nein. Geschichte interessiert mich einfach. Vor allem die Geschichte der Region, in der ich lebe.“

Sie nickte und lächelte, darauf wartend, dass er fortfuhr. Als er das nicht tat, sondern nur nachdenklich ins Feuer schaute, fragte sie neugierig: „Und was fotografiert man denn am Cape Disappointment?“

„Alles“, kam die Antwort wie aus der Pistole geschossen.

Anna musste lachen.

„Nein, wirklich", bekräftigte er und begann an den Fingern abzuzählen: „Du hast zwei sehr fotogene Leuchttürme, den Blick auf den Columbia River, einen Wald mit jahrhundertealten Bäumen, das Meer, den Strand mit vielen Motiven aus Treibholz … Ich könnte mich tagelang dort aufhalten, ohne dasselbe Motiv zweimal fotografieren zu müssen."

„Klingt großartig", antwortete Anna. „Hast du die Bilder schon entwickelt?"

„Ja, habe ich", antwortete David, „willst du sie sehen? Ich kann sie holen."

Anna nickte.

„Beziehungsweise", korrigierte er sich, „du hast ja meine neue Dunkelkammer hier noch gar nicht besichtigt. Möchtest du vielleicht mit nach oben kommen, wenn ich die Fotos hole?"

„Unbedingt!" Anna stellte ihren Wein ab und stand vorsichtig auf. Etwas beschwipst fühlte sie sich schon. Sie war jedoch fest entschlossen, ihn diese Tatsache auf keinen Fall merken zu lassen.

Hinter ihm ging sie durch den Flur und stieg die Treppe hoch. Vielleicht war es der Wein, aber seine Rückenansicht kam ihr heute noch ästhetischer vor als sonst. Innerlich schalt sie sich selbst aus für diesen Gedanken.

Vor der Tür zum ersten Zimmer drehte sich David zu ihr um und lächelte. „Alles okay?"

Sie nickte, und er öffnete die Tür in eine offenbar mit allen denkbaren Schikanen ausgestatteter Dunkelkammer – sie merkte das weniger an den darin befindlichen Geräten als an der jungenhaften Begeisterung, mit der er ihr alles zeigte.

Zum Schluss öffnete er die oberste Schublade seines Wandschrankes und holte ein in braunes Packpapier eingeschlagenes Päckchen hervor.

„Das sind die Fotos. Hier kommt alles hinein, was noch nicht sortiert ist“, erklärte er. „In den anderen Schubladen ist alles nach dem Alphabet geordnet, je nach Motiv.“

Sie biss sich im letzten Moment auf die Zunge, um nicht neckisch zu fragen, wie viele Fotos in dem Ordner „Anna“ zu finden waren, und schwieg stattdessen.

David sah sie prüfend an. „Ich denke, hier oben wird dir bald kalt. Schauen wir uns die Bilder unten an, oder?“

Anna nickte. Es war tatsächlich kühl im Obergeschoss. Sie fragte sich, ob sie ihn bitten sollte, die Heizung in ihrem Schlafzimmer aufzudrehen. Als könne er Gedanken lesen, sagte David beim Hinuntergehen beiläufig: „In deinem Zimmer habe ich übrigens schon eingeheizt. Nicht, dass du glaubst, du musst heute Nacht frieren.“

„Danke.“ Sie lächelte, obwohl er es ja nicht sehen konnte, da er hinter ihr ging. Gerade gingen ihr andere Möglichkeiten durch den Kopf, sich in der Nacht warmzuhalten, aber glücklicherweise klinkte sich ihre Vernunft hartnäckig wieder ein.

Als sie erneut am Kamin Platz nahm, hatte Anna sich wieder vollständig unter Kontrolle.

„Mehr Wein?“, fragte David, ganz der gute Gastgeber.

„Danke, ich sollte wirklich nicht noch mehr trinken“, lehnte sie mit einem schiefen Grinsen ab. „Ehrlich gesagt, ganz nüchtern bin ich jetzt schon nicht mehr.“

Er lachte und holte stattdessen eine Karaffe mit Wasser und zwei Gläser, die er auf den Wohnzimmertisch stellte. „Jetzt müssen wir es nur noch schaffen, nichts über die Fotos zu kippen“, warnte er scherzhaft. „Wollen wir uns auf die Couch setzen?“ Er deutete auf das Ledersofa, das die beiden Sessel ergänzte. Als er ihren zweifelnden Blick bemerkte, ergänzte er: „Wirklich, Anna, ich habe mich im Griff.“

Sie lächelte beklommen. „An dir zweifle ich ja nicht …“, deutete sie nur halb im Scherz an und beobachtete mit gemischten Gefühlen, wie sein Hals die inzwischen wohlbekannten roten Flecken bekam. Offenbar fiel ihm auch keine schlagfertige Antwort ein, denn er setzte sich still auf die Couch und wartete, bis sie zu ihm hinüberkam.

Als sie sich schließlich neben ihn setzte, war sein Blick rein auf die Fotos gerichtet. „Hier habe ich vom Waikiki Beach aus fotografiert“, erklärte er und deutete auf das Bild eines Leuchtturms, auf dem im Vordergrund das königsblaue Meer glitzerte. „Und ja, der Strand direkt unter dem Leuchtturm heißt wirklich so – wie der in Honolulu. Ich finde, das ist das schönste Motiv am ganzen Cape.“

Beeindruckt studierte Anna das Bild.

„Siehst du, wie im Leuchtturm schon das Licht brennt, aber gerade noch die Sonne scheint?“, fragte David, und sie nickte. „Für genau diesen Schuss habe ich zwei Stunden auf den perfekten Moment gewartet.“

„Hat sich gelohnt“, urteilte sie.

„Danke!“ Er schien geschmeichelt.

Das nächste Foto beinhaltete dasselbe Motiv, aber mit einzelnen Ästen Treibholz im Vordergrund. „Das ist wieder einmal ein Anna-Bild“, kommentierte David schmunzelnd.

Sie runzelte die Stirn. „Wieso Anna-Bild?“

Er sah sie von der Seite an, und sie hatte Mühe, sich seinem blauen Blick unter den langen Wimpern zu entziehen. „Weil du nichts zu Geradliniges magst“, erklärte er. „Dir gefällt es, wenn es nicht perfekt ist. Du magst außergewöhnliche Dinge, die eine Ästhetik zum Vorschein bringen, die anderen Menschen vielleicht zu kompliziert wäre.“

Ihr Mund öffnete sich leicht vor Überraschung. In diesen drei Sätzen hatte er ihren Charakter besser beschrieben, als sie selbst es vermocht hätte.

Gut zwei Stunden später, als Annas Augenlider schließlich schwer und es Zeit zum Schlafengehen wurde, löschte David das Kaminfeuer und trug die Weingläser in die Küche. Anna kam mit den Wassergläsern hinterher.

Am liebsten hätte sie ihren Kopf an seine Schulter gelehnt und sich von ihm ins Bett – in sein Bett – bringen lassen, aber sie riss sich am Riemen und wartete in sicherem Abstand auf dem Flur, bis er alle Lichter gelöscht hatte und sich auf den Weg zur Treppe machte.

Oben angekommen, wies er auf die Badtür. „Geh du ruhig zuerst ins Bad, ich muss mich sowieso noch umziehen."

Sie nickte und hatte alle Mühe, sich nicht vorzustellen, wie er im Pyjama aussah. Vielleicht in einem Seidenpyjama, schwarz oder weinrot … *Stopp, Anna! Verdirb nicht alles.*

Unsicher, ob man ihr das „Kopfkino" angesehen hatte oder nicht, sagte sie scheu: „Dann … danke für den schönen Abend und gute Nacht."

„Gute Nacht, Anna", erwiderte David und sah sie intensiv aus blauen Augen an, die im Halbdunkel des Flurs wie Edelsteine funkelten. „Danke dir, dass du gekommen bist."

Dann machten beide gleichzeitig einen Schritt aufeinander zu, um sich einen Kuss auf die Wange zu geben, und weil Anna nicht damit gerechnet hatte, dass er sich ebenfalls bewegen würde, machte sie wieder einen Schritt nach hinten, nur um dann noch einmal auf ihn zuzukommen, als sie bemerkte, dass er wiederum dasselbe getan hatte.

Oh mein Gott, wie peinlich!

Ihre Wangen wurden heiß, und sie blieb, völlig verlegen, einfach stehen. Er lächelte, kam weltgewandt auf sie zu und drückte zart seine warmen Lippen auf ihre Wange – wie schon bei ihrer Begrüßung am Nachmittag etwas länger als üblich. Dann entfernte er sich einige Zentimeter von ihr und sah sie prüfend von der Seite an. In diesem Moment schaltete sich ihr Gehirn aus, und sie drehte instinktiv den Kopf zu ihm, lehnte sich nach vorne und legte ihre Lippen auf seine.

Eine lange Sekunde reagierte er nicht, und in einer kleinen, noch klaren Ecke ihres Gehirns begann sie sich zu fragen, ob sie seinen Wangenkuss falsch interpretiert hatte. Aber im selben Augenblick öffnete er leicht die Lippen und küsste sie mit einer Mischung aus Sanftheit und kaum beherrschter Sehnsucht. Seine Arme schlangen sich um ihren Rücken, und er zog sie fest an seinen warmen Körper, während er den Kuss vertiefte und sein Mund fordernder wurde. Sie liebkoste mit den Händen seinen Nacken, seufzte an seinen Lippen und ließ sich gegen ihn sinken, weil ihre Knie sich plötzlich anfühlten wie Wackelpudding – und erst jetzt schaffte es ihr Verstand, die Oberhand zu bekommen. Sie legte beide Hände an seine Brust und stemmte sich von ihm weg, während ihr Herz protestierend pochte.

„Nicht“, flüsterte sie leise. Dann fiel ihr ein, dass es ja ihr eigener Fehler gewesen war, und sie fasste sich entsetzt an die Lippen, auf denen sie noch die seinen zu spüren vermeinte, und fuhr kaum hörbar fort: „Entschuldige!“

David lehnte sich schwer atmend an die Wand hinter ihm, als seien auch ihm die Knie weich geworden. „Du musst dich nicht entschuldigen“, sagte er heiser. „Ich hätte das nicht tun dürfen.“

Einen Augenblick lang starrten sie sich an, unsicher, was jetzt zu tun sei.

„Am besten, ich gehe“, beschloss Anna schließlich und deutete mit wirrem Blick auf ihre Zimmertür.

„Ja“, stimmte David zu, rührte sich aber nicht von der Stelle. Er räusperte sich. „Schlaf gut!“

In dieser Nacht tat Anna kein Auge zu. Obwohl das Bett sehr bequem war – David hatte, nachdem er ihr Bett zu Hause gesehen hatte, sogar daran gedacht, ihr wie dort noch ein zweites Kissen hinzulegen –, wälzte sie sich hellwach hin und her. Mitten in der Nacht hörte sie, wie sich Davids Zimmertür öffnete und er die Stufen ins Erdgeschoss hinunterging, nur um nach ein paar Minuten wieder zurück ins Bett zu gehen. Auch er schien danach jedenfalls nicht mehr gut zu schlafen, denn sie hörte durch die Wand mehrmals seinen Lattenrost knacken, wenn er sich von einer Seite auf die andere drehte. Sie selbst grübelte, was zu tun sei, bis der Morgen graute.

Als es langsam hell wurde, beschloss sie, dass sie ihm nach diesem Kuss und ihrer Flucht auf keinen Fall zu einem gemeinsamen Frühstück gegenübertreten konnte: Sie stand leise auf und schlich zu ihrer Kleidung, die sie am Abend achtlos auf den Boden hatte fallen lassen. Während sie sich anzog, achtete sie darauf, kein Geräusch zu machen. Dann schnappte sie sich ihre Tasche und öffnete leise ihre Zimmertür. Eigentlich hatte sie direkt zu ihrem Auto gehen wollen, aber nun, da sie auf dem Gang stand, überkam sie plötzlich eine akute Sehnsucht nach ihm und der Wärme seines Körpers. Sie blickte in Richtung seines Zimmers, und da fiel ihr auf, dass seine Tür lediglich angelehnt war.

Vorsichtig schlich sie heran und drückte die Tür auf.

Nur noch einmal ansehen, dachte sie verschämt und streckte den Kopf zur Tür herein.

Da lag David im Bett, inzwischen friedlich schlafend auf dem Rücken, die Decke halb nach unten weggeschoben, sodass sein nackter Oberkörper sichtbar war. Seine Hand lag über seinem Kopf auf dem Kissen. Trotz des Gefühlswirrwarrs, der in ihr herrschte, musste sie lächeln, und ohne nachzudenken, stellte sie leise ihre Tasche auf dem Boden ab und betrat das Zimmer, um vor seinem Bett in die Hocke zu gehen und ihn heimlich aus nächster Nähe zu betrachten.

Seine langen Wimpern warfen Schatten auf seine Wangen, und sein Atem ging ganz gleichmäßig. Im Schlaf sah er völlig entspannt aus und sehr jung. Sie unterdrückte ein sehnsüchtiges Seufzen, stand lautlos auf und beugte sich vorsichtig über ihn, um ihm ganz zart einen Kuss auf die Stirn zu geben. Er zuckte im Schlaf, wachte jedoch nicht auf. Anna drehte sich um und schlich mit angehaltenem Atem aus dem Zimmer. Sie ging die Treppe hinunter, stapfte aus der Haustür zu ihrem Auto und fuhr mit gemischten Gefühlen zurück zu ihrer Wohnung.

Am selben Abend klingelte ihr Telefon, und sie hatte so eine Ahnung, wer es sein könnte.

Sie hob ab und fragte vorsichtig: „Hallo?“ Den halben Tag hatte sie damit verbracht, sich eine kleine Rede für David auszudenken, und nun versuchte sie, sich an die Worte zu erinnern.

„Und als der Morgen graute, war sie verschwunden“, hörte sie Davids dunkle Stimme rezitieren.

Darauf fiel ihr nichts ein, und während sie noch nach einer passenden Antwort suchte, hörte sie ihn schon gutmütig sagen: „Nein, nein, ich verstehe schon."

„Gut!" Sie atmete tief aus, nachdem sie einige Sekunden lang die Luft angehalten hatte. „Hör zu, David, ich muss dir was sagen." Innerlich stählte sie sich für das, was ihr selbst zweifelsohne genauso wehtun würde wie ihm. „Das funktioniert so nicht. Das mit uns."

Sie hörte, dass er ansetzte, um etwas zu erwidern, aber sie ließ ihn nicht zu Wort kommen. „Nein, wirklich. Ich meine, ganz offensichtlich empfinden wir mehr füreinander als Freundschaft, von meiner Seite sogar viel mehr ... Und ich glaube, es wird nicht funktionieren, dass wir nur befreundet sind. Du brauchst Zeit, nimm sie dir."

„Aber Anna ..." Er klang entsetzt. „Du weißt, wie viel du mir bedeutest, ich ..." Er schien sich zurückzunehmen, um es nicht ausgerechnet am Telefon erstmals auszusprechen. „Willst du mir sagen, wir können uns nicht mehr sehen?"

Sie schloss die Augen und umklammerte den Telefonhörer so fest, dass sie meinte, er müsse in ihrer Hand zerbrechen. „Ich will sagen, du musst dich entscheiden. Du kannst nicht länger Katie und mich haben und das Beste aus beiden Welten."

„Das will ich doch auch gar nicht!" Jetzt klang er entrüstet – und unendlich gequält. „Aber Marcus ... Ich meine, ich muss auch an ihn denken, er ist mein Kind ... Bitte versteh mich!"

Sie zwang sich, ruhig zu antworten: „Ich verstehe dich. Aber das ändert nichts an der Tatsache: Du musst dich entscheiden."

Eine Pause entstand. Dann sagte David langsam und entschlossen: „Dann entscheide ich mich für dich."

Annas Herz machte einen Satz, aber sie wusste, dass er nicht klar denken konnte, während sie am Telefon war und ihm das Messer auf die Brust setzte. Eine Entscheidung unter diesen Umständen wäre vermutlich keine definitive. „Sag jetzt nichts, über das du dir nicht hundertprozentig sicher bist!", zwang sie sich zu sagen. „Gib dir Zeit, überdenke es, plane dein Leben so, dass du dich jederzeit im Spiegel ansehen kannst. Und dann erst melde dich bei mir."

„Willst du mich wirklich nicht mehr sehen, bis ich mich entschieden habe?", fragte er mit zitternder Stimme, und ihr Herz begann zu schmerzen, als würde jemand auf beiden Seiten daran ziehen.

„Und auch nicht hören", bestätigte sie hart und presste die Fingernägel der linken Hand in ihre Handfläche, bis sie den Schmerz fast nicht mehr aushielt. „Entscheide dich einfach."

Dann legte sie auf, ohne ihm noch Gelegenheit zum Antworten zu geben. Sie ließ die Hand einen Moment auf dem Hörer liegen, während sie für einen Augenblick selbst Mühe hatte, ihre eigenen Aktionen zu verstehen. Doch dann nickte sie. Es war das einzig Richtige.

Plane dein Leben so, dass du dich jederzeit im Spiegel ansehen kannst, hatte sie ihm geraten, und sie beschloss, diesen guten Rat ab sofort auch selbst zu befolgen. Als sie vom Telefonbänkchen in ihrem Wohnzimmer aufstand und in die Küche ging, um sich ein Glas Wasser zu holen, wusste sie, dass es Zeit war, sich ein letztes Mal mit Matthew auszusprechen.

NEUNUNDZWANZIG

Heute

„So, und damit mache ich die Leitung frei für deinen Soldaten“, sagte Anna entschlossen. „Du hättest mich unterbrechen sollen – ich habe gar nicht gemerkt, dass wir fast zwei Stunden telefoniert haben.“

Emilia seufzte. „Oh ja, langsam müsste er vielleicht wieder zurück sein. Obwohl, ich weiß eigentlich nicht, wie lange so etwas dauert. Aber wenn er angerufen hätte, hätte ich es trotz aktiven Telefonats gesehen.“

„Ach so.“ Emilia hörte, wie Anna einen Schluck Wasser nahm. „Und geht es dir denn jetzt ein bisschen besser?“

„Viel besser“, bestätigte Emilia. „Danke dir! Ich glaube, ich fahre jetzt schon los Richtung Johannes und gehe noch ein bisschen spazieren, bevor ich Tobi abhole.“

„Gute Idee, mach das“, riet Anna. „Frische Luft lüftet das Gehirn durch. Und auch das Herz, in manchen Situationen.“

Als Emilia gerade durch die Birkenallee im Park nahe Johannes’ Wohnung wanderte, rief Tom endlich an.

„Alles überstanden“, sagte er beruhigend, gleich nachdem sie atemlos abgehoben hatte.

Sie konnte einen Seufzer der Erleichterung nicht unterdrücken. „Keine Blessuren?“, versicherte sie sich.

„Nein, nein“, antwortete er und sie konnte hören, dass er lächelte, so als würde ihn ihre Sorge rühren.

„Und“, fragte sie frech, „sind die Urnen gut angekommen?“

Eine Pause entstand. „Woher weißt du denn, dass es das war, was wir gemacht haben?!“ Er klang entsetzt, so als habe er möglicherweise versehentlich Interna an sie ausgeplaudert, ohne sich nun daran zu erinnern.

Emilia lachte. „Ich bin inzwischen ganz gut im Recherchieren. Ich bin nämlich keines von deinen hirnlosen Sexkätzchen, weißt du.“

„Das weiß ich nur zu gut“, bestätigte Tom deutlich. „Na gut, ich werde mal duschen gehen, wir sind gerade erst zurückgekommen. – Ach ja, aber eines noch.“

„Ja?“ Sie konnte die Erleichterung, dass er unverletzt zurück im Camp war, kaum verbergen: Ihr war, als sei sie fünf Kilo leichter als noch heute Morgen.

„Mir ist vorhin eingefallen, dass ich dir gar nicht gesagt habe, dass ich für den Ernstfall deine Nummer im Camp angegeben habe. Sollte mir, was ich nicht hoffe, irgendwann etwas passieren, wirst du sofort benachrichtigt.“

Emilia lief ein Schauer kalt über den Rücken bei der Vorstellung. Aber trotzdem – es war gut zu wissen, dass sie sich nicht gleich Sorgen um sein Leben machen musste, wenn sie einmal nichts von ihm hörte. „Danke“, sagte sie leise und fügte dann übermütig hinzu: „Und jetzt geh duschen, Herr Major, bevor deine Kollegen das ganze heiße Wasser aufgebraucht haben!“

Er lachte und korrigierte sie scherzhaft: „Herr Wachtmeister bitte. Wenn schon Bezeichnungen des österreichischen Bundesheers, dann mit dem richtigen

Dienstgrad. Mach's gut und hab keine Angst mehr um mich, Milly. Jetzt geht es wieder an das langweilige Wacheschieben!"

„Okay. Mach's gut", echote sie lächelnd. Dann war die Leitung tot, und sie steckte ihr Handy in die Handtasche, immer noch grinsend. Sie hatte das Gefühl, heute könnte nichts mehr ihre Laune trüben.

Leider gab es allerdings doch etwas: Tobi hatte sich offenbar am Vortag eine Grippe eingefangen und war vor Fieber ganz heiß, als Johannes ihn in Emilias Auto setzte. Trotz ihrer Sorge um ihn beschloss sie, ihn zunächst selbst zu pflegen und erst am nächsten Tag mit ihm zum Arzt zu gehen, wenn es nicht besser würde. Tobi hasste Arztbesuche und sie hatte das Gefühl, Bettruhe und kalte Wickel seien die vernünftigste Variante.

Zwar ging es ihm am nächsten Tag wieder etwas besser, sodass ein Arzt überflüssig erschien, doch Emilia hatte in der Nacht kaum geschlafen, weil sie alle paar Stunden Tobis Temperatur gemessen hatte. Sie rief in der Arbeit an und meldete sich für diesen Tag ab. Dann pflegte sie ihren Sohn weiter. Müde saß sie an seinem Bett, las ihm eine Geschichte nach der anderen vor, fütterte ihn mit zerriebenem Apfel und wünschte sich zum wiederholten Male, einen Mann an ihrer Seite zu haben, der sie unterstützte. An Tagen wie diesem fühlte sie sich mehr tot als lebendig.

Bis zum nächsten Samstag war Tobi wieder ganz genesen, und Emilia machte sich frohgemut auf den Weg zu Anna –

wenn sie sich bemühte, könnte sie noch heute mit dem Schal fertig werden. Endlich!

Außerdem freute sie sich schon darauf, zu hören, wie es mit Anna und David weitergegangen war – auch wenn sie ahnte, dass die Aussprache mit Matthew kein allzu angenehmes Kapitel werden würde.

Als sie am Wollgeschäft ankam, stand Anna bereits in der Tür und winkte ihr fröhlich zu.

„Alles okay mit deinem Soldaten?", war das Erste, was sie fragte, als Emilia die Stufen zu ihr hinaufsprang.

„Oh Gott", fiel es Emilia ein, „ich habe dich gar nicht angerufen! Ja! Ja, alles in Ordnung. – Das tut mir leid! Tobi war krank und ich habe es einfach vergessen!"

Anna zuckte die Schultern. „Macht doch nichts, ich dachte sowieso, wenn irgendetwas wäre, würdest du dich schon melden. – War Tobi schlimm krank?" Sie ging ins Haus und Emilia fiel auf, dass sie sich sehr langsam bewegte.

„Nur eine kleine Grippe", antwortete sie wegwerfend und fügte hinzu: „Anna, geht es dir gut?"

Anna setzte sich in ihren Sessel, und Emilia nahm wie immer gegenüber Platz.

„Jaja", antwortete Anna, als sie die Teekanne nahm und Emilias Tasse füllte. „Ich fühle mich heute nur etwas wackelig auf den Beinen. Der Kreislauf, nehme ich an. Bei diesem kalten Wetter …"

„Ja, bald ist November", sagte Emilia sinnend und nahm einen Schluck Tee. „Und ich bin fest entschlossen, heute meinen Schal fertigzubringen! Dann fange ich nämlich etwas für mich selbst an."

Anna lachte. „Ja, dann erzähle ich wohl heute lieber nichts – damit ich dich nicht ablenke."

„Bist du wahnsinnig?" Emilia schnaufte gespielt empört auf. „Stricken ohne Geschichte geht gar nicht."

Anna musste noch mehr lachen. „Okay", gab sie klein bei. „Aber nicht gleich, ich muss nämlich heute sticken statt stricken und da muss ich mich mehr konzentrieren, vor allem, weil meine Augen nicht mehr die besten sind."

Emilia sah sie beeindruckt und zugleich ziemlich neugierig an. „Was stickst du denn?"

„Glitzerperlen auf diese Spitze", antwortete sie und zeigte auf das kleine graue Stück Stoff, das die Form einer Raute mit Schnörkeln hatte.

„Wofür?", wollte Emilia wissen.

Annas Augen blitzten. „Neugier macht Falten", sagte sie nur scherzhaft und fing an, den Faden durch die Nadel zu fädeln.

„Abgelenkt sein durch Geheimnisse auch", gab Emilia schlagfertig zurück und streckte Anna mutwillig die Zunge heraus, bevor beide simultan in Lachen ausbrachen.

Emilia kam der Gedanke, dass Anna inzwischen für sie eine Mischung aus Großmutterfigur und bester Freundin darstellte, und das erfüllte sie mit vorzeitiger Weihnachtsfreude, während sie die letzten Reihen an ihrem Schal strickte.

Natürlich schaffte Anna es, mit ihrer Stickerei vor Emilia fertig zu werden, und sie warnte sie gutmütig: „Erst strickst du fertig, dann erzähle ich weiter."

Vielleicht trug das dazu bei, dass Emilia eine halbe Stunde später die Nadeln sinken ließ und triumphierend rief: „Fertig!"

„Lass mal sehen", verlangte Anna und streckte die Hand nach dem weichen Strickschal aus. Sie begutachtete Emilias Handarbeit, der man deutlich die Entwicklung von der ersten

Unterrichtsstunde bis heute ansah. „Nicht schlecht", urteilte sie schließlich. „Ich stricke dir noch schnell die Maschen ab und vernähe das. Im Regal hinter dir sind verschiedene Stoff-Sticker für die Enden, schau dir doch mal an, was Tobi gefallen könnte."

Vor Freude über Annas Lob ganz rotbackig, ging Emilia zum Regal und öffnete die kleine Schublade, zu der Anna sie dirigierte.

Sie suchte einen Löwen, ein Auto und ein großes, rotes Herz aus und ging damit wieder zum Tisch. Anna war bereits fertig und hatte die Nadeln aus dem Strickwerk gezogen.

„Schau, das machst du so …" Sie schnappte sich den Schal. „Du legst das Bild darauf, dann nimmst du eine Stecknadel und fixierst es, so …" Sie zeigte vor, was sie meinte. „Und dann gehst du mit winzigen Stichen drum herum, sodass es wirklich fest ist. Siehst du?"

Emilia nickte. „Ich versuch's mal." Dann schaute sie auf und sah Anna bittend an. „Und kannst du jetzt bitte weitererzählen?"

Anna lachte. „Wenn du dir sicher bist, dass das nebenbei geht? Nicht, dass du wegen mir das Auto mit den Reifen nach oben aufnähst."

„Das geht schon", ermutigte Emilia sie selbstsicher.

„Na gut." Anna lehnte sich zurück und schien eine Weile nach einem Anfang zu suchen. „Wo waren wir … Ach ja. Oh! Die Aussprache mit Matthew. Oh je, das ist gar kein schönes Kapitel. Aber erzählt werden muss es wohl trotzdem. Also gut…"

DREISSIG

1982

Nachdem Anna den Entschluss gefasst hatte, sich mit Matthew auszusprechen, wollte sie nicht lange zögern. Sie sah nach: neunzehn Uhr. Jetzt müsste er eigentlich zu Hause sein.

Schweren Herzens nahm sie den Telefonhörer ab und wählte die altvertraute Nummer.

„Hallo?“ Der Klang seiner Stimme kam ihr fremd vor, als er abhob.

„Hallo Matthew“, erwiderte sie. Sie wusste, dass sie sich nicht mit dem Namen zu melden brauchte.

„Oh“, kam es von ihm, und sofort klang er distanziert. „Hallo Anna.“

„Hast du Zeit, dass wir noch einmal reden?“, fragte sie und kopierte seinen kühlen Ton.

Eine Pause entstand. Dann fragte er lakonisch: „Jetzt gleich?“

„Ja, bitte“, antwortete sie, bemüht, sich von seiner offenkundigen Antipathie nicht aus dem Konzept bringen zu lassen. „Kannst du in *Suzi's Diner* kommen?“

„Okay“, stimmte er zu, und sie konnte den Klang seiner Stimme nicht deuten.

„Super!“, ließ sie sich nicht aus dem Konzept bringen. „Dann fahre ich jetzt los.“

Mit einem tiefen Atemzug nahm sie ihre Jacke vom Haken und machte sich auf den Weg in Richtung ihres ehemaligen Heimatortes.

Als sie auf der Straße vor dem Diner parkte, sah sie gleich, dass Matthews Lincoln noch nicht vor der Tür stand. Ob sie draußen warten sollte?

Nein, beschloss sie, sie würde sich schon einmal drinnen hinsetzen und ein Getränk bestellen, bis Matthew kam. Eigentlich hatte er den kürzeren Weg und hätte logischerweise vor ihr da sein müssen – sie nahm an, dass es eine Art Zermürbungsstrategie sein sollte, sie unnötig warten zu lassen.

Als sie *Suzi's Diner* betrat und sich abwesend einen Früchtetee bestellte, den sie vorsorglich sofort bezahlte, befiel sie ein seltsames Gefühl von Déjà-vu. Sie setzte sich mitsamt Tee an einen kleinen Tisch in der Ecke, den Blick auf die Tür gerichtet, drehte ihren alten Haustürschlüssel vom Schlüsselbund und dachte über das nach, was sie Matthew sagen wollte.

Nach zwanzig Minuten hörte sie endlich sein Auto draußen ausrollen, und gefühlt eine Sekunde später stand er in der Tür. Einen Moment lang sah er sich suchend um, dann bemerkte er sie und kam auf sie zu. Ihr fiel auf, dass er dunkle Schatten unter den Augen hatte, als habe er nächtelang nicht geschlafen.

„Hallo Anna.“ Er nickte kurz.

„Hallo“, erwiderte sie. Er blieb vor ihrem Tisch stehen, und sie fragte irritiert: „Willst du dir nichts bestellen?“

„Nein", antwortete Matthew und runzelte die Stirn, während er sich setzte. „Nur hören, was du mir zu sagen hast." Seine Augen wirkten kalt.

„Nun …" Sie stählte sich innerlich und straffte die Schultern. „Ich wollte noch einmal mit dir reden und … und dir deinen Schlüssel zurückzugeben."

Die kühle Maske fiel ihm für einen Moment vom Gesicht, und seine Miene wurde erst traurig und dann wieder hart wie Stein. „Oh", sagte er nur. Dann verschränkte er die Arme vor der Brust. Anna starrte auf ihre halbleere Teetasse und sah erst beim Klang seiner Stimme auf: „Na gut, spielen wir das Spiel." Er klang sehr sarkastisch, was er eigentlich nie gewesen war, solange sie ihn kannte – er musste noch immer extrem verletzt sein. „Also: Schlüssel?"

Überrumpelt schob Anna ihm ihren Haustürschlüssel über den Tisch.

„Und jetzt rede", fuhr Matthew fort, ein wütendes Funkeln in den Augen. „Erzähl mir, was ich so Furchtbares getan habe, das dich dazu gebracht hat, meinen Cousin zu *ficken*!"

Anna zuckte schmerzhaft zusammen. „Matthew, das ist nicht, was passiert ist!", versuchte sie ihn zu beruhigen. Aber er hörte ihr gar nicht zu.

„Ach ja? Er sagt etwas Anderes!" Seine Stimme war laut, und Anna sah entsetzt, dass die Kellnerin neugierig zu ihnen herüberstarrte. Glücklicherweise waren außer ihnen nur zwei andere Gäste im Diner, und diese saßen in der Nähe der Tür.

„Ja", gab Anna zu und sprach bewusst mit leiser Stimme, damit er es ihr nach Möglichkeit gleichtat. „Ich gebe zu, dass ich an New Year's Eve bei ihm war, und ja, wir haben miteinander geschlafen." Matthew machte ein ersticktes Geräusch, von dem sie sich nicht sicher war, ob es ein zynisches Lachen oder ein Verschlucken war. „Aber so hat es nicht angefangen."

„So?" Seine Stimme war schneidend und noch immer indiskret laut. „Wie hat es denn angefangen?"

Anna seufzte und schüttelte langsam den Kopf. Es tat weh, ihn so reden zu hören, aber ihr war klar, dass eine der unliebsamen Konsequenzen ihres Handelns war, dass sie sich das jetzt anhören musste.

„Ich fürchte, gleich, als wir uns zum ersten Mal gesehen haben, war da irgendwas", sagte sie leise, aber absolut ehrlich. Es hatte keinen Sinn, jetzt noch etwas zu verheimlichen. „Und als er sich dann von Laura getrennt hat, haben wir irgendwie zueinander gefunden."

Matthew lachte freudlos auf. „Du weißt aber schon, dass er sich wegen einer anderen Frau von Laura getrennt hat? Nach so langer Zeit! Na ja, er war immer schon ein betrügerischer Weiberheld!"

Anna biss sich auf die Zunge, schloss die Augen und antwortete, ohne auf seine letzte Beleidigung David gegenüber einzugehen: „Ja, ich weiß, warum er sich von Laura getrennt hat. Und es ist auch bis New Year's Eve nichts passiert zwischen uns."

Matthew musterte sie mit zusammengekniffenen Augen, sagte aber nichts.

„Ich will dir nicht die Schuld geben", fuhr Anna fort, „es wäre vielleicht so oder so passiert, was passiert ist. Aber du warst nie da für mich, du hast mir immer das Gefühl gegeben, dass meine Träume klein und unwichtig sind und dass ich sowieso nicht die Kraft habe, sie zu verwirklichen." Sie sah ihn ernst an. „Und jedes Mal, wenn ich mich beschwert habe über irgendetwas, zum Beispiel vor drei Jahren, als ich den Verdacht hatte, dass du etwas mit deiner Studienassistentin hattest, oder als du letzten Herbst eine deiner Studentinnen" – sie malte mit den Fingern Anführungszeichen in die Luft – „‚nach Hause gefahren' hast, hast du mir suggeriert, dass meine Gefühle irrational und unbegründet sind."

Er nickte langsam und betrachtete sie mit solchem Hass in den Augen, dass ihr kalt wurde. „Und jetzt bist du seine Hure", stellte er kalt fest.

Anna erstarrte. So hatte sie noch nie jemand bezeichnet. Sie atmete tief aus. „Das muss ich mir nicht anhören", sagte sie mit kaum beherrschter Wut. „Ich bin hierhergekommen, um mich mit dir auszusprechen und die Fronten zu klären und damit du ihm nicht wieder einen Faustschlag verpasst wie ein verdammter Prolet!" Langsam gewann die Wut die Überhand. Sie stand so abrupt auf, dass ihr Stuhl nach hinten flog und mit einem lauten Klappern gegen die Wand stieß. „Aber ich lasse mich nicht von dir beleidigen, nur weil dein übergroßer männlicher Stolz gekränkt ist!"

Sie ging an ihm vorbei und wollte grußlos das Diner verlassen, als er ihr mit überschnappender Stimme nachschrie: „Hure! Du dreckige kleine Hure, ich will dich nie mehr wiedersehen! Komm mir bloß nie mehr unter die Augen!"

Sie erstarrte, fühlte die Blicke der Kellnerin und der beiden anderen Gäste auf ihr ruhen. Dann hob sie den Kopf, blieb im Türrahmen stehen und drehte sich mit tödlicher Ruhe um. Sie starrte ihn mit einem Blick an, der so finster war, dass er ihn auf direktem Weg in die Hölle hätte schicken können, und sagte ruhig, aber laut und deutlich und mit fester Stimme: „Lieber bin ich seine Hure als deine Frau."

Dann verließ sie schnellen Schrittes das Diner und ihr altes Leben. Als sie die Tür hinter sich ins Schloss fallen ließ, hörte sie ihn noch etwas rufen, gefolgt von einem ohrenbetäubenden Splittern, das sie vermuten ließ, er habe ihr die Teetasse hinterhergeworfen. Ohne sich darum zu kümmern, stieg sie ins Auto und fuhr nach Hause. Immerhin hatte sie es versucht.

Heute

„Um Gottes willen!“ Emilias Augen waren ganz rund vor Entsetzen. „Ich verstehe ja, dass er fertig war mit der Welt, aber dass er dich in aller Öffentlichkeit so beschimpft hat …!“

Anna zog die Augenbrauen hoch und nickte vielsagend. „Das hat mir noch einmal bewiesen, dass ich das Richtige getan habe“, sagte sie ruhig. „Einen Mann, der solche Worte gegenüber einer Frau benutzt, die er einmal als Liebe seines Lebens bezeichnet hat, sollte man nicht heiraten. Man sollte zusehen, dass man Land gewinnt.“

Emilia nickte ebenfalls. „Das kannst du laut sagen“, bestätigte sie.

„Und noch etwas habe ich aus Matthew gelernt“, fuhr Anna fort. „Wenn ein Mann dir vormacht, dass dein Bauchgefühl von Grund auf falsch ist, nimm die Beine in die Hand und lauf. Lauf, so schnell und so weit du kannst.“

„Hm.“ Emilia schien über diesen Satz nachzudenken. „Klingt weise. Aber wie kommst du darauf, im Zusammenhang mit Matthew?“

Anna beugte sich nach vorne und antwortete verschwörerisch: „Viele Jahre später habe ich erfahren, dass Matthew ein notorischer Fremdgänger und Lügner war. Vermutlich bis zu seinem Lebensende. Er hat mich zehnmal, ach, was sage ich, wahrscheinlich hundertmal betrogen. Inzwischen ist er gestorben, das weiß ich von meiner Tochter.

Aber er hat seit über dreißig Jahren einen Sohn aus einer flüchtigen Affäre, um den er sich nie gekümmert hat."

Emilias Kinn schien auf der Tischplatte aufzuschlagen. „Nicht im Ernst?"

„Doch." Anna lächelte, seltsam humorvoll nach so vielen Jahren. „Der Mann, der mich als Hure bezeichnete, weil ich mich verliebt hatte, hatte überall seine Techtelmechtel – am Arbeitsplatz, in Seattle, sogar mit einer unserer Nachbarinnen in Lacey."

Emilia schüttelte den Kopf. „Nicht zu fassen! Und du hast nie etwas gewusst?"

Anna überlegte. Tatsächlich hatte sie darüber lange nachgedacht. „Na ja", sagte sie schließlich. „Doch, irgendwie schon. Eigentlich hatte ich schon lange vor David mehrere Verdachtsmomente, nicht nur bezüglich seiner Studienassistentin und dieser einen Studentin. Herrje, sogar schon vor unserer Verlobung. Aber wie gesagt, Matthew hatte die Gabe, einem überzeugend darzulegen, dass man mit dem eigenen Bauchgefühl völlig falsch lag."

„Wahnsinn!" Emilia nahm ihren Schal wieder auf und legte einen weiteren Sticker auf. „Ich hoffe, es ging dir nicht allzu schlecht, nachdem dieser Vollidiot dich so beschimpft hatte."

„Eigentlich nicht", antwortete Anna. „Ich hatte sogar irgendwie meinen Frieden, weil ich das Gefühl hatte, dass ich die Geschichte nun für mich endgültig abgeschlossen hatte. Aber wegen David ging es mir schlecht. Und dann kam der Tag, an dem sich alles ändern würde. – Willst du noch mehr hören oder wird dir schon langweilig?"

Emilia zögerte keinen Augenblick. „Mehr, mehr, mehr!" Sie klatschte wie ein kleines Mädchen in die Hände, und Anna musste lachen.

„Aber ich warne dich“, sagte sie mit funkelnden Augen, „jetzt kommt ein schwer verdauliches Kapitel in meiner Geschichte. Da ich allerdings jetzt und hier vor dir sitze, weißt du schon einmal: Es geht gut aus.“

Emilias verwirrten Blick ignorierend, begann sie zu erzählen.

EINUNDDREISSIG

1982

Am Abend ihres Treffens mit Matthew verspürte Anna das kaum beherrschbare Bedürfnis, David anzurufen und ihm zu erzählen, was passiert war. Auch wenn sie ihrerseits wusste, dass es richtig gewesen war, eine Aussprache mit Matthew zumindest zu versuchen – Balsam für ihre geschundene Seele käme nicht ungelegen. Sie wusste jedoch, das war jetzt keine gute Idee: Sie musste ihm Zeit und Raum geben für seine Entscheidung – und irgendwo tief drinnen fühlte sie, dass es wichtig war, dass er sie für einige Zeit möglichst schmerzlich vermisste, auch wenn es auf Gegenseitigkeit beruhte.

Also gönnte sie sich stattdessen ein Glas Wein, zog Ginger auf ihren Schoß und schaltete den Fernseher ein – etwas, das sie nur tat, wenn sie besonders ausgelaugt war.

„Prost, Katze", sagte sie ironisch vor dem ersten Schluck. „Wenigstens dich hat er mir gebracht."

Am nächsten Tag fühlte sie sich wieder besser. Dass Matthew die Gelegenheit, Frieden zu schaffen, nicht genützt hatte, war schließlich nicht ihre Schuld. Im Gegenteil, genau genommen konnte sie stolz auf sich sein, dass sie keine Angst gezeigt hatte, noch einmal mit ihm Kontakt aufzunehmen.

Anna hatte frei und beschloss spontan, in Olympia shoppen zu gehen. Es war Ende April und die Luft surrte nur so vor Frühlingsgefühlen – und sich etwas Schönes zum Anziehen zu kaufen, war Option Nummer zwei nach der (sehr ersehnten, aber nicht greifbaren) Möglichkeit, den Tag mit David in der Natur zu verbringen.

Also warf sie sich ihre Jeansjacke über – endlich war es warm genug, dass sie die Wintermäntel im Schrank lassen konnte – und schlenderte ins Stadtzentrum, das von ihrer neuen Wohnung aus zu Fuß erreichbar war. Während sie so dahinspazierte, schweiften ihre Gedanken zu David und ihrem Umgang mit der so schwierigen Situation nach dem letzten Kuss.

War es richtig gewesen, ihn so unter Druck zu setzen? Vielleicht sogar nötig? Oder hätte sie lieber darauf vertrauen sollen, dass er ohnehin kein Mann war, der gerne zweigleisig fuhr, und sich früher oder später von selbst für die eine oder die andere entscheiden würde? Sie war sich nicht sicher. Natürlich, David war ein ehrenhafter Mann – anders als Matthew – und viel zu geradlinig, um gleich zwei Frauen auf lange Sicht hinzuhalten. Aber verkomplizierte nicht sein kleiner Sohn das Ganze? Hätte er, wenn sie keine Entscheidung verlangt hätte, vielleicht doch noch lange so weitergemacht? Hätte sie selbst irgendwann für immer gehen müssen, weil sie es nicht mehr ausgehalten hätte?

Ihre ursprünglich gute Laune sank mit jeder Gedankenschleife. Hätte sie sich vielleicht lieber diskret zurückziehen sollen? So tun, als sei sie nicht ernsthaft interessiert? Hätte sie es nach Neujahr bei dem Kontaktabbruch belassen sollen? Sich still und heimlich von

Matthew trennen, ohne ihm einen wirklichen Grund zu nennen? Vielleicht hätte sie sich und David dadurch viele Probleme erspart. Aber ihr Herz sagte etwas Anderes.

An ihrer geplanten Shoppingtour hatte sie jetzt auch keine Freude mehr. Missmutig beschloss sie, erst einmal in ein Café zu gehen und sich etwas Süßes zu gönnen – für die Seele, sozusagen.

Eine halbe Stunde später saß sie in einem ihr bisher unbekannten Bistro mit dem originellen Namen *The Side Street Café* und schlürfte halb glücklich an ihrer heißen Schokolade, während sie die Passanten beobachtete und versuchte, ihre trüben Gedanken zu vertreiben.

Vielleicht hatte sie ja auch den falschen Blickwinkel auf die ganze Angelegenheit. Immerhin hatte David selbst gesagt, dass sie ihm viel bedeutete – und er hatte zugegeben, dass ihre Berührungen in ihm etwas auslösten, was er bis dahin nicht gekannt hatte.

Außerdem, dachte sie, ich sehe es in seinen Augen. Ich kann mich nicht so sehr täuschen.

Sie nahm den letzten Schluck heißer Schokolade und winkte dem Kellner, um zu bezahlen.

Nein, beschloss sie, die unüberwindbare Anziehungskraft zwischen ihnen beiden musste etwas zu bedeuten haben. *Gegen manche Dinge kommt man mit Vernunft nicht an.*

Der Kellner erschien und legte ihr diskret die Rechnung hin. Sie warf einen flüchtigen Blick darauf und legte den Betrag plus ein großzügiges Trinkgeld auf den Tisch, bevor sie aufstand und sich den Riemen ihrer Handtasche über die Schulter legte. Am besten würde sie wohl doch noch shoppen gehen – Ablenkung war schließlich die beste Medizin.

Sie sah sorgfältig nach links und rechts, bevor sie die mäßig befahrene Gasse überquerte, und bog dann in eine der größeren Straßen ein, die zu ihrem Lieblingsladen führte. Vermutlich wegen des herrlichen Frühlingswetters war die Stadt heute voll mit Menschen: Paare, die Hand in Hand dahinschlenderten, Familien mit Kindern, Einzelpersonen mit oder ohne Hund. Sie musste lächeln, als sie auf der anderen Straßenseite einen kleinen Jungen entdeckte, der mit einem Eis in der Hand so abgelenkt auf der Gehsteigkante balancierte, dass seine Mutter ihn erschrocken an der Kapuze fasste, sich dann zu ihm herunterbeugte und ihn mit ausgestrecktem Zeigefinger vor den vorbeifahrenden Autos mahnte. Schmunzelnd setzte Anna dazu an, die Straßenseite zu wechseln, und befand sich bereits mitten zwischen den Spuren, als ihr Fuß plötzlich stockte: Neben dem kleinen Jungen und seiner Mutter stand David, lässig gekleidet in Jeans und einen schwarzen Pullover, und bekam in diesem Moment das Eis des Kleinen in die Hand gedrückt, damit Katie – denn sie war es offensichtlich – ihrem Sohn vorwurfsvoll den schokoladenverschmierten Mund mit einem Taschentuch abputzen konnte.

Annas Welt hörte auf, sich zu drehen, und sie sah in der Menge der Leute nur noch David, wie er entspannt, scheinbar mit sich und der Welt im Reinen, gespielt heimlich am Eis leckte, bevor er es Marcus mit einem Augenzwinkern zurückgab.

In ihrem Kopf dröhnte es. Sie konnte ihm und seiner perfekten kleinen Familie nicht begegnen, ihr Herz würde zerreißen! Anna wurde schwindelig, und sie taumelte kurz, bevor sie instinktiv von der Mitte der Straße aus rückwärtsging, anstatt ihre Überquerung fortzusetzen. Ein lautes Hupen und schlitternde Bremsen, Davids ruckartige Kopfbewegung in ihre Richtung und sein entsetzter Blick waren das Letzte, das sie wahrnahm, bevor sie mit einem Knall von den Füßen gerissen wurde und alles um sie herum in Schwärze versank.

Seltsame Geräusche drangen zu ihr durch. Ein Wirrwarr aus Stimmen, Wortfetzen, in denen sie keinen Sinn erkennen konnte. Ein sonderbares hohes Klingen in ihren Ohren. Sie meinte, Davids zitronig-herbes Parfüm zu riechen, und spürte eine warme Hand zitternd ihr Haar streicheln. Mit aller Kraft versuchte sie, aufzustehen oder zumindest die Augen zu öffnen, aber es gelang ihr nicht. Und dann kam der Schmerz.

Ein scharfer Stich fuhr wie ein glühendes Messer durch ihre Hüfte und ihr linkes Bein, ihr linker Arm brannte wie Feuer und ihr Kopf schien aus tausend kleinen Glassplittern zu bestehen. Abrupt schossen ihre Augenlider auf, und sie sah Davids bleiches entsetztes Gesicht über ihrem, seine Lippen, die sich bewegten, ohne dass sie seine Stimme hören konnte, fühlte seine Oberschenkel, auf die sie gebettet lag. Sie wollte ihn wissen lassen, dass sie Schmerzen hatte, aber ihre Stimmbänder gehorchten ihr nicht, und die Erkenntnis, dass sie etwas viel Wichtigeres zu sagen hatte, schob sich in den Vordergrund.

Anna bewegte die Hand und wollte David näher zu sich herunterziehen, aber bevor sie ihn erreichte, beugte er sich schon ganz nahe über ihr Gesicht, als habe er verstanden, dass sie etwas sagen wollte. Sie nahm all ihre schwindende Kraft zusammen und brachte flüsternd heraus: „Liebe … ich liebe …“ Bevor sie den Satz vollenden konnte, fielen ihr die Augen zu, der Schmerz hörte schlagartig auf, und sie sah, hörte und fühlte nichts mehr. Nur samtige Dunkelheit.

Das nächste Mal kam sie zu sich, weil ein regelmäßiges Piepsen in ihren Ohren dröhnte. Ihre Augenlider schienen wie zugeklebt, und sie musste ihre ganze Kraft aufwenden, um sie öffnen zu können. Das Erste, was sie sah, war eine weiße Fläche, und im ersten Moment war sie der festen Überzeugung, sie sei tot. Aber dann hörte sie wieder das Piepsen – sollte sie etwa doch noch am Leben sein? Ihr flatternder Blick traf auf eine Deckenlampe. Das gleißende Licht durchfuhr schmerzhaft ihren Kopf, und sie hörte ihre eigene Stimme krächzend „Aua" sagen. Ihre Stimmbänder taten weh.

Plötzlich spürte sie neben sich eine rasche Bewegung, und als sie mühsam den Kopf drehte, stand David neben ihrem Bett und hielt ihre Hand. Er war ganz blass im Gesicht, und seine rotgeränderten blauen Augen hatten jeglichen Funken verloren. Doch als sie ihn ansah, lächelte er mühsam. „Anna", flüsterte er. „Hey!"

„Bin ich tot?", fragte sie vorsichtshalber und merkte, dass ihre Stimme ganz fremd klang. Kratzig und gleichzeitig hoch wie die eines kleinen Mädchens.

Er schüttelte den Kopf und drückte ihre Hand mit dem Venflon, sodass sie schmerzlich zusammenzuckte.

„Oh, entschuldige, die Nadel!", fiel ihm ein und er ließ sie schnell los, bevor er ihr noch mehr wehtun konnte. Dann zog er den Stuhl, der hinter ihm an der Wand stand, zu dem Bett heran, auf dem sie lag, und setzte sich neben sie. „Nein, du bist nicht tot", sagte er leise. „Du bist im Krankenhaus. Du bist von einem Lieferwagen angefahren worden."

Anna schloss die Augen, als lückenhafte Bruchstücke des Unfalls zu ihr zurückkamen: der Knall, der ihr den Boden unter den Füßen weggezogen hatte, die Leute um sie herum, der Schmerz … Ihr Blick fiel auf ihren linken Arm, der verbunden war. Sie konnte auch das linke Bein nicht bewegen, und ihre Hüfte fühlte sich sonderbar an. David folgte ihrem Blick. „Dein Schien- und Wadenbein ist gebrochen, und deine Hüfte ebenso … Der Arm zum Glück nicht, aber du hast eine schlimme Prellung und überall blaue Flecken und eine Gehirnerschütterung …“ Er sah sie reuevoll an. „Oh Anna, es tut mir so leid, es ist alles meine Schuld!“

Sie runzelte die Stirn. Ihr Gehirn arbeitete noch nicht so, wie sie es gewohnt war, und sie hatte Mühe, ihm zu folgen. Gerade, als sie nachfragen wollte, was er damit zu tun hatte, weil sie sich daran überhaupt nicht erinnerte, ging die Tür auf und eine Schwester kam herein.

„Anna!“, rief sie und strahlte über das ganze Gesicht. „Du bist ja wach!“

Susan. Ohne Zweifel, da stand ihre Kollegin. In ihrem Kopf drehten sich langsam die Gedanken. Das bedeutete, dass sie im St. John’s Hospital sein musste – in dem Krankenhaus, in dem sie arbeitete.

„Hallo“, sagte sie mit kratziger Stimme.

„Du hattest dermaßen Glück im Unglück“, sprudelte Susan hervor, während sie den Fluss der Lösung überprüfte, die aus dem Infusionsbeutel in einem Schlauch zu Annas Hand lief, und das Rädchen am Beutel etwas aufdrehte. „Du hast dir bloß Hüfte und Bein gebrochen, eine Prellung am Unterarm und eine leichte Gehirnerschütterung. Nur ohnmächtig warst du recht lange, und nach der OP haben wir dich für einen Tag schlafen gelegt.“ Anna musste unwillkürlich lächeln, als Susan den unter Pflegekräften üblichen Terminus für künstliches Koma verwendete. „Du warst schon einmal wach, erinnerst du dich?“

Stumm schüttelte sie den Kopf.

„Na, das kommt alles wieder. Du weißt ja, wie das ist, wenn jemand auf den Kopf fällt." Prüfend sah sie sie an. „Schmerzen?"

Anna nickte.

„In der Infusion ist Ibuprofen, es wird gleich besser. Ich habe es aufgedreht." Sie schaute kurz zu David herüber, der wie erschossen in seinem Stuhl saß, und beugte sich dann nahe zu Annas Ohr. „Übrigens", flüsterte sie verschwörerisch, „der da ist nicht von deiner Seite gewichen, seit ihr mit dem Krankenwagen gekommen seid – nur einmal gleich nach der OP ist er für ein paar wenige Stunden nach Hause gefahren. Und ich habe ihn sogar an deinem Bett weinen sehen."

„Ich kann Sie hören, wissen Sie", unterbrach Davids Stimme energisch das Flüstern, aber er lächelte. Annas Herzschlag beschleunigte sich, und das Piepsen, das sie inzwischen als Herzmonitor identifiziert hatte, wurde schneller.

„Oh oh", feixte Susan, „lieber keine Aufregung!" Grinsend ging sie zur Tür. „Alles wird wieder gut", versicherte sie Anna noch einmal, bevor sie ging.

Anna wandte sich David zu und versuchte ein Lächeln, das wegen ihrer Schmerzen eher halbherzig ausfiel. Auch reden tat weh, und so schwieg sie.

„Ach Anna!" David hob die Hand und streichelte zart ihre Wange. Seine Stimme zitterte, als er sprach: „Ich bin so froh, dass du noch lebst! Als du da mit dem Kopf auf meinem Schoß auf der Straße gelegen hast … Ich dachte, ich sterbe mit dir!" Seine Augen gingen über und eine heiße Träne fiel auf Annas Handrücken, bevor er sich mit der linken Hand übers Gesicht fuhr und die Wange abwischte. „Es tut mir so leid! Ich bin ganz allein schuld daran, dass du mitten auf der

Straße stehen geblieben bist! Ich hätte dir das alles niemals antun dürfen.“ Er legte sanft seine Hand auf ihre.

Annas Erinnerung kam plötzlich zurück. Es stimmte: Sie hatte David gesehen ... mit Marcus und Katie!

Ein Teil von ihr wollte die Hand wegziehen, die die seine berührte, aber ein anderer Teil spürte, dass das jetzt nebensächlich war. Als habe er ihr Dilemma gespürt, fuhr David fort: „Ich habe mit Katie gesprochen – obwohl das eigentlich überflüssig war, nachdem ich zu dir gelaufen bin und dich gehalten habe.“ Bei der Erinnerung spiegelte sein Gesicht deutlich den Schrecken, den er in diesem Moment empfunden haben musste. „Zuerst meinte ich, du wärst tot, und wollte den Fahrer des Lieferwagens am liebsten verprügeln, aber dann hast du dich bewegt, und ich habe deinen Kopf auf meinen Schoß gezogen, während Passanten 911 gerufen haben ...“ Er wischte sich ein weiteres Mal übers Gesicht. „Deine letzten Worte, bevor du in Ohnmacht gefallen bist, waren ‚ich liebe‘ – das ‚Dich‘ hast du nicht mehr herausgebracht, aber ich habe es dir gesagt, immer wieder.“ Sie sah ihn mit großen Augen an und er musste unter Tränen lächeln und flüsterte: „Ich liebe dich, Anna! Für immer und nur dich und niemanden sonst, und das ist mir jetzt völlig klar. Von allen schönen Sternen am Himmel bist du für mich der hellste, und verglühen wird dabei ganz und gar nichts.“

Sie setzte an, etwas zu erwidern, aber David legte den Finger auf ihre Lippen. „Sssch ... erst ich. – Als ich vorgestern zurückgefahren bin, um mich umzuziehen und zu duschen, habe ich mich von Katie getrennt. Ich werde natürlich noch einmal ausführlich mit ihr reden müssen, auch über Marcus, aber sie weiß, dass es aus ist. Sie weiß, dass es wegen dir ist. Ich gehöre zu dir.“ Sein Gesichtsausdruck wurde unsicher. „Wenn du mich überhaupt noch willst.“

Sie sagte nichts, aber ihr Lächeln trotz der Schmerzen sprach Bände. Als sie schließlich doch sprach, klang ihre Stimme beinahe wieder wie ihre eigene. „Ich liebe dich, David Bailey", sagte sie und sah ihn intensiv an. „Lass mich nur nie mehr los."

Er schüttelte mit nassen Augen stumm den Kopf und beugte sich zu ihr hinunter, um seine Lippen in einem sanften Kuss auf ihre zu legen – so vorsichtig, als könne sie jeden Moment zerbrechen. Ein Klopfen an der Tür ließ beide zusammenzucken, und Anna wimmerte, als die plötzliche Bewegung eine neue Welle des Schmerzes mit sich brachte.

„Vorsichtig", mahnte David und strich ihr übers Haar, bevor er aufsah und sie informierte: „Deine Eltern sind da."

Daisy und Frank schienen aufzuatmen, als sie sahen, dass Anna wach und bereits wieder ansprechbar war. Anna fiel auf, dass ihr Vater David mit einem kollegialen Handschlag und einer angedeuteten Umarmung begrüßte, und sie fragte sich unwillkürlich, wie viel sie in dieser Hinsicht verpasst hatte.

„Hallo, du Unglücksrabe", versuchte Daisy zu scherzen und stellte Annas Reisetasche, die offensichtlich Kleidung für sie beinhaltete, auf dem Boden ab. Vorsichtig setzte sie sich auf den Rand des Krankenbettes, während Frank neben David stehen geblieben war und seiner Tochter stumm die Hand auf den gesunden Knöchel legte – das einzige nicht eingegipste Körperteil, das er aus seiner Position am Fußende erreichen konnte. „Was machst du denn für Sachen?"

David trat einen Schritt zurück, um ihren Vater an das Kopfende ihres Bettes zu lassen, aber Frank schüttelte den Kopf und schob ihn wieder zu ihr. „Bleib nur", sagte er begütigend und klopfte ihm auf die Schulter. Das machte Anna sicher, dass ihre Eltern über ihre Beziehung zu David völlig im Klaren waren – wahrscheinlich hatten sie sich mit ihm darüber unterhalten, während sie „geschlafen" hatte.

Daisy streichelte Annas gesunden Arm. „Wir sind so froh, dass du wieder aufgewacht bist", seufzte sie. „Nicht auszudenken, wenn ..."

„Daisy!", schnitt Frank ihr brüsk das Wort ab und schüttelte tadelnd den Kopf, bevor er sich wieder Anna zuwandte. „David hat uns vorgestern gleich angerufen, nachdem es passiert war. Man hat dich die halbe Nacht lang operiert, und dann warst du in so schlechtem Zustand, dass sie dich ins Koma versetzen mussten ... Aber trotzdem: Da hast du ja nochmal Glück gehabt!"

Sein Blick glitt aus den Augenwinkeln zu David, bevor er sich wieder ihr zuwandte. „Ich nehme an, am Strand wirst du wohl am besten genesen", sagte er schelmisch. Anna sah ihn fragend an. „David hat uns alles gebeichtet", fuhr Frank mit einem Zwinkern fort, bevor David errötend in Richtung Anna korrigierte: „Na ja, nicht alles."

Daisy schüttelte den Kopf, als habe sie noch immer Mühe, zu glauben, was passiert war. Dann lächelte sie. „Das Schicksal geht manchmal sonderbare Wege", lächelte sie und kniff Anna in gewohnter Manier in die Wange – wenn auch viel sanfter als sonst.

Und damit war alles klar.

Als Anna nach einer Woche aufstehen durfte, war sie noch wackelig auf den Beinen, fühlte sich aber innerlich gestärkt. Sie hatte sogar das Gefühl, noch nie in ihrem Leben glücklicher gewesen zu sein – David an ihrer Seite erfüllte ihre Seele mit einem tiefen Frieden und überwältigender Liebe. Ihr Krankenzimmer quoll über vor Blumen: Fast jeden

Tag brachte David einen neuen Strauß, bis sie ihm (angesichts eines absolut überdimensionierten Bouquets aus siebzehn roten Rosen) lachend sagte, jetzt sei es genug, sonst würde sie noch Heuschnupfen bekommen.

Körperlich allerdings hatte sie sich ihre Genesung schneller vorgestellt: Das eingegipste Bein durfte sie nur zu einem Drittel belasten – da sie sich Schien- und Wadenbein gleichermaßen gebrochen hatte, waren die Ärzte sehr strikt in ihren Anweisungen. Anna gehorchte nur widerwillig, da sie aus ihrer beruflichen Erfahrung wusste, dass die ebenfalls gebrochene Hüfte eigentlich so schnell wie möglich wieder mobilisiert werden sollte. Aber David wachte mit Adleraugen über sie und sorgte dafür, dass sie jeden ärztlichen Rat akribisch befolgte. Bewegungen im Liegen und Sitzen waren jedoch erlaubt, und Anna achtete, sobald die OP-Wunde fest genug verkrustet schien, darauf, das Hüftgelenk in mehreren Sessions pro Tag zu trainieren, indem sie beide Oberschenkel sanft in Richtung Brust zog und wieder ablegte, auch wenn sowohl Hüfte als auch Bein schon bei dieser kleinen Bewegung schmerzten wie verrückt.

Für die Zeit nach ihrem Krankenhausaufenthalt hatten sie vereinbart, dass Anna zumindest fürs Erste bei David im Strandhaus bleiben würde – sie hatte das Gefühl, am liebsten wäre es ihm gewesen, wenn sie gleich mitsamt Ginger bei ihm eingezogen und ihre Wohnung gekündigt hätte. Aber mit diesem Schritt wollte sie sich noch etwas Zeit lassen. Trotzdem war sie gerührt über seine Hingabe – er hatte sogar Sonderurlaub genommen, um sie ganztags pflegen zu können, obwohl sie ihm mehrmals versichert hatte, ihre Mutter würde ihr ganz bestimmt zur Hand gehen.

Am Tag ihrer Entlassung stand er wie vereinbart um zehn Uhr vormittags in ihrem Krankenzimmer – mit einem Grinsen auf dem Gesicht, als sei Weihnachten und Ostern zugleich.

„Endlich darf ich dich mitnehmen!", rief er, kam auf sie zu und hob sie schwungvoll hoch, um sie mitsamt Krücken einmal im Kreis zu wirbeln. An ihrem skeptischen Gesicht erkannte er, dass das für die gebrochene Hüfte vielleicht nicht das Beste gewesen war, und stellte sie vorsichtig wieder ab. „Oh je, habe ich dir wehgetan?"

Anna schüttelte den Kopf. „Aber versuch vielleicht trotzdem, mir nicht gleich noch mehr Knochen zu brechen."

Er lachte leise, legte die Arme um ihre Taille und gab ihr einen Kuss auf den Scheitel. Dann sah er sie eindringlich an. „Und, bist du bereit? Haben die Ärzte das Okay gegeben?"

Sie nickte und wies auf ihre gepackte Reisetasche. „Ja, alles bestens, die Entlassungspapiere sind schon unterschrieben. Kannst du mir das abnehmen?"

„Natürlich." Er warf sich ihr Gepäck lässig über die Schulter und ließ ihr den Vortritt, um das Zimmer zu verlassen. Langsam, weil Anna sich mit den Krücken nicht besonders schnell bewegen konnte – sie durfte das gebrochene Bein noch immer nicht voll belasten –, bahnten sie sich ihren Weg zum Ausgang. Als sie es geschafft hatten und auf dem Parkplatz standen, drehte Anna sich noch einmal um und sah hoch zum Fenster ihres ehemaligen Krankenzimmers.

„Verrückte Geschichte", murmelte sie.

David sah sie prüfend an. „Ja, schlimme Wochen gehen zu Ende, oder?"

„Schon", gab sie nachdenklich zu. Dann lächelte sie ihn vielsagend an. „Aber der Unfall hat mir auch etwas sehr Schönes gebracht."

Er starrte sie einen Augenblick lang an, dann lächelte er, wobei sich aber seine Stirn traurig kräuselte. In einer einzigen Bewegung ließ er ihre Reisetasche zu Boden gleiten und zog sie fest in seine Arme, während er sein Gesicht in ihren Haaren verbarg. Ihre Krücken fielen um, aber keinen von beiden kümmerte es.

„Es tut mir leid, dass ich nicht schon viel früher zu dieser Entscheidung gekommen bin", murmelte er in ihr Haar. „Ich glaube, eigentlich wusste ich es spätestens ab dem Moment, als du mich damals getröstet hast ... Aber mein Kopf war stärker." Er schluckte hart. „Dass du fast sterben musstest, damit ich realisiere, was ich die ganze Zeit über schon gewollt habe – das werde ich mir nie verzeihen."

Anna schüttelte den Kopf und schluckte die plötzlich aufsteigenden Tränen energisch herunter. „Da gibt es nichts zu verzeihen", sagte sie in den Stoff seiner Sommerjacke hinein. „Alles ist perfekt, so wie es ist." Seine Umarmung wurde leichter, und sie lösten sich voneinander und sahen sich intensiv an.

Als David sie endlich küsste, realisierte Anna es zum ersten Mal wirklich: Er war der ihre. Endlich der ihre.

ZWEIUNDDREISSIG

Heute

Emilia tupfte sich mit dem Taschentuch, das inzwischen schon ganz zerknüllt war, den Augenwinkel ab und schniefte.

„Wahnsinn", murmelte sie ergriffen. „Also das ist das Ende deiner Geschichte?"

Anna lachte. „Auch wenn ein typisches Märchen hier vielleicht aufhören könnte – ich würde dir schon noch erzählen, wie es weitergegangen ist. Falls es dich noch interessiert."

„Natürlich!" Emilia holte zittrig Luft. „Gleich?"

Anna seufzte. „Nein, nächstes Mal. Ich bin müde. Das war heute irgendwie anstrengend, den ganzen Unfall im Geist noch einmal zu erleben ..."

Emilia nickte. Ihre Handarbeit lag unangetastet auf dem Tisch vor ihr – aber diesmal ärgerte sie sich nicht über sich selbst. Es wäre keine Option gewesen, bei diesem Teil der Geschichte nur mit halbem Ohr zuhören zu können.

An diesem Abend saß sie an ihrem Erkerfenster, den Laptop auf den Knien, und wartete darauf, dass Tom online gehen würde.

Meist war zwanzig Uhr seine Zeit – sie nahm an, dass dann der Schichtwechsel stattfand – und sie hatte sich angewöhnt, um diese Uhrzeit einmal nachzusehen, ob er da war, wohlwissend, dass er selbst sich wohl nicht so regelmäßig melden würde.

Heute aber erschien er nicht, und nach einer halben Stunde, in der sie so gespannt auf den Bildschirm gestarrt hatte wie eine Katze auf das Mauseloch, gab sie es auf und beschloss, sich einfach sein Foto anzusehen, um ihn für ein paar Minuten nach allen Regeln der Kunst zu vermissen.

Sie klickte also seinen Namen an – und wäre vor Schreck fast von der Fensterbank gefallen. Tom hatte ein neues – allerdings wohl nicht ganz aktuelles – Profilbild, das ihn mit einer hübschen Brünetten zeigte! Die beiden standen Arm in Arm da und lächelten glücklich in die Kamera. Emilia konnte beinahe körperlich fühlen, wie ihr Herz immer tiefer sank und mit einem klatschenden Geräusch auf einem äußerst harten Boden aufschlug. Ungläubig vergrößerte sie das Foto, starrte es für mehrere Minuten an und sprang dann auf, um eine Runde durch die Wohnung zu drehen, während sie nervös an ihrem Daumennagel kaute. Das konnte ja wohl nicht sein!

Schließlich beschloss sie, ihn zu konfrontieren. Hätte es das gemeinsame Wochenende nicht gegeben, hätte sie sich zurückgehalten und still gelitten, aber nachdem sie quasi beschlossen hatten, es nach seinem Einsatz miteinander zu versuchen, konnte sie gar nicht anders. Sie hob ihren Laptop auf den Tisch und begann zu tippen.

„Hallo Tom“, schrieb sie, „ehrlich gesagt bin ich gerade etwas erschrocken, als ich dein Profilbild“ – sie stockte. Nein, das klang irgendwie nicht richtig. Und ‚etwas erschrocken' traf des Pudels Kern auch nicht annähernd. Sie löschte den angefangenen Satz und begann noch einmal von vorne.

„Hallo Tom, bitte sag mir, dass das deine Schwester ist auf deinem neuen" – wieder stockte sie. Nein, das ging gar nicht.

Außerdem … sie legte die Hände in den Schoß und zupfte abwesend an der Nagelhaut des geschundenen Daumens herum. Er hatte immer einen Grund für das, was er tat. Genau genommen war Tom der beherrschteste Mensch, den sie kannte. Eigentlich hatte er sich immer unter Kontrolle. Es musste auch für dieses Foto einen Grund geben …

Emilia stand wieder auf und ging zum Fenster. Während sie in die Dunkelheit hinausstarrte, zermarterte sie sich ihr Gehirn. Warum sollte Tom jetzt, da er definitiv keine neue Frau hatte kennenlernen können, plötzlich ein Foto von sich mit einer anderen ins Netz stellen, wenn nicht …? Sie biss sich auf die Lippe. Das war es. Das *musste* es sein. Er wollte sie wegschieben, die Beziehung zu ihr war ihm zu nah geworden. Vielleicht, weil sie jetzt seine Vergangenheit kannte.

In einem Versuch, ihr Stresslevel etwas zu senken, atmete sie tief durch. Dann schloss sie für einen Moment die Augen – und plötzlich packte sie die Wut. Sie schoss auf ihren Laptop zu und tippte in Rekordgeschwindigkeit:

„Hallo Tom! Schönes neues Profilbild. Ich weiß, was du hier tust, und ich danke dir – du machst es sehr einfach für mich. Ich wünsche dir noch eine schöne Zeit!"

Dann ging sie offline, indem sie den Laptop zuknallte und ins Schlafzimmer rannte, um ihre Sportkleidung anzuziehen. Wenn das nicht nach einer abendlichen Joggingrunde schrie, um Energie abzubauen …!

Eine Stunde später kam sie erledigt und genauso wütend und ratlos wie vorher zurück. Sie duschte, dann konnte sie sich nicht länger beherrschen und klappte ihren Laptop auf.

Nein, er hatte nicht geantwortet. Aber er hatte die Nachricht gelesen.

Mit einer Mischung aus Wut und Traurigkeit ging sie zu Bett.

Am nächsten Morgen wachte Emilia früh auf, und ihr erster Gang führte sie zum Laptop. Als sie sah, dass eine Nachricht von Tom angekommen war, wurde ihr spontan übel, und sie musste sich zwingen, sie zu öffnen. Ihre Finger zitterten, als sie den Cursor zu dem Button mit der Aufschrift „öffnen" führte und darauf klickte.

„Hä???" Bereits nach diesem Wort hätte sie am liebsten aufgehört zu lesen. „Das ist eine sehr gute Freundin von mir – ganz platonisch und schon seit Kindertagen und ich kann Fotos mit ihr online stellen, wann immer ich will."

Sie wurde blass, schob die Hand an den Mund und nahm sich wieder ihren Daumennagel vor, als sie weiterlas.

„Es wird dich vielleicht überraschen, aber ich mache nicht alles immer nur, um dir eins auszuwischen! Aber das bestätigt, was ich mir schon mehrmals gedacht habe: Ich kann dich nicht glücklich machen. Du brauchst einen lieben Mann. Nicht mich."

Ende.

Sie schloss entsetzt die Augen und ließ den Kopf neben dem Laptop auf die Tischplatte sinken. Sie hatte überreagiert. Wie hatte sie sich nur dazu hinreißen können, so überzureagieren? Schließlich kannte sie sein persönliches Umfeld überhaupt nicht. Warum hatte sie nicht einfach gefragt, wer die Frau war, bevor sie ihn gleich in Bausch und Bogen verurteilte, er würde sie aus seinem Leben drängen wollen?

Mit zitternden Fingern tippte sie: „Entschuldige. Ich habe überreagiert. Aber du bist so weit weg, und ich drehe hier offenbar ein bisschen durch ohne dich."

Den ganzen Vormittag kam keine Antwort, und als sie am Nachmittag Tobi von seinem Vater abholte, ging sie innerlich bereits die Wände hoch.

„Bitte entschuldige", schrieb sie Tom via Kurznachricht. Zwei blaue Häkchen zeigten wenige Minuten später, dass er es gelesen hatte. Aber es kam keine Nachricht.

Am Abend rief sie ihn an. Er hob nicht ab.

Die Arbeitswoche kam und ging, und Emilia ging mechanisch ihrem Job nach.

Als sie am Freitagabend in eine leere Wohnung zurückkam, da Tobi wie jedes Wochenende bei seinem Vater war, setzte sie sich mit einem Blatt cremefarbenem Papier und einem bis fast an den Rand gefüllten Weinglas an den Wohnzimmertisch und begann zu schreiben.

Liebster Tom!

Bereits nach dieser Anrede brauchte sie einen großen Schluck Wein. Sie trank und schrieb noch mit vollem Mund weiter:

Fast eine Woche ist vergangen, und ich habe nichts von Dir gehört. Gott sei Dank kann Dir nichts passiert sein, sonst wäre ich benachrichtigt worden. Also nehme ich an, dass Du mir (vermutlich zu Recht) sehr böse bist.

Tom, bitte verzeih mir! Ich habe überreagiert und ich habe falsch gehandelt, Dich gleich alles Möglichen zu bezichtigen, aber bitte versteh,

Sie spürte, wie Tränen in ihr aufstiegen, die sich mit aller Macht einen Weg heraus bahnen wollten. Schnell kniff sie die Augen fest zu und atmete tief durch, bevor sie weiterschrieb:

dass mir das nur passiert ist, weil Du mir so viel bedeutest und ich immer noch Angst habe, Du könntest mich wieder wegstoßen – jetzt, da wir uns gerade so nahe sind.

Weißt Du nicht mehr, wie es ist, wenn wir zusammen sind? Doch, das weißt Du, ich bin mir sicher. Weißt Du noch, wie Du mich in unserer ersten gemeinsamen Nacht im Arm gehalten hast bis zum nächsten Morgen? Wie Du mir immer wieder über das Haar gestreichelt hast, sodass ich stundenlang nicht schlafen konnte? Hast Du vergessen, wie Du mich am Morgen unter der Hüfte gepackt und ganz hochgehoben und von unten angesehen hast, als sei ich die Liebe Deines Lebens?

Sie wischte sich eine vorwitzige Träne von der Wange und biss die Zähne zusammen. Sie würde ihm einen USB-Stick mit einem Lied mitschicken, beschloss sie. „The Rose" von Bette Midler – das würde besser als all ihre Worte ausdrücken, was er ihr bedeutete.

Bitte, Tom, verzeih mir. Ich verspreche, mich zu bessern. Ich will Dich nicht drängen, ich verstehe, dass Du Zeit brauchst, mehr als ich, die ich immer so schnell bereit dazu bin, mit Dir bis ans Ende der Welt zu gehen. Ich schicke Dir ein Lied mit – vielleicht nicht gerade Dein Musikgeschmack, aber ich denke immer an Dich, wenn ich es höre. Bitte gib mir noch eine Chance. Uns. Bitte.

Sie zögerte. Wie sollte sie unterschreiben? Unsicher fuhr sie sich durchs Haar – dann entschied sie sich für die ehrlichste Variante und schrieb sie schnell nieder, bevor der Mut sie wieder verlassen konnte.

Für immer die Deine,
Milly

Weil sie das Gefühl hatte, ihm deutlich sagen zu müssen, was sie meinte, schrieb sie auf die Rückseite des Briefes den unsterblichen Text des Liedes.

Als sie den Brief inklusive USB-Stick am nächsten Vormittag zur Post brachte, waren ihre Augen rot vom Weinen.

Die Postbeamtin sah sie mitleidig an, und sie lächelte kläglich, aber ruhig zurück. Inzwischen konnte sie damit umgehen und wusste, wie es sich anfühlte, Feldpost abzugeben. Es war immer diese Mischung aus Mitleid und Neugier, die die Postbeamten – ganz egal ob männlich oder weiblich – im Blick trugen. Aber heute überwog deutlich das Mitleid.

Als sie wie jeden Samstag bei Anna ankam, keuchte diese beim ersten Blick in ihr Gesicht erschrocken auf.

„Girly!“, schnappte sie nach Luft. „Ist etwas mit …?“

Emilia schüttelte den Kopf und machte eine abwehrende Geste mit der Hand. „Wir haben nur gestritten", erklärte sie, küsste Anna auf beide Wangen, ging dann schnurstracks zum Tisch und setzte sich.

„Aber du siehst furchtbar aus", beharrte Anna und legte Emilia eine Hand auf den Arm. „Worum ging es denn?"

Emilia winkte ab. „Ich will nicht darüber reden", sagte sie entschlossen.

Eine Pause entstand. „Vielleicht hilft Ablenkung am besten?", fragte Anna nach einer Weile schelmisch und ging nicht näher auf Emilias äußerst untypische Ansage ein. Zum ersten Mal seit Tagen erschien auf Emilias Gesicht ein fast echtes Lächeln, während sie ihr Strickzeug zur Hand nahm. „Ablenkung ist immer gut."

„Prima", kommentierte Anna und tätschelte ihr begütigend den Oberschenkel. „Also, wo waren wir? – Ach ja, nach dem Unfall. Ich war, ohne es bewusst beschlossen zu haben, mehr oder weniger bei David eingezogen. Als wir vom Krankenhaus nach Hause ins Strandhaus kamen, hatte meine Mutter schon Ginger dorthin gebracht – es stellte sich heraus, dass sich David in der Tat bereits eine Woche lang um meine Katze kümmerte, insofern hatte sie sich gut eingelebt. Viele meiner Sachen waren auch schon dort, damit ich mich gleich zu Hause fühlen konnte, sagte David …"

DREIUNDDREISSIG

1982

Es war ein angenehm warmer Frühsommertag, und Anna und David saßen mit Blick auf den Strand unter einem großen Sonnenschirm auf den Holzmöbeln im Garten. Wie meistens hatte Anna sich für die Hollywoodschaukel entschieden. David saß im Sessel gegenüber und streichelte abwesend ihr verletztes Bein, das im Gipsverband über seinem Schoß lag, während er in einem Buch las.

Eigentlich hatte Anna auch lesen wollen, aber die Sonne, die glitzernde Reflexe auf das blau glitzernde Meer warf, lenkte sie immer wieder ab. So strich sie nur dekadent ihr Lieblingssommerkleid glatt und nippte an ihrer Cola, während sie das Naturschauspiel genoss.

„Nachste Woche will ich endlich schwimmen gehen", murmelte sie, mehr zu sich selbst als zu ihm. Dann würde ihr Gipsverband endlich abgenommen werden und ihr normales Leben wieder starten! Glücklicherweise war sie auch nach der Verbandsabnahme noch für einen weiteren Monat krankgeschrieben, damit sie die Muskeln in Bein und Hüfte ausreichend trainieren konnte, bevor sie wieder arbeitete. Dreimal pro Woche würde sie Physiotherapie bekommen.

David blickte bei ihrem Satz auf und lächelte sie liebevoll an. „Dann schwimmen wir bis nach Anderson Island", scherzte er und beugte sich über Annas Fuß, um ihr einen kleinen Kuss auf die trotz Fraktur sorgsam manikürten Zehen zu drücken.

Anna lachte und fuhr übermütig mit den Fingern durch sein im Licht der Sonne fast goldblondes Haar. Er schnappte sich ihre Hand und küsste auch diese, während er ihr tief in die Augen sah. Die Magie zwischen ihnen hatte sich über die letzten Wochen des Zusammenwohnens nicht verloren – eher noch verstärkt, wie Anna vorkam.

„Was möchte Mylady heute zu Abend essen?“, erkundigte er sich augenzwinkernd, das Thema wechselnd.

Anna überlegte. „Haben wir irgendetwas im Haus?“

Er schüttelte den Kopf. „Einkaufen muss ich sowieso. Ginger will sicher auch etwas essen und du hast ihr heute früh die letzte Dose verfüttert.“

„Oh!“ Annas Augen leuchteten auf wie die eines kleinen Mädchens. „Hast du dann vielleicht Lust auf selbstgemachte Pizza? Wenn du mir Mehl, Champignons, Peperoni und geriebenen Käse mitbringst, kann ich sie zubereiten!“

Er musste über ihre offenkundige Begeisterung lachen. „Also gut, Pizza zum Abendessen. Hast du sonst noch einen Wunsch?“

Sie beugte sich vor und tippte ihm mit dem Zeigefinger auf die Nase. „Nur dich“, sagte sie leise. „Am besten als Dessert.“

Sichtlich überrascht von ihrer unverhohlenen sexuellen Andeutung riss er die blauen Augen auf und lächelte sie dann begehrlich an. „Immer gerne“, gab er schlagfertig zurück und nahm sich einen Moment Zeit, um mit den Fingerspitzen streichelnd die Biegung ihres Halses bis zur Schulter nachzufahren. Dann stand er auf. „Ich hole noch einen Zettel und schreibe mir auf, was ich für die Pizza genau besorgen muss – das war mir vorhin zu schnell. Und dir bringe ich noch mehr zu trinken. Brauchst du sonst noch etwas aus dem Haus?“

Mit sanftem Tadel schüttelte sie den Kopf. „Weißt du, ich bin nicht komplett bewegungsunfähig. Ich kann durchaus auch selbst hineingehen, während du weg bist.“ Sie machte eine Kopfbewegung in Richtung ihrer Krücken, die an der Lehne des freien Holzsessels lehnten.

„Du hast Recht“, schmunzelte er. „Ich darf dich nicht zu sehr verwöhnen, sonst geht das so weiter, wenn der Gips ab ist.“ Er beugte sich zu ihr herunter.

Kichernd gab sie ihm einen Kuss auf den Mund, bei dem sich die Härchen an ihrem Nacken aufstellten.

Ob das wohl mein ganzes Leben lang so sein wird?, fragte sie sich glücklich. Denn dass sie ihr Leben mit ihm verbringen würde, stand für sie außer Frage, auch wenn sie noch nicht explizit über die weitere Zukunft gesprochen hatten.

Versonnen sah sie ihm nach, wie er mit langen Schritten die Wiese überquerte und durch das Gartentürchen in den Vorgarten ging, um kurz darauf im Haus zu verschwinden. Sie konnte sich nicht erinnern, jemals zuvor einen Mann so begehrt zu haben.

Wenige Minuten später war er wieder da, mit einer Karaffe Wasser nebst Glas und einer kleinen Schale Erdbeeren.

„Du bist einfach perfekt“, schwärmte sie und fasste nach seinem T-Shirt-Kragen, um ihn zu sich herunterzuziehen.

„Das kann ich nur zurückgeben“, sagte er leise und legte seine Lippen auf ihre, zuerst sanft, dann, als sie den Kuss vertieften, mit fast grober Leidenschaft, bevor er sich zurückzog und schelmisch lächelte. „Nicht das Dessert vor der Hauptspeise“, murmelte er bedauernd. „Ich sollte los.“

Er ging jedoch nicht sofort, sondern blieb noch einen Moment mit einem schiefen Grinsen im Gesicht vor ihr stehen, um sie eingehend zu betrachten, wie sie dasaß, in ihrem blauen Kleid. Von den vielen Stunden, die sie diesen Sommer schon im Freien verbracht hatten, zeigten sich bereits erste Sommersprossen auf ihrer Nase.

Sie konnte ihm am Gesichtsausdruck ansehen, dass er gerade etwas sehr Schmeichelhaftes über sie dachte, aber was er sagte, war nur: „Dann gehe ich jetzt."

„Na los!", scheuchte sie ihn grinsend davon und fügte – in einer fast perfekten Imitation Mr. Pipows – hinzu: „Holll Essen, Mann, bevorrr der Geheimdienst kommt!"

Sie hörte ihn immer noch lachen, als er etwas später den Pick-up startete.

Anna probierte eine Erdbeere und nahm ihr Buch wieder zur Hand.

Sie hatte bereits einige Seiten gelesen, als sie plötzlich die Türglocke hörte – vor Schreck über das unerwartete Geräusch ließ sie das Buch zu Boden fallen und sah ihm ärgerlich hinterher. Bücken war wegen Hüfte und Gips noch immer etwas schwierig.

Mühsam richtete sie sich auf, griff nach ihren Krücken und machte sich auf den Weg über die Wiese. Sie war allerdings erst ein paar Schritte weit gekommen, als sie plötzlich stockte, weil eine ihr bekannt vorkommende Frauengestalt über das Gras auf sie zukam. Anna erkannte Matthews Mutter, und ihr Herz fing ängstlich an, schneller zu schlagen.

Nur die Ruhe, schalt sie sich selbst, nichts kann passieren. Es ist auch Davids Familie.

Sie zwang sich dazu, weiter auf Mary zuzuhumpeln, doch bereits nach ein paar Schritten hatte die ältere Frau sie erreicht und sah sie abschätzig an.

„Hallo Anna", sagte sie, und bei dem kalten Ton ihrer Stimme wurde Anna schwer ums Herz.

„Hallo Mary“, erwiderte Anna und brachte ihre widerwilligen Lippen zu einem gewollt freundlichen Lächeln. „David ist gerade weggefahren.“

„Ich weiß“, gab Mary kryptisch zurück und deutete auf die hölzernen Sessel hinter Anna. „Ich wollte zu dir. – Setzen wir uns?“

Anna nickte und humpelte wieder zurück zur Hollywoodschaukel. Mary setzte sich in den Sessel, den David am liebsten mochte.

„Hier wohnst du jetzt also“, stellte Mary mit einem Blick rundherum fest. „Eine ganz schöne Verbesserung, nehme ich an.“

Anna schüttelte den Kopf. „Das war absolut nicht der Grund“, sagte sie fest. „Das weißt du.“

„Weiß ich das?“ Mary zog die Augenbrauen hoch und beugte sich nach vorne. „Ich weiß nur, dass die Verlobte meines Sohnes sich entschieden hat, mit seinem Cousin durchzubrennen, nachdem Matthew ihr den Rubinring seiner Urgroßmutter an den Finger gesteckt hat. Und dass sie sich nicht schämt, jetzt auch noch bei ihm einzuziehen.“

Anna saugte scharf die Luft durch die Vorderzähne. „Den Ring habe ich ihm zurückgegeben“, sagte sie gezwungen ruhig und sachlich. „Und alles andere tut mir zwar leid, ist jetzt aber so. Und außerdem ist das eine Sache zwischen Matthew, David und mir.“

Mary nickte, schien aber nicht überzeugt zu sein. „Weißt du, dass Matthew immer noch hofft, dass du zurückkommst?“, änderte sie auf einmal den Ton ihrer Rede.

Anna erstarrte. Wie er wohl auf diese Idee kam, nachdem er sie mitten in der Öffentlichkeit als Hure beschimpft hatte? Sie schüttelte dann vehement den Kopf, entschlossen, diesen letzten Gedanken um Matthews Wohl vor seiner Mutter zu verheimlichen. „Das wird nicht passieren“, sagte sie stattdessen entschlossen, „das habe ich ihm deutlich klargemacht."

Mary musterte sie kühl. „Und, fühlst du dich denn wohl mit unserem Frauenflüsterer?", fragte sie schneidend. „Die wievielte bist du denn jetzt – Nummer drei innerhalb eines Jahres, auf jeden Fall."

Annas Augen wurden schmal. „Immerhin behandelt er mich mit Respekt!" Sie musste die Zähne zusammenbeißen, um Mary nicht einfach vom Grundstück zu werfen. Aber das konnte sie nicht tun – immerhin war sie Davids Tante.

„Hat er dir denn seinen Sohn schon vorgestellt?", fragte Mary weiter.

„Nein", gab Anna zurück. Sie hatten entschieden, damit zu warten, bis sie keinen Gips mehr trug. David hatte zwar regelmäßig Kontakt zu Marcus, traf sich aber bisher immer außerhalb des Hauses mit ihm. „Aber das wird er tun, sobald ich wieder normal gehen kann."

„Verlass dich lieber nicht darauf", ätzte Mary. „Ist dir noch nie der Gedanke gekommen, dass er der Meinung sein könnte, das lohne sich nicht, weil du sowieso bald gegen eine andere ausgetauscht wirst, die ihm gerade gefällt?"

Anna runzelte die Stirn. Dieser Gedanke lag ihr so fern, dass sie nicht einmal eine Antwort darauf hatte.

„Männer wie David mögen die Jagd", fuhr Mary fort. „Und wenn das Wild erlegt ist, interessieren sie sich nicht mehr dafür."

Anna hätte fast laut aufgelacht, so absurd erschien ihr Marys Versuch, Zweifel zu säen. Aber sie blieb ernst und beugte sich nun ebenfalls energisch vor, um ihr ein für alle Mal ihre Illusionen zu nehmen.

„Hör mal zu, Mary", fing sie an. „David und ich lieben uns, und wir werden unser Leben miteinander verbringen. Es tut mir leid, dass es mit deinem Sohn und mir nicht funktioniert hat, aber glaub mir – ein Holzscheit allein brennt nicht." Sie holte Luft. „Und außerdem hat er mich bei unserer letzten Aussprache in aller Öffentlichkeit als Hure bezeichnet, hat er dir das erzählt?"

Selbst Mary sah bei dieser Enthüllung für einen Augenblick entsetzt drein, hatte sich aber schnell wieder unter Kontrolle. Anna schüttelte den Kopf.

„Ich gehöre zu David", fasste sie langsam und deutlich das Offensichtliche zusammen. „Und ich hoffe, dass wir alle irgendwann eine Familie sein können, in der kein Groll herrscht und in der nicht versucht wird, einen Keil zwischen Liebende zu treiben. Und jetzt bitte ich dich, zu gehen."

Sie stand auf, um der Wirkung willen die Krücken weglassend, und wies mit der linken Hand in Richtung Parkplatz.

Mary rappelte sich auf, drehte sich auf dem Absatz um und verließ grußlos und mit hoch erhobenem Kopf das Grundstück.

Anna sah ihr kopfschüttelnd nach, während sie mit der Wut kämpfte, die sich tief in ihrem Bauch regte. Sie ließ das Gefühl einen Moment lang zu, zwang sich dann aber, keinen Hass zu entwickeln. Sie hatte Matthew verletzt. Dass das eine Mutter bis ins Mark traf, war klar. Auch wenn Anna sich nicht vorstellen konnte, dass andere Frauen so gehandelt hätten wie Mary.

Als David eine halbe Stunde später – vollbepackt mit Einkäufen und mit einem großen Strauß pinkfarbener Rosen – zurückkam, erwartete Anna ihn schon am Gartentor.

„Hey!" Er lächelte und versuchte hektisch, den Blumenstrauß hinter seinem Rücken zu verstecken, was ihm aber nicht gelang, da er die Hände voll mit überquellenden

Einkaufstüten hatte. Schließlich fielen ihm die Rosen aus der Hand, und er fluchte – „Shit!“ –, stellte die Tüten ab und hob den Strauß auf, um ihn an Ort und Stelle aus dem Papier zu wickeln und ihn mit einem selbstironischen Lächeln Anna hinzuhalten.

„Jetzt habe ich mich an Unauffälligkeit selbst übertroffen“, urteilte er trocken. „Aber wie auch immer – für den schönsten Stern an meinem Himmel.“ Er fasste sie unter dem Kinn und drückte ihr einen zärtlichen Kuss auf die Lippen.

Annas Herz wurde für einen kurzen Moment ganz leicht vor Freude. Sie lehnte die rechte Krücke an den Zaun und nahm den Strauß, um daran zu riechen. David brachte ihr immer Blumen, die besonders gut dufteten – er musste einen speziellen Blumenhändler haben.

Dann sah sie auf, und irgendetwas in ihrem Blick ließ David aufmerksam werden.

„Ist alles in Ordnung?“, fragte er besorgt. „Hast du Schmerzen?“

Anna schüttelte den Kopf und hielt ihm den Strauß wieder hin, damit sie ihre Krücke nehmen konnte. „Nein, nein“, beruhigte sie ihn. „Gehen wir erst einmal ins Haus?“

Mit einem besorgten Stirnrunzeln folgte er ihr, die Einkaufstüten unter beide Arme geklemmt. Als sie endlich in der Küche standen, setzte er sich und zog Anna seitlich auf seinen Schoß. „Jetzt sag mir, was los ist“, verlangte er und massierte mit beiden Daumen sanft ihren Rücken.

Anna seufzte. „Mary war hier. Ich hatte fast das Gefühl, sie hat absichtlich in der Nähe gewartet, bis du wegfährst.“ Sie lachte freudlos auf. „Sie hat mir ordentlich die Leviten gelesen.“

David riss die Augen auf. „Ernsthaft?“ Sein Griff um ihren Rücken wurde hart. „Wegen Matthew?“

Anna nickte. „Und wegen dir. Weil du ja so ein Frauenflüsterer bist und mich nur wolltest, weil du mich nicht haben konntest." Sie kam sich schon lächerlich dabei vor, allein die Worte auszusprechen.

„Anna", fing David an und sah ihr eindringlich in die Augen, „ich kann dir gar nicht beschreiben, wie sehr sie sich irrt. Okay, ich hatte früher einige Affären, vor Laura und … Na ja, eine während meiner Ehe mit ihr, aber … Ich liebe dich, weil du du bist." Er beugte sich nach vorne und legte seine Stirn an ihre. „Weil du mich ergänzt, weil du die wunderbarste Frau bist, die es geben kann … Weil du einfach perfekt für mich bist." Er schloss kurz die Augen.

„Ich weiß", flüsterte Anna. „Mir geht es mit dir genauso." Sie hob den Kopf. „Ich war nie in Gefahr, ihr zu glauben, keine Sorge."

David lächelte gerührt. Dann fragte er: „Was hast du ihr geantwortet?"

„Dass wir uns lieben und …" Sie zögerte. „… und unser Leben miteinander verbringen werden, und dass ich es schön fände, wenn wir irgendwann alle wieder eine Familie sein könnten."

Auf seinem Gesicht breitete sich ein Lächeln aus. „Genauso sehe ich das auch", sagte er und betrachtete sie nachdenklich. Anna lächelte zurück.

„So", sagte er nach wenigen Augenblicken entschieden, stellte sie vorsichtig auf die Füße und stand auf, „dann packe ich jetzt die Einkäufe aus und stelle die Blumen ins Wasser, und dann lasse ich dich schon einmal mit der Pizza anfangen. Ich habe noch etwas zu erledigen. – Heb mir etwas zum Schnipseln auf."

Sie sah ihn fragend an, aber er war schon dabei, Obst und Gemüse in den Kühlschrank zu legen. Als er Champignons und Peperoni inklusive Schneidbrett und einem Messer vor ihr auf den Tisch drapierte, sprang Ginger auf Annas Schoß, um zu sehen, was es gab.

Anna kraulte ihr flüchtig die Ohren. Als sie wieder aufsah, war David schon aus dem Zimmer gegangen.

Sie zuckte die Schultern, schob Ginger von ihren Oberschenkeln und begann, die Pilze zu schneiden, als sie plötzlich Davids laute Stimme aus dem Obergeschoss hörte. Sie konnte nicht verstehen, was er – offenbar am Telefon – sagte, aber es klang sehr aufgebracht.

Neugierig stand sie auf und humpelte zur Tür, die sie ganz leise öffnete, bedacht darauf, nur ja kein Geräusch zu machen. Jetzt konnte sie ihn deutlicher hören.

„Wenn du das mit irgendjemandem regeln musst, dann wende dich das nächste Mal an mich!" Davids Stimme klang laut und drohend. „Es kommt nicht in Frage, dass du hierherkommst, auf meinen Grund und Boden, und meine Frau beschimpfst!"

Eine Pause entstand, während Mary am anderen Ende der Leitung offenbar heftig argumentierte.

„Nein, noch nicht, aber dazu werde ich sie machen", hörte sie David energisch erwidern. Ihr Herz machte einen Satz. „Nein, das wird sie nicht." Pause. „Interessiert mich nicht." Pause. „Ja, natürlich bist du seine Mutter, aber du bist auch *meine* Tante. Er hat sie überhaupt nicht mehr richtig gesehen. Sie war wie ein … ein Spielzeug für ihn! Er hatte immer nur seinen Job als Priorität. Und wer weiß, was sonst noch." Pause. „Nein! Und nach dem Unfall … Ihr habt sie nicht einmal besucht! Sie wäre fast gestorben!"

Leise entfernte sie sich wieder von der Tür und ging zurück zum Tisch. Sie hatte nicht lauschen wollen, aber sie musste zugeben, dass sein Eintreten für sie ein sehr geborgenes Gefühl in ihr auslöste. Und ganz abgesehen davon: Hatte sie das gerade richtig verstanden – seine Frau?

Mit klopfendem Herzen schnitt sie weiter Champignons, bis er wieder ins Zimmer kam, ein harmloses Lächeln auf dem Gesicht und scheinbar völlig gefasst. Nur seine zitternden Finger verrieten seine Erregung.

„Alles erledigt?", fragte Anna betont ahnungslos mit einem Lächeln.

„Alles erledigt", bestätigte er und setzte sich. Dann bereiteten sie gemeinsam das Abendessen zu.

VIERUNDDREISSIG

In der Woche darauf wurde endlich Annas Gips abgenommen, und nach dem ersten Schreck – ihr Bein sah ungewohnt muskellos und blass aus und trug außerdem zwei schreiend rote Narben von der Operation – fühlte sich Anna wie neugeboren.

Endlich konnte sie wieder ohne Krücken gehen, wenn auch langsam und noch immer vorsichtig.

Auf der Heimfahrt hätte David in seinem Überschwang sie am liebsten groß zum Mittagessen ausgeführt, aber Anna wollte ins Strandhaus und sofort im Meer schwimmen gehen. Heute hatte es fast fünfundachtzig Grad Fahrenheit, und die Sonne strahlte vom nahezu wolkenlosen Himmel – bessere Bedingungen für ihre lang herbeigesehnte Schwimmpartie konnte es nicht geben.

„Ich sage dir, das Wasser hier ist eiskalt!", warnte David sie, weigerte sich aber trotz seiner Bedenken, sie allein gehen zu lassen, und nahm fürsorglich ihrer beiden Morgenmäntel sowie zwei große Handtücher zum Strand mit.

Anna ging hinter ihm her, in ihrem roten Badeanzug, und betrachtete bewundernd seinen muskulösen Körper in den zeitlosen engen Badeshorts.

David legte sein Gepäck am Strand ab und sah sie auffordernd an. „Okay, dann los – wir sind sowieso gleich wieder draußen. Willst du wissen, wie viel Grad das Wasser hier ungefähr hat?"

Annas Augen blitzten, als sie den Kopf schüttelte. „Nein, ich lasse mich überraschen."

David lachte und ging die letzten paar Schritte bis zum Ufer. Anna streckte prüfend eine Zehe ins Wasser. Es war tatsächlich eiskalt. Aber sie hatte das Gefühl, sie musste das tun.

Er hielt ihr die Hand hin. „Zusammen?", fragte er, und als sie nickte und seine Hand nahm: „Auf drei? – Eins, zwei, DREI!"

Hand in Hand sprinteten sie los und warfen sich ins kalte Wasser. Anna kreischte auf und musste über sich selbst lachen – das Wasser war tatsächlich eiskalt und ihr Bein schmerzte spontan aufgrund der ungewohnten Anstrengung. Aber gleichzeitig spürte sie, wie die letzte Anspannung der Phase vor dem Unfall von ihr abfiel und sie sich plötzlich unendlich frei fühlte. Sie ließ Davids Hand los und begann zu schwimmen, während sie ein Gefühl tiefen Friedens überkam. Sie schwamm ungefähr zehn Züge, dann drehte sie um und lief zusammen mit David, der schon auf ihr dahingehendes Kommando zu warten schien, zurück zum Strand – etwas langsamer als vorhin, da inzwischen auch ihre Hüfte schmerzte.

David hob ein Handtuch auf und wickelte es ihr um den Körper, während er ihren Rücken kräftig abrieb. „Knapp fünfzig", sagte er und schien seine Zähne gewaltsam am Klappern hindern zu müssen. „Fast fünfzig Grad hat es hier ungefähr."

Genau genommen gut fünfzehn Grad zu kalt zum Schwimmen! Anna lachte und trocknete sich weiter ab, während er nach dem zweiten Handtuch für sich selbst griff und sich dann in den aufgeheizten Sand fallen ließ.

„Die Sonne wärmt wenigstens." Er schmunzelte und legte den Arm um sie, als sie sich vorsichtig ebenfalls setzte.

„Trotzdem", beharrte sie und legte den Kopf an seine Schulter, „das musste sein." Sie war sich sicher, dass er verstand, ohne dass sie mehr erklärte.

Eine Weile saßen sie still da und sahen aufs Wasser. Dann fasste sich Anna ein Herz und beschloss, dass sie gerne definitiv hören wollte, wie es weiterging. Jetzt schien ihr ein guter Moment zu sein.

„Hey du", sagte sie sanft, ohne den Kopf von seiner Schulter zu nehmen. „Darf ich dich etwas fragen?"

„Alles." Ohne jegliches Zögern. Einfach: alles. Sanft strich er ihr über das Haar.

Anna hob den Kopf ein paar Zentimeter an und sah ihm aus nächster Nähe ins Gesicht. „Wie geht es denn jetzt weiter mit uns?", erkundigte sie sich leise. „Gehe ich jetzt, wo ich den Gips los bin, wieder zurück in meine Wohnung?"

David fuhr auf. „Nein!", antwortete er entsetzt – und fügte gleich darauf mit einem kleinen Lächeln hinzu: „Ich meine, es sei denn, du willst." Ein prüfender Blick. „Aber gedacht hatte ich mir eigentlich, dass wir demnächst den Rest deiner Sachen holen und du die Wohnung kündigst."

Auf Annas Lippen schlich sich ein zufriedenes Lächeln. „Wird gemacht, Commandante", scherzte sie zärtlich und ließ sich wieder gegen ihn sinken. Er hielt sie fest an sich gedrückt, und sie ließ alle Anspannung los, als sie sich anlehnte.

„Und Marcus?", fragte sie noch, ohne ihn anzusehen.

David schien einen Moment zu überlegen. „Eis essen kommendes Wochenende?"

„Perfekt." Anna lächelte und löste sich von ihm, während ihr Herz übermütige Kapriolen schlug. Quasi aus dem Hinterhalt sprang sie ihn an und warf sich auf ihn, sodass er, weil er damit überhaupt nicht gerechnet hatte, nach hinten umfiel und im Sand liegen blieb, während sie ihn mit plötzlich erwachter Leidenschaft küsste. David erholte sich schnell von seiner Überraschung und erwiderte den Kuss. Annas Hände schlangen sich um seinen Nacken, während seine Zunge die ihre liebkoste. Er fuhr mit einer Hand zu ihrem Hintern, rollte sich geschickt herum, sodass er auf ihr zum Liegen kam, und ließ die Lippen verführerisch über ihren Hals gleiten.

Sie seufzte lustvoll auf, unterbrach ihn dann jedoch. „David, hier könnten überall Leute kommen!"

Er hob den Kopf und sah sich gespielt gründlich um. „Ich sehe keine", widersprach er und widmete sich wieder ihrem Hals. Diesmal knabberte er leicht daran, sodass vor ihren geschlossenen Augen bereits erste Feuerwerke explodierten. „Außerdem ist das unsere Bucht."

Inzwischen hatte die Lust sie zu fest im Griff, um noch zu widersprechen, und so gab sie sich ihm mit allen Sinnen hin.

Noch am selben Tag telefonierte sie mit ihrem Vermieter in Olympia und vereinbarte, die Wohnung binnen der nächsten drei Wochen zu räumen. Zwei Tage später wanderten ihre Habseligkeiten in Umzugskartons und im Anschluss baute David die Möbel ab, um manche davon ins Strandhaus zu bringen, während Anna – noch nicht allzu lange sicher auf den Beinen – auf einem Sessel saß und scherzhaft Anweisungen erteilte.

Am nächsten Samstag wachte Anna früh auf, da sie wegen des bevorstehenden Treffens mit Marcus aufgeregt war.

Wieder einmal brauchte sie mehrere Stunden, um sich fertig zu machen. Sie war so nervös, dass ihr Gefühl dafür, welche Kleidung für solch einen Anlass passend war, sie komplett im Stich ließ.

Erst, als David sie beruhigte, es komme absolut nicht darauf an, was sie anhabe, schaffte sie es schließlich, sich für ein Outfit zu entscheiden.

Als sie am Nachmittag vor dem schmucken Reihenhaus am Rande von Olympia hielten, war Anna ein Nervenbündel. Gerade eben erst war ihr der Gedanke gekommen, dass am Kennenlernen von Marcus ja auch das Kennenlernen von Katie hing – etwas, auf das sie sich eher weniger freute.

David zog die Handbremse und stellte den Motor ab. Dann drehte er sich zu ihr und nahm ihr Gesicht in beide Hände. „Du wirst das super machen mit Marcus", sagte er beruhigend und drückte seine Lippen auf ihre Stirn. „Und was Katie angeht, lass dich einfach nicht beeindrucken, okay? Das ist Nebensache."

Sie zwang sich, tief durchzuatmen. „Okay", sagte sie leise.

Die beiden stiegen aus und gingen gemeinsam zur Tür. David betätigte die Glocke, und das Erste, was sie von drinnen hörten, war das Getrappel kleiner, schneller Füße. Die Tür öffnete sich, und der kleine Junge, den sie in Olympia kurz vor ihrem Unfall mit dem Eis gesehen hatte, lief hinaus und flog David, der sich in die Hocke begeben hatte, mit einem begeisterten „Daddy!" um den Hals.

„Hallo Großer", sagte er zärtlich und drückte ihn für einen Moment fest an sich. Dann drehte er Marcus bei den Schultern in Richtung Anna. „Schau mal, das ist Anna."

Anna lächelte und beugte sich zu Marcus hinunter. Er sah sie mit altklugem Gesichtsausdruck an und streckte wie ein kleiner Erwachsener die Hand aus. „Guten Tag", sagte er artig.

Anna schüttelte ihm die Hand und bemühte sich, nicht zu lachen. „Guten Tag, Marcus!"

Als sie sich wieder aufrichtete, stand Katie im Türrahmen, einen Kinderrucksack mit Hasen-Print in der Hand, die blonden Haare zu einem modischen Dutt geschlungen. „Hallo", sagte sie kühl und musterte Anna einmal vom Scheitel bis zur Sohle, bevor sie ebenfalls die Hand ausstreckte. „Ich bin Katie."

„Anna." Sie versuchte es mit einem Lächeln, das jedoch nicht erwidert wurde.

„Ooookay", unterbrach David die unangenehme Stille und setzte, mehr zu sich selbst als zu irgendjemand anders, hinzu: „Was für ein peinlicher Moment." Dann wandte er sich an Katie: „Also, wir würden jetzt zum Eisessen in die Stadt gehen und wären in zwei, zweieinhalb Stunden wieder da. Würde das für dich passen?"

Anna fiel auf, dass er im Konjunktiv sprach.

Katie nickte knapp. „Alles klar!" Sie beugte sich zu ihrem Sohn herunter und ermahnte ihn: „Sei brav und sag danke, wenn man dir etwas kauft. Und hör auf deinen Daddy. Bis später!" Sie drückte ihm den Rucksack in die Hand und einen Schmatzer auf den Kopf. Dann nickte sie Anna und David kühl zu und schloss abrupt die Tür hinter ihnen.

David schickte Anna einen entschuldigenden Blick, und während Marcus zum Auto lief, sagte er leise: „Es tut mir leid! Sie könnte wirklich freundlicher sein." Voll Mitgefühl drückte er ihre Hand.

„Nein", widersprach Anna. „Sie leidet. Ich verstehe das."

Dann waren sie am Auto angekommen, und David hielt Marcus die Tür auf, damit er auf den Rücksitz klettern konnte, und schnallte ihn an. Dann ging er um das Auto herum und hielt Anna die Beifahrertür auf.

Anna kicherte. „Jetzt hast du ganz schön zu tun, oder?"

David zog die Augenbrauen hoch und lachte ebenfalls. „Das kannst du laut sagen", scherzte er.

Während der Fahrt zum Eiscafé war Marcus sehr schweigsam, obwohl David unermüdlich versuchte, ihn mit Fragen über Football – offenbar sein liebstes Hobby seit dem letzten Sommer – aus der Reserve zu locken. Auch in dem gemütlichen italienischen Café, in dessen Außenbereich sie schließlich Platz nahmen, sprach er recht wenig. Als allerdings sein Eisbecher kam – Vanille und Schokolade mit einem „Hut“ aus Waffel und einem aufgemalten Gesicht –, wurde er fröhlicher und begann mit ihnen zu reden wie ein kleiner Nachrichtensprecher. Anna bemühte sich, ernst zu bleiben und nicht über seine gewählte Ausdrucksweise zu schmunzeln.

Marcus' steigendes Vertrauen hieß allerdings nicht, dass Anna nicht nervös wurde, als David etwas später zur Toilette ging und sie mit dem Kleinen allein ließ.

„Es tut mir leid“, raunte er zerknirscht, als er ihren alarmierten Gesichtsausdruck sah, „aber ich muss.“

Kaum war er gegangen, sah Marcus sie mit klugen blauen Augen an – wenn man diese Augen mit den langen Wimpern sah, war es wahrhaftig kein Geheimnis, wer sein Vater war.

„Mommy sagt, du hast ihr Daddy weggenommen“, sagte er altklug. „Stimmt das?“

Anna verschluckte sich fast an ihrem Eistee. „Hat sie das zu dir gesagt?“, fragte sie ungläubig. Auch wenn es strenggenommen stimmte – das ging nun doch etwas zu weit.

Marcus schüttelte den Kopf und nahm einen Löffel Schokoladeneis. „Nein“, mümmelte er mit vollem Mund. „Aber ich habe gehört, wie sie mit Grandma telefoniert hat. Also stimmt das?“

Anna beugte sich zu ihm hinüber und strich ihm impulsiv über das blonde Haar. „So kann man das nicht sagen“, versuchte sie zu erklären. „Manchmal passiert es einem einfach, dass man jemanden trifft, den man lieber hat als jemand anders, und dann muss man ehrlich sein. Deswegen ist dein Daddy jetzt mit mir zusammen." Sie war sich nicht sicher, ob ihre Erklärung kindgerecht genug gewesen war.

Marcus schien nachzudenken. „Hat Daddy Mommy gar nicht mehr lieb?"

Anna brach der Schweiß aus. Mit solch einer Inquisition hatte sie nicht gerechnet. „Doch, natürlich", sagte sie. „Und dich hat er auch ganz doll lieb." Sie zögerte und beschloss dann, dass sie dieses kleine Kinderherz unbedingt für sich gewinnen musste. „Und du?", fragte sie und kitzelte Marcus unter dem Kinn. „Glaubst du, du könntest mich auch ein bisschen gernhaben, wenn wir uns öfter sehen?"

Er sah sie lange an und grinste dann – mit einem Ausdruck, der David wie aus dem Gesicht geschnitten schien. „Ja, du bist lustig", antwortete er, schob sich einen großen Bissen Waffel in den Mund und setzte kauend hinzu: „Und schön."

Anna musste lachen, und als David wieder ihr gegenüber Platz nahm, stand ihr das Amüsement noch immer deutlich ins Gesicht geschrieben.

„Worüber redet ihr denn?", fragte David neugierig.

„Ach", winkte Anna ab und nahm ihr Glas zwischen beide Hände. „Nur, wer wen lieb hat und warum. Und dass ich schön bin. Dein Sohn ist ein echter Charmeur."

David lachte auf und stupste Marcus gespielt heimlich an. „Gut gemacht, Großer."

Als sie Marcus zweieinhalb Stunden später wieder bei seiner Mutter ablieferten, hatte Anna das Gefühl, dass ihr mehrere Kilo Steine vom Herzen purzelten.

Katie empfing sie mit der gleichen Kühle wie zuvor, aber diesmal war Anna bereits darauf gefasst und agierte in der dazu passenden Weise.

Als sie vor dem Auto wartete, dass David ihr die Tür aufmachte, musste sie lächeln. Bei Matthew wäre sie einfach eingestiegen, aber man gewöhnte sich wirklich schnell daran, mit einem noch höflicheren Gentleman zusammen zu sein.

„Er ist wahnsinnig süß“, sagte sie zu David, der neben sie trat und sie fragend ansah.

„Nicht wahr?“ Aus seinen Augen strahlte der pure Vaterstolz. Dann legte er die Arme um Anna und zog sie fest an sich. „Gut hast du es gemacht“, murmelte er in ihr Haar.

Sie entfernte sich ein Stück von ihm und sah zu ihm auf. „Meinst du?“

„Und wie.“ Er lächelte. „Danke dafür. Das bedeutet mir sehr viel.“

Sie hob die Hand und legte sie ihm um den Nacken, während er seine Stirn an ihre legte. „Mir auch“, erwiderte sie.

Als sie sich voneinander lösten und ins Auto stiegen, glaubte Anna aus dem Augenwinkel zu sehen, dass sich der geblümte Vorhang an Katies Fenster gerade bewegt hatte.

FÜNFUNDDREISSIG

Am Montag nach dem großen Kennenlernen begann Annas Physiotherapie, und für den Abend hatte David seine Mutter mit Josh und Elaine zum Essen ins Strandhaus eingeladen.

„Dann haben wir alle durch“, war sein Argument gewesen. Und dann, augenzwinkernd: „Außer meinen verschrobenen Vater, und das erspare ich dir noch eine Zeitlang. Nicht, dass du mich dann nicht mehr magst.“

Tatsächlich war das heutige Treffen dasjenige, das Anna am wenigsten Bauchschmerzen bereitete. Sie konnte nicht für Josh und Elaine sprechen, aber zumindest bei Cynthia hatte sie das Gefühl, dass auch die jetzige Situation und die Konsequenzen, was Mary und Charles betraf, die gegenseitige Sympathie nicht maßgeblich beeinträchtigen würden. Zwar hatte sie seit dem Unfall nicht persönlich mit ihr gesprochen, aber David hatte ihr vor einigen Wochen nach einem Telefonat liebe Grüße von ihr ausgerichtet. Ein kleiner Teil von ihr fragte sich trotzdem, ob sie genauso herzlich aufgenommen werden würde wie unter den alten Umständen.

Anna bestand darauf, Haupt- und Nachspeise zuzubereiten, sodass David nur für die Vorspeise sorgen musste – was auch sinnvoll war, da er an diesem Tag erstmals seit Annas Unfall wieder arbeitete und erst am späten Nachmittag mit dem Flugzeug wieder in Seattle landen würde.

Als David kurz nach siebzehn Uhr reichlich knapp nach Hause kam, war die Küche bereits gefüllt mit allerlei Leckereien, der Tisch war perfekt gedeckt und der Weißwein gekühlt. Zwischen all den Köstlichkeiten, die auf Platten und Tellern thronten, wirbelte Anna zum Klang von Oldies durch die Küche, eine pinkfarbene Schürze über ihrem gelben Sommerkleid, die Wangen von der Aktivität ganz rot. Zwar schmerzte ihr Bein, aber das würde sie jetzt nicht davon abhalten, ein wenig Spaß zu haben. Laut und falsch summte sie die Melodie mit und kickte mit der Hüfte ein imaginäres Hindernis aus dem Weg. Ginger saß auf einem Stuhl und beobachtete die ganze Szene mit kätzischer Gelassenheit.

Ein lautes Räuspern ließ Anna herumfahren. Da stand David, in den Türrahmen gelehnt, und sah ihr amüsiert zu. Sie erschrak und zuckte zusammen, was ihn zum Lächeln brachte.

„Ich bin wohl im Reich der magisch tanzenden Kochfee gelandet", scherzte er und trat zu ihr, um ihr einen Kuss zu geben. „Das riecht ja wie im Paradies!"

„Im Paradies riecht es um diese Jahreszeit maximal nach frischen Blumen und Touristen", scherzte sie, auf Paradise im Nationalpark anspielend. Er lachte. „Und wie war dein Flug?" Irgendwie taten Bein und Hüfte jetzt doch ziemlich weh. Vielleicht hätte sie es nicht ganz so übertreiben sollen, gerade nach der sowieso schon anspruchsvollen Physiotherapie. Ungeduldig verlagerte sie das Gewicht auf das gesunde Bein.

David schnappte sich seine eigene Schürze – ein schwarzes Exemplar mit der Aufschrift „Maître de Maison" – und holte Tomaten aus dem Kühlschrank, bevor er ihre Frage beantwortete: „Super! Irgendwie habe ich es doch vermisst.

Auch wenn Zeit mit dir natürlich das Beste ist." Sein Blick streifte sie liebevoll, bevor er die Cocktailtomaten unter den laufenden Wasserhahn hielt und sie dann zum Schneiden auf ein Brett legte. „Und wie war deine Physiotherapie? Kann die Dame etwas?"

„Anstrengend", gab Anna zu. „Morgen habe ich sicher einen Muskelkater. Aber ich bin froh, dass ich mich überhaupt wieder bewegen kann. – Ich habe dir Brot besorgt!" Sie wies mit dem Kochlöffel auf drei französische Baguettes, die auf der Anrichte neben ihr darauf warteten, in Scheiben geschnitten zu werden.

David fasste sich an die Stirn. „Oh je, das hätte ich tatsächlich vergessen! Wenn ich dich nicht hätte, würde es jetzt Bruschetta ohne Brot geben", sagte er zerknirscht. „Und das, wo es doch meine Familie ist, die kommt. Tut mir leid, dass ich so ein gedankenloser Pascha bin!"

Anna legte den Kochlöffel weg und zog die Pastasauce vorsorglich vom Herd. „Du bist kein Pascha", sagte sie zärtlich und trat zu ihm, um ihm die Arme um den Nacken zu legen und neckisch an seinem Hals zu schnuppern. Noch nie hatte sie sich von einem Geruch so angezogen gefühlt wie vom Duft seiner Haut. „Und was die Gedankenlosigkeit angeht, möglicherweise kannst du sie wiedergutmachen."

„Ach ja?" David zog mit zweideutiger Miene eine Augenbraue hoch.

„Ja", sagte Anna betont sachlich und ließ ihn los, um sich wieder der Sauce zu widmen, „du könntest für die Bruschetta Basilikum aus dem Garten holen!"

Das Grinsen fiel ihm aus dem Gesicht, und Anna musste über seinen enttäuschten Ausdruck lachen.

„Erst muss ich schnell die Uniform ausziehen, dann mache ich das." Davids Lippen waren immer noch in einer Art Schmollmund vorgeschoben.

Während er wenige Minute später in Anzughose und Hemd in den Garten ging, um ihr frisch bepflanztes Kräuterbeet zu plündern und ihr zwischendurch durch das Fenster neckisch zuzublinzeln, überfiel sie aus heiterem Himmel eine ungeheure Dankbarkeit. Wie standen die Chancen, dass man über solche Umwege, wie es bei ihnen der Fall gewesen war, tatsächlich die eine Person kennenlernte, die einen einfach komplett machte? Nicht sehr hoch, da war sie sich sicher.

Als David mit einer Handvoll Basilikumblätter zurückkehrte, trat sie mit feuchten Augen auf ihn zu und küsste ihn so voller Hingabe, dass ihm die Kräuter fast aus der Hand fielen.

„Womit habe ich das verdient?“, fragte er erstaunt, als er wieder atmen konnte.

Anna lächelte verlegen und legte den Kopf an seine Schulter. „Ich bin einfach so glücklich mit dir“, flüsterte sie und schloss die Augen, als seine Hand ihr Haar fand und es sanft streichelte.

David küsste zart ihren Scheitel. „Ich mit dir genauso“, murmelte er. „Manchmal wache ich morgens auf und kann es gar nicht glauben, bis ich zu dir herüberschaue und sehe, dass es wirklich du bist, die neben mir schläft.“ Sie spürte, dass er lächelte.

Noch mehrere Minuten hielten sie sich umarmt, dann machte Anna – die Stimme der Vernunft – sich los und mahnte ihn sanft: „Wenn wir nicht mit dem Essen weitermachen, muss deine Familie bei uns von Luft und Liebe leben.“

David stahl sich noch einen letzten Kuss, bevor er zurücktrat und sich seufzend wieder den Tomaten widmete. „Wäre nicht das Schlechteste“, murmelte er, schenkte ihr noch einen verschmitzten Blick und begann dann, die Bruschetta zuzubereiten.

Anna fuhr fort, die Hummer für die Linguine all'Astice zu kochen, und stellte die Nachspeise, ein Tiramisu, kalt. Da sie so gut vorgearbeitet hatte, waren sie tatsächlich sogar etwas zu früh fertig, sodass David das Knoblauchbrot für die Bruschetta bei niedriger Temperatur im Ofen beließ, während sie auf Cynthia, Elaine und Josh warteten.

„Was machen wir denn jetzt mit dem angebrochenen Abend?“ David hob scherzhaft die Augenbrauen.

„Keine Ahnung …“ Anna streifte sich die Schürze über den Kopf und trat dann auf ihn zu, um hinter seinem Rücken mit geschickten Fingern die Bänder der seinigen zu lösen, während sie ihm aus nächster Nähe in die blauen Augen sah. „Was könnte man bloß tun …?“ Gespielt ratlos legte sie einen Finger an ihre Unterlippe – und quietschte wie ein kleines Mädchen auf, als David sie unvermittelt unter dem Hintern packte und hochhob.

Als sei sie nicht schwerer als eine Feder, trug er sie auf seiner Hüfte zum Küchentisch und setzte sie nur Zentimeter vor dem ersten Weinglas ab, während er sich zwischen ihren Beinen an sie presste. Bei seinem Kuss wurde ihr schwindelig, und es schoss ihr durch den Kopf, dass es ihr die Sache wohl wert wäre, wenn er sie gleich nach hinten beugen und sämtliches Geschirr zerbrechen würde.

Plötzlich jedoch unterbrach die Türglocke ihren leidenschaftlichen Kuss.

„Oh verdammt, sie sind mal wieder zu früh!“ David sprang förmlich zurück und atmete tief durch, offenbar, um sich zu beruhigen, während Anna kurz die Augen schloss, den Schwindel zurückdrängte und vorsichtig vom Tisch stieg.

Sie fächelte sich mit beiden Händen Luft zu. „Sieht man mir etwas an?“, fragte sie verschämt.

David schüttelte den Kopf. „Aber warte noch eine Sekunde.“ Er tupfte sich mit dem Hemdsärmel den Mund ab und federte ein paar Mal auf den Zehenspitzen hinauf und hinunter, bevor er sich offenbar mental bereit fühlte. „Okay“, sagte er schließlich. „Fertig?“

„So fertig wie möglich.“ Anna lächelte und folgte ihm durch den Flur zur Haustür.

Davor stand Cynthia, Josh und Elaine hinter sich, mit einem überdimensionalen Strauß Lilien in beiden Händen. Nach dem ersten großen Hallo drückte sie ihn Anna in die Hand. „Wie geht es dir, du Liebe? Ist der Gips schon ab? Du humpelst ja kaum noch!“

Begeistert drückte sie ihr Küsschen auf beide Wangen.

„Gut, danke“, erwiderte Anna leise, bevor es ihr entfuhr: „Wow, was für Blumen!“

„Aus dem eigenen Garten“, sagte Cynthia stolz.

„Vielen Dank!“ Anna, der es weniger um die Blumen, als um die Geste ging, strahlte. David, der inzwischen seine Schwester und Josh begrüßt hatte, stellte sich neben sie und legte ihr liebevoll den Arm um die Taille.

„Schön, dass ihr da seid.“ Er lächelte die drei an. „Das ist uns sehr wichtig!“ Bevor jemand auf die Idee kommen konnte, das offensichtliche Thema noch im Flur zu vertiefen, wies er in Richtung Küche. „Mom, du weißt ja schon, wo es langgeht.“ Wie er Anna erzählt hatte, hatte seine Mutter ihm geholfen, das Strandhaus einzurichten. Josh und Elaine waren jedoch noch nie hier gewesen – offenbar hatte sich David sehr bedeckt gehalten – und sahen sich mit großen Augen um, während sie durch den Flur in die geräumige Küche gingen.

„Schön habt ihr es hier“, merkte Josh anerkennend an und bewunderte die rustikale Garderobe aus alten Schiffsplanken, indem er bewundernd über das verwitterte Holz strich. „Selbst gemacht?“

„Klar, ich habe ja schließlich vom Meister gelernt“, bestätigte David grinsend, und die beiden Männer lachten und klopften sich gegenseitig auf die Schultern.

„Ich würde sagen, wir nehmen erst einmal den Aperitif und essen die Vorspeise, und dann gebe ich euch noch die Tour durchs restliche Haus, okay?“, machte David seinen Vorschlag, der auf breite Zustimmung traf.

Cynthia, Elaine und Josh setzten sich an den großen Tisch, während Anna die Lilien in eine große Vase mit Wasser stellte und dann unsicher stehen blieb. „Soll ich dir helfen?“

„Nein, nein.“ David gab ihr einen Kuss auf die Stirn. „Setz dich nur!“

Anna tat, wie ihr geheißen, und fing einen undefinierbaren Blick von Elaine auf. „Komisch?“, fragte sie errötend und deutete auf David und sich.

Elaine wurde ebenfalls rot, schüttelte aber den Kopf. „Nur noch ungewohnt“, gab sie verlegen zu.

David goss Sekt in alle Gläser und gab Elaine einen brüderlich-unverschämten Nasenstüber. „Reiß dich bloß zusammen“, scherzte er. „Du wirst dich wohl daran gewöhnen!“

Elaines Röte vertiefte sich noch. „N-n-nein“, stotterte sie, „ich wollte nicht … Anna, ich mag dich, das weißt du ja … Alles ist gut, ich freue mich ja für euch, nur …“

Josh rettete seine Tochter aus ihrer Verlegenheit, indem er geistesgegenwärtig sein Glas hob und laut sagte: „Danke euch beiden für die Einladung. Und Anna, wir freuen uns sehr, dich in unserer unmittelbaren Familie willkommen zu heißen!“

Sie prosteten sich zu, und Anna nahm einen tiefen Schluck und schickte ein Stoßgebet zum Himmel, dass sie sich mit Elaine auch weiterhin gut verstehen würde.

Bitte, flehte sie stumm. *Für David. Es würde ihm so viel bedeuten!*

„Dann würde ich mal sagen, ich serviere jetzt" – David machte eine großspurige Geste zum Ofen, wo das Brot sanft schmorte – „meinen einzigen Beitrag zu diesem wunderbaren Essen. Und vermutlich kann es ab hier nur besser werden: Bruschetta!"

Alle lachten, während er mit zwei Ofenhandschuhen gekonnt die Brotscheiben auf Teller drapierte und die Tomaten-Knoblauch-Mischung darauf verteilte.

„Vergiss das Basilikum nicht", erlaubte sich Anna zu sagen.

„Ach ja", murmelte er, und setzte hinzu, was nur sie so ganz verstehen konnte: „Verdammtes Basilikum." Sie musste sich ein hysterisches Kichern verkneifen.

Entgegen seiner Ankündigung schmeckte es allen vorzüglich, und Cynthia schien wahrhaft stolz auf ihren Sohn zu sein.

Als die Vorspeisen-Teller ihren Weg in die Spüle gefunden hatten, machte sich David mit Elaine und Josh auf zur Hausbesichtigung. Cynthia und Anna blieben in der Küche zurück, Anna stehend an der Küchenzeile, wo sie gerade den letzten Teller abgestellt hatte, Cynthia auf ihrem Stuhl sitzend.

Wortlos sahen die beiden Frauen sich an, bis Anna es nicht mehr aushielt, sich verstohlen gegenüber Cynthia auf die Bank setzte und verlegen fragte: „Sag mal … Wie geht es dir denn mit …" Sie deutete zwischen sich und dem Ambiente hin und her. „… allem?"

Cynthias Gesicht strahlte in einem spontanen Lächeln auf, das Anna erleichtert aufatmen ließ. Sie legte ihre Hand auf Annas, die in der Mitte des Tisches lag, und tätschelte sie. „Ach, du Liebe, das macht dir Gedanken?", fragte sie fröhlich.

Anna nickte. „Natürlich, du bist schließlich Davids Mutter und ..." Sie zögerte und rang nach Worten. „Es tut mir leid, dass ich alles so kompliziert mache mit Charles und Mary ... für die ganze Familie ... Nur ... Ich konnte einfach nicht anders. Ich nehme an, es hat euch alle sehr schockiert." Sie spürte, wie ihr Gesicht heiß wurde.

Cynthia lächelte warm und strich sich kopfschüttelnd die sorgsam frisierten blonden Locken aus der Stirn. „Nicht, dass dich das überhaupt kümmern müsste, was eine mittelalte Frau wie ich über junge Liebe denkt." Sie hob eine Augenbraue – eine Mimik, die der ihres Sohnes so ähnlich war, dass Anna gar nicht anders konnte, als zurückzulächeln. „Aber um deine Frage zu beantworten, ich kann nicht gerade behaupten, dass diese Idee neu für mich war."

„Oh?" Anna sah sie fragend an.

„Nein –" Cynthia lächelte. „Ehrlich gesagt habe ich schon bald, nachdem ihr euch kennengelernt hattet, vermutet, dass mein Sohn Gefühle für dich entwickelt hat, die über das Familiäre hinausgingen. Als Mutter merkt man so etwas." Pause. „Nur bei dir war ich mir lange nicht sicher."

Verlegen schlug Anna die Augen nieder. „Mir ging es genauso wie ihm", gab sie leise zu.

Cynthia lachte leise. „Ja, spätestens nach Weihnachten, als ich ihm herausgekitzelt habe, dass das Mädchenzimmer im oberen Stock nicht für Katie, sondern für dich war, wusste ich Bescheid. Und auch, als er nach Neujahr dann von einem Tag auf den anderen plötzlich sehr still und in sich gekehrt war, habe ich eins und eins zusammengezählt."

In schweigendem Einvernehmen sahen die beiden Frauen sich an.

„Mich hat es sowieso gewundert, dass er nach der Scheidung nicht versucht hat, dich für sich zu gewinnen, sondern stattdessen Katie …" Cynthia schüttelte erneut den Kopf und zuckte dann die Schultern. „Ich nehme an, das war wohl mehr dem Kind geschuldet als der Frau. Wenn man plötzlich entdeckt, dass man Vater ist, gerade, wenn man die ersten Jahre verpasst hat …"

Anna nickte langsam. „Außerdem wusste er ja nicht, dass ich mit Matthew nicht glücklich war", setzte sie hinzu.

„Eben." Cynthia griff erneut nach ihrer Hand. „Aber ich freue mich sehr. Ihr seid perfekt zusammen. Man sieht euch die große Liebe bei jedem Blick an, der zwischen euch hin und her geht, und ein schöneres Geschenk kann man einer Mutter gar nicht machen."

Anna lächelte dankbar.

„Und was Charles und Mary angeht", fuhr Cynthia fort, „mein Bruder war schon immer ein sehr nachsichtiger und vergebungsvoller Mensch. Gott weiß, warum er sich eine Frau gesucht hat, die das genaue Gegenteil dieser Eigenschaften darstellt. – Aber wir werden sicher wieder miteinander auskommen, wenn etwas Zeit vergangen ist. Und ihr Jungen … Ihr müsst das unter euch ausmachen."

Anna nickte. „Matthew will laut eigener Aussage keinen von uns jemals wiedersehen", gab sie zu. „Ich respektiere das auch."

Cynthia sah gedankenverloren auf den Tisch mit dem weißen Tischtuch und zupfte eine imaginäre Falte zurecht. „Kommt Zeit, kommt Rat", sagte sie weise. Dann hob sie ihr Glas. „Auf die Liebe", verkündete sie herzlich.

Die beiden Frauen stießen klingend miteinander an.

Als David, Elaine und Josh schließlich wieder erschienen, hatten sie sich anderen, leichteren Themen gewidmet.

„Ich muss schon sagen, das ist ein Traumhaus", verkündete Josh, als er sich wieder setzte. Elaine nickte und lächelte Anna – nach ihrem Fauxpas von vorhin leicht verlegen – scheu an: „Euer Bett mit dem türkisfarbenen Himmel! Und die Glasfront im Wohnzimmer! Wahnsinn."

„Du bist jederzeit willkommen." Anna lächelte und fügte verschmitzt hinzu: „Wir haben da ein übriges Zimmer im ersten Stock."

„Ganz genau", bestätigte David, stellte sich hinter Anna und massierte ihr mit Daumen und Zeigefinger leicht den Nacken. „Ich muss auch sagen, ich könnte mich hier nicht wohler fühlen." Mit dem Zeigefinger tippte er ihr sanft auf den Nacken, als wolle er sagen, dass hauptsächlich sie der Grund dafür war.

Josh grinste David in einer Art männlich-stillen Übereinstimmung an. Elaine betrachtete ihren Bruder seltsam gerührt. Dann brach Anna die Stille: „So, ich würde vorschlagen, wir gehen zur Hauptspeise über." Sie räusperte sich. „Ich hoffe, ihr habt nichts gegen Hummer. Es gibt Linguine all'Astice. – Wer möchte Weißwein?"

SECHSUNDDREISSIG

Heute

„Und so hatte ich ganz unkompliziert eine neue Familie gefunden, die ich wirklich gernhatte", schloss Anna und lächelte Emilia über ihre Handarbeit hinweg an. „Meine Eltern haben sich bald ebenfalls mit Josh und Cynthia angefreundet, und wir unternahmen oft etwas zu sechst. Und auch mit Marcus kam ich immer besser zurecht."

„Toll, wenn es so geht", stimmte Emilia zu. „Und von Charles und Mary habt ihr nichts mehr gehört?"

„Erst einmal nicht", bestätigte Anna. „Ich nehme an, das war auch verständlich."

Emilia runzelte die Stirn und legte ihren Schal weg. Sie hatte inzwischen drei Figuren aufgestickt, und jetzt schien es genug. „Aber wenn es doch mit der Familie gut ging – warum seid ihr dann nach Deutschland ausgewandert?"

Ein trauriges Lächeln schlich sich auf Annas Gesicht. „Ich will noch nicht vorgreifen", sagte sie leise. „Aber es war wirklich etwas höchst Tragisches." Sie sah Emilia prüfend an. „Und willst du mir nicht doch erzählen, was mit deinem Soldaten war?"

Emilia seufzte und spielte mit dem Ende ihres Schals. „Ich habe möglicherweise ziemlich überreagiert", gab sie zu, die Unterlippe vorgeschoben. „Und jetzt hat er sich komplett zurückgezogen." Ihre Augen wurden feucht, und sie wischte sich mit einer wütenden Geste darüber. „Oh Mann!", rief sie. „Wie kann ich immer noch Tränen in mir haben? Ich habe schon so viel geheult deswegen …"

Sie atmete tief und zittrig durch und während sie Anna die ganze traurige Geschichte erzählte, blieben ihre Augen tatsächlich trocken.

„Und?", fragte sie, als sie geendet hatte. „Glaubst du, das war es jetzt mit uns?"

Anna drehte die dampfende Teetasse, die sie kürzlich nachgefüllt hatte, nachdenklich in der Hand und schüttelte den Kopf. „Ich kann ihn nicht einschätzen", sagte sie. „Aber ich nehme an, dass er schon nach der ersten Nacht und der Eifersuchtsattacke deines Ex-Freundes aufgegeben hätte, wenn er so zart besaitet wäre." Sie lächelte schief. „Wenn er für seine Verhältnisse …" Sie malte mit beiden Händen Anführungszeichen in die Luft. „… ‚bis ans ‚Maximum des Möglichen' geht für dich, bedeutest du ihm sicher viel. Aber irgendwie finde ich es auch nicht ganz gerecht, dass *er* jetzt derjenige ist, der böse auf *dich* ist."

Emilia seufzte. „Aber verdient habe ich es schon."

„Das kommt auf die Sichtweise an." Anna stellte ihre Tasse auf dem Tisch ab, als wolle sie das Kommende besonders betonen. „Man konnte es auch so sehen, dass er dir sehr viel bedeutet und du logischerweise nicht möchtest, dass er andere Frauen trifft. Gut, du hast überreagiert, aber woher solltest du denn wissen, dass das quasi seine Kindergartenfreundin ist?" Sie schüttelte den Kopf. „Ich finde, wenn er dafür kein Verständnis hat, solltest du dir überlegen, ob er es überhaupt wert ist."

Emilia spielte mit ihrem Schal. „Bei dir klingt immer alles so einfach", sagte sie leise. „Ich wünschte, ich wäre ein bisschen mehr wie du."

Anna schnaubte. „Alt und gebrechlich?“, fragte sie mit ironisch hochgezogener Augenbraue. „Das kommt noch früh genug, girly.“

Als hätte das Gespräch mit Anna es heraufbeschworen, war eine Kurznachricht von Tom da, als Emilia am darauffolgenden Montagmorgen aufwachte.

Ihre Finger zitterten so stark, dass sie Mühe hatte, den „Öffnen-Button“ auf ihrem Smartphone zu erwischen.

„Liebe Milly“, hatte Tom geschrieben. „Danke für deinen Brief und den Song. Er ist sehr schön. Ja, du hast überreagiert, und ja, natürlich verzeihe ich dir. Ich glaube aber, es wäre nicht schlecht, wenn wir etwas Abstand hätten, das hat mir die Situation gezeigt. Mein Leben hier lässt, wie ich dir schon erklärt habe, nicht viel anderes zu, und Dramen wie das jetzige bereiten mir zusätzlichen Stress. Ich möchte nur meinen Job hier so gut wie möglich zu Ende bringen, und ich muss einfach fokussiert bleiben. Bitte respektiere das.“

Keine lieben Grüße, kein Kuss – überhaupt keine Grußformel. Emilias Magen zog sich zusammen und schien sich in einem Knoten zu fixieren. Weil ihr nichts einfiel, was sie hätte schreiben können, antwortete sie gar nicht.

Wie ein Roboter stand sie auf, machte sich fertig fürs Büro, brachte Tobi in den Kindergarten und ging zur Arbeit. Sie fühlte sich, als sei sie innerlich tot.

Ein paar Tage später hielt sie es nicht mehr aus und feilte eine ganze Stunde lang an einer Antwort – nicht per Kurznachricht, sondern auf Facebook, weil ihr dieses

Medium weniger unmittelbar und damit weniger „gefährlich" erschien.

Am Ende schickte sie eine Nachricht ab, die ihren Herzschmerz erahnen ließ, aber trotzdem kein Drama heraufbeschwor, ganz nach Toms Wünschen: „Lieber Tom, ich verstehe das und es tut mir sehr leid. Wie gesagt, es ist für mich hier auch nicht ganz einfach ohne dich. Ich denke viel an dich … Du musst mir nicht schreiben, und ich werde auch respektieren, dass du Abstand brauchst. Aber bitte schick mir doch zumindest ein kleines Lächeln! Ich verspreche auch, dass die Dramaqueen Pause hat. Gruß und Kuss, deine Milly."

Sie sendete diese Nachricht in der Mittagspause, und da der Nachmittag im Büro sehr stressig war – sie hatte den schwierigsten Anzeigenkunden, den sie sich vorstellen konnte, quasi in Dauerschleife am Telefon –, kam sie erst am Abend wieder dazu, auf Facebook zu schauen. Tatsächlich war keine Nachricht von Tom da, aber er hatte ein neues Profilbild, auf dem er über das ganze Gesicht strahlte.

Sie musste lächeln, und als sie auf das Bild klickte, um es zu vergrößern (und natürlich heimlich abzuspeichern), spiegelte ihr eigener Gesichtsausdruck den seinen. Einer seiner Freunde hatte unter dem Foto einen offenbar etwas verwunderten Kommentar hinterlassen: „Der Kerl grinst!"

Und Emilia nickte und dachte bei sich: *Ja, der Kerl grinst. Er grinst für mich.*

Emilias Seelenfrieden war zumindest teilweise wiederhergestellt, als sie am Samstag in Annas *Wollstübchen* ankam.

Es war Mitte November, und sie musste sich den unverhofft früh gefallenen ersten Schnee aus den Haaren schütteln, bevor sie über die Schwelle trat.

Während sie sich setzte, erzählte sie Anna atemlos von Toms Lächeln, das allein für sie gedacht war, und genoss Annas wohlwollende Reaktion.

„Das freut mich, girly", sagte sie, als Emilia geendet hatte. „Und was sagt dein Bauchgefühl? Glaubst du, ihr findet nach seinem Einsatz wieder zusammen?"

„Ich hoffe." Ein Seufzer. „Aber ich denke schon – ich habe es irgendwie im Gefühl."

Anna nickte und fragte dann neugierig: „Hast du eigentlich das Päckchen noch gar nicht bemerkt?" Lächelnd wies sie auf den Tisch, wo ein kleines, quaderförmiges Paket in pinkfarbenem Geschenkpapier mit einer überdimensionalen weißen Schleife darauf wartete, bewundert zu werden.

„Päckchen?" Emilia schaute fragend auf den Tisch und rief dann: „Oh! Für mich?" Sie hob das Päckchen auf und schüttelte es. Etwas klapperte leise.

Anna stoppte sie mit einer Handbewegung. „Erst an Weihnachten aufmachen", schalt sie mit erhobenem Zeigefinger.

Emilia stellte das Päckchen wieder ab und runzelte verwirrt dir Stirn. „Aber … Warum gibst du es mir denn jetzt schon?"

Anna zuckte die Schultern. „Ich hatte irgendwie so ein Gefühl … Vielleicht vergesse ich es sonst oder etwas kommt dazwischen … Deshalb nimm es bitte schon einmal mit." Sie lächelte entschuldigend. „Außerdem – wenn du es jetzt über einen Monat lang jeden Tag anschauen musst, erhöht das die Spannung, oder?"

Emilia lachte und ließ das Päckchen in ihre Handtasche gleiten. „Danke!", sagte sie, stand auf und kam zu Anna herüber, um ihr einen Kuss auf die warme faltige Wange zu geben. „Ich habe für dich auch schon eine Idee, aber ich traue deiner Selbstbeherrschung nicht – ich gebe es dir erst kurz vor Weihnachten."

Beide kicherten.

„Übrigens habe ich dir deinen Schal noch einmal etwas fester vernäht", wies Anna schließlich auf Emilias hellblaues Kunstwerk, das säuberlich gefaltet in der Mitte des Tisches lag. „Ich dachte, es ist wichtig, dass das sitzt – nicht, dass sich dann beim Waschen alles auflöst."

Emilia untersuchte staunend die Enden des Schals. „Danke. Puh. Ganz fertig." Sie schüttelte ungläubig den Kopf. „Dann habe ich ja jetzt gar nichts mehr zu stricken!"

Anna lachte auf. „Das macht nichts! Wenn du möchtest, können wir nächste Woche etwas Neues anfangen, aber ich würde dir heute gern etwas erzählen, von dem ich stark vermute, dass du dabei sowieso nicht stricken würdest."

Emilias Gesichtsausdruck wurde ernst. „Oh je, das Tragische, weswegen ihr ausgewandert seid?", fragte sie erschrocken.

Anna lächelte. „Nein, nein, da sind wir noch nicht. Nein, etwas sehr Schönes."

„Oh, okay!" Sofort wurde Emilia wieder fröhlicher. „Na dann …!"

„Also", fing Anna an, während sie Emilia eine Tasse Tee einschenkte, passend zum Wetter versetzt mit etwas Zimt. „Ich überspringe ein knappes Jahr, in dem außer Luft und Liebe nicht viel geschah." Sie zwinkerte verschwörerisch. „Es war im Frühling 1983. David und ich hatten uns daran gewöhnt, zusammenzuleben – obwohl ich sagen muss, dass es nie so routiniert wurde wie mit Matthew. Irgendwie tat er immer absichtlich oder unabsichtlich irgendetwas, um den Funken am Leben zu erhalten: Er brachte mir Blumen mit, ein Buch, ein Schmuckstück oder auch nur meinen Lieblingsjoghurt aus dem Supermarkt, oder er war plötzlich so verspielt wie ein Kind und riss mich mit seiner guten Laune mit. Und wir brachten uns immer wieder gegenseitig zum Lachen. Das Funkeln in diesen blauen Sternenaugen …" Sie seufzte. „Ach, wie ich ihn vermisse!"

Emilia lächelte mitfühlend.

„Aber ich will nicht jammern", fuhr Anna entschlossen fort. „Immerhin, ich bin überzeugt davon, dass ich ihn wiedertreffe." Sie zeigte zur Decke. „Auf der anderen Seite. – Also, es war im Frühling 1983. David war im Begriff, sich mit seiner Fotografie ein lohnendes zweites Standbein aufzubauen: Zusammen hatten wir seine erste Ausstellung organisiert, und durch Zufall war ein Sammler aus der Schweiz da, der gleich vier seiner Bilder zu einem absolut exorbitanten Preis kaufte. Danach begann es wie von selbst zu laufen. Und dann kam der Morgen im Mai, es war der siebzehnte, das weiß ich noch genau. David wollte mit mir zusammen den Sonnenaufgang am Reflection Lake fotografieren – und irgendwie hatte ich schon seit dem Aufstehen das Gefühl, dass etwas nicht stimmte …"

1983

Anna stand fertig angezogen im Flur des Strandhauses und wartete auf David. Dass sie vor ihm fertig war, hatte Seltenheitswert, und sie wunderte sich schon, was er so lange tat. Seit ein paar Minuten schon stand sie hier und hörte seine

Schritte im Obergeschoss. Draußen war es jetzt, um vier Uhr morgens, noch stockdunkel.

Kritisch musterte sie sich im Spiegel. Ob ihr in dem kurzen roten Kleid zu kalt werden würde? Na ja, sie trug eine dicke Strumpfhose und geschlossene Schuhe ... Es würde schon gehen, und nachdem sie nach dem Fotoshooting vielleicht zum Frühstück in ein Café einkehren würden, wollte sie nicht allzu rustikal gekleidet sein.

Während sie auf dem Boden kniete und das linke Schuhband neu schnürte, kam Ginger mit hocherhobenem Schwanz auf sie zu getapst und rieb ihr Köpfchen an Annas Unterschenkel. Anna hob sie hoch und stand auf, während sie in den Spiegel schaute und zum wiederholten Male dachte, was für eine prächtige große Katze doch aus dem winzigen Fellknäuel geworden war, das Matthew ihr vor anderthalb Jahren zu Weihnachten geschenkt hatte.

David kam die Stufen heruntergepoltert, einen sonderbar gehetzten Ausdruck in den blauen Augen. Trotzdem lächelte er, als er sie mit Ginger auf dem Arm entdeckte.

„Sie ist ja fast größer als du", scherzte er, kam auf sie zu, kraulte der Katze den Kopf und gab Anna einen Kuss auf die Lippen, der sie instinktiv wünschen ließ, sie würden zu Hause bleiben und die Welt um sich herum vergessen.

„Bist du soweit?", fragte David stattdessen mit abgelenktem Gesichtsausdruck, schlüpfte in seine Sneakers und überprüfte die rechte Brusttasche seiner Lederjacke, während Anna ihn argwöhnisch beobachtete.

Dann zuckte sie die Schultern und setzte Ginger auf den Boden. „Bleib nur schön hier, Süße", gurrte sie, „zu deinem zweiten Frühstück sind wir wieder da. Und dann kriegst du was ganz Leckeres ..."

„Kommst du?" Davids Stimme von der Haustür her riss sie aus ihrem kätzischen Dialog.

„Sag mal, ist alles okay mit dir?“, fragte sie auf dem Weg zum Pick-up und musterte ihn fragend.

Davids Kopf zuckte in ihre Richtung. „Ja, ja klar“, gab er zerstreut zurück. „Warum?“

Anna schüttelte den Kopf und zog die Augenbrauen hoch. „Nur so.“

David hielt ihr die Beifahrertür auf und schloss sie hinter ihr. Während er um das Auto herumging, folgte ihm Anna mit ihrem Blick. Irgendwie verhielt er sich sonderbar, aber sie konnte nicht genau sagen, inwiefern.

Auf der Fahrt zum Nationalpark fragte sie sich allerdings, ob sie sich das nicht doch eingebildet hatte, denn er benahm sich plötzlich wieder wie immer, und sie war zu müde, um sich allzu viele Gedanken zu machen.

Nach knapp zwei Stunden Fahrt hielten sie schließlich direkt am Reflection Lake. Um diese Jahreszeit waren noch kaum Touristen unterwegs, schon gar nicht so früh morgens.

David hielt ihr die Tür auf und begann dann still, seine Fotoausrüstung auszupacken, während Anna ihn mit zusammengekniffenen Augen musterte. So schweigsam kannte sie ihn gar nicht – aber vielleicht war er nur müde. Sie kämpfte mit Vernunft die Sorge nieder, die sich nagend in ihrer Brust ausbreiten wollte.

Etwa eine halbe Stunde vor Sonnenaufgang war die Fotoausrüstung fertig montiert und Anna holte die Thermoskanne aus dem Fußraum des Beifahrersitzes. „Tee?“, fragte sie.

„Da sage ich nicht nein.“ David lächelte und nahm ihr die beiden Becher ab, die sie in der Hand hielt. Als sie sie füllte, musterte sie ihn noch einmal prüfend. Er ertappte sie und sein Gesicht brach in ein strahlendes Grinsen aus. „Was ist, Sherlock?“, fragte er neckend.

Anna fühlte, wie ihre Wangen heiß wurden. „Mit mir nichts“, gab sie zurück. „Aber du benimmst dich irgendwie seltsam!“

Er zog scherzhaft die Augenbrauen hoch. „Ach so?“

„Ja“, beharrte sie, nicht auf seinen Spaß eingehend. „Du redest kaum mit mir, und wenn doch, dann wirkst du gestresst und irgendwie ...“ Sie zögerte. „Ich weiß nicht, abgelenkt?“

David beugte sich vor und hauchte ihr einen zarten Kuss auf die Lippen. „Es ist alles okay“, beruhigte er sie. „Ich bin nur das gar so frühe Aufstehen nicht mehr gewöhnt.“

Sie beließ es dabei, auch wenn sie ihm an der Nasenspitze ansehen konnte, dass er ihr gerade ganz unverschämt ins Gesicht log. Was wohl das Problem sein mochte?

Mit ihren Teebechern lehnten sie sich an den Pick-up und prosteten sich stillschweigend zu, während sie die kurze Pause genossen. Es war noch dunkel, aber ein erster zarter Lichtschein war bereits hinter Mount Rainier präsent und tauchte die Szenerie in ein magisches diffuses Licht. Bald wäre der perfekte Zeitpunkt für ein erstes Foto gekommen.

„Weißt du noch, wie du ins Wasser gefallen bist?“, fragte David leise und sah gedankenverloren zu der betreffenden Stelle am Seeufer hinüber.

Anna kicherte. „Du meinst, wie mir dein teures Objektiv ins Wasser gefallen ist?“

Er nahm den Teebecher in die andere Hand und legte ihr den linken Arm um die Schultern. „Das Objektiv war mir vollkommen egal“, sagte er und drückte die Lippen an ihre Schläfe. „Ich hätte dich nur so, so gerne geküsst.“ Er lächelte bei der Erinnerung.

Sie sah ihn scheu an. „Ich dich auch“, erwiderte sie. „Nicht zum ersten Mal.“ Dann wurde ihr Blick keck. „Jetzt darfst du mich küssen, sooft du willst.“

Sein Lächeln vertiefte sich, sodass seine Augenwinkel sich nach oben kräuselten und die beiden Lachfalten neben seinen Mundwinkeln sichtbar wurden. „Ach ja?“, fragte er langsam.

„Ja“, bestätigte sie im gleichen Tonfall, während sich ihr Herzschlag beschleunigte. „Sooft und so lange, wie du willst.“

David nahm ihr den Teebecher aus der Hand und stellte ihn gemeinsam mit seinem eigenen auf das Dach des Pick-ups. „Ich würde dazu vielleicht beide Hände brauchen“, erklärte er in verführerischem Ton und schlang langsam seine Arme um ihre Taille und Rücken. Er küsste sie langsam, sinnlich und genießerisch, während er sie nach hinten beugte, bis er fast ihr komplettes Körpergewicht mit seinen Armen hielt.

Kurz bevor ihr vor Leidenschaft schwindelig wurde, stoppte er und hob sie wieder in die Senkrechte. „Gut zu wissen“, sagte er scherzhaft und fuhr mit dem Zeigefinger die Kurve ihrer Taille nach, sodass sie prompt eine Gänsehaut bekam.

„Du Teufel!“, schalt sie ihn gespielt empört, ihr Herz wieder etwas leichter. Was auch immer heute mit ihm los war – zumindest schien es kein Problem mit ihr zu sein, das ihn so schweigsam machte.

Nach wenigen Minuten war es schon recht hell, und David machte sich an die Arbeit. Während er den Widerschein der ersten Strahlen auf dem Wasser fotografierte, stand sie ein Stück weiter und beobachtete ihn liebevoll. Sie war so versunken in seinen Anblick, dass sie regelrecht erschrak, als er sie plötzlich zu sich winkte.

„Kannst du mir mal helfen?", fragte er, als sie schließlich neben ihm stand.

„Klar!" Sie knotete ihren Trenchcoat enger und sah ihn fragend an.

„Kannst du mal hier durchschauen" – er wies auf die Kamera, die auf ihrem Stativ thronte – „und mir sagen, ob du da auch einen kleinen schwarzen Fleck siehst, rechts oben im Bild? Ich habe es jetzt schon mehrmals gereinigt, aber ich glaube allmählich, ich spinne." Er trat zur Seite und ließ sie durch die Linse schauen.

„Ich sehe nichts", murmelte Anna, verstellte den Zoom in beide Richtungen und starrte angestrengt durch die Linse. „Wo soll der Fleck sein?"

„Rechts oben!", wiederholte er, etwas entfernt schräg hinter ihr stehend.

„Ich sehe nichts." Sie versuchte es wieder mit dem Zoom, dann zuckte sie sich die Schultern und drehte sich zu ihm um. „Jetzt musst du dich aber beeilen, die Sonne geht sofort auf!"

David sagte nichts, sondern nestelte nur an der Brusttasche seiner Jacke herum.

„Was machst du denn?" Anna wurde hektisch. Inzwischen wusste sie, dass oft nur Millisekunden zwischen dem perfekten Schuss und einer halbgaren Aufnahme lagen, die dann in einer Schublade verstaubte. „Komm, du musst!"

Er schüttelte den Kopf und deutete erneut auf die Kamera. „Schau nochmal!"

Sie seufzte und näherte sich der Kamera. „Ich sehe wirklich nichts!", sagte sie noch einmal. Die Sonne war inzwischen hinter dem Berg sichtbar geworden, sodass der erste schöne Schuss bereits verpasst war. Sie schaute noch einmal durch die Kamera – und ihr stockte der Atem: Vor ihr kniete David, elegant auf einem Knie, auf dem Gras.

„Anna Miller“, begann er feierlich und nahm ihre linke Hand zwischen seine. Annas rechte Hand schoss zu ihrem Herzen. „Liebste Anna, hellster Stern an meinem Himmel: Ich danke Gott jeden Tag, dass er dich – wenn auch auf Umwegen – in mein Leben gebracht hat und ich möchte nie mehr ohne dich sein. Ich will dich für immer um mich haben, jede Sekunde von jeder Minute von jeder Stunde von jedem einzelnen Tag. Ich liebe dich bis zum Mond und zurück.“ Anna traten Tränen in die Augen und sie musste sich auf die Unterlippe beißen, um ruhig stehenzubleiben. „Ich verspreche, dich mein Leben lang zu beschützen, immer an deiner Seite zu stehen und dich zu hüten wie einen Schatz.“ Er holte tief Luft, ließ ihre Hand los und zog mit glänzenden Augen eine kleine schwarze Schachtel aus seiner Brusttasche. Bedächtig öffnete er sie und enthüllte einen glitzernden Diamantring. „Anna Miller … Liebe meines Lebens … Willst du meine Frau werden?“

Die nächsten Minuten sollten Anna nur bruchstückhaft im Gedächtnis bleiben: Sie schluchzte auf, rief – in einem Wort – „OhmeinGottjaunbedingt“ und stürzte sich so schwungvoll in Davids Arme, dass er in seiner knienden Position fast zu Boden gegangen wäre. Mehrere Minuten lang hielten sie sich fest umschlungen, Anna weinte vor Freude und David biss heldenhaft die Zähne aufeinander, um es ihr nicht gleichzutun. Dann erinnerten sich beide, dass da noch ein entscheidender Teil fehlte, und Anna löste sich von ihm und hielt ihm ihre zitternde linke Hand hin, damit er ihr den Ring anstecken konnte. Als das kühl glitzernde Schmuckstück, weißgold mit einem Diamanten in der Mitte, an ihrem Ringfinger glänzte, sahen beide ehrfürchtig drein.

„Das war der Ring meiner Großmutter“, sagte David mit belegter Stimme. „Ich habe ihn noch nie einer Frau gegeben. Laura hätte er nicht gepasst.“ Er lächelte entschuldigend.

Eine heiße Träne rollte Annas Wange hinunter. „Danke", sagte sie schlicht.

David kniete immer noch auf dem Boden, und sie ließ sich kurzerhand vor ihm ebenfalls auf die Knie sinken. „Ich war noch nie in meinem Leben so glücklich", sagte sie und stupste ihm spielerisch mit der Nase ins Gesicht, bevor seine Lippen die ihrigen zu einem alles besiegelnden Kuss fanden.

SIEBENUNDDREISSIG

Heute

„Und so war es dann." Anna lächelte, schwelgend in der romantischen Erinnerung an jenen lang vergangenen Tag. „Ich war so versunken im Moment, dass ich gar nicht gemerkt habe, dass sein Kollege – ausgerechnet der Copilot, der mit uns nach Seattle geflogen war – uns fotografierte … Daher der ganze Trubel mit der Kamera. Nun ja: Im Sommer darauf haben wir ganz unkonventionell am Strand geheiratet. Und wir waren ein Ehepaar bis zu Davids Tod."

Emilia seufzte und wischte sich mit beiden Händen über die tränennassen Wangen. Dann schniefte sie und lachte auf. „Was ich bei dir heule, heule ich sonst in einem Jahr nicht."

„Weinen reinigt die Augen." Anna grinste und goss Tee nach. „Trink mehr, damit du nicht dehydrierst!"

Emilia grinste ebenfalls und nahm gehorsam einen großen Schluck. „Kannst du mich bitte vorwarnen, bevor du mir die traurige Geschichte erzählst, wegen der ihr nach Deutschland gekommen seid? Ich habe die ganze Zeit Angst davor, während du erzählst."

Anna sah sie halb belustigt, halb nachdenklich an. „Das kann ich machen", bestätigte sie, „aber keine Sorge, davor kommt noch die Hochzeit mit allem Drum und Dran … und noch ein paar andere Sachen."

„Na Gott sei Dank!" Emilia seufzte. „Ganz ehrlich, ich finde, dein Leben hätte das Zeug zum Kinofilm. Oder zu einem richtig, richtig guten Buch."

Jetzt musste Anna wirklich lachen. „Danke", sagte sie, „ich habe tatsächlich bis vor ein paar Monaten Tagebuch geschrieben. Aber irgendwann habe ich einfach aufgehört."

Emilia nickte und schien ein paar Augenblicke lang nachzudenken. Dann stand sie abrupt auf. „Ich muss dich heute schon früher verlassen", kündigte sie an. „Gerade ist mir die perfekte Idee für dein Weihnachtsgeschenk gekommen, und das will ich gleich besorgen."

Anna stand ebenfalls auf. „Mach dir aber nicht zu viel Arbeit, girly. – Und gib nur ja nicht zu viel Geld für mich aus!"

„Das musst du schon mir überlassen." Emilia sah altklug drein, als sie in ihre Jacke schlüpfte. „Nächste Woche zur gewohnten Zeit?"

„Ja, gerne", bestätigte Anna und folgte ihr zur Tür. Als Emilia sich verabschieden wollte, zog Anna sie spontan in ihre Arme und hielt sie für einige Momente ganz fest. „Und falls irgendwas dazwischenkommt nächste Woche … Lass dich nicht unterkriegen!"

Emilia löste sich aus der Umarmung und blickte Anna scharf ins Gesicht. „Was sollte denn dazwischenkommen?"

Anna sah sie mit undefinierbarem Blick an. „Nichts, nur … falls mir der alte Himmel auf den Kopf fällt …"

Emilia runzelte die Stirn, bevor sich wieder das alte, unbekümmerte Lächeln in ihr Gesicht stahl. „Also, *falls* dir der alte Himmel auf den Kopf fällt, dann rufst du mich an und ich komme und stütze ihn, okay?"

„Okay." Anna lächelte zurück und sah der jungen Frau noch nach, die die Stufen hinuntersprang und zu ihrem Auto ging. Als das kleine rote Auto um die Ecke bog und außer

Sicht geriet, hatte sie, ohne dass sie sagen konnte, warum, mit einem Mal Tränen in den Augen.

In der Nacht von Dienstag auf Mittwoch wachte Emilia plötzlich scheinbar grundlos auf. Sie war einfach von einer Minute auf die andere hellwach. Soweit sie es beurteilen konnte, hatte sie kein Geräusch geweckt, und als sie nachschauen ging, stellte sie fest, dass auch Tobi tief und fest schlief. Vorsichtshalber schlich sie auf leisen Sohlen durch die Wohnung und kontrollierte jedes Fenster und jede Tür – alles wie immer.

Schulterzuckend legte sie sich wieder schlafen.

Als sie am Samstag in Richtung Wasserburg aufbrach, nahm sie sich vor, Anna einmal mehr um Rat bezüglich Tom zu bitten. Sie hatte immer noch nichts von ihm gehört, und allmählich fragte sie sich, ob es nicht ein Zeichen war, dass sie wegen ihm ständig verwirrt und unsicher war – dass er sie quasi mit einem Fingerschnippen in ein Häufchen Elend verwandeln konnte, ob beabsichtigt oder nicht. Vielleicht sollte es einfach nicht sein? Anna mit ihrer Lebenserfahrung in komplizierten Liebesdingen konnte ihr vielleicht weiterhelfen.

Sie stellte ihren Wagen ab und wunderte sich noch über das weiße Mietauto, das vor Annas Geschäft parkte, machte sich aber nicht allzu viele Gedanken darüber. Als sie allerdings vor der Tür des *Wollstübchens* stand, stutzte sie. Drinnen war alles dunkel. Die Tür war verschlossen. Sie legte beide Hände an die Glasscheibe und starrte hinein. Keine Anna.

Mit gerunzelter Stirn ging sie um das Gebäude herum und drückte die Klingel an Annas Wohnungstür. Es war ihr doch wohl nichts passiert?

Eine ganze Weile tat sich nichts, dann öffnete ihr ein großer Mann mittleren Alters. „Ja?", fragte er, nicht unfreundlich, aber auch nicht übermäßig interessiert.

Emilia erholte sich schnell von ihrem Schock und sprudelte, für sie typisch, los: „Hallo, ich wollte zu Anna. Ist sie da? Wir waren eigentlich verabredet, ich treffe sie jede Woche zum Stricken, normalerweise vorne im Geschäft, aber heute ist sie nicht da ... Ist ihr etwas passiert, geht es ihr gut? Sind Sie ... Sind Sie Marcus?"

Auf dem Gesicht des Mannes machte sich erst Verwirrung, dann aber ein schwaches Lächeln breit. „No, I'm ... Sind Sie Emilia?", fragte er mit eindeutig amerikanischem Akzent.

Stumm nickte sie.

„Einen Moment, dann brauchen Sie meine Frau", fuhr er fort. „Ich bin Michael." Er streckte ihr die Hand hin, die sie abgelenkt schüttelte. „Kommen Sie herein." Er trat zurück, sodass sie den schmalen Flur betreten konnte, und rief in die Wohnung: „Melissa?"

Eine hübsche Frau mit nussbraunem Haar, circa Mitte dreißig, erschien. Emilia bemerkte, dass ihre auffälligen blauen Augen rotgerändert waren, so als habe sie geweint. „Yes?", fragte sie.

„Emilia is here", erklärte Michael auf Englisch und legte der Frau in einer kurzen ermutigenden Geste die Hand auf den Rücken, bevor er ins angrenzende Zimmer verschwand.

„Oh mein Gott, Sie sind Emilia?", fragte Melissa in akzentfreiem Deutsch. „Ich habe überall gesucht, aber ich konnte keine Nummer von Ihnen finden, nichts ... Ich bin

Annas Tochter." Sie schluckte. „Meine Mutter … Anna … Sie ist in der Nacht auf Mittwoch verstorben!"

Plötzlich schwankte Emilias Welt bedenklich, sodass sie sich rücklings gegen den Türrahmen lehnen und sich an der blanken Wand festhalten musste. „Verstorben?", fragte sie tonlos.

In Melissas Augen traten Tränen. „Ja, ganz unvermutet, sie ist zu Bett gegangen und einfach nicht mehr aufgewacht. Der Arzt sagt, sie muss ganz friedlich eingeschlafen sein. Ihr Herz hat einfach aufgehört zu schlagen."

„Anna … tot …" Emilias Handtasche glitt an ihrem Arm zu Boden. „Wenn mir der alte Himmel auf den Kopf fällt", murmelte sie fassungslos. Anna musste geahnt haben, dass sie sich nicht wiedersehen würden. Daher ihre Bemerkung bei der Verabschiedung am letzten Samstag.

„Pardon?" Melissa sah sie verwirrt an.

Emilia schüttelte den Kopf. „Nichts." Sie riss sich zusammen und nahm von irgendwoher die Kraft, Melissa die rechte Hand hinzustrecken. „Ich bin Emilia, ich habe mit Ihrer Mutter gestrickt seit Juli, jeden Samstag."

„Melissa", erwiderte die andere und brachte ein Lächeln zustande, das in einem sonderbaren Gegensatz zu den Tränen stand, die an ihren langen Wimpern hingen. „Ich weiß, deshalb hätte ich ja gehofft, Ihre Nummer zu finden. Ich hätte Sie natürlich gleich angerufen. Meine Mutter hat große Stücke auf Sie gehalten."

Emilia lächelte schwach.

„Haben Sie etwas Zeit?", wollte Melissa wissen. „Ich würde Sie gern hereinbitten."

„Gerne." Emilia nickte und folgte wie in Trance Melissas ausgestrecktem Arm in Richtung Küche. Michael saß an Annas Esstisch und sah neugierig auf, als die beiden Frauen eintraten.

„Möchten Sie etwas trinken?“, fragte er galant und stand höflich auf.

„Vielleicht ein Glas Wasser“, nahm Emilia dankbar an.

Die beiden Frauen setzten sich.

„Meine Mutter hat oft am Telefon von Ihnen erzählt seit dem Sommer“, bemerkte Melissa und wischte sich mit einem offenbar häufig benutzten Taschentuch die Tränen von den langen Wimpern. „Ich war so froh, dass sie endlich ein bisschen Zerstreuung gefunden hat! Seit mein Vater gestorben ist, war sie nicht mehr sie selbst. Ich nehme an, in Ihnen hat sie eine Freundin gefunden.“

Emilias eigene Augen liefen über. Schniefend zog sie ein Taschentuch aus ihrer Handtasche und stoppte die Flut. „Sie hat mir viel bedeutet“, murmelte sie. „Sie hat mir ihre Geschichte erzählt ... Wie sie mit Ihrem Vater zusammengekommen ist.“ Sie putzte sich die Nase. „Oh Mann. Ich kann es noch gar nicht fassen ...“

Michael stellte ein Glas Wasser vor ihr auf dem Tisch ab und lächelte sie tröstend an.

„Honey“, wandte Melissa sich an ihn. „Will you fetch the letter, please? I put it on her nightstand.“

„Of course.“ Er drehte sich um und ging aus dem Zimmer. Fragend sah sie Melissa an.

„Meine Mutter hat Ihnen einen Brief geschrieben“, sagte Melissa. „Er lag in ihrer Nähschachtel. So als wüsste sie, dass wir dort hineinschauen würden.“

Emilias Augen wurden groß. „Was schreibt sie?“

Melissa musste unter Tränen lachen. „Wir haben ihn nicht gelesen. Er ist ja an Sie gerichtet“, erwiderte sie.

Michael erschien wieder, in der Hand ein cremeweißes Kuvert, auf dem simpel stand „Für Emilia“. Sanft legte er es vor ihr auf den Tisch. Emilia starrte auf den Brief, unfähig, einen klaren Gedanken zu fassen.

„Mein Gott“, sagte sie nur. Dann schwiegen alle.

„Sind Sie aus den USA angereist?“, fragte Emilia nach mehreren Minuten und ließ den Brief so vorsichtig in ihre Handtasche gleiten, als könnte er zerbrechen, wenn sie nicht aufpasste. Sie fühlte sich, als würde sie sich durch Watte bewegen.

„Ja, gleich am Mittwochabend. Die Putzfrau hat meine Mutter morgens gefunden und uns angerufen“, bestätigte Melissa. „Michaels Schwester passt auf die Kinder auf – wir haben drei – und wir … organisieren hier alles.“

Emilia schniefte. „Weiß man schon, wann und wo die Beerdigung sein wird?“, fragte sie leise.

Melissa nickte. „Ja, das hat sie schon vor Jahren bestimmt. Sie will kremiert werden und ihre Asche soll an einem See in Washington verstreut werden. Das Gleiche haben wir mit der Leiche meines Vaters gemacht, also werden wir ihr diesen letzten Wunsch auch erfüllen.“

Emilia lächelte voll Melancholie. „Nicht zufällig am Reflection Lake im Nationalpark Mount Rainier, oder?“

Melissas Augen weiteten sich erstaunt. „Yes, the exact one!“ Auf Deutsch fuhr sie fort: „Hat sie Ihnen davon erzählt?“

„Dort hat Ihr Vater ihr den Heiratsantrag gemacht, nicht wahr?“, fragte Emilia.

Melissa schüttelte den Kopf und kratzte eine imaginäre Fluse vom Tisch. „Ich weiß es nicht“, erwiderte sie. „Meine Mutter und ich haben über solche Dinge nie geredet.“

Emilia schoss der sonderbare Gedanke durch den Kopf, dass sie jetzt offenbar viel mehr über Anna wusste als deren eigene Tochter. Sie sah verlegen vor sich auf die Tischplatte. „Ich habe ihr ziemlich viel herausgekitzelt“, gestand sie kleinlaut. „Ich glaube, zuerst wollte sie nicht erzählen, aber mit der Zeit hat es angefangen, ihr Spaß zu machen.“

Melissa nickte. „Sie war die geborene Geschichtenerzählerin, als ich noch ein Kind war. Mein Vater hat fotografiert und sie hat zu den Bildern kleine Storys erfunden, die sie mir dann erzählt hat. Aber über ihr Leben vor meiner Geburt haben wir nie gesprochen. Ich weiß nur ..." Sie lächelte traurig. „... dass sie eigentlich mit dem Cousin meines Vaters verlobt war, als sie sich kennenlernten."

„Ja." Emilia nickte. „Matthew."

Die beiden Frauen tauschten einen Blick. Emilia schüttelte ungläubig den Kopf. „Ich kann es nicht fassen."

Dann stand sie auf und streckte erst Melissa, dann Michael die Hand hin. „Danke für den netten Empfang", sagte sie. „Es hat mich gefreut, Sie kennenzulernen."

„Uns auch", erwiderte Michael.

„Möchten Sie vielleicht nächste Woche noch einmal vorbeikommen?", schlug Melissa vor. „Wir haben nicht allzu viel Zeit, das Haus auszuräumen, weil wir wieder zurückmüssen, aber ... Vielleicht gibt es etwas, das Sie gerne von ihr hätten als Erinnerung."

Überrascht von so viel Freundlichkeit, zogen sich Emilias Mundwinkel zu einem echten Lächeln hoch. „Das wäre schön", sagte sie. „Danke. – Ich gebe Ihnen meine Nummer." Sie holte Stift und Zettel aus der Tasche und kritzelte ihre Handynummer darauf.

Melissa nahm den Zettel entgegen und gab ihr im Austausch eine Hochglanzvisitenkarte, die ganz eindeutig zur beruflichen Verwendung gedacht war. „Meine mobile Nummer steht auf der Rückseite."

Emilia registrierte mit einem Blick auf die Karte abwesend, dass Melissa einen Doktortitel hatte, doch der Gedanke war flüchtig. Sie nickte, reichte noch einmal Michael und seiner Frau die Hand und ging wie in Trance zu ihrem Auto.

Zu Hause angekommen, landete der Brief auf dem Wohnzimmertisch, wurde jedoch nicht geöffnet. Dazu brauchte es einen besonderen Moment.

Vielleicht am Abend, dachte Emilia.

Ihr erster Impuls war, Tom zu schreiben, was passiert war, und sie ließ sich auf ihr Sofa fallen, um eine Kurznachricht zu formulieren: „Lieber Tom, Anna ist gestorben! Bin sehr traurig. Kannst du--" Kannst du mich bei Gelegenheit anrufen, hatte sie schreiben wollen, aber ihr Daumen stockte mitten während des Tippens und sie ließ das Handy sinken.

Wir haben uns so gestritten und er hat sich jetzt lange nicht gemeldet, ging es ihr durch den Kopf. Trotz des „Lächelns", das er für sie online gestellt hatte, hatte er nach seiner grußlosen Nachricht weder angerufen noch eine weitere Nachricht geschickt. Langsam löschte sie wieder, was sie getippt hatte, ein Zeichen nach dem anderen, bis nichts mehr da war.

Am Abend hielt sie es nicht mehr aus: Sie entkorkte ihren edelsten Rotwein, schenkte sich ein – etwas großzügiger als normalerweise üblich – und setzte sich in ihr Erkerfenster, Annas Brief in der Hand. Sehnsuchtsvoll schnüffelte sie an dem Kuvert und meinte, noch einen Hauch von Annas Apfelparfüm zu erkennen. Dann öffnete sie vorsichtig das Kuvert und zog einen eng beschriebenen Bogen edles Büttenpapier heraus.

Liebe Emilia, hatte Anna geschrieben,

wenn Du das liest, weile ich nicht mehr unter den Lebenden und ich bin sicher, meine Tochter wird sich um alles kümmern, wie ich es schon vor Jahren mit ihr vereinbart habe. Ich weiß nicht, warum ich diesen Brief an Dich gerade jetzt schreibe … Irgendwie habe ich das Gefühl, er könnte bald benötigt werden, obwohl ich nicht sagen kann, warum.

Meine Liebe, dass Du in meinen Laden geschneit bist und mir Anzeigen in Eurer Zeitschrift verkaufen wolltest, war einer der größten Glücksfälle meines Lebens. Du hast mir auf meine alten Tage wieder einen Zweck gegeben, einen Sinn im Leben, und das war für mich alles andere als selbstverständlich: Seitdem David gestorben ist, habe ich mich mehr tot als lebendig gefühlt.

Ich weiß nicht, wie weit ich mit dem Erzählen meiner Geschichte gekommen sein werde, wenn Du das hier liest, und deshalb möchte ich Dir etwas Besonderes vermachen: Ich kann mich nicht mehr erinnern, ob ich es jemals erwähnt habe, aber ich habe fast mein ganzes Leben lang, ziemlich genau bis zu unserem ersten Strick-Samstag, Tagebuch geführt. Viele Bände meiner ganz persönlichen Erinnerungen liegen teils hier, teils in den USA im Strandhaus – damit kannst Du dann Dein Englisch üben … Melissa darf sie lesen, falls sie möchte, aber Du sollst sie bekommen. Und apropos: Weißt Du, dass wir das Strandhaus weder verkauft noch vermietet haben? Melissa kümmert sich darum, aber sie möchte dort nicht wohnen – die beiden leben im Haus ihres Mannes in Lacey. Melissa weiß, dass ich eine schnelle Testamentseröffnung bei meinem Notar hier in Wasserburg wünsche, und ich hoffe, ich erschrecke Dich nicht, wenn ich Dir verrate, dass Du in meinem letzten Willen vorkommst. Meine Tochter weiß Bescheid und war nicht so schockiert von der Idee, wie ich erwartet hatte. Du sollst allerdings wissen, dass ich Dich mit meinem Vermächtnis zu nichts drängen möchte – nur mein Gefühl sagt mir, dass es so richtig ist.

Und nun, mein girly (das ist eigentlich gar kein richtiges Wort, weißt du das? Irgendwie verschwimmt das Deutsche mit dem Englischen nach so langer Zeit) noch einige letzte Ratschläge, die Du mir hoffentlich nicht übel nimmst: Logischerweise kann ich nicht wissen, wie es inzwischen bei Dir in der Liebe aussieht, aber: Du bist eine tolle Frau, und Du verdienst das Beste. Lass Dich nicht von jemandem „einfangen", der sich unsicher ist, der Dich nicht so behandelt, wie Du es verdienst, oder der Dich am langen Arm verhungern lässt. Natürlich ist in keiner Beziehung jeder Tag nur eitel Wonne, aber beim richtigen Mann solltest Du Dich jeden Tag fühlen, als wärst Du die Schönste und Beste auf Erden. Und damit komme ich zum nächsten Ratschlag: Die Jahre haben mich gelehrt, dass man nichts erzwingen kann – am wenigsten in der Liebe. Du bist eine starke Frau, die in einer Zeit aufgewachsen ist, in der man sehr selbstbestimmt lebt und sich holt, was man sich wünscht. In der frau sich selbst Rosen schenkt, wenn Du es poetisch ausdrücken möchtest. Und das mag Dich zu dem Glauben verleiten, dass Du Dir ALLES holen kannst. Aber glaub mir, meine Liebe, selbst wenn es klappt, verbaust Du Dir damit die Chancen auf das wahre Glück. Kennst Du den Spruch „Was du liebst, lass los. Bleibt es fern, hat es Dir nie gehört. Kommt es zurück, ist es Dein für immer"? Da ist, um es salopp zu sagen, was dran. Merk Dir, Emilia: Das Glück KOMMT ZU DIR. Du musst ihm nicht nachjagen.

Und zuletzt möchte ich Dir meine uneingeschränkte Bewunderung aussprechen: Wie Du das tägliche Leben meisterst als alleinerziehende Mutter, dafür verdienst Du einen Orden. Du machst das bravourös!

Meine Liebe, meine Augen fangen an zu schmerzen und ich muss schließen. Heute warst Du bei mir und hast Dir die wunderbare Geschichte von Davids Heiratsantrag angehört. Ich freue mich, wenn wir uns wiedersehen!

Es umarmt Dich
Deine Anna.

Emilia legte den Brief weg und stand auf, um sich ein Taschentuch zu holen, mit dem sie die Flut ihrer Tränen stoppen konnte. Dann setzte sie sich wieder und las die Grußformel noch einmal. *Es umarmt Dich Deine Anna.* Sie lächelte unter Tränen und legte die Lippen sanft auf das Wort „Anna".

Dann nahm sie ihr Weinglas und trank es in kleinen Schlucken ganz langsam aus, während sie Gedanken und Tränen gleichermaßen freien Lauf ließ.

ACHTUNDDREISSIG

Erst am nächsten Morgen sank die Erkenntnis ein: Anna hatte davon geschrieben, ihr etwas zu vermachen, und zwar in mehr oder weniger direktem Kontext mit dem Strandhaus in Beachcrest. Sollte sie …? Emilia wagte den Gedanken kaum zu Ende zu denken. Nein, sicher würde sie doch das Haus ihrer Tochter vermachen, oder Marcus. Genau genommen wohl einem Kind das Strandhaus und dem anderen das Haus im Wald. Zwei Nachfahren, zwei Häuser. Und doch … Die Andeutung blieb.

Zu diesem hartnäckigen kleinen Gedanken kam noch die Sache mit den Tagebüchern. Tatsächlich war Emilia begeistert von der Idee, Annas Tagebücher zu lesen – sogar, wenn sie auf Englisch geschrieben waren –, aber sie hatte noch unzählig viele Fragen, zum Beispiel, warum Marcus nicht hier war. Schließlich war Anna immerhin seine Stiefmutter gewesen, und es erschien ihr sonderbar, dass er weder in Annas Brief vorkam noch anwesend war, um ihre Habseligkeiten zu ordnen und ihre Bestattung mitzuorganisieren. Ob sie sich im Laufe von Marcus' Leben entzweit hatten? Waren David und Anna deshalb ausgewandert?

Gegen Mittag hielt sie es nicht mehr aus und wählte – um Kosten zu sparen, via Internet – Melissas Nummer. Es läutete so oft, dass Emilia schon beinahe wieder auflegen wollte, bevor schließlich doch noch Melissas Stimme erklang.

„Hello?"

„Hi, Melissa, this is Emilia", begann sie auf Englisch, wechselte dann aber instinktiv in ihre Muttersprache. „Sie haben ja gesagt, ich darf Sie anrufen …"

„Hi Emilia", sagte Melissa freundlich. „Natürlich, jederzeit."

Emilia fuhr fort: „Ich habe den Brief gelesen, denn Anna mir geschrieben hat."

„Ah ja."

„Und ich weiß nicht … Wissen Sie, dass sie mir ihre Tagebücher vermacht hat?"

„Ja", kam die Antwort. „Sie hat mir auch einen Brief geschrieben, wissen Sie."

„Okay!" Emilia klang erleichtert. „Sie hat mir geschrieben, dass Sie sie gern lesen dürfen …"

Melissa seufzte. „Ja, ich habe es auch fest vor", gab sie zu, „aber nicht jetzt. Irgendwie fühle ich mich gerade nicht frei genug, um mich darauf einzulassen."

Es wunderte Emilia selbst, dass sie auf Anhieb verstand.

„Was halten Sie davon, ich gebe Ihnen die Tagebücher einfach und wenn mir einmal einfällt, sie lesen zu wollen, melde ich mich bei Ihnen?"

Emilia nickte, was Melissa durch das Telefon natürlich nicht sehen konnte.

„Ich denke, wir werden in Kontakt bleiben", fügte Annas Tochter kryptisch hinzu. „Möchten Sie die Tagebücher heute abholen? Und vielleicht noch den einen oder anderen persönlichen Gegenstand?"

„Das wäre schön", antwortete Emilia. „Ich würde mich auch gerne noch einmal mit Ihnen unterhalten. Kann ich um fünfzehn Uhr kommen?"

„Drei Uhr nachmittags?“, versicherte sich Melissa und Emilia fiel ein, dass die Amerikaner die Uhrzeit anders bezeichneten.

„Yes, three p.m.“, bestätigte sie.

„Das passt gut.“

Sie würde Johannes bitten, Tobi noch bis zum Abend bei sich zu behalten, beschloss Emilia, als sie den Anruf beendete. Sie brauchte dringend einen freien Kopf für diesen Besuch.

Als sie am Nachmittag vor dem *Wollstübchen* ankam, schossen ihr schon wieder Tränen in die Augen. Der Gedanke, dass Anna sie nun nie mehr an der Glastür empfangen und ihr ihre Stimmung an der Nasenspitze ansehen würde, machte sie unheimlich traurig.

Sie schluckte hart und drückte sich Daumen und Zeigefinger in die inneren Augenwinkel.

Keine Tränen jetzt, schalt sie sich in Gedanken. D*as hat Zeit bis später.*

Entschlossen ging sie um das Haus herum und klingelte an Annas Wohnungstür. Sie musste sich bewusst daran erinnern, dass ihr gleich entweder Melissa oder Michael öffnen würde – dass nicht Anna gleich im Türrahmen erscheinen würde, unvernünftig hohe Schuhe an den kleinen Füßen und einen prüfenden Ausdruck in den alten Augen.

Tatsächlich war es Melissa, die schließlich öffnete, und sie begrüßte Emilia mit Wangenküsschen, noch ehe diese wusste, wie ihr geschah.

Sie hatte immer noch rotgeränderte Augen, aber Emilia war sich nicht sicher, ob das vom Weinen oder vom Jetlag kam.

„Come on in!“ Melissa trat zur Seite, schnalzte dann selbstkritisch mit der Zunge und korrigierte sich: „Kommen Sie doch herein!“

Emilia lächelte mechanisch. „Sie können auch gerne Englisch mit mir sprechen.“

„Nein, nein.“ Melissa legte ihre Hand auf Emilias Unterarm, eine Geste, die zwar überraschend kam, aber nicht unpassend erschien. „Deutsch ist ja meine Muttersprache. Es ist nur so lange her, und ich spreche es nie mehr.“ Sie schien zu überlegen. „Übrigens – wollen wir uns nicht duzen? Seitdem ich in Amerika lebe, kommt mir diese europäische Siezerei ganz sonderbar vor.“

„Gerne.“ Diesmal erreichte das Lächeln Emilias Augen. „Und wie geht es dir?“ Sie räusperte sich. „Ich meine, das ist eine blöde Frage, aber … Geht es?“

Melissa seufzte und öffnete die Tür zu Annas hübsch eingerichteter Küche. Mit einem kleinen Kopfschütteln ließ sie sich auf einen Stuhl fallen.

„Ja, es geht“, antwortete sie und machte eine wegwerfende Geste mit der Hand, die Emilia seltsam bekannt vorkam. „Ich schaffe das schon, und Michael packt mich in Watte, wo immer es geht, aber … Ich kann einfach nicht glauben, dass ich meine Mutter nie mehr sehen werde.“

Sie zog die Taschentuch-Box, die auf dem Tisch stand, zu sich heran und nahm sich ein Tuch, während ihre Augen feucht wurden.

Emilia nickte und seufzte ebenfalls.

„Ich meine, dass meine Kinder ihre Granny nicht mehr sehen …“ Sie schüttelte noch einmal den Kopf. „Vielleicht war es falsch, in Amerika zu bleiben. Michael wäre auch mit mir nach Deutschland gezogen, aber ich wollte in Washington bleiben.“ Sie tupfte sich die Augen mit dem Taschentuch ab und zerknüllte es dann in der Hand.

Emilia lächelte sie mitfühlend an, griff über den Tisch und legte ihr tröstend die Hand auf den Unterarm. „Räumliche Nähe kann man nicht gleichsetzen mit emotionaler Nähe", sagte sie und eine kleine Stimme in ihrem Kopf wunderte sich, wie weise sie plötzlich klang. „Und ich weiß, dass deine Mutter dir emotional sehr nahe war. Sie hat einem deiner Söhne einen Schal gestrickt, weißt du das?"

„Nein." Melissa machte große Augen. „Wusste ich nicht. Hat sie ihn mir geschickt? Die Post braucht ja manchmal ewig bis zu uns."

„Keine Ahnung." Emilia zuckte die Schultern. „Aber wir können nachsehen, ich weiß, wo sie die fertigen Strickstücke aufbewahrt hat." Sie stand auf. „Komm!" An der Tür zum Geschäft stockte ihr Fuß plötzlich. „Also …" Sie sah Melissa fragend an. „Darf ich …?"

„Natürlich!" Melissa nickte energisch.

Hintereinander betraten sie Annas Laden und blieben erst einmal stehen. Es roch definitiv noch nach Annas Apfelparfüm, und einen Moment lang sahen sich die beiden Frauen traurig an.

„Hier", raffte sich Emilia auf und ging auf das Regal hinter der alten Registrierkasse zu. „In einer der beiden obersten Schubladen …" Sie streckte sich und steckte mit einiger Mühe die Hand in die überkopfhohe Schublade. Dabei fiel ihr Annas Weihnachtsgeschenk ein: Die liebevoll verpackte Schachtel wartete in ihrer Wohnung noch darauf, geöffnet zu werden.

Ich werde bis Weihnachten warten, schwor sie sich. *Anna würde mich sonst sicher ausschimpfen.*

Sie musste lächeln und kramte weiter in der Schublade.

Ihre Finger berührten ein großes, weiches Stück Strick und sie zog daran, um es herunterzuholen.

„Bingo!“ Triumphierend reichte sie Melissa den dunkelgrünen Schal. „Weißt du, für welchen deiner Söhne der sein soll?“

Melissa nahm den weichen Schal an sich und drückte ihre Nase in das weiche Strickmaterial. Dann sah sie sich die Handarbeit genauer an. Als ihr Blick auf den gestickten Dinosaurier am einen Ende fiel, lachte sie auf. „Das kann nur für David sein“, verkündete sie.

„Dein Sohn heißt David?“, fragte Emilia leise.

Melissa lächelte. „Ja, nach meinem Vater. Er ist ihm wie aus dem Gesicht geschnitten, und irgendwie war er ihm schon recht ähnlich, als er noch ein Säugling war.“

Bei diesen Worten fiel Emilia etwas ein. „Sag mal – was ist eigentlich mit Marcus?“

Melissa runzelte die Stirn. „Marcus?“, fragte sie verwirrt.

„Ja“, fuhr Emilia fort. „Marcus, dein Halbbruder!“

„Ach so.“ Melissa lächelte entschuldigend. „Ich habe den Namen schon so lang nicht mehr gehört und einen Augenblick lang vergessen, dass du meine Familiengeschichte kennst. Wie meinst du das, was ist mit ihm?“

„Na ja …“ Emilia schloss die Schublade im Regal und sah Melissa unsicher an. „Ist er nicht hierher mitgekommen?“

Melissa verzog traurig den Mund. „Hat meine Mutter dir das nicht erzählt?“, fragte sie. „Er ist als Kind gestorben.“

Emilia fehlten die Worte. Entsetzt ließ sie sich auf den Stuhl sinken, auf dem sie zum Stricken mit Anna immer gesessen hatte. Plötzlich fiel es ihr wie Schuppen von den Augen. „Deshalb sind sie ausgewandert“, flüsterte sie. „Nicht wahr?“

Melissa setzte sich ebenfalls. „Ich glaube schon“, bestätigte sie. „Du musst wissen, er war nicht krank oder so. Seine Mutter wollte ihn zu David auf den Flughafen bringen, und sie war wohl im Stress und hat ihn auf einer stark befahrenen Straße ohne Gehsteig aussteigen lassen. Ein LKW hat ihn erfasst. Er war sofort tot. Mein Vater hat sich fürchterliche Vorwürfe gemacht. Offenbar hatte es schon vorher Anzeichen gegeben, dass Katie mit dem Kind zunehmend überfordert war."

Fassungslos schüttelte Emilia den Kopf. Sie konnte sich kaum vorstellen, was David, aber auch Anna und Katie, durchgemacht hatten. Wenn sie sich vorstellte, Tobi würde so etwas passieren … Ein kalter Schauer lief ihr über den ganzen Körper.

„Wie schrecklich", war das Einzige, das ihr dazu einfiel.

„Ja", antwortete Melissa, „das kann man wohl sagen. Mein Vater hat daraufhin seinen Job aufgegeben – ich weiß nicht, ob du weißt, dass er Frachtpilot bei U.S. Cargo war – und ist mit meiner Mutter hierhergezogen. Seitdem ist er nur noch mit seinem privaten Sportflugzeug geflogen, ganz so, als sei der Flughafen schuld gewesen oder seine Arbeit, was natürlich Blödsinn war, aber …" Sie lächelte und zuckte die Schultern. „Dafür ist er als Fotograf bekannt geworden."

Beide schwiegen und hingen ihren Gedanken nach. Schließlich stand Melissa auf. „Willst du dich hier auch umsehen? Nimm dir ruhig mit, was du möchtest, du sollst genug Andenken an meine Mutter haben."

Emilia zögerte. „Vielleicht ihre Stricknadeln?", fragte sie scheu.

„Natürlich." Melissa lächelte. „Was du möchtest. – Ich lasse dich hier allein und … Komm dann einfach rüber, okay?"

Als sie eine halbe Stunde später in Annas Wohnung ankam, hielt sie Annas Stricknadeln und ihre Teekanne in der Hand. „Darf ich?", fragte sie Melissa.

„Bitte", bestätigte diese. Dann deutete sie auf eine Kiste, die neben dem Esstisch stand. „Hier habe ich dir ihre Tagebücher eingepackt. Ich denke, ich habe alle gefunden, die hier in Deutschland sind. Die aus früheren Zeiten sind noch …" Ihr Blick streifte Emilia unterschwellig fragend. „… im Strandhaus." Pause. „Möchtest du dich in der Wohnung noch umsehen? Etwas haben?"

Emilia schüttelte den Kopf und legte Nadeln und Kanne vorsichtig auf die Tagebücher. Es schienen mindestens zehn Stück zu sein. „Nein, mein Refugium war das Geschäft", winkte sie ab. „Höchstens …" Sie biss sich auf die Unterlippe. Konnte sie um so etwas bitten? „Anna hat mir ihre Fotoalben gezeigt, zwei in Leder gebundene Bücher, in etwa so groß." Sie hielt beide Hände etwa eine Elle breit auseinander. „Dürfte ich mir die Fotos darin vielleicht abfotografieren?"

Melissa fuhr sich mit der Hand durch das Haar. „Ich sage dir was, nimm sie einfach mit", schlug sie vor. „Wir haben die Fotos meiner Mutter – zumindest die alten – schon vor vielen Jahren digitalisiert. Ich brauche die Originale nicht."

Emilias Augenbrauen schossen hoch. „Ernsthaft?"

„Klar." Melissa lächelte. „Analoge Fotos zu digitalisieren und auf feines Papier zu drucken, ist Michaels Job." Sie verdrehte scherzhaft die Augen. „Und seine absolute Leidenschaft."

Noch ein Mann, der mit Bildern arbeitet, ging es Emilia durch den Kopf. Das Faible für Fotokünstler muss in der Familie liegen.

„Komm, ich suche die Alben heraus", schlug Melissa vor und machte Anstalten, ins Wohnzimmer zu gehen. „Setz dich ruhig noch einmal."

Emilia tat, wie ihr geheißen, und schüttelte ungläubig den Kopf. Wie furchtbar die Sache mit Marcus' Tod war! David musste am Boden zerstört gewesen sein. Wenigstens schien es schnell gegangen zu sein … Aber diese Tragödie erklärte natürlich, warum er und Anna gar so weit weggegangen waren, um den Schmerz zu überwinden. Es war also nicht, wie Emilia zunächst geglaubt hatte, das schwierige Verhältnis zu Matthews Seite der Familie gewesen, sondern eher das zu Katie. Und auch das wohl nicht in erster Linie.

Grübelnd schweifte ihr Blick zu der Kiste mit den Tagebüchern. Sie würde alles erfahren.

Wenige Minuten später erschien Melissa wieder, die beiden Fotoalben in der Hand. „Das waren die einzigen roten, die ich finden konnte", erklärte sie und legte sie auf den Küchentisch.

„Das sind die richtigen!", bestätigte Emilia nach einem kurzen Blick auf die beiden ersten Seiten. Dann sah sie Melissa zweifelnd an. „Bist du sicher …?"

„Absolut", kam die Antwort ohne das kleinste Zögern. „Ich glaube, meiner Mutter wäre es recht gewesen."

Als sich die beiden Frauen an der Haustür verabschiedeten, hielt Melissa Emilia noch einmal auf. „Ich telefoniere morgen mit dem Notar meiner Mutter", erklärte sie. „Ich nehme an, dass dann noch in den nächsten Tagen ihr Testament eröffnet wird. Weißt du denn schon Bescheid?"

Emilia schüttelte den Kopf und verlagerte das Gewicht der Bücherkiste auf ihrer Hüfte. „Nichts Genaues. Ich weiß nur, dass sie mir etwas vermachen möchte." Sie zögerte. „Aber du weißt Bescheid?"

Melissa lächelte leichthin. „Ja", sagte sie einfach und fügte hinzu: „Der Notar heißt Dr. Friedrich. Du wirst von ihm hören."

NEUNUNDDREISSIG

Als Dr. Friedrich am Montagnachmittag tatsächlich anrief, hatte Emilia gerade das Gespräch mit Tobi beendet, in dem sie ihm erklärte, dass Anna jetzt „im Himmel" war. Er hatte sehr verständig reagiert, aber sie hatte Mühe gehabt, sich die Tränen zu verbeißen, und sein kindliches Mitgefühl („Mama, bist du sehr traurig?") hatte es nur noch schwerer gemacht. Deshalb klang ihre Stimme, wie sie feststellte, sehr verheult, als sie abhob.

„Guten Tag, spreche ich mit Frau Emilia Hartsteiner?", fragte eine überaus gepflegte Frauenstimme.

„Am Apparat", erwiderte Emilia und gab sich Mühe, seriös zu klingen.

„Ich hätte Notar Dr. Friedrich für Sie, darf ich verbinden?"

„Bitte sehr", gab Emilia zurück und verdrehte die Augen über dieses unnötige Theater. Ob Dr. Friedrich wohl im Studium oder erst in der Berufspraxis verlernt hatte, selbst die Wähltasten an seinem ohne Zweifel hochmodernen Telefonapparat zu betätigen?

Eine elegante Klaviermelodie ertönte in der Leitung, und nach einigen Akkorden meldete sich eine Männerstimme.

„Notariat Dr. Friedrich, Friedrich am Apparat?"

„Emilia Hartsteiner", meldete sich Emilia und fragte sich, warum sie das eigentlich bestätigen musste – schließlich hatte er sie angerufen. Quasi.

„Ah ja, Frau Hartsteiner“, kam es aus der Leitung. „Sind Sie mit der verstorbenen Anna Bailey bekannt?“

„Bin ich“, bestätigte Emilia und setzte sich auf die Kante ihres Erkerfensterbretts.

„Ich habe ihr Testament vorliegen und hierin ein Vermächtnis für Sie.“ Er pausierte und wartete offensichtlich auf eine Reaktion.

„Danke“, tat Emilia ihm den Gefallen und wartete dann ihrerseits.

„Normalerweise schreibt das Procedere in solch einem Fall vor, dass wir alle Erben und Legatare – so wie Sie – per Einschreiben benachrichtigen, aber Frau Bailey wünschte ausdrücklich eine sehr schnelle Testamentseröffnung. Zudem sind sowohl die Verhältnisse als auch der mir vorliegende letzte Wille sehr klar, sodass eine Abweichung von der Regel zu keinem Schaden führen dürfte.“ Wieder eine – offenbar rhetorische – Pause. „Kurzum, ich würde Sie bitten, übermorgen, am Mittwoch, den achtundzwanzigsten November, um zehn Uhr in meine Kanzlei zu kommen. Ist das möglich für Sie?“

Emilia zögerte. Sie musste eigentlich vormittags arbeiten, aber andererseits hatte sie noch jede Menge Überstunden, und so müsste sie zumindest keinen Sitter für Tobi organisieren. „Ja, das ist möglich“, antwortete sie.

„Prima“, erwiderte Dr. Friedrich. „Wir sitzen in der Hauptstraße 351 in Wasserburg. Bitte nehmen Sie ein Ausweisdokument zur Identitätsfeststellung mit.“

„Mache ich. Danke.“ Wie in Trance legte sie auf, seufzte dann und schüttelte ungläubig den Kopf. Auch wenn es ihr hundertmal lieber gewesen wäre, Anna noch um sich zu haben – sie konnte nicht verhindern, dass sich die Neugier in ihr breitmachte, was wohl ihr geheimnisvolles Vermächtnis sein mochte.

Als sie sich am Mittwochmorgen auf den Weg nach Wasserburg machte, flatterte bereits die Nervosität in ihrem Magen und ließ ihre Hände zittern. Erstens war sie noch nie bei einem Notar gewesen, und zweitens hatte sie das untrügliche Gefühl, dass Anna ihr etwas Wichtiges vermachen wollte. Was auch immer es war …

Das Haus, in dem sich Dr. Friedrichs Kanzlei befand, konnte man nur mit dem Wort „respekteinflößend" bezeichnen: Drei Stockwerke hoch, hellblau mit weißem Stuck verziert, strahlte es eine Distinguiertheit aus, die Emilia besorgt fragen ließ, ob ihre Kleidung dem Anlass angemessen war.

Verstohlen öffnete sie ihren Mantel und musterte die Kombination aus hochhackigen Stiefeln, dunkelblauer Jeans und schwarzem Jackett. Dann zuckte sie die Schultern: Wie auch immer, es musste genügen, schließlich ließ sich jetzt sowieso nichts mehr daran ändern. Entschieden griff sie nach ihrer Handtasche und stieg aus, um den Parkplatz zu überqueren und auf den Messing-Klingelknopf neben dem Schild „Notar Dr. Friedrich" zu drücken.

Der Türsummer ertönte, und sie schob die schwere Tür auf und ging die Treppe hinauf. Im ersten Stock begrüßte sie das gleiche Schild wie vor der Haustür.

Sie klingelte abermals, und schon stand sie am Empfang einer modern eingerichteten Kanzlei. Eine Frau mittleren Alters mit elegant aufgestecktem graubraunem Haar saß hinter dem milchgläsernen Tresen und lächelte sie höflich an. „Frau Hartsteiner?", fragte sie. Emilia erkannte die Telefonstimme, die sie weiterverbunden hatte.

„Ja", antwortete sie.

Die Sekretärin stand auf. „Frau Dr. Bailey-Jones und Herr Jones sind bereits da." Emilia, die Melissas Familiennamen nicht kannte, erschloss ihn sich aus diesem Kontext. „Ich bringe Sie ins richtige Büro." Sie kam um den Empfangstresen herum und stöckelte auf ihren schmalen Absätzen den Gang entlang, offenbar in der sicheren Annahme, dass Emilia ihr folgen würde. Vor einer schweren Holztür blieb sie schließlich stehen. „Darf ich Ihnen etwas zu trinken anbieten?", fragte sie. „Kaffee, Tee?"

„Ein Wasser wäre nett", erwiderte Emilia bescheiden. Die Sekretärin nickte knapp und klopfte dann an die Tür, bevor sie den Kopf hereinstreckte. „Frau Hartsteiner ist da", meldete sie, trat zurück und ließ Emilia eintreten.

Hinter einem schweren Schreibtisch aus Eichenholz saß ein älterer Mann, der unverkennbar Dr. Friedrich sein musste. Davor saßen Michael und Melissa, beide elegant gekleidet in schwarz, neben einem freien Stuhl. Bei ihrem Eintreten standen die beiden Männer auf, und Dr. Friedrich reichte ihr die Hand mit dem schweren Siegelring am Zeigefinger. „Guten Tag, Frau Hartsteiner. Friedrich."

„Hartsteiner", sagte Emilia überflüssigerweise und begrüßte dann etwas durcheinander Michael und Melissa. Sie setzte sich auf den freien Stuhl.

„Wir warten noch auf die Getränke, dann können wir anfangen", bestimmte Dr. Friedrich, und es entstand eine unangenehme Stille, die glücklicherweise nicht lange dauerte: Ein diskretes Klopfen kündigte die Ankunft der Sekretärin an.

Emilia fiel auf, dass außer ihr alle Kaffee bestellt hatten, und sie hielt sich peinlich berührt an ihrem Wasserglas fest, während Dr. Friedrich eine Ledermappe vor sich öffnete und noch einmal prüfend in die Runde schaute. „Bereit?"

Alle nickten.

„Ich verlese nun das Testament von Anna Bailey", begann er mit gekonnt würdevoller Stimme, die zum Anlass passte. „Und ich kann selbst bestätigen, dass sie es handschriftlich und mit drei unabhängigen Zeugen verfasst hat." Er räusperte sich. „Mein letzter Wille", fuhr er fort. „Ich, Anna Bailey, geborene Miller, geboren am 17.04.1951 in Seattle, Washington, USA, Beruf: diplomierte Krankenpflegerin, jetzt selbstständig im Einzelhandel tätig, bestätige, dass dies mein letzter und freier Wille ist." Er pausierte und sah Melissa an. „Ich setze meine Tochter Dr. Melissa Daisy Cynthia Bailey-Jones, geborene Bailey, Beruf: Fachärztin für Neurochirurgie, als meine Universalsukzessorin ein. Dies bedeutet unter anderem, dass folgende Besitztümer an MBJ gehen." Er nahm einen Schluck Kaffee. „Hier ist eine Liste mit Strichpunkten", fuhr er fort. „Mein Haus in Wasserburg, aufgeteilt in eine Wohnung und die Räumlichkeiten meines Geschäftes *Wollstübchen* sowie alle sich darin befindlichen Fahrnisse. Mein weiteres Haus in der Willow Road 2, Beachcrest, Washington 98516, USA, wiederum mit allen sich darin befindlichen Fahrnissen. Mein gesamtes Vermögen ist in die Universalsukzession eingeschlossen, mit Ausnahme des im Folgenden Genannten." Er pausierte wiederum und sah Emilia an. Sie hielt den Atem an. „Zur Legatarin bestimmter Besitztümer ernenne ich Emilia Hartsteiner, geboren am 14.07.1990, Beruf: Medienberaterin. Als Legat an EH – das sind Sie" – er wies auf Emilia – „gehen: mein weiteres Haus mitsamt Grund in der Outer Sunset Street 1, Beachcrest, Washington 98516, USA, ihr bekannt als ‚das Strandhaus', mitsamt allen sich darin befindlichen Fahrnissen. Zur Erhaltung dieses Hauses, aber auch für allfällige Ausgaben, EHs Person betreffend, mein Sparkonto bei der Raiffeisenbank Wasserburg, Kontonummer 3527253937,

Einlagewert 120.000 Euro. Des Weiteren meine Tagebücher, wie bereits mit meiner Tochter vereinbart."

Emilias Kiefer war bei der Erwähnung des Strandhauses nach unten geklappt. Sie fühlte sich, als würde sie jeden Moment in Ohnmacht fallen. Hatte Anna ihr tatsächlich das Strandhaus vermacht? Besaß sie jetzt ein eigenes Haus in Washington? Und eine riesige Summe Geld? Sie konnte es kaum glauben, und die ruhige Stimme des Notars, der einfach weiterlas, passte so gar nicht zu ihrem inneren Aufruhr.

„Zum weiteren Legatar bestimme ich EHs Sohn, den minderjährigen Tobias Hartsteiner, geboren am 01.02.2017, der mein weiteres Sparkonto bei der Raiffeisenbank Wasserburg, Kontonummer 35276659817, Einlagewert 30.000 Euro, erhalten soll. Dieses soll ihm zu seiner Volljährigkeit überreicht werden, bis dahin soll EH es in THs Sinne verwalten und eventuelle Kosten, beispielsweise für seine schulische und universitäre Ausbildung, nach eigenem Ermessen damit decken. Weitere Legatare sind meine Enkel, die Kinder von MBJ. Ihnen vermache ich ebenfalls je 30.000 Euro aus dem Vermögen, das MBJ erhält. Auch sie sollen es zu ihrer Volljährigkeit erhalten. Ich bestätige nochmals vor Zeugen, dass dies mein freier Wille ist." Dr. Friedrich räusperte sich erneut. „Und dann habe ich hier noch einen Brief an alle zusammen, den ich ebenfalls verlesen soll. Sind Sie damit einverstanden?"

Melissa und Michael antworteten mit „ja" und Emilia tat es ihnen mit heiserer Stimme gleich. Das Zimmer um sie herum schien sich zu drehen.

„Meine Lieben", las Dr. Friedrich. *„Wenn ihr das hört, hat mein geschätzter Notar gerade meinen letzten Willen verlesen, und ich kann mir vorstellen, dass gerade du, Emilia, recht überrascht sein wirst. Lass mich deshalb meine Worte zuerst an dich richten.*

Ich möchte dich nicht drängen, dein Leben in die USA zu verlegen, das bleibt natürlich dir ganz allein überlassen. Aber ich weiß, meine Tochter ist versorgt, und ich spüre, dass du zu dem alten Strandhaus eine besondere Beziehung aufbauen wirst. Du musst nicht hinziehen – aber nimm dir vielleicht einfach ein paar Mal Zeit, dort eine Auszeit zu verbringen. Auch meine Tagebücher aus früheren Jahren sind dort. Alles andere habe ich dir bereits im Brief geschrieben, den wahrscheinlich Melissa dir gegeben haben wird. Über mein Vermächtnis an Tobi möchte ich nicht allzu viele Worte verlieren. Er soll einfach einen guten Start ins Erwachsenenleben haben, und wenn ich etwas tun kann, um diesen etwas zu erleichtern, dann freue ich mich. Sag deinem kleinen Mann, die alte Anna hat ihn sehr lieb." Melissa lächelte mit Tränen in den Augen.

„Girly, ich wünsche dir alles Glück der Welt, in der Liebe, dem Beruf, dem ganzen Leben. Pass auf dich auf und vergiss nicht, auch ab und zu einmal einen Mutausbruch zu haben." Hier musste sogar der Notar lächeln und verbarg diese unpassende Emotion sogleich hinter seiner Kaffeetasse, bevor er weiterlas. *„Und nun zu dir, mein Täubchen Melissa. Ich habe dir bereits im Brief alles geschrieben, sodass mir hier nicht viel zu sagen bleibt. Nur, dass ich dich bitte, das Haus in Deutschland zu verkaufen – es sei denn, du möchtest es für dich selbst haben. Aber behalte es nicht meinetwegen. Kauf dir lieber etwas Schönes für den Erlös! Ich bin sehr froh, dass du dich zu einer so wunderbaren Frau entwickelt hast und mit Michael die Liebe gefunden hast, die so stark ist, dass sie alle Stürme des Lebens übersteht, genau wie meine Liebe zu deinem Vater. Mach es gut, mein Täubchen, und in vielen Jahren schließe ich dich auf der anderen Seite in die Arme."* Melissa machte ein ersticktes Geräusch und wischte sich mit einem Taschentuch über die Augen.

„Nur eines noch", las Dr. Friedrich weiter, *„wie du weißt, Melissa, möchte ich meine Asche wie die deines Vaters am*

Reflection Lake verstreut haben. Bitte macht keine große Feier daraus – aber ich hätte gern, dass du das zusammen mit Emilia tust. Es würde mich freuen, wenn ihr Mädchen Freundinnen werden würdet. Das wäre schön. Es grüßt euch, völlig erfüllt und zufrieden, eure Anna."

Als Dr. Friedrich geendet hatte, herrschte Stille. Emilia war so überwältigt, dass sie kein Wort hervorbrachte, und Melissa und Michael sahen in andächtigem Schweigen vor sich auf den Tisch.

„Darf ich fragen, nehmen Sie, Frau Dr. Bailey-Jones, das Erbe an?", brach Dr. Friedrich schließlich das Schweigen.

„Ja", antwortete Melissa mit fester Stimme.

Emilia atmete tief durch. *Tiefes, reinigendes Atmen,* befahl sie sich, wie Anna es ihr für Krisensituationen aller Art geraten hatte.

„Nehmen auch Sie, Frau Hartsteiner, das Legat an?", fragte er weiter, und Emilia hörte wie durch Watte ihre Stimme ebenfalls „ja" sagen.

„Gut!" Der Notar schlug die Mappe zu. „Dann darf ich Sie um Ihre Identitätsdokumente und Bankdaten bitten, und meine Sekretärin wird alles Nötige vereinbaren. Für die Grundbuchsumschreibungen der Immobilien werde ich Sie gesondert noch einmal einbestellen." Er zögerte und korrigierte sich dann: „Beziehungsweise werde ich versuchen, das mit Ihnen, Frau Dr. Bailey-Jones, postalisch zu erledigen und ein Substitut in Washington zu beauftragen. Aber Sie, Frau Hartsteiner, werde ich nochmals einbestellen."

„Danke", sagte Emilia schwach und reichte der Sekretärin, die plötzlich neben ihr aufgetaucht war, ihren Personalausweis.

„Ich kopiere nur schnell Ihre Ausweise", sagte diese höflich, nahm auch Melissas Ausweis entgegen und entschwand.

„Hast du das gewusst?", fragte Emilia leise in Richtung Melissa.

Annas Tochter lächelte. „Ja", verriet sie, „sie hat es im Herbst mit mir besprochen und es mir auch noch einmal im Brief geschrieben. Hat mich allerdings verpflichtet, dir ja nichts zu sagen, damit, und ich zitiere, ‚das Kopfkino ihr keine schlaflosen Nächte bereitet'." Sie lachte auf. „So war meine Mama."

Emilias Augen waren so weit aufgerissen, dass sie spürte, wie ihre Iris trockener wurde. „Und das ist okay für dich?", fragte sie ungläubig.

Melissa drückte ihr mit warmen Fingern ruhig die Hand. „Natürlich", sagte sie einfach. „Und ich würde mich auch wirklich sehr freuen, wenn wir in Kontakt bleiben. Wirst du denn in die USA kommen?"

Die Sekretärin, die wieder ins Zimmer kam, enthob Emilia vorerst einer Antwort. Als sie alle wieder im Besitz ihrer Ausweise waren, antwortete sie jedoch: „Ja, ich denke schon, dass ich komme." Dann setzte sie hinzu: „Sorry, es ist gerade alles so viel auf einmal."

Melissa lächelte sie verständnisvoll an.

Dr. Friedrich stand auf und wandte sich nochmals an Emilia. „Die Grundbuchsumschreibung dürfte binnen ein bis zwei Wochen erledigt sein, dann ist Ihr Weg frei. Überlegen Sie sich, ob Sie nicht schon bald einen Flug buchen, um das Haus ein erstes Mal zu besichtigen. Es hat meiner Mandantin sehr am Herzen gelegen." Er stoppte und streckte zunächst Melissa, dann Emilia und zum Schluss Michael die Hand hin.

„Danke für Ihre Kooperation", sagte er. „Ich bringe Sie noch hinaus."

Als sie wieder auf der Straße standen, wandte sich Melissa noch einmal an Emilia. „Hör mal", begann sie, „ich weiß, das ist jetzt wirklich viel auf einmal, aber wir werden übermorgen nach Hause reisen. Ich vermisse meine Kinder." Sie lächelte entschuldigend. „Das Beerdigungsinstitut wird aber erst kommende Woche fertig … das Krematorium …" Sie sah traurig zu Boden, bevor sie ihren auffallend blauen Blick wieder auf Emilia richtete. „Kannst du nicht irgendwann im Dezember kommen und die Urne mitbringen? Wenn der Grundbuchseintrag bis dahin noch nicht durch ist, gebe ich dir den Schlüssel fürs Haus. Es ist ja das deine."

VIERZIG

Zehn Tage später saß Emilia in einem Flugzeug nach Seattle, noch immer völlig überwältigt von den Ereignissen und fast etwas ungläubig.

Tatsächlich war in den Tagen seit Annas Testamentseröffnung so viel los gewesen, dass sie gar keine Zeit gehabt hatte, wegen Tom in tiefe Traurigkeit zu versinken – obwohl er sich nach wie vor nicht gemeldet hatte. Auch ihre Trauer um Anna war etwas abgeklungen, da sie alle Hände voll damit zu tun gehabt hatte, ihre Reise vorzubereiten.

Als sie allerdings am Tag zuvor ihre Asche beim Krematorium abgeholt hatte, hatte sie der Schmerz plötzlich wie eine Welle überrollt und sie hatte Mühe gehabt, Tobi zu erklären, warum Mama schon wieder so bitterlich weinen musste.

Sie sah gedankenverloren aus dem Flugzeugfenster auf die Decke aus dichten Wolken unter ihr. Tobi hatte sie für die Dauer ihrer Reise bei ihrer Mutter untergebracht, und während ihr selbst der Abschied durchaus schwergefallen war, hatte er nur gesagt: „Oma kennt tolle Spiele." Sie nahm also an, dass er die nächsten beiden Wochen gut versorgt war. Ihren Rückflug hatte sie für den 23. Dezember gebucht, sodass sie an Weihnachten wieder zu Hause sein würde.

Die Umschreibung im Grundbuch war tatsächlich erledigt worden, Dr. Friedrich war eine Zusammenarbeit mit einem Anwalt in Olympia gelungen. Melissa würde ihr den Schlüssel zum Strandhaus am Flughafen geben, wenn sie sie abholen würde. In den letzten Tagen hatten die beiden Frauen mehrmals telefoniert, und Emilia fühlte sich, als sei ihr ein kleines Stück von Anna zurückgegeben worden.

Umso größer war ihr Erschrecken darüber, dass sie Melissa nicht im Abholbereich des Flughafens entdecken konnte, als sie schließlich mitsamt ihrem Sondergepäck, Annas Urne, durch den Zoll gelangt war. Sie sah sich noch einmal genau um – nein, keine Melissa. Um genau zu sein, sah sie gar kein bekanntes Gesicht.

Sie seufzte und rollte ihren Koffer aus dem Weg der sich drängenden Ankömmlinge und Abholer, um gründlich zu überlegen, was sie jetzt tun sollte. Sie kannte die Adresse des Strandhauses und würde es wohl schaffen, sich mit den öffentlichen Verkehrsmitteln durchzuschlagen oder einen Mietwagen zu nehmen, aber sie hatte ja keinen Schlüssel. Und wo Melissa und Michael wohnten, wusste sie nicht. Sie schaltete ihr Handy wieder ein und rief Melissa an. Keine Antwort. Mutlos setzte sie sich auf den Koffer und beschloss, erst einmal zu warten – möglicherweise steckte Annas Tochter ja nur im Stau.

Eine knappe Viertelstunde später spürte sie eine leichte Panik in sich aufsteigen. Sie hatte noch nicht einmal Geld gewechselt, und ihr Koffer war so schwer, dass sie ihn ganz sicher nicht sehr weit tragen konnte. Zudem schneite es in kleinen, unergiebigen Flocken und war so gar kein angenehmes Wetter für einen Roadtrip auf eigene Faust.

Gerade, als sie beschloss, Melissa erneut anzurufen, öffneten sich die Schiebetür am Eingang und ein Mann Mitte dreißig in schwarzem Mantel und klappernden Anzugschuhen stürmte atemlos in die Ankunftshalle. Emilia registrierte abwesend, dass er sehr attraktiv war, während er sich gehetzt umsah. Sein Blick fiel auf sie, und sein Gesichtsausdruck wandelte sich von gestresst zu erleichtert, als er auf sie zukam und ihr die Hand hinstreckte.

„Sind Sie Emilia?", fragte er in fast perfektem Deutsch, und Emilia rappelte sich von ihrem Koffer hoch und ergriff seine Hand.

„Ja", antwortete sie perplex, einerseits froh über jemanden, der sie offenbar kannte, und andererseits absolut ratlos, weil das nicht auf Gegenseitigkeit beruhte.

„Gott sei Dank!", fuhr der Fremde fort. „Ich bin Chris, Melissa schickt mich, um Sie abzuholen. Es tut mir leid, dass ich zu spät bin, aber ich bin kaum aus der Arbeit weggekommen, und dann stand ich im Stau, und der Parkplatz hier war überfüllt …"

Emilia lächelte. Sein Redeschwall erinnerte sie irgendwie an sich selbst, wenn sie nervös war. „Kein Problem", antwortete sie, ganz Frau von Welt, und sah ihn sich genauer an. Ihr Mund klappte überrascht auf, als sie seine auffällig blauen Augen mit den langen Wimpern entdeckte.

„Kommen Sie!" Er erwiderte ihr Lächeln und nahm ihren Koffer. „Mein Auto steht fast vor der Tür – im Parkverbot, aber immerhin … Ich bringe Sie zum Strandhaus. Melissa hat es für Sie geheizt, den Kühlschrank gefüllt und auch sonst alles vorbereitet, aber sie kommt dann nach. Ihr jüngster Sohn ist krank und sie muss warten, bis Michael zum Aufpassen nach Hause kommt, bevor sie wegkann."

„Danke", brachte Emilia heraus und ging neben ihm her, bis sie vor einem eleganten Bentley standen. Er hielt ihr, ganz

Gentleman, die Beifahrertür auf, bevor er ihr Gepäck im Kofferraum verstaute und sich hinter das Steuer setzte.

Als sie losfuhren, betrachtete sie ihn von der Seite. Er fing ihren Blick auf und lächelte sie an.

„Verzeihen Sie", sagte sie und spürte, wie sie errötete, „es ist nur … Ich muss fragen …"

Ihr Handy klingelte und unterbrach sie mitten im Satz. Sie holte es aus der Tasche und warf einen Blick aufs Display. Tom!

„Entschuldigen Sie, da muss ich ran!", sagte sie eilig, und in das Handy: „Hallo?"

„Milly, hallo!" Toms Stimme klang herzlich, und sie spürte, wie sich ein heißes Gefühl der Freude in ihrem Bauch breitmachte. „Es tut mir leid, dass ich mich nicht gemeldet habe! Ich habe mich wieder beruhigt, ich habe es vielleicht etwas übertrieben." Er klang, als sei sein Verhalten ihm selbst peinlich.

Sie lachte. „Gott sei Dank meldest du dich jetzt."

„Ja, weil …" Seine Stimme kam ins Stocken, aber dann sprach er es doch aus: „Milly, ich vermisse dich."

Sie hielt den Atem an. „Ich dich auch", antwortete sie leise und mit einem Seitenblick auf Chris, der vorgab, nichts zu hören. „Hör mal, du glaubst nicht, was passiert ist. Ich bin in den USA, ich habe dort ein Haus geerbt und … Geld … weil, also …" Ihre Stimme wurde traurig. „Anna ist gestorben."

Einen Moment sagte niemand etwas. Dann sprach Tom: „Oh Mann, Milly, das tut mir leid. Aber … Na ja … gratuliere! – Willst du mich später zurückrufen, wenn es besser passt?"

„Mach ich", gab sie zurück. „Tschüss!"

Sie verstaute ihr Handy wieder in ihrer Handtasche.

„Ihr Freund?", fragte Chris forschend.

Ohne genau sagen zu können, warum, spürte Emilia plötzlich eine Abneigung dagegen, Tom so zu bezeichnen. „Äh, nein“, antwortete sie, „nicht wirklich.“

Chris lächelte erneut.

Oh je, jetzt wird er sich seinen Teil denken. Emilia schloss entsetzt die Augen. Das hätte sie wirklich geschickter formulieren können!

Aber er warf ihr nur einen beiläufigen Blick zu und sagte: „Sie wollten mich etwas fragen?“

„Ja“, fiel es Emilia wieder ein. „Nehmen Sie es mir nicht übel, aber ... Sind Sie verwandt mit David Bailey?“

Er runzelte die Stirn. „Ja, er war mein Onkel zweiten Grades, also der Cousin meines Vaters.“ Fragend sah er sie an.

„Dann sind Sie Matthews Sohn!“, rief Emilia, sich an Annas Erklärung erinnernd, dass Matthew während einer Affäre einen Sohn gezeugt hatte, um den er sich zeit seines Lebens kaum gekümmert hatte.

„Ja.“ Er lächelte. „Wie kommen Sie auf David Bailey?“

Emilia errötete wieder. „Ihre Augen“, sagte sie leise. „Anna hat mir immer von David erzählt, und auch auf den Fotos ... Sie haben seine Augen, denke ich.“

Chris lachte, ein so angenehm warmes Geräusch, dass sie sich sofort geborgen fühlte. „Das Bailey'sche Blau. – Ja, das kommt wohl von meinem Urgroßvater. Melissa hat eine ähnliche Augenfarbe, nur an meinem Vater ist der Kelch vorbeigegangen, er hatte grüne Augen“, erklärte er und zog scherzhaft eine Augenbraue hoch. „Die meinen sind Familienerbstücke, sozusagen.“

Er hielt an einer roten Ampel.

„Es gibt Schlimmeres“, stellte Emilia mit trockenem Humor fest. Ihr Gesicht verzog sich zu einem breiten Lächeln, als er den Kopf zu ihr drehte und ihr lustig zuzwinkerte.

„Das nehme ich an", gab er zurück, bevor die Ampel grün wurde und er wieder Gas gab. „Aber jetzt sind Sie dran. Ich habe schon gehört, dass Sie Anna eine gute Freundin gewesen sind. Was machen Sie denn, wenn Sie nicht gerade stricken?"

„Ich bin Medienberaterin", antwortete Emilia. „Aber eigentlich würde ich gerne Journalistin werden." Im selben Moment, als sie sich das sagen hörte, fragte sie sich, wo dieser Satz herkam – sie hatte noch nie jemandem von ihrem als Kind gehegten Traum erzählt, und seit sie Mutter war, hatte sie nicht einmal selbst mehr viel darüber nachgedacht.

„Journalistin?" Er schien beeindruckt. „Wow. Worüber würden Sie schreiben?"

Als sie eine gute Stunde später schließlich in den kleinen Waldweg einbogen, der laut Chris zum Strandhaus führte, konnte Emilia kaum glauben, dass die Zeit so schnell vergangen war. Chris nahm sie sehr ernst und schien sich ehrlich für ihr Leben zu interessieren, was das Gespräch während der Fahrt sehr angenehm gemacht hatte.

Jetzt aber war sie aufgeregt, wie das Haus aussehen würde, und als es schließlich in Sicht kam, stockte ihr der Atem.

Weiße Holzwände ragten vor der märchenhaften Kulisse des dunkelblauen Fjordes auf, davor grenzte ein ebenfalls weißer Gartenzaun den Vorgarten mit dem majestätischen Kirschbaum ab. Jemand hatte den Garten winterfest gemacht: Über den Beeten, die parallel zum Haus verliefen, lagen Planen.

„Es hat was, oder?", fragte Chris, als er vor dem Zaun einparkte. „Melissa kümmert sich gut darum, es ist in keinster Weise baufällig oder so." Er überlegte. „Das Einzige, was repariert werden müsste, ist Annas Auto, das steht noch in der Garage." Er deutete auf das kleine Nebengebäude. „Es ist inzwischen quasi ein Youngtimer, also sozusagen ein weniger alter Oldtimer. Melissa hat es herrichten lassen und bis vor ein paar Jahren benutzt, aber jetzt hat sie der Kinder wegen ein größeres Auto. Wenn Sie möchten – eventuell könnte ich es mir einmal ansehen."

„Sind Sie Automechaniker?", fragte Emilia abwesend, ohne den Blick vom Haus zu wenden. Ihrem Haus!

„Nein." Er lachte. „Fürchterlich langweiliger Bankmanager. Aber sogar ich habe Hobbys. Oldtimer gehören dazu."

Er stieg aus und ging um das Auto herum, um ihr die Beifahrertür aufzuhalten. Da sie damit nicht gerechnet hatte, öffnete sie gleichzeitig mit ihm die Tür und stand auf, verlor das Gleichgewicht und stolperte ihm unbeholfen in die Arme. Weil er darauf absolut nicht gefasst war, strauchelte er ebenfalls und griff ruckartig nach ihren Oberarmen, um sie beide zu stabilisieren.

Dann hielten beide einen Moment inne und sahen sich an. Emilia hatte eigentlich lachen wollen, aber irgendetwas in seinem Blick hielt sie zurück und plötzlich spürte sie ein Kribbeln im Bauch, während seine blauen Augen ruhig und offenkundig amüsiert auf ihr ruhten.

„Entschuldigen Sie", riss sie sich zusammen und löste sich aus seinem Griff. „Das war tollpatschig von mir."

„Tollpatschig?" Er rollte das Wort im Mund wie ein Bonbon und grinste. „Diesen Begriff kenne ich gar nicht."

Ihr Gehirn war nach dem sonderbaren Moment von eben so leer, dass ihr kein Synonym einfallen wollte. „Äh, anfällig für Missgeschicke", formulierte sie ungeschickt, „tapsig."

Pause. „Lernen Sie mich besser kennen, und Sie werden merken, was das Wort bedeutet."

Er lachte wieder sein angenehmes Lachen und ging ihr voraus, um ihr das Gartentor zu öffnen. „Das würde ich sehr gerne", sagte er, als sie an ihm vorbeiging, und lächelte sie in einer Weise an, dass sie sich nicht sicher war, ob er es ernst meinte oder seinen Spaß mit ihr trieb.

Schließlich waren sie an der Haustür angekommen, und Chris steckte den Schlüssel ins Schloss. „Bereit für Ihr Haus?"

Sie atmete einmal tief durch, dann nickte sie.

Die Tür sprang auf, und sie betrat das Strandhaus, das Haus, in dem Anna und David sich zum ersten Mal geliebt hatten, das sie zu ihrem Zuhause gemacht hatten, das sie mit Glück und Liebe gefüllt hatten. Und mit einem Mal überkam sie das Gefühl, dass auch sie dort zu Hause war.

EPILOG

Heiliger Abend

Emilia saß hinter der großen Fensterfront und sah hinaus auf die spiegelnd glatte Fläche dunkelblauen Wassers. Es dämmerte bereits, und während ihre Mutter und Tobi draußen eine wilde Schneeballschlacht veranstalteten, hatte sie sich einen Stuhl ans Fenster gezogen, um endlich Annas Päckchen zu öffnen.

Tatsächlich hatte sie beschlossen, ihren Rückflug zu canceln, über Weihnachten und Neujahr in den USA zu bleiben und Tobi und ihre Mutter kurzerhand einfliegen zu lassen. Annas Geld war auf ihrem Konto angekommen, und einen winzigen Bruchteil für die Flüge ihrer Lieben zu nutzen, erschien ihr richtig. Seit zwei Tagen war ihre kleine Familie nun komplett, und nachdem der erste Jetlag abgeflaut war, schienen beide begeistert von der malerischen Umgebung zu sein.

Vorsichtig löste Emilia die überdimensionale Schleife und öffnete das leuchtend pinkfarbene Geschenkpapier, bis eine schlichte weiße Schachtel zum Vorschein kam. Sie nahm sich Zeit, den Deckel abzunehmen. Obenauf lag eine Karte mit dem Bild einer rosa-glitzernden Weihnachtskugel und „Frohe Weihnachten" in Schnörkelschrift daruntergeschrieben. Mit zitternden Fingern klappte sie die Karte auf.

Meine liebe Emilia, hatte Anna geschrieben,

ich wünsche Dir von ganzem Herzen fröhliche, besinnliche, gesunde, schöne Weihnachten und einen herrlich schwungvollen

Rutsch ins neue Jahr, das Dir, wie ich hoffe, all die großen und kleinen Wünsche erfüllen wird, die Du hast.

Mein Geschenk soll Dir in der kalten Jahreszeit die Ohren wärmen – ich denke, es passt fantastisch zu Deinem grauen Mantel und der pinkfarbenen Pashmina, die Du gerne um den Hals trägst.

Fühl dich umarmt!
Deine Anna

Mit einer gewissen Vorahnung legte Emilia die Karte weg, nahm eine Schicht Seidenpapier aus der Schachtel und enthüllte das pinkfarbene Stirnband mit dem Glitzer-Ornament, das Anna im Herbst gestrickt hatte. Ihre Augen wurden feucht, und gleichzeitig musste sie lächeln, als sie daran dachte, wie geheimnisvoll Anna geklungen hatte, als sie gefragt worden war, für wen das sorgsam gefertigte Stück sei.

Sie legte die Schachtel auf dem Tisch vor sich ab, setzte sich das Stirnband auf den Kopf und ging zum Spiegel im Flur, um sich darin zu bewundern. Es passte wie angegossen!

Sie nahm es nicht ab, sondern setzte sich damit wieder aufs Sofa und schlug Annas letztes Tagebuch auf. Den allerletzten Eintrag, der je geschrieben worden war, hatte sie sich speziell für heute aufgehoben.

17. Juli

Heute ist etwas Verrücktes passiert: Eine junge Frau ist in mein Geschäft gekommen und wollte mich davon überzeugen, in ihrem Magazin eine Anzeige zu schalten, um das Wollstübchen zu bewerben. Natürlich habe ich nein gesagt – was soll das auch bringen?

Ich habe mich aber überreden lassen, ihr Strickunterricht zu geben, offenbar hat sie einen kleinen Sohn, dem sie einen Schal machen möchte. Sie ist klein und zierlich und sehr hübsch, und ihr Schwung erinnert mich irgendwie an mich selbst, als ich noch jünger war. Am Samstag kommt sie – nach Ladenschluss! – zu mir ins Geschäft. Ich bin gespannt!

Sie scheint mir ein richtiges Temperamentsbündel zu sein, ein echter Wirbelwind, und mein Gefühl sagt mir, dass ich mit ihr noch so einiges erleben werde. Wer weiß ... Vielleicht brauche ich ja genau das auf meine alten Tage!

Damit endete der Eintrag, und Emilia blickte auf und sah mit Tränen in den Augen, momentan verloren in ihren Gedanken an Anna, eine Weile vor sich hin, bevor das Klingeln ihres Handys sie aus der Konzentration riss. Als sie den Namen „Tom“ sah, legte sie das Mobiltelefon mit dem Display nach unten zurück auf das Fensterbrett und seufzte. Dafür hatte sie jetzt keine Nerven.

Bedächtig wanderte ihr Blick zu dem roten, noch in Folie eingepackten Tagebuch mit dem teuren Füllfederhalter, den sie Anna zu Weihnachten hatte schenken wollen. Wer weiß – vielleicht würde sie demnächst selbst anfangen, zu schreiben?

Es war bereits später Nachmittag, und in gut zwei Stunden würde Chris zum „Vorweihnachtsessen“ kommen – beziehungsweise eigentlich würde er das Essen mitbringen: Bei seinem gestrigen Anruf hatte er wie selbstverständlich angeboten, in seinem Lieblingsrestaurant eine Auswahl an Speisen zu bestellen, damit sie nicht für vier Personen kochen müsste. Obwohl sie es ja schließlich gewesen war, die ihn eingeladen hatte.

Sie legte Annas Tagebuch vorsichtig auf den Tisch, stand auf und ging in die Küche, um den Wein kaltzustellen und die Nachspeise vorzubereiten. Bei dem Gedanken an Chris stahl sich ein liebevolles Lächeln auf ihr Gesicht.

DANKSAGUNGEN

Fast drei Jahre ist es jetzt her, dass ich die erste Seite meines Debütromans „Annas Vermächtnis“ geschrieben habe – und ich habe immer noch das Gefühl, ich träume. Dass ein Buch mir so leicht von der Hand geht, förmlich aus der Feder fließt, und dann den Weg in so viele Regale findet … Das scheint mir manchmal noch zu schön, um wahr zu sein. Dabei hatte mir im zarten Alter von dreizehn eine Wahrsagerin prophezeit, dass ich mit „um die dreißig“ Autorin werden würde. Für mich, die ich damals schon Geschichten schrieb, war das recht ernüchternd, denn als Dreizehnjährige erschienen mir siebzehn Jahre als eine enorm lange Zeit, die ich noch abwarten musste. Zwischendurch geriet dieser Traum in den Hintergrund – Dinge wie Studium, Journalistenkolleg und meine Zeit als Tanzsportlerin kamen dazwischen. Erst nach meiner Anstellung als Redakteurin bei einem Magazin in Salzburg, die mir buchstäblich zuflog, als sei sie vom Schicksal vorherbestimmt, fand ich meinen Traum vom Schreiben schließlich wieder und entwickelte neben vielen journalistischen Artikeln auch die Idee für „Annas Vermächtnis“.

Es gibt viele Menschen, ohne die das Buch nicht so geworden wäre, wie es ist, und ihnen möchte ich an dieser Stelle ganz herzlich danken – allen voran meinem größten Vorbild: meiner klugen, lieben und unglaublich starken Mutter, die mich Zeit meines Lebens immer unterstützt und an mich glaubt, selbst in den Momenten, in denen ich das gerade selbst nicht so gut kann. Danke für das erste Lektorieren, die Hilfe beim Klappentext, die konstruktive

Kritik und für das viele Lob – auch wenn mich der Anblick der vielen Post-its an den Seiten des Erstausdrucks im ersten Moment ganz schön erschreckt hat: Deine Mühe hat sich gelohnt; ich glaube, dieser Roman hat sehr von unserer „Korrektur-Session" profitiert. (Und „wow" steht jetzt deutlich weniger oft drin!)

Eine besondere Stütze in allen Angelegenheiten rund um das Buch, aber auch fernab dessen, ist meine „ausgefuchste" Freundin Nadine. Ich weiß gar nicht, wie ich anfangen soll, deine Hilfe in Worte zu fassen, ohne dass gleich noch ein Buch daraus wird – deshalb mache ich es kurz: Ohne ebendiese Hilfe und deine herzerfrischende Ehrlichkeit, dein Immer-für-mich-da-sein und deine ermutigenden Kurznachrichten zu jeglichen brisanten Themen hätte ich nie den Mut zu diesem Projekt aufgebracht. Tausendmal danke dafür!

Zudem danke ich dem starken Mann an meiner Seite, meinem Felsen in der Brandung: dem wunderbaren Armin. Dass wir beide uns letztendlich wie von selbst gefunden haben und zueinander passen wie zwei ineinandergreifende Puzzleteile – dadurch ergibt alles, was vorher in meinem Leben passiert ist, plötzlich Sinn, denn es hat mich zu dir geführt. Danke, dass du mich auf dem turbulenten letzten Stück des Weges zu meinem Debütroman begleitet hast; danke, dass du mich auf Händen trägst, mich unglaublich verwöhnst und immer da bist, wenn ich eine breite Schulter brauche, an die ich mich lehnen kann; danke aber auch, dass du mir ohne jede Missgunst genug Zeit für mich selbst gibst, um mich frei zu fühlen und die Kreativität sprudeln zu lassen; danke, dass du mich „Wortkünstlerin" in so manch magischem Moment tatsächlich sprachlos machst - ich kann dir sagen: Das schafft kaum jemand. Danke für ungezählte Sonnenuntergänge, Tänze, Foto-Ausflüge, Spaziergänge, Motorradtouren, Küsse und gemeinsame Lachanfälle und für Geschichten, die einfach zu schön sind, als dass irgendjemand (inklusive mir) sie sich ausdenken könnte. An meinem Himmel bist DU der allerhellste Stern.

Ein besonderer Dank gebührt Thomas: für das „Modellstehen" für die Figur des Tom, für markige Sprüche im Militärjargon, die so gut in das Buch passen, für die Hilfe mit für eine Zivilistin schwierig verständlichen militärischen Details. Und für zu jeder Zeit mehr Verständnis, als ich mir je erhoffen konnte (auch wenn ich es durchaus nicht immer zu schätzen wusste). Du verdienst das absolut Beste, lieber „Burning Daylight"! Ich wünsche es dir.

Danke auch an Christian, der als Allererster dieses Buch gelesen hat und mich stets unterstützt hat, weiterzumachen.

Ein herzliches „Merci" auch an meine wunderbare Lektorin Silke – dank dir war das Lektorat nicht halb so schmerzhaft, wie mir meine erfahreneren Kolleginnen prophezeit hatten. Du hast einen unabdingbaren Beitrag zu diesem Roman geleistet!

Gleiches gilt für die herrlich kreative Cover-Zauberin Acelya – ich könnte mir keine bessere Zusammenarbeit vorstellen als die mit dir.

Zudem geht ein großes Dankeschön an einen ehemaligen Freund: Christoph A., der vor allem beim Thema Fliegen Licht ins Dunkel brachte – und von dessen Person auch einige Facetten in einen meiner Helden eingeflossen sind, auch wenn dieser natürlich nicht ausschließlich auf ihm basiert. Danke dir, Christoph, für die Inspiration und danke, dass du mich während unserer kurzen, aber doch intensiven Freundschaft (vermutlich, ohne es zu wissen) immer wieder zu Höchstleistungen motiviert hast.

Last but not least ein großes Dankeschön an mein Netz aus starken, unabhängigen und einzigartigen Frauen: die bereits oben erwähnte Nadine – und außerdem Tiziana, Kathrin A., Julia, Kathrin S., Francis, Hanna (die allerstärkste Frau, die ich kenne – stärker als Pippi Langstrumpf), Simone, Corina, Isabel und Martina. Ihr seid meine Gute-Laune-Garantie, mein doppelter Boden, meine zweite Familie und meine Freude in jeder Lebenslage.

VORSCHAU

Liebe LeserInnen,

wenn Ihnen ANNAS VERMÄCHTNIS gefallen hat, werden Sie EMILIAS ERBE lieben!

Darin erfahren Sie bald, wie es mit Emilia weitergeht …

Ich wünsche Ihnen schon einmal viel Spaß!

Herzlich,

Lena Mitternacht

Zur Autorin

Foto: Unterrainer Foto-Digital-Studio

LENA MITTERNACHT, Jahrgang 1988, wurde in Landshut (Bayern) geboren und lebt seit ihrem 21. Lebensjahr in Österreich – zusammen mit ihrem Freund, einer ganzen Wand an Büchern und einigen lebensmüden Zimmerpflanzen. Da gute Geschichten bereits seit Kindertagen ihre Leidenschaft sind, ist „Annas Vermächtnis" strenggenommen nicht ihr erstes Werk – aber das schönste Debüt, das sie sich vorstellen kann.

Die studierte Kommunikationswissenschaftlerin arbeitet nach einem kurzen Ausflug in die Juristerei mit viel Freude in der Öffentlichkeitsarbeit und im Journalismus. Wenn sie nicht gerade schreibt, mit ihrem Freund Motorrad fährt oder die Nachbarskatzen auf ihrem Spaziergang begleitet, ist Lena entweder stand-up-paddelnd auf einem der Salzburger Seen, cake-pop-backend in der Küche oder hüftenschwingend im Tanzsaal zu finden.

Printed in Poland
by Amazon Fulfillment
Poland Sp. z o.o., Wrocław

74702782R10294